Belial – Seelenfrieden

Aus den Izara-Chroniken

Die Izara-Chroniken bei Planet!:

Izara
Bd. 1: Das ewige Feuer

Izara
Bd. 2: Stille Wasser

Izara
Bd. 3: Sturmluft

Izara
Bd. 4: Verbrannte Erde

Belial
Bd. 1: Götterkrieg

JULIA DIPPEL

BELIAL

SEELENFRIEDEN

PLANET!

Für alle, die es wagen, ihren Gefühlen ins Gesicht zu blicken.

Was bisher geschah …

Die verfeindeten Dämonen Ianus und Bel schließen im Jahre 68 nach Chr. eine fünftägige Wette um die Seele einer sterblichen Sklavin ab. Doch keiner der beiden weiß, dass Cassia immun gegen dämonische Kräfte ist und sich nur in den Kaiserpalast hat einschleusen lassen, um dem skrupellosen Ianus das Handwerk zu legen.

Während Bel sich Hals über Kopf in Cassia verliebt, versucht Ianus alles, um seinen Erzrivalen aufzuhalten. Letztlich verflucht er Cassias Seele mit verbotener Blutmagie. Auch Bel zieht alle Register, um die Wette noch zu gewinnen, und lässt sogar einen magischen Dolch schmieden, der Cassia die Seele gewaltsam entreißen würde – in seinen Augen immer noch ein gnädigeres Schicksal, als sie Ianus' Zorn überlassen zu müssen. Doch es kommt anders …

In der finalen Schlacht gelingt es der schwer verletzten Cassia, Ianus selbst aufzuhalten, indem sie ihm ihre verfluchte Seele verspricht und den Dämon so handlungsunfähig macht. Bel will seine große Liebe anschließend vor dem Tod retten, doch sind ihm wegen ihrer Immunität die Hände gebunden. Die einzige Option, die ihm bleibt, ist, Cassias Seele kurzzeitig in den magischen Kupferdolch zu sperren, bis ihr Körper geheilt werden kann.

Aus Verzweiflung und Liebe ignoriert Bel Cassias letzten Wunsch, sterben zu dürfen, und ersticht sie mit dem Dolch. Allerdings geht Bels Plan nicht auf, denn Cassias Seele einzusperren, hat auch Ianus vorübergehend vom Blutfluch befreit. Er stiehlt den Dolch und versteckt ihn vor Bel. Selbst nach Ianus' Ergreifung und Verurteilung bleibt die Klinge mit Cassias Seele verschwunden.

Eine zweitausend Jahre andauernde Suche beginnt, denn Bel hat die Hoffnung nie aufgegeben, seine Cassia wiederzufinden. Erst als im Kampf gegen die Hexenkönigin Mara der Seelendolch auftaucht und zerstört wird, ist Cassias Seele endlich frei. Allerdings hat die gewaltige Energie Hunderter erlöster Seelen auch die Stillen Wasser bersten lassen, das Gefängnis der Primus. Und nicht alle Insassen konnten bislang wieder eingefangen werden.

Rom wurde auch nicht an einem Tag zerstört

Der Vollmond verwandelte den nächtlichen Tiber in einen anmutigen Strom funkelnder Wellen, als wollte er mich mit seiner unsäglichen Romantik verhöhnen.

»Ich hasse diese Stadt«, murmelte ich und zwang meinen Blick in Richtung der Fabrikhalle, zu der uns unsere Spur geführt hatte.

Du wiederholst dich, stellte Ari trocken fest.

Sie hatte recht, nur konnte ich daran nichts ändern. Meine Aversion beherrschte jeden meiner Gedanken. Zweitausend Jahre lang war ich nahezu allen sich bietenden Gelegenheiten ausgewichen, die »Ewige Stadt« mit meiner Anwesenheit zu beehren. Tatsächlich hatte ich sogar nicht unerhebliche Bemühungen unternommen, das ehemalige Zentrum des Abendlandes in die Bedeutungslosigkeit zu verbannen. Ich hatte das Römische Imperium zerschlagen, den römischen Götterglauben ausgelöscht, die Stadt mit Plagen und Plünderungen überzogen und obendrein auch noch den Vatikan gegründet, damit der Hauptwohnsitz meiner Lieblingsreligion keine römische Postleitzahl mehr führen musste. Aber das Kaff war wie eine Kakerlake, die es immer wieder schaffte, selbst meinen ärgsten Zorn zu überleben. Ein schlafendes Ungetüm, lauernd, darauf wartend, dass sein Meister zurückkehrte.

Ich ertappte mich dabei, wie meine Oberlippe unwillkürlich zu zucken begann. Meine Güte, schlimmer als ein tollwütiger Hund. Was war nur los mit mir? Über Impulsivität konnte man sich streiten, aber für Primitivität gab es keine Entschuldigung. Wenn schon die Beherrschung verlieren, dann mit Stil – und nicht mit gefletschten Zähnen.

Ich rief mich zur Ordnung und versuchte zu verdrängen, dass mir die Zeit davonlief. Vier Monate schon. Vier Monate, die ich meine Freunde belog. Vier Monate, in denen ich nichts erreicht hatte. Vier Monate voller Rückschläge und der Gewissheit, dass *er* jeden einzelnen Tag genutzt hatte, um seine Macht aufzufüllen und seine Rache zu planen. Ich musste dem Ganzen ein Ende bereiten. Besser heute als morgen. Was auch der einzige Grund war, warum ich mich trotz meines Brioni-Anzugs dazu herabließ, in einem römischen Gebüsch herumzulungern wie ein zweitklassiger Paparazzo.

Besagtes Gebüsch begann in ebendiesem Moment zu schwanken und zu rascheln. Ein schwerfälliger tätowierter Muskelberg kämpfte sich durch den Oleander in unsere Richtung und grinste voller Vorfreude.

»Du bist spät«, murrte ich, »und so unauffällig wie eine Konfettikanone auf einer Beerdigung.«

Ryan zuckte mit den Schultern. »Im Vergleich zu deinem Ego fällt nicht mal eine Konfettikanone auf. Ich sag nur: Montreal.«

Touché.

Unsere Jagd in Kanada vor ein paar Tagen zählte wirklich nicht zu den Sternstunden meiner Besonnenheit und hätte Ryan beinahe das Leben gekostet. Fühlte ich mich deswegen schuldig? Ein bisschen. War das mein Problem? Auf gar keinen Fall. Ryan und seine Sterblichkeit waren auf dieser Mission einfach nur ein Klotz am Bein. Wir veranstalteten hier keine karitative Beschäftigungstherapie für gelangweilte Jäger, die sich mal wieder nützlich fühlen wollten. Hätte Ari nicht darauf bestanden, ihr Schoßhündchen mitzunehmen, wäre er von mir schon längst mit einem Napf Wasser an der nächstbesten Raststätte ausgesetzt worden.

»Also?«, wollte Ryan wissen und ließ seine Fingerknöchel knacken. »Wann gehen wir rein?«

»Noch nicht«, antwortete Ari, ohne die stillgelegte Fabrikhalle aus den Augen zu lassen. Nichts regte sich dort. »Lucian checkt die andere Seite. Sobald er uns das Zeichen gibt ...«

Sie stutzte und streckte die Nase in die kühle Nachtluft. Ich roch es auch. Der metallische Gestank von getrocknetem Blut wehte zu uns herüber, gemischt mit dem schwachen Prickeln dämonischer Energie.

Ungestüm schob ich die Oleander-Sträucher zur Seite und rannte los. Er durfte uns nicht noch einmal entwischen!

Bel, warte!, hörte ich Aris Stimme in meinem Kopf. Ich ignorierte sie, ebenso wie den obligatorischen Dialog mit Lucian, der natürlich folgen musste.

Was macht Bel da?

Sich nicht an deinen Plan halten natürlich.

Ich hasse es, wenn er das tut!

Frag mal.

Stopp ihn, bevor er alles ruiniert.

Als ob er auf mich hören würde.

Gerade als ich das verrostete Lagertor aufstoßen wollte, hatte Ari mich eingeholt und ließ mich in ihre ausgestreckte Hand laufen. Es fühlte sich an, als wäre ich gegen eine meterdicke Betonwand geprallt. Respekt. Obwohl es noch gar nicht so lange her war, dass Ari ihre Sterblichkeit zugunsten ihrer dämonischen Wurzeln abgelegt hatte, konnte die frischgebackene Prima schon mit einer ganz brauchbaren Kraft aufwarten.

Du weißt noch, was in Buenos Aires passiert ist?, fauchte sie mich an.

Ja, auch daran erinnerte ich mich nur zu gut. Ein weiterer Punkt auf der Sterbliche-haben-auf-einer-Primusjagd-nichts-verloren-Liste.

Dann lass dein kleines Phalanx-Sozial-Projekt diesmal besser draußen, konterte ich frostig und schob sie beiseite.

Aris Miene verfinsterte sich und versprach mir ein gesalzenes Nachspiel. Es war mir gleichgültig, solange sie mir jetzt nicht in die Quere kam.

Ich trat die Brandschutztür ein. Ein Schwall feuchter Luft schlug mir aus der Dunkelheit entgegen. Die vage Ahnung einer ganz speziellen dämonischen Signatur verkehrte sich in ekelerregende Gewissheit. Alles stank nach geronnenem Blut.

Er war hier.

Ohne nachzudenken, stürmte ich ins Innere der Lagerhalle. Mein Instinkt warnte mich. Das war zu einfach, die Spur zu eindeutig. Da traf mich ein grün glühender Feuerball. Er versengte meinen Brioni-Anzug und brannte sich in mein Fleisch. Ich fuhr herum und sah einen panischen Schatten flüchten.

»Der gehört mir!«, rief Ari und setzte dem Hexer nach.

Von mir aus. Mich interessierte nicht, wohin der Hexer lief, sondern woher er gekommen war. Zumal sich der Geruch nach getrocknetem Blut bereits zu verflüchtigen begann.

Schluss mit der Heimlichtuerei. Ich musste aufs Ganze gehen, also entfesselte ich meine Macht und schickte sie in jeden noch so kleinen Winkel der verschachtelten Lagerhalle. Ich durchforstete die hohen Regalwände, Nebenräume und Büros. Den Parkplatz, das Dach und den Keller.

Nichts.

Ein Fluch brannte mir in der Kehle. Wer auch immer hier gewesen war, hatte sich aus dem Staub gemacht.

Aber ich spürte da noch etwas anderes: das schwache Echo einer altbekannten Magie. Oh, bitte nicht ...

Wenn das stimmte, hatten wir ein echtes Problem.

Ich folgte dem magischen Echo in den hinteren Teil der Halle. Das vorher noch so romantische Mondlicht floss dort durch die hohen zerbrochenen Fensterfronten. Stahlstreben warfen bedrohliche Schatten auf Boden und Wände. Nur auf einen kleinen Bereich in der Mitte fiel das fahle Licht völlig ungehindert – wie ein Theaterspot. Und darin ...

Darin wartete eine Botschaft.

Ich wusste es in dem Moment, als ich das grausige Kunstwerk sah: ein Berg sich türmender Leichen, die in einer glänzenden dunkelroten Lache schwammen. Im Schrecken des Todes gefangene Gesichter, umrahmt von verrenkten Gliedmaßen und dem süßlich fauligen Geruch der Verwesung.

Fassungslos blieb ich stehen. Angst kroch in meine Gedanken und schnürte mir mit kalten Fingern die Kehle zu. Ein ungewohntes Gefühl. Es war nicht der Anblick, der mich so in Unruhe versetzte. Ich hatte schon Schlimmeres gesehen – und durchaus auch Schlimmeres getan. Nein, es war die Bedeutung dieses Blutbads, die ich fürchtete. Eine perfekte Inszenierung. Zu perfekt, um Zufall zu sein. *Er* hatte sie hier drapiert – für mich. Es war ein Präsent. Seine Art, mir zu sagen, dass er wieder da war. Dass er seine Macht zurückhatte. Dass er Anspruch erhob auf seine Stadt, seine alte Rolle und alles, was ich ihm genommen hatte.

Mehr noch, es war die Ankündigung, Gleiches mit Gleichem zu vergelten.

»Jesus, Maria und Josef!«, hörte ich Ryan hinter mir hauchen. Ich musste mich nicht umdrehen, um zu wissen, dass er kreidebleich war. Einen Augenblick später erklangen schnelle Schritte und Würgegeräusche. Ich verübelte es ihm nicht. Im Gegenteil, ich beneidete ihn darum, dass ein solches Massaker ihn noch derart berühren konnte.

Ich nahm eine flüchtige Bewegung auf den Stahlträgern über mir wahr. Lautlos schwang sich eine dunkle Silhouette herunter und landete zielsicher auf der anderen Seite des Leichenbergs. Lucians Signatur von schweren irischen Sommergewittern mischte sich mit dem bestialischen Gestank. Er warf mir einen missbilligenden Blick zu, bevor er sich neben den verrenkten Körper einer toten Frau kniete, um sie zu untersuchen.

»Das ist neu«, murmelte er grimmig. Die Nahtlosigkeit, mit der er in den Profi-Modus switchte, bewies, dass es wohl noch abgestumpftere Gemüter gab als mich. Natürlich war er es als Brachion gewohnt, durchgeknallten Dämonen hinterherzujagen und sich mit den Hinterlassenschaften ihres Wahnsinns auseinanderzusetzen, aber zumindest eine kleine Schocksekunde hätte seiner Sympathie nicht geschadet.

»Sieht mir nicht nach einer willkürlichen Tat aus.«

»Nein, das tut es nicht«, gab ich ihm recht.

»Und frisch ist das Ganze auch nicht. Die Leichen liegen hier schon mindestens ein paar Tage.«

Auch das war richtig.

»Boah, Leute«, krächzte Ryan und wankte aus der dunklen Ecke, in die er sich übergeben hatte, »eine Warnung wäre nett gewesen.«

Was für eine traumhafte Vorlage für einen zynischen Kommentar, aber ich war nicht in Stimmung. Schweigend stand ich da und sah Lucian dabei zu, wie er das Leichenmikado weiter entwirrte.

»Sie tragen keine Primus-Zeichen«, bemerkte er beiläufig.

»Hä, was?« Ryan war nur undeutlich zu verstehen, weil er sich die Hand vor den Mund hielt, um einem neuen Würgereiz zu entgehen. »Ich mein, diese Stille-Wasser-Mumien haben ja wirklich allesamt einen an der Klatsche, aber bislang schienen sie sich wenigstens logisch zu verhalten. Sie folgen ihrem Hunger, zwingen irgendwelche Menschen, ihnen ihre Seele zu überschreiben, und schlachten sie dann ab. Aber das hier ist eine ganz andere Nummer. Für einen Primus ist das doch ... Verschwendung.«

Das letzte Wort kam dem Jäger aus moralischen Gründen nur schwer über die Lippen. Und tatsächlich lag er damit nicht so falsch. Theoretisch wäre es Verschwendung gewesen, so viele Seelen ungenutzt verkommen zu lassen – wenn da nicht noch immer dieses magische Echo gewesen wäre.

»Es gibt mehr als einen Weg, einem Menschen die Seele zu rauben«, murmelte ich.

Lucian richtete sich auf. Seine grünen Augen fixierten mich. Erst fragend, dann schockiert, dann voller Sorge. Das war er, der Moment, den ich eigentlich hatte vermeiden wollen. Er wusste es. Lucian erinnerte sich.

»Mehr als einen Weg?«, wiederholte Ryan konsterniert. »Aber –«

Ein lautes Rumsen unterbrach den Jäger. Eine Tür schwang auf und Ari marschierte in die Fabrikhalle.

»Ich hab euch was mitgebracht!«, rief sie triumphierend. In ihrem stahlharten Griff baumelte der Hexer, der mich vorhin angegriffen hatte. Sein Gesicht war von Pickeln überzogen und über seiner Oberlippe spross gerade mal ein leichter

Flaum. Der Junge konnte keinen Tag älter als neunzehn sein und stank dennoch schon von oben bis unten nach einem ganz speziellen Dämon. Er war ein Gezeichneter.

Mit einem Mal hatte meine Wut ein greifbares Ziel und all mein Frust entlud sich. Schneller als Ari es hätte verhindern können, schnappte ich mir den Burschen an der Kehle und rammte ihn rückwärts gegen die nächstbeste Wand.

»Wo ist er?«, knurrte ich.

»B-b-bitte!«, stammelte er. »Ich werde nichts sagen!«

Obwohl seine Mauern stabil genug waren, um all seine Emotionen zu verbergen, troff dem Jungen die Angst nur so aus jeder Pore. Mein Mitleid hielt sich in Grenzen. Ich packte noch ein wenig fester zu.

»Oh doch, du wirst mir sagen, wo er sich herumtreibt und was er plant, sonst –«

»Jetzt entspann dich mal, Bel!«, herrschte Ari mich an. Gleichzeitig fragte sie Lucian in Gedanken: *Von wem zum Henker redet er überhaupt*?

Das willst du gar nicht wissen, Kleines. Seine Antwort schloss Lucian mit einem mitleidigen Seufzen und brachte meinen Geduldsfaden damit endgültig zum Reißen. Gott, war ich es leid, den beiden in ihrer unerträglichen Harmonie zuhören zu müssen. Genauso wie ich die Nase voll davon hatte, zweitausend Jahre immer einen Schritt hinterher zu sein. Damit war nun ein für alle Mal Schluss. In meiner Wut stieß ich Ari zur Seite und konzentrierte meine ganze Macht auf die mentale Abwehr des Hexers. Wenn er mir die Informationen nicht freiwillig geben wollte, würde ich sie mir eben aus seinen Erinnerungen holen.

»WO IST ER?«, brüllte ich, während der Hexer vor Schmerz aufjaulte.

»Bitte tun Sie mir nichts! Ich hab doch alles getan, was Sie wollten. Ich hab es genau nach Ihren Vorgaben arrangiert und –«

»Wovon sprichst du?«

Ein spöttisches Lächeln erschien auf dem Gesicht des Jungen. Plötzlich erfüllte ein magisches Sirren die Luft, und der Körper unter meinen Händen begann, unkontrolliert zu zucken.

»Hör auf, Bel!«, rief Ari. »Wenn du ihn umbringst, werden wir nie erfahren –«

»Mea est ultio«, zischte der Junge gerade so laut, dass nur ich ihn hören konnte. Ein Ruck ging durch sein Rückgrat, gefolgt von einer Reihe mir nur allzu bekannter Geräusche. Brechende Knochen. Dutzende davon. Ein heiseres Keuchen war das Letzte, was der Hexer von sich gab, bevor er leblos zusammensackte.

Entgeistert starrte ich den toten Körper in meinen Händen an. Ich brauchte ein paar Augenblicke, bis mir klar wurde, dass auch das kein Zufall gewesen sein konnte. Der Junge sollte sterben. Hier. Während ich ihn verhörte.

»Na, ganz toll gemacht, Mister Ich-bin-so-großartig-dass-mir-niemand-das-Wasser-reichen-kann«, maulte Ryan. »Wir hätten wirklich ein paar Infos gebrauchen können.«

Ich ließ den Hexer fallen und wirbelte herum. Meine Wut tobte noch immer in mir und brauchte ein Ventil. Und wenn sich dieser vorlaute Jäger schon so bereitwillig anbot … dann bitte.

»Achte auf deine Worte, Mensch. Sonst sorge ich beim nächsten Mal dafür, dass du daran erstickst.«

Ich schleuderte meine Macht in Ryans Richtung, um ihm eine Lektion in Sachen Demut zu erteilen, doch ich kam nicht weit. Meine Energie prallte an einer unsichtbaren Barriere ab, die nach einem Sonnenaufgang im Frühling roch. Die dazugehörige Prima mit honigblondem Pferdeschwanz und pechschwarzen Augen schob sich zwischen mich und mein neues Opfer. In Aris Händen glühten Klingen. Aziam. Die einzige Waffe, die Unsterbliche töten konnte.

Die unverhohlene Drohung meiner Freundin wirkte wie eine Eisdusche. Und der tiefe Kratzer auf ihrer blutverschmierten Stirn holte mich endgültig auf den Boden der Tatsachen zurück. War ich das gewesen? Hatte ich wirklich dermaßen die Kontrolle verloren, dass ich sie verletzt hatte? Die Wunde verheilte zwar in diesen Augenblicken, trotzdem hätte mir so etwas nicht passieren dürfen. Und dass Ari sich gezwungen sah, ihre Brachion-Klingen gegen mich zu ziehen, sprach Bände. Ein Wunder, dass Lucian mich nicht schon bereits aufgespießt hatte. So wie ich ihn kannte, stand er ohnehin längst hinter mir und zielte auf mein Herz.

Ich versuchte, meine Macht zurückzuziehen. Dumm nur, dass es mir nicht so recht gelingen wollte, während ich noch um meine Beherrschung rang. Offenbar war mein Innenleben in einem weitaus desolateren Zustand, als ich es mir jemals eingestanden hätte. Tja, da musste wohl meine Standardlösung herhalten: Ich setzte eine möglichst souveräne Miene auf und tat so, als wäre alles Absicht gewesen.

»Mal wieder Lust, mich zu erdolchen, Ari? Du vermisst wohl das befriedigende Gefühl, einen meiner Anzüge zu ruinieren?«

»Spar dir die Sprüche, Bel!«, blaffte meine Freundin. Sie ließ das Feuer in ihren Klingen ersterben und sah mich todernst an. »Erstens ist dein Anzug bereits ruiniert – was du sicherlich inzwischen behoben hättest, wenn du nicht gerade vollkommen neben der Spur wärst. Zweitens«, fuhr sie fort und deutete mit angeekelter Miene auf meine linke Körperhälfte, »bring das bitte in Ordnung, das sieht wirklich widerlich aus.« Perplex blickte ich an mir herunter und stellte fest, dass der Feuerball des Hexers in der Tat einen immensen Schaden an meiner Kleidung und meiner Hülle angerichtet hatte. Genau genommen waren Haut, Fleisch und Stoff so weit miteinander verschmort, dass stellenweise sogar die Knochen durchschimmerten. Nichts, was ich nicht innerhalb eines Wimpernschlags hätte reparieren können, und doch das erste Mal seit etlichen Jahrhunderten, dass ich schlicht vergessen hatte, mich zu heilen ...

»Und drittens ...« Nun kam Ari auf mich zu und baute sich mit einer Selbstverständlichkeit vor mir auf, als wäre ich nicht der Teufel, dem sie gerade mal bis zum Kinn reichte. »Du wirst mir jetzt sofort sagen, warum du dich in letzter Zeit aufführst wie ein tollwütiges Frettchen auf Steroiden, oder ich schwöre dir, ich werde dich entweder zu einem Therapeuten schleppen oder deine Essenz so lange anbrutzeln, bis du wieder klar denken kannst!«

Meine Mundwinkel zuckten unwillkürlich und die Last auf meinen Schultern fühlte sich mit einem Mal leichter an. Ich wusste schon, warum ich Ari mochte. Und ganz abgesehen davon, dass ich Maßregelungen verabscheute, war das seit Langem das Netteste, was jemand für mich getan hatte.

Ich atmete tief durch und legte zum Zeichen meines guten Willens eine Illusion über meine verbrannte Körperhälfte. Gott sei Dank gehorchte mir meine Macht diesmal. Ich war so erleichtert, dass ich für einen Augenblick die Vorstellung zuließ, Ari um Hilfe zu bitten. Für jemanden wie mich ein absurder Gedanke. Und doch ...

»Erstens«, entgegnete ich ihr, indem ich ihren Tonfall kopierte. »*Ich* habe dem Hexer kein Haar gekrümmt. Das war ein Suizid-Zauber. Zweitens: Ein tollwütiges Frettchen auf Steroiden?! Wirklich? Dir ist kein geschmackvollerer Vergleich eingefallen?« Ari presste ihre Lippen zu einem schmalen Strich zusammen. Bevor sie jedoch etwas sagen konnte, hob ich beschwichtigend die Hände. »Und drittens: Ja, es gibt einen Grund für mein Verhalten. Und ja, ich habe euch möglicherweise einen Teil der Wahrheit vorenthalten, aber ich hatte meine Gründe.«

»Da bin ich mal gespannt«, ertönte es hinter meinem Rücken. Wie erwartet trat Lucian in mein Blickfeld und steckte seinen Aziam weg – natürlich nicht, ohne mir einen eisigen Blick zuzuwerfen. Anschließend kniete er sich neben den toten Hexer und begutachtete dessen Nacken. Dort schimmerte im fahlen Licht des Mondes ein altbekanntes Symbol: Linien, die etwas abstrahiert zwei in entgegengesetzte Richtungen blickende Gesichter bildeten.

Der Brachion fluchte.

Ich schwieg.

Ari rollte mit den Augen.

Sie konnte es nicht leiden, nicht eingeweiht zu sein.

»Klärt mich bitte mal wer auf?« Obwohl sie den Plural benutzte, funkelte sie ausschließlich mich grimmig an. »Wem gehört dieses Symbol?«

Lucian und ich antworteten unisono: »Ianus.«

»Aha. Und wer ist dieser Ianus?«

»Die lange oder die kurze Version?«, erkundigte sich ihr Gefährte, während er aufstand und sich seine unerträglich poetischen Locken aus der Stirn strich.

»Bitte die Kurze!«, stöhnte ich. Mir fehlten sowohl die Zeit als auch die Nerven dafür, mein halbes Leben Revue passieren zu lassen.

Als Ari zustimmend nickte, zuckte Lucian mit den Schultern und meinte: »Ianus war Bels Erzrivale, bevor er von Thanatos und mir wegen seiner Verbrechen in die Stillen Wasser befördert wurde. Rom war seine Stadt – zumindest, bis Bel sie vor zweitausend Jahren abgefackelt hat – und das Stehlen von Seelen gehörte zu seinen Spezialitäten, natürlich neben blutrünstigen Morden wie diesen hier.«

Aris Mund klappte auf. Sie blickte fassungslos zwischen mir und ihrem Gefährten hin und her, während hinter ihr ein völlig perplexes Jägergesicht auftauchte. Ryan hatte sich bislang vorsorglich zurückgehalten, doch nun konnte er sich nicht länger bremsen.

»Heilige Scheiße, der Große Brand von Rom warst DU?!«

Keine zehn Worte gesprochen und schon ging er mir auf die Nerven. Ich nahm den Jäger ins Visier, aber Lucian kam mir zuvor. »Die Liste der von Bel provozierten Einträge in menschlichen Geschichtsbüchern ist noch viel länger. Allerdings hat er sich in jener Nacht selbst übertroffen. Ianus hatte ihm Malta genommen und Bel ihm im Gegenzug Rom, seine Macht, seinen Ruf und seine Freiheit.«

Das war so nicht ganz richtig. Ich hatte Rom nicht aus Kalkül abgebrannt, sondern schlicht die Kontrolle verloren. Abgesehen davon hatte Ianus mir mehr genommen als Malta. Sehr viel mehr.

»Wunderbar!« Ari warf ihre Arme in die Luft. »Wir haben also einen frei laufenden Psychopathen, der vermutlich noch verrückter ist als früher und zu allem Überfluss auch noch eine Stinkwut auf dich und Lucian hat! Habe ich was vergessen?«

Das war eindeutig eine rhetorische Frage, und dennoch kam ich nicht umhin, sie auf die Offensichtlichkeiten hinzuweisen, die ihrem Resümee fehlten.

»Ianus scheint bereits wieder im Vollbesitz seiner Kräfte zu sein. Andernfalls wäre er wohl kaum das Risiko eingegangen, mir diese Botschaft zu hinterlassen.«

Ari stieß entnervt die Luft aus. »Super. Noch was?«

»Und er hat jetzt schon wieder Gezeichnete«, meldete sich Ryan eifrig zu Wort, als wäre das Ganze ein Quiz.

»Mehr als das«, korrigierte ich den Jäger. »Es braucht eine Menge magischer Gefäße und mächtiger Hexen, um die Seelen so vieler Menschen zu rauben und zu konservieren. Es würde mich nicht wundern, wenn auch einige Hexenmeister unter seinen neuen Anhängern wären.«

»Er befehligt also auch noch eine halbe Armee?« Aris ohnehin schon zynischer Tonfall wurde so trocken wie die Sahara.

Lucian schnalzte mit der Zunge. »Eine Armee, die offensichtlich bereit ist, für ihn in den Tod zu gehen.«

Damit kippte die Stimmung und Aris Sarkasmus verwandelte sich in ehrliche Wut. Sie kniff die Augen zusammen und spießte mich mit ihrem Blick förmlich auf.

»Diese ganze Jagd nach den entflohenen Stille-Wasser-Sträflingen war eine Farce, weil es dir in Wahrheit nur um Ianus ging. Und statt uns um Hilfe zu bitten, hast du uns benutzt!«

Ihr Vorwurf verhallte in der verlassenen Fabrik, während sich in mir Widerstand regte. Ja, mein Verhalten war vielleicht nicht ganz einwandfrei gewesen, aber ich ließ mich nicht gern hinterfragen. Schon gar nicht von jemandem, dem die Kenntnis entscheidender Details fehlte.

»Möglich, dass ich deinen Moralvorstellungen nicht genüge, aber eines sollten wir hier mal festhalten«, konterte ich frostig. »Ich muss euch nicht in alles einweihen. Ihr seid Brachion und ich bin Mitglied des Hohen Rats. Es ist mein Recht, euch zu benutzen, wann und wie ich es für richtig halte.«

»Wow!« Aris Gesichtsausdruck wechselte von Empörung zu Enttäuschung und schließlich zurück zu Wut. Sie machte auf dem Absatz kehrt und marschierte auf den Ausgang zu.

»Weißt du was, Bel?«, rief sie mir über die Schulter nach. »Viel Spaß mit Ianus. Wir sind raus.«

Lucian zögerte keine Sekunde. Er folgte ihr wortlos, ebenso wie Ryan, der mich zuvor jedoch noch mit einem Kopfschütteln bedachte.

»Ganz schön schäbig dafür, dass Morrison alles für dich tun würde.«

Diesmal verspürte ich keinen Drang, ihn erwürgen zu wollen. Vielmehr fühlte ich mich tatsächlich ... schäbig.

»Ari, warte!«

Sie war bereits außer Sichtweite, doch noch hörte ich ihre Schritte. Sie wurden nicht langsamer. Unaufhaltsam ließen sie mich allein – mit einem Berg Leichen, mit Ianus und meinem Gefühlschaos.

Ari! Es tut mir leid!

Wieder keine Antwort.

Bitte, ich ... brauche deine Hilfe.

Die Verzweiflung in meiner Stimme war mir genauso unangenehm wie die Schwäche, die ich gerade zur Schau stellte. Aber es musste sein. Ich hatte Fehler gemacht, zu viele Fehler, und dabei stets größte Gleichgültigkeit vorgegaukelt. Ari war die Einzige, die sich davon nie hatte blenden lassen. Sie war diejenige, die mir nach zweitausend Jahren die Hoffnung zurückgegeben hatte. Ohne ihre Hilfe würde ich zweifelsohne den Boden unter den Füßen verlieren. Und das konnte ich mir beim besten Willen nicht leisten. Nicht jetzt, wo ich doch jeden Funken meiner Energie brauchte, um mich nicht in den Wahnsinn treiben zu lassen von dem, was auf dem Spiel stand.

Ein Hauch von Aris Macht strich durch meine Gedanken, gefolgt von einem resignierten Seufzen.

Was hat Ianus gegen dich in der Hand?

Trotz ihres versöhnlichen Tonfalls brachte Ari es wieder einmal auf den Punkt.

Mehr, als ich in Worte fassen kann, erwiderte ich zähneknirschend.

Tja, dann haben wir ein Problem. Weil ich dir nicht helfen kann und werde, solange du mir nicht die ganze Wahrheit erzählst.

Die ganze Wahrheit? So viele Erinnerungen spukten in meinem Kopf umher und dennoch war ich mir nicht sicher, ob ich mich nach all der Zeit an die ganze Wahrheit würde erinnern können … oder erinnern *wollen.*

Ich atmete tief durch.

Also gut. Aber nur du und Lucian.

Noch lieber wäre mir gewesen, auch den Brachion außen vor zu lassen, doch das hätte keinen Zweck gehabt. Ari würde ihrem Gefährten niemals etwas verheimlichen – nicht einmal für mich.

Ganz wie du willst, antwortete Ari, während ich spürte, dass ihre Energie stärker wurde. Sie kam zurück.

Nicht hier. Ich denke, es ist einfacher, wenn ich es euch zeige.

Von Sinnen

Tap.

Es reichte, daran zu denken. Schon spannten sich Sehnen, Muskeln zogen sich zusammen und mein großer Zeh hob sich. Ein zweiter Gedanke und er fiel zurück auf den kühlen Steinboden.

Tap.

Ich fühlte meinen eigenen Atem an den Armen. Ich fühlte, wie sich meine Haare darin wiegten, wie sie mir über die Schultern und die Knie strichen und dort meine Haut kribbeln ließen. Ich fühlte meinen Hintern, der Schmerzsignale an mein Hirn sendete, weil er den harten Fußboden in der kalten Ecke nicht mochte. So unwirklich.

Tap.

Mein Herz schlug, das Blut pulsierte in meinen Adern und während sich meine Lungen mit Luft füllten, weitete sich mein Brustkorb. Allein diese kleine Bewegung machte mir das Denken unmöglich, denn der Stoff, der meine Haut berührte, löste ein Feuerwerk in meinen Nervenbahnen aus.

Tap.

Ich erinnerte mich daran, wie es war, einen Körper zu besitzen, ich hatte nur nicht mehr gewusst, dass es so intensiv sein konnte.

Tap.

Aber solange ich mich auf meinen Zeh konzentrierte, schaffte ich es, mich nicht zu verlieren.

Tap.

Das Geräusch, das ich damit erzeugte, vermochte die endlose Stille nicht zu füllen. Keine Schreie. Keine Hilferufe. Keine Stimmen, die mich anflehten, sie zu befreien.

Ich wusste nicht, was geschehen war. Die anderen hatten sich vor Aufregung überschlagen und mich zurückgedrängt. Mir war es gleichgültig gewesen, weil ich keine Kraft mehr gehabt hatte, um mich zu behaupten. Nicht gegen die vielen Neuen, die immer so stark und ungestüm forderten, was ohnehin unmöglich war. Doch als uns dann diese unglaubliche Energie geflutet hatte, war mir sofort klar gewesen, dass sich etwas verändern würde. Ich hatte Hoffnung geschöpft. Und meine Hoffnung hatte sich erfüllt. Das Ewige Rot war zersprungen wie Glas. Dunkelheit hatte sich wie eine Decke über uns gelegt. Wir waren frei gewesen. Erlöst. Glücklich. Ich hatte die Seelen der anderen gesehen, wie sie wie Sterne erstrahlt waren, und ein Friede war über mich gekommen, schöner als jede Erinnerung, die ich mir bewahrt hatte. Und gerade als meine Seele diesen Frieden in sich aufnehmen wollte, hatte mich etwas zurückgerissen. Fort aus der Dunkelheit, hinein ins Licht. Ich wurde durch eine Welt voller Schmerzen geschleudert und war schließlich hier aufgewacht.

Es war, wie er es mir versprochen hatte. Es würde nie enden. *Nie wieder.* Nie wieder würde ich frei sein, nie wieder Ruhe finden, nie Erlösung, nie Frieden.

Etwas rann meine Wange hinunter. Warm. Feucht. Es waren Tränen. Schon wieder. Diesmal würde ich nicht den Fehler machen, meine Hände von den Augen zu nehmen, um sie abzuwischen. Das Blut, das durch meine geschlossenen Lider floss, färbte meine Sicht in der Farbe meines Gefängnisses. Rot.

Die Augen zu öffnen, kam jedoch genauso wenig infrage. Dafür war ich noch nicht bereit. Ganz am Anfang hatte ich es einmal gewagt. Das Licht war kaum zu ertragen gewesen. Es hatte all die Farben leuchten lassen, dass meine Sinne förmlich explodiert waren. Ich war gefallen. Jemand hatte mich auffangen wollen, aber die Berührung hatte alles noch viel schlimmer gemacht. Eine gebrechliche Stimme war bemüht gewesen, mich zu beruhigen, doch die Worte hatten es nicht geschafft, das Rauschen in meinen Ohren zu durchdringen. Ich war geflohen. In eine Ecke. Und dort saß ich noch immer, die Hände fest auf die Augen gepresst.

Ich wusste nur, dass ich mich in einem weißen Raum befand. Und vage konnte ich mich an Blumen erinnern. Vielleicht glaubte ich das aber auch nur, weil da dieser süßliche schwere Duft war, den ich mit jedem Atemzug in meine Lungen presste.

Meine Tränen hatten meine Lippen erreicht und ein salziger Geschmack breitete sich in meinem Mund aus. Im selben Moment öffnete sich eine Tür und Schritte ertönten. Ein warmer Luftzug liebkoste meine Haut. Ich erschauerte unwillkürlich, während ein neuer würziger Geruch hereinwehte. Die unterschiedlichen Signale versetzten mein Gehirn in Panik. Mein Herz begann schneller zu pochen und meine Muskeln spannten sich unwillkürlich an.

Bleib ruhig, sagte ich mir.

Es war nicht das erste Mal, dass der Mann mit der gebrechlichen Stimme zurückkehrte. Und noch nie hatte er einen zweiten Versuch unternommen, mich anzufassen. Wie immer brachte er lediglich etwas herein, das er mit einem leisen Scheppern neben mir abstellte, woraufhin er mir mit ein paar Worten erzählte, was er gekocht hatte, und anschließend wieder verschwand.

Diesmal schien er unzufrieden zu sein.

»Du musst was essen, Kind«, murmelte er. »Dein Körper braucht Nahrung. Wie willst du denn sonst zu Kräften kommen?«

Eine Antwort erwartete er nicht. Stattdessen schlurfte er hinaus und zog die Tür hinter sich zu.

Essen ...

... um zu Kräften zu kommen? Um herauszufinden, wo ich war? Um zu fliehen? Wozu? Außerdem versetzte mich allein die Vorstellung in Panik, etwas in meinen Mund zu stecken, zu kauen und zu schlucken. Ich war doch schon überfordert damit, überhaupt am Leben zu sein.

Um mich abzulenken, konzentrierte ich mich wieder auf meinen großen Zeh. Ein Gedanke, Sehnen spannten sich, Muskeln zogen sich zusammen und er hob sich. Ein zweiter Gedanke und er fiel zurück auf den kühlen Steinboden.

Tap.

Tap.

Tap.

Eine Leiche im Keller

»Ich werde mich wohl nie daran gewöhnen«, verkündete Ari, während wir durch mein privates Verlies marschierten. »Man sollte unter seinem Wohnzimmer einen Partykeller haben und keinen hauseigenen Kerker.«

»Da bin ich ganz deiner Meinung«, entgegnete ich trocken. »Die Frage ist nur, wie man *Party* definiert.«

Hinter mir stieß Lucian ein missbilligendes Geräusch aus.

Du hättest einen Deal aushandeln sollen, Kleines. Unsere Hilfe gegen eine Auszeit von seinen selbstgefälligen Sprüchen.

Ari grinste. *Das kann ich ihm doch nicht antun. Das käme ja einem Schweigegelübde gleich.*

Widerwillig unterdrückte ich den Impuls, die beiden an ein Mindestmaß von Höflichkeit zu erinnern. Sie wussten nur zu genau, dass ich ihre Gespräche hören konnte, und machten sich einen Spaß daraus, mich zu provozieren. Die Genugtuung, damit Erfolg zu haben, gönnte ich ihnen nicht. Also setzte ich eine gelangweilte Miene auf und meinte: »Selbstgefälligkeit hat viele Gesichter, junger Ankou.«

Mit einem kleinen mentalen Wink aktivierte ich einen der vielen Bannsprüche, die in den Mauern meines Zuhauses verwoben waren, und unterband so jede weitere mentale Kommunikation. Anschließend genoss ich die Verwirrung meiner Gäste und die erlösende Ruhe in meinem Kopf.

»Spielverderber«, murmelte Ari, als sie endlich herausgefunden hatte, was nicht stimmte.

Dem konnte ich nicht widersprechen. Auch meine Nachsicht und mein Humor kannten Grenzen. Besonders dann, wenn ich den Gang betrat, der an einer schlichten weißen Tür endete.

»Ach du meine Güte«, hauchte Ari. Offenbar spürten sie und Lucian schon von Weitem die Schutzzauber, die auf diesem Raum lagen.

»Hoffentlich ist das nur gegen Einbruch gedacht«, meinte Lucian angespannt, »und nicht gegen einen Ausbruch.«

Ich sah, wie seine Hand instinktiv zu seinem Aziam zuckte, und seufzte. »Du wirst deine Waffe hier drinnen nicht brauchen, Brachion.«

Ohne ein weiteres Wort öffnete ich die Tür und schritt voran in einen kargen dunklen Raum. Ich wusste selbst nicht mehr genau, warum ich ihn vor all den Jahren hatte bauen lassen. Vielleicht, um mir ein bisschen Abstand zu verschaffen. Vielleicht, weil ich glaubte, nicht das Recht zu haben, in ihrer Nähe zu sein.

Ich wartete, bis Ari und Lucian eingetreten waren, und schloss die Tür mit einem beiläufigen Gedanken. Ein zweiter Gedanke setzte einen schweren Vorhang in Bewegung. Abgesehen von ihm gab es hier drinnen nichts. Nicht einmal einen Stuhl. Dieser Raum diente nicht der Bequemlichkeit. Er diente dazu, dem eigenen Versagen ins Gesicht zu sehen.

Hinter dem Vorhang kam eine große Glasscheibe zum Vorschein, durch die man ein helles Zimmer mit Bücherregalen, Bildern und etlichen blauen Blumen betrachten konnte. Im Zentrum des Zimmers stand ein Steinsockel, den man kaum noch als solchen erkennen konnte. Er war dicht umwachsen von magischen Ranken. Sie strahlten fortwährend ein schwaches, aber beständiges Glühen aus, obwohl der zugrunde liegende Zauber bereits vor einigen Tagen gebrochen worden war.

»Für eine Zelle in deinem Kerker ist das ziemlich einladend«, befand Ari und trat näher an die Scheibe. Sie brauchte eine Weile, um die kleine Gestalt zu entdecken, die sich in der hintersten Ecke zwischen einem Schrank und einer Topfpflanze verkrochen hatte.

Mein Herz zog sich schmerzhaft zusammen. Jede Minute, die ich nicht mit der Jagd auf Ianus beschäftigt war, verbrachte ich hier, und dennoch fühlte es sich immer noch wie das erste Mal an, als ich sie in dieser Ecke sitzen gesehen hatte. Unbändige Freude, die von kühler Ernüchterung vertrieben und schließlich durch Wut ersetzt wurde. Blanke Wut auf mich selbst. Dieser vermaledeite Kupferdolch, den ich von Sotírios hatte erschaffen lassen, trug seinen Namen zu Recht. Er hinterließ nichts als »Verbrannte Erde«. Man musste schon blind sein, um nicht zu erkennen, wie sehr dieses wunderschöne Wesen litt. Seit sie zurück war, hatte sie kein Wort gesprochen, nichts gegessen, nichts getrunken und sich keinen Zentimeter aus ihrer Ecke herausgewagt. Sie saß einfach nur da, presste die Hände auf die Augen und bewegte hin und wieder ihre Zehen.

Sonst nichts.

Sie hatte noch nicht einmal eine mentale Abwehr errichtet, und trotzdem konnte ich keinerlei Gefühle bei ihr wahrnehmen. Keine Angst, keinen Zorn, keine Verwirrung, keine Enttäuschung. Es schien fast, als wäre ihre Seele nicht mehr in der Lage, Emotionen zu produzieren. Dementsprechend war es gut möglich, dass auch ihr Verstand zerfetzt war.

Angewidert von meinem Werk wandte ich den Blick ab. Ein solches Leben hatte sie nicht verdient.

»Wer ist das?«, wollte Ari wissen.

»Cassia ...«, hauchte Lucian, ohne den Blick von dem zusammengekauerten Geschöpf zu nehmen. Er hatte sie schneller erkannt, als ich ihm zugetraut hätte. Umso unvorbereiteter traf es mich, ihren Namen zu hören. Niemand nannte sie hier so. Genau genommen wusste in diesem Haus außer mir niemand, wie sie hieß.

Cassia ... Zwei Silben, sanft wie das Morgenrot und schmerzhaft wie eine Klinge.

»Du kennst das Mädchen?«, fragte Ari überrascht.

Lucian nickte benommen. Die Erkenntnis, wen ich dort nebenan beherbergte, hatte ihm jede Regung aus dem Gesicht gefegt. Er schien vollauf damit beschäftigt zu sein, seine Erinnerungen zu sortieren, also übernahm ich an diesem Punkt. Ich setzte eine möglichst unbeschwerte Miene auf und wählte einen sachlichen Tonfall. Nicht, um etwas zu verbergen, sondern um mich selbst vor den Gefühlen zu schützen, die in meinem Inneren tobten.

»Das, liebste Ari, ist die Frau, von der ich dir erzählt hatte. Cassia. Das erste Opfer des Dolchs, mit dem du die Stillen Wasser gesprengt hast.«

Aris Mund klappte auf.

»Nachdem ihre Seele befreit wurde, hat der Zauber, mit dem ihr Körper belegt war, sie zurückgeholt. Möglicherweise war ich deshalb in letzter Zeit etwas gereizt und –«

»Warte mal, was?!«, unterbrach sie mich bestürzt. »Du hältst dieses Mädchen seit vier Monaten hier unten gefangen?«

»Natürlich nicht. Ihre Rückkehr hat eine Weile gedauert.

Um ehrlich zu sein hatte ich die Hoffnung schon fast aufgegeben, bis sie dann vor ein paar Tagen aufgewacht ist.«

Das minderte ihre Bestürzung in keinster Weise. »Aber du hast ihre Leiche die ganze Zeit über hier unten konserviert?!«

»Nicht ihre Leiche. Ihren seelenlosen Körper«, berichtigte ich sie.

»Was so ziemlich dasselbe ist. Wie lange? Hundert Jahre? Zweihundert Jahre?«

»Eher zweitausend«, brummte Lucian, der seinen ersten Schock überwunden zu haben schien.

Ari riss die Augen auf und starrte mich fassungslos an. »Oh Gott, Bel. Dir ist schon klar, dass das keinen besonders ... ähm ... gesunden Eindruck macht?«

Ich seufzte. Ja, das war mir sehr wohl bewusst. Nicht ohne Grund hatte ich niemandem davon erzählt und mehr als einmal mit dem Gedanken gespielt, die Sache zu beenden.

Nun richtete sich auch Lucians Blick auf mich. Die anklagende Verachtung, die darin glänzte, war kaum zu übersehen. »Du hast erzählt, sie wäre im Feuer umgekommen.«

Ich zuckte mit den Schultern. »Zu einem gewissen Grad ist sie das auch.«

Seine Macht verdichtete sich und begann zu knistern. »Du hast sie mir vorenthalten!«

Seine lächerlichen Drohgebärden beeindruckten mich kein bisschen. Er würde nicht über die Stränge schlagen. Nicht in meinem Haus, nicht vor Ari und schon gar nicht vor seinen eigenen moralischen Ansprüchen. Das wussten wir beide.

»Und das behauptest du mit *welchem Recht?*«, erkundigte ich mich herablassend. Denn auch wenn es sich oft so anfühlte, war ich nicht alleine für die Verkettung ungünstiger Umstände verantwortlich, die uns hierhergebracht hatte.

Lucian trug eindeutig eine Mitschuld an Cassias Schicksal. Und ja, ich hatte ihn in dem Glauben gelassen, sie wäre gestorben, und ihm damit jede Möglichkeit verwehrt, etwas gegen seine Gewissensbisse tun zu können. Sein Problem. Seine Ansprüche auf Cassia waren in dem Moment erloschen, als er sie in Ianus' Fänge übergeben hatte.

»Mit *welchem Recht* hast du mich belogen?« Schwarze Schlieren tanzten in Lucians Augen. Er kam einen Schritt auf mich zu. »Was für ein heuchlerischer, egoistischer Mistkerl du doch bist!«

»Stets zu Diensten!«, konterte ich kühl.

»Time-out!« Mit ausgestreckten Armen positionierte sich Ari zwischen mich und ihrem aufbrausenden Bettgenossen. »Ich will Infos! Fangt am Anfang der Geschichte an, dann entscheide ich am Ende, wer sauer auf wen sein darf!«

Sie wollte Infos. Gut. Sie wollte den Anfang der Geschichte. Noch besser. »Thanatos und Lucian haben Cassia als Sklavin an Ianus verkauft, damit sie im Kaiserpalast Beweise für dessen Verbrechen sammelt.«

Aris Brauen wanderten in die Höhe. Allmählich schien sie zu ahnen, welche Dimensionen die Angelegenheit annehmen würde. Sie sah Lucian erstaunt an.

»Sie war eure Spionin?«

Er bejahte widerstrebend. »Cassia war immun gegen dämonische Kräfte – wie Jimmy. Nur ist die Immunität bei Cassia tausendfach ausgeprägter, da sie ein Halbblut der ersten Generation ist und ihre Fähigkeiten nicht durch Vererbung verwässert wurden.«

»Das ist noch lange kein Grund, sie schutzlos einem psychopathischen Dämon auszuliefern«, meinte Ari streng.

»Ganz meine Rede!«, kommentierte ich und verfolgte nicht

ohne eine gewisse Genugtuung, wie sie ihrem Gefährten den Kopf wusch.

»Es war Thanatos' Entscheidung«, versuchte Lucian sich zu rechtfertigen.

Ari stieß scharf die Luft aus. »Natürlich! Selbst tot hinterlässt mein lieber Daddy nichts als Scherereien. So wie ich ihn kenne, hat er Cassia wahrscheinlich sogar mit Absicht rekrutiert, weil er wusste, wie viel sie Bel bedeutet.«

Lucian, der schon den Mund geöffnet hatte, um etwas zu sagen, schloss ihn wieder. Verblüfft blickte er zu Cassia und dann zu mir. Als ich Aris Behauptung nicht leugnete, wuchs seine Verwirrung nur noch weiter.

»Als wir Cassia rekrutiert haben, kannte Bel sie überhaupt nicht.«

»Halt. Stopp. Was?« Mit neuem Misstrauen drehte Ari sich zu mir um und verschränkte die Arme vor der Brust. »Wie lang wart ihr denn zusammen?«

»Es kommt nicht auf das *Wie lang* an, sondern auf das *Wie*«, wich ich aus.

Aber Ari blieb hartnäckig. »Wie lang?«

Ihr gelockter Brachion-Schönling verschränkte ebenfalls die Arme und trat hinter sie, als wollte er ihr den Rücken stärken.

»Es kann nicht länger als fünf Tage gewesen sein«, meinte er, während die beiden mich mit vorwurfsvollen Blicken bombardierten.

»Fünf Tage?!«, warf Ari mir an den Kopf. »Nach fünf Tagen behauptest du, sie wäre die Liebe deines Lebens?«

Allmählich schwand meine Nachsicht. Ich würde jede Demütigung ertragen und jede Schuld akzeptieren, doch niemand hinterfragte meine Beweggründe oder meine Gefühle!

»Nein, nicht nach fünf Tagen«, erwiderte ich frostig. »Aber nach zweitausend Jahren erlaube ich mir ein solches Urteil durchaus. Selbst nach zweitausend Jahren kann ich nichts essen, ohne mich zu fragen, wie es ihr wohl geschmeckt hätte. Ich kann das Meer nicht sehen, ohne mich an ihre wunderschönen tiefgründigen Augen zu erinnern. Ich kann den Anblick von Schönheit nicht genießen, ohne sie an Cassias Anmut zu messen. Mich kann keine Berührung so bewegen wie Cassias Zärtlichkeit. Ich fühle keine Freude, ohne an ihr Lächeln denken zu müssen. Und ohne ihr Lächeln, ihr so seltenes kostbares atemberaubendes Lächeln, finde ich einfach kein Glück. Also ja, ich bin so frei zu behaupten, dass sie die Liebe meines Lebens ist. Nie zuvor und nicht danach habe ich je wieder auch nur annähernd tief für jemanden empfunden – und glaub mir, es lag nicht daran, dass ich es nicht versucht hätte.«

Das Brachion-Paar blinzelte mich aus großen Augen an. Ihren Gesichtern war nicht zu entnehmen, ob sie mir glaubten oder nicht.

»Wow«, murmelte Lucian schließlich. »Nur du kriegst es hin, eine derart bewegende Liebeserklärung mit einem Halbsatz wieder zu ruinieren. Ich hoffe sehr, du hast das Cassia gegenüber so nicht erwähnt.«

Ich wich seinem Blick aus. Diesen wunden Punkt wollte ich eigentlich nicht breittreten.

»Oh, bitte nicht«, stöhnte Ari. »Du hast es ihr schon genau so gesagt, oder?«

»Nein. Natürlich nicht«, knurrte ich. »Ich … ich habe noch nicht mit ihr gesprochen.«

»WAAAS?!« Es fehlte nicht viel und meine Freundin hätte mich gepackt und geschüttelt. »Zweitausend Jahre lang saß deine große Liebe in einem Scheißdolch fest, und jetzt ist sie endlich zurück und ihr könntet euch in die Arme fallen, aber du bringst nicht den Mumm auf, ihr unter die Augen zu treten?!«

»Ich glaube kaum, dass sie mir in die Arme fallen will«, gestand ich leise.

Ein paar Atemzüge lang herrschte verwunderte Stille. Man konnte Ari förmlich ansehen, wie sie versuchte, aus den bisherigen Informationen schlau zu werden. Und dann fiel es ihr wie Schuppen von den Augen. Sie seufzte resigniert und rieb sich die Stirn, als hätte sie plötzlich heftige Kopfschmerzen.

»Echt jetzt, Bel?«, schimpfte sie matt. »Das ist nicht dein Ernst. Wie in aller Welt hast du es in lächerlichen fünf Tagen geschafft, ihr das Herz zu brechen?«

Die Antwort darauf war kompliziert, also musste für den Anfang die schlichte Version herhalten: »Ich habe sie erstochen.«

Ein kalter Hauch von Entsetzen kroch durch den kleinen Raum. Es war nur ein Schatten jenes Grauens, das stets meine Erinnerungen begleitete, und doch reichte es aus, um meinen Gästen die Sprache zu verschlagen. Zumindest musste man ihnen zugutehalten, dass sie nicht vorschnell urteilten. Immerhin wusste Ari aus eigener Erfahrung, dass man unter gewissen Umständen keine andere Wahl hatte, als seinem Liebsten einen Dolch in den Leib zu rammen. Bei mir war die Situation zwar weniger apokalyptisch gewesen, aber dennoch ...

»Warum?«, fragte Ari schließlich mit gedämpfter Stimme.

Und da erzählte ich es ihnen. Die ganze Geschichte, angefangen mit meinem Besuch im römischen Kaiserpalast. Ich erzählte ihnen von Cassia und meinen Gefühlen für sie, von meiner Wette mit Ianus, vom Blutfluch, den er auf Cassias Seele geladen hatte, vom Kampf am Circus Maximus und seinem blutigen Ende, an dem nur noch der Wunsch übrig geblieben war, meine große Liebe retten zu wollen.

Ari und Lucian hörten mir schweigend zu. Diesmal gab es keine bissigen Kommentare oder hämischen Bemerkungen. Als ich berichtete, wie Ianus verurteilt worden war und ich zwei Jahrtausende lang nach dem Dolch und Cassias Seele gesucht hatte, schwappte eine Welle des Mitgefühls zu mir herüber. Ich ertrug es nicht. Es stand mir nicht zu. Also fand ich noch einmal deutlichere Worte und beschrieb, wie ich Cassias letzten Wunsch skrupellos ignoriert, ihr die Seele entrissen und sie in den Dolch gesperrt hatte.

»Und ja, zu guter Letzt habe ich euch belogen und benutzt«, schloss ich meine Ausführungen, »um Ianus zu finden und zu töten, bevor er Cassias Seele als seinen rechtmäßigen Besitz einfordern kann.«

Ari nickte bedächtig, bevor sich grimmige Entschlossenheit über ihre Züge legte. Ich kannte diesen Gesichtsausdruck. Sie setzte ihn immer dann auf, wenn irgendjemand es wagte, ihre Freunde zu bedrohen. Dass sie mich zu diesem Kreis zählte, rührte mich mehr, als es blumiges Mitleid gekonnt hätte.

»Also gut, so wie ich das sehe, haben wir zwei unterschiedliche Probleme«, resümierte sie. »Problem eins: Da draußen läuft ein Massenmörder frei herum, der wahllos Menschen umbringt und alles daransetzen wird, sich an Bel, Cassia und vermutlich auch an Lucian zu rächen.«

»Das lässt sich einfach lösen«, meinte ihr Gefährte und schlug denselben rigorosen Tonfall an. »Wir finden ihn und bringen ihn um.« Die beiden wechselten einen intensiven

Blick, der vor Kampflust und sexueller Spannung nur so strotzte. Als wär die Jagd eine Art Vorspiel für sie. Irritierend, aber von mir aus. Ich war ganz sicher der Letzte, der ausgefallene Neigungen verurteilen würde. Im Gegenteil, sollten die Kinder ruhig ein bisschen Spaß haben, solange sie mir nur Ianus vom Hals schafften.

»Was ist eigentlich mit diesem Blutfluch?«, erkundigte sich Lucian. »Sollte Ianus nicht vor Schmerzen schreiend in irgendeinem dunklen Loch vor sich hinvegetieren, anstatt fröhlich rumzulaufen und Leute abzuschlachten?«

Das düstere Bild, das Lucian beschrieb, war nicht übertrieben, zumal er es mit eigenen Augen gesehen hatte. Cassias verfluchte Seele besaß in der Tat eine solche Wirkung auf den Dämon, dem ihre Seele gehörte.

»Ehrlich gesagt hatte ich genau darauf gehofft, aber da es Ianus offenbar gut zu gehen scheint, muss er wohl eine gewisse Resistenz entwickelt haben. Die Magie von Cassias Blutfluch und die der Stillen Wasser sind eng miteinander verwandt. Nach zweitausend Jahren Gefangenschaft in dem widerlichen Gebräu ist es gut möglich, dass ihm der viel schwächere Blutfluch jetzt wie Urlaub vorkommt.«

»Egal«, entschied Ari. »Geschwächt oder nicht geschwächt, er wird schon bald ein Haufen Asche sein.« Dankbar lächelte ich sie an und sie grinste zurück. »Damit bleibt noch Problem Nummer zwei«, fuhr sie fort und ging zu der unscheinbaren Tür neben der Glasscheibe, die direkt in Cassias Kammer führte. Mir stockte der Atem, aber ich war nicht imstande, Ari aufzuhalten. »Du wirst jetzt mit ihr reden!«

»Ich –«

»Keine Ausreden mehr. Das ist die Bedingung für unsere Hilfe.«

Demonstrativ öffnete sie die Tür und damit auch die letzte Barriere, die ich zwischen mir und Cassia geschaffen hatte. Lächerlich eigentlich. Als ob eine Tür mich hätte aufhalten können. Und doch fühlte es sich jetzt anders an. Unmittelbarer. Ich konnte Cassia sogar atmen hören.

Natürlich wusste ich, dass Ari mich nicht zwingen oder mir tatsächlich ihre Hilfe versagen würde. Dennoch hatte sie recht. Es war längst überfällig. Also setzte ich mich in Bewegung. Fünf Schritte bis zur Tür. Einen hindurch.

In meiner Vorstellung hatte ich es mir viel schwerer ausgemalt, den Raum zu betreten. In Wirklichkeit trugen mich meine Füße fast selbstständig voran, als wäre ich endlich von einem Zwang erlöst worden.

Lautlos ging ich weiter. Vorbei an all den blauen Blumen, deren Bedeutung nur Cassia allein kannte. Vorbei an dem Steinsockel, auf dem ihre Hülle zwei Jahrtausende gelegen hatte. Vorbei an Grims Schreibtisch, den ich im Gedenken an sie nie hatte wegräumen lassen.

Und schließlich sah ich sie. Ohne Glasscheibe. Ohne schützende Distanz. Sie hatte Knie und Arme ganz nah an ihren Körper gezogen. So klein. So zerbrechlich. Ihre fast schwarzen Haare fielen ihr über die Schultern, ein wenig zerzaust und dennoch wunderschöne, seidig fließende Nachtschatten.

Cassia …

Plötzlich versteifte sie sich. Wie ein scheues Reh, das Gefahr witterte.

Ich stoppte.

Sie hielt den Atem an.

»Schön, dich wiederzusehen, namenloses Mädchen«, sagte ich mit aller Sanftheit, die ich aufbringen konnte.

Keine Reaktion. Keine Emotion. Nichts.

Sieben unerträglich lange Sekunden.

Dann hob sie den Kopf und ließ gleichzeitig ihre Hände sinken. Das Licht musste sie blenden, denn sie bekam ihre Lider kaum auf und musste gegen die Helligkeit anblinzeln. Vielleicht erkannte sie mich auch einfach nicht oder sie –

Auf einmal blickten mich ihre dunkelblauen Augen unverwandt an. Verstört. Ungläubig. Leer.

»Ich hab nie aufgehört, nach dir zu suchen.«

Und dann geschah etwas, mit dem ich ganz und gar nicht gerechnet hatte. Grüne Blitze zuckten über ihren Körper. Die Ringe um ihre Iriden flammten auf und grünes Feuer sammelte sich in ihren Händen. Hexenmagie! In einem Ausmaß, das ich selten jemanden hatte kontrollieren sehen. Erst als Ari und Lucian hereingestürmt kamen, fiel mir auf, dass das hier absolut gar nichts mit Kontrolle zu tun hatte.

Zu spät, denn schon fegte eine Feuersbrunst durch Cassias Kammer und versengte alles, was nicht unsterblich war.

Salz und Asche

Es war stockdunkel. Aber dieser Geruch … Feuer, verbranntes Fleisch, Rauch. Es war so lange her und doch so vertraut.

Ich lag auf dem Boden, als eine Welle unterschiedlichster Gefühle über mich hereinbrach. So viel Wut, so viel Trauer und Enttäuschung. So viel Hilflosigkeit. Sie waren ein Teil von mir und so alt, dass ich mich nicht einmal daran erinnerte, wie sich mein Verstand ohne sie anfühlte. Aber jetzt spürte ich den Schmerz, den sie auslösten, körperlich. Und dieser Schmerz fraß sich unaufhaltsam durch meine Glieder. Mein Fluchtinstinkt setzte mit voller Wucht ein. Ohne einen Gedanken daran zu verschwenden, wohin ich sollte, kroch ich durch die Dunkelheit vorwärts. Ich musste weg. Einfach nur weg.

Jemand hustete. Ich erstarrte. Panik überkam mich. Vielleicht bemerkten sie mich nicht, wenn ich so tat, als wäre ich nicht da. Im Dolch hat das immer funktioniert.

Wieder ein Husten. Licht flackerte auf. Kurz darauf ein zweites und ein drittes. Ich schloss die Augen so fest ich konnte.

»Du hast vergessen, zu erwähnen, dass sie eine Hexe ist«, fluchte eine Frau.

»Ist sie nicht.« Mein Herz setzte ein paar Schläge lang aus. »Oder zumindest war sie es nicht.«

Eine Stimme wie die Sonne. Warm und zerstörerisch zugleich. Überlegen, selbstsicher und durchdrungen von einer abgeklärten Autorität, wie sie nur bedingungslose Macht mit sich brachte.

Wut sammelte sich in meiner Kehle. Über meine Wangen flossen ungewollte Tränen. Ich schmeckte Salz und Asche.

»Rührt ihre Emotionen nicht an. Der Blutbann vergiftet sie.«

Plötzlich waren all diese Sinneseindrücke nicht mehr wichtig, denn ich spürte die Aufmerksamkeit von gleich mehreren Dämonen auf mir. Instinktiv reagierte mein Körper und baute eine mentale Abwehr auf.

»Wow«, sagte die junge Frau. »Wenn das mal keine deutliche Warnung war.«

Allerdings. Es überraschte mich selbst, dass ich dazu in der Lage war, aber mein Verstand kam mir so klar vor wie schon lange nicht mehr. Das musste dieses Adrenalin sein, von dem alle immer gesprochen hatten.

»Sehen wir es positiv«, meinte eine dritte Stimme, die dunkel, rau und trotzdem irgendwie freundlich klang. »Sie scheint sich zumindest an Bel zu erinnern.«

Bel ...

Wie konnte ich mich auch nicht an ihn erinnern? Er war alles gewesen, woran ich hatte denken können. Er hatte mir den Dolch in den Leib gestoßen. Er hatte mir meine Seele entrissen, mich eingesperrt, mich belogen. Er trug die Schuld an allem. Und gleichzeitig war er die ganze Zeit über meine einzige Hoffnung gewesen. Der Einzige, der mich vielleicht suchen und befreien würde. Die Erinnerungen an ihn haben mich genauso am Leben gehalten, wie die unbändige Wut auf ihn.

»Sprich mit ihr!«, forderte die junge Frau.

Nein!

Ich riss die Augen auf und sah im schummrigen Schein magischer Lichter, wie ein Mann durch ein verkohltes Trümmerfeld auf mich zukam. Allein die Art, wie er sich bewegte ... die geschmeidigen Schritte ... die unter der Oberfläche schlummernde Dominanz ... all das katapultierte mich zurück nach Rom. Zurück an den Circus Maximus. Zurück in mein Ringen mit dem Tod. Raum und Zeit verschwammen. Ich verstand nicht warum, aber ich wusste, dass er mir nicht näher kommen durfte. Ich musste es verhindern – um jeden Preis.

Ein seltsames Gefühl stieg in mir auf. Als würde irgendetwas auf meinen Wunsch reagieren. Etwas sehr Mächtiges.

»Warte, Bel.«

Die junge Frau schob sich zwischen mich und die Gefahr. Sie war schön. Mit goldenen Augen, die mich freundlich anlächelten. Und dennoch signalisierte der Rest ihrer Erscheinung eines ganz deutlich: Sie war eine Kriegerin. Wachsam. Jederzeit bereit, einzugreifen. Langsam hob sie die Hände und zeigte mir ihre Handflächen, als wollte sie mir zu verstehen geben, dass sie ungefährlich war. Aber kein Dämon war wahrhaft ungefährlich.

»Hi, Cassia. Ich bin Ari. Eine Freundin von Bel.«

Das sprach nicht für sie.

»Wir wollen dir nichts tun.«

Ich glaubte ihr. Aber zwischen dem, was man wollte, und dem, was man tat, lag ein himmelweiter Unterschied, also blieb ich auf der Hut.

»Kannst du mich verstehen?«, fragte sie sanft.

»Wenn ihr Geist noch richtig arbeitet, wird sie wohl nur Latein sprechen«, warf die raue Stimme von vorhin ein. Sie gehörte einem jungen Mann mit dunklen Locken. Ich blinzelte ihn irritiert an. Irgendetwas regte sich in meinen tief vergrabenen Erinnerungen.

»Sie erkennt dich«, kombinierte die Kriegerin mit den goldenen Augen. »Versuch du es!«

Der gelockte Dämon trat neben sie und lächelte mich aufmunternd an. Es war ein schönes Lächeln. Ein Lächeln, geschaffen, um seine Beute einzulullen.

»Hallo, Cassia. Es tut gut, dich wiederzusehen.«

Etwas an dem, wie er sprach, war ungewohnt vertraut und fühlte sich nach zu Hause an. Ich brauchte ein paar Augenblicke, um zu begreifen, dass er die Sprache gewechselt hatte. Er redete Latein.

Das war so lange her ...

»Weißt du noch, wer ich bin? Mein Name ist Lucian.«

Lucian. Das sagte mir etwas. War er nicht Thanatos' Freund gewesen? Aber der Gott des Todes war tot. Das hatten sie zumindest gesagt. Er war ein Verräter gewesen, der die Welt in Flammen sehen wollte. Wieso war Lucian dann hier? Bei Bel?

»Ihr bringt sie durcheinander.«

Ein einzelner Satz, noch nicht einmal im Befehlston gesprochen, und doch wichen die Kriegerin und der gelockte Primus zur Seite.

Bel trat an ihre Stelle. Das magische Licht tanzte auf seinem Gesicht. Sein schmerzhaft perfektes Gesicht mit den perfekten aquamarinfarbenen Augen, deren Tiefe niemand ergründen konnte. Er sah genauso aus wie damals. Und doch anders. Abgeklärter. Souveräner. Überlegener. Verschlossener. Der Bel von damals war wie ein Sturm gewesen, aber dieser Bel beherrschte die Stürme.

Einen Moment lang schien er noch näher kommen zu wollen, überlegte es sich dann aber anders und ließ sich auf die Knie sinken. Nun befand er sich auf Augenhöhe mit mir und ich verirrte mich in dem makellosen Türkis seines Blicks. Einen Atemzug lang. Danach erinnerte ich mich an die Lüge hinter seiner tückischen Schönheit. Bel war nicht makellos, sondern ein eigensüchtiges Wesen, das sich alles nahm – ohne Rücksicht auf Verluste. Die Bekanntschaft mit ihm hatte mich alles gekostet. Seinetwegen war ich fast gestorben. Seinetwegen hatte ich nicht sterben dürfen. Seinetwegen war ich gefangen gewesen zwischen Leben und Tod. Seinetwegen hatte ich keine Erlösung gefunden. Seinetwegen war ich nun wieder hier. Bel. Dieser Name stand zwischen mir und dem wundervollen Frieden, der nach meiner Seele rief, mich lockte und doch nie erreichbar war.

Erneut spürte ich dieses Kribbeln von Macht in meinen Adern und das perfekte Gesicht mit den perfekten Augen war plötzlich in ein sanftes grünes Licht gehüllt.

Die Kriegerin mit den goldenen Augen spannte sich an.

»Bel!«, zischte sie alarmiert.

Bel ...

Bel ...

Wie oft hatte ich diesen Namen gerufen. Ihn immer und immer wieder verflucht und dennoch um Hilfe angefleht.

Der Primus, zu dem dieser Name gehörte, ignorierte die Warnung seiner Freundin. Er rührte sich keinen Millimeter vom Fleck und sah mich einfach nur an.

»Beruhige dich, Cassia!«, redete er mit seiner warmen Sonnenstimme auf mich ein. »Sonst wirst du dich nur selbst verletzen. Du bist zu schwach für so viel Magie.«

Magie? Welche Magie?

Ich sah an mir herunter und erstarrte. Grüne Flammen züngelten meine Hände entlang. Sie taten weder weh noch setzten sie meine Kleidung in Brand, trotzdem packte mich die Panik. Wurde ich angegriffen?

»Atme, Cassia! Du kannst es kontrollieren!«

Ich konnte gar nichts kontrollieren! Ich besaß keine Magie. Kopflos versuchte ich, die Flammen zu ersticken. Vergeblich. Sie kamen immer wieder zurück.

»Siehst du das, Bel?«

Die blonde Kriegerin deutete auf den Fußboden vor mir. Bel runzelte die Stirn. Dort begann eine kaum wahrnehmbare Spur aus grün schimmernder Energie. Wusste ich's doch! Es war nicht meine Magie! Die Spur führte einmal quer durch den Raum und endete an einem komischen Gebilde aus magischen Ranken. So etwas hatte ich noch nie gesehen, obwohl der Dolch fast drei Jahrzehnte lang einem Hexenmeister gehört hatte.

Die Ranken bewegten sich. Nein, etwas *darunter* bewegte sich. Aber ich verspürte keine Angst. Anders als bei den anwesenden Dämonen wusste ich, dass mir von dort keine Gefahr drohte.

»Was zum –«

Eine menschliche Hand durchstieß das magische Gebilde.

Klingen wurden gezogen. Eine Wand aus knisternder Energie baute sich um mich herum auf. Das Letzte, was ich hörte, war Bel, der mit großer Verblüffung einen Namen ausstieß. »Grim?«

Noch mehr Leichen im Keller

Ich griff nach der Hand meiner Hexenmeisterin und zog sie aus dem magischen Geflecht. Alle Ranken, die den Kontakt zu ihr verloren, starben ab und verwandelten sich in Staub.

»Wie viele Leichen versteckst du hier eigentlich noch?«, blaffte Ari mich an und ließ ihren Aziam sinken.

Ich ging davon aus, dass sie die Antwort lieber nicht hören wollte, also ignorierte ich ihre Frage und kümmerte mich stattdessen um Grim. Die dralle Germanin trug noch immer ihr Lederwams und dieselbe Frisur wie an dem Tag, als sie sich entschlossen hatte, ihre Lebensenergie in Cassias Erhaltungszauber einfließen zu lassen. Damals hatten wir uns für immer verabschiedet, denn wir waren nicht davon ausgegangen, dass sie ihre selbstlose Tat überleben würde. Der Anblick ihrer resoluten Miene und ihrer roten Locken überwältigte mich derart, dass mir die Worte fehlten.

»Ich hätt's auch ohne deine Hilfe geschafft!«, maulte sie mich auf Latein an, bevor sie die Augen aufriss, als würde sie sich gerade an etwas erinnern. »Hast du den Dolch gefunden? Ist die Seele der Kleinen zurück?«

Ich schenkte ihr ein breites Lächeln. »Ja, das ist sie.«

Mit einem Wink entfernte ich die Schutzbarriere, die ich um Cassia geschaffen hatte, und gab Grim so die Sicht frei auf das Mädchen, deren Rettung sie ihr Leben gewidmet hatte.

Große, wunderschöne dunkelblaue Augen starrten uns an.

»Wurd' ja verflucht noch mal auch Zeit!«, rief die Hexenmeisterin und marschierte mit ausgebreiteten Armen auf ihren Schützling zu. »Willkommen zurück!«

Cassia rutschte panisch von ihr weg, bis ihr Rücken gegen den verkohlten Schreibtisch stieß. Ich packte Grim.

»Nicht! Sie muss sich erst wieder an uns gewöhnen.«

Meine Hexenmeisterin verstand sofort. Sie verwandelte ihren nächsten Schritt in eine geradezu elegante Drehung und streckte zur Ablenkung ihre Glieder.

»Wie lang war ich weg? Es fühlt sich an wie gestern.«

Ich zog eine schiefe Grimasse.

»Ein bisschen länger als gestern war es dann doch.«

Grim runzelte die Stirn, fragte aber nicht nach. Stattdessen zuckte sie mit den Schultern. »Scheiß drauf. Hauptsache, es hat geholfen.«

Ein Räuspern ließ uns herumfahren.

»Mein Latein ist etwas eingerostet«, bemerkte Ari mit kaum verhohlener Ungeduld. »Würdest du uns bitte vorstellen?«

Jetzt erst wurde mir bewusst, wie heftig hier gerade zwei meiner Welten – zwei meiner Leben – aufeinanderprallten. Sprachen, Erfahrungen, Erinnerungen ... Alles mischte sich miteinander, ohne dass ich auch nur im Geringsten Einfluss darauf hatte.

»Grim ist die Hexenmeisterin, die Cassias Körper vor der Zeit bewahrt hat«, klärte ich Ari auf und übersetzte dann für Grim: »Das ist Ari, eine gute Freundin, Lucian Ankous Gefährtin und außerdem der erste weibliche Brachion der Liga.«

Während Grim vor Staunen den Mund nicht mehr zubekam, studierte Lucian die schwarzen Tätowierungen auf der Haut der Hexenmeisterin. Es waren Runen. Bannsprüche, die ihren Körper stärkten und ihre Lebenskräfte regenerieren sollten. Ich hatte damals über diese Vorkehrungen gelacht, aber nun musste ich wohl zugeben, dass sie meiner Hexenmeisterin offenbar das Leben gerettet hatten.

»Du hast dich selbst in den Zauber integriert?«, erkundigte Lucian sich auf Latein. Er und Grim kannten sich vom Kampf am Circus Maximus. Ihre flüchtige Begegnung damals konnte man getrost als unterkühlt bis gewalttätig bezeichnen, weswegen ich Grim den abschätzigen Blick nicht verübelte, den sie Thanatos' ehemaligem Lehrling zuwarf.

»Ich hatte keine andere Wahl«, erwiderte sie. »Nach einigen Jahrzehnten wurde der Zauber zu instabil und ich musste ihn an meine Lebensenergie binden. Hätt' nur nicht zu träumen gewagt, dass ich's überlebe.«

»Freu dich nicht zu früh«, meinte ich leise. »Ianus ist auch wieder da.«

Die Miene der Hexenmeisterin verdunkelte sich und hinter ihren Augen braute sich ein Gewitter zusammen. Ich wusste, dass sie uns gleich einen ihrer derbsten Flüche präsentieren würde. Für einen winzigen Moment überlegte ich, ob ich sie Cassia zuliebe bremsen sollte, doch da durchbrach etwas anderes die Stille. Ein sanfter Klang, den ich mir in meinen Erinnerungen wieder und wieder ausgemalt hatte – allerdings mit einem anderen Inhalt.

»Ia-nus?«

Etwas in mir zerbarst und entfesselte ein Gefühlschaos, dessen Heftigkeit mich völlig unvorbereitet traf. Die Erleichterung, dass Cassia nicht nur gesprochen, sondern verstanden hatte, worum es ging, prallte wie ein voll beladener Güterzug auf die Erkenntnis, wie leichtsinnig ich ihren labilen Zustand gerade mit der Tatsache konfrontiert hatte, dass ihr schlimmster Feind auch in diesem neuen Leben auf sie wartete. Dazu kamen eine grenzenlose Ehrfurcht vor ihrer Stärke und der unbändige Drang, sie in die Arme nehmen zu wollen.

Ich riss mich am Riemen. Auf Cassias Gesicht spiegelte sich blanke Panik. Sie hatte sich zusammengekauert wie ein verwundetes Tier. Sich mit meinen Bedürfnissen auseinandersetzen zu müssen, war das Letzte, was sie jetzt brauchte.

Sorgfältig filterte ich jede Spur von Schwäche aus meiner Mimik. Ich fing ihren Blick ein und erwiderte ihn mit Wärme und Selbstsicherheit.

»Ich habe dafür gesorgt, dass Ianus verurteilt wurde für das, was er getan hat«, erklärte ich ihr. »Doch jetzt konnte er fliehen. Was aber nicht heißt, dass du in Gefahr bist. Ich –«

Um Cassias tiefseeblaue Augen entzündeten sich Ringe aus grünem Feuer. Hexenringe.

»Verfluchter Eberdreck«, keuchte Grim neben mir, »sie zapft mich an!«

So etwas hatte ich schon befürchtet. Woher sonst sollte Cassia plötzlich über Magie verfügen?

»Kannst du es blockieren?«, fragte ich die Hexenmeisterin.

»Nein!« Grim stieß eine Reihe schroffer Flüche aus, während sich grüne Flammen auf Cassias Körper ausbreiteten. »Das muss eine Nebenwirkung meines Zaubers sein. Ich hatte einen offenen Kanal zwischen ihr und meiner Magie gebraucht, damit sie überlebt.«

»Dann schließe ihn!«, forderte ich energisch. Cassias Herz raste. Sie verstand nicht, was mit ihr los war. Wie auch? Nicht einmal wir verstanden es.

»Es geht nicht.« Ich hatte Grim noch nie so überfordert erlebt. »Ich habe keinen Zugriff mehr auf meine Magie. Sie scheint jetzt fest mit *ihrem* Körper verwoben zu sein. Wie bei … einer Hexe.«

Cassias Atemzüge wurden flacher. Sie hyperventilierte. Und im gleichen Ausmaß, wie ihre Panikattacke wuchs, griffen auch ihre neuen magischen Kräfte unkontrolliert um sich. Inzwischen brannte sie lichterloh.

»Bitte, Cassia. Du musst dich beruhigen«, redete ich auf sie ein. »Es tut mir leid. Ich werde alles wieder in Ordnung bringen. Du musst keine Angst haben. Bei mir bist du sicher.«

Meine Worte halfen nichts. Und ein Eingreifen konnte ich nicht riskieren, ohne sie noch mehr zu ängstigen. Aber ich konnte auch nicht einfach nur dastehen und dabei zusehen, wie die Magie sie aufzehrte. Ich war schon drauf und dran, meine Macht zu rufen, um Cassias Hexenfeuer zu ersticken, da stellte sich mir Ari in den Weg.

»Raus hier! Allesamt«, befahl sie in einem Tonfall, der keinen Widerspruch duldete. Zielstrebig drängte sie uns zur Tür. Mich, Grim und sogar Lucian. »Nicht Cassia ist das Problem. Ihr seid es.«

Noch vor einigen Wochen hätte ich jeden für verrückt erklärt, der behauptete, ich würde mir in meinem eigenen Haus jemals etwas vorschreiben lassen. Aber mein Stolz war im Moment fehl am Platz, denn Ari hatte recht. Cassia würde sich nur beruhigen können, wenn wir – die sie aus ihren dunkelsten Stunden kannte –, fort waren. Und tatsächlich schrumpften ihre Hexenflammen mit jedem Meter, den wir uns entfernten. Mein letzter Widerwille brach. Wenn es das war, was sie jetzt brauchte, würde ich meinen egoistischen Wunsch, zu bleiben, im Keim ersticken.

Die Kriegerin und das Burgfräulein

Sie schrien.

Immer und immer wieder.

Ihre Qualen waren meine Folter. Ihre Schreie hallten durch das Ewige Rot. Warum hörten sie nicht auf?

Es gab kein Entrinnen, kein Verstecken, kein Ende.

Nur Schreie und die kriechende Zeit.

Ich schrak hoch.

Stille schlug mir ins Gesicht. Ich wollte mich übergeben.

»Ganz ruhig«, sagte eine Frauenstimme. Die blonde Kriegerin aus dem weißen Raum saß neben dem Bett, in dem ich lag. Ich lag? Ich hatte einen Körper. Ich war nicht mehr gefangen.

»Du bist in Sicherheit. Ich hab die anderen alle fortgeschickt.«

Es war dunkel. Das einzige Licht stammte von einer Lampe auf dem Nachttisch. Elektrisches Licht. Ich hatte es so oft gesehen, aber noch nie auf meiner Haut gespürt. Es fühlte sich kalt an. Nicht wie Feuer. Nicht wie die Sonne.

»Ist es zu hell? Ich hab extra die Vorhänge zugezogen, weil ich das Gefühl hatte, das Licht würde dich blenden.«

Die Kriegerin beobachtete mich genau, als würde sie auf eine Reaktion warten.

»Du hast dich vorhin ziemlich verausgabt, hm?«

Hatte ich das? Die Kriegerin lächelte mich an. Ari hatte sie sich genannt. Sie war nett, also spielte ich mit dem Gedanken, ihr zu antworten. Nur was sollte ich sagen?

»Wir sind auf Malta in Bels Villa«, fuhr Ari fort. Malta ... Bel hatte sich also zurückgeholt, was ihm so wichtig gewesen war. Natürlich. Er nahm sich immer, was er wollte.

Das Zimmer war groß. So viel Platz, dass man sich darin verloren fühlte. Selbst das Bett kam mir wie ein ganzer Ozean vor, in dem man ertrinken konnte. War es Bels Bett? Unbehagen überkam mich. Ich spürte die Präsenz des Hausherrn in jeder Faser meines Körpers – genau wie die Größe des Gebäudes um mich herum. Die Vorstellung, es durchqueren zu müssen, um ihm zu entkommen, schüchterte mich so sehr ein, dass jeder Fluchtinstinkt verstummte. Es gab keinen Ausweg. Kein Entrinnen. Unwillkürlich zog ich die Knie an die Brust und versuchte, mich auf meinen Atem zu konzentrieren. Die Luft roch anders als im weißen Raum. Wärmer. Salziger.

Ein Seufzen erklang. Ari lehnte sich in ihrem Sessel vor und lächelte mich erneut an. Diesmal resignierter.

»Du verstehst kein Wort von dem, was ich sage, oder?«

Sie war bildhübsch – wie jede Dämonin, der ich je begegnet war. Trotzdem schien an ihr etwas anders zu sein. Sie benutzte ihre Schönheit nicht wie ein Instrument. Ich glaubte fast, sie war sich ihrer nicht einmal bewusst.

»Ähm ... lokwäris lingua mea?«

Ich runzelte die Stirn. Was sollte das denn bitte sein? Ihr bescheidener Versuch, Latein zu sprechen, wirkte so absurd, dass alle anderen Gedanken für einen Moment in den Hintergrund rückten. Ari gab sich große Mühe. Auch vorhin hatte sie mich beschützt. Ich empfand Dankbarkeit, also wagte ich mich ein kleines bisschen aus meiner Deckung.

»Deine Aussprache ... ist grauenhaft.«

Meine Zunge fühlte sich schwerfällig an. Dennoch kamen mir die Worte unerwartet einfach über die Lippen.

»Gott sei Dank«, rief Ari erleichtert. »Ich hab's nicht so mit toten Sprachen, weißt du.« Ihr strahlendes Lächeln verschwand so plötzlich, wie es gekommen war. »Oh, Entschuldigung. Ich wollte dir nicht zu nahe treten.«

Mir zu nahe treten? War sie nicht. Wieso auch? Glaubte sie, ich wüsste nicht, wie lange ich gefangen gewesen war?

»Sag mal – auch auf die Gefahr hin, dass ich neugierig wirke«, begann die Kriegerin von Neuem, »aber wie kommt es, dass du mich verstehst?«

»Zuhören«, sagte ich, »und lernen.«

Beim zweiten Mal schien mir das Sprechen noch müheloser zu gelingen. Es war wie Atmen. Und obwohl ich moderne Sprachen bislang nur mental benutzt hatte, um die Fragen meiner Mitgefangenen zu beantworten, bekam ich die Vokale und Konsonanten problemlos hin.

»Ach du Scheiße!«, hauchte Ari. Sie starrte mich entsetzt an. »Du hast mitbekommen, was außerhalb des Dolchs passiert ist?!«

Ich nickte.

»Die ganze Zeit über?«

Ja, die ganze Zeit über, wobei im letzten Jahrzehnt die Schreie und der Wahnsinn der anderen es nahezu unmöglich gemacht hatten, irgendetwas zu verstehen. Sie schienen weniger Glück gehabt zu haben als ich. Die meisten Seelen waren schon gebrochen im Dolch angekommen. Mit einigen konnte man sich unterhalten, aber spätestens nach ein paar Monaten waren alle verrückt geworden und hatten nur noch ihre Verzweiflung herausgebrüllt. Meine einzigen Lichtblicke hatte ich im Geschehen außerhalb des Dolchs gefunden. Also hatte ich zugesehen, zugehört und gelernt.

»Es hilft dabei, den Verstand nicht zu verlieren«, meinte ich leise.

Irgendwo unter uns krachte etwas. Ich zuckte zusammen und wartete auf die nächste Erschütterung, doch sie kam nicht. Stattdessen kehrte die Stille zurück. Verunsichert sah ich Ari an. Ihre Miene wirkte erst abwesend, dann tadelnd, dann genervt.

»Mit wem sprichst du?«, wollte ich wissen, denn ich kannte diese gedankenverlorenen Gesichtsausdrücke nur zu gut. Bei Dämonen waren sie meist das Resultat von mentalen Gesprächen.

Ari hob die Brauen, bevor sie mich ertappt angrinste.

»Mit Lucian«, gestand sie. »Der gelockte Kerl von vorhin. Er hat mir mit dem Latein geholfen. Du müsstest ihn noch von früher kennen.«

Wieder nickte ich. Natürlich erinnerte ich mich an Lucian. Mit seinem und Thanatos' Besuch hatte das Unheil begonnen. Er hatte mich auf der Galerie des Tempels geschnappt und zum Gott des Todes gebracht.

Ein skeptisches Grummeln verließ Aris Kehle. Sie verschränkte die Arme vor der Brust und musterte mich ausgiebig.

»Hat er sich damals anständig benommen oder soll ich ihm nachträglich für irgendwas in den Hintern treten?«

Sie fragte das so trocken, dass ich unwillkürlich lächeln musste. Ein Lächeln ... Mein erstes seit so langer Zeit. Es fühlte sich seltsam und trotzdem ... leicht an.

»Er war nett zu mir«, beruhigte ich sie. Tatsächlich entsprach das der Wahrheit. Lucian hatte mir sogar angeboten, meine Mission abzubrechen. Wäre ich doch nur darauf eingegangen ...

»Na, wenigstens etwas«, brummte Ari.

»Ist er dein Mann?« Bel hatte vorhin etwas Derartiges erwähnt.

»Wir sind verbunden, was bei Primus einer Ehe gleichkommt«, entgegnete sie und machte es sich wieder in ihrem Sessel bequem. »Allerdings besteht meine beste Freundin Lizzy darauf, dass wir uns auch im menschlichen Rahmen das Ja-Wort geben. Nicht aus Glaubensgründen, eher aus dem Wunsch heraus, eine Märchenhochzeit planen zu dürfen. Seit Monaten tut sie nichts anderes. Und ehrlich, ich will ja nicht undankbar sein, aber ich werd' froh sein, wenn es dann in ein paar Wochen vorbei ist. Allein die Gästeliste ist ein einziger Horror. Du kannst dir vielleicht vorstellen, wer alles eingeladen werden will, wenn die letzten beiden verbliebenen Brachion der Liga heiraten. Aber was soll man machen? Wenn du Lizzy kennen würdest, wüsstest du, dass man ihr nichts abschlagen kann.«

Es gefiel mir, ihr dabei zuzuhören, wie sie von ihrem Leben erzählte. Trotz ihrer leidgeprüften Miene quollen ihre Worte vor Unbeschwertheit und Zuneigung nur so über und weckten eine tiefe Sehnsucht in mir. Ein Leben voller Liebe, Familie und Freunde, das war etwas, das ich nie besessen hatte.

»Lucian kann sich glücklich schätzen, dich gefunden zu haben.«

Ari lachte. »Ja, das kann er.«

Ich liebte ihr Selbstbewusstsein.

»Aber jetzt, meine liebe Cassia, haben wir genug über mich geredet. Du hast bestimmt tausend Fragen. Was möchtest du wissen?«

Das Angebot überforderte mich. Ich stand weder gerne im Mittelpunkt noch hatte ich tausend Fragen. Meine Gedanken waren so lange zur Passivität verurteilt gewesen, dass die Möglichkeit einer freien Entscheidung mir surreal vorkam. Was sollte ich mit einem Leben anfangen, wo es doch eine Ewigkeit mein einziger Wunsch gewesen war, endlich den Tod zu finden? Was sollte ich nun tun? Was durfte ich tun? Was *konnte* ich tun?

Nach einer ganzen Weile stellte ich die eine Frage, die alle anderen bedingte: »Bin ich eine Gefangene?«

Ari schüttelte energisch den Kopf. »Auf keinen Fall.«

»Dann kann ich also von hier fortgehen?«

Diesmal zögerte sie, als würde sie nach den richtigen Worten suchen. Überflüssig. Ich konnte an ihrem Gesicht das »Nein« bereits ablesen.

»Es wäre nicht sehr ratsam«, begann sie schließlich. »Deine Seele ist an Ianus gebunden. Bel kann eine solche Verbindung abschirmen, aber nur, solange du dich in seiner Nähe aufhältst.«

Plötzlich bekam ich keine Luft mehr. Mein Körper reagierte ganz von allein auf das, was Ari mir gerade zu erklären versuchte. Ianus. Bel. Alles ging von vorne los. Es war wie ein nie enden wollender Albtraum. Meine Arme kribbelten. Heiße und kalte Schauer jagten mir über den Rücken und auf einmal brannte das Bett um mich herum in loderndem Grün.

Angst überrollte mich, lähmte mich, beherrschte mich. Wie war das möglich? Das Hexenfeuer stammte wirklich von mir. Aber ich war keine Hexe und wollte keine sein!

Ari seufzte und warf ihre Macht wie eine Decke über die Flammen, um sie zu ersticken. Die unaufgeregte pragmatische Art, mit der sie mich vor mir selbst rettete, dämpfte meine Panik ein wenig.

»Auch deshalb solltest du besser hierbleiben«, meinte sie. »Eine frischgebackene Hexe, die ihre Kräfte nicht kontrollieren kann, ist in freier Wildbahn nicht ganz ungefährlich. Abgesehen davon bist du hier in Sicherheit. Bel ist inzwischen einer der mächtigsten Primus der Welt. Er wird nicht zulassen, dass dir etwas geschieht. Genauso wenig wie Lucian oder ich.«

Bel würde nicht zulassen, dass mir etwas geschieht?! Von einem Moment auf den anderen verwandelte sich meine Verzweiflung in bittere Erkenntnis.

»Also *bin* ich eine Gefangene.«

Bels Gefangene. Eine Gefangene in meinem Körper. Eine Gefangene meiner schlechten Entscheidungen.

Ari stand auf und setzte sich zu mir aufs Bett. Dabei achtete sie sorgfältig darauf, genügend Abstand zu wahren. In ihrem Blick spiegelten sich Mitleid und Verständnis.

»Ich weiß, wie du dich fühlen musst«, sagte sie mit einem traurigen Lächeln. »Ich wurde auch mal von einem verrückten Dämon gejagt und durfte allein nicht mehr raus.«

Verwirrt starrte ich sie an. Ich konnte mir beim besten Willen kein Szenario vorstellen, in dem diese starke junge Frau sich vor irgendjemandem verkroch.

»Aber damals war die Lage eine andere. Ich kannte kaum jemanden und abgesehen von Lucian stand so gut wie kein Primus auf meiner Seite. Doch jetzt bin ich ein Brachion und Bel sitzt im Hohen Rat der Liga, deren Oberhaupt eine sehr fähige Prima ist. Und die Phalanx, eine Organisation, die Menschen vor Dämonen schützt, wird von meiner besten Freundin Lizzy geführt. Glaub mir, jeder Einzelne von uns und von

Bels Leuten ist in diesem Moment hinter Ianus her. Wir werden ihn finden und unschädlich machen.«

Und dann? Glaubte sie etwa, ich hätte Angst vor Ianus – oder vor dem Tod? Nein, ich fürchtete das Leben. Es war es nicht wert, dass sich jemand dafür in Gefahr begab.

»Niemand soll für mich kämpfen müssen.«

Ari nickte bedächtig. »Das verstehe ich so gut. Glaub mir, ich hab es gehasst, mich wie ein Burgfräulein zu fühlen, um dessen Ehre die wackeren Recken stritten.«

Der Vergleich klang so abwegig, dass mir ein Schnauben entwich.

»Du siehst nicht wie ein Burgfräulein aus.«

Wieder lachte Ari, bevor sich ein seltsames Funkeln in ihre goldenen Augen schlich. Ihre komplette Körperhaltung veränderte sich und das Mitleid auf ihren Zügen wurde durch Entschlossenheit ersetzt.

»Hör mal, Cassia. Die anderen sind gerade unten in der Bibliothek und suchen dort einen Weg, um Grim wieder zu einer Hexe und dich wieder zu einem Menschen zu machen. Hast du vielleicht Lust, uns zu helfen? Bei den ganzen alten Schinken da unten sind deine Lateinkenntnisse sicher von Nutzen.«

Mir war klar, was sie vorhatte. Ari wollte mir das Gefühl geben, nicht hilflos, nicht nutzlos, nicht zur Untätigkeit verdammt zu sein. Es war eine Ablenkung mit dem praktischen Nebeneffekt, mich im Auge behalten zu können. Überraschenderweise funktionierte es. Ein Ziel zu haben, auf das man hinarbeiten konnte, reizte mich genauso wie die Aussicht, Grims erschreckend impulsive Hexenkräfte loszuwerden. Wenn da nicht ein Haken an der Sache gewesen wäre.

»Wird ... Bel auch da sein?«

Ari zuckte mit den Schultern. »Es ist sein Haus und seine Bibliothek, da kann ich es ihm schlecht verbieten.«

Mein plötzlicher Tatendrang verebbte genauso schnell, wie er gekommen war. Ich wollte Bel nicht sehen. Ich wollte die Enttäuschung nicht fühlen, die er in mir auslöste. Ich wollte mich überhaupt nicht mit ihm auseinandersetzen müssen, ganz besonders nicht, wo ich im Moment so leicht zu unkontrollierbaren Selbstentzündungen neigte.

Andererseits befand ich mich in Bels Haus, stand unter seinem Schutz und war ihm mehr oder weniger ausgeliefert. Irgendwann würde ich ihm begegnen müssen. Vielleicht war es da besser, dieses notwendige Übel in Anwesenheit anderer Personen hinter mich zu bringen? Mit Bel allein zu sein, war das Letzte, was ich gebrauchen konnte.

»Wenn du willst, kann ich dafür sorgen, dass er dich in Ruhe lässt«, bot Ari an, die offenbar erriet, was in mir vorging.

»Nicht nötig«, log ich. »Was Bel tut, ist mir egal. Ich mache mir nur Sorgen wegen Grims Magie. Ich möchte niemanden verletzen.«

Ein Grinsen machte sich auf Aris Gesicht breit. »Glaub mir, jeder in diesem Haus ist unsterblich oder kann anderweitig auf sich aufpassen.«

Sie erhob sich und klatschte voller Aktionismus in die Hände. »Aber vorher sollten wir dir noch was anderes zum Anziehen beschaffen. Mit diesem angesengten Rest von einem Kleidchen fängst du dir selbst hier auf Malta schneller eine Erkältung ein, als du ›Bel soll zur Hölle fahren‹ sagen kannst.«

Mit seinem Latein am Ende

»Bitte berühren Sie das nicht. Es ist eine Antiquität.«

Oscar stand samt Schaufel und Kehrblech im Eingang zur Bibliothek und maß Grim mit einem kühlen Blick. Einen größeren Tadel würde man von meinem grauhaarigen Butler niemals bekommen. Grim dagegen, die sich gerade die Überreste eines geschnitzten Tischbeins unter den Arm klemmen wollte, starrte Oscar und seinen akkuraten Frack irritiert an.

»Deine Hexenmeister sahen auch schon mal furchterregender aus«, kommentierte sie missmutig in meine Richtung.

Oscar blinzelte sie verständnislos an. Er vermochte Latein zwar zu lesen, aber Grims rustikale Aussprache offenbar nicht als solches zu identifizieren.

Ich verkniff mir ein Schmunzeln. Die beiden hätten gegensätzlicher nicht sein können, und ihre heutige Begegnung war auf so vielen Ebenen unterhaltsam, dass ich für einen kurzen Moment das unvorstellbare Leid vergaß, das Cassia Ari gerade offenbart hatte. Zweitausend Jahre Gefangenschaft waren das eine. Sie die ganze Zeit über bei vollem Bewusstsein zu erleben, war etwas völlig anderes – wie nun auch einer meiner antiken Lesetische wusste, der meinen Frust zu spüren bekommen hatte.

»In welcher Sprache darf ich Ihren Gast begrüßen, Meister Belial?«, erkundigte sich mein Butler bei mir.

Ich zuckte mit den Schultern. »Gotisch, Latein, Alt-Griechisch, Aramäisch. Such dir was aus.«

Seit Oscar in meinen Dienst getreten war, hatte ich es mir zur heimlichen Aufgabe gemacht, ihn aus dem Konzept zu bringen. Ein kleiner Spaß, den seine stoische Art geradezu provozierte. Mein bisheriger Rekord lag bei einem entrüsteten Schnauben und hochgezogenen Augenbrauen. Selbst jetzt zuckte er nicht einmal mit der Wimper. Stattdessen betrachtete er die in Leder gekleidete Germanin mit neuem Interesse, verbeugte sich und sagte in hölzernem Latein: »Salve, maga.«

»Übrigens«, erwähnte ich beiläufig und voll diebischer Vorfreude. »Grim ist deine Urahnin.«

Da! Oscars Stirn legte sich in Falten. Sein Mund öffnete und schloss sich wieder. Das kam für seine Verhältnisse einem Gefühlsausbruch gleich.

»Grimhild?«, hauchte er.

Ihren vollen Namen aus seinem Mund zu hören, verdutzte die Hexenmeisterin, die nun ihrerseits auf Latein fragte: »Wer is'n der Knilch und wieso kennt er mich?«

Oh, das würde lustig werden.

»Erinnerst du dich an deine eine Tochter, die mir ebenfalls die Treue geschworen hat? Ebenso wie deren Tochter. Und deren Sohn. Und dessen Tochter. Und so weiter und so weiter. Sie alle haben über Cassia und deinen Zauber gewacht. Bis hin zu Oscar.«

Grim war weit weniger beherrscht als ihr Nachfahre. Sie schnappte lautstark nach Luft und stieß einen Fluch aus, bei dem selbst mir die Ohren schlackerten.

»Und damit eurem Familientreffen nichts im Wege steht«, verkündete ich amüsiert, »werde ich Grim mit ein paar neuen Sprachkenntnissen ausstatten.«

Ohne Vorwarnung griff ich in den Geist der Hexenmeisterin und übertrug ihr moderne Grammatik und einen heutigen Wortschatz, wobei ich mir erlaubte, ein oder zwei kleine Entschärfungen in der Eins-zu-eins-Übersetzung vorzunehmen.

»Mein lieber Scholli!«, keuchte Grim, als ich fertig war. »Das ist ja irrsinnig. Ich wusste gar nicht, dass du so'n heißes Exkrement draufhast, alter Freund.«

»Ich auch nicht, alte Freundin«, kicherte ich und genoss mein Werk. »Ich auch nicht.«

War ich gemein? Vielleicht ein klein wenig ...

Neben mir erklang ein tiefes Seufzen. Nachdem unser Tisch meiner Rage zum Opfer gefallen war, hatte Lucian sich mit seiner Lektüre auf die Fensterbank zurückgezogen. Jetzt bedachte er mich mit einem Kopfschütteln.

Ob du wohl je erwachsen wirst?

Ich verdrehte die Augen und überlegte, den Bannspruch gegen mentale Gespräche erneut zu aktivieren. Ich hatte ihn aufgehoben, damit Ari uns über Cassias Zustand auf dem Laufenden halten konnte, doch seit sie mich vor einer halben Stunde zur Geduld ermahnt hatte, waren ohnehin keine Updates mehr gekommen.

Mach dich locker, Ankou junior. Der Stock in deinem Arsch schaut dir schon zum Hals raus.

Lucian wollte gerade kontern, als etwas anderes unser beider Aufmerksamkeit forderte.

Ari betrat die Bibliothek. Auf ihren Lippen lag ein Lächeln und in ihrem Blick die unmissverständliche Warnung, dass ich mich benehmen sollte.

Alles Nebensächlichkeiten. Mich interessierte einzig der Grund für diese Warnung, der hinter meiner Freundin hereingetapst kam. Schwarze Haare, Alabasterhaut und zwischen bezaubernd geschwungenen Wimpern Augen so blau wie das tiefste Meer. Der latente Wahn darin war gänzlich verschwunden. Jetzt schimmerte in ihrem Blick ein völlig klarer Verstand, vorsichtige Scheu und höchste Wachsamkeit. Cassia sondierte den Raum und die Anwesenden. Mit Ausnahme von mir. Sie sah mich kein einziges Mal an. Nicht einmal flüchtig. Als würde sie nur zu genau wissen, wo ich stand, und mich mit Absicht übergehen. Verunsichert strich sie sich ihr Haar hinters Ohr. Es war noch feucht. Ari musste ihr die Dusche gezeigt haben.

»Schickes Outfit«, befand Lucian.

Da erst fiel mir auf, dass Cassia sich umgezogen hatte. Sie trug nun ein graues Baumwollkleid, das ihr bis zu den Knien reichte. Belanglos. Cassia hätte auch einen Kartoffelsack tragen können und hätte dennoch alle mit ihrer Erscheinung bezaubert. Allerdings musste ich zugeben, dass das graue Kleid in seiner Schlichtheit ihre Schönheit so sehr unterstrich, dass Lucians Kommentar mich ärgerte. Nein, nicht sein Kommentar, eher die Tatsache, dass er Cassia so genau betrachtet hatte, dass ihm die Veränderung aufgefallen war. Das Wissen um seine Blicke auf ihrem Körper weckte in mir postwendend eifersüchtige Gewaltfantasien. Wäre er nicht auf diese rührselig sentimentale Art mit Ari liiert, hätte ich ihn wohl hochkant rausgeschmissen.

»Ich hoffe, es war okay, dass wir uns oben aus dem Schrank bedient haben?«, fragte Ari.

Ich zuckte gleichgültig mit den Schultern. »Natürlich. Die Sachen gehören ihr. Ich habe Oscar alles Notwendige besorgen lassen, nachdem sie aufgewacht war.«

Prompt versteifte sich Cassia. Die Vorstellung, etwas auf

ihrer Haut zu tragen, das in irgendeiner Verbindung zu mir stand, behagte ihr offenkundig gar nicht. Ich verfluchte mich dafür, dieses Detail nicht für mich behalten zu haben. Cassia nahm keine Geschenke an. Sie wollte niemandem etwas schuldig sein. Ganz besonders nicht mir, wie ich vermutete.

Auf einmal stürmte Grim mit Tränen in den Augen auf das Mädchen zu und riss sie in eine überschwängliche Umarmung. Wir Übrigen waren sofort in Alarmbereitschaft, doch überraschenderweise gestattete Cassia die Berührung. Sie erwiderte sie nicht, aber sie fackelte die kleine Germanin auch nicht ab.

»Du kannst dir gar nicht vorstellen, wie exkrementglücklich es mich macht, dich wach zu sehen!«

»Bitte was?«, fragte Ari konsterniert, während die Hexenmeisterin Cassia knuddelte.

Willst du gar nicht wissen, antwortete ihr Lucian in Gedanken.

Dann schob Grim ihren Schützling von sich, um ihr in die Augen sehen zu können.

»Es tut mir so leid. Hätte ich gewusst, wie lange es dauern würde, hätte ich diesem Zauber niemals zugestimmt«, beteuerte sie.

Etwas Ähnliches – weit weniger freundlich – hatte Grim mir auch schon an den Kopf geworfen, nachdem ich ihr gestanden hatte, dass inzwischen fast zwei Jahrtausende vergangen waren. Ihre diesbezüglichen Schimpftiraden hatten durchaus was Originelles an sich gehabt. Wäre Ari nicht oben zeitgleich mit Cassia im Gespräch gewesen, hätte ich die Rückkehr meiner germanischen Hexenmeisterin weit mehr genießen können.

Cassia schenkte Grim ein mattes Lächeln.

»Dich trifft keine Schuld.«

Vier leise Worte – voller Sanftmut und ohne den Hauch eines Vorwurfs. Trotzdem fraßen sie sich wie ein glühendes Schwert in mein Herz. Grim traf keine Schuld, aber jemand anderen …

Drückendes Schweigen breitete sich aus. Der verlegene Blick der Hexenmeisterin huschte zu mir, ebenso der von Ari und Lucian. Cassia musste es zweifellos gesehen haben. Dennoch entschied sie sich, weiterhin so zu tun, als wäre ich nicht anwesend. Stattdessen schlang sie die Arme um ihren Oberkörper und betrachtete die Bücherregale, die Bleiglasfenster, die Zimmerpalmen, die Lesetische und schließlich das eine zerstörte Exemplar, an dem ich meinen Frust ausgelassen hatte. Eine Falte erschien zwischen ihren Braunen, aber sie sagte nichts.

»Schön, Sie wohlauf zu sehen, Miss«, durchbrach Oscar die Stille und lächelte das Mädchen an, über dessen Schlaf er zeit seines Lebens gewacht hatte. »Darf ich Ihnen etwas bringen?«

Cassia blinzelte ihn hilflos an.

»Ein Glas Wasser vielleicht?«, half er ihr aus.

Sie nickte. Weniger aus Durst. Wohl eher, um ihn zügig loszuwerden.

»Sehr gern, Miss.«

Anschließend verhinderte Ari eine neuerliche peinliche Stille.

»Na komm«, meinte sie und schob Cassia zu einem der Bücherregale. »Such dir eines aus. Je schneller du Grims Magie loswirst, desto schneller kannst du dich auf ein neues Leben konzentrieren.«

Gleichzeitig ertönte ihre Stimme in meinem Kopf: *Setz dich!*

Und gib dir wenigstens ein bisschen Mühe, nicht wie ein hungriger Löwe auszuschauen, der sie gleich mit Haut und Haaren verschlingt. Merkst du nicht, dass sie Angst vor dir hat?

Das half.

Genau genommen wirkten Aris Worte wie eine Ohrfeige. Ich wollte Cassia weder Angst machen, noch war ich gern durchschaubar. Tatsächlich hatte ich über ihren Anblick schlicht vergessen, auf den Eindruck zu achten, den ich hinterließ. Ein Fehler, der mir kein zweites Mal passieren würde. Bedächtig löste ich meine Aufmerksamkeit von Cassia und fischte das Buch, in dem ich recherchiert hatte, aus den Tischtrümmern heraus. Damit wanderte ich zu einem der intakten Lesetische, setzte mich und tat so, als würde ich meine Lektüre fortsetzen. Auch Grim und Lucian widmeten sich wieder einer möglichen Lösung für unser Hexenkräfteproblem. In Wirklichkeit aber ließ ich Cassia nicht aus den Augen. Erstaunlich, was für eine Entwicklung sie innerhalb weniger Stunden durchgemacht hatte. Von dem zitternden Häufchen Elend aus meinem Keller war nichts mehr zu sehen. Sie bewegte sich zwar vorsichtig, aber ihre Schritte trugen sie zielsicher voran. Tatsächlich schien sie mit jedem Meter Regalwand, den sie passierte, mehr und mehr aufzublühen. Scheue Begeisterung brachte ihre Augen zum Leuchten. Irgendwann wagte sie es sogar, mit ihren Fingerspitzen über die ledernen Buchrücken zu streichen. Ich war schon immer stolz auf meine Sammlung gewesen, aber für diesen Moment hatte es sich wahrhaft gelohnt, all die seltenen Exemplare aus aller Welt zusammenzutragen. Sie wählte schließlich ein handgeschriebenes Buch über archaische Bannsprüche aus dem vierten Jahrhundert aus. Ich kannte es auswendig. Darin würde sie nichts finden, was uns weiterhalf. Dennoch intervenierte ich nicht. Wie hätte ich das auch gekonnt? Cassia machte sich mit so großer Vorfreude an ihre Lektüre, dass sie dabei sogar meine Anwesenheit vergaß und sich nur einen Tisch von mir entfernt setzte. Der latente Geruch von Angst, der sie umgeben hatte, verschwand fast gänzlich, als sie das Buch aufschlug. Jetzt wehte mir nur noch der Duft ihres Honig-Shampoos entgegen – und das zarte Flattern ihres Herzens. Ein Buch zu lesen, musste für sie eine völlig neue Erfahrung sein und es war mir eine Ehre, Zeuge dieses Schauspiels werden zu dürfen. Cassia las nicht nur, sie erlebte jede Seite mit all ihren Sinnen. Das Knistern der Seiten, die fasrige Struktur des Pergaments, das Aroma von Leder und Tinte und die kunstvollen Verzierungen der Schrift. Hin und wieder rümpfte sie ihre niedliche Nase oder knabberte auf ihrer Unterlippe herum. Ich hätte ihr ewig zuschauen können.

Plötzlich verkrampfte sie sich. Irgendetwas hatte sie aus ihrer Konzentration gerissen. Spürte sie, dass ich sie beobachtete? Cassia schluckte nervös und strich sich eine Haarsträhne aus der Stirn. Obwohl sie gerade mal die Hälfte ihres Buchs durchstöbert hatte, schloss sie es, straffte die Schultern und brachte es an seinen Platz zurück. Übervorsichtig, als wäre es ein wertvoller Schatz. Dann nahm sie sich blindlings ein neues. Ich unterdrückte ein Lachen. In ihrer Anspannung hatte sie sich eine Erstausgabe der Gutenberg-Bibel geschnappt. Das würde unserem Problem sicher nicht dienlich sein. Sie presste sie fest an ihre Brust, kehrte damit aber nicht zu ihrem Tisch zurück. Stattdessen setzte sie sich in einen Sessel hinter einer großen Zimmerpalme – gut geschützt vor meinen Blicken.

Ich schüttelte amüsiert den Kopf. Ihr Verhalten war genauso offensichtlich wie sinnlos. Eine Zimmerpalme würde sie bestimmt nicht vor mir schützen, wenn ich es darauf anlegte. Für einen winzigen Moment spielte ich mit dem Gedanken, meine Hülle zu verlassen, um sie weiter beobachten zu können, da rief Grim plötzlich: »Ha!«

Ari und Lucian sahen gleichzeitig auf.

»Hast du was gefunden?«, wollte der Brachion wissen.

Grim kam mit einem dicken Wälzer hinter einem der Regale hervor und tippte vorwurfsvoll auf den Buchdeckel.

»Das sind meine Geschichten!«

Oje, das hatte ich ganz vergessen. Ich seufzte und erklärte: »Ja, zwei deiner Nachfahren haben deine Aufzeichnungen gefunden und ich habe ihnen erlaubt, daraus eine Märchensammlung zu machen.«

Die leise Hoffnung, dass sie es damit gut sein ließ, zerschlug sich schnell.

»Das ist ja schön und gut«, fuhr die Hexenmeisterin mich an und wedelte mir mit der Schmuckausgabe von Grimms Märchen vor der Nase herum, »aber hast du diesen strunzeinfältigen Mumpitz mal gelesen?«

Ich machte eine unwirsche Geste. »Ist eine Weile her.«

»Wichtelmänner, Rumpelstilzchen und junge Geißlein?! Wirklich?! Und dann das«, sie schlug das Buch auf. »Schneewittchen – wartet auf ihren Prinzen. Aschenputtel – wartet auf ihren Prinzen. Rapunzel – wartet auf ihren Prinzen. Was ist mit den Frauen passiert, als ich weg war?! Und hier: Dornröschen, die schlafende Schönheit. Sie sollte ihrem Retter ordentlich in seine arroganten Pobacken treten, wenn sie wieder aufwacht. Und was macht die hier? Sie *›blickte ihn ganz freundlich an‹*. Punkt. Was soll das?! Wie konntest du nur zulassen, dass meine Geschichten derart defiguriert werden? Wie viele haben dieses Buch gelesen, hm?«

»Ähm ...«

»Oh nein! Sag mir bitte nicht, dass es davon noch ein Exemplar gibt!«

»Nun ...«

In diesem Moment rettete mich die eine Person, von der ich nie gedacht hätte, jemals froh über ihr Erscheinen zu sein. Die Tür flog auf und Ryan kam hereingestapft.

Rot sehen

»Ihr seid echt miese Freunde. Erst muss ich wie ein Hund hinter euch herdackeln und kaum ist alles vorbei, macht ihr euch aus dem Staub und lasst mich mit dem Haufen Leichen allein!«

Ein Bär von einem Mann war hereingestürmt und hatte mich zu Tode erschreckt. Er trug schwarze Kleidung und war bis an die Zähne bewaffnet. Doch weder Ari noch Lucian fühlten sich bedroht, also ging ich davon aus, dass der Mann ungefährlich war. Er polterte zwar herum und warf seine muskelbepackten Arme in die Luft, hatte aber trotz seiner bedrohlichen Gestalt etwas Gutmütiges an sich. Ich entschied spontan, keine Angst vor ihm zu haben – zumal er ein Mensch war, was ihm eindeutig Pluspunkte einbrachte.

»Habt ihr eigentlich eine Ahnung, wie unterbesetzt die italienische Phalanx ist?«, donnerte er und ging mit erhobenem Zeigefinger auf Ari zu. »Ich musste selbst dafür sorgen, dass die Carabinieri nicht zu viele Fragen stellen. Und das, obwohl ich außer *Spaghetti, Gelati* und *Espresso* kein Wort Italienisch spreche. Aber ihr wart ja fein raus. Ihr musstet euch ja um einen ›Notfall‹ kümmern. Mhm! Einen Notfall mit gepolsterten Möbeln, Kaffee und Keksen.«

Wie zum Beweis deutete er auf Bels Diener Oscar, der gerade mit einem voll beladenen Tablett hereinkam. »In solch wichtige Dinge kann man einen dummen kleinen Jäger natürlich nicht einweihen.«

Ari erhob sich ohne einen Hauch von Angst oder Vorsicht. Sie packte den riesigen Krieger an den Schultern und drehte ihn zu mir um.

»Das da ist Cassia. Ihre Seele ist an den Dämon gebunden, den wir heute gejagt haben. Wir müssen ihr helfen, bevor er sie in die Finger kriegt. Ach ja, sie ist übrigens seit etwa drei Stunden eine Hexe, weil sie Grims Kräfte anzapft.« Ari drehte den Krieger ein Stück weiter, damit er die germanische Hexenmeisterin ansehen konnte. Sie war gerade damit beschäftigt, den Verschluss der Kaffeekanne zu erkunden, und wollte sich beim besten Willen nicht von Oscar helfen lassen.

»Grim ist vorhin erst aus einer Art zweitausendjährigem Zauberschlaf erwacht. Sie hat's noch nicht so mit der modernen Welt.«

»Wart's ab, Kindchen! Ich lerne schnell«, grunzte Grim und zog zu Oscars Entsetzen einen Dolch hervor, um die Thermoskanne aufzuhebeln.

»Okaaaay«, meinte der schwarz gekleidete Krieger leicht perplex. »Das klingt möglicherweise tatsächlich nach einem Notfall.«

Ari stellte sich auf die Zehenspitzen und gab dem Hünen einen Kuss auf die Wange. »Danke für deine Mühe mit den Carabinieri.«

»Mann, Morrison!«, brummte er schmollend. »Musst du immer so was sagen? Da kann ich einfach nicht mehr wütend sein.«

Ari lachte. »Schnapp dir einen Keks und ein Buch und such nach allem, was nach ›Hexenmagie anzapfen‹ klingt.«

Der Mann maulte noch irgendetwas Unverständliches,

trottete aber los, um kurz darauf mit einem ganzen Stapel Bücher unter dem Arm zurückzukehren. Statt sich hinzusetzen, blieb er vor mir stehen.

»Hi, ich bin Ryan«, sagte er und streckte mir eine riesige Pranke hin. »Sorry fürs Rumpöbeln. War vielleicht kein so'n guter erster Eindruck.«

Ich blinzelte seine Hand an. Sie war tätowiert, wie alles an ihm, abgesehen von seinem Gesicht. Seine Frisur erinnerte mich an einige römische Gladiatoren, an den Seiten kurz, in der Mitte länger. Dieser Ryan lebte ganz eindeutig für das Schlachtfeld, obwohl seine dunklen Augen die eines verträumten kleinen Jungen waren – eines kleinen Jungen, den mein Zögern eindeutig verunsicherte. Ich wollte ihn nicht vor den Kopf stoßen, aber mir fiel beim besten Willen nicht ein, wie ich ihm nett hätte erklären sollen, dass Berührungen mich überforderten. Also gab ich mir einen Ruck. Wenn ich Grims Umarmung hatte aushalten können, würde ich einen Händedruck ebenfalls irgendwie überleben.

Vorsichtig legte ich meine Hand in seine. Als sich Ryans Pranke um meine Finger schloss und er mich freundlich angrinste, ertönte ein dumpfes Geräusch, gefolgt von einem vielstimmigen Klirren. Ich fuhr herum. Bel hatte sein Buch so energisch zugeklappt, dass selbst das Tablett mit den Kaffeetassen erzittert war. Ich spürte, wie er mich und Ryan anstarrte, aber ich wagte es nicht, ihm ins Gesicht zu schauen.

»Wie wäre es, wenn du dich an die Arbeit machst, Jäger?«, knurrte der blonde Dämon.

Ryan sah von Bel zu mir und schnitt nur für mich eine Grimasse, die deutlich machte, was er von unserem Gastgeber hielt. Ein Lächeln schlich sich in meine Mundwinkel, woraufhin Ryan zu strahlen anfing und meinte: »Keine

Sorge, Cassie. Wir werden den Schweinehund schon erwischen, der hinter dir her ist.«

Er machte es sich am nächstbesten Tisch bequem, was zufällig genau der Platz zwischen Bel und mir war. Damit musste ich mich nicht mehr nur hinter einer Palme verstecken, sondern konnte den Schutz von Ryans breitem Rücken genießen.

Die Anspannung wich ein klein wenig aus meinen Gliedern und ich wollte mich erneut dem Buch auf meinem Schoß widmen, doch während ich darin blätterte, drifteten meine Gedanken ab. Es war ein seltsames Gefühl, wieder einen Körper zu haben, den Sessel unter mir zu fühlen und meinen Beinen jederzeit befehlen zu können, mich dorthin zu tragen, wo ich hinwollte. Warum nutzte ich das nicht und lief so weit fort, wie ich nur irgend konnte? Es war mir völlig egal, ob ich dabei mein Leben riskierte. Es hätte bereits vor sehr langer Zeit enden sollen. Was machte es also aus, ob Ianus mich fand? Was sollte er mir schon antun, das schlimmer war als ewiges Verharren in Ohnmacht, erzwungen durch ein blutrotes Gefängnis?

Ganz sacht berührte etwas meinen Geist. Es war das sanfte Prickeln einer Macht, die in der Lage war, Welten zu zerstören. Granatapfel und dunkle Sinnlichkeit. Hastig verstärkte ich meine Mauern und versuchte, mich wieder auf das Buch in meinen Händen zu konzentrieren. Ich hatte schon viel davon gehört und dennoch wusste ich nichts über seinen Inhalt. Kriege waren deswegen geführt worden – wegen eines Gottes, der Erlösung versprach. Es war doch immer dasselbe und die Menschen glaubten es auch noch.

Wieder strich Bels Macht an meiner Abwehr entlang. Diesmal wusste ich, dass sie sich nicht einfach nur verirrt hatte, denn ich fühlte ein deutliches Tippen an meinen Schutzmauern. Er bat um Einlass. Er wollte mit mir sprechen.

Wie gut, dass ich während meiner Gefangenschaft die Fähigkeit perfektioniert hatte, mentale Störfaktoren auszublenden. Ich würde nicht mit Bel sprechen. Ich wollte es nicht. Wenn ich ganz ehrlich mit mir war, war das sogar der einzige Grund, aus dem ich nicht weglief. Weil Bel mich aufhalten würde und ich diese Auseinandersetzung mehr fürchtete als alles andere.

Also las ich weiter, wie dieser christliche Gott Himmel und Erde schuf, Tag und Nacht, die Menschheit und das Paradies. Ich las und las und ignorierte Bels Versuche, Kontakt mit mir aufzunehmen. Erst als die Sonne draußen unterging und Oscar die Lichter in der Bibliothek anschaltete, wurde mir bewusst, wie viel Zeit vergangen war. Die Bücherstapel neben den anderen waren zu beachtlichen Türmen herangewachsen. Ich hatte gar nicht mitbekommen, dass irgendjemand aufgestanden war und sich wieder gesetzt hatte. Mir war auch entgangen, dass Oscar die Tischtrümmer entfernt und noch mehr Kaffee und Sandwiches serviert hatte, während Grim wohl schon seit einiger Zeit auf einem Kanapee schlief und lautstark schnarchte.

Ryan streckte sich und gähnte herzhaft.

»Gutes Stichwort«, meinte Lucian. Er erhob sich und zog Ari auf die Beine.

»Geht ihr auf die Jagd?«, erkundigte sich Ryan. Seine Müdigkeit schien plötzlich wie weggefegt zu sein. »Darf ich mitkommen?«

Ich hörte Bel schnauben. »Das Einzige, was die beiden jagen werden, ist sich selbst. Durch ihr Bett. Und über den Küchentisch. Und vermutlich auch durch die Dusche.«

Während Aris Miene sich verdüsterte, fiel Ryans Vorfreude wie ein Kartenhaus in sich zusammen.

»Oh, dann … ähm … viel Spaß.«

Lucian überging die Anspielungen weitaus gekonnter als seine Gefährtin. Er wechselte schlicht das Thema.

»Wir sind morgen früh zurück«, verkündete er. »Bis dahin werde ich ein paar meiner Quellen kontaktiert haben. Vielleicht hat irgendjemand etwas von Ianus gehört.«

Morgen früh? Jetzt erst verstand ich, dass sie mich allein lassen würden. Allein mit Bel.

Als hätte Ari meine Sorge wahrgenommen, kam sie zu meinem Sessel und hielt mir eine goldene Münze hin. Ich erkannte gleich, was das war. Ein Beschwörungssiegel.

»Wir wohnen nicht weit weg. Unser Segelboot liegt ein Stück die Küste runter vor Anker. Wenn irgendetwas ist, sind wir sofort hier. Bel hat mir geschworen, sich zu benehmen. Solltest du uns aber trotzdem brauchen, kannst du uns jederzeit rufen. Weißt du, wie so ein Siegel funktioniert?«

Beklommen nickte ich und nahm die goldene Münze entgegen. Ich hatte so etwas schon einmal benutzt – auch wenn ich mich nicht gern an jene Nacht erinnerte.

»Danke.«

»Immer doch.«

Nun verabschiedete sich auch Lucian von mir und schob Ari aus der Bibliothek.

»Nicht die Akustik vergessen, ihr Turteltauben«, rief Bel ihnen nach. »Übers offene Wasser hallen Geräusche ganz besonders gut.«

Irgendetwas Unverständliches und nicht sehr Freundliches brummte Ari noch, dann war ich allein mit Ryan, Oscar, Bel und der schlafenden Grim.

»Tja, ich weiß ja nicht, wie fit ihr noch seid, aber ich werd' mich aufs Ohr hauen«, beschloss Ryan und stemmte sich ächzend vom Tisch hoch. Oscar unterbrach sofort seine Aufräumarbeiten und schlurfte zu dem Jäger.

»Wenn Sie es wünschen, dann –«

»Nur keine Umstände, alter Knabe!«, meinte Ryan und klopfte dem Butler auf die Schulter. »Ich brauch kein Gästezimmer. Ich penn einfach unten auf dem Sofa. Weckt mich, wenn ihr jemanden gefunden habt, den ich verprügeln kann.«

Damit verschwand er.

Mein Herz fing an, wie wild zu klopfen. Je weniger Personen anwesend waren, desto übermächtiger spürte ich Bels Gegenwart. Ich musste hier raus – und zwar sofort. SOFORT!

Oscar war meine Rettung. Der alte Butler verbeugte sich vor mir und sagte: »Sie sehen auch ein wenig müde aus, Miss Cassia. Darf ich Sie auf Ihr Zimmer begleiten?«

»Ja.« Liebend gern.

Hastig rappelte ich mich auf und stieß dabei das Wasserglas um, das Oscar mir irgendwann hingestellt haben musste. Eine sonnengebräunte Hand fing es auf, bevor es auf dem Boden zerschellen konnte. Eine Hand, kräftig und doch elegant, mit einem goldenen Ring am Zeigefinger.

Bel war mir so nah, dass mir die Luft wegblieb. Ich starrte angestrengt meine Fußspitzen an und klammerte mich an Aris Siegel fest. Die Versuchung, sie zu rufen, war groß, aber ich schämte mich. Was sollte ich ihr sagen, wenn sie hier auftauchte? Dass der böse Bel mein Wasserglas aufgefangen hat?!

»Mach dir keine Mühe, Oscar, ich werde mich persönlich um Miss Cassias Unterbringung kümmern.«

Nein, nein, nein. Bitte nicht. Doch Oscar verbeugte sich vor seinem Meister. »Sehr wohl.«

Ohnmächtig lauschte ich, wie die Schritte des Butlers sich entfernten. Sie wurden leiser und leiser und schließlich war er fort. Jetzt hing Stille über der Bibliothek. Nur unterbrochen von Grims Schnarchen.

Bel stellte das Glas ab und trat einen Schritt zurück.

»Aber vorher reden wir.«

Er gab sich Mühe, nicht bedrohlich zu klingen. Trotzdem schwang in seiner Stimme eine Kompromisslosigkeit mit, die mich erschauern ließ.

»Es gibt nichts zu bereden«, flüsterte ich.

»Das sehe ich anders.«

Verzweifelt schlang ich die Arme um meine Brust. Bel trieb mich gnadenlos in die Ecke. Und in dieser Ecke wartete eine Dunkelheit, mit der ich mich nicht auseinandersetzen wollte. Und an diese Dunkelheit war auch noch Grims Magie gebunden. Ich konnte nicht wagen, all das zu entfesseln.

»Rede mit mir, Cassia!«, drängte er mich.

Sein Tonfall wurde härter und weckte eine tiefe Angst in mir – genauso wie meinen Widerwillen.

»Warum bist du wütend?«, fragte ich leise. »Du hast kein Recht, wütend zu sein.«

Bel seufzte. »Ich bin nicht wütend. Ich möchte nur mit dir reden.«

Reden. Worüber reden? Nach zweitausend Jahren, in denen ich über jede Facette seiner Entscheidung hatte nachdenken können, waren Gespräche überflüssig. Ich verstand ihn. Wirklich. Mein Problem lag nicht bei ihm. Es lag allein bei mir. Bei meiner Enttäuschung. Ich wünschte mir, dass er damals anders entschieden hätte. So sehr, dass mein Herz daran zerrissen war. Und selbst zweitausend Jahre hatten nicht ausgereicht, um diese Wunde zu heilen.

Zeit für einen Schlussstrich.

Ich ignorierte meinen rasenden Puls, schob jede Empfindung beiseite und versuchte, einen möglichst kühlen Kopf zu bewahren.

»Du hast getan, was du für richtig gehalten hast. Du wolltest mich heilen, mich retten. Du konntest ja nicht ahnen, dass Ianus den Dolch stehlen und verstecken würde. Ich verstehe das. Also alles gut.«

Bel schwieg. Ich vermochte nicht zu sagen, ob er von meinen Worten verblüfft, ergriffen oder verärgert war, denn ich betrachtete noch immer mit größtem Interesse den Fußboden. Aber ich spürte, wie seine Blicke mich musterten, mich maßen, mich durchbohrten.

»Und weil alles gut ist, hast du das halbe Haus abgefackelt, als du mich zum ersten Mal gesehen hast?«

Eine zornige Antwort brannte in meiner Kehle. Entschlossen schluckte ich sie runter. Ich würde diese Tür nicht öffnen. Ich würde mich nicht in den Schatten, die dahinter lauerten, verlieren. Das war es nicht wert. Nicht noch einmal.

Bel stieß ein Geräusch aus, das irgendwo zwischen Frust und Spott angesiedelt war.

»Du kannst mich ja noch nicht einmal anschauen, Cassia.«

Da hatte er recht. Aber er teilte mir seine Beobachtung auf eine so selbstgefällige Art mit, als würde das alles erklären. Als wüsste er längst, was in mir vorging. Doch das wusste er nicht. Er wusste gar nichts und ich würde es ihm beweisen. Trotzig kratzte ich all meinen Mut zusammen und hob den Kopf, um ihm direkt in die Augen zu sehen. Ich war gewappnet gegen seine Arroganz, seinen Spott, seine Wut, seinen Charme und was er sonst noch so alles zu bieten hatte.

Dachte ich zumindest.

Doch meine Entschlossenheit geriet ins Wanken, als ich nicht fand, was ich erwartet hatte. Ich starrte in ein bedingungslos offenes Gesicht voller Verletzlichkeit, als würde sein blankes Herz in meinen Händen liegen. Das überforderte mich so sehr, dass ich es nicht schaffte, seinen Blicken standzuhalten. Hastig sah ich beiseite und versuchte, dem aufziehenden Sturm in mir Einhalt zu gebieten.

»Genau das habe ich gemeint«, murmelte Bel verbittert.

Ich verabscheute ihn dafür, dass er mir meine Schwäche so skrupellos vor Augen geführt hatte. Und ich verabscheute mich selbst noch viel mehr dafür, dass er mich so aus dem Konzept bringen konnte. Verzweifelte Tränen quollen durch meine Wimpern.

»Also gut«, seufzte Bel, »dann belassen wir es dabei. Vorerst. Gib mir deine Hand.«

Meine Hand? Instinktiv presste ich meine Arme noch ein wenig fester an meinen Oberkörper. Ich würde Bel nicht erlauben, mich zu berühren! Auf keinen Fall.

»Ich hab nicht vor, über dich herzufallen, Cassia. Ich möchte dir nur das hier geben.« Er hielt mir einen schmalen goldenen Armreif mit filigranen Gravuren hin. »Es unterdrückt Hexenkräfte zu einem gewissen Grad. Nur, damit du nicht versehentlich im Schlaf das Haus niederbrennst.«

Oh. Ich kannte so etwas nur von Fesseln und Ketten, mit denen man Hexen gefangen halten konnte. An Bels Armreif sah allerdings nichts nach Fessel aus. Er besaß noch nicht mal einen Verschluss. Man konnte ihn sich einfach auf das Handgelenk schieben.

Mein Stolz und meine Sehnsucht begannen, miteinander zu ringen. Einerseits wollte ich von Bel nichts annehmen, andererseits war die Verlockung riesig, mich nicht mehr vor Grims Magie fürchten zu müssen.

»Oscar hat ihn für dich angefertigt.«

Das gab den Ausschlag. Bels Butler war ein herzensguter alter Mann. Ein Geschenk von ihm konnte ich akzeptieren.

Rasch nahm ich den Armreif, sorgsam darauf bedacht, Bels Finger nicht zu berühren. Ich streifte ihn mir über und versteckte erneut meine Hände, damit Bel gar nicht erst auf dumme Gedanken kommen konnte.

Tat er nicht. Er wandte sich ab und ging auf den Eingang zu. »Ich zeig dir jetzt dein Zimmer.«

Seine Blicke nicht mehr auf mir spüren zu müssen, war so erlösend, dass ich ihm protestlos folgte. Ich nutzte die kleine Pause von seiner ständigen Aufmerksamkeit, um Ordnung in meine Gefühle zu bringen. Leider reichte der Weg dafür nicht. Nach viel zu kurzer Zeit öffnete Bel eine geschnitzte Holztür und präsentierte mir das dahinter liegende Zimmer.

»Ich habe die Wände mit Siegeln und Bannsprüchen verstärkt. Hier bist du in Sicherheit.«

Ich konnte ein leises Schnauben nicht unterdrücken. »Vor wem?«

Missbilligend schüttelte Bel den Kopf. »Du hast mein Wort, dass niemand ohne deine Erlaubnis dieses Zimmer betreten wird. Das schließt mich mit ein. Jetzt zufrieden?«

Ich war mit allem zufrieden, solange er nur endlich aufhörte, mich anzusehen. In der Hoffnung, dass er sein Wort hielt, eilte ich in das Zimmer und dort in die hinterste Ecke. Möglichst weit entfernt von Bels aquamarinfarbenen Blicken. Erst als er das Licht für mich einschaltete und die Tür schloss, wagte ich aufzuatmen, und ... erkannte meinen Irrtum.

Ich hatte es vorher nicht bemerkt. Doch jetzt im hellen

Licht der Deckenlampe strahlten mir blutrote Wände entgegen. Mehr noch, durch meine Immunität sah ich Bels Macht, die darin verwoben war. Es war unmöglich, irgendetwas zu fokussieren. Alles vibrierte, Umrisse verschwammen und Konturen zerflossen. Übrig blieb nur ein flackerndes Rot.

Panik schnürte mir die Kehle zu. Ich verlangte von mir, ruhig zu bleiben. Das hier war nicht der Dolch. Ich war nicht eingeschlossen. Ich war nicht gefangen. Nur ... wieso fühlte es sich dann genau so an?

Mir wurde schwindelig. Ich musste mich unbedingt zusammenreißen, sonst würde Bel zurückkommen, und das wollte ich genauso wenig. Am besten schloss ich einfach die Augen und konzentrierte mich auf meine Atemzüge. Alles würde gut werden. Ich hatte alles im Griff. Ich brauchte keine Hilfe. Ich war nicht gefangen. Ich hatte alles im Griff ... ich brauchte keine Hilfe ... ich war nicht gefangen ... ich hatte alles im Griff ... ich ... brauchte ... keine ... Hilfe ...

»Miss Cassia?« Ein höfliches Klopfen. »Ich bringe Ihr Frühstück.«

Frühstück? Wie viel Zeit war vergangen? Ich konnte unmöglich die ganze Nacht hier gestanden haben. Oder doch? Meine Füße taten weh. Meine Knie fühlten sich steif an. Meine Hände zitterten. Oh nein! Hatte ich einen Blackout gehabt? Oder funktionierte mein Bewusstsein nicht richtig? Wenn ich nicht einmal die Zeit wahrnahm, wie wusste ich dann, was real war? Wie konnte ich kontrollieren, was mit mir geschah?

»Ich stelle es vor die Tür, in Ordnung?«

Ich öffnete die Augen einen Spalt und sofort brach das Rot über mir zusammen. Das Rot war überall. Flackerndes Rot. Blutiges Rot. Gefährliches Rot. Ich sagte mir immer wieder, dass ich nicht im Dolch war. Aber woher wusste ich das? Vielleicht war ich einfach nur dem Wahnsinn verfallen wie all die anderen Seelen? Vielleicht hatte ich das Ewige Rot nie verlassen und das alles war nur ein perfides Spiel von Ianus, um mich zu quälen?

Stopp! Ich atmete. Ich fühlte den Schmerz in meinen Füßen. Das musste real sein. Und wenn das real war, dann stand ich in einem Zimmer von Bels Haus. Ein Zimmer mit roten Wänden. Sie waren die Ursache von all dem. Was konnte ich dagegen tun? Das Zimmer verlassen? Dann würde ich zweifelsohne Bel in die Arme laufen. Nein, ich wollte ihm nicht noch mehr Beweise für meine Schwäche liefern. Es musste einen anderen Ausweg geben. Der Lichtschalter!

Vorsichtig tastete ich mich vorwärts. Meine Füße trugen mich kaum, aber irgendwie schaffte ich es. Ich fand den Schalter neben der Tür. Er kippte wie von selbst nach unten, als ich meine Finger auf die glatte Oberfläche legte. Endlich war es dunkel. Schwer atmend lehnte ich mich an die Wand. Mein Herz raste. Ich konnte nicht mehr stehen. Die Dunkelheit drehte sich um mich herum. Meine Beine gaben nach. Ich sank zu Boden.

Ich konnte mich nicht daran erinnern, dass es so anstrengend gewesen war, einen Körper zu besitzen. Er sendete tausend unterschiedliche Signale. Mein Mund war trocken. Mein Bauch tat weh und mein Kopf drohte zu zerplatzen, wenn ich meine Augen bewegte. Vielleicht sollte ich sie einfach kurz schließen. Nur ganz kurz.

Das Rot umgab mich. Ewiges Rot. Und mit ihm kamen die Schreie. Schreie, die wie eisige Krallen an meinem Bewusstsein wetzten, die in meine Gedanken eindrangen und mich mit ihrer Verzweiflung infizierten. Schreie von zerbrochenen Seelen, zer-

sprungen in scharfe Splitter, bohrend, schneidend, stechend, brennend. Schreie, die nicht verstanden, was passiert. Schreie, die nicht begriffen, was man ihnen erklärte. Schreie, die an mir rissen und zerrten, wenn sie mich fanden. Ich sollte sie retten, aber ich konnte nicht. Also versteckte ich mich, machte mich so klein ich konnte, begrub mich unter all den kaputten Schemen. Aber die Schreie hörten nie auf. Ich flehte sie an zu schweigen. Ich schrie sie an. Sie schrien zurück. Ich riss die Augen auf.

Die Stille war erdrückend. Mein eigener Puls hämmerte mir in den Ohren. Das hier war nicht der Dolch? Oder doch? Eine gefühlte Ewigkeit starrte ich in die Dunkelheit, bis sich helle Linien abzeichneten. Es waren die Ränder von Vorhängen. Schien dort draußen die Sonne? Die Sonne ... Wie es wohl wäre, sie noch einmal auf meiner Haut zu spüren?

Wieder klopfte es leise. »Cassia? Ist alles in Ordnung bei dir?«

Es war Bel, aber ich fühlte mich zu erschöpft, um mich vor den Abgründen zu fürchten, die er in mir weckte.

»Ari und Lucian waren schon dreimal hier und haben nach dir gefragt. Sie wollen wissen, wie es dir geht.«

Wie es mir ging? Ich war müde. So müde. *Wenn sie doch endlich aufhören würden zu schreien, könnte ich endlich schlafen. Aber das Ewige Rot ließ keine Ruhe zu. Und die Schreie durchdrangen jeden meiner Gedanken. Blutrote Schreie. Blutrote Schreie. Blutrote Schreie.*

Stille. War das eine Erinnerung gewesen? Oder ein Albtraum? Ich wusste es nicht. Mein Verstand war nicht mehr dazu in der Lage, um das zu ergründen. Ich war so müde. So müde, dass es wehtat. Aber ich durfte nicht schlafen. Denn im Schlaf wurde alles Rot. Ich grub meine Fingernägel in meine Handflächen. Der Schmerz half dabei, wach zu bleiben. Alles war besser als die Schreie … die Schreie … *Blutrote Schreie. Blutrote Schreie. Blutrote Schreie. Blutrote Schreie. Blutrote Schreie. Blutrote Schreie. Blutrote Schreie. Blutrote Schreie.*

Ein energisches Klopfen ließ mich hochschrecken.

»Cassia? Ich bin's, Ari. Darf ich bitte reinkommen?«

Ihre Stimme klang besorgt. Das verstand ich. Ich machte mir auch Sorgen um mich. Aber ich hatte keine Kraft übrig für ein Gespräch. Ich brauchte, was ich noch hatte. Um mich wach zu halten. Damit mich die Schreie nicht wieder einholten.

»Bitte, Cassia, du bist jetzt schon drei Tage in deinem Zimmer. Kannst du bitte rauskommen? Oder beschwöre mich einfach. Du hast mein Siegel doch noch?«

Ihr Siegel. Ich erinnerte mich, aber meine Hände waren leer. Genau wie meine Gedanken. Und die Luft schien so dick zu sein, dass ich sie nicht mehr in meine Lungen pressen konnte. Ich wollte doch nur Frieden finden … nur für einen Moment … meine Augenlider senkten sich … und ich ertrank in *roten Schreien. Blutroten Schreien. Kein Entkommen, keine Hoffnung. Rote Schreie. Überall rote Schreie. Blutrote Schreie. Blutrote Schreie. Blutrote Schreie. Blutrote Schreie. Blutrote Schreie. Blutrote Schreie. Blutrote Schreie. Blutrote Schreie.*

Die Stimme des Teufels mischte sich unter die blutroten Schreie.

»CASSIA!«

Sein herrisches Hämmern schleuderte mich von einem Gefängnis in das nächste. Die Schreie verhallten, aber die Schmerzen meines Körpers zehrten genauso an meinem Verstand.

»Ich kann an deinem Herzschlag hören, dass es dir schlecht geht! Bitte lass mich rein!«

Es endete nie. Er würde mich nie meinen Frieden finden lassen. Niemals.

»Versuch du es!«

Ich war so müde.

»Hey, Nachwuchshexe. Wie wäre es mit ein bisschen Unterricht. Ich finde ja, du kannst meine Magie ruhig benutzen, wenn du sie schon mal besitzt.«

Grim. Ich mochte Grim. Aber sie hätte ihr Leben nicht für mich aufgeben dürfen.

»Versuch es noch mal!«

Ein wütender Befehl. Immer diese Wut.

»Langsam, Herr Blitzgescheit. Ich war es nicht, die diesen ungeschickten Schwur geleistet hat. So ein Anfängerfehler wäre dir vor zweitausend Jahren nicht passiert.«

»Das ist mir durchaus bewusst!«

»Du hättest *dich* von ihr fernhalten sollen und nicht gleich die ganze Welt!«

»DAS IST MIR DURCHAUS BEWUSST!«

Eine knisternde Macht erhob sich und brachte den Boden unter mir zum Beben. Nicht schon wieder.

Meine Augen brannten. Ich wollte weinen, aber meine Tränen waren versiegt.

»Warum ...«, flüsterte ich mit dem letzten Rest meiner Kraft, »... bist du ... immer ... so wütend?«

»Cassia?«

Ich mochte es, wenn er meinen Namen so sanft aussprach. Es erinnerte mich an das Letzte, was er zu mir gesagt hatte. *Vergib mir, Cassia ...*

So oft hatte ich daran gedacht.

»Bitte! Dein Verstand hat verlernt, darauf zu achten, aber dein Körper braucht Wasser und Nahrung.«

Ich brauchte nur eines ... Frieden ...

»Bitte ...«

Die Kraft aus seiner Stimme schwand.

»Lass mich rein. Ich muss nur wissen, dass es dir gut geht.«

Gedämpfte Schritte erklangen.

Grim war gegangen.

Stoff glitt über Holz.

Dann Stille. Nicht ganz. Ich hörte ihn atmen.

»In dieser Nacht ...«

Seine Stimme war so nah.

»... habe ich alles verloren.«

So leise.

»Mein Herz.«

So zögerlich.

»Mein Leben.«

So aufrichtig.

»Meine Freude.«

Ich wusste, dass ich ihm nicht zuhören durfte, und dennoch konnte ich nicht anders.

»Du warst die Eine. Dessen war ich mir so sicher, dass ich dich nicht gehen lassen konnte. Ja, es war egoistisch, aber solange es noch eine winzige Chance gab, dich zu retten, konnte ich nicht aufgeben. Verstehst du das?«

Ja, das tat ich nur zu gut. Das war der Grund, warum ich nie aufgegeben hatte. Diese kleine, dumme Hoffnung, der allerdings eine sehr große und ernüchternde Wahrheit gegenüberstand ...

»Ich verlange keine Vergebung von dir. Ich will nicht, dass du meine Verfehlungen vergisst und wir einfach da weitermachen, wo alles noch in Ordnung war. Ich will ...«

Seine Stimme versiegte.

Zu schwach, um mich dagegen zu wehren, überflutete mich eine Sehnsucht, von der ich eigentlich geglaubt hatte, sie tief in mir vergraben zu haben.

»Lass mich einfach nur wissen, dass es dir gut geht, Cassia. Mehr verlange ich nicht.«

Ich wollte dieser süßen Lüge unbedingt glauben.

Es wäre ein Fehler. Ein so großer Fehler.

»Bitte ... darf ich reinkommen?«

Ich schloss die Augen und hörte dabei zu, wie mich meine Stimme ins Verderben führte.

Weg vom Fenster

Cassias Antwort war kaum mehr als ein zarter Lufthauch, doch ich spürte die Auswirkungen bis ins Mark. Sie hatte diesen verdammten Schwur von meinen Schultern genommen. Sie hatte mir erlaubt, für sie da zu sein. Sie hatte mich nicht zurückgewiesen. Für einen kurzen Augenblick fühlte ich mich wie beflügelt, doch dann brach die Sorge um sie wieder mit aller Intensität über mir zusammen. Ich öffnete die Tür. Drinnen war es dunkel. Wie erwartet. Sie hatte die Vorhänge nie aufgezogen. Sie zu suchen, war unnötig. Ich wusste auch so, dass sie sich hinter der Tür verkrochen hatte. Ihr Herzschlag verriet sie. Schwach. Gehetzt. Unregelmäßig. Kein Wunder. Seit ich sie auf ihr Zimmer gebracht hatte, waren dreiundachtzig Stunden und siebzehn Minuten vergangen. Grims Zauber hatte Cassias Körper nach ihrem Erwachen höchstwahrscheinlich noch ein paar Tage mit Energie versorgt, aber spätestens seit sie der Hexenmeisterin das erste Mal ihre Magie entzogen hatte, war damit Schluss gewesen. Jetzt brauchte sie dringend Nahrung.

Ich nahm das Tablett, von dem Oscar gehofft hatte, dass sie es irgendwann doch noch anrührt, und betrat das Zimmer. Zwei Schritte später erstarrte ich. Cassias Anblick stellte all meine Befürchtungen in den Schatten. Ihr sonst so weiches Gesicht war eingefallen, ihr Körper ausgemergelt, ihre Haut blass und rissig. Sie sah aus wie eine Tote.

Eine Angst, wie ich sie seit zweitausend Jahren nicht mehr gespürt hatte, ergriff von mir Besitz. Ich hatte angenommen, ihren Zustand mit ein wenig Wasser und ein paar Löffeln Suppe wieder stabilisieren zu können, doch nun wurde mir klar, dass das bei Weitem nicht ausreichen würde.

Grim! Oscar! Mein Ruf war scharf, ungestüm und sicher schmerzvoll für meine Gezeichneten, aber darauf konnte ich jetzt keine Rücksicht nehmen. Während ich das Tablett abstellte und mich zu Cassia kniete, schickte ich ihnen ein Bild der Lage. Sie würden schon wissen, was für ein Gebräu sie zusammenpanschen mussten, um ihren sterblichen Körper aufzupäppeln. Die Frage war nur, ob Cassia mental den Überlebenswillen besaß, das durchzustehen.

»Warum tust du dir so was nur an?«, murmelte ich und strich ihr die Haare aus dem Gesicht. Behutsam hob ich ein Wasserglas an ihre Lippen. Da flatterten ihre Lider. Kraftlos drehte sie den Kopf weg.

»Du musst etwas trinken.«

Ich versuchte es noch einmal. Wieder protestierte sie. Ihr Stolz und ihre Sturheit in allen Ehren, aber allmählich fand meine Nachsicht ein Ende. Cassia spielte mit ihrem Leben.

Bei Versuch Nummer drei ging ich bestimmter vor. Ich hielt sanft ihr Kinn fest. Ihre Haut war eiskalt. Sie wehrte sich und das meiste Wasser floss über ihre Lippen, aber ein paar Tropfen schafften es dennoch in ihren Mund. Besser als nichts. Ich stellte das Glas weg und sah sie hilflos an. Bei jedem anderen Menschen hätte mich eine Heilung nicht mehr als ein Fingerschnippen gekostet. Nicht bei Cassia. Ich hatte vergessen, wie furchterregend dieses Gefühl der Ohnmacht war.

Sollte ich sie ins Bett tragen? Ich verwarf den Gedanken sofort wieder. Wenn sie sich schon beim Trinken so gesträubt hatte, würde sie weiteren Körperkontakt bestimmt nicht gutheißen. Für so etwas durfte sie keine Energie vergeuden.

Kurz entschlossen ging ich zu den Fenstern. Licht und ein bisschen frische Luft würden ihr sicherlich guttun. Doch als ich die Vorhänge beiseiteschob, erschütterte eine so heftige Panikattacke Cassias ausgezehrten Körper, dass ich befürchtete, ihr stolperndes Herz könnte jeden Moment stehen bleiben. Ihre Mauern brachen und überfluteten mich mit ihrer Verzweiflung. Sie rollte sich zusammen, presste ihre Hände vor die Augen und begann, am ganzen Leib zu zittern.

Hastig schloss ich die Vorhänge wieder. Das schien ihren rasenden Puls ein wenig zu beruhigen. Aber ihr Zittern wollte einfach nicht enden.

»Was ist nur los?«, flüsterte ich, während ich mich wieder zu ihr setzte. Am liebsten hätte ich sie in den Arm genommen. »Ich weiß nicht, wie ich dir helfen kann ...«

Wenn sie weiterhin so schnell atmete, würde sie hyperventilieren. Wo blieben Grim und Oscar?!

»Ist es dir zu hell? Zu still? Zu kalt? Zu warm?«

Dumme Fragen, wo sie doch gar nicht fähig war zu antworten. Weil mir nichts Besseres einfiel, berührte ich mit meiner Macht ganz sacht ihren Geist. Sie keuchte leise auf.

»Zeig es mir, bitte!« Ich wollte sie nicht drängen, aber mir blieb keine andere Wahl. »Lass mich in deine Gedanken.«

Ich traf auf keinen Widerstand. Stattdessen versank mein Bewusstsein in ihrem, und damit in einem Albtraum, wie ich ihn noch nie erlebt hatte. Blutrotes Licht hüllte uns ein. Es war gefüllt mit den entsetzlichen Schreien gequälter Seelen. Enge. Keine Luft. Keine Möglichkeit zu entkommen. Und immer dieses Rot. Dasselbe Rot wie die Wände des Zimmers. Sie vibrierten unter meinen Schutzzaubern. Cassia sah nicht die

Realität. Sie sah die Vergangenheit. Alles verschwamm miteinander und jedes Gefühl für Zeit erlosch. Nichts hatte Bestand. Nichts außer den Schreien.

Bestürzt kämpfte ich mich aus dem zerstörerischen Strudel von Cassias Geist heraus. Jetzt begriff ich. Sie hatte sich nicht aus Trotz eingesperrt. Ihr Bewusstsein hatte sich einfach nur noch nicht vollständig in ihrem Körper verankert und ihr Verstand konnte nicht unterscheiden zwischen der Realität und ihren Erinnerungen. Und ich hatte das mit diesem Zimmer und meinen Schutzvorkehrungen unwissentlich gefördert. Was war ich nur für ein Idiot! Dieser Albtraum musste sofort enden.

»Ich bring dich hier raus, aber dazu muss ich dich anfassen.«

Es war keine Bitte. Nur eine Vorwarnung.

Langsam schob ich meine Arme unter ihren Rücken und ihre Knie. Keine Gegenwehr, aber auch kein Nachlassen ihrer Angst. Allerdings nahm ich deutlich einen Hauch Hoffnung in all ihrer Verzweiflung wahr. Das war genug, um mich in meinem Vorhaben zu bestärken.

Ich hob sie hoch und trug sie aus dem vermaledeiten Zimmer. Kaum waren wir draußen, ließ ihr Zittern nach. Jede Spannung wich aus ihrem Körper. Ich befürchtete schon, dass sie das Bewusstsein verloren hatte, doch plötzlich schmiegte sich Cassia an meine Brust, als wäre ich der einzige Halt, der ihr noch blieb. Auch ihre Emotionen kamen langsam zur Ruhe. Die Angst verschwand zwar nicht gänzlich – sie schien ihr ständiger Begleiter zu sein –, aber jetzt blühte ganz zart das Gefühl von Geborgenheit in ihr auf.

Erschüttert betrachtete ich das Geschöpf in meinen Armen, das meine Welt auf den Kopf stellte. Erneut. Ich hatte genau diesen Moment gebraucht. Mehr, als mir je bewusst gewesen war. Ich spürte, wie mein Herz vor Freude überfloss und gleichzeitig vor Wehmut zerriss. Denn mir war auch klar, dass dieser kostbare Moment enden würde, sobald sie aufwachte. *Falls* sie aufwachte und nicht schon zu schwach war, um dieses neuerliche Trauma zu bewältigen.

Daran durfte ich gar nicht erst denken.

Im Treppenhaus kamen mir Grim und Oscar entgegen. Die Hexenmeisterin sah besorgt aus, sagte aber nichts. Sie drückte mir einfach nur ein Fläschchen in die Hand.

»Ich will nicht gestört werden! Von niemandem!«, wies ich sie an und setzte meinen Weg fort. Oscar war durchaus in der Lage, sich um meine täglichen Geschäfte zu kümmern und die Besuche der zahllosen Speichellecker abzuwimmeln, die immer wieder hier auftauchten. Zumindest was die Speichellecker betraf, würde Grim ihm mit ihrer robusten Art zweifellos eine Hilfe sein.

Ich trug Cassia in meine Räume im obersten Stockwerk und dort direkt ins Badezimmer. Nun ja, dieser Begriff traf nicht ganz das, was ich mir für meine Bedürfnisse hatte einbauen lassen. Mein Badezimmer entsprach eher einem privaten Spa-Bereich mit Sauna und Jacuzzi. Letzterer war mein Ziel. Cassias unterkühlter Körper brauchte Wärme, und da sie es als erschreckend empfinden könnte, wenn ich sie mit meiner Macht einhüllte, musste eben eine konservative Lösung herhalten.

Ich hielt mich gar nicht erst mit Nebensächlichkeiten wie Kleidung auf und stieg ohne zu zögern mit ihr ins Becken. Als ihr Körper im Wasser eintauchte, entwich Cassia ein kleines Seufzen. Ich lächelte. Das war ein Anfang. Behutsam ließ ich mich mit ihr auf eine der integrierten Bänke sinken. Nun saß sie auf meinem Schoß und ich konnte Grims Fläschchen öffnen. Zwei Tropfen der goldgelben Flüssigkeit reichten aus, um Cassias Herzschlag zu kräftigen. Nach dem vierten Tropfen wurde ihre Atmung gleichmäßiger und ihr Teint bekam sein bezauberndes Strahlen zurück. Ich hoffte schon, sie würde die Augen aufschlagen und mich aus diesen unergründlichen geheimnisvollen blauen Seen heraus anschauen, aber das Gegenteil geschah. Sie und ihre aufgewühlten Gefühle sanken in einen tiefen Schlaf. Ich wagte es sogar noch einmal kurz, ihren Geist zu berühren, nur um sicherzugehen, dass sie nicht wieder in ihrer Albtraumwelt feststeckte, doch ich fand nichts. Nur Ruhe. Gut. Die brauchte sie jetzt mehr als alles andere.

Ich verschloss den Trank und legte das Fläschchen am Beckenrand ab. Dann gestattete ich mir, durchzuatmen. So wie es aussah, hatte Cassia das Gröbste überstanden. Sie würde zwar noch einen weiten Weg zu gehen haben, bis sie ihr Leben wieder als normal betrachten könnte, aber wenn sie es mir erlaubte, würde ich bei jedem Schritt an ihrer Seite sein.

Wenn sie es mir erlaubte ...

Das war fraglich.

Umso mehr genoss ich es, dieses wunderschöne, starke, sture und doch so zerbrechliche Geschöpf in meinen Armen halten zu dürfen. Sie machte mich schwach. In ihrer Gegenwart fühlte ich mich wie eine blinkende Neon-Werbetafel meiner eigenen Fehler und Unzulänglichkeiten. Und dennoch war jede Sekunde mit ihr ein Geschenk und mehr wert als all meine zahllosen Lebensjahre zusammen. Selbst dann, wenn sie wie jetzt nur an meine Brust gekuschelt schlief.

Als ihr Körper die Temperatur des Wassers angenommen

hatte und ihre Finger ganz verschrumpelt waren, riss ich meinen Blick von ihr los. Ich hatte mir ohnehin schon mehr Zeit mit ihr gestohlen, als nötig gewesen war. Ihr ging es besser und schlafen konnte sie auch ohne mich. Wäre sie wieder bei Sinnen gewesen, hätte sie mir genau das an den Kopf geworfen. Dementsprechend wollte ich die Situation nicht überstrapazieren.

Ich trug sie aus dem Jacuzzi und beschwor meine Macht in einer homöopathischen Dosis, um ihr Kleid zu trocknen. Doch kaum spürte Cassia den ersten Funken der dämonischen Energie, wimmerte sie und klammerte sich fester an mich. Sofort rief ich meine Macht zurück und sie schlief wieder ein.

Okay ... so würde das wohl nichts werden. Ich konnte sie aber auch nicht klitschnass ins Bett legen. Also Plan B.

Grim!

Keine Antwort. Schlief sie etwa? Es war mitten am Tag. Wozu hatte man Gezeichnete, wenn sie nicht für einen da waren, falls man sie brauchte.

Oscar! Weck Grim und schick sie zu mir rauf.

Diesmal kam die Antwort prompt.

Miss Grimhild ist mit Mr Ryan ausgegangen. Er wollte ihr dabei helfen, einige seltene Zutaten für einen Trank für Miss Cassia zu besorgen.

Na großartig. Das war so ziemlich der einzig akzeptable Grund, aus dem sie mir nicht zur Verfügung stehen durfte. Fein, dann eben Plan C.

Ich brachte Cassia zu dem Regal mit den Handtüchern und stellte sie ganz sacht vor mir ab, bis sie nur noch an mir lehnte. Als ich ihren Reißverschluss öffnete, kam ich mir wie der größte Widerling dieser Welt vor, aber es half ja nichts.

Ich konzentrierte mich einfach auf die knifflige Aufgabe, ihre Arme aus den Ärmeln zu pulen. Cassia war dabei keine große Hilfe, denn erst wollte sie sich kaum von mir lösen und dann, als ich es endlich geschafft hatte, schlang sie ihre Arme wie ein Klammeräffchen um meinen Nacken und machte das Vorhaben unmöglich, ihr das Kleid über den Kopf zu ziehen. Dass ich noch immer ein klitschnasses Hemd trug, störte sie kein bisschen. Resigniert seufzte ich. Selten war das Ausziehen einer Frau so kompliziert und dabei so unbefriedigend gewesen. Also gut, dann eben die andere Richtung. Ich schob den widerspenstigen Stoff an ihr herunter und – Grundgütiger! Kannte Ari keine Unterwäsche oder warum war Cassia unter ihrem Kleid nackt?! Ich biss mir auf die Zunge, um nicht laut zu fluchen, und starrte die gegenüberliegende Marmorwand so todbringend in Grund und Boden, dass es mich wunderte, dass sie nicht in tausend Stücke zersprang. Wirklich nichts lag mir ferner, als die Situation auszunutzen, aber eine nackte Cassia, die sich an mich schmiegte und ihr Gesicht an meinem Hals vergrub, zehrte arg an meiner Selbstbeherrschung. Da gab es nur eins: Es so schnell wie möglich hinter mich bringen. Dummerweise wollte sich das nasse Kleid einfach nicht über ihre Hüften ziehen lassen. Das durfte doch nicht wahr sein! Wer hatte dieses gottverfluchte Teil entworfen? Kurzerhand zerriss ich es. Dann wickelte ich Cassia in das größte Handtuch, das ich finden konnte. Zweimal. Mit einem festen Knoten. So gewappnet trug ich sie in mein Schlafzimmer. Hier waren die Wände dunkelblau. Blau wie das Meer. Blau wie Cassias Augen. Kein Trigger für ihre Erinnerungen.

Sie in mein Bett zu legen, bedurfte eines halben artistischen Kunststücks, denn ihre Arme waren geradezu um meinen Hals verknotet. Aber irgendwie schaffte ich es.

Schließlich musste ich sie nur noch zudecken und konnte endlich die Flucht antreten. Auf dem Weg zur Tür trocknete ich meine Kleidung, schloss die Vorhänge auf der Südseite und hängte ein Bild ab, das möglicherweise zu viele Rottöne enthielt. Doch kaum wollte ich die Tür öffnen, bemerkte ich, wie Cassias Puls sich beschleunigte. Besorgt drehte ich mich um. Sie rührte sich nicht, aber ihre Augenlider zuckten und ein erneuter Schwall tiefer Verzweiflung wehte zu mir herüber. Oh, verdammt! Ihre Albträume waren zurück.

Ich eilte zu ihr, um sie zu wecken. Kein Schlaf war besser, als diesen Horror wieder und wieder zu erleben. Aber als ich mich zu ihr setzte, und ihr über die Wange strich, verflogen all ihre sie quälenden Gefühle. Leise schmatzend schmiegte sie ihr Gesicht in meine Hand und fand zurück in den Schlaf.

Jetzt war ich wirklich sprachlos. Das hier hatte nichts mehr mit Überlebensinstinkten zu tun. Cassia hatte mich schlicht und ergreifend zu demjenigen auserkoren, bei dem sie Ruhe fand. Das war gleichermaßen eine Ehre wie ein perfides Dilemma. Eigentlich hatte ich vorgehabt, weit weg zu sein, wenn sie aufwachte. Weit weg von ihr, meinem Bett und jedem mehrdeutigen Umstand, aus dem sie mir sicherlich einen Strick drehen würde. Weitere Vorwürfe und Zweifel an meiner Person konnte ich mir nicht erlauben. Nicht, wo ich noch so viel gutzumachen hatte. Wenn meine Gegenwart nun aber die einzige Möglichkeit war, wie sie Schlaf und Erholung finden konnte … wer wäre ich, ihr das zu versagen? Vielleicht musste es so sein? Vielleicht musste ich der Böse sein, damit es ihr gut ging?

Letztlich nahm Cassia mir die Entscheidung ab, denn sie hatte ihre Finger in meinem Hemdsärmel vergraben und Stück für Stück den Abstand zwischen uns verringert. Lächelnd gab ich meinen Widerstand auf und legte mich zu ihr. Sofort schlang sie ihren Arm um mich und benutzte mich als das definitiv luxuriöseste und überqualifizierteste Kopfkissen dieser Welt. Das hatte ich seit zweitausend Jahren niemandem mehr erlaubt. Und auch dieses Bett hatte noch nie jemand mit mir teilen dürfen. Ich schloss die Augen und wusste, dass mein Herz unrettbar verloren war. Sei's drum. Wenn Cassia das morsche, zerfallene Ding nicht wollte, würde ich es ohnehin nicht mehr brauchen. Also fing ich an, Wetten mit mir selbst abzuschließen, welche die wohl wahrscheinlichste Reaktion sein würde, wenn sie erwachte und sich in meinen Armen wiederfand.

Mich anschreien? Unwahrscheinlich.

Schockstarre? Vorstellbar.

Panikattacke? Möglich.

Flucht? Höchstwahrscheinlich. Nur wohin? Ins Badezimmer? Ins Arbeitszimmer? In den Salon? Oder über meine Privattreppe auf die Dachterrasse?

So viele Möglichkeiten und Szenarien und ich malte sie mir alle aus, um optimal vorbereitet zu sein. Stunde um Stunde um Stunde. Die Sonne ging unter und wieder auf und stand erneut tief am Horizont, als Cassia endlich die Augen aufschlug.

Zuerst dachte ich, die Schockstarre würde gewinnen, doch nach etwa zehn Atemzügen rappelte sie sich hoch und hielt dann erneut inne. Sie sah erholt aus. Etwas zerknautscht und verwirrt, aber hinreißend schön. Gerade wollte ich sie fragen, ob sie sich daran erinnern konnte, was geschehen war, da sprang sie auf und rannte zum nächstbesten offenen Fenster. Was ...?

»Da geht es nicht ...«

Sie kletterte über das Sims und balancierte auf dem darunterliegenden Vordach in Richtung Innenhof.

»... raus«, beendete ich meinen Satz, mit dem ich ganz offensichtlich falschlag. Cassia überraschte mich immer wieder. Mein Fehler. Ich hatte vergessen, dass sie auf den Dächern Roms groß geworden war.

Ebenso belustigt wie besorgt schüttelte ich den Kopf und setzte ihr nach, bevor sie sich noch den Hals brach.

Meer oder weniger

Mein Plan war nicht, zu entkommen. Ich wusste, dass man Bel nicht entkommen konnte. Streng genommen hatte ich keinen Plan. Ich lief einfach weg. Aus Scham. Zwar erinnerte ich mich nur verschwommen an das, was passiert war, aber ich wusste noch sehr genau, wie sehnsüchtig ich mich ihm an den Hals geworfen hatte. Nur, um ein kleines Stück jener Geborgenheit wiederzufinden, die er mir vor so langer Zeit einmal geschenkt hatte. Was war mit mir los? Hatte ich den Verstand verloren? Ich durfte Bel nicht mehr an mein Herz heranlassen. Er war Gift. Er war der Abgrund. Er war mein Untergang. Möglich, dass er das alles nicht sein wollte, aber das änderte nichts daran, dass es so war. Egal, wie oft er mich aus meinen Albträumen rettete. Egal, wie oft er die roten Schreie noch verstummen lassen würde.

Ich sprang von dem Vordach auf einen Erker und kletterte von dort aus ein Rosengitter hinunter in einen hübschen Innenhof. Die Sonne stand so tief, dass hier bereits alles im Schatten lag. Dennoch konnte ich mir vorstellen, wie wunderschön golden die Sandsteinmauern im Sonnenlicht leuchten würden. Es gab sogar einen alten Brunnen und ... einen alten Butler, der mir mit besorgten Blicken entgegenkam.

»Sie sollten nicht hier sein, Miss. Es wäre besser, Sie zögen sich noch eine Weile zurück und –«

»Wenn das mal nicht die hübsche Cassia ist. Lange ist's

her.« Ein Teenager mit blonder Mähne tauchte hinter Oscar auf. »Was für ein Zufall, denn genau deinetwegen bin ich hier.«

Seine zarten Gesichtszüge und die verträumten Augen konnten nicht verbergen, dass seine gesamte Haltung eine gewisse Kälte und Herablassung ausstrahlte. Er war eindeutig ein Dämon. Und offensichtlich einer, der mich kannte. Mit lässigen Schritten umrundete er Oscar und kam auf mich zu. Meine Instinkte schlugen Alarm. Ich klammerte mich an dem Handtuch fest, in das ich gewickelt war. Noch während meiner Flucht über das Dach hatte es mich nicht gestört, halb nackt zu sein. Doch jetzt tat es das. Wenn er einen weiteren Schritt näher kam, würde ich –

Der Dämonenjüngling lief ungebremst in einen kräftigen Arm. Der Arm gehörte dem Hausherrn und der war mächtig angepisst. Bel hatte sich umgezogen. Er trug schwarz, wie seine Stimmung. Keinen Anzug, sondern legere Kleidung. Stoffhosen, Hemd, Wildlederjacke. Als würde er seinem ungebetenen Gast nicht die Ehre einer offiziellen Garderobe machen wollen.

»Apoll«, knurrte er. »Aus welchem Loch bist du denn herausgekrochen?«

Apoll? Der Name reichte aus, um mir den Magen umzudrehen. Ich wusste doch, dass mir die Art, wie er sprach, bekannt vorgekommen war.

»Aus welchem Loch? Aus dem, in das du mich gejagt hast, natürlich«, erwiderte der blonde Jüngling, ohne sich im Mindesten eingeschüchtert zu fühlen. »Aber diese Zeiten sind vorbei, mein Bester.«

Bel lächelte ihn so kalt an, dass selbst mir ein Schauer über den Rücken lief. »Mutig, das zu glauben.«

Ianus' treuster Anhänger und Mitmörderfreund, mit einer Vorliebe für unschuldige jungenhafte Adonis-Hüllen, grinste nur. Ich hasste dieses Grinsen. Er mochte zwar sein Aussehen geändert haben, aber dieses Grinsen war gleich geblieben. Apoll hatte den Dolch fast ein Jahrhundert lang besessen, nachdem Ianus gefangen genommen worden war. Seine täglichen Schilderungen, was sein Freund mit mir anstellen würde, wenn er wieder freikam, waren tief in mein Gedächtnis eingebrannt. Genau wie die zahllosen Momente, in denen er nach barbarischen Gräueltaten den Dolch in die Herzen seiner Opfer gerammt hatte. Ja, Apoll war derjenige gewesen, der mir die erste Gesellschaft in meinem Gefängnis beschert hatte. Ihn jetzt vor mir stehen zu sehen, flößte mir unvorstellbare Angst ein. Eine andere Art von Angst als die vor dem Ewigen Rot und den Schreien. Auch eine andere als jene, die mich in Bels Gegenwart befiel. Die Angst, die Apoll in mir weckte, war unmittelbarer. Sie war kalt, brutal und real – mit zweifellos blutigen Folgen. Es brachte mich völlig aus dem Gleichgewicht, so zu empfinden, denn es bedeutete, dass sich irgendetwas in mir doch an mein Leben klammerte. Ein Leben in einer anderen Zeit, das ich gar nicht gewollt hatte.

Apoll trat einen Schritt zurück und strich sein weißes Polohemd glatt. Die Überlegenheit, mit der er seinen Auftritt genoss, weckte eine böse Vorahnung in mir.

»Du kannst mir nichts antun, Bel«, verkündete er süffisant. »Ich bin in einem offiziellen Auftrag hier. Als Unterhändler. Und als solcher stehe ich unter dem Schutz des Kanons.«

Bel verzog keine Miene, aber seine Blicke hätten töten können. »Wenn Ianus etwas von mir will, soll er selbst kommen.«

Ianus?! Oh nein, jetzt verstand ich, worum es ging. Das durfte Bel nicht zulassen!

»Er wollte es«, meinte Apoll spöttisch. »Wirklich. Aber er ist beschäftigt.«

»Beschäftigt?« Bels schneidend weicher Tonfall ließ Apolls Spott wie eine harmlose Kindergarten-Neckerei klingen. »Ich denke eher, er hatte das Gefühl, er könnte diesen Besuch nicht überleben.«

Apolls Grinsen verblasste. Die Fronten schienen geklärt zu sein. Jetzt hefteten sich die knabenhaften Augen von Ianus' Handlanger auf mich.

»Ich bin hier, weil er Anspruch auf sein Eigentum erhebt. Ein Eigentum, das du ihm vorenthältst, Belial.«

»Ich bin niemandes Eigentum!«, fauchte ich zornig.

Apoll lachte glockenklar. »Auch nach zweitausend Jahren immer noch bissig wie eh und je.« Plötzlich und ohne dass ich seine Bewegung hatte wahrnehmen können, stand er hinter mir. Ich konnte seinen Atem im Nacken spüren. »So, wie er sie am liebsten hat.«

Bels Macht explodierte. Meine Sinne waren erfüllt von Granatapfel und finsteren Sünden, die diesmal so gar nichts mit Sinnlichkeit zu tun hatten. Sie versprachen Tod und Vergeltung. Das Nächste, was ich wahrnahm, war Apoll, der aus einer Bresche in der Sandsteinwand kroch, während Grim und Ryan mit gezogenen Klingen in den Innenhof stürmten.

»Was will der denn hier?«, fragte die germanische Hexenmeisterin gereizt.

»Na, sieh mal einer an!« Apoll zog sich auf die Beine und klopfte sich beiläufig den Staub von seinem Polohemd. »Das ist ja wie ein Klassentreffen der Totgeglaubten. Ianus hatte sich schon gefragt, wie Bel den Körper des Mädchens so lange erhalten konnte.«

Grim schwang ihre Schwerter und funkelte den jungenhaften Dämon furchtlos an. »Ich zeig es ihm gerne, wenn er sich hertraut!«

»Er ist *beschäftigt*«, klärte Bel sie mit triefendem Sarkasmus auf.

»Pfft! Ein vollgekoteter Hasenfuß ist er.«

Jetzt schien Apolls Sinn für Humor endgültig ein Ende gefunden zu haben. Er musterte erst Grim, dann mich und schließlich Bel mit frostiger Arroganz.

»Oh, Ianus wird kommen. Ganz bestimmt sogar. Er wollte dir um der alten Zeiten willen lediglich die Chance lassen, die Angelegenheit friedlich zu regeln.«

»Um der alten Zeiten willen darfst du ihm einen guten Rat von mir übermitteln«, erwiderte Bel. Seine Augen färbten sich schwarz und seine Stimme war umwoben vom Knistern seiner Macht. Mit bedächtigen Schritten überwand er die Distanz zwischen sich und seinem ungebetenen Gast. »Ianus soll laufen, so weit er kann.« Der Boden begann zu grollen. Keine kleine lokale Erschütterung. Viel eher reagierte die gesamte Insel auf ihren Meister. »Er soll sich verstecken und hoffen, dass ich ihn nicht finde. Denn sollte ich ihn in die Finger bekommen, wird sein Schicksal weitaus schlimmer sein, als es die Stillen Wasser waren.«

Apoll verstand die Warnung. Diesmal mischte sich sogar etwas wie widerwillige Ehrfurcht in die Feindseligkeit seiner Züge. Er nickte.

»Ich habe dich gewarnt, Bel. Dein Hochmut ist vielen schon sehr lange ein Dorn im Auge. Pass auf, dass er dir nicht auf die Füße fällt.«

Damit verschwand er in einer lautlosen Explosion aus schwarzem Licht. Meine Anspannung sackte in sich zusammen und ließ all die Panik frei, die ich bislang so gut unter Kontrolle gehalten hatte. Bel mochte Apoll verscheucht haben, aber der würde nicht aufgeben. Genauso wenig wie Ianus. Das hieß, ich war gefangen. Gefangen in Ianus' widerwärtigen Ansprüchen und seinen Rachefantasien. Oder gefangen in der Abhängigkeit von Bel. Meine Kehle wurde eng. Ich musste hier weg. Einfach nur weg, bevor Bel sich zu mir umdrehen und mit der Gewissheit erfüllen würde, dass ich recht hatte. Also bewegte ich mich langsam rückwärts. Gut, dass ich barfuß war. So machte ich dabei keine Geräusche.

»Okay«, brummte Ryan. »Sagt mir bitte, dass der Milchbub nur zufällig Apoll hieß und nicht wirklich dieser Götterknabe mit Laute, Pfeil und Bogen war.«

»Genau der«, konterte Grim. »Aber es war eine Lyra und keine Laute. Abgesehen davon ist Apoll kein Götterknabe, sondern nur ein kleiner Pipimacher!«

»Ein was?!«, fragte Ryan maximal verwirrt.

Grim sah ihn an, als wäre er von einem anderen Stern. »Na, ein kleiner Pipimacher halt.«

»Ein kleiner Pisser«, übersetzte Oscar mit stoischer Miene, bevor er sich seinem Meister zuwandte. »Vielleicht wär es angebracht, Miss Cassia ...«

Das war mein Stichwort. Ich drehte mich um und rannte auf das Erstbeste zu, was eine erfolgreiche Flucht versprach. Eine alte Steintreppe. Sie führte nach oben. Oben war perfekt. Dächer gaben mir nicht das Gefühl, eingesperrt zu sein. So schnell ich konnte, hastete ich hinauf. Mein Herz schlug kräftig und mein Körper gehorchte mir. Es fühlte sich befreiend an, ihn zu benutzen. Drei Stockwerke, dann hatte ich endlich das Dach erreicht.

Nein. Kein Dach. Ich hätte es besser wissen müssen. Wieso sollte sich Bel auch mit einem Dach zufriedengeben? So etwas Banales würde ihn ja normal erscheinen lassen. Und normal war kein passendes Attribut für Bel. Wirklich typisch. Gerade hatte ich angefangen, eine gewisse Sympathie für sein Zuhause zu entwickeln, und schon stolperte ich in den nächsten völlig überzogenen Luxus, der mir einmal mehr das Gefühl gab, ein Fremdkörper zu sein. Frustriert verlangsamte ich meine Schritte und wanderte über die höchst dekadente Dachterrasse mit Swimmingpool, Sonnensegeln, weiß gepolsterten Liegen und einer voll ausgestatteten Bar. Die Steine unter meinen Füßen waren warm von einem langen Tag in der Sonne. Sehnsucht packte mich und ich sah mich um, ob es ein Fleckchen gab, das noch nicht im Schatten lag. Da drüben. Am Rand der Terrasse. Wie von allein zog es mich dorthin. Hinein ins warme Licht der letzten Sonnenstrahlen, die mich umflossen, willkommen hießen und –

An der Brüstung blieb ich wie angewurzelt stehen. Vor mir breitete sich unter einem flammenden Himmel das Meer aus. Das Meer ... Ich hatte es erst einmal gesehen. Als Kind. Doch das hier spottete jeder Erinnerung, die ich an ein endloses Gewässer mit den eintönigen Wellen hatte. Dieses Meer war anders. Eine Urgewalt in allen Facetten. Tief unter mir brach es mit tosendem Donner an den schroffen Felsklippen. Weiter draußen tanzten wilde Strömungen ihren immerwährenden Tanz und am Horizont zeigte es seine endlose Weite und die Geduld, mit der es der Ewigkeit trotzte.

»So blau wie deine Augen.«

Ich blinzelte. In meiner Faszination hatte ich nicht gemerkt, dass Bel mir gefolgt war. Nun trat er neben mich an den Rand seiner protzigen Dachterrasse und wirkte so gar nicht wie dessen protziger Besitzer. Vielmehr strahlte er eine ungewohnte Demut aus, während er seinen Blick auf das Spiel der Wellen richtete.

Mein erster Gedanke galt einer erneuten Flucht. Aber Bel sagte nichts, er schaute mich nicht an, bedrängte mich nicht. Selbst seine Hände ruhten gelassen auf dem Geländer, als wollte er, dass ich sie jederzeit sehen konnte. Sorgsam wägte ich das Risiko ab und entschied mich, zu bleiben. Ich hatte so lange keinen Sonnenuntergang mehr erlebt und ich wollte mich nicht jetzt schon von diesem unsagbar schönen Anblick verabschieden.

Eine ganze Weile standen wir so da. Über unseren Köpfen kreischten die Möwen und ein paar bunte Fischkutter schipperten hinaus auf See. Ich war Bel dankbar, dass er mir diesen Moment nicht kaputt machte. Und doch hatte ich die Befürchtung, ihm durch mein Bleiben ein falsches Signal zu senden. Ich wollte auf gar keinen Fall, dass er glaubte, mich vor Apoll zu schützen, hätte mich auf irgendeine Weise bekehrt. Und auch, dass Ianus Anspruch auf mich erhoben hatte, änderte nichts an meiner Entscheidung bezüglich Bel. Das musste ich unbedingt klarstellen, bevor er auf falsche Gedanken kam.

Zaghaft räusperte ich mich.

»Letzte Nacht ...«

Bel drehte sich zu mir um. In seinen Augen spiegelte sich der glühende Himmel. Ich versank darin und fand keine Worte mehr, um zu vollenden, was ich hatte sagen wollen. Nichts an ihm erinnerte mehr an den skrupellosen aufbrausenden Dämon, der soeben noch eine ganze Insel in Geiselhaft genommen hatte, um einen Rivalen in seine Schranken zu weisen. Diesem Bel hätte ich tapfer die Meinung gesagt. Doch jetzt wirkte er einfach nur ... einsam. Wie schaffte er es, mich immer so aus dem Konzept zu bringen?

»Du hast mich gebraucht und ich war da«, stellte Bel leise fest. »Nicht mehr und nicht weniger. Es bedeutet nur so viel, wie du willst, dass es bedeutet.«

Er bot mir einen Ausweg? Wieso bot er mir einen Ausweg? War das irgendein Trick? Weil ich nicht denken konnte, wenn er mich so ansah, riss ich meinen Blick von ihm los und hoffte, mein klopfendes Herz würde meine Unsicherheit nicht verraten.

»Gut«, murmelte ich, »dann vergessen wir es bitte.«

Ein Hauch von Enttäuschung umwehte ihn, doch er nickte und wandte sich wieder dem Meer zu. Inzwischen war die Sonne über der Insel fast untergegangen. Die Temperatur sank und die tosenden Wellen verloren langsam ihr strahlendes Blau.

»Ich werde heute noch einen Empfang geben. Ein paar wichtige Leute müssen dich kennenlernen«, ließ Bel mich wissen und zog seine Wildlederjacke aus. »Ich wollte es herauszögern, bis du wieder auf den Beinen bist, aber die Zeit drängt.«

In aller Selbstverständlichkeit legte er mir die Jacke über die Schultern, während ich von seiner Ankündigung noch zu schockiert war, um gegen diese fürsorgliche Geste zu protestieren.

Völlig vor den Kopf gestoßen, starrte ich ihn an.

»Warum?«

Ich hatte nie gern mit Leuten geredet. Ich redete überhaupt nicht gern. Ja, vielleicht verfügte ich nach zweitausend Jahren im Dolch über mehr Sprachkenntnisse als zuvor, aber eigentlich war ich noch immer das Mädchen aus der römischen Gosse. Ich würde mich wie ein Haustier fühlen, das man seinen Bekannten präsentierte.

Bel rieb sich den Nacken, als wüsste er um das Dilemma, in das er mich brachte.

»Ianus hat Anspruch auf deine Seele erhoben, da du sie ihm damals versprochen hast. Egal, ob gesuchter Verbrecher oder nicht, er ist im Recht. Du gehörst ihm. So lautet unser Gesetz.«

Seine nüchterne Zusammenfassung meiner Situation war erschreckender als alle Drohungen Apolls zusammen. Mein Magen verkrampfte sich, doch Bel war noch nicht fertig.

»Je mehr Leute dich kennen, deine Geschichte kennen, desto mehr Mitstreiter können wir gewinnen. Jeder muss erfahren, dass du Ianus deine Seele nur versprochen hast, weil er dich zu diesem Schritt gezwungen hat. Du musst ihnen von dem Blutbann erzählen, von den Seelenphiolen und dass du dich geopfert hast, um seinem Treiben ein Ende zu setzen.«

Gerne hätte ich meine Beklemmung verborgen, aber das gelang mir nicht. Ich war doch kaum dazu in der Lage, jemandem die Hand zu schütteln, wie sollte ich da einen Haufen wichtiger Dämonen für mich gewinnen?

»Ich weiß, dass dich die Vorstellung ängstigt, aber mir fällt im Moment kein besserer Weg ein.«

Bel sah mich an, als würde er mich gleich in den Arm nehmen wollen. Schnell straffte ich die Schultern. Ich brauchte seinen Trost nicht. Wenn ein paar Gespräche der Preis waren für meine Freiheit, dann würde ich ihn zahlen.

»Ich krieg das schon hin«, versicherte ich und bemühte mich, möglichst überzeugend zu klingen. Ihn dabei anzuschauen, wagte ich aber nicht. Ganz besonders nicht, weil ich spürte, wie sich urplötzlich dunkle Gewitterwolken über seiner Laune zusammenbrauten. Seine Hände schlossen sich so fest um das Geländer, dass ich mir sicher war, man würde danach seine Handabdrücke im Eisen sehen können.

»Hör bitte auf, Cassia!«

Sein verärgerter Unterton verunsicherte mich, zumal ich genau hörte, wie sehr er sich zurückhielt. »Hör auf, dich in dir zu verkriechen. Das nutzt niemandem etwas. Schrei mich an! Schlag mich! Setz mich in Brand! Ich hab es verdient für das, was ich dir angetan habe. Ich werde es hinnehmen, aber ich ertrage deine Verschlossenheit nicht mehr.«

Seine Vorwürfe trafen mich und seine Jacke lastete auf einmal mit dem Gewicht einer Tonne auf meinen Schultern. Ich hätte sie ihm gerne vor die Füße geworfen, wenn ich ihn damit nicht nur noch mehr gereizt hätte. Aber ich wollte nicht streiten. Ich wollte überhaupt nicht mit ihm reden. Erst recht nicht über mich.

»Du bist schon wieder wütend«, flüsterte ich.

Bel stieß ein tiefes Knurren aus. »Ich *bin* nicht wütend. Glaub mir, man erkennt es, wenn ich wütend bin!«

Seine Arroganz gab mir den Rest. Er wollte reden? Gut, dann redeten wir. Ich nahm meinen ganzen Mut zusammen und sah ihm ins Gesicht.

»Ist dir schon mal aufgefallen, dass es immer nur um dich geht?!«, fragte ich ihn mit ruhiger Stimme. »*Du* hast alles verloren. *Du* leidest. *Du* erträgst es nicht mehr. Hast du dich einmal gefragt, wie es *mir* geht, ohne gleich in Selbstmitleid zu verfallen?«

Er schüttelte mühsam beherrscht den Kopf. »Ich tue nichts anderes, als zu fragen, wie es dir geht, was du brauchst und was ich tun kann. Aber du weist mich zurück und tust so, als kämst du mit allem klar. Was für ein Ausweg bleibt mir denn da noch, außer mich mit meiner Schuld auseinanderzusetzen?«

Ich schloss die Augen und atmete tief durch. Bel drängte mich schon wieder in die Ecke, mit der Folge, dass ein Sturm in meinem Inneren aufzog. Ein Sturm, dem ich nicht gewachsen war. Ich durfte jetzt nicht die Kontrolle verlieren – ganz gleich, wie heftig es in mir brodelte.

»Wie bereits gesagt: Ich verstehe, warum du es getan hast«, erklärte ich ihm und hielt mit eiserner Disziplin an meinem stoischen Tonfall fest. »Du willst Vergebung? Gut, hier hast du sie. Ich verzeihe dir, dass du mein Vertrauen missbraucht hast, während ich im Sterben lag. Ich verzeihe dir, dass du mich zweitausend Jahre durch die Hölle hast gehen lassen. Ich verzeihe dir sogar, dass du meine Seele an diesen Körper gebunden hast, sodass statt der ersehnten Erlösung alles wieder von vorne losgeht. Ich verzeihe dir alles – bist du jetzt zufrieden?!«

Bel starrte mich so fassungslos an, als hätte ich ihm gerade das Herz herausgerissen und genüsslich zertreten.

»Nein, bin ich nicht!«, schleuderte er mir ins Gesicht.

Der Druck auf meiner Brust wurde größer. Vor Anspannung füllten sich meine Augen mit Tränen, aber irgendwie schaffte ich es, sie wegzublinzeln.

»Natürlich nicht«, murmelte ich bitter. »Weil es dir nicht um *meine* Vergebung geht. Dir geht es nur um *dich*. Du kannst dir selbst nicht verzeihen und lastest mir die ganze Verantwortung dafür auf. Das ist nicht fair!«

»Cassia, beruhige dich!«

»Ich soll mich beruhigen?!« Etwas in mir zerbarst und riss alle Vorsichtsmaßnahmen mit sich. Ein heftiger Wind kam auf und zerrte an meinen Haaren. »Ich dachte, ich soll dich anschreien, schlagen und in Brand stecken?!«

»Cassia, bitte! Hör auf!«

Plötzlich sah Bel nur noch besorgt aus, aber ich konnte mich nicht bremsen.

»DU wolltest doch mit mir reden. Wenn dir nicht passt, was ich zu sagen habe, dann –«

In Sekundenschnelle überwand Bel die Distanz zwischen uns. Er packte mich und riss mir den Armreif, den Oscar für mich angefertigt hatte, vom Handgelenk. Mit einem Scheppern landete das Schmuckstück auf dem Boden, wo es zu einem grün leuchtenden Klumpen verschmolz.

Der Schock ließ den Sturm in mir verstummen. Bestürzt starrte ich den verschmorten Armreif an und vergaß dabei völlig, dass Bel mich noch immer festhielt. Jetzt sehr viel sanfter als zuvor. Erst als er einen leisen Fluch ausstieß und ein kühlendes Netz seiner Macht um mein Handgelenk wob, spürte ich die ersten Schmerzen und begriff, was geschehen war. All meine unterdrückten Gefühle mussten Grims Kräfte in einem Ausmaß aktiviert haben, dass der Armreif an seine Grenzen gekommen war – bis sich das glühende Metall in meine Haut gebrannt hatte. Wäre Bel nicht eingeschritten ...

Wie aufs Stichwort kam die Hexenmeisterin auf die Terrasse gestürmt. Zweifelsohne hatte sie ihre auf Abwege geratene Magie spüren können.

»Bei euch alles in Ordnung?«, wollte sie wissen.

Was für eine Frage. Ganz offensichtlich war nichts in Ordnung. Ich entzog Bel meinen Arm und versuchte, mir die Schmerzen und meine Niedergeschlagenheit nicht allzu sehr anmerken zu lassen.

»Deine Magie ist zu stark für den Armreif«, informierte Bel seine Hexenmeisterin trocken.

Grim schnaubte. »Ich will ja nicht sagen: Ich hab's dir ja gesagt. Aber ich hab's dir ja gesagt. Ich war 'ne echt mächtige Hexenmeisterin und keine Schenkenzauberin mit ein paar schlechten Tricks.«

»Bring ihr bei, wie sie es kontrollieren kann.«

Bels Laune war an ihrem Tiefpunkt angelangt, doch Grim interessierte das kein bisschen. Sie verschränkte ihre Arme und hielt dem lodernden Blick ihres Meisters tollkühn stand.

»Was an ›ich war 'ne echt mächtige Hexenmeisterin und keine Schenkenzauberin mit ein paar schlechten Tricks‹ hast du nicht verstanden?! Ich hab Jahre gebraucht, um meine Macht halbwegs zu kontrollieren, und dabei mehr als einmal unser halbes Dorf in Brand gesteckt.«

Bel zuckte mit den Schultern. »Cassia ist stark und schlau. Mit deiner Hilfe wird sie es schaffen.«

Wieder schnaubte Grim, diesmal schon ein wenig umgänglicher. Bels Vertrauen schien ihr zu schmeicheln.

»Einen Versuch ist's wert«, brummte sie.

»Sehr gut.« Bel marschierte zur Treppe, ohne mich noch eines Blickes zu würdigen. »Fangt am besten gleich an. Ihr habt drei Stunden, bevor die ersten Gäste eintreffen.«

Name und Adresse

Der heutige Tag hatte eindeutig keine Chance, auf meine Bestenliste zu kommen. Doch so früh im Jahr waren die Tage kurz und die Nächte lang. Es konnte also nur besser werden.

Während Oscar auf Hochtouren lief und eine ganze Armee meiner Gezeichneten durch das Haus jagte, um alles für den Empfang zu organisieren, kümmerte ich mich höchstpersönlich um die Gästeliste. So spontan war das nicht ganz einfach, aber schließlich hatte ich mir nicht umsonst einen gewissen Ruf aufgebaut. Wer eine Einladung von mir bekam, fragte in der Regel nicht »Wann?« oder »Wo?«, sondern nur: »Was soll ich anziehen?«.

Blieb nur zu hoffen, dass mein Plan auch funktionierte. Ich gab es nämlich nicht gern zu, aber Ianus hatte mich kalt erwischt. Natürlich war ich davon ausgegangen, dass er etwas im Schilde führte. Seit dem Zwischenfall in Rom hatte er sich verdächtig ruhig verhalten. Zu ruhig. Doch niemals wäre ich auf die Idee gekommen, er könnte den offiziellen Weg beschreiten und sein Recht unter Berufung des Kanons einfordern. Aber gut. Wenn er dieses riskante Spiel spielen wollte, würde er schon bald herausfinden müssen, dass ich in den letzten zwei Jahrtausenden nicht nur Däumchen gedreht hatte.

Latent genervt beendete ich meine dritte Inspektionsrunde durch den Innenhof. Es gab nichts zu beanstanden.

Oscar hatte seine Aufgabe meisterlich im Griff. Ich lungerte eigentlich nur hier rum, weil ich mich irgendwie davon abhalten musste, Cassias Unterricht zu sprengen. Egal, wie sehr ich es versuchte, ich konnte nicht aufhören, an sie zu denken. Mann, hatte sie mich zurechtgestutzt. Und wie sie das hatte. Jedes ihrer Worte saß wie ein brennender Stachel in dem eigentlich so unerschütterlichen Konstrukt meiner Selbstsicherheit. Sie hatte recht und ich war ein riesengroßer Hornochse. Mehr gab es dazu nicht zu sagen. Und bei dem Versuch, mir das klarzumachen, hatte sie sich auch noch verletzt, was mich zu einem noch größeren Hornochsen machte. Ich wusste nur nicht, wie ich mich entschuldigen sollte, ohne meine Schuld dabei wieder in den Mittelpunkt zu stellen. Also schlich ich hier rum und nervte Oscar damit, dass ich an der Deko herumzupfte und die Minzblätter in den Aperitifs zählte.

Irgendwann schaffte ich es nicht länger, mich zurückzuhalten und streckte meine Macht nach Grim aus.

Wie schlägt sie sich?

Ich konnte das Augenrollen meiner Hexenmeisterin förmlich hören. *Ganz gut. Sie kann einigermaßen Feuer beschwören und es halbwegs beherrschen. Zumindest solange du nicht in der Nähe bist. Heißt, du musst nur den ganzen Abend auf Abstand bleiben und alles wird gut.*

Ach, wie ich es liebte, wenn mir die Angestellten mit Sarkasmus kamen …

»Meister Belial?«

»Hm?«

Oscar stand plötzlich vor mir und bedachte mich mit einem strengen Blick. »Würde es Ihnen womöglich etwas ausmachen, nicht die Zuckerränder von den Gläsern zu naschen?«

Irritiert blinzelte ich meinen Butler an. Es war mir tatsächlich nicht aufgefallen, aber da mein gezuckerter Finger noch immer in meinem Mund steckte, half wohl auch alles Leugnen nichts.

»Wenn Sie möchten, lasse ich Ihnen gerne den Rohrzucker bringen«, bot er mit unerschütterlichem Gleichmut an. »Dann können Sie sich daran gütlich tun ohne die Mühe, ihn von jedem Glas abzukratzen.«

Ich zog den Finger aus dem Mund und erwiderte mit so viel Autorität, wie die Situation zuließ: »Das wird nicht nötig sein. Aber danke für das Angebot.«

Da ich Oscar meine Anwesenheit nicht noch länger zumuten wollte, schlurfte ich ruhelos in den verwaisten Pausenraum des Personals. An einem Abend wie diesem hätte er eigentlich leer sein müssen. War er aber nicht. Ein großer, ziemlich sterblicher Jäger saß dort am Tisch und schaufelte Himbeerjoghurteis in sich hinein. Mit einem Suppenlöffel.

»Hast du kein Zuhause?«, schnauzte ich Ryan unleidig an.

»Keines, in dem es so leckere Sachen gibt«, lautete die Antwort, für die er sich nicht mal die Mühe machte, runterzuschlucken.

Mit einem Kopfschütteln holte ich mir die Keksdose aus dem Schrank, von der ich wusste, wo Oscar sie vor mir versteckte. Damit setzte ich mich zu Ryan an den Tisch und begann, meinen Frust in Schokocookies zu ertränken.

Gott, wie tief war ich gesunken, dass ich sogar die Gesellschaft eines mittelmäßig geistreichen Raufbolds allen Alternativen vorzog ...

»Sag mal«, fragte ebendieser Raufbold, während er ein zweites Glas kalte Milch einschenkte und es zu mir rüberschob. »Du und die kleine Cassie ... Was läuft da?«

»Sie heißt Cassia und ich wüsste nicht, was dich das angeht«, maulte ich ihn an.

Zugegeben, meine Drohung verlor ein wenig von ihrem Schrecken, weil ich die Milch dankend annahm, aber was sollte ich machen? Schokocookies ohne Milch waren nur halb so gut.

»Is nur ’ne Frage gewesen.« Mit einem Schulterzucken schob er sich den nächsten Löffel Eis in den Mund. »Glaub mir, ich hab’s oft genug selbst verbockt, um nicht zu erkennen, wenn Beziehungsprobleme in der Luft liegen.«

Was er nicht sagte. Vermutlich hätte sogar ein Blinder erkannt, dass Cassia und ich unsere Schwierigkeiten hatten. Allerdings musste ich ihm zugutehalten, dass er uns als *Beziehung* einstufte und nicht als Irrer-Teufel-unschuldiges-Mädchen-Eskapade. Das stimmt mich sogar so gnädig, dass ich mich auf das Gespräch einließ.

»Und nachdem du es verbockt hattest ... wie hast du dich da verhalten?«

»Kam drauf an, wer schuld war.«

»Ich«, grummelte ich finster und biss in meinen Cookie.

Der Jäger quittierte das mit einer Grimasse. »Wer hätt’s gedacht?«

»Vorsicht, Jäger«, warnte ich ihn und erhitzte das Metall seines Suppenlöffels, »sonst ist das Eis nicht das Einzige, was in deinem Mund schmilzt.«

Panisch spuckte Ryan den Löffel aus. Er fiel in die Eisschachtel und versank dort mit einem Zischen.

»Das war unfair«, lispelte der Jäger mit verbrannter Zunge, bevor er wehmütig das geschmolzene Eis beäugte. Da er aber offenbar die Lernfähigkeit eines Zwergpudels und das Stilempfinden eines Holzfällers besaß, nahm er die

Eisschachtel und begann, das flüssige Eis wie einen Milchshake zu trinken.

»Wenn du auch Cassie gegenüber so gereizt bist, wundert mich gar nichts mehr.«

Oh Mann, ihm fiel noch nicht einmal auf, wie sehr er sein Glück gerade überstrapazierte. Stattdessen setzte er eine Dein-best-Buddy-gibt-dir-jetzt-mal-einen-Ratschlag-Miene auf und ich ahnte, dass ich einfach den Mund hätte halten sollen.

»Also, wenn du es wirklich krass verbockt hast, wovon ich jetzt mehr denn je ausgehe, dann ist das Schlechteste, was du machen kannst, in Selbstmitleid zu verfallen«, dozierte er schlürfend. »Das ist so richtig unsexy.«

Konsterniert starrte ich ihn an. Ließ ich mir hier wirklich gerade von Ryan etwas über Sexyness erzählen?

»Zeig ihr lieber deine guten Seiten«, machte er unbeirrt weiter. »Zeig ihr, was sie verpassen würde, wenn sie dich verlässt. Hör auf zu jammern und kämpf um sie.«

Das …

Oh.

Ich brauchte ein paar Augenblicke, um zu akzeptieren, dass Ryan gerade nicht nur etwas sehr Schlaues gesagt hatte, sondern auch noch etwas, auf das ich nicht selbst gekommen war. Und das, obwohl es so offensichtlich auf der Hand lag.

Nicht zu fassen.

Schnell warf ich meinen halb aufgegessenen Cookie zurück in die Dose und marschierte zur Tür. Dort hielt ich noch mal inne und drehte mich zu Ryan um. Es wollte mir nur schwer über die Lippen kommen, doch scheinbar wurde ich auf meine alten Tage weich.

»Von mir aus kannst du bleiben«, murrte ich. »Aber rühr meine Schokocookies an und jeder Löffel, jede Gabel, jeder

Strohhalm und alles, was du dir sonst noch so in den Mund steckst, wird in Zukunft deine Zunge flambieren!«

Dann eilte ich auf mein Zimmer. Ich hatte ohnehin schon all ihre Sachen rüberbringen lassen, doch das war nicht genug. Cassia legte keinen Wert auf Luxus. Ihr ging es eher um die kleinen Dinge. Und natürlich ihre Freiheit und Unabhängigkeit.

Ich schnappte mir mein Handy und tätigte einige Anrufe. Ein paar Leute klingelte ich dabei aus ihren Betten, was mir herzlich egal war. Schließlich zahlte ich ihnen genug. Noch während ich telefonierte, kamen und gingen die ersten Boten und nach einer halben Stunde hatte ich alles Nötige erledigt. Gerade rechtzeitig, als sich die Tür zu meinen Räumen zögerlich aufschob und ich ein leises Tapsen in Kombination mit einem schnellen Puls hörte. Cassia kam herein und blieb schüchtern stehen, als sie mich auf dem Sofa sitzen sah. Sie trug Jeans und T-Shirt, welche ihr beide viel zu groß waren. Das Handtuch und meine Wildlederjacke hingen über ihrem Arm.

»Ich wollte dich nicht stören«, meinte sie stockend. »Ich wusste nur nicht, wo ich hin soll, und Grim hat gesagt –«

»Du bist schon ganz richtig«, unterbrach ich sie, bevor mir ihre Verlegenheit das Herz noch weiter brach. Ich stand auf, wobei ich sorgsam darauf achtete, sie nicht zu ängstigen. »Diese Räume stehen dir ab jetzt zur freien Verfügung. Ich habe mich ausquartiert.«

Erschrocken starrte Cassia mich an.

»Es gibt doch bestimmt noch andere Zimmer in diesem Haus, in die ich ziehen kann«, stammelte sie. »Ich brauch nicht viel und –«

»Du brauchst Sicherheit und einen Ort, an dem du Schlaf

findest. Beides können dir diese Räume bieten. Und ich«, meinte ich mit einem kleinen Lächeln, »muss nicht schlafen, schon vergessen?«

»Nein, natürlich nicht. Aber es steht mir trotzdem nicht zu. Das hier ist dein –«

»Dir steht noch viel mehr zu, weswegen ich mich auch um ein paar Dinge gekümmert habe. Lass mich dich kurz einweisen, dann bin ich weg.«

Mit einer kleinen Geste lud ich sie ein, näher zu kommen. Auf dem Tisch stapelten sich diverse Gegenstände, die ich für sie arrangiert hatte. Als Erstes deutete ich auf ihr neues Handy.

»Die wichtigsten Kontakte habe ich bereits eingespeichert. Dein Laptop sollte morgen geliefert werden. Damit ist es heutzutage viel einfacher, die Welt zu erkunden.«

Als Nächstes waren einige Blankopässe dran. »Falls du irgendwann ohne die Hilfe eines Dämons reisen willst, brauchst du einen oder mehrere davon. Ich hatte keine Ahnung, welche Nationalität du bevorzugst, also sieh sie dir in Ruhe durch und lass mich wissen, wie du entschieden hast. Den Rest erledigen meine Fälscher dann innerhalb von ein paar Stunden. Und bevor du dich jetzt aufregst und alles ablehnst, das Allerwichtigste: Nichts von alldem ist ein Geschenk von mir«, erklärte ich und hielt ihr ihre nagelneue Kreditkarte hin. »Du hast alles selbst gezahlt und auch ein sattes Trinkgeld gegeben.«

Tatsächlich hatte Cassia bereits Luft geholt, um zu protestieren, doch jetzt hauchte sie lediglich: »Was?«

Ich grinste sie schelmisch an. »Tja, Cassia, du wusstest es zwar nicht, aber du bist reich.«

»Ich will dein Geld nicht.«

»Es ist nicht mein Geld. Es ist deines.« Ich suchte die Unterlagen heraus, die alles belegten, und drückte sie Cassia in die Hand. »Wenn ein Primus in den Stillen Wassern versenkt wird, beschlagnahmt der Hohe Rat dessen Vermögen. Zwei Prozent davon gehen seit jeher an denjenigen, der den entscheidenden Beweis geliefert hat. Damals wurde mir diese Belohnung ausbezahlt. Da wir Ianus jedoch nur dank deiner Hilfe überführen konnten, steht das Geld eigentlich dir zu. Letztlich war es keine horrende Summe, aber sagen wir einfach, ich habe ein Händchen für gute Investments. Mit Renditen, Zins und Zinseszins kann man nach zweitausend Jahren also durchaus behaupten, dass du mehr als ausgesorgt hast.«

Ihr fehlten die Worte. Kein Wunder bei der Summe, die aus den Unterlagen ersichtlich wurde.

»Ich weiß, dass Geld nicht alles ist, Cassia. Trotzdem macht es dich ein bisschen weniger abhängig«, fügte ich etwas sanfter hinzu.

Als sie immer noch nichts sagte, nahm ich ihr die Unterlagen wieder ab, ebenso wie das Handtuch und meine Jacke. Stattdessen übergab ich ihr mein Tablet, auf dem die entsprechenden Dokumente geöffnet waren.

»Im Moment läuft das Konto noch auf mich, aber es ist bereits alles arrangiert. Du brauchst nur das hier auszufüllen und zu unterzeichnen. Es ist selbsterklärend. Wie das Gerät übrigens auch. Benutze einfach deinen Finger. Danach gehört das Geld dir. Was du damit machst, ist deine Sache. Benutze es, spende es, verbrenn es. Du bist niemandem Rechenschaft schuldig.«

Sie schwieg noch immer. Ich hatte keine Freudensprünge erwartet, aber das verunsicherte mich dann doch ein wenig. Wahrscheinlich brauchte sie einfach Zeit, um sich mit dem

Gedanken anzufreunden, dass sie zum ersten Mal in ihrem Leben nicht mehr mittellos war.

»Ich lass dich jetzt allein. In einer halben Stunde kommen die Gäste, aber du kannst gerne später dazustoßen.«

Endlich ein kleines Nicken. Na also. Ich sammelte schnell ein, was ich für den Empfang brauchte, und wollte gerade verschwinden, als ich ein unterdrücktes Schluchzen hörte. Es war nur ein winziger Laut, den Cassia definitiv vor mir hatte verbergen wollen, aber es war mir dennoch nicht entgangen. Als ich mich zu ihr umdrehte, hockte sie auf dem Sofa und tat so, als wäre alles in Ordnung. Nur, dass sie sich ihre Tränen hastig mit dem T-Shirt-Ärmel wegwischte.

Okay, das war's. Ich kapitulierte. Ich wurde aus dieser Frau nicht schlau und hatte keine Ahnung, was ich tun sollte. Ihr Verhalten sagte: Hau ab, ich will nicht, dass du mich so siehst. Aber ihre Tränen forderten das Gegenteil.

Mit einem Seufzen legte ich meine Sachen wieder ab und ging zu ihr. Weil ich sie nicht bedrängen wollte, setzte ich mich kurzerhand vor sie auf den Couchtisch und sah sie resigniert an.

»Wenn du mir sagst, was ich diesmal falsch gemacht habe, dann bemühe ich mich das nächste Mal, es besser zu machen.«

Als hätte ich damit alle Schleusen geöffnet, fing Cassia bitterlich an zu weinen.

»Nichts«, schniefte sie, während ihr dicke Tränen übers Gesicht kullerten.

»Cassia ...« In der Art, wie ich ihren Namen aussprach, schwang so vieles mit: meine Ratlosigkeit, meine Sorge, eine sanfte Ermunterung, das Flehen um einen kleinen Hinweis ...

Es musste wohl sehr bemitleidenswert geklungen haben,

denn Cassias Blick huschte zu mir – nur für einen kurzen Moment, aber es reichte, um das Eis zu brechen.

»Ich …«, flüsterte sie heiser und starrte das Tablet mit den Dokumenten von der Bank an, »ich … hab keine Adresse.«

Erstaunt hob ich die Brauen.

Ernsthaft? Das war der Grund für all die Tränen? Ein bescheuertes Adressfeld auf einem dämlichen Formular? Na, wenigstens ein Problem, das ich zur Abwechslung mal lösen konnte.

»Für den Anfang nimmst du einfach diese Adresse auf Malta. Im Moment wohnst du ja hier.« Und wenn es nach mir ginge, würde das auch noch lange so bleiben. »Und später, sobald Ianus keine Gefahr mehr darstellt, kaufst du dir einfach irgendein Haus, das dir gefällt. Oder ein Appartement. Oder eine Hütte im Wald …«

»Und mein Geburtsjahr?«, hielt Cassia dagegen, während sie daran scheiterte, ihre Tränenflut zu trocknen.

Ich zuckte mit den Schultern. »Such dir eines aus.«

»Du verstehst es nicht!« Eine neue Welle von Schluchzern erschütterte sie. »Ich gehöre nicht in diese Zeit. Ich weiß nicht, was ich hier soll. Ich weiß nicht, was von mir übrig ist. Und dann kommst du und willst dieses letzte bisschen von mir für dich haben. Und dann die Hexenkräfte und plötzlich soll ich dieses Ding ausfüllen und ich hab noch nicht mal einen Nachnamen.«

Schockiert von ihrem Redeschwall hielt sie inne. Ich war wohl der Letzte, dem sie das alles hatte mitteilen wollen. Vor Scham weinte sie noch heftiger, rollte sich zu einer Kugel zusammen und versuchte, ihre Verzweiflung in einem der Kissen zu ersticken. Sie wollte gar nicht mehr aufhören.

Ihr Zusammenbruch erschütterte mich bis ins Mark. Ich

hatte ihre Verschlossenheit kritisiert, weil ich dachte, sie würde dem Konflikt mit mir ausweichen. Jetzt erst begriff ich, dass es noch einige Fronten mehr gab, an denen sie kämpfte, ohne es irgendjemandem zu zeigen. Natürlich ging es nicht um Adressen oder Nachnamen. Das war nur der letzte Tropfen gewesen, der das Fass zum Überlaufen gebracht hatte.

»Du musst das nicht allein durchstehen«, erinnerte ich sie behutsam. »Und ich rede nicht von mir – auch wenn ich immer für dich da sein werde. Ich rede von Ari und Lucian, Grim, Oscar, Ryan. Und glaub mir, im Dunstkreis von Ari läuft noch ein Haufen Weltverbesserer rum, die dir allesamt liebend gern zur Seite stehen würden.«

Keine Verbesserung. Ich wusste nicht einmal, ob sie mir in ihrem Zustand zuhören konnte.

»Ich habe Grim gegenüber nicht übertrieben. Du bist die schlauste und stärkste Frau, die ich kenne. Und dazu noch die mutigste, faszinierendste und schönste. Du wirst dich schon bald zurechtfinden und die Welt erobern. Und es ist eine tolle Welt mit vielen neuen Erinnerungen, die nur darauf warten, von dir gemacht zu werden.«

Immer noch keine Verbesserung. Cassia schien im Moment wirklich nicht aufnahmefähig zu sein. Vielleicht brauchte es ein bisschen weniger gut gemeinte Ratschläge und dafür ein bisschen mehr ... Bel?

»Okay, Cassia.« Ohne Vorwarnung stand ich auf und ließ mich neben sie aufs Sofa fallen. Ich schlug die Beine übereinander und wählte absichtlich einen ungezwungenen Tonfall, um sie aus der Reserve zu locken.

»Hier ein Vorschlag: Du brauchst gerade dringend Trost und ich würde ihn dir wirklich gerne schenken. Also lass uns doch für ein paar Minuten so tun, als wäre ich nur der unbeteiligte, nette, gut aussehende Dämon von nebenan, der dir ohne Hintergedanken eine Umarmung anbietet. Und wenn es dir wieder besser geht, vergessen wir, was passiert ist. Die nächsten fünf Minuten werden dann nie stattgefunden haben.«

Zwei große dunkelblaue Augen erschienen über dem Rand des Kissens. Sie blinzelten mich erst hilflos an, dann traurig, dann zögernd, dann zweifelnd, als würde der dazugehörige Verstand in einem Dilemma stecken und der dazugehörige Mund keine Worte finden. Ich musste die Hürde deutlich niedriger legen. Keine großen Reden mehr, sondern einfache Ja-Nein-Fragen.

»Darf ich dich in den Arm nehmen?« ... bitte, erlöse mich!

Wieder blinzelte sie. Einmal. Zweimal. Dreimal.

Dann ein winzig kleines Nicken.

In diesem Moment fiel mir eine so große Last von den Schultern, dass ich meine Erleichterung am liebsten in die Welt hinausgeschrien hätte.

»Na, komm her!«

Liebevoll kippte ich sie mitsamt Kissen an meine Brust, wobei nichts an mir verriet, dass mein Herz gerade Salsa tanzte. Und als Cassia sich an mich schmiegte, wusste ich einmal mehr, dass dieses wundervolle Mädchen und der unbeteiligte, nette, gut aussehende Dämon von nebenan perfekt zueinander passten.

Irgendwann entspannten sich ihre verkrampften Muskeln und sie wurde ganz ruhig. Zu ruhig. Als würde sie den Atem anhalten, weil sie ihn für etwas anderes brauchte.

»Danke«, flüsterte sie plötzlich.

»Wofür?« Ich war derjenige, der sich bei ihr bedanken sollte.

Die Antwort ließ auf sich warten, machte mich dann aber umso sprachloser.

»Dass du nicht aufhörst, nach mir zu suchen.«

Keine Vergangenheitsform.

Ich wusste nicht, ob ihr ein Fehler unterlaufen war, oder ob sie es bewusst so formuliert hatte, aber es stimmte. Ich suchte noch immer nach ihr. Und ich würde sie finden.

Nach einer viel zu kurzen Zeit drangen Stimmen und Musik aus dem Innenhof zu uns herauf. Die ersten Gäste trafen ein und Oscar teilte mir höflichst mit, dass meine Anwesenheit erwünscht sei. Es war mir gleichgültig. Solange Cassia in meinen Armen lag, würde die ganze Welt auf mich warten müssen.

Cassia jedoch sah das ein wenig anders. Sie wurde von Minute zu Minute nervöser.

»Soll ich sie wieder heimschicken?«, erkundigte ich mich. Es war mein voller Ernst. Damit hätte ich zwar einen Skandal am Hals, aber definitiv nicht meinen ersten. Und noch nie einen aus einem besseren Grund. Wegen der Sache mit Ianus würde ich mir schon was einfallen lassen.

Cassia atmete tief durch. Sie zögerte. Es gefiel mir, dass mein Angebot sie zu reizen schien.

»Hast du nicht gesagt, es wäre wichtig?«, wollte sie wissen.

Ich nickte grimmig. »Das ist es. Leider.«

Da stemmte sie sich plötzlich hoch und brachte etwas Abstand zwischen uns. Noch immer hielt sie das Kissen umklammert, diesmal eher wie eine Rüstung. So gewappnet fand sie den Mut, mir in die Augen zu schauen.

»Dann ziehen wir es durch!«

Was für eine Frau. So ziemlich jeder Dämon da unten im Innenhof hätte sich von ihrem Schneid eine Scheibe abschneiden können. Und keiner von ihnen war es wert, diesen kostbaren Moment zu beenden. Keiner von ihnen hatte es verdient, seine schaulustigen Blicke auf dieses bezaubernde Wesen richten zu dürfen. Auf dieses umwerfende Gesicht. Und diese hinreißend weichen Lippen.

Ich konnte den Impuls nicht unterdrücken, ihr eine Strähne aus dem Gesicht zu streichen. Cassia wirkte irritiert, aber sie wich nicht zurück. Ihre Haut unter meinen Fingerspitzen fühlte sich elektrisierend an. Ich konnte mich nicht zurückhalten.

»Darf ich dich küssen?«, fragte ich leise.

Da füllte Panik ihre großen Augen und ich wusste, dass ich zu weit gegangen war.

»Lieber nicht«, hauchte sie und riss ihren Blick von mir los.

Meister Belial, der Chronist und sein Lebensgefährte sind gerade eingetroffen. Es wäre jetzt wirklich angebracht, einen anwesenden Gastgeber präsentieren zu können, ließ mich Oscars Stimme wissen.

Ich seufzte. Ramadon hatte schon immer ein mieses Timing gehabt.

Weiß, weiß, weiß der Teufel

Ich starrte auf mein neues Handy. Es zu bedienen, war nicht so kompliziert gewesen wie angenommen. Die richtigen Worte für meine Nachricht zu finden dagegen schon.

Endlich klopfte es an der Tür.

»Es ist offen«, murmelte ich.

Als Ari das Zimmer betrat, stockte mir der Atem. Sie trug ein wunderschönes weißes Kleid aus Seide, das im Nacken zusammengebunden war. Ihre honigblonden Haare hatte sie am Hinterkopf hochgesteckt und mit einem funkelnden Perlenkamm verziert. Sie sah aus wie eine Braut.

Auch Ari schien ihrerseits der Atem zu stocken, als sie mich auf dem Bett sitzend ausmachte. Allerdings aus ganz anderen Gründen.

»Wow, das ist wirklich ein Notfall«, meinte sie trocken. Hinter ihr drängte eine zweite Frau ins Zimmer. Ein Mensch, wenn mich nicht alles täuschte. Ihr grünes Cocktailkleid passte hervorragend zu ihren Kupferlocken und betonte gleichzeitig ihre unglaublich langen Beine.

»Ach du liebes bisschen!«, platzte es aus der Rothaarigen heraus. Sie überflog das Chaos im Zimmer. Überall lagen Kleider, Schuhe und Dinge, von denen ich keine Ahnung hatte, wofür man sie verwendete. Und mittendrin hockte ich, die Verursacherin des Durcheinanders. Ich hatte es gerade mal geschafft, eine Dusche zu nehmen und mich in Bels Badezimmer nicht zu verirren. Eine ziemlich traurige Bilanz dafür, dass ich eigentlich schon längst auf dem Empfang hätte sein sollen.

»Ja, meine Süße, das ist eindeutig ein Notfall. Aber du hast Glück. Diese Art von Notfall ist wie geschaffen für mich!«

Unaufgefordert rauschte die Frau im grünen Kleid herein und nahm meine missliche Lage in die Hand, während Ari sich an den Türrahmen lehnte und ihre Freundin machen ließ.

»Das ist übrigens Lizzy«, stellte sie sie mir vor. »Ich hab dir von ihr erzählt.«

Lizzy also ... Sie war diejenige, der man nichts abschlagen konnte. Die Anführerin. Das wunderte mich nicht, so zielstrebig wie sie die Initiative ergriff. Sie sichtete, sortierte und taxierte. In wenigen Minuten entstanden zwei Haufen. Ein großer mit dem Titel »Mngäh« und ein recht überschaubarer, der das Etikett »Vielleicht« bekam.

Zwischenzeitlich hatte sich Ari neben mich gesetzt. Vermutlich, damit ich mich nicht mehr ganz so verloren fühlte.

»Mich wundert es, dass Bel dir kein Kleid empfohlen hat. Normalerweise hat er für so was ein gutes Auge.«

Mich wunderte es nicht. Ich hatte Bel abgewiesen, woraufhin er ziemlich distanziert abgerauscht war.

»Er meinte, ich soll anziehen, worauf ich Lust habe«, gestand ich Ari. »Aber ... ich weiß nicht, was man zu einem solchen Anlass trägt, und ich möchte niemanden lächerlich machen.«

Lizzy unterbrach ihre Mission und sah mich amüsiert an.

»Wen solltest du denn lächerlich machen? Bel?« Sie kicherte. »Es ist per Definition nicht möglich, Bel lächerlich zu machen.«

Auch Ari grinste mich an. »Glaub mir, wir haben es versucht.« Dann wurde die Prima mit den goldenen Augen wieder ernst und stieß mich sanft mit dem Ellbogen an. »Bel ist verrückt nach dir.«

»*Verrückt* beschreibt es ziemlich gut«, murmelte ich trübsinnig. Und ich machte das Ganze nicht besser. Wieso hatte ich auch so unvernünftig sein müssen, seinen Trost anzunehmen. Das war genauso dumm, wie einem hungrigen Bären Honig ums Maul zu schmieren und dann zu hoffen, dass er einen nicht auffraß.

»Das hier!«, rief Aris Freundin plötzlich und kam mit einem Kleid auf mich zu, an das ich mich gar nicht erinnern konnte. Sie zog mich auf die Beine und hielt es mir hin. Der Stoff war hauchzart und ging von einem tiefen Königsblau an den Schultern über zu einem satten Türkis knapp unterhalb der Knie.

»Oh ja! Wir haben einen Gewinner«, meinte Lizzy zufrieden, bevor sie erneut ausschwärmte und mit schwarzer Spitzenunterwäsche zurückkam.

Ari hatte mir vor unserem Ausflug in Bels Bücherei schon einmal erklärt, wie diese Teile mit all den zerbrechlich aussehenden Schnallen, Ösen und Häkchen funktionierten. Aber ich war nicht erpicht darauf gewesen, es auszuprobieren. Allerdings bestand Lizzy auf die Unterwäsche – mit dem Hinweis, dass sich unter dem zarten Kleid *alles* abzeichnen würde und Bel dann den ganzen Abend »spitz wie Nachbars Lumpi« wäre. Ich kannte diese Redewendung zwar nicht, doch ich konnte mir meinen Teil zusammenreimen. Mehr Motivation brauchte ich nicht. Und tatsächlich war das filigrane Konstrukt – wenn es einem erst mal gelungen war, es anzulegen – weder so unbequem noch so zerbrechlich, wie es den Anschein gehabt hatte.

»Darf ich mal?« Unvermittelt kniete sich Ari vor mich und befestigte eine Art Halterung an meinem Oberschenkel. Dann zog sie eine Klinge.

»Weißt du, was das ist?«

Ich nickte besorgt. Es war ein Aziam. Kürzer und schmaler als die, die ich kannte, aber dennoch bestand kein Zweifel.

»Ich borg ihn dir für heute Abend. Steht man als Sterbliche im Zentrum einer Primus-Party, ist das nämlich ein unverzichtbares Accessoire.«

Oje. Ari rechnete damit, dass ich einen Aziam brauchen würde? Ich hatte eigentlich angenommen, dass die einzige Gefahr heute Abend von meinem mangelnden Mitteilungsbedürfnis ausgehen würde.

»Schau nicht so skeptisch«, munterte Lizzy mich auf. »Es ist wie mit Tampons oder Regenschirmen. Wenn du einen dabei hast, brauchst du ihn nicht.«

»Allein der Anblick des Aziams würde im Zweifel jeden verschrecken, der dir dumm kommt«, stimmte Ari zu und verstaute die Klinge an meinem Bein. »Außer Bel natürlich. Ihn müsstest du schon erstechen. Ziel auf sein Herz und ruinier ihm damit den Anzug – mit schönen Grüßen von mir.«

»Ari weiß, wovon sie spricht«, kicherte Lizzy und half mir in das Kleid. Man zog es an wie einen Mantel. Anschließend wurde es gewickelt und an der Taille gegürtet. »Sie hat Bel nämlich schon mehrfach erstochen.«

Was?! »Warum?«

Eigentlich hatte ich gedacht, sie und Bel wären Freunde.

Unbedarft schob Lizzy mich zum Sofa und begann, sich an meinen Haaren zu schaffen zu machen. »Bel hat sie geküsst, während er so getan hat, als wäre er Luci-aaaau!«

Ein Kamm hatte Lizzy am Kopf getroffen. Nicht sehr unauffällig, wie die beiden wohl auch gerade bemerkten, denn sie versuchten nun, das Ganze zu überspielen. Das artete allerdings eher in einen schlechten Werbespot für Bel aus, während sie zu allem Überfluss von allen Seiten an mir herumzupften, mich schminkten und diverse Schmuckstücke ausprobierten.

»Der Kuss hatte nichts zu bedeuten.«

»Es war eher so ein Primus-Macht-Spielchen.«

»Bel mimt nur gern den skrupellosen Höllenfürsten. Dabei hat er das Herz durchaus am rechten Fleck.«

»Absolut.«

»Er hat uns immer aus der Patsche geholfen.«

»Und manchmal sogar ohne Gegenleistung.«

»Oft!«

»Ja, oft. Oft sogar ohne Gegenleistung.«

»Und seine Leute beschützt er auch wie ein Löwe.«

»Also für den Teufel ist er echt ein feiner Kerl.«

»Diese Teufelssache darf man ohnehin nicht ernst nehmen.«

»Stimmt, tut er ja auch nicht. Ich sag nur Flammenshorts.«

»Ja, eine gewisse Selbstironie hat er auf jeden Fall.«

»Und witzig ist er auch.«

»Und fürsorglich. Du hättest mal sehen sollen, wie lieb er mit seiner Urururur-Enkelin umgegangen ist.«

»Echt? Davon hast du mir noch gar nichts erzählt.«

»Ja. Sie nennt ihn ihr Eichhörnchen.«

»Ernsthaft?«

»Ja, weil er immer überall nach Essen sucht.«

»Awwww!«

Verstört ließ ich alles über mich ergehen und spürte ein ungewohntes Stechen in meiner Brust. Es fühlte sich an, als hätte ein fieses kleines Etwas seine Krallen in mein Herz geschlagen. Ich dachte eine Weile darüber nach, woher dieses Stechen stammen könnte.

War es, weil er Ari geküsst hatte? Die Vorstellung gefiel mir nicht, aber Bel konnte küssen, wen er wollte. Dass seine Wahl dabei auf Ari gefallen war, verstand ich sogar. Sie war eine tolle Frau. Allerdings hatte Bel offenbar so getan, als wäre er Lucian, was irgendwie nicht in mein Bild von ihm passen wollte. Genauso wenig wie Kinder. Bel war Vater? Und Großvater? Und Urururur-Großvater? Primus zeugten keine Kinder aus Versehen. Das hieß, es war eine bewusste Entscheidung. Und das hieß, dass Bel eine oder mehrere Frauen getroffen haben musste, die ihm wichtig genug waren, um mit ihnen eine Familie zu gründen.

Ich wusste selbst nicht, warum das alles so an mir nagte. Es waren zweitausend Jahre verstrichen. Natürlich war ich nie davon ausgegangen, dass Bel in dieser langen Zeit keusch gelebt hatte. Warum auch? Wir hatten uns gerade mal fünf Tage gekannt und uns weder Treue noch sonst etwas versprochen.

Und trotzdem war da dieses Stechen. Diese Enttäuschung. Aber warum?

Plötzlich wusste ich die Antwort.

Bel hatte so getan, als wäre ich seine große Liebe. Er hatte versucht, mich glauben zu lassen, er hätte zwei Jahrtausende lang gelitten und ständig nur an mich denken müssen.

Das war schlicht und ergreifend nicht die Wahrheit.

Er manipulierte mich. Schon wieder.

Tief in den dunkelsten Winkeln meiner Seele zerbrach etwas. Eine kleine Hoffnung.

Aber das war gut. Es bestätigte mich in meiner Vorsicht, in meinem Zögern. Es bestätigte mich darin, mich all diese lächerlich dummen Gefühle für Bel tief im dunkelsten Winkel meiner Seele vergraben zu lassen.

Ich war seine Spielchen so leid.

Ja, seine Umarmungen taten mir gut. Aber nur, weil ich eine Umarmung gebraucht hatte – nicht Bel.

Grim, Ari oder selbst Oscar hätten's bestimmt auch getan.

»So fertig!«, befand Lizzy schließlich.

Die beiden schoben mich vor einen Spiegel und präsentierten mir ihr Werk.

Ich … sah so anders aus.

Lizzy hatte meine Haare in sanfte Wellen gelegt und sie hochgesteckt. Die hauchzarten langen Ärmel verbargen die Verbrennung des Hexenarmreifs und das Blau des Stoffs ließ meine Augen strahlen. Lange schmale Ohrringe voll winziger Diamanten pendelten entlang meines Halses und lenkten die Blicke auf meinen Ausschnitt, der so tief war, dass man fast den Spitzensaum des BHs sehen konnte.

Und das sollte Bel nicht in Nachbars spitzen Lumpi verwandeln?

»Ich freu mich schon auf den Gesichtsausdruck unseres Gastgebers.«

Ich nicht.

»Vielleicht sollte ich –«

»Es ist perfekt, Cassia«, unterbrach mich Ari einfühlsam. »Nicht zu viel und nicht zu wenig für die eitle Dämonengesellschaft.«

»Aber Bel –«

»Pfft. Wegen Bel könntest du sogar in einem Blaumann da runterspazieren.«

Lizzy nickte demonstrativ. »Vermutlich würde er den Empfang spontan zu einer Kostümparty erklären, sich selbst in ein Cowboyoutfit schmeißen und Ramadon und Lucian zwingen, YMCA mit euch zu singen.«

»Ja, das klingt nach Bel«, bestätigte Ari mit vollkommen ernster Miene.

Ich verstand kein Wort.

»Na komm, da unten warten schon alle auf dich.«

Sie zogen mich mit sich. Jetzt war ich froh, dass Lizzy mir filigrane Sandalen verordnet hatte. Auf Absätzen hätte ich bei ihrem Tempo niemals mithalten können. Noch etwas, das ich inzwischen herausgefunden hatte. Dass diese Art des Schuhwerks römische Sandale hieß und – ähnlich wie in meinem ersten Leben – bis zu den Knien geschnürt wurde, war wohl Ironie des Schicksals.

Als wir durch eine Tür in die kühle Nachtluft stolperten, wurde mir bewusst, dass wir hoch oben auf jener Treppe standen, die ich noch vor wenigen Stunden als Fluchtweg benutzt hatte. Unter uns erstrahlte der Innenhof von Bels Anwesen im Schein zahlloser Lichter und Laternen. Ach du meine Güte! Bel hatte gesagt, er würde *ein paar* wichtige Leute einladen, aber hier war jeder freie Platz dicht bevölkert. Es mussten Hunderte sein und fast alle trugen weiße Kleidung. Unter ihnen würde ich mit meinem Kleid im wahrsten Sinne des Wortes auffallen wie ein bunter Hund.

»Weiß ist die Farbe für dämonische Feierlichkeiten ohne konkreten Anlass. Solange der Gastgeber nicht darauf besteht, müssen die Primus-Zeichen nicht gezeigt werden. In diesem Fall sind die sterblichen Gäste jedoch verpflichtet, ihre Garderobe in einer anderen Farbe als Weiß zu wählen«, erklärte mir Ari im Flüsterton. Sie hatte meinen entsetzten Blick wohl richtig gedeutet.

Das beruhigte mein wild klopfendes Herz jedoch kein bisschen. So oder so waren es einfach zu viele Personen an einem Ort. Zu viele Dämonen.

»Hat dir Bel *irgendetwas* über Primus-Partys erzählt?«, erkundigte sich Ari resigniert.

Ich schüttelte den Kopf. »Nur, dass wichtige Leute da sein werden und ich sie von mir überzeugen muss.«

Ari seufzte. »Also gut, dann gebe ich dir jetzt denselben Ratschlag, den Bel mir vor meiner ersten Primus-Party gegeben hat: Halt dich vom Alkohol fern. Der hat Primus-Qualität. Sieze nur, wenn du auch gesiezt wirst. Und lass dich um Himmels willen nicht provozieren. Egal von wem. Es ist nämlich eine Art Partyspiel, die Beherrschung der anderen auszureizen.«

Ein Partyspiel? Es gab nur einen Grund für mich, hier zu sein. Ich musste diese Leute davon abhalten, mich an Ianus auszuliefern. Das war kein dummes Partyspiel.

Applaus brandete auf. Offenbar hatte jemand gerade eine Rede gehalten. Eine Live-Band setzte ein und die Feiernden mischten sich fröhlich durcheinander. Das war der Moment, in dem Ari mich sanft die Treppe hinunterdrängte. Das war auch der Moment, in dem mir bewusst wurde, dass sie mir nicht folgen würden. Und es war der Moment, in dem sich mitten aus dem Meer weiß gekleideter Dämonen ein einzelnes türkises Augenpaar auf mich richtete.

Jetzt gab es kein Zurück mehr.

Im Innenhof brach Bel das Gespräch ab, das er gerade geführt hatte, und starrte mich an. So unverhohlen, dass sich auch seine Gäste nach und nach zu mir umdrehten. Jeder von ihnen. Bis alle Blicke auf mir ruhten.

Mit einem Kloß im Hals schritt ich die Stufen hinunter. Wenn ich mich nicht so darauf konzentriert hätte, nicht zu fallen, wäre mir zweifellos schlecht geworden. Tatsächlich dauerte mein Abstieg so lange, dass sich die ersten Gäste bereits wieder abwandten. Andere tuschelten. Irgendwer kicherte.

Da setzte sich Bel in Bewegung. Die übrigen Dämonen machten ihm mit offenen Mündern Platz. Scheinbar war es nicht üblich, dass Belial einem seiner Gäste entgegenkam. Schon gar nicht einem Menschen.

Mit ausgestreckter Hand empfing er mich am Fuß der Treppe.

»Normalerweise gefällt es mir nicht, dass irgendwer auf meiner eigenen Party mehr Blicke auf sich zieht als ich«, begrüßte er mich charmant. »Aber bei dir mache ich gern eine Ausnahme.«

Sein Lächeln war ein Angriff auf all meine Schutzvorkehrungen. Die dazugehörigen Grübchen ließen mir die Knie weich werden und seine Augen ... Seine Augen gaben mir das Gefühl, dass nur ich allein auf dieser Welt existierte.

Ein Raubtier in seinem natürlichen Lebensraum, kam mir als Erstes in den Sinn. Äußerst faszinierend, aber heute Abend würde ich nicht auf ihn reinfallen. Finster entschlossen schüttelte ich die Wirkung ab, die er auf mich hatte, und gab dem Raubtier meine Hand.

»Wen muss ich kennenlernen?«

Partyspiele

Cassia hatte nicht die geringste Ahnung, wie atemberaubend sie aussah. So atemberaubend, dass mir bereits der erste Fehler unterlaufen war. Ich hätte nicht gleich zu Beginn die Aufmerksamkeit aller Gäste auf sie lenken dürfen. Primus waren eitel, neidisch und missgünstig. Und obendrein liebten sie schöne Dinge – ganz besonders, wenn sie ihnen nicht gehörten. Deshalb hatte ich die Reißleine ziehen müssen. Jetzt wusste jeder, dass ich meinerseits Anspruch auf die dunkelhaarige Schönheit mit den blauen Augen erhob. Das hätte ich der feinen Gesellschaft zwar gerne etwas schonender beigebracht, aber so waren zumindest die Fronten geklärt.

»Ist alles in Ordnung?«, erkundigte ich mich leise, während ich sie durch die Menge führte. Gern hätte ich sie das mental gefragt, aber ihre Mauern waren so stark wie schon lange nicht mehr. Eine undurchdringliche Wand mit Stacheldraht und überdeutlichen Warnhinweisschildern für jeden, der auch nur mit dem Gedanken spielte, anzuklopfen.

»Alles bestens«, lautete die unterkühlte Antwort.

Eine dreiste Lüge. Ihre Finger krallten sich regelrecht in den Ärmel meines Anzugs. Und zwar nicht aus Nervosität, wie man vielleicht hätte annehmen können. Nein, sie wirkte verärgert. Und um einiges verschlossener als sonst. Entweder war irgendetwas passiert, seit ich sie allein gelassen hatte, oder sie nahm mir meine Bitte um einen Kuss noch immer übel. Ein weiterer Punkt auf meiner heutigen Fehlerliste. Ich hatte zu schnell zu viel gewollt, wo sie doch gerade angefangen hatte, sich mir zu öffnen.

»Wieso starren mich alle an?«, fragte Cassia mit gedämpfter Stimme.

»Weil sie selten eine so wunderschöne Frau gesehen haben«, antwortete ich wie aus der Pistole geschossen. Ich konnte den Neid der anderen förmlich riechen. Sie alle waren immer auf der Jagd nach Ästhetik und perfekten Hüllen, doch Cassia besaß eine Ausstrahlung, die man weder stehlen noch imitieren konnte. Das war der kleine, aber feine Unterschied. Meine Gäste glichen Gemälden, Kunstwerken, Nachahmungen. Cassia war das Original, dessen Schönheit man in seiner Gänze nie würde einfangen können.

»Ich brauch keine Schmeicheleien«, zischte sie mich an. »Ich brauch die *Wahrheit.*«

Im letzten Wort schwang so viel Frust mit, dass meine Alarmglocken schrillten. Dachte sie, ich würde lügen?

»Es ist die Wahrheit«, versicherte ich ihr. »Möglicherweise nur die halbe, aber trotzdem die Wahrheit.«

Sie schnaubte, als hätte ich mich gerade als größter Schwindler dieser Welt geoutet. »Und die andere Hälfte?«

Unter gemäßigteren Umständen hätte ich es mir wohl zweimal überlegt, sie damit zu belasten, aber Cassia war definitiv nicht in der Stimmung für Ausreden. Also bekam sie ihre Wahrheit: »Die meisten hier haben noch nie eine verfluchte Seele zu Gesicht bekommen. Sie starren das Blutbann-Symbol in deinem Nacken an.«

»Das Blutbann-Symbol und Ianus' Primus-Zeichen ...«, hauchte sie verstehend.

Ich nickte. Beides war untrennbar miteinander verwoben. Zumindest, wenn mein Plan für heute Abend nicht aufging. Cassia wurde bleich und musste sich sichtlich zusammenreißen, um sich nicht in den Nacken zu greifen und das Zeichen mit ihrer Hand zu verbergen. Sie hielt sich wacker, aber sie büßte ein klein bisschen von ihrem Strahlen ein.

Wut kochte in mir hoch – auf meine Gäste, auf diesen Abend und alle Umstände, die ihn nötig machten. Niemand sollte Cassia ihr Strahlen nehmen dürfen. Ich hielt an und stellte mich vor meine bezaubernde Begleitung.

»Du gestattest?«, fragte ich, wartete diesmal aber nicht auf ihre Erlaubnis. Ich griff in ihre Frisur und löste die Nadeln, die sie fixierten. Befreit von dem Zwang entfalteten sich ihre seidigen Haare wie ein dunkel glänzender Fluss und fielen ihr ungebändigt auf die Schultern.

Cassia blinzelte mich an. Überrascht. Verstehend. Dankbar.

Ich lächelte. »Viel besser.«

Von einem vorbeigetragenen Tablett griff ich mir zwei Champagnergläser und drückte Cassia eines davon in die Hand. Um den Alkohol machte ich mir keine Sorgen. Sie hätte nicht mal getrunken, wenn es Wasser gewesen wäre.

Ein geflötetes »Ooooh« mischte sich plötzlich unter die Musik. Ein gedrungener Mann in einem babyblauen Anzug mit Kornblume am Revers hielt auf uns zu. Gut. Victorius mochte nervig sein, aber er stand auf unserer Seite. Ganz abgesehen davon war er die perfekte Aufwärmübung für Cassia. Bislang hatten meine finsteren Blicke den Gästen zu verstehen gegeben, dass ich nicht an Gesprächen interessiert war. Nur konnte das leider nicht ewig so bleiben.

»Da ist ja das liebreizende Dornröschen, das unser Teufelchen aus dem Schlaf wach geküsst hat und jetzt vor dem großen bösen Wolf retten will«, begrüßte Victorius die verdatterte Frau an meiner Seite. »Ich habe schon so viel von dir gehört, mein verträumtes Schlafmützchen.«

Cassia starrte den kuriosen Mann ein paar Sekunden lang an, bevor ihr auffiel, dass sie etwas sagen sollte.

»Bel ... hat mich nicht wach geküsst«, entgegnete sie leise. »Ich war wach.«

Victorius' kleine runde Kuhaugen wurden riesengroß. »Die ganze Zeit über? Wie grauenvoll, mein armes gepeinigtes Pfauenfederchen. Und jetzt erhebt auch noch dieser scheußliche Verbrecher Anspruch auf deine Seele, wo du doch ein bisschen Frieden verdient hättest.« Entrüstet drehte er sich zu dem Primus um, der ihm an den Fersen klebte. Ich verkniff mir ein Grinsen. Wer hätte je gedacht, dass sich der altehrwürdige Chronist der Liga jemals in die zweite Reihe stellen lassen würde. Ramadon sah zurzeit aus wie ein südindischer Prinz – eine Wahl, die er eindeutig Victorius zuliebe getroffen hatte. Und obwohl die Kleiderordnung verpflichtend war, zierte ein schmaler babyblauer Streifen den Saum seines weißen Hanfus. Ein überraschend rebellisches Bekenntnis zu seinem menschlichen Geliebten, der ihn gerade mit klimpernden Wimpern ansah.

»Kann man nicht so etwas wie eine Petition im Hohen Rat einreichen, mein Bürzelchen?«

Ramadon legte den Kopf schräg, als würde er die Frage seiner besseren Hälfte nicht verstehen, bevor er kühl erwiderte: »Petitionen sind kein Instrument unserer Politik.«

Ramadon eben. Selbst Siri oder Alexa übertrafen ihn an Emotionalität. Keine Ahnung, wie Victorius es geschafft hatte, diese harte Nuss zu knacken. Obwohl? Harte Nüsse gehörten quasi zu Victorius' Vorlieben.

»Cassia«, sagte ich laut und verdrängte die verstörenden Bilder aus meinem Kopf, »darf ich dir Ramadon vorstellen? Er ist der Chronist der Liga und der älteste der anwesenden Primus. Und das …«, ich deutete auf den babyblauen Kosenamen-Fetischisten, »… ist sein Partner Victorius. Er ist übrigens Lucians Gezeichneter.«

Ramadon trat vor, bis ihn nur noch wenige Zentimeter von Cassia trennten. Am liebsten hätte ich ihn aufgehalten, aber der Chronist stellte keine Gefahr dar und wir waren auf sein Wohlwollen angewiesen, also hielt ich mich zurück.

»Die Schreie gequälter Seelen sollen unerträglich sein. Ist das wahr?«, fragte er interessiert. Ein Hauch seiner uralten Macht umspielte Cassia. Sie presste ihre weichen Lippen fest aufeinander, aber sie wich nicht zurück. Nicht mal ein kleines Stück.

»Ja«, stieß sie rau hervor.

»Kann ich deshalb nicht in deine Gedanken sehen? Weil du gelernt hast, deinen Verstand zu schützen?«

Er erwartete offenbar keine Antwort, sondern begann direkt, ihre Abwehr zu erforschen. Wissbegierig suchte er eine Lücke. Cassia zuckte zusammen. Ich war kurz davor einzuschreiten, doch Victorius kam mir zuvor. Er legte seine Hand auf den Arm seines Partners und schob ihn von Cassia weg.

»Ramadönnchen, hör schon auf. Du machst dem armen Täubchen Angst.«

Der Chronist blinzelte Victorius verwundert an und nickte schließlich. Dann sah er erneut zu Cassia, diesmal mit gebührendem Abstand.

»Verzeih meine Neugier. Ich habe nur noch nie jemanden wie dich getroffen. Es wäre mir eine Ehre, wenn du mich besuchen würdest, damit ich dich studieren kann.«

Cassia runzelte die Stirn und ich entschied, dass der perfekte Moment gekommen war, um mich einzuschalten.

»Tja, wenn Ianus seinen Anspruch geltend macht, wird sie dich ganz bestimmt nicht besuchen können.«

Ramadons dunkler Blick fand den meinen. Er wusste, dass ich versuchte, ihn in eine gewisse Richtung zu drängen. Ebenso wie ich wusste, dass es funktionierte.

»Ianus' Anspruch aufzuheben, ist riskant«, erklärte er mir. Jeder andere hätte seine Worte wohl als Warnung verstanden. Ich kannte ihn jedoch schon sehr lange und war mit seinen versteckten Andeutungen bestens vertraut.

»Riskant, aber nicht unmöglich?«

Ramadon schenkte mir ein winziges Lächeln. »Das ist wahr.«

Ich nickte bedächtig. »Gut zu wissen.«

»Was ist gut zu wissen?«

Eine aufgetakelte Prima mit weißem Federschmuck in ihrem karamellbraunen Haar und einem Geruch nach Mango-Kokosmilch gesellte sich zu uns. Cassias Schonfrist war wohl endgültig vorbei.

»Yantis!«, begrüßte ich sie mit einem strahlenden Grinsen. »Unser Chronist meinte nur gerade, dass er meine Partys weit mehr liebt als die deinen.«

Die Prima lachte laut auf und gab mir einen spielerischen Klaps mit ihren manikürten Fingern.

»Du dreister Lügner, du. Ich vergebe dir, aber nur, weil du mal wieder so unsagbar attraktiv bist.« Nach den obligatorischen Küsschen auf beide Wangen samt unnötig viel Hautkontakt deutete ich auf Cassia.

»Yantis, das ist Cassia, von der ich dir erzählt habe.«

Yantis warf ihr einen flüchtigen Blick zu, bevor sie sich

mir wieder an den Arm warf. »Sag mal, woher hast du diese tolle Latin-Band? Du musst mir unbedingt den Kontakt geben.«

»Den gebe ich dir gern, wenn du aufhörst, so zu tun, als wäre meine Begleitung Luft.«

Jetzt endlich schmolz das aufgesetzte Lächeln von ihren knallroten Lippen. Die Warnung in meiner Stimme zeigte offenbar Wirkung.

»Ach, Bel. Für dich war ich schon immer so durchschaubar wie ein Negligé«, gurrte sie.

Als ich auch auf ihren neuerlichen Flirt nicht einstieg, stieß die Prima einen pikierten Laut aus und drehte sich zu Cassia um, die ihrerseits überraschend unerschrocken und verdrießlich zurückstarrte. Sie schien Yantis ganz und gar nicht zu mögen und umklammerte ihr Champagnerglas so fest, dass ich Sorge hatte, sie würde es zerbrechen. Tatsächlich glaubte ich sogar, etwas von Cassias altem, unbeugsamem Stolz in ihren blauen Augen glitzern zu sehen. Stolz und den Hauch von etwas anderem. Überrascht hob ich eine Braue. War das etwa Eifersucht?

»Ich habe von dir gehört«, säuselte Yantis, während sie Cassias Outfit, ihren Schmuck und ihre Figur begutachtete wie den Restposten auf einem Flohmarkt. »Man sagt, du wärst sehr sprunghaft, was die Wahl deiner Meister betrifft. Gestern der eine, morgen der andere. Wenn du in allen Lebensbereichen so flatterhaft und spendabel bist, mache ich mir ernsthaft Sorgen um Bels guten Ruf.«

Yantis' Zunge war schon immer schärfer als ein Schwert gewesen, aber jetzt ging sie zu weit. Mir brannte schon die passende Erwiderung auf der Zunge. Nur schien Cassia meinen Schutz nicht zu brauchen. Sie richtete sich kerzengrade auf und funkelte die Prima mit den Federn auf dem Kopf zornig an.

»Ich habe nie einen Meister *gewählt.* Ich habe ein bösartiges Monster mit meiner verfluchten Seele vergiftet, weil niemand von euch Dämonen in der Lage war, ihn aufzuhalten. Wenn du möchtest, gebe ich dir gerne eine Kostprobe.«

Sie öffnete ein kleines Fenster in ihrer Abwehr und bombardierte Yantis regelrecht mit all der Verachtung, die sie für sie empfand. Die Prima rang mühsam um ihre Beherrschung. Es war nicht einfach, einem solchen Ansturm an Gefühlen zu entkommen, ohne davon zu kosten. Aber Yantis – wie Cassia auch – wusste, dass sie das nicht durfte, wenn sie sich nicht durch den Blutbann vergiften wollte.

»Vielen Dank. Nicht nötig«, krächzte die Prima. Sie schwankte und bemühte sich redlich, nicht auf die Knie zu fallen. Dabei sah sie so malträtiert aus, dass Cassia innehielt und schockiert von sich selbst den Rückzug antrat. Einen Wimpernschlag später waren ihre Mauern wieder so undurchdringlich wie zuvor.

»Äußerst aufschlussreich«, befand Yantis kühl, nachdem sie die Fassung zurückerlangt hatte. »Ich muss schon sagen, Bel, in letzter Zeit sind deine Begleitungen äußerst unterhaltsam. Ich bin gespannt, wen du das nächste Mal mitbringst.«

Damit rauschte sie ab.

Cassia knetete beschämt ihre Finger.

»Tut mir leid«, flüsterte sie. »Das war bestimmt nicht hilfreich.«

»Papperlapapp«, widersprach Victorius und klatschte voller Begeisterung in seine Wursthände. »Das war sensationell! Oh, du beglittertes Sternschnüppchen, danke, dass ich diesen Moment graziler Gnadenlosigkeit miterleben durfte. Die Geburt einer Diva – im allerbesten Sinne versteht sich. Ich werde dich noch auf dem Sterbebett darum beneiden.«

Cassia runzelte verständnislos die Stirn, während ich mit einem breiten Grinsen ihre Hand nahm und sie mir auf den Unterarm legte.

»Yantis respektiert Stärke«, erklärte ich ihr. »Ich bin mir sicher, dass sie unsere Sache unterstützen wird.«

Nach dieser Feuerprobe machte ich mir um den Rest der Gäste keine Sorgen mehr. Cassia würde sie im Sturm erobern – so wie sie mich erobert hatte.

Und tatsächlich behielt ich recht.

Sie lernte Primus um Primus kennen. Sie redete mit ihnen. Sie gab Kontra. Einmal lächelte sie sogar, als ich ihr Lizzys Bruder Gideon und die Ratsvorsitzende Melisande vorstellte. Und einmal kniff sie mich in den Arm, als Lizzys Bruder ihr Asyl bei der Phalanx anbot und ich das sehr rüde ablehnte. Alles in allem der Anfang eines gelungenen Abends.

Nachdem wir etwa die Hälfte meiner Gäste bespaßt hatten, fiel mir auf, dass Cassia ihren Kopf kaum merklich und unbewusst im Takt der Musik wiegte.

»Gefällt dir das Lied?«

Sie nickte. »Es erinnert mich an Buenos Aires. Der Dolch wurde einem Hafenarbeiter an der Tür einer Spelunke abgenommen. Er lag fast zwei Monate in einer Kiste unter dem Tresen. Ich konnte nichts sehen, aber die Musik hören ...«

Dass sie diese Information so unbedarft mit mir teilte, zeigte deutlich, dass sie anfing, sich wohlzufühlen. Wieso auch nicht? Der Abend hatte an Schrecken verloren und mit jedem erfolgreichen Gespräch, das wir führten, wuchsen ihre Hoffnungen und ihr Selbstbewusstsein. Sie schlug sich großartig und musste ja nicht wissen, dass ein Großteil der Gäste mir einen Gefallen schuldete, auf meiner Gehaltsliste stand oder die moralisch verwerflichen Geheimnisse fürchtete, die ich gegen sie in der Hand hatte.

»Kleine Pause gefällig?«, erkundigte ich mich mit einem verschmitzten Lächeln.

Cassia sah mich so ungläubig und sehnsuchtsvoll an, dass ich lachen musste. Ich nahm ihr das volle Champagnerglas ab, trank es leer und drückte es irgendwem in die Hand. Dann schnappte ich mir Cassia und zog sie auf die Tanzfläche.

»Was machst du da?«, flüsterte sie panisch, als ihr bewusst wurde, was ich vorhatte.

»Auf meiner eigenen Party bin ich ein gefragter Mann. Es gibt nur einen Ort, wo niemand uns stören wird.«

»Aber ich hab noch nie getanzt!«

»Dann wird es Zeit.«

Sie versuchte, sich mir zu entwinden und gleichzeitig nicht groß aufzufallen. Eine äußerst niedliche Gratwanderung, bei der sie weder das eine noch das andere erreichte.

»Ich *kann* überhaupt nicht tanzen.«

Amüsiert zog ich sie an meine Brust.

»Mit *mir* kann jede Frau tanzen.«

Der Song, der ihr so gefiel, war ein Tango, also legte ich meine flache Hand auf ihren Rücken, presste sie an mich und sah ihr dabei tief in die Augen. Die Sinnlichkeit der Musik fing sofort an, zwischen uns zu knistern. Ein wildes Flackern loderte in Cassias Blick auf.

»Wirklich? Wie viele Frauen waren es denn?«

Ich tat einen Schritt auf sie zu und sie wich gleichzeitig einen Schritt zurück – so wie der Tanz es verlangte. Ihr blieb gar nichts anderes übrig, denn ich führte und ich wusste, was ich wollte. Mein Körper drängte sich an Cassias und meine Bewegungen bedingten ihre.

»Genug, um zu wissen, dass du gerade eifersüchtig bist«, raunte ich ihr ins Ohr.

»Bin ich nicht«, log sie. »Ich bin nur sauer auf dich.«

Ihre aufwallende Empörung verlieh ihr ein Feuer, das an meiner Beherrschung rüttelte. Ungestüm wirbelte ich Cassia herum und wagte das Risiko, ihr mit meiner Macht zu zeigen, wie sie ihrer Wut durch den Tanz Gestalt verleihen konnte. Und Cassia ... gütiger Himmel! Cassia reagierte ebenso intuitiv wie leidenschaftlich. Sie ging nicht erst den Umweg über ihren Verstand. Sie spürte meine Macht über ihre Haut fließen und ließ sich von ihr leiten. Ungezügelt schleuderte sie die Falten ihres Rocks nach hinten, während ihr Fuß einen Halbkreis über das Parkett zog. Quälend langsam. Sinnlich. Sie begriff, dass jede noch so kleine Regung meine Aufmerksamkeit fesselte. Mich reizte. Mich lockte. Und sie genoss es. Sie genoss es, meine Gedanken in ihrer Gewalt zu haben.

»Mmmh«, seufzte ich, »ich glaube, es gefällt mir, wenn du sauer bist.«

Mit einem Ruck zog ich sie wieder an mich. Jetzt landete ihre Hand in meinem Nacken und mein Bein zwischen ihren Schenkeln. Cassia keuchte leise auf, was mich zu einem selbstsicheren Lächeln veranlasste. Auch ich verstand mich sehr gut darauf, Gedanken zu beherrschen. Mit langen synchronen Schritten trieb ich sie vorwärts und eroberte ihren Kopf. Ich packte ihre Taille und ließ sie die Bewegungen meiner Hüfte spiegeln. Tango war nicht nur ein Tanz, er war Ausdruck von purer Leidenschaft, ein Spiel zwischen Liebenden. Er war Versuchung und Hingabe, Verführung und Widerstand. Cassias Atemlosigkeit bewies, dass sie sich dessen auch gerade bewusst wurde. Ihre Instinkte zelebrierten diese Erfahrung regelrecht. Sie versank im Rhythmus der Musik. Ihr Verstand jedoch kämpfte darum, nicht gänzlich die Kontrolle zu verlieren. Er suchte einen Anker und fand ihn in ihrer Wut auf mich. Die glühenden Blicke, die sie mir zuwarf, versprachen bitterböse Vergeltung, und bei Gott, ich konnte es kaum erwarten, mich von ihrem Feuer in die Schranken weisen zu lassen. Ich drehte sie herum, bog ihren Oberkörper nach hinten und fing sie an meiner Brust auf.

»Es wird dir nicht gelingen«, hauchte sie und versuchte vergeblich, ihre Erregung zu verbergen, »mich wieder zu manipulieren.«

Ich packte ihre Kniekehle und schlang ihr linkes Bein um meine Hüfte.

»Ich manipuliere dich nicht«, widersprach ich rau. Während ich die Kontur ihres Beins nachfuhr, presste ich unsere Körper eng aneinander und hielt Cassias Blick fest. »Ich bete dich an.« Ihre Brust hob und senkte sich schwer. Ihre Lippen waren leicht geöffnet. Ihre Wangen gerötet. Ich wollte nichts mehr, als sie zu küssen.

In diesem Moment endete die Musik.

Zum Glück.

Das rettete mich davor, meiner Fehlerliste heute Abend einen weiteren Punkt hinzuzufügen. Widerwillig ließ ich Cassias Bein los, hielt sie aber weiterhin an mich gedrückt, für den Fall, dass eine Flucht ihr plötzlich verlockend vorkam. Dann verbarg ich meine aufgewühlten Gefühle hinter einer Maske aus kühler Gelassenheit und verfluchte mich selbst für meine Unbeherrschtheit. Großer Gott, ich hätte mich nicht so hinreißen lassen dürfen. Um ein Haar hätte ich Cassia geküsst. Hier vor allen. Und sie wäre dieses Mal nicht in der

Lage gewesen, mir zu widerstehen. Sie hatte ja noch nicht einmal bemerkt, dass man die Tanzfläche für uns geräumt hatte. Erst jetzt, als sie den Applaus der Gäste wahrnahm, realisierte sie, dass unser kleiner Tango der Show-Act des Abends geworden war. Das erstickte all ihr Verlangen. Ihre erhitzten Wangen wurden noch röter, diesmal aus Verlegenheit. Ich spürte, wie sie sich verkrampfte. Gleich würde sie sich aus meinen Armen winden. Aber ich war noch nicht bereit, sie loszulassen. Also lenkte ich sie mit dem Erstbesten ab, was mir einfiel.

»Wann hast du Geburtstag?«

Cassia starrte mich verdutzt an. »Was?«

»Du wusstest nicht, was du als Geburts*jahr* eintragen sollst. Das heißt, deinen Geburtstag kennst du. Also? Wann ist er?«

Meine Frage löste ein wahres Spektakel an Emotionen aus. Sie tat sich schwer, den Applaus auszublenden, aber sie durchschaute meine Taktik. Das erinnerte sie offenbar daran, dass sie – aus einem mir noch immer unbekannten Anlass – sauer auf mich war. Als die Musik jedoch erneut einsetzte und andere Paare die Tanzfläche bevölkerten, kippte ihr Ärger in Erleichterung, gefolgt von Unsicherheit, weil ich noch immer auf ihre Antwort wartete. Schließlich vergrub sie alles tief in sich und ersetzte das entstandene Vakuum durch sturen Trotz.

»An den Iden des März, wenn du es genau wissen willst«, pampte sie mich an. »Du siehst also, die bösen Omen verfolgen mich schon seit meiner Geburt. Es bringt kein Glück, sich mit mir abzugeben. Zu deinem eigenen Wohl lässt du mich jetzt besser los und hältst Abstand. Ganz viel Abstand.«

Die Iden des März?! Langsam wanderten meine Brauen in die Höhe. Mir war ja bewusst, dass die Iden des März zu Beginn der heutigen Zeitrechnung als verfluchtes Datum galten, aber ...

»Versuchst du gerade ernsthaft, den Teufel mit bösen Omen abzuschrecken?«

Dieser Zusammenhang schien Cassia auch eben klar zu werden. Sie zog ihre Unterlippe zwischen die Zähne und begann, kleinlaut darauf herumzukauen. Höchst amüsiert betrachtete ich das bezaubernde Schauspiel.

»Ich sag dir was: Mal abgesehen davon, dass ich quasi der Schirmherr böser Omen bin, könnte mich wirklich nichts von dem Vergnügen abhalten, dich –«

Cassia wurde schlagartig bleich. Ihre Brauen schoben sich zusammen. Irgendetwas nahm sie wahr. Etwas, das ihr Angst machte. Sie begann zu zittern, und klammerte sich Halt suchend an mich. Ich musste nicht erst fragen, was los war. Die Symptome kannte ich inzwischen gut genug. Cassia hatte einen Rückfall. Nur was war der Auslöser?

Ich streckte meine Sinne aus und musste nicht lange suchen. Wie gedankenlos von mir, das nicht früher bemerkt zu haben. Die Luft war erfüllt vom Duft einer ganz bestimmten Dämonin. Einer Dämonin, die Cassia hatte sterben sehen wollen.

Mirabelle! Du bist hier nicht willkommen, donnerte ich in Gedanken. Keine drei Meter von uns entfernt stand die Prima am Rand der Tanzfläche. Sie hing am Arm von Nemides Ankou und unterhielt sich blendend mit zwei niederen Dämonen.

Als diese meine rabenschwarze Stimmung bemerkten, ergriffen sie sofort die Flucht. Mirabelle dagegen wirkte kein bisschen eingeschüchtert. Eingehakt bei ihrem Sugardaddy spazierte sie zu uns herüber. Cassia wollte unwillkürlich zurückweichen, doch ich legte meine Hand an ihre Taille und hielt sie ihrem Stolz zuliebe davon ab, Mirabelle diesen Triumph zu gönnen.

»Hallo, Belial«, begrüßte mich die Prima.

»Hallo, Belial?!«, wiederholte ich fassungslos. »Ich kann mich nicht erinnern, dir eine Einladung zukommen gelassen zu haben. Doch, halt, jetzt erinnere ich mich wieder: Du hast keine Einladung erhalten, *weil du hier nicht willkommen bist!*«

»Sie ist meine Begleitung«, verkündete Nemides lapidar.

Nemides Ankou, Aris unerquicklicher Schwiegervater ... Bei so ziemlich allem, was die letzten Jahrtausende schiefgelaufen war, hatte das ehemalige Ratsoberhaupt seine Finger im Spiel. Dank Lucian mochte der Glatzkopf zwar nicht mehr über seine alte Macht verfügen, aber er besaß noch immer hervorragende Kontakte und ein riesiges Netzwerk. Ich konnte ihn wirklich nicht leiden, doch ohne seine Unterstützung wäre mein Plan bezüglich Ianus wahrscheinlich zum Scheitern verurteilt. Kein Grund, nicht ein bisschen Zwietracht zu säen.

»Wirklich? Weiß Lucian, dass seine unerträgliche Ex-Freundin bald seine neue Mommy wird?«

Der Primus schnaubte abfällig. »Eine derartige Verbindung ist nicht geplant.«

Oh, was für ein Tiefschlag für Mirabelle. Säuerlich verzog sie ihren hübschen Mund. Ich wollte sie gerade meinen Spott spüren lassen, da schien sie plötzlich zu stolpern und der gesamte Inhalt ihres Rotweinglases ergoss sich über die ohnehin schon panische Cassia. Einige Spritzer trafen sogar mich und hinterließen hässliche rote Flecken auf meinem weißen Anzug.

»Wie ungeschickt von mir«, rief Mirabelle gekünstelt. »Lass mich das schnell in Ordnung bringen.«

Ihre Macht streckte sich nach Cassia aus. Leider besaß die dunkelhaarige Prima trotz ihres unerträglichen Stumpfsinns eine brillante Beobachtungsgabe und hatte zweifelsohne bemerkt, wie sehr sich Cassia vor ihr fürchtete – und dass der blutrote Wein sie zusätzlich triggerte.

»Fass sie nicht an«, knurrte ich und schob Cassia hinter mich. »Weder mit deiner billigen Hülle noch mit deiner kläglichen Essenz.«

Die Vehemenz meiner Reaktion hatte Mirabelle wohl nicht erwartet. Dennoch ließ sie sich nicht unterkriegen.

»Ganz, wie du wünschst, Belial«, säuselte sie demütig. »Dann wirst du bestimmt so nett sein, dieses Missgeschick für mich zu beseitigen?«

Zornig funkelte ich sie an. Wir wussten beide, in was für eine Zwickmühle sie mich gerade gebracht hatte. Cassias Puls raste. Sie schlug sich wacker, aber focht nach wie vor einen stillen Kampf mit ihren Erinnerungen aus. Sie jetzt mit meiner Macht zu berühren, würde alles noch schlimmer machen. Deshalb hatte ich mich auch physisch vor sie gestellt und Mirabelle nicht gleich in die nächstbeste Champagnerpyramide geschleudert. Das war der Prima ebenfalls nicht entgangen. Wie gesagt, sie besaß eine ausgezeichnete Beobachtungsgabe.

Ich fühlte ein zaghaftes Zupfen an meinem Jackett. Cassia wollte mir etwas mitteilen. *Tu's einfach*, wehte ihre Stimme kaum hörbar durch meinen Geist. *Ich bin okay. Ich werde nicht zusammenbrechen.*

Dieser vorsichtige Kontakt, den sie aufgebaut hatte, bedeutete mir mehr, als sie sich vorstellen konnte. Trotzdem spürte ich, dass sie ganz und gar nicht *okay* war.

Ein tiefes Grollen lief durch die Insel. Wind kam auf und Oscars Dekolaternen schwankten bedenklich. Die Musik verstummte und alle Augen richteten sich auf mich.

»Ich finde ...«

Meine Stimme brach sich im Innenhof und hallte von allen Ecken wider. Ich breitete die Arme aus und maß all meine Gäste mit kritischen Blicken.

»... diese Veranstaltung ist ganz schön steif geworden.«

Filmreif zog ich mein fleckiges Jackett aus und warf es beiseite. Gleichzeitig setzte ein warmer Nieselregen ein, der die feine Gesellschaft samt ihren Frisuren und teuren Kleidungsstücken langsam durchnässte.

»Findet ihr nicht auch, dass sie ein bisschen Schwung verdient hat?«

Auf meinen Wink hin erhob sich eine weiße Masse aus dem Brunnen, den Sektkühlern, den Gullys und allen sonstigen nicht trinkbaren Flüssigkeiten. Die Masse wuchs und wuchs, quoll über und flutete den Empfang.

»Schaum-Partyyyyy!«, hörte ich einen begeisterten Schrei. Ich gab der Band das Zeichen, dass sie wieder spielen soll, und schon warfen sich die Ersten in die seifigen Wolken. Grinsend besah ich mir mein Werk. Auf die Feierlaune meiner Anhänger war immer Verlass. Binnen Sekunden hatte sich der förmliche und verkrampfte Empfang in eine lautstarke ausgelassene Party in hüfthohem Schaum verwandelt. Ein paar der älteren Primus sahen dem Ganzen zwar pikiert zu, aber waren wir mal ehrlich: Selbst der zugeknöpfteste Dämon konnte sich dem Reiz nicht entziehen, den ein Haufen sich rhythmisch bewegender, eingeseifter Körper in nasser weißer Kleidung nun einmal ausübte. Sogar Ramadon ließ sich von Victorius ein Schaumkrönchen aufsetzen und zu einem Tänzchen überreden.

Ich spürte ein Tippen auf meiner Schulter. Cassia stand hinter mir. Sie sah müde aus, aber in ihren großen Augen loderte ein Feuer.

»Das wäre nicht nötig gewesen.« Ihre leise Stimme ging fast im Partylärm unter. »Ich hatte es unter Kontrolle.«

»Doch, es war nötig«, korrigierte ich sie. Mal abgesehen davon, dass ich ihr nicht glaubte, ließ ich mich nicht erpressen. Schon gar nicht, wenn es um ihr Wohl ging. »Niemals würde ich deine Ängste dem Gespött der Leute aussetzen.«

Cassias Miene verdunkelte sich. »Außer du hast grad Lust auf Tango, nicht wahr?«

Wow. Ich wusste nicht, was mich mehr traf: die Enttäuschung auf ihrem Gesicht oder die Tatsache, dass sie die beiden Situationen miteinander verglich. Fürchtete sie ihr Verlangen nach mir so sehr? Warum? Es war ja nicht so, als hätten wir noch nie miteinander geschlafen.

Plötzlich brach an meinem privaten Portal Tumult aus. Ich sah mich um und konnte ein entnervtes Stöhnen nicht unterdrücken. Schien, als hätte meine Party wirklich jeden abgeranzten Dämon aus seinem Loch gelockt.

»Wieso verschicke ich Einladungen, wenn sich sowieso keiner dran hält?!«, murmelte ich unleidig.

»Wer ist das?«, wollte Cassia wissen.

Eine kleine asiatische Frau mit schwarzen Zöpfen und einer weißen Schuluniform enterte die Party und gab meinem Personal Anweisungen.

»Vessa«, brummte ich. »Meine Schwester.«

»Du hast eine Schwester?«

»Halbschwester …« … die offenbar ihre Manga-Schulmädchen-Phase noch immer nicht überwunden hatte. Andererseits war alles besser als ihre Hippie-Kommunen-Phase. Oder die Sekten-Phase. Oder die Cowgirl-Phase.

»Und sie war *nicht* eingeladen?«

»Auf gar keinen Fall.«

»Warum nicht?«

»Das ist eine lange Geschichte, die ich dir gerne ein andermal erzähle.« Ich verstand Cassias Überraschung und ihre Neugier, aber hier musste ich eine Linie ziehen. Vessa hatte die unangenehme Eigenart, das Glück anderer zu torpedieren, damit sie sich selbst besser fühlte. Sie und Cassia an einem Ort waren ein Albtraum, den ich mir nicht ausmalen wollte.

»Jetzt entschuldige mich bitte einen Moment. Ich muss da mal eine kleine Familienangelegenheit klären.«

Zur Feier des Tages

Resigniert sah ich Bel dabei zu, wie er im Schaumgewimmel verschwand.

Er hatte heute viel für mich getan und ich verstand, dass er sich wirklich bemühte, seine alte Schuld wiedergutzumachen. Aber das änderte nichts daran, was er war. Ein Verführer, ein Blender, ein Lügner und ein Egoist, der sich nahm, was er wollte, und anschließend so tat, als wäre er der große Retter. Trotzdem – oder gerade deshalb – verrauchte meine Wut auf ihn und machte Platz für trockene Ernüchterung. Bel war eben so. Das konnte ich ihm nicht vorwerfen. Ich war eher gefrustet von mir selbst, weil ich es irgendwie schaffte, jedes Mal all seine so hübsch dargebotenen Köder fein artig zu schlucken.

Jemand rempelte mich an.

»Genieße deinen Auftritt als Bels Prinzessin. Lange wird er nicht mehr dauern«, zischte Mirabelle. All ihre Schönheit konnte die Bösartigkeit darunter nicht verbergen. Sei's drum. Jetzt, wo ich wusste, mit wem ich es zu tun hatte, war sie nicht länger ein vager Geruch aus meiner Vergangenheit, den ich nicht hatte zuordnen können. Sie war nicht diejenige, die ich gefürchtet hatte. Ich fürchtete, meinen Sinnen nicht vertrauen zu können. Ich fürchtete, in den beängstigenden Strudel meiner Erinnerungen abzurutschen und den Verstand zu verlieren.

Plötzlich wurde die Prima bleich.

»Weißt du, Mira, ich habe gerade gedacht, mich irgendwie mit deiner Anwesenheit arrangieren zu können, ohne dich umbringen zu wollen«, hörte ich Ari sagen, die mit ihrem Gefährten herangeschlendert kam. »Und da erzählt mir Lucian, was du Cassia angetan hast ... und *schon* möchte ich dich wieder brennen lassen.«

Es war nicht zu übersehen, dass die drei eine Vorgeschichte hatten, und ich wollte beim besten Willen nicht wieder zwischen die Fronten geraten. Also zog ich den Kopf ein und floh mit einem leisen »Ich hole mir etwas zu trinken«.

Glücklicherweise folgte mir niemand und der viele Schaum tat sein Übriges, damit ich die Bar unbemerkt erreichen konnte. Man mochte über Bel sagen, was man wollte, aber er verstand es wirklich, schwierige Situationen zu meistern – und zwar so, dass er am Ende als Gewinner hervorging. Jeder auf der Party redete nur noch von dem unglaublichen Überraschungscoup, der Bel gelungen war. Dass er diesen Coup ursprünglich gar nicht geplant hatte und ein verschüttetes Glas Rotwein der Grund für die Schaumberge waren, ahnte niemand.

»Was darf ich Ihnen anbieten?«, fragte mich die Barkeeperin.

»Ich weiß nicht«, murmelte ich. Eigentlich suchte ich nur einen Ort, an dem es nicht auffiel, dass ich alleine herumstand. »Irgendwas.«

Die Frau musterte mich und nickte schließlich, als hätte ein Blick gereicht, um genau zu wissen, was ich brauchte.

»Wow«, sagte eine tiefe Stimme. »Ich bin hingerissen!« Ein völlig durchnässter Mann mit wildem Bart und zusammengebundenen Haaren lächelte mich an. Ein Dämon. Er war angetrunken, was bedeutete, dass er wirklich, wirklich viel Alkohol in sich hineingekippt haben musste. Das tat seiner Attraktivität jedoch keinen Abbruch. Ein Umstand, der ihm offensichtlich bewusst war. Gekonnt strich er sich ein paar nasse Strähnen aus der Stirn und schenkte mir ein laszives Lächeln.

»Ich würde zu gerne wissen, warum ein bezauberndes Wesen wie du auf einer solchen Party allein ist.«

»Du bist noch nicht lange da, oder?«, erwiderte ich trocken.

»Nein«, grinste er. »Grad erst angekommen. Darf ich mich vorstellen: Alexian Ankou, aber du kannst mich Lex nennen.«

Er hielt mir seine sehnige Hand hin, die ich perplex anblinzelte.

Lex? Der Lex aus der Kaiserloge des Circus Maximus?

Ich wagte einen näheren Blick und kam zu dem Schluss, dass er eine andere Hülle trug als vor zweitausend Jahren. Aber eine sehr ähnliche.

»Wir kennen uns«, erwiderte ich knapp, während ich die dargebotene Hand ignorierte. Dummerweise schien ich damit erst recht sein Interesse zu wecken.

»Ach wirklich?«, rief er überrascht und glitt von seinem Barhocker, um sich neben mich zu stellen. »Sag nicht, dass wir schon mal was miteinander hatten. Es wäre mir echt sehr peinlich, jemanden wie dich vergessen zu haben.«

Sein Ellbogen streifte meinen Arm. Eine flüchtige Berührung. Scheinbar zufällig. Ich wusste es besser. Demonstrativ rutschte ich ein Stück von ihm weg.

»Ich möchte nicht unhöflich sein, aber im Moment lege ich keinen Wert auf Gesellschaft.«

Lex packte sich ans Herz und warf seinen ganzen Charme

in die Waagschale. »Du kannst mich doch nicht neugierig machen und dann erwarten, dass ich einfach so gehe!«

Nein, offensichtlich nicht. Also mussten eben härtere Bandagen her. Mit einem tiefen Seufzen drehte ich mich zu ihm um. »Ich kenne dich als ›Lexian, der sich durch die Betten dieser Welt hurt‹. Das sagt ziemlich viel, finde ich. Und jetzt lass mich bitte in Ruhe.«

»Ha! Also hatten wir doch etwas miteinander! Muss aber eine Weile her sein. Lexian nenne ich mich schon seit der Französischen Revolution nicht mehr.«

Gerade als ich mich fragte, ob er wirklich einen so diffusen Massenverschleiß an Frauen hatte, oder ob ihm der viele Alkohol einfach aufs Gedächtnis schlug, gesellte sich ein weiterer Dämon zu uns. Er trug sein schwarzes Haar ein bisschen länger als früher, aber seine gleichmäßigen ernsten Gesichtszüge und die unbedingte Autorität, die er ausstrahlte, hätte ich überall wiedererkannt. Es war Lex' Bruder. Elias. Der »Kommandant«, der vor zweitausend Jahren die Aussöhnung zwischen Ianus und Bel hatte begutachten sollen. Auch wenn mir noch immer schleierhaft war, über was oder wen er eigentlich »kommandierte«.

»Du solltest wirklich anfangen, dir die Namen und Gesichter deiner Verflossenen besser einzuprägen, Lex«, tadelte er seinen Bruder, der das mit einem Augenrollen quittierte. »Abgesehen davon wäre es angebracht, den Wunsch einer Dame zu respektieren.«

Keine Drohung. Elias hatte noch nicht einmal einen schärferen Ton angeschlagen. Trotzdem ließen seine Worte keinen Zweifel daran, dass sie weit mehr waren als ein bloßer Vorschlag. Lex starrte seinen Bruder genervt an. Der erwiderte den Blick ungerührt. Ich war mir sicher, dass sie ein mentales Gespräch führten, an dessen Ende sich Lex mit einem flüchtigen Nicken von mir verabschiedete und von dannen zog.

»Danke«, murmelte ich. Etwas vorschnell, wie sich herausstellte, denn Elias nahm prompt den frei gewordenen Platz an der Bar ein.

»Nicht dafür.«

Ich spürte seine Macht auf meiner Haut prickeln. Es war kein Vorstoß seinerseits. Seine Macht war einfach da. Er trug sie vor sich her wie eine lebendige Warnung, die deutlich sagte: Ich suche kein Vergnügen, ich schenke kein Vergnügen, also wagt es nicht, mich mit Schaum zu bewerfen.

»Darf ich davon ausgehen, dass du auch mich wiedererkennst?«, erkundigte sich der Kommandant höflich.

Der Ausdruck in seinen goldgesprenkelten Augen war nicht zu deuten. Überhaupt wusste ich nicht, was ich von ihm halten sollte. Er wirkte angespannt. War es ein Zufall, dass er hier aufgetaucht war? Wie stand er zu Bel? Was durfte oder sollte ich ihm sagen? Er war in Rom Ianus' Gast gewesen. Auf wessen Seite stand er heute? War das ein Verhör?

Unsicher nickte ich. Vermutlich hatte er die Wahrheit ohnehin schon auf meinem Gesicht ablesen können.

»Gut. Denn wie du dir vielleicht denken kannst, bin ich nicht zum Feiern hier.«

Mein Magen verkrampfte sich.

Das war der Moment, in dem mir die Barkeeperin ein langes schmales Glas mit einer braunen Flüssigkeit vor die Nase stellte. Eigentlich war ich mir sicher gewesen, das nicht trinken zu wollen. Ich hatte ja schon mit Wasser so meine Probleme. Aber jetzt kam mir die Vorstellung von einem Schluck Alkohol doch sehr verlockend vor. Ich musste ja ohnehin irgendwann damit anfangen, etwas zu mir zu nehmen. Warum also nicht heute? Zur Feier eines rundum gelungenen Tages?

Mein Sarkasmus verlieh mir den nötigen Mut. Ich nippte an dem Getränk. Es schmeckte sauer. Und bitter. Die Flüssigkeit brannte in meiner Kehle, aber sie hinterließ eine sich langsam entfaltende Wärme. Ein angenehmer Kontrast zu meiner nassen Haut und dem kalten Schaum und den eindringlichen Blicken, mit denen Elias mich musterte.

Der Kommandant seufzte. »Ich bin gekommen, um mich bei dir zu entschuldigen.«

Was?

»Wofür?«

»Damals in Rom«, begann er mit grimmiger Miene, »war ich noch jung und wollte den Ansprüchen meines Vaters genügen. Das hat mich davon abgehalten, meinem Gewissen zu folgen. Ich hätte dich schützen müssen, anstatt dich zwei machthungrigen Dämonen als Spielball zu überlassen.«

Präzise zusammengefasst. Und was wollte er nun von mir? Meine Vergebung? Hatte ich jetzt einen zweiten Bel an der Backe?

»Wir haben alle Fehler gemacht«, murrte ich und nahm einen großen Schluck von meinem Drink. Zu groß vielleicht, denn der Alkohol brannte diesmal so stark, dass ich husten musste.

Elias zog eine Braue hoch.

»Und du arbeitest wohl gerade am nächsten.«

Ich warf ihm einen vernichtenden Blick zu. Mein Leben bestand seit meiner Rückkehr aus einer einzigen Aneinanderreihung von Problemen, da hatte er bestimmt nicht das Recht, über mich zu urteilen.

»Verstehe«, meinte er mit einem bedächtigen Nicken.

»Vermutlich bleiben einem nicht viele andere Optionen, wenn man Bels Auserwählte ist.«

»Ich bin nicht Bels Auserwählte«, zischte ich ihn verärgert an.

Elias schien sich davon jedoch nicht aus dem Konzept bringen zu lassen. Tatsächlich wirkte es eher so, als hätte ich ihm gerade die Antwort auf die Frage geliefert, wegen der er gekommen war.

»Dann«, meinte er ernst, »solltest du ihn diesbezüglich besser aufklären.«

Was er nicht sagte. Es war ja nicht so, als würde ich genau das nicht schon die ganze Zeit versuchen.

Wieder nahm ich einen Schluck von meinem Getränk. Diesmal war ich auf das Brennen gefasst und schaffte es, keinen Hustenanfall zu bekommen.

Elias schüttelte besorgt den Kopf, verkniff sich aber weitere Ratschläge.

»Ich lasse dich jetzt in Ruhe. Tatsächlich wollte ich dich nur darüber in Kenntnis setzen, dass ich auf deiner Seite stehe. Ich werde kein zweites Mal denselben Fehler begehen und dich Ianus überlassen. Und auch nicht Bel, solange du das nicht willst.«

Jetzt war ich sprachlos. Hatte ich soeben einen mächtigen Verbündeten gewonnen?

Gespannt sah Elias mich an. Er hatte keine Frage gestellt und schien doch eine Antwort zu erwarten. Was wollte er? Dass ich Bel ans Messer lieferte?

Da gab es plötzlich einen lauten Knall, gefolgt von aufgeregten Rufen und einem hektischen Durcheinander. Ich verdächtigte schon Bel und seine Schwester, doch die standen noch immer am Eingang zum Innenhof. Irgendetwas anderes war passiert. Auch Elias schien es zu spüren. Nein, er schien es zu *wissen.* Seine ganze Haltung veränderte sich. Er zog eine gebogene Klinge und verwandelte sich von meinem latent einschüchternden Gesprächspartner in einen definitiv einschüchternden Krieger.

»Cassia, bleib hinter mir!«

Da explodierten meine Sinne unter dem Ansturm einer Macht, die ich nie wieder hatte fühlen wollen. Blutrote Schreie krochen in meinen Verstand. Grünes Feuer loderte aus meinen Händen und der Geruch von kaltem Rauch und getrocknetem Blut erfüllte den Innenhof.

Ianus. Ianus war gekommen, um mich zu holen.

Wo kein Kläger, da kein Urteil

Ich spürte, wie Cassia litt. Sie war in grünes Feuer gehüllt. Grim stand bei ihr und redete auf sie ein, während Oscar und drei weitere meiner Hexenmeister sich meinen Anweisungen entsprechend vor ihnen aufgebaut und ebenfalls ihre Hexenfeuer beschworen hatten. Zum Schutz und als Täuschungsmanöver, um Cassias Hexenkräfte zu verstecken, bis sie sich wieder unter Kontrolle hatte.

Ich bezwang den Impuls, zu ihr zu eilen, mit aller Gewalt. Jetzt war nicht der richtige Zeitpunkt, um die Aufmerksamkeit auf sie zu lenken. Sie war in Sicherheit. Das musste reichen. Also richtete ich meinen Blick auf den Neuankömmling.

»Ianus!« Meine Stimme ließ die Wände erzittern. Die Menge der Feiernden teilte sich. Niemand wollte zwischen mir und der kümmerlichen Gestalt stehen, die es gewagt hatte, meinen Zorn zu wecken. Ianus. Der früher so gefürchtete Schrecken von Rom hatte kaum noch Fleisch auf den Rippen. Seine Adern zeichneten sich bläulich schwarz unter der wachsartigen Haut ab. Aber ... er stand. Aufrecht. Und seine Macht strömte aus jeder Pore – stärker als in all meinen schlimmsten Befürchtungen. Der Blutbann verhinderte nur noch seine körperliche Regeneration, mehr nicht.

»Du siehst gut aus«, spottete ich. »Die Flucht scheint dir

zu bekommen. Ich hatte dich wesentlich verschrumpelter und verwester erwartet.« Genug Small Talk. »Da kann ich gerne ein bisschen nachhelfen.«

Ich rief meine Macht und ließ sie auf den erbärmlichen Verbrecher los. Ich umschlang ihn, erdrückte seine Essenz, zerquetschte seinen Widerstand. So lange hatte ich genau darauf gewartet.

»Tötet ihn«, befahl ich leise.

Ari und Lucian hatten sich bereits in Stellung gebracht.

Aziam wurden gezogen.

Doch plötzlich zerschnitt eine scharfe Stimme das Dröhnen meiner Macht.

Es war Nemides.

»Selbst als Ratsmitglied steht es dir nicht zu, einen solchen Befehl zu geben. Nicht ohne Rücksprache.«

Wütend funkelte ich das ehemalige Oberhaupt des Hohen Rats an. »Du meinst, wie du es getan hast?«

Nemides nickte, ohne mit der Wimper zu zucken. »Ich habe meine Strafe dafür erhalten.«

Jetzt mischte sich Yantis ein. »Er hat recht, Belial. Der Hohe Rat sollte darüber abstimmen.« Sie wandte sich an Elias, der bereits etliche seiner Gardisten zur Verstärkung gerufen hatte. »Nehmt Ianus fest.«

»Nicht so schnell!«

Ein blonder Bursche schälte sich aus der Menge. Apoll! Dieser widerwärtige Wurm! Ohne Zweifel hatte er Ianus beschworen. Nur wie zum Henker war Apoll an meinen Leuten vorbeigekommen?

»Dies ist ein Weißes Fest und damit eine offizielle Primus-Feierlichkeit. Es gilt die Regel der Neutralität. So ist es Gesetz. Selbst ein Abtrünniger, der mit gutem Grund auf einer solchen Feierlichkeit erscheint, steht unter dem Schutz des Kanons.«

»Ianus hat keinen guten Grund«, knurrte ich Apoll an. Eine zweite Warnung würde er nicht bekommen.

»Das wird sich zeigen«, erwiderte der blonde Jüngling angriffslustig.

Nun trat Ramadon vor, mit aller Erhabenheit seines Amtes. »Apoll spricht die Wahrheit.« *Zügle dein Temperament, Belial. Sonst wird es dir zum Verhängnis.* »Keine Gewalt, wenn Weiß getragen wird. So will es der Kanon.«

Ich spürte, wie die Macht des Chronisten sich warnend erhob. Sollte ich mich dem Gesetz nicht beugen, würde er dafür sorgen. Und unglücklicherweise gehörte er zu den wenigen, die dazu in der Lage waren.

»Also gut«, presste ich hervor und gab Ianus' lächerliche Gestalt frei. »Aber mir steht es als Gastgeber zu, ihn des Hauses zu verweisen. Ebenso, wie ich ihm die Nutzung meines Portals untersagen kann. Sein Heimweg wird also alles andere als erfreulich für ihn werden.«

Noch während ich sprach, gingen meine Leute auf Position. Ianus würde mir kein weiteres Mal entkommen.

Ein leises Lachen kroch durch mein Zuhause.

Kalt. Überheblich. Wahnsinnig.

Ianus richtete sich auf und strich sich das weiße Hemd glatt, das um seinen knochigen Oberkörper schlackerte. Dann hob er seine Fratze und sah mich an. Blutunterlaufene, schwarze Augen voller Rachsucht. In ihnen blitzten Vorfreude, Blasiertheit und ein erschreckend klarer Verstand.

»Ich erhebe offiziell Anklage gegen dich, Belial!«

Seine heisere Stimme schabte über meine Nerven.

Ein Flüstern der Vergangenheit ... und doch ein Angriff auf

meine Zukunft. Vor Überraschung blieb mir der Mund offen stehen. Ein Raunen ging durch die Menge. Noch nie hatte es jemand gewagt, mich anzuklagen. Schon gar nicht ein verurteilter Verbrecher. Und erst recht nicht in meinen eigenen vier Wänden. Aber die Worte waren ausgesprochen worden und nun würde man dem Protokoll folgen, egal wie lächerlich das Ganze war.

Auf Ramadons Wink hin lösten sich die Schaumreste auf. Der Chronist schwebte auf Ianus zu. Jeder, der noch irgendwie zurückweichen konnte, tat das wohlweislich.

»Dein Anliegen wurde gehört und akzeptiert«, verkündete er. »Erkläre dich.«

»Oh nein, Ramadon«, widersprach Ianus kichernd. »Bels manipulative Zunge zischt dir bereits viel zu lange ins Ohr. Ich wähle einen der anderen Ältesten, um das Urteil in dieser Angelegenheit zu fällen.«

Entsetztes Schweigen breitete sich aus. Schon einmal hatte ein Primus es gewagt, Ramadons Vertrauenswürdigkeit infrage zu stellen. Und der Chronist hatte anschießend mehr als eindrucksvoll bewiesen, dass seine Neutralität unantastbar war. Zweifellos wusste Ianus davon. Ihm ging es nur darum, die Liga zu zerrütten, sie zu schwächen, um anschließend die Klauen in seine Beute schlagen zu können.

Mit einem zufriedenen Lächeln genoss Ianus die Reaktion, bevor er erneut die Stimme erhob, um mit Sicherheit Timeon zu beschwören, den Ältesten der Ältesten, den strengsten Hüter des Kanons, den Richter in Fragen, die sonst keiner beantworten konnte.

Doch ich täuschte mich.

»Ich rufe Grya und bitte sie um ein Urteil.«

Was zur Hölle ...

Ein frustriertes Stöhnen entwich mir, nun, da ich endlich begriff, was Ianus vorhatte. So viele Hände, wie ich mir an die Stirn schlagen wollte, besaß ich gar nicht.

Irgendwo hinter mir hörte ich Ryan fragen: »Wer verdammt noch mal ist Grya?«

Das wunderte mich nicht. Selbst etliche Dämonen kannten die Prima nicht mehr, die sich soeben unter schwarzen Lichtblitzen materialisierte. Obwohl Timeon weitaus älter war als sie, hatte sich Grya schon lange vor ihm aus der Liga zurückgezogen. Sie interessierte sich nicht für andere Primus. Nein, das war untertrieben. Sie verabscheute andere Primus. Eigentlich verabscheute sie alles außer ihrer Kunst und allem, was sie zu ihrer Kunst inspirierte. Letzteres konnte jedoch täglich wechseln, wie eine ganze Reihe von Liebhabern mit gebrochenen Herzen – oder Genicken – bezeugen oder eben nicht mehr bezeugen konnten.

Das schwarze Licht verblasste und die neugierigen Blicke aller ruhten auf der Ältesten. Grya trug die Hülle einer jungen Inuit-Frau mit dunklen Augen und roten Wangen. Diese wiederum steckte in einem schlichten weißen Künstlerkittel voller Farbkleckse. Wobei ich mir bei den roten Spritzern nicht sicher war. Die könnten sehr gut auch von menschlichem Blut stammen. Alles in allem gab sie dennoch einen recht lieblichen Anblick ab. Viel zu lieblich für diese unbarmherzige Prima, deren enorme Macht den kaum zu ertragenden Duft eines ganzen Rosengartens mit sich führte.

Ich schenkte ihr ein unterkühltes Lächeln.

»Hallo, Mutter.«

Grya sah mich an. Keine Regung. Nicht einmal die Spur einer Emotion. Dann richtete sie ihre eiskalten Augen auf denjenigen, der sie gerufen hatte.

»Ich kenne dich.« Ihre Stimme passte schon eher zu ihrem Charakter. Hart, ungeduldig und randvoll mit ätzendem Desinteresse. »Wie heißt du noch gleich?«

»Ianus«, lautete die Antwort, die mein Erzfeind ihr mit einer angedeuteten Verbeugung präsentierte.

Grya schnalzte harsch mit der Zunge. »Richtig. Der Schrecken von Rom. Was willst du von mir, Ianus? Ich dachte, bei meinem letzten Besuch in der Liga hätte ich sehr deutlich gemacht, dass ich keinerlei Interesse hege, mich in eure Politik hineinziehen zu lassen.«

»Tja, Mutter. Deinen letzten Besuch in der Liga hat Ianus nicht mitbekommen, weil er in den Stillen Wassern saß. Was er noch immer täte, wenn er nicht geflohen wäre.«

Grya quittierte meinen Kommentar mit einem Ausdruck, der irgendwo zwischen einer Grimasse und Zähnefletschen lag. Sie schätzte es nicht, vorgeführt zu werden. Aber sie schätzte es noch weniger, wenn jemand seinen Pflichten nicht nachkam. Und eine Strafe abzusitzen, war in ihrer Welt eine Pflicht.

»Ehrwürdige Grya«, begann Ianus, bevor sich das Blatt gänzlich gegen ihn wenden konnte. »Ich bitte dich in drei Anliegen um dein Urteil: Erstens möchte ich meinen Besitz einfordern. Zweitens –«

»Das Einzige, was dir zusteht, ist die Rückkehr in die Gefangenschaft«, unterbrach ich ihn unwirsch. »Oder ein qualvoller Tod. Such dir aus, was dir lieber ist.«

Jetzt endlich flammte Wut in seinen Augen auf. Na also. Wenn er zornig war, machte er Fehler. Und genau darauf war ich angewiesen.

»Gut, dass du es ansprichst, Belial, mein alter Freund. Mein zweites Anliegen betrifft nämlich konkret diesen Punkt. Ich erhebe Einspruch gegen meine Verurteilung. Jeder Gefangene der Stillen Wasser hat das Recht darauf. Jeder Gefangene der Stillen Wasser muss einmal pro Millennium gehört werden, wenn er das fordert. Jeder Gefangene der Stillen Wasser darf dann seinem Ankläger gegenübertreten, um sich zu den Vorwürfen erneut zu äußern.«

Verfluchter Scheißdreck ...

»Könnt ihr das?«, erkundigte sich Ianus spöttisch bei den Anwesenden. »Könnt ihr Thanatos herbringen, damit er die Anklage gegen mich wiederholt? Könnt ihr –«

Ramadon gebot ihm mit einer schroffen Geste Einhalt. Der Chronist war angefressen. Selten genug, aber das konnte mir nur nützlich sein.

»Auch wenn Thanatos tot ist. Die Anschuldigungen und Beweise bleiben dieselben. In den Chroniken ist alles festgehalten.«

Grya schnalzte mit der Zunge. Ein schlichter Laut, der jedoch alle Anwesenden zusammenzucken ließ.

»Thanatos ist tot? Wie schade. Mit ihm hätte ich mich gerne noch einmal unterhalten.«

Im Gegensatz zu mir, wie sich selbstredend verstand.

Oh, wie ich meine Mutter doch vermisst hatte.

Grya wandte sich gelangweilt an Ramadon: »Zeig mir die Chroniken.«

»Das wird dir nichts nützen«, beeilte sich Ianus zu sagen. »Thanatos war ein Verräter. Weder seine Aussagen noch seine Beweise sind vertrauenswürdig.«

Mit meinem besten Pokerface nahm ich Ianus' Argument zur Kenntnis, während ich innerlich gegen den unwiderstehlichen Drang ankämpfte, irgendetwas in Flammen aufgehen zu lassen. Ich wusste, wann ich verloren hatte. Das war in meiner langen Laufbahn nie sehr oft geschehen, aber ich erinnerte mich dennoch gut an den bitteren Geschmack der Niederlage. Ianus hatte also tatsächlich ein Schlupfloch gefunden, um seinen madenzerfressenen Hals aus der Schlinge zu ziehen.

Grya nickte und setzte zu sprechen an. Konnte das bitte irgendjemand abkürzen? Mir war ohnehin klar, was sie sagen würde.

»Unser Gesetz ist eindeutig«, verkündete sie. »Dementsprechend wird Ianus' Urteil annulliert.«

»WAS?«, platzte es aus Ari heraus. Ihre Bestürzung wurde geteilt, doch niemand traute sich, Grya zu widersprechen.

»Ich möchte außerdem für die entstandene Benachteiligung entschädigt werden«, fügte Ianus hinzu. »Meine Macht, meinen Sitz im Hohen Rat, mein Eigentum, meinen Ruf ...«

Grya stöhnte genervt und wedelte mit ihrer Hand durch die Luft. »So soll es sein.«

Ari platzte der Kragen: »Aber Ianus hat nicht nur damals gemordet. Er hat es wieder getan. In Rom. Wir haben es mit eigenen Augen gesehen.«

»Was habt ihr gesehen?«, erkundigte sich Ianus spöttisch. »Mich, der eine Gräueltat vollbringt, oder einen Tatort, an dem erstaunlich viel auf mich hinweist?«

Als Ari stockte, setzte Ianus dem Ganzen noch eins drauf. »Die Hinweise sind zu offensichtlich, um nicht fingiert zu sein.«

»Was willst du damit andeuten?«, fragte ich gefährlich leise.

»Ich deute gar nichts an. Ich *bezichtige* dich der Verleumdung. Ich bezichtige dich, unschuldige Menschen ermordet zu haben, um mir die Verbrechen in die Schuhe zu schieben.

Ich bezichtige dich, mir meinen Besitz vorzuenthalten, und ich klage dich offiziell an, dir gewaltsam eine Seele angeeignet zu haben ...« Mit rasendem Zorn streckte er seinen Zeigefinger in Cassias Richtung aus. »... die dir nicht zusteht.«

Und da fiel das letzte Puzzleteil an seinen Platz. Er hatte an alles gedacht. Mir die Schuld für seine Verbrechen in die Schuhe zu schieben, war brillant. Die Vorwürfe wären zwar nicht haltbar, aber darum ging es ihm auch nicht. Er wollte nur genug Zweifel säen, um seinem eigentlichen Ziel näher zu kommen. Mich endgültig zu vernichten.

»Was sagst du zu diesen Anschuldigungen, Belial?«

Meinen Namen aus dem Mund meiner Mutter zu hören, war genauso unerträglich wie der Rest der Situation.

»Ich habe mit den Morden in Rom nichts zu tun. Und ich enthalte Ianus nichts vor. Cassia ist freiwillig in meinem Haus und sucht Schutz. Selbst die Anwesenden können bestätigen, dass Cassia Ianus ihre Seele nur unter Zwang versprochen hat, nachdem sie zuvor von Ianus verflucht worden war – mit Blutmagie.«

»Hmm«, stieß Grya missmutig aus. Spätestens jetzt schien sich die Geduld meiner Mutter dem Ende zuzuneigen – wie immer, wenn die Dinge kompliziert wurden. Allerdings beging ich nicht den Fehler, an ihrer Auffassungsgabe zu zweifeln. Nur weil sie sich nicht mit derartigen Problemen auseinandersetzen wollte, hieß das nicht, dass sie die Lage nicht richtig einschätzen konnte. Gryas Verstand war scharf wie ein Filetiermesser.

»Und sein letzter Vorwurf? Das gewaltsame Aneignen einer Seele, die dir nicht gehört?«, wollte sie von mir wissen.

Bedächtig nickte ich. Ich stand zu meinen Fehlern.

»Das entspricht der Wahrheit. Aber auch hier wäre ein

bisschen Kontext wichtig. Ich wollte Cassia nicht ihre Seele entreißen, sondern sie retten.«

Dann geschah das Unvermeidliche.

Meine Mutter fuhr herum und warf ihre Macht nach der Sterblichen aus, um die es ging. Die Verteidigungslinie meiner Hexenmeister interessierte sie dabei einen feuchten Dreck. Sie fegte sie beiseite und zwang Cassia, Schritt für Schritt auf sie zuzukommen. Ich brauchte meine gesamte Selbstbeherrschung, um nicht dazwischenzugehen. Einzig Cassias gefasster und stolzer Blick hielt mich davon ab. Wenn sie es schaffte, ihre Hexenkräfte und ihre Ängste im Zaum zu halten, würde ich dieselbe Stärke beweisen.

Eine Armlänge vor meiner Mutter endete Cassias Spießrutenlauf. Dafür musste sie sich nun einer ausgiebigen Musterung unterziehen. Grya konnte – wie Ramadon – die Gedanken von Sterblichen lesen. Die Frage war nur, ob ihr das auch bei Cassia gelang, und falls ja, was sie dort finden würde.

»Mein Sohn wollte dich also retten, Sterbliche?«, schnurrte Grya neugierig. Oh, bitte nicht. Irgendetwas an Cassia schien ihr Interesse geweckt zu haben. Das war wirklich das Letzte, was wir jetzt gebrauchen konnten.

»Nun sag mir: Wolltest du gerettet werden?«

Cassia funkelte die Älteste störrisch an und schwieg.

Sie schwieg so demonstrativ und ausgiebig, dass ich mir ein kleines Lächeln nicht verkneifen konnte. Natürlich wagte ich nicht zu hoffen, dass sie mich damit schützen wollte. Cassia ließ sich nur nicht gerne in die Ecke drängen. Und sie hasste es, benutzt zu werden. Ihr Trotz erinnerte mich an unser erstes Aufeinandertreffen bei ihrer Versteigerung auf dem Sklavenmarkt. Dort hatte sie todesmutig dem Ansturm von mehreren Dutzend Dämonen standgehalten.

Unglücklicherweise war meine Mutter weitaus mächtiger als dieser Haufen Dämonen von damals. Und sie schätzte Widerspenstigkeit nicht besonders – wie ich aus eigener Erfahrung wusste.

»Sag ihr die Wahrheit«, wies ich Cassia an, bevor die Situation eskalieren konnte.

Ihr dunkelblauer Blick huschte zu mir. Unsicher. Verwirrt. Ich nickte ihr aufmunternd zu, wohl wissend, dass ich damit meinen Untergang ins Rollen brachte.

»Sieh mich an!«, zischte Grya. Der schwere Geruch von süß blühenden Rosen verdichtete sich und forderte mit Nachdruck den gebührenden Respekt. Cassias Kopf flog herum, sodass sie nicht mehr anders konnte, als der Ältesten ins Gesicht zu schauen.

»Wolltest du gerettet werden?«

Cassias Miene verfinsterte sich.

»Nein.«

Zweischneidige Schwerter

Während Ianus' triumphierendes Gelächter durch den Innenhof hallte, hatte ich das Gefühl, keine Luft mehr zu bekommen. Erst jetzt wurde mir bewusst, wie viel Freiheit ich in den letzten Tagen hatte genießen dürfen. Das war nun vorbei. Alles war vorbei. Ich würde nicht nur in Ianus' Fänge geraten, ich hatte auch Bels Schicksal besiegelt.

Die süß duftende Macht der unbarmherzigen Dämonin ließ so abrupt von mir ab, dass ich beinahe gestürzt wäre. Meine Knie zitterten, aber irgendwie schaffte ich es, stehen zu bleiben. Gut. Wenn das das Ende war, dann wollte ich ihm wenigstens aufrecht entgegenblicken.

»Da ich angerufen wurde, um in diesem Fall zu entscheiden, hört mein Urteil«, verkündete Grya. »Ianus' Strafe wird aufgehoben. Er wird als vollwertiges Mitglied der Liga rehabilitiert. Der erlittene Schaden an Vermögen und Gezeichneten ist wiedergutzumachen. Belial und die Liga werden sich die Entschädigung teilen. Außerdem erhält Ianus seinen Sitz im Hohen Rat zurück, genau wie sein Eigentum.« Ihr Blick glitt zu mir. »Darüber hinaus verurteile ich Belial für das Aneignen einer nicht freiwillig gegebenen Seele zu einem Jahrhundert in den Stillen Wassern.«

»Nur ein Jahrhundert?«, beschwerte sich Ianus ungehalten.

Grya sah ihn ungerührt an. »Eine Seele, ein Jahrhundert. So war es schon immer.«

Kalte Schauer krochen mir das Rückgrat hoch und mein Magen drehte sich um. Hundert Jahre Gefangenschaft? Bel sollte hundert Jahre dafür leiden, was er mir angetan hatte?! Das wollte ich nicht. Das würde ihn zerstören, so wie es mich zerstört hatte. Und das hatte er nicht verdient. Er –

Bels ruhige Stimme riss mich aus meiner Verzweiflung.

»Ich erkenne dein Urteil nicht an, Grya.«

Mir stockte der Atem. Ich wusste nicht genau, was das in aller Konsequenz bedeutete, aber ich sah überall nur Fassungslosigkeit in den Gesichtern der Anwesenden. Offenbar hatte Bel gerade etwas sehr Unkonventionelles getan. Und auch etwas sehr Dummes, wenn man nach der unheilvollen Miene seiner Mutter ging.

»Mit welcher Begründung?«, erkundigte sich Grya frostig.

Bel zuckte lapidar mit den Schultern. »Du bist befangen.«

Seine Mutter schnaubte. »Niemand weiß besser als du, dass mütterliche Liebe mir noch nie den Blick getrübt hat.«

»Das ist richtig«, bestätigte Bel, ohne mit der Wimper zu zucken. »Dafür hast du mir gegenüber aber stets besondere Strenge walten lassen. Deshalb rufe ich meinerseits Timeon, um dein Urteil zu prüfen.«

Damit löste er einen regelrechten Aufruhr aus. Die Hälfte der Menge war schockiert, die andere geradezu begeistert. Ich verstand gar nichts mehr und kam auch nicht dazu, die Informationen zu sortieren, denn in diesem Moment gab es eine gewaltige, lautlose Explosion aus schwarzem Licht. Darin erschien ein kleiner, korpulenter, alter Mann mit Glatze und Brille. Ich starrte ihn verstört an. Niemals hätte ich hinter dieser Erscheinung einen Primus vermutet, wenn nicht seine Macht all meine Sinne, meine Nervenenden und meine Gedanken hätte erzittern lassen. Etwas so Schreckliches, Mächtiges und in seiner Absolutheit Erhabenes lag jenseits meiner Vorstellungskraft.

»Nie zuvor wurde das Urteil einer der Ältesten hinterfragt.«

In Timeons Stimme schwang die unendliche Weite eisiger Berggipfel mit, die für einen Menschen nichts als den Tod bereithielten. Selbst Bels unbeugsame Großspurigkeit war verschwunden. In seinen Augen glitzerte Respekt, nein, sogar Furcht. Das wirkte sich jedoch nur bedingt auf sein vorlautes Mundwerk aus.

»Ich beschreite gern neue Wege«, sagte er, als würde das als Begründung reichen.

Timeon maß ihn mit seinen uralten Blicken, woraufhin Bel sich verkrampfte und die Zähne so fest aufeinanderpresste, dass die Muskeln an seinem Kiefer hervortraten. Offenbar redete Timeon in Gedanken mit ihm – und dieses Gespräch war alles andere als erfreulich. Anschließend begann der Älteste eine neue stumme Konversation – diesmal mit Grya und Ramadon. Ich stand so nah, dass die schiere Präsenz der Macht mir die Schweißperlen auf die Stirn trieb. Obwohl alles in mir danach schrie, wegzulaufen, wagte ich es nicht, mich zu rühren. Dasselbe galt für jeden der Anwesenden, einschließlich Ianus. Die Anspannung war kaum zu ertragen, bis Timeon uns nach einer gefühlten Ewigkeit endlich erlöste.

»Das Urteil entspricht unseren Gesetzen«, entschied er und zerschlug damit meine letzte Hoffnung. »Lediglich den Ort der Strafe muss ich korrigieren. Grya hat offenbar nicht mitbekommen, dass die Stillen Wasser zerstört wurden.«

»Wirklich?«, rief die Älteste und wirkte plötzlich hocherfreut. »Ich erschaffe gerne neue, wenn du mich lässt.«

»Ganz, wie du willst«, meinte Timeon, bevor er Bel ins

Visier nahm. »Bis dahin wird der Kalte Schlaf deine Strafe sein.«

Der Kalte Schlaf?

»Es ist doch lächerlich, Timeon.« Mutig wie die Kriegerin, die sie war, trat Ari nach vorne und verteidigte Bel. In ihren goldenen Augen schwelte Unmut. »Du kannst ihn nicht gleichzeitig mit NEX vollpumpen, einer Errungenschaft, die es nur dank des Fortschritts gibt, und gleichzeitig diesen Fortschritt leugnen. Die Liga ist seit Maras Tod eine andere. Die Phalanx ebenso. Diese Gesetze, nach denen du dich richtest, haben heutzutage ihren Sinn verloren.«

»Schmonzes«, brummte Grim irgendwo hinter mir. »Diese Gesetze waren auch schon vor zweitausend Jahren ein Haufen pseudointellektueller Fäkalien.«

Eine Macht, eisig wie die Gipfel der Welt, fegte durch den Innenhof und brachte jeden zum Schweigen, der ihr widersprechen wollte.

»Diese Gesetze sind das Einzige, was die Liga noch zusammenhält«, donnerte Timeon. »Sie wurden gebeugt, verdreht und umgangen, aber nie infrage gestellt. Und so wird es bleiben!«

Als hätten Ari und Grim mir die Augen geöffnet, erfasste mich eine Welle von Widerwillen und gerechtem Zorn. Ich war keine Dämonin. Ich gehörte nicht der Liga an. Und jetzt sollte ich mich deren Gesetzen beugen? Gesetze, die noch nicht einmal logisch waren?

»Ich erhebe Einspruch.« Obwohl ich meinen ganzen Mut zusammengekratzt hatte, war meine Stimme kaum mehr als ein heiseres Flüstern. »Es war meine Seele, um die es geht, also sollte mein Wort etwas zählen.«

Sofort durchbohrten mich Gryas schwarze Augen. »Dein

Wort ist hier nichts wert. Du hast deine Seele freiwillig an Ianus gebunden, damit hast du jedes Recht verwirkt, gehört zu werden. Bewahre dir einen Rest Würde und trage die Konsequenzen deines Handelns.«

Ihre Macht erfasste mich auf dieselbe unnachgiebige Art wie vorher. Nur schob sie mich diesmal in Ianus' Richtung. Zu meinem neuen Meister. Zu dem Dämon, der mir fürchterlichste Rache geschworen hatte und mich nun mit einem gehässigen Grinsen erwartete. Mein Mut verließ mich und meine Augen füllten sich mit Tränen. Nein, nein, nein! Das durfte nicht sein! Zu allem Überfluss spürte ich auch noch, wie meine neuen Hexenkräfte auf meine Panik reagierten. Verzweifelt versuchte ich, sie erneut zurückzudrängen, so wie Grim es mir gezeigt hatte. Ich wollte gar nicht wissen, was Ianus mit mir machte, wenn er davon erfuhr.

Da stellte sich mir plötzlich jemand in den Weg.

Ruhig, entschlossen und mit einer Autorität, die keinen Zweifel daran ließ, dass er wusste, was er tat.

»Aber mein Wort sollte etwas zählen«, sagte Elias.

Grya stieß ein warnendes Knurren aus, doch Timeon gebot ihr Einhalt. Eindringlich musterte er den jüngeren Dämon, bevor er meinte: »Sprich, Kommandant.«

Elias nickte, sammelte sich und erhob seine Stimme, sodass ihn wirklich jeder hören konnte.

»Ich hätte dieses Mädchen beschützen können und habe es nicht getan. Dadurch war sie gezwungen, Ianus selbst aufzuhalten. Folglich bin ich verantwortlich für ihr Schicksal. Bestraft mich, aber überlasst sie nicht Ianus' Rache.«

»Dasselbe gilt für mich«, schloss Lucian sich an. Er nickte seiner Gefährtin zu und trat zielstrebig an die Seite des Kommandanten. Ari dagegen hatte alle Hände voll zu tun, Bel davon abzuhalten, sich nicht mit bloßen Händen auf seine Mutter zu stürzen.

Vor Dankbarkeit flossen mir die Tränen über die Wangen. Ich wusste sehr wohl, was für ein Risiko sie eingingen, und dennoch überließen sie mich nicht einfach meinem Schicksal.

»Ihr habt euch keines Verbrechens schuldig gemacht«, stellte Timeon fest. Er nahm die neusten Wendungen nicht gänzlich uninteressiert zur Kenntnis. Scheinbar hatte es tatsächlich Gewicht, wenn der Kommandant und einer der beiden letzten Brachion sein Urteil anzweifelten. »Anders als Bel, der diesem Mädchen ihre Seele gestohlen hat.«

»Er wollte mich nur retten«, platzte es aus mir heraus. »Ianus aber hat Hunderten, wenn nicht Tausenden Menschen ihre Seelen entrissen. Nur zu seinem Vergnügen.« Inzwischen war mir alles egal. Was sollte dieser Timeon mir schon antun können, das schlimmer war als das, was Ianus für mich vorgesehen hatte? In meiner Verzweiflung ging ich sogar auf den Ältesten zu. »Ja, ich habe ihm meine Seele versprochen, weil ich wusste, dass er leiden wird. Wegen eines Blutfluchs, den er dem Hohen Rat gestohlen und mir gegen meinen Willen aufgeladen hat.« Mit jedem Schritt, den ich Timeon näher kam, wuchs die Intensität seiner allumfassenden Macht. Sie brannte auf meiner Haut, presste mir die Luft aus den Lungen und drängte gegen meine Abwehr. Aber ich war den unendlichen Hochmut leid, den diese Dämonen wie ein Accessoire vor sich hertrugen, während sie noch nicht einmal begriffen, wie falsch sie lagen. »Und jetzt soll derjenige bestraft werden, der mir geholfen hat, während der eigentliche Verbrecher nicht nur auf freien Fuß kommt, sondern für seine gerechte und viel zu kurze Strafe auch noch entschädigt wird? Ist das eure Gerechtigkeit?!«

Timeons Macht erhob sich.

Schon vorher hatte ich geglaubt, das Ausmaß seiner Essenz kaum ertragen zu können. Doch nun fand ich mich in einem unmenschlichen Sturm wieder, der mir die Nichtigkeit meiner Existenz vor Augen führen sollte. Er umhüllte mich, drückte zu und suchte einen Weg in meine Gedanken. Jede Faser meines Körpers brannte vor Schmerz. Ich zitterte unkontrolliert und versuchte verzweifelt, nicht zusammenzubrechen, nicht nachzugeben, ihn nicht in meinen Kopf zu lassen. Kein Dämon würde mich je wieder in die Knie zwingen. Kein Dämon würde ohne meine Erlaubnis in meinen Verstand vordringen. Das war Grya nicht gelungen und würde auch diesem dicken kleinen Mann mit Brille nicht gelingen.

»Ramadon hat mir erzählt, dass er deine Gedanken nicht lesen kann. Ich wollte es ihm nicht glauben ...«

Von einer Sekunde auf die andere zog sich seine Macht zurück. Ich rang sofort nach Luft. Alles drehte sich.

»Zeige mir deine Erinnerungen!«, forderte er. »Vielleicht lasse ich mich umstimmen.«

W-was?

Ich hatte diesen Kampf nicht ausgefochten, um mich jetzt freiwillig zu ergeben. Andererseits hatte er mir gerade einen Strohhalm gereicht. Einen winzigen Funken Hoffnung. Wie oft kam es wohl vor, dass jemand wie er eine zweite Chance bot? Was hatte ich zu verlieren? Meine Erinnerungen waren schon lange kein Schatz mehr, den ich hütete. Sie waren mein Gefängnis geworden.

»Tu, was du nicht lassen kannst«, murmelte ich und senkte meine Mauern, bevor ich es mir doch noch anders überlegen konnte.

Timeon eroberte mein Bewusstsein mit einer Geschwindigkeit, die ich nicht ansatzweise begreifen konnte. Er stöberte nicht. Er ging nicht chronologisch vor. Er griff sich einfach alles auf einmal. Mein Geist wurde in winzig kleine Stücke zerfetzt, inspiziert und anschließend wieder an seinen Platz fallen gelassen. Noch während ich Luft holte für einen Schrei, erlebte ich jede Erinnerung, jeden Moment, jede einzelne Emotion meines Lebens von Neuem – gleichzeitig. Doch der Schrei verließ nie meine Kehle, denn zu diesem Zeitpunkt hatte sich Timeon bereits aus meinem Kopf zurückgezogen.

So schnell ich konnte, zog ich meine Mauern wieder hoch. So etwas wollte ich nie, nie wieder erleben.

Timeon stieß ein Seufzen aus, das sehr ungehalten klang. Dann geschah nichts. Es schien, als wäre ich ein Rätsel, über das er sich erst Gedanken machen musste. Und während er nachdachte, hielt die ganze Welt den Atem an. Mürrisch richtete der Älteste seinen Blick auf Ianus, der den Kopf wohlweislich gesenkt hielt. Lange, viel länger, als er sich mit mir beschäftigt hatte, musterte er den früheren Schrecken von Rom. Anschließend tat er dasselbe mit Bel, der inzwischen nicht mehr nur von Ari, sondern auch von Ramadon in Schach gehalten wurde.

»Du hast zwei Peiniger und du fürchtest beide – aus ganz unterschiedlichen Gründen«, meinte Timeon schließlich und sah mich erneut aus seinen beängstigenden, uralten Augen an, die alles über mich wussten. »Den einen willst du bestraft sehen, den anderen nicht. Wie sollen wir da Gerechtigkeit walten lassen?«

»Wenn ihr mich das fragen müsst, seid ihr offensichtlich nicht die Richtigen, um hier zu urteilen«, murmelte ich, ohne darüber nachzudenken. Erst als ich spürte, wie der gesamte

Innenhof schockiert nach Luft rang, realisierte ich die Dreistigkeit meiner Worte. Zu spät, denn mich traf ein unsichtbarer Hieb in den Bauch, der mich nun doch auf die Knie fallen ließ. Ianus' Macht schlang sich um meine Kehle und drückte zu.

»Wie kannst du es wagen, so mit einem der Ältesten zu sprechen?!«, keifte er. »Diese Unverschämtheiten werden das Erste sein, was ich dir austreibe.«

Vor Schmerz verkrampfte ich mich, spuckte Blut. Die Insel erbebte. Blitze zuckten über den Nachthimmel.

Dann war ich plötzlich frei. Keuchend erkannte ich, dass Lucians glühender Aziam an Ianus' Kehle ruhte, während inzwischen auch Grim und Oscar bei Bel standen und auf ihn einredeten.

Timeon betrachtete das Geschehen mit einem Kopfschütteln.

Er kniete sich zu mir.

»Gryas Urteil steht. Aber weil du dich so für ihren Sohn einsetzt, werde ich dir die Gelegenheit geben, uns davon zu überzeugen, dass Bel seine Strafe nicht verdient hat.«

»Sie wird nichts dergleichen machen!«, kreischte Ianus außer sich vor Wut. Nicht einmal die tödliche Klinge an seinem Hals konnte ihn davon abbringen. »Sie ist meine Gezeichnete und ich entscheide, was sie zu tun oder zu lassen hat.«

Timeon nickte. »Ja, sie ist deine Gezeichnete. Sie hat dir ihre Seele versprochen und dafür eine Gegenleistung bekommen: dich leiden zu sehen unter dem Blutfluch ihrer Seele.« Er reichte mir ein Taschentuch, woher auch immer er das hergezaubert hatte. »Das war es doch, was du gewollt hattest, nicht wahr?«

Er kannte die Antwort ohnehin. Dennoch schien er darauf zu warten, dass ich sie laut aussprach.

»Ja«, flüsterte ich und nahm das Taschentuch, weil ich ihn lieber nicht noch einmal vor den Kopf stoßen wollte.

»Dann ist es also ein gültiger Handel«, befand Gryas schneidende Stimme.

Wieder nickte Timeon, bevor er aufstand und auf Grya zuging. »Andererseits vergelten wir stets Gleiches mit Gleichem. Ianus hat der Liga einen sehr gefährlichen Blutmagie-Zauber gestohlen. Da wäre es folglich nur gerecht, wenn wir im Gegenzug auch etwas von ihm fordern.«

Grya lächelte. »Das ist richtig.«

Ianus begriff schneller, als ich es konnte. Er riss seine wässrigen, blutunterlaufenen Augen auf. »Das Mädchen gehört mir! Ich gebe euch fünf meiner anderen Gezeichneten.«

»Was wir fordern, hast nicht du zu entscheiden«, befand Timeon und schlug einen äußerst zufriedenen Tonfall an. »Also, Menschen-Mädchen mit dem unbezwingbaren Geist. Du wirst deine Seele zurückbekommen. Was du fortan damit tust, ist ganz dir überlassen. Behalte sie und sei frei. Oder ...« Er deutete auf Bel. »... schenke sie dem Dämon, der dafür verurteilt wurde, sie dir gestohlen zu haben. Dadurch würde seine Strafe hinfällig werden. Niemand kann für das Stehlen einer Seele verantwortlich gemacht werden, die ihm rechtmäßig gehört.«

Bel schüttelte energisch den Kopf. »Das ist –«

Weiter kam er nicht, denn Timeons Macht schloss ihm den Mund.

Ich brauchte einen Moment, um zu verstehen, was hier gerade geschah. Sie würden meine Seelenbindung aufheben? Ich war frei? Aber Bel nicht ... Es sei denn ...

»Meine Seele ist verflucht«, stammelte ich. »Ich würde Bel nur selbst bestrafen, wenn ich sie ihm schenke.«

Ein Lächeln erschien auf Timeons Gesicht. Es war das Unmenschlichste, was ich je gesehen hatte.

»Gerechtigkeit ist manchmal ein zweischneidiges Schwert, nicht wahr? Aber ich bin mir sicher, du wirst in der Rolle der Richterin eine hervorragende Figur abgeben.«

Messerscharfer Hohn. Das hatte man wohl davon, wenn man ein allmächtiges Wesen herausforderte.

»Und weil ich es liebe, wenn das Schicksal ein Quäntchen Ironie erübrigen kann«, fuhr Timeon fort, »gebe ich dir genau fünf Tage, um deine Entscheidung zu treffen.«

Grya beugte ihr Haupt, um ihre Zustimmung zu bekunden. Dann sah sie Ianus erwartungsvoll an. »Gib das Mädchen frei!«

Der Schrecken von Rom kochte vor Zorn, doch Bels Mutter schien nun endgültig am Ende ihrer Geduld angekommen zu sein. Ihre Macht streckte sich nach Ianus aus, schwer und dornig wie die Rosen, nach denen sie roch.

»Du wolltest ein Urteil. Nun richte dich danach.«

Ianus zuckte zusammen. Ihm blieb keine andere Wahl, also spuckte er die Worte aus, die ich so ersehnte.

»Deine Seele sei dein.«

Etwas zerbrach und setzte eine Energie frei, die alles in mir verbrannte. Ich sah noch, wie sich Ianus' faltig zerrissene Fratze regenerierte, wie sein Körper sich, befreit vom Blutfluch meiner Seele, heilte. Ich sah das fürchterliche Versprechen in seinen Augen. Ich hörte, wie eine uralte eisige Stimme sagte: »Wir sehen uns in fünf Tagen.« Dann nahmen mir die Schmerzen meine Sinne und ich fiel in Elias' Arme.

Party to go

Ich konnte die sensationsgeilen Mienen um mich herum nicht mehr ertragen. Alles zog mich zu Cassia, aber ich blendete ihren zarten, von der aufgehobenen Seelenbindung gebeutelten Körper aus. Wenn ich jetzt zu ihr ging, würde ich meine Gefühle nicht länger zurückhalten können und ihr Schicksal und meine Liebe einmal mehr zum Unterhaltungsprogramm des Abends machen. Das durfte ich nicht zulassen. Cassia hätte keine Zuschauer gewollt. Nicht in einem Moment so großer Schwäche und Verletzlichkeit.

»Die Party ist vorbei«, polterte ich. »Ihr wart wundervolle Gäste. Nehmt euch einen Drink to go. Lasst euch einpacken, was ihr gerade essen wolltet, und verschwindet.«

Während die meisten Anwesenden meinem Wunsch nachkamen, baute sich ein asiatisches Schulmädchen vor mir auf.

»Wieder mal typisch«, maulte Vessa und verschränkte ihre Arme vor der Brust. »Grade, wenn es spannend wird.«

»Die Ausladung gilt auch, und ganz besonders, für dich, Schwesterherz. Schön, dich wiedergesehen zu haben. Bis zum nächsten Familientreffen in tausend Jahren dann.«

Doch unglücklicherweise dachte meine Schwester gar nicht daran, sich rauswerfen zu lassen.

»Oscar!«, winkte sie meinen Butler heran. »Sei so gut und richte mir ein Zimmer her.«

»Auf keinen Fall!«, befahl ich Oscar und packte Vessa am

Arm, um sie zum Portal zu schieben. »Ich weiß, wie gerne du mich scheitern sehen würdest, aber ich werde dir ganz bestimmt nicht einen Platz in der ersten Reihe verschaffen.«

»Sei nicht so garstig, Bruderherz«, schmollte sie. »Du bist selbst schuld an der Misere. Hättest du nicht mit Ianus' Frau gepoppt, wäre nichts hiervon passiert.«

»Es war NICHT SEINE FRAU!«, fuhr ich sie an. Langsam wurde ich es echt leid, das immer und immer wieder berichtigen zu müssen. »Und jetzt hau ab!«

»Gleich.« Wie die Schlange, die sie war, wand sie sich aus meinem Griff und schlüpfte unter meinem Arm durch. »Ich wollte vorher noch schnell das Mädchen kennenlernen, wegen der du ein solches Risiko eingehst. Immerhin dachte ich, endlich eine Schwägerin zu bekommen. Wenn ich sie jedoch so ansehe, scheint sie sich mehr für den schneidigen Kommandanten zu interessieren als für dich.«

Obwohl ich wusste, dass es exakt das war, was Vessa beabsichtigt hatte, drehte ich mich nach Cassia um. Ich konnte nicht anders. Und tatsächlich klammerte sich ihre zitternde Gestalt an Elias. Genauso wie sie es nach ihren Albträumen bei mir gemacht hatte. Sie suchte Schutz und Geborgenheit. Und sie fand sie in seinen Armen. Eifersucht, schwärzer, als ich sie je empfunden hatte, flutete meinen Verstand. Rational begriff ich, dass Elias nur dafür sorgte, dass es ihr gut ging. Doch mein Herz ertrug es nicht zu sehen, wie er sie hielt. Zu sehen, wie er ihr übers Haar strich und ihr sanfte Worte zuflüsterte. Zu sehen, wie er ihr gab, was mir zustand.

»Elias«, sagte ich gefährlich leise. »Ich danke dir für deine Hilfe, aber deine Anwesenheit ist nicht länger erforderlich. Ab jetzt werde ich mich um Cassia kümmern.«

Der Kommandant hob seinen Blick. Er musterte mich und

meine Stimmung, bevor er nüchtern verkündete: »Ich gehe, wenn *sie* mich darum bittet.«

Ich spürte, wie meine Augen schwarz wurden. Nach allem, was heute passiert war, ließ meine Selbstbeherrschung zu wünschen übrig.

»Ein schlechter Tag, um mich zu reizen«, warnte ich ihn.

»Ganz genau, weswegen es auch ein schlechter Moment wäre, sie dir jetzt zu überlassen. Ich hätte sie schon in Rom vor dir und deiner Selbstsucht beschützen müssen.«

Das reichte. Schneller als selbst Elias reagieren konnte, hatte ich Cassia in meine Armen gezogen, den Kommandanten an der Kehle gepackt und ihn gegen die nächstbeste Wand gedrängt. Wie konnte er es wagen, an meiner Ehre, meinem Anstand, meiner Liebe zu zweifeln?!

»Ich würde ihr niemals wehtun«, knurrte ich. »Bei dir hätte ich da weniger Hemmungen. Solltest du jemals wieder –«

»Lass ihn los, Bel.«

Cassias leise Stimme riss mich aus meinem Zorn. Sie lag in meinem Arm – dort, wo sie hingehörte. Das allein besänftigte mich schon. Doch nun sah sie mich so gefasst aus ihren großen unergründlichen Augen an, dass ihre Ruhe auf mich übersprang. Ihr schien es wieder gut zu gehen. Kein Zittern, aber auch keine Wut, keine Vorwürfe. Sie sah mich einfach nur an.

»Lass ihn los«, bat sie noch einmal.

Ich konnte ihr keinen Wunsch abschlagen, also tat ich, was sie von mir verlangte. Cassia lächelte. Ein winziges Lächeln voller Traurigkeit. Ihre Hand legte sich an meine Wange. Es war eine zarte Berührung, die mein Herz schmelzen ließ.

»Geht es dir gut?«, fragte sie mich bekümmert.

Mir? Sie fragte mich, ob es *mir* gut ging?

Ihre Fürsorge brachte mich völlig aus dem Konzept. Ich hatte schon Menschen in bloßer Gegenwart eines Ältesten den Verstand verlieren sehen, doch Cassia hatte sich nicht nur Grya und Timeon gestellt. Sie hatte ihnen die Stirn geboten. Sie hatte sich ihre Seele zurückerkämpft. Sie hatte sogar den ältesten Dämon dieser Welt herausgefordert. Für mich. Und nun fragte sie, ob es *mir* gut ging?

»Ich wollte das nicht«, flüsterte sie. »Ich wollte nicht, dass sie dich bestrafen. Es tut mir leid, ich –«

»Mein Bruder hat sich das ganz allein zuzuschreiben«, fiel Vessa ihr ins Wort und beendete damit diesen kostbaren Moment. »Abgesehen davon steht er nicht so auf romantisches Geschwafel. Falls du deinen Schuldgefühlen also wirklich Ausdruck verleihen möchtest, würde ich dir zu etwas weniger Blabla und etwas mehr Boomchickawowow raten.«

Ich warf ihr meinen tödlichsten Blick zu. Doch nicht einmal das reichte, um ihrem Spatzenhirn zu verdeutlichen, wie unangebracht ihr Kommentar gewesen war, also –

»Okay«, mischte sich nun Ari ein, »bevor das hier wieder ausartet: Wir brauchen einen Schlachtplan. Schließlich gehe ich davon aus, dass keiner hier Bel als NEX-Mumie oder Ianus im Hohen Rat sehen will.«

»Wenigstens eine, die noch klar denken kann«, murrte Grim. »Also gut. Fangen wir damit an, was dieses NEX überhaupt ist.«

Inzwischen war nur noch der engste Kreis zugegen.

Na ja, der engste Kreis und Elias, der mich finster taxierte. Und natürlich meine nervige Schwester mitsamt ihrer nicht vorhandenen Dezenz.

»NEX ist eine Art Droge«, erklärte Vessa sofort. »Thanatos

hat sie entwickelt. Man kann Primus damit in ihren Hüllen einsperren. Sie können sich nicht mehr bewegen, ihre Macht nicht mehr benutzen und vegetieren bei wachem Verstand in fürchterlichen Schmerzen dahin.«

Sie musste es wissen, immerhin hatte ihr letzter Lover Ari damit angegriffen.

»Seit wann haben wir überhaupt wieder Zugang zu NEX?«, wollte Ryan wissen. »Ich dachte, ihr habt das letzte Zeug beim Kampf gegen Mara eingesetzt?«

»Wir haben die Anleitung bei Omega gefunden«, offenbarte Lucian. »Der Liga Zugang dazu zu gewähren, war Teil des neuen Abkommens mit der Phalanx. Denn wie du weißt, existieren die Stillen Wasser nicht mehr und wir brauchten eine Lösung, was wir mit den geflohenen Insassen der Stillen Wasser machen sollten.«

»Oh, kopulier' doch die Henne!«, fluchte Grim. »Das hat dieser Timeon also mit *Kaltem Schlaf* gemeint. Der hat echt den Allerwertesten offen.«

Der Kalte Schlaf ... Ich hatte das Loch gesehen, in das die Sträflinge der Liga geworfen wurden, nachdem man ihnen das NEX gespritzt hatte. Dort zu enden, war würdeloser und grauenerregender, als die Stillen Wasser es hätten sein können. Eine Vorstellung, die ich mir gar nicht erst erlauben durfte.

»Ich glaube, dass Timeon auf unserer Seite ist«, merkte Lucian vorsichtig an. »Er muss die Gesetze achten, aber er hat uns Zeit verschafft.«

Grim schnaubte empört. »Er hat Bel die Wahl zwischen Pest und Cholera gelassen. Ein Blutbann lässt sich nicht brechen. Wenn Cassia ihm ihre Seele verspricht, kann er auch gleich dieses NEX nehmen.«

»Timeons Botschaften liegen zwischen seinen Worten«, widersprach Lucian. »Er will, dass wir das Gesetz beugen. Wir sollen einen Weg finden, den Blutbann zu brechen, damit Cassia Bel mit ihrer Seele retten kann.«

Die Richtung, in die dieses Gespräch lief, gefiel mir ganz und gar nicht. Die Bemühungen meiner Freunde in allen Ehren, aber ...

»Ich will Cassias Seele nicht!« Mein Tonfall duldete keinen Widerspruch. »Sie ist endlich frei und soll es bleiben.«

Grim warf stöhnend ihren Kopf in den Nacken, während Ari besorgt auf mich zukam. »Du musst dein Recht als ihr Meister ja nicht einfordern. Es ist nur eine Formalität.«

»Es ist weit mehr als das, Ari. Gerade du müsstest das wissen.«

»Ooooh, bitte!«, stöhnte Vessa. »Glaubst du wirklich, du kannst mit dieser ekelhaften Heldenhaftigkeit bei dem Mädchen punkten? Sie braucht einen Mann an ihrer Seite, der sie beschützen kann, und keinen komatösen Waschlappen, der in irgendeinem Katakombenkeller vor sich hin sabbert, weil er zu anständig war, um sich ihre Seele zu nehmen.«

»Wie auch immer«, intervenierte Lucian hastig. »Ihr müsst diese Entscheidung ja nicht sofort treffen. Da wir aber nicht viel Zeit haben, sollten wir zumindest versuchen, den Blutbann –«

»Ich habe NEIN gesagt!«, schnitt ich ihm zornig das Wort ab.

Elias trat vor. Ich hatte keine Ahnung, ob er mir meinen Angriff übel nahm oder nicht. Bei der nervtötenden Gemütsruhe des Kommandanten war das schwer zu sagen.

»Streitet euch, so viel ihr wollt«, meinte er kühl. »Es ändert nichts daran, dass die Entscheidung nicht bei euch liegt.«

Ari nickte sofort. »Ganz genau. Cassia sollte das entscheiden.«

Ich spürte, wie sich der zerbrechliche Körper in meinen Armen verkrampfte.

»Was sollen wir tun, Cassia?«

»Wir richten uns nach dir.«

»Es gibt schlechtere Meister als Bel.«

»Wärst du gewillt ...?

Von allen Seiten prasselten Fragen auf Cassia ein und niemand merkte, wie sehr sie sie damit unter Druck setzten. Meine Macht brodelte in meinen Adern. Ich spürte erneut, wie sich Schwärze in meinen Augen sammelte. Mir blieb die Wahl. Entweder ich brachte sie allesamt zum Schweigen oder ...

Ich riss Cassia mit mir in die Nacht.

Der Appetit kommt beim Essen

Als die Welt endlich aufhörte, an mir vorbeizuziehen, hieß mich ein Donnertosen willkommen. Nur wenige Meter von mir entfernt krachten die Wellen mit einer solchen Gewalt gegen die Felsen, dass ich ihre Kraft bis in die Knochen spürte. Es war dunkel, aber im silbrigen Licht des Vollmonds konnte ich erkennen, dass wir in einer kleinen Bucht unterhalb von Bels Anwesen standen. Wobei es wohl eher eine Anlegestelle war, die man tief zwischen zwei Felsklippen gehauen hatte. Schwere Eisenringe waren im Boden eingelassen und eine schmale Treppe führte hinunter in die stürmische Brandung.

Bel hielt mich noch immer fest an sich gepresst. Doch jetzt hatte sich die Situation verändert. Wir waren allein und seine Nähe wurde mit einem Schlag zu einer Gefahr, mit der ich nicht umgehen konnte. Ich stemmte mich gegen seine Brust und war froh, dass er mich freigab. Widerwillig, aber ohne Diskussion.

»Entschuldige«, hörte ich ihn murmeln. »Ich wollte dir keine Angst einjagen. Das war … eine Kurzschlussreaktion.«

So konnte man es vermutlich nennen, wenn man sich jemanden wortwörtlich unter den Arm klemmte und mit ihm davonlief. Aber gerade ich durfte wohl kaum über Fluchtinstinkte urteilen. Eigentlich war ich sogar dankbar, dass er mich von den anderen fortgebracht hatte. Sie machten sich

Sorgen um ihren Freund. Nachvollziehbar. Bel steckte in großen Schwierigkeiten und ich konnte ihn möglicherweise retten. Deshalb hätten sie mein Zögern nicht verstanden. Sie hätten nicht verstanden, dass mir meine Seele gerade erst wiedergehörte, dass ich sie nicht fortgeben konnte, dass ich frei sein wollte. Andererseits durfte ich Bel doch nicht einfach aus Selbstsucht seinem Schicksal überlassen. Dann wäre ich kein Stückchen besser als er, oder?

»Denk gar nicht erst darüber nach, Cassia«, unterbrach Bel meine Gedanken. Er betrachtete mich mit einem wissenden Funkeln in den Augen und all seinem unerschütterlichen Selbstvertrauen. »Du musst mir deine Seele nicht schenken. Ich war schon in auswegloseren Situationen und habe dennoch immer einen Weg gefunden, mit heiler Haut davonzukommen.«

»Lass mich raten«, murrte ich, »du improvisierst?«

»Ich tue, was ich am besten kann.« Ein Lächeln teilte seine Lippen und ließ seine Zähne in der Dunkelheit aufblitzen. Seine hinreißenden Grübchen komplettierten das Bild und verliehen ihm einen schelmischen Ausdruck.

Wen wollte er damit täuschen?

Ich riss mich von seinem zugegebenermaßen sehr attraktiven Anblick los und starrte verdrießlich in die nächtliche Brandung.

»Hat das letzte Mal ja so hervorragend geklappt.«

Bel seufzte. »Lass uns nicht mehr davon sprechen. Wir haben etwas zu feiern: Du gehörst wieder ganz dir selbst.«

Das stimmte. Und es hätte sich theoretisch großartig, erleichternd, befreiend angefühlt – wenn da nicht dieser bittere Beigeschmack gewesen wäre.

»Ja, aber zu was für einem Preis.«

»Für deine Freiheit ist kein Preis zu hoch«, erwiderte er todernst.

Ein schöner Spruch. Und doch nur eine Floskel. Denn wo fing meine Freiheit an und wo hörte seine auf? Würde es mich so sehr einschränken, ihm meine Seele zu versprechen, dass es hundert Jahre Qualen für Bel rechtfertigte? Ja, er hatte einen Fehler gemacht und musste sich dafür verantworten. Aber nur vor mir. Vor niemandem sonst.

Nachdenklich ließ ich ihn stehen und wanderte an den Rand der Anlegestelle. Im Gegensatz zu den umliegenden Felsen war der Boden eben, glatt getreten von den Milliarden von Schritten, die er bereits erlebt haben musste. Ob es diese Anlegestelle wohl schon damals gegeben hatte, als Bel nach Rom gekommen war? Vermutlich.

Ich setzte mich auf die oberste Stufe der Treppe und zog die Knie an. Zwölf steile Stufen unter mir wütete die Brandung. Die Gischt klatschte gegen die Felsen und wurde vom Wind mitgerissen.

Ich stutzte. Vom Wind? Ich spürte keinen Wind.

»Zieh deine Macht zurück«, forderte ich Bel auf. Offenbar hatte ich mich so sehr an die stete Präsenz seines Geruchs gewöhnt, dass mir das unsichtbare Netz nicht aufgefallen war, mit dem er uns umsponnen hatte.

Bel sagte nichts. Kurz darauf erfasste mich ein kalter Windstoß, der meine Haare aufwirbelte und meine Haut mit einem feinen Nebel aus Salzwasser überzog. Ein Schauer lief mir über den Rücken, aber ich genoss es, der wilden Kraft der Natur so nah zu sein.

Schweigend setzte Bel sich neben mich. Nicht auf die Treppe. Er benutzte einfach die anliegende Felsklippe und ließ seine Beine über dem tödlichen Abgrund baumeln.

»Ein Geschenk von Ari?«, fragte er.

Verwirrt sah ich ihn an. Erst als er auf meinen Oberschenkel deutete, bemerkte ich, dass der Wind auch an meinem Kleid zerrte und so Aris Aziam freigelegt hatte.

»Eine Leihgabe«, erwiderte ich. »Sie meinte, ich soll dir deinen Anzug ruinieren, wenn du zu weit gehst.«

Ein herzliches Lachen brach aus Bel hervor. Es klang so unbeschwert, dass ich mich am liebsten reingelegt hätte. Wehmütig speicherte ich diese wunderschöne neue Erinnerung. Nur für den Fall, dass er ...

Ein Hicksen löste sich aus meiner Kehle.

Überrascht hob Bel eine Braue.

Wieder ein Hickser.

»Hast du Alkohol getrunken?«

Ich wurde rot und hickste erneut.

»Zweieinhalb Schluck«, rechtfertigte ich mich trotzig. Allerdings litt meine Glaubwürdigkeit doch sehr unter dem hartnäckigen Schluckauf. Ich machte mich schon auf eine Standpauke gefasst, dass ich noch nicht einmal Wasser bei mir behalten konnte und Alkohol deswegen bestimmt nicht die beste Wahl war, um meinen Körper an eine normale Ernährung zu gewöhnen – doch die Standpauke kam nicht.

Noch ein Hicksen.

Bel zuckte mit den Schultern und zauberte von irgendwo einen Apfel her. Dann zog er höchst belustigt Aris Aziam aus dem Holster an meinem Bein. Seine Fingerspitzen streiften dabei meinen Schenkel und lösten ein warmes Kribbeln aus. Es wirkte wie ein Versehen, aber Bel tat nichts aus Versehen. Wenigstens hatte der kurze Schock die angenehme Nebenwirkung, dass ich meinen Schluckauf vergaß.

Trotzdem fing ich mein Kleid ein und wickelte es so fest um meine Beine, dass selbst der Wind es nicht mehr losreißen konnte. Bel schien davon nichts mitzubekommen. Er hatte begonnen, die Frucht zu zerteilen. Das erste Stück verschwand zwischen seinen Lippen. Das zweite hielt er mir hin. Eine ganze Weile starrte ich es an. So lange, dass Bel seines schon fast vertilgt hatte.

»Wer trinken kann, muss auch was essen«, meinte er kauend.

Da hatte er recht. Irgendwann musste ich ja damit anfangen. Wieso also nicht jetzt?

Ich nahm den Apfel, roch daran und biss ein kleines Stück ab. Sofort breitete sich der säuerlich süße Geschmack in meinem Mund aus. Die Intensität überwältigte mich und ich erinnerte mich wieder, warum ich früher so gerne gegessen hatte. Ich biss noch ein Stück ab und konnte nicht verhindern, dass mir diesmal ein kleines Stöhnen entwich.

Bel beobachtete mich mit einem amüsierten Lächeln, aber in seinen Augen glänzte ein Ausdruck, den ich nicht so recht einordnen konnte. Hunger traf es wohl am ehesten.

Unbehaglich schluckte ich und sagte das Erste, was mir einfiel:

»Ich habe die Bibel gelesen.«

Aus Bels Lächeln wurde ein breites Grinsen.

»So kann man die Stimmung auch runterziehen.«

»Dort wirst du als Schlange beschrieben, die Eva verführt, von der verbotenen Frucht zu essen«, redete ich unbeirrt weiter. »Die Frucht war ein Granatapfel, oder?«

Wieder erschienen seine Grübchen. »Naheliegend, nicht wahr? Wobei ich mich tatsächlich beinahe für eine Banane entschieden hätte. Diese Form ist einfach unschlagbar.«

Das sagte er so trocken, dass ich mir nicht sicher war, ob er es ernst meinte. Bei Bel konnte man nie wissen.

»Und trotzdem war in dem Buch von einem normalen Apfel die Rede«, sagte ich und drehte die Frucht, von der ich abgebissen hatte, zwischen meinen Fingern.

»Eine Fehlinterpretation«, erwiderte Bel gleichgültig. »Ich habe nie etwas dagegen unternommen. Ich stehe auf Äpfel. Sie erinnern mich an dich.«

Oh.

Auch ich erinnerte mich. Bei unserem ersten Handel in Rom hatte ich einen Apfel gegessen. Ich hatte ihm einen Kuss versprochen, dafür, dass ich allein auf den Markt gehen durfte. Dieser Kuss ... stand noch immer aus. Bel hatte ihn nie eingefordert.

»Das passt zu dir«, sagte ich, um meine plötzliche Nervosität zu überspielen.

»Was?« Bel schob sich verschmitzt ein neues Apfelstück in den Mund. Er schien ganz genau zu wissen, woran ich gerade dachte. »Apfel, Banane oder beides?«

Diesmal ließ ich mich nicht durcheinanderbringen. »Dass du dich als verbotene Sünde darstellst, die Frauen verführt.«

Einen Moment lang hielt Bel beim Kauen inne. Dann aß er weiter, ohne mich aus den Augen zu lassen. Erst als er geschluckt und den Nachgeschmack ausgekostet hatte, fragte er mich: »Fühlst du dich verführt?«

Ja!, schrie alles in mir, aber ich war nicht so verrückt, ihm das zu gestehen.

»Ich fühle mich dumm, weil ich es erst jetzt begreife«, sagte ich stattdessen. »Verführung bedeutet nichts anderes, als sein Opfer glauben zu lassen, es würde das wollen, was es tun soll. Du bist Meister deines Fachs. Wie also soll ich wissen, was ich wirklich will?«

Bel nickte, als würde er mein Dilemma durchaus nachvollziehen können. Sein Schweigen kam fast schon einem Geständnis gleich. Wie auch sollte er leugnen, was er war: Verführung, Sinnlichkeit, Sünde, Verlangen, gut verpackt in einen Körper, der all seine Talente noch potenzierte?

»Du wusstest schon immer, was du willst«, meinte er schließlich. »Ich habe das Ganze höchstens ein bisschen beschleunigt.«

Dessen war ich mir nicht so sicher, aber es stimmte mich versöhnlich, dass er seine Manipulationsversuche zumindest nicht bestritt. Dadurch wurde diese Unterhaltung wenigstens zu einem Gespräch auf Augenhöhe. Ich schob den Rest Apfel in den Mund und nahm auch das neue Stück entgegen, das Bel mir anbot. Während ich daran knabberte, sah ich dem Mond dabei zu, wie er sich dem Horizont und der glitzernden Wasseroberfläche näherte.

»Es ist schön hier.«

Ich verstand, warum Bel diesen Ort vor Ianus hatte schützen wollen. Alles hier steckte voller Wärme und jeder Stein schien seine Geschichte zu haben.

»Mhm«, bestätigte Bel leise. »Malta ist wunderschön, aber erst mit dir ist es vollkommen.«

Frustriert ließ ich meinen Apfel sinken.

»Könntest du das bitte lassen?« Gerade hatte ich mich noch darüber gefreut, dass er endlich aufhören würde, mich zu beeinflussen, und schon sagte er wieder solche Dinge!

»Was denn?«

»Deine Versuche, mich glauben zu lassen, dass ich etwas Besonderes für dich wäre.«

»Aber das bist du.« Er schien sich zu bemühen, möglichst wenig sinnlich oder romantisch zu klingen – nur aufrichtig.

»Hör auf!«, fuhr ich ihn verzweifelt an. »Wir kennen uns doch gar nicht.«

Bel fing meinen Blick ein. Diesmal fand ich darin weder Belustigung noch Schalk. »Ich bin alt genug, um zu wissen, wenn ich etwas Einzigartiges vor mir sehe.«

»Toll«, fauchte ich frustriert. »Ich bin inzwischen auch ziemlich alt und weiß gar nichts.«

Bels Mundwinkel zuckte. »Dann fasse ich es gern für dich zusammen.« Er nahm meine Hand und sah mir tief in die Augen. »Und ich schwöre dir bei dieser Insel, dass das, was ich jetzt sage, die Wahrheit ist: In deiner Gegenwart verliert meine Unsterblichkeit ihre Bedeutung, denn mit dir fühlt sich alles neu und einzigartig an. Du hast mich den Wert eines Augenblicks gelehrt, den Wert einer Erinnerung, den Wert eines Stücks Apfel, den Wert eines Lächelns. Und kein Lächeln ist kostbarer als deines, weil es so echt ist, dass sich die Schönheit deiner Seele darin widerspiegelt. Du denkst, ich würde dich verführen? Es ist genau andersrum. Du, Cassia, verdrehst mir den Kopf, wickelst mich um den Finger, steckst meine Vernunft in Brand und eroberst meine Gedanken. Dein Mut raubt mir den Atem, deine Bescheidenheit die Sprache, deine Sinnlichkeit den Verstand. Du bringst mich dazu, dir alles, was ich besitze, zu Füßen legen zu wollen. Selbst mein Herz und mein Leben, denn ich liebe dich. Ich liebe dich, Cassia – mehr, als du es je erahnen könntest.«

Wie vor den Kopf geschlagen blinzelte ich ihn an.

Sein Schwur war bindend – egal, wie sehr ich es drehte und wendete. Das hier war keines seiner Spiele mehr. Es war die Wahrheit. Mit aller Gewalt kämpfte ich gegen die Hoffnung, die sich in mir zu entfalten drohte. Und die Sehnsucht. Das durfte ich nicht zulassen. Vielleicht *glaubte* Bel, mich zu lieben. Das hieß nicht, dass es nicht noch etwas gab, das er mehr liebte. Sich selbst zum Beispiel. Dementsprechend war es zweitrangig, ob er mir sein Herz und sein Leben zu Füßen legte. Die bessere Frage war, würde er mich sterben lassen, wenn ich ihn darum bat?

Ich kannte die Antwort.

Und damit wusste ich auch, was ich zu tun hatte. Ich entzog ihm meine Hand und versuchte auszublenden, was für ein Gefühlschaos seine Liebeserklärung in mir auslöste.

Dummerweise ließ Bel es nicht darauf beruhen. Seine Finger bewegten sich auf mein Gesicht zu und ich spürte, wie mein emotionaler Kampf Grims Magie weckte. Oh nein. Bitte nicht. Ich wollte aufspringen, aber ich konnte nicht. Viel zu sehr musste ich mich darauf konzentrieren, gleichmäßig zu atmen und nicht die Kontrolle zu verlieren. Und dann geschah das Unvermeidliche. Als Bel mir zärtlich über die Wange strich, flammten die Hexenringe in meinen Augen auf.

»Du bedrängst mich«, presste ich hervor.

Im grünlichen Schimmer meiner Hexenringe ließ Bel die Hand sinken. Er wirkte müde, ein bisschen verletzt, aber nicht wütend. Mit einem Seufzen stand er auf.

»Das war nicht meine Absicht.«

Er ging zu einem Felsvorsprung und lehnte sich daran. Damit hatte er den größtmöglichen Abstand zwischen uns geschaffen, den die enge Bucht zuließ. Dort aß er seinen Apfel weiter und schenkte mir seine Nichtbeachtung. Das half zumindest, mich halbwegs wieder unter Kontrolle zu kriegen.

»Wir sind unterhalb der Villa«, teilte er mir mit. »Hinter

dem Felsen dort hinten führt eine Treppe hinauf. Ich werde Oscar bitten, dich oben abzuholen.«

Und da folgte der tiefe Fall – und meine harte Landung in einer Grube voll pfeilspitzer Konsequenzen. Ich fühlte mich wie der schlechteste Mensch der Welt. Ich fühlte mich undankbar. Und schuldig. Und leer. Und verloren.

»Ich finde den Weg schon allein«, murmelte ich und trat die Flucht an, bevor ich es mir anders überlegen konnte.

Ich lief die Bucht hinauf und fand an ihrem Ende tatsächlich besagte Treppe, die in engen Windungen zum Haus führte. Acht Stufen schaffte ich, bevor mich meine erneut aufwallende Hexenmagie stoppte. Was sollte das denn jetzt? Ich fing an zu zittern und konnte nur daran denken, jetzt auf gar keinen Fall in Flammen aufgehen zu wollen. Einen größeren Beweis für meine dämliche Schwäche gab es nicht. Und Schwächen waren schlecht. Schwächen führten zu Fehlern und Fehler führten zu gebrochenen Herzen.

Atmen!

Meine Magie war laut Grim an meine Gefühle gekoppelt. Je wirrer es in mir aussah, desto unkontrollierter wären auch meine Kräfte. Toll … Aber wie sollte ich meine Magie beherrschen, wenn meine Gefühle nicht zu beherrschen waren?

Im Grunde genommen war Timeon schuld an dem ganzen Dilemma! Er hatte mir diese Frist von fünf Tagen gesetzt. Fünf Tage, bevor Bel in einen grauenhaften hundertjährigen kalten Schlaf befördert werden würde. Hundert Jahre waren für einen Dämon nicht viel, aber für mich war es der Rest meines Lebens. Fünf Tage. Mehr Zeit blieb mir nicht mit ihm. Dazu kamen meine Gewissensbisse wegen Bels Strafe. Und die vielen Sinneseindrücke des heutigen Abends. Und möglicherweise auch die zweieinhalb Schlucke meines Drinks.

Letztendlich kam ich immer wieder zu demselben Schluss: Ich wollte nicht gehen. Ich wollte den beständigen Kampf in mir nur für einen Moment ruhen lassen und mich dieser Ruhe hingeben. Ich wollte vergessen, dass Bel ein Mann war, dem man vielleicht seine Sicherheit, aber ganz bestimmt nicht sein Herz anvertrauen durfte. Ich wollte vergessen, was er mir angetan hatte, und dass er meinetwegen bestraft werden würde. Ich wollte vergessen, dass meine Vernunft mir das Leben retten würde. Ich wollte alles vergessen – und nur für einen Moment frei sein.

Was wäre schon so schlimm daran, wenn ich mir diesen einen Moment nahm?

Sagte der Alkoholiker zu dem Glas Whiskey vor sich ...

Ich schloss die Augen und seufzte.

Bel wusste, dass ich hier stand. Er hörte meinen Atem, meinen wilden Herzschlag und nahm vermutlich sogar die Erregung wahr, die ich seit unserem Tango in seiner Nähe verspürte. Wenn ich noch länger hier herumstand, würde er gewiss kommen und mir die Entscheidung abnehmen.

Ich ging trotzdem nicht.

Und er kam auch nicht.

Vielleicht war er schon weg?

Unwahrscheinlich.

Würde ich es bereuen, wenn ich jetzt zurückkehrte?

Auf jeden Fall.

Aber erst morgen. Und morgen war ein neuer Tag. Wer wusste schon, was mich morgen erwartete?

Eine Weile stand ich noch da und führte diesen sinnlosen Disput mit meiner vernünftigen Seite fort. Ich wälzte die Argumente, wiegte das Für und Wider ab, bevor ich genervt kapitulierte. Wem machte ich etwas vor? Ich wäre längst gegangen, wenn ich meine Wahl nicht schon getroffen hätte.

Wie von alleine trugen mich meine Füße zurück zur Anlegestelle. Mit jedem Schritt brodelte die Hexenmagie ein kleines bisschen weniger in meinen Adern, denn ich wusste jetzt, was ich wollte. Dafür breitete sich ein erwartungsvolles Kribbeln in meinem Bauch aus.

Bel lehnte noch immer dort, wo ich ihn zurückgelassen hatte. Als er den Kopf hob und mich ansah, brannte in seinen Augen ein so ungestümes Verlangen, dass ich ins Stocken geriet. Er wusste, warum ich wiedergekommen war.

Eine gefühlte Ewigkeit standen wir einfach nur da mit ineinander verflochtenen Blicken. Dann kroch Bels samtige Stimme zu mir.

»Wie wäre es mit einem Deal?«

Eine kleine Analogie an unsere erste gemeinsame Nacht. Damals war das Angebot aber von mir gekommen. Damals, als alles nur ein Spiel und er mein Gegner gewesen war. Damals, als ich Vorsicht für das oberste Gebot gehalten hatte. Jetzt war ich nur noch müde und alle Vorsicht würde nichts bringen, denn der wahre Gegner lauerte in meinem Inneren.

»Wir sind zu alt für Deals.«

Für meine leise Erwiderung erntete ich ein sinnliches Lachen, das jede Faser meines Körpers in Schwingung versetzte. Dennoch rührte Bel sich nicht vom Fleck. Er aß seinen Apfel und ließ mich nicht aus den Augen.

»Alles, was du willst«, meinte er schließlich.

Verwirrt schob ich meine Brauen zusammen. Dann verstand ich. Er hatte auf meine unausgesprochene Frage geantwortet. Mehr noch, seine Worte waren Ermutigung, Besänftigung, Trost und ein Versprechen. Und da er sich nach wie vor nicht bewegte, waren sie wohl auch eine eindeutige Botschaft. Der erste Schritt musste von mir kommen.

Dieser Anstand hätte jeden anderen Mann geehrt, doch Bel wusste längst, dass er gewonnen hatte. Er hatte sein Spinnennetz schon seit Langem gewoben und saß nun in dessen Mitte. Lauernd. Geduldig. Bis seine Beute freiwillig zu ihm kam. Wieder meldete sich diese nagende Stimme in meinem Kopf, die mich warnte. Wenn ich Bel auch nur ein Stück an mich heranließ, würde er mich verschlingen, bis nichts mehr von mir übrig war. Er und seine heißen Blicke. Er und seine verdammten Grübchen. Er und seine Stimme, die nach Sex klang.

»Wovor hast du Angst, Cassia?«

Das war die große Preisfrage.

»Davor, dass du mir wieder wehtust.«

Die Wahrheit.

Es traf ihn. Sichtlich. Ich ahnte, wie sehr er das Gegenteil beteuern wollte. Aber er konnte es nicht. Denn er hatte mir bereits bewiesen, dass er dazu in der Lage war.

Bel nickte bedächtig.

»Dann solltest du jetzt gehen.«

Auch ich nickte.

Aber ich ging nicht.

Es war ohnehin viel zu spät. Ich brauchte in diesem Moment nur eines: den Rausch, den Bel mir schenken konnte. Ich wollte wissen, ob ich mir die Intensität von damals nur eingebildet hatte, ob meine Erinnerungen täuschten oder ob ich etwas Derartiges überhaupt noch einmal fühlen konnte.

Bel warf das Apfelgehäuse weg. Er säuberte Aris Aziam an seinem Hemdsärmel. Dann stieß er sich ab und kam auf mich zu. Die Kraft, die hinter seinen geschmeidigen Bewegungen, schlummerte, trieb mich schon jetzt an den Rand des Wahnsinns. Mein Herz pochte wie wild.

Er streckte mir seine Hand hin. Atemlos legte ich meine hinein. Aber Bel ergriff sie nicht. Er drückte mir den Aziam in die Handfläche und schloss meine Finger um den Griff.

Verstört blinzelte ich ihn an.

»Womit sollst du dich sonst verteidigen, falls ich zu weit gehe?«, neckte er. Ich schluckte schwer, weil sein leichtfertiger Tonfall mich nicht blenden konnte. Er meinte sehr ernst, was er gerade gesagt hatte.

»Und wenn ich möchte, dass du zu weit gehst?«

Sein weißes Hemd stand am Kragen zwei Knöpfe offen. Darunter lockte mich seine gebräunte Brust, von der ich wusste, wie weich sie sich anfühlte. Mein Blick wanderte höher, über seinen kräftigen Hals, zu seinen weichen Lippen. Zu seinen Augen, in denen die Verheißung auf unvorstellbare Sünden schimmerte.

Ohne Eile legte er seine Hände an meine Hüften und lud mich ein, mich an ihn zu schmiegen. Der Schauer, der mir diesmal über den Rücken lief, hatte nichts mehr mit Wind und Wetter zu tun. Ganz im Gegenteil, die kühle Nachtluft und die Hitze, die Bels Körper ausstrahlte, bildeten einen faszinierenden Kontrast. Er lehnte seine Wange an meine Schläfe und sein warmer Atem liebkoste mich.

»Wie gesagt: Alles, was du willst«, raunte er mir ins Ohr. »Nicht mehr und nicht weniger.«

Seine Stimme war rau vor Lust und weckte in mir den unbedingten Wunsch, erobert zu werden.

Ich ließ Aris Klinge fallen und vergrub meine Finger in seinen Haaren. Mehr Aufforderung brauchte Bel nicht, um ungestüm die Initiative zu ergreifen. Er presste seinen Mund auf meinen und küsste mich mit einer Leidenschaft, die mich beinahe die Besinnung verlieren ließ. Kurz darauf spürte ich den kalten Fels in meinem Rücken. Unter uns schlugen die Wellen mit Donnertosen gegen die Klippen. Die Gischt prasselte auf uns nieder. Vielleicht war es die Flut, die das Meer so aufpeitschte. Vielleicht auch Bels Macht, die mit der Insel verbunden war. Es interessierte mich nicht. Sollte Bel ruhig alles entfesseln, was er besaß. Ich wollte ohnehin keine Zärtlichkeit, die mein Herz nur unnötig in Gefahr brachte. Ich wollte einfach nur meinen Kopf ausschalten und mein Verlangen stillen – und dafür war Bel genau der Richtige. Zweitausend Jahre Verzweiflung, Wut, Trauer, Enttäuschung und Sehnsucht brachen aus mir hervor. Für einen Moment wurde mir schwarz vor Augen, weil die Vehemenz all meiner Empfindungen mich überwältigte. Doch Bels Arme hielten mich fest und seine Lippen forderten unnachgiebig meine Aufmerksamkeit ein. Er schmeckte nach süßem Apfel und der salzigen See. Plötzlich verloren meine Füße den Kontakt zum Boden. Ich krallte mich in seine Schultern, um Halt zu suchen, und meine Beine schlangen sich wie von allein um seine Hüften. Jetzt war ich eingekeilt zwischen den rauen Felsen und Bels rauer Dominanz. Er stieß ein wildes Knurren aus, griff in meine Haare und zog meinen Kopf zur Seite, sodass er nun auch meinen Hals mit seinen glühenden Küssen überziehen konnte. Ich spürte meinen rasenden Puls unter seiner Zunge und war so hemmungslos erregt, dass ich laut aufstöhnte. Stürmisch drängte ich mich seinen fordernden Berührungen entgegen, bog mein Rückgrat durch und verlor meine Sinne zwischen den dunkel aufgewühlten Wolken des Nachthimmels.

Bels Hände fanden meinen Gürtel und öffneten mein

Kleid. Plötzlich hielt er inne. Ein leises Lachen ließ seine Brust vibrieren, während er sein verheerend sinnliches Werk unterbrach und den Spitzen-BH musterte, den er soeben freigelegt hatte. Ich wusste nicht, was ihn daran so amüsierte, aber ich war auch viel zu sehr von den hungrigen Blicken fasziniert, die mich bereits auszogen. Genau genommen konnte ich es kaum erwarten. Doch Bel wurde auf einmal ernst. In seinen Augen flackerte ein unerfindlicher Ausdruck, der so gar nichts mehr mit der Lust zu tun hatte, in der wir beide gerade noch ertrunken waren. Sanft strich er mit seinen Fingerspitzen über meinen Rippenbogen – genau dort, wo Tigellinus' tödlicher Schwerthieb mich getroffen hatte. Und dann fand Bel die zweite Narbe knapp unter meinem Herzen. Die verdankte ich ihm.

Ich fürchtete schon, er würde darüber reden und sich abermals entschuldigen wollen, doch Bel tat nichts dergleichen. Er hob seinen Blick und küsste mich. Diesmal so voller Zärtlichkeit und Liebe, dass ein roher Schmerz meine Brust zerriss. Seine Hingabe erinnerte mich nur zu deutlich daran, wie sehr ich ihn gerade benutzte. Ich machte ihm Hoffnungen, spielte mit seinen Gefühlen und war damit genauso egoistisch wie er. Zweifel und Skrupel fluteten mich und kollidierten heftig mit der Leidenschaft, die durch meine Adern pumpte. Ohne jede Vorwarnung züngelten auf einmal grüne Flammen über meine Arme. Entsetzt riss ich mich von Bels Lippen los. Das Hexenfeuer brannte sich bereits durch sein Hemd und fraß sich in seine Haut.

»Oh nein«, hauchte ich panisch und versuchte, ihn von mir zu schieben. »Es tut mir leid, ich –«

Aber Bel gestattete mir diesmal keine Flucht. Er fing meine Arme ein und presste sie gegen die Felswand. Belustigung funkelte in seinen Augen – genau wie der grüne Schein meines Hexenfeuers.

»Hör auf, mich beschützen zu wollen, Cassia«, sagte er leise. »Ich bin der Teufel. Glaubst du, ich fürchte mich vor ein bisschen Feuer?«

Tatsächlich regenerierte sich seine Haut bereits. Wieder und wieder. Dennoch fühlte ich mich unwohl bei dem Gedanken, dass –

Bel drängte sich an mich. Seine Lippen schwebten nur Millimeter über meinem Mund. Er ließ mich von seinem Atem trinken und lächelte, als würde er meine dunkelsten Sehnsüchte kennen.

Brenne, forderte er verführerisch. *So, wie ich für dich brenne.*

Orangegelbe Flammen loderten um ihn herum auf und riefen mir ins Gedächtnis, wen ich da so lasziv mit meinen Schenkeln umklammert hielt. Bel würde nicht zulassen, dass meine Magie irgendeinen Schaden anrichtete. Er war wie geschaffen dafür, in seinen Armen die Kontrolle zu verlieren. In jeglicher Hinsicht.

Genau das war es, was ich brauchte. Also schloss ich die Augen und ließ los. Ich brannte für Bel, ich brannte mit Bel, und vergaß die Asche, die wir unweigerlich hinterlassen würden.

Die Asche, die wir hinterließen

Ich wusste nicht, was ich erotischer fand. Die Augen zu schließen und Cassia zu spüren, oder ihr dabei zuzugucken, wie sie sich mir hingab.

Nach unserem ersten gemeinsamen Höhepunkt an den Klippen war ihr Hexenfeuer erloschen, nicht aber ihr unstillbares Verlangen. Verzweifelt hatte sie mich gebeten, nicht aufzuhören. Drei geflüsterte Worte, die fast schon ein atemloser Hilferuf gewesen waren. Man hätte kein Psychoanalytiker sein müssen, um zu erahnen, dass sie ihre Probleme mit wildem Sex ersticken wollte. Nicht zuletzt, weil ich diese Strategie selbst ebenso ausführlich wie erfolglos ausgetestet hatte. Aber wenn mich Cassia darum anflehte, sie bis zur Besinnungslosigkeit zu vögeln, war ich leider der Falsche, um der Umsicht den Vorzug zu geben. Es stand um meine Selbstbeherrschung ohnehin nicht sehr gut und diese Frau trieb mich mit ihrer Lust und ihrer Empfindsamkeit in den Wahnsinn. Also war ich ihrem Wunsch nachgekommen. Unter dem Sternenhimmel. Unter der Dusche. Im Whirlpool. Auf dem Sofa. Und schließlich in dem Bett, in das ich noch nie jemanden eingeladen hatte.

Ich konnte von ihr nicht genug bekommen und Cassia hatte sich offenbar in den Kopf gesetzt, sich nicht so schnell wieder mit der Realität auseinandersetzen zu wollen. Entweder schlief sie für ein paar Stunden in meinen Armen oder sie stürzte sich erneut in die verzweifelte Suche nach dem sinnlichen Abgrund, in dem sie ihr Bewusstsein zum Schweigen bringen konnte. Sie war unerbittlich mit sich selbst – und mit mir. Wobei ich mich wirklich nicht beschweren wollte ...

Erst am frühen Nachmittag des darauffolgenden Tages begann ich, mir ernsthaft Sorgen um ihren Zustand zu machen.

Die Wirkung von Grims Trank war verebbt und Cassia ignorierte zusehends die Grenzen ihres sterblichen Körpers. Deshalb nötigte ich sie zu einem späten Frühstück – selbstverständlich ohne sie dafür aus meinem Bett herauszulassen. Ich betrachtete unsere Verschnaufpause lediglich als kurzes Intermezzo. Als eine Investition in den Rest des Tages. Und in die folgende Nacht.

»Hmm.«

Cassia saß in ein Laken gewickelt auf der zerwühlten Matratze und kaute mit geschlossenen Augen ihr noch warmes Croissant. Während ich es mir am Kopfende bequem gemacht hatte und ihr dabei zusah, fühlte ich eine nie da gewesene Zufriedenheit durch meine Gedanken sickern. Natürlich war sie zu müde, um zu bemerken, dass sie ihr gesamtes Mahl mit leisen Lauten kommentierte. Genauso wenig hatte sie eine Ahnung von der unwiderstehlichen Wirkung ihrer weichen Lippen, die sich erneut um das Gebäck legten, um ein weiteres Stück abzubeißen. Spätestens als sie einen Tropfen Konfitüre mit ihrem Finger auffing und ihn sich mit einem unschuldigen Seufzen ableckte, war es um mich geschehen.

»Heirate mich«, bat ich sie aus einem spontanen Impuls heraus.

Sie war perfekt. In ihrer Nähe fühlte ich mich besser, stärker, beflügelt. Weder vor ihr noch nach ihr hatte ich je den Wunsch verspürt, mich an eine Frau zu binden. Cassia änderte alles. Wir passten zusammen. Wir gehörten zusammen. Wieso sollte ich ihr also nicht mit einem Antrag verdeutlich, was ich für sie fühlte?

Ganz langsam öffnete sie ihre wunderschönen Augen und starrte mich fassungslos an.

»W-was?«

»Ich liebe dich«, wiederholte ich sanft, aber mit felsenfester Überzeugung. »Du gehörst an meine Seite und ich will mein Leben nicht mehr ohne dich führen. Also heirate mich.«

Sie ließ das Croissant sinken und ihre Züge verloren bedenklich an Farbe. »Bel, bitte. Ich kann dir meine Seele nicht versprechen. Ich hab meine Freiheit gerade erst wieder. Ich ...«

Entgeistert richtete ich mich auf. »Du glaubst, ich bitte dich um deine Hand, weil ich hoffe, dass du mir dann auch deine Seele versprichst?«

»Warum sonst solltest du mich so etwas fragen?«, murmelte sie. »Wenn ich dir meine Seele nicht verspreche, wird in vier Tagen dein Urteil vollstreckt. Dann verschwindest du für hundert Jahre von der Bildfläche und ich bin tot, wenn du zurückkehrst. Das würde eine Heirat ziemlich überflüssig machen.«

»Ich wiederhole es gerne noch einmal: Ich will deine Seele nicht! Nicht einmal, wenn sie nicht verflucht wäre«, erwiderte ich ernst. »Und was das Umgehen meiner Strafe betrifft, kann ich dir nur sagen, dass ich bereits an der Lösung dieses kleinen Problems arbeite.«

Ihr entwich ein leises Schnauben. »Wenn die Lösung dieses *kleinen Problems* sich nicht gerade zwischen meinen Schenkeln befindet, wüsste ich nicht, wann du daran gearbeitet haben willst.«

Ich spürte, wie sich ein Grinsen auf meinem Gesicht ausbreitete. Genau mein Humor.

»Vertrau mir, Cassia, ich werde auch noch in vier Tagen an deiner Seite sein. Und wenn du mich lässt, für den Rest deines Lebens. Also heirate mich!«

»Bel …«, flüsterte sie fast flehend. »Bitte, werde jetzt nicht wieder wütend, aber ich kann das nicht. Ich brauche Zeit. Ich hab gerade erst angefangen, mich zurechtzufinden. Wie soll ich dich da heiraten?«

So zerbrechliche Worte und gleichzeitig doch eine gnadenlose Zurückweisung. Mit aller Disziplin, die ich aufbringen konnte, atmete ich tief durch und zwang mein gekränktes Ego zur Ruhe. Ich hatte mich zu diesem impulsiven Antrag hinreißen lassen und sie damit überrumpelt. Kein Wunder, dass sie das überforderte.

»Ich werde nicht wütend«, versicherte ich mit einem matten Lächeln. »Selbstverständlich bekommst du von mir so viel Zeit, wie du brauchst. Wir müssen auch gar nicht heiraten. Das war nur eine spontane Idee gewesen, weil ich dachte, es würde dir gefallen. Was wir haben, braucht weder Traualtar noch Ringe.«

Meinen Fehler bemerkte ich erst, als Cassia ihre Augen zusammenkniff und mich ebenso misstrauisch wie wachsam musterte.

»Was haben wir denn?«

Ich seufzte. »Bitte nicht, Cassia. Mach mir nicht wieder vor, du würdest nichts für mich empfinden. Ich kenne deine Gefühle.«

Während ihrer Zügellosigkeit in den letzten Stunden hatte sie mehrfach ihre Mauern nicht mehr aufrechterhalten können. Es war eine ziemliche Herausforderung gewesen, mich nicht an ihren vergifteten Emotionen zu nähren, aber dafür wusste ich nun, dass sie durchaus eine ganze Menge für mich empfand. Nicht alles davon waren Zweifel und Enttäuschung. Genau genommen hatte ich sehr viel gefunden, das mir zu hoffen erlaubte.

Plötzlich sprang sie vom Bett, und mir wurde bewusst, dass ich dieses Detail vielleicht besser für mich hätte behalten sollen. Cassia hatte mit mir geschlafen, um ihren widersprüchlichen Emotionen zu entkommen und nicht, um sie mit mir zu teilen.

»Du hattest kein Recht dazu, in meinem Kopf herumzuschnüffeln! Was ich empfinde, ist meine Sache! Und wann ich mir meine Gefühle eingestehe oder nicht, ebenso«, fauchte sie aufgebracht. »Aber wie sollst du das auch verstehen? Schließlich kannst du dein Herz ja alle paar Jahrhunderte an eine andere verschenken. Aber ich bin sterblich und mein Herz ist es auch. Ich brauche es zum Überleben. Also akzeptiere gefälligst, dass ich es beschützen muss. Und wag es ja nie wieder, so zu tun, als wüsstest du, was in mir vorgeht!«

Cassia war so in Rage, dass sie sogar ihre zarten Hände zu Fäusten geballt hatte. Dementsprechend wies ihre Argumentation einige Mängel auf. Beispielsweise war der Ausflug in ihre Gefühlswelt nicht auf meinem Mist gewachsen. Cassia hatte ihre Abwehr vernachlässigt und mich ungebeten mit ihren Emotionen überschüttet. Doch ich verzichtete darauf, sie zu korrigieren. Ich wollte nicht streiten. Nur in einem Punkt war es mir ein Bedürfnis, ihre Behauptungen richtigzustellen.

»Ich verschenke mein Herz nicht leichtfertig! Genau genommen bist du die Einzige, der ich es je geschenkt habe.«

Sie stieß ein trockenes Lachen aus, bevor sie sich mit verschränkten Armen vor mir aufbaute. »Wenn das stimmt, dann erzähl mal: Mit wie vielen Frauen hast du dich vergnügt, während die eine, der dein Herz angeblich gehört, in einem verfluchten Dolch festsaß?«

Perplex legte ich meine Stirn in Falten. Darum ging es also?! »Ich habe nie behauptet, enthaltsam gelebt zu haben. Aber keine hat mir etwas bedeutet.«

»Wirklich? Nicht einmal Ari, der du sogar vorgemacht hast, Lucian zu sein, um sie küssen zu können?«, erkundigte sie sich scharf. »Und was ist mit der Mutter deiner Kinder? War da auch nichts?«

Ich hatte keinen blassen Schimmer, woher sie all diese Informationen hatte, aber es erklärte zumindest ihre gereizte Stimmung auf dem Empfang. Trotzdem oder gerade deswegen konnte ich mir ein Schmunzeln nicht verkneifen. Cassia wollte mich ganz für sich allein und das gefiel mir.

Ich stand auf und zog sie als Friedensangebot an meine Brust. »Du bist umwerfend, wenn du eifersüchtig bist.«

Sie nahm das Friedensangebot nicht an. Stattdessen wand sie sich zornig aus meinen Armen. »Ich bin *nicht* eifersüchtig. Du kannst gern mit so vielen Frauen schlafen, wie du willst. Wir sind einander zu nichts verpflichtet. Geh und nimm dir alle Freiheiten der Welt, aber hör auf, mir vormachen zu wollen, ich wäre nicht bloß eine Nummer auf einer sehr, sehr langen Liste.«

»Du bist nicht *bloß eine Nummer*. Und ich brauche derartige Freiheiten nicht.«

»Wieso auch? Du hast sie dir ja bereits zur Genüge genommen«, warf sie mir an den Kopf, während in ihren Augen bitterer Spott funkelte.

Langsam ging mir die Geduld aus.

»Was genau möchtest du mir eigentlich vorwerfen, Cassia?«

Mein kälter werdender Tonfall brachte sie ins Stocken. Ich konnte förmlich dabei zusehen, wie ihr die Situation bewusst wurde, in die wir uns manövriert hatten. Als Resultat davon trat sie den emotionalen Rückzug an. Sie klammerte sich an ihr Bettlaken und ihre Miene wurde undurchdringlich.

»Ich will dir gar nichts vorwerfen«, murmelte sie müde. »Ich hätte diese Diskussion überhaupt nie geführt, wenn du sie mir nicht aufgedrängt hättest.«

»Aber jetzt führen wir sie nun einmal«, beharrte ich. Mir war klar, dass ich so schnell nicht mehr an Cassia herankommen würde, wenn ich ihr jetzt erlaubte, sich in ihr Schneckenhaus zurückzuziehen. »Also: Dich stört offenbar, dass ich mit anderen Frauen geschlafen habe. Das verstehe ich, aber ich kann dir versichern, dass das der Vergangenheit angehört.«

»Du verstehst gar nichts …«

»Dann kläre mich doch bitte auf!«

Genervt stöhnte sie, antwortete jedoch entgegen allen Erwartungen trotzdem: »Ich werfe dir nicht vor, dass du viele Leben gelebt hast, während ich gefangen war. Aber mir jetzt nicht einmal eines zuzugestehen, ist nicht fair.«

»Was hat das eine mit dem anderen zu tun? Du kannst doch ein eigenes, selbstbestimmtes Leben führen *und* es an meiner Seite verbringen.«

Cassia schüttelte so resigniert den Kopf, dass es sich anfühlte, als hätte sie mich soeben mit einer Abrissbirne aus ihrer Zukunft entfernt. Und ich begriff einfach nicht, warum. Es sei denn … »Versuchst du etwa gerade, mir zu sagen, dass du mit anderen Männern schlafen willst?«

Neuer Zorn flammte in ihren Augen auf und schon war es um ihre Selbstbeherrschung geschehen.

»Hörst du mir überhaupt zu?! Darum geht es nicht!«, rief sie und verlieh ihrer Verzweiflung mit einer energischen Geste Ausdruck. »Aber wenn du es genau wissen willst: Ich hab keine Ahnung, ob ich mit anderen Männern schlafen will! Woher auch? Ich hab nicht die geringste Vergleichsmöglichkeit. Der einzige Mann, mit dem ich je zusammen war, hat mein Vertrauen missbraucht, meine Entscheidungen untergraben, mich erstochen und in einem Dolch eingesperrt. Abgesehen davon kenne ich ihn faktisch nicht! Aber statt mir Zeit zu geben, mir über irgendwas klar zu werden, verlangt er von mir, dass ich ihm mein Leben und meine Freiheit opfere. Ein zweites Mal.«

Totenstille breitete sich zwischen uns aus und ich spürte, wie sich eisige Finger um mein Herz schlossen. Sie waren die düsteren Vorboten eines Gefühls, das ich wie die Pest hasste: Eifersucht.

»Du möchtest also eine Vergleichsmöglichkeit?«

Was für ein lächerlicher und höchst gefährlicher Wunsch. Cassia ahnte ja nicht, was ihre unbedachten Worte in mir auslösten.

»Das habe ich nicht gesagt«, verbesserte sie mich gereizt. »Ich habe dich nur um Zeit gebeten!«

»Zeit, um dir darüber klar zu werden, ob ich die beste Option bin …« Der unheilvolle Unterton in meiner Stimme veranlasste Cassia postwendend dazu, frustriert ihre Arme in die Luft zu werfen.

»Erst zwingst du mir dieses Gespräch auf, aber wenn dir nicht gefällt, was du hörst, wirst du wütend. Und da wundert es dich, dass ich mich vor dir verschließe?«

Ich war nicht wütend! Das Einzige, was mich gleich wirklich wütend machte, war, dass sie mir ständig unterstellte, wütend zu sein!

Nein! Stopp! Ich musste mich bremsen.

Meine Eifersucht blendete mich und nichts lag mir ferner, als Cassia mit dieser dunklen, unkontrollierbaren Seite von mir Angst einzujagen. Also schloss ich die Augen und bemühte mich um Verständnis und um einen Kompromissvorschlag.

»Du willst mit anderen Männern schlafen? Gut, such dir einen aus. Ich kann jede Hülle in Besitz nehmen, die du möchtest. Ich habe diesen Körper ohnehin nur behalten, weil ich wollte, dass du mich wiedererkennst, wenn du zurückkommst.«

Cassia starrte mich so entgeistert an, als hätte ich ihr gerade vorgeschlagen, den Nachbarshund zum Abendessen zu servieren.

»Darum. Geht. Es. Nicht!«, presste sie hervor. »Du nimmst mir meine Entscheidungen, die Luft zum Atmen, den Freiraum zum Denken. Du erdrückst mich in egal welcher Hülle.«

Und da geschah es. Ich spürte beinahe körperlich, wie ihre Ablehnung mich über eine Grenze stieß, hinter der richtig und falsch an Bedeutung verloren.

»Dann geh und sammle deine Erfahrungen«, forderte ich sie frostig auf, während wilde Besitzansprüche in meinem Inneren rebellierten. »Du wirst schon noch begreifen, dass das, was wir hatten, etwas Besonderes ist.«

»Wir hatten Sex«, schleuderte sie mir entgegen. »Sonst nichts.«

Ich knurrte. Hatte sie das wirklich gerade gesagt? Hatte

sie wirklich gewagt, diese himmelschreiende Lüge in Worte zu fassen?!

»Da irrst du dich, Cassia. Und ich hoffe für dich, dass du bald zur Vernunft kommst. Möglicherweise hast du Glück und ich bin zufällig noch verfügbar, wenn du frustriert von all den Versagern dort draußen mal wieder einen richtigen Orgasmus brauchst.«

Sie schnappte nach Luft.

»Du bist genauso ordinär wie eingebildet!«

»Es ist nur die Wahrheit«, sagte ich mit beißender Liebenswürdigkeit. »Du weißt schon: Das, worauf du bei anderen so großen Wert legst, dir aber selbst nicht eingestehen kannst.«

Mein Hohn traf Cassia. Wütende Tränen sammelten sich in ihren Augen.

»Weißt du was, Bel? Eigentlich hat es mich nicht zu anderen Männern hingezogen, aber jetzt denke ich ernsthaft darüber nach, deine selbstgefällige Behauptung auf die Probe zu stellen. Vielleicht ist ja ein Mann dabei, der mich nicht in die Enge treibt, während ich verzweifelt versuche, mich in meinem neuen Leben zurechtzufinden. Ein Mann, der versteht, was ich wirklich brauche.«

Schwärze floss in meine Augen. Nur mit roher Gewalt verhinderte ich, dass meine Macht die Luft in Brand steckte. Ich wusste, dass Cassia bluffte – aber ich wusste auch, dass ihr Stolz und ihr Dickschädel groß genug waren, um mir das Gegenteil zu beweisen. Sie würde ihre Ankündigung wahr machen, bloß um meiner Arroganz einen Dämpfer verpassen zu können. Das und die Vorstellung, dass irgendein Lüstling dieselbe Sanftheit, dieselbe Hingabe, dieselbe Leidenschaft erleben durfte, die Cassia mir geschenkt hatte, rissen einen finsteren Abgrund in meinem Verstand auf, der jede Vernunft verschlang. Dieser Kerl würde sein Glück nicht lange genießen können.

Meine heftige Reaktion ließ Cassia zurückweichen. Nicht aus Angst, sondern aus Missbilligung. Und ebendieser verächtliche Ausdruck in jenen großen dunkelblauen Augen, die ich so liebte, goss zusätzlich Öl ins Feuer. Ich setzte ein kaltes Lächeln auf, eines von der Sorte, das eigentlich nur für meine Feinde bestimmt war.

»Alles, was du willst«, sagte ich. »Das habe ich dir versprochen und ich werde mein Wort halten. Je länger ich darüber nachdenke, desto eher glaube ich sogar, dass du recht haben könntest. Wir kennen uns kaum. Ja, wir hatten tollen Sex, aber mehr scheint da wirklich nicht zu sein. Es ist an der Zeit, dass ich mir selbst vergebe und nach vorne blicke, anstatt ständig der Vergangenheit nachzuhängen. Ich brauche an meiner Seite eine Frau, die mich und meine Liebe zu schätzen weiß. Eine, die sich darüber im Klaren ist, was sie will. Kein naives unentschlossenes Ding, dessen Meinung sich minütlich ändert. Keine, die ständig wegrennt, wenn man ein offenes Gespräch führen möchte. Keine, die gleich losheult, nur weil sie keinen Nachnamen hat. Eine Frau, die mehr draufhat, als mich mit ihrer Sexbesessenheit geil zu machen, und in der Lage ist, allen Aspekten und Bedürfnissen meines unsterblichen Lebens gerecht zu werden.«

Nicht ohne Genugtuung bemerkte ich, wie Cassias Zorn sich mit jedem meiner Worte ein bisschen mehr in Bestürzung verwandelte. Gut so. Vielleicht verstand sie jetzt endlich, wie schmerzhaft Zurückweisung sein konnte.

»Vermutlich wäre es wohl auch besser, wenn du wieder in eines der Gästezimmer ziehst«, fügte ich in beiläufigem Ton hinzu. »Jeder von uns wird wahrscheinlich schon bald sein eigenes Bett brauchen und wir wollen uns bei unseren neuen Erfahrungen ja nicht in die Quere kommen, oder?«

Cassias Blick flackerte. Sie schien sich nicht entscheiden zu können, ob sie weinen oder schreien sollte. Ich sah sie ungerührt an. »Ach, und bevor du fragst: Ja, jetzt bin ich wütend!«

Wortlos drehte sie sich um und ging mitsamt ihres Bettlakens zur Kommode. Während ich ihr dabei zusah, wie sie völlig aufgelöst in den Kleidungsstücken wühlte, setzte bei mir die große Ernüchterung ein. Ich war zu weit gegangen. Viel zu weit. Niemals hätte ich mich so hinreißen lassen dürfen. Cassia war –

Herrgott noch mal! Ich marschierte auf sie zu und entriss ihr das Dessous, das sie gerade in Augenschein nahm. Es war das wohl sinnlichste, provokanteste Stück Stoff ihrer gesamten Garderobe und das Wissen, dass sie offenbar plante, es für einen anderen anzuziehen, ließ meine Nerven blank liegen. Ungehalten stopfte ich das Ding dahin zurück, wo es hergekommen war, und knallte die Schublade zu. Cassia quiekte vor Schreck.

»Das wirst du nicht mitnehmen«, entschied ich grimmig.

Sie warf mir einen vernichtenden Blick zu. »Mein Fehler, ich habe vergessen, dass an deine *Geschenke* immer Bedingungen geknüpft sind.«

Die Eiseskälte in ihrer Stimme erschütterte mich. Das war nicht bloß verletzter Stolz. Ich hatte eine klaffende Wunde in ihrer Seele hinterlassen.

Verdammt.

»Aber wenn es das ist, was du willst«, fuhr sie in bissigem Ton fort, »dann füge ich mich gerne. Ich brauche nichts von dir.«

Ohne Umschweife wickelte sie sich aus dem Laken und

schmiss es mir vor die Füße. Anschließend marschierte sie nackt, wie sie war, zur Tür.

Was hatte sie denn jetzt vor? Sie wollte doch nicht etwa so das Zimmer verlassen?!

Doch, sie wollte.

Fassungslos holte ich sie ein und drückte ihr die halb geöffnete Tür vor der Nase zu.

»Treib es nicht auf die Spitze.«

Dass meine Worte keine Warnung, sondern eher eine gequälte Bitte waren, überhörte Cassia schlichtweg.

»Was denn?«, konterte sie und funkelte mich angriffslustig an. »Was sollte dich bitte daran stören, wenn ein *naives unentschlossenes Ding* nackt aus deinem Zimmer spaziert? Ich bin sicherlich nicht die Erste und werde auch nicht die Letzte sein.«

Cassia zog erneut am Türknauf, aber ich stemmte mich dagegen. Streit hin oder her, sie war wütend, verletzt und drauf und dran, sich selbst zu demütigen, nur um mir zu entkommen. Das konnte ich nicht zulassen.

»Bitte, Cassia, es tut mir leid. Ich –«

»Du machst mir Angst, Bel«, unterbrach sie meinen kläglichen Versuch, mich zu entschuldigen. »Und ich will keine Beziehung, die mir Angst macht.«

Eine schlichte Feststellung. Leise, elementar und vollkommen gerechtfertigt.

Damit blieb mir nur noch eine Möglichkeit, um ihre Flucht zu verhindern.

»Bleib«, sagte ich matt. »Das Zimmer gehört dir. Ich werde ausziehen.«

Teufelskreis

Lucian sah mich an, als wäre ich verrückt geworden.

»Bel wird mich umbringen.«

»Kann er das denn?«, fragte ich beunruhigt.

Mit einem Stöhnen massierte er sich den Nasenrücken. »Nur metaphorisch, aber das wäre nervig genug.«

Eigentlich hatte ich Aris Siegel für Notfälle benutzt, doch statt ihr war Lucian aufgetaucht. Seine Gefährtin ging wohl gerade einer Angelegenheit nach, die er für »völlig unnötige Zeitverschwendung« hielt. Dementsprechend schlecht gelaunt hatte sich der gelockte Brachion in Bels Bibliothek materialisiert.

»Bitte, es geht nicht anders«, flehte ich ihn an.

Im ganzen Haus wimmelte es nur so von Bels Leuten. Und selbst wenn ich es geschafft hätte, an ihnen vorbeizukommen, wusste ich dennoch nicht, wo ich hinsollte.

Lucian kniete sich vor den Sessel, in dem ich kauerte, und musterte mich eindringlich. Mein Gesicht war zweifelsohne aufgequollen vom Weinen. Und auch meine zitternden Hände entgingen ihm nicht, obwohl ich sie fest in die mir viel zu große Jeans krallte. Sie und das Shirt, das mir Grim gestern von irgendeiner Angestellten geborgt hatte, waren die einzigen Kleidungsstücke, die nicht Bel gehörten.

»Was hat er getan?«, wollte Lucian wissen. Das Verständnis in seiner Stimme machte es leichter, mich ihm anzuvertrauen.

»Bel … wollte mich heiraten.«

»Oh, verdammt«, seufzte Lucian, als würde das allein bereits alles erklären.

»Ich hab ihm gesagt, dass er mich erdrückt und ich Zeit und Abstand brauche, um mir über einiges klar zu werden.«

Lucian zog eine gequälte Grimasse. »Lass mich raten, er hat das nicht akzeptiert?«

Ich nickte. »Dann hab ich versucht, ihm zu erklären, dass er mit zweierlei Maß misst. Dass er seine Freiheit zweitausend Jahre lang ausgekostet hat, und nicht das Recht hat, mir dasselbe zu verweigern. Woraufhin er mich beschuldigt hat, mit anderen Männern schlafen zu wollen. Was ich im Übrigen schnell bedauern würde, weil niemand mich so befriedigen könnte wie er.«

Lucian rieb sich die Stirn und fluchte leise. Ich konnte nicht sagen, ob er mein Verhalten oder das von Bel missbilligte – oder ob ihm eher die Gesamtsituation Kopfschmerzen bereitete.

»Soll ich mit Bel reden?«, bot er an.

»Ich glaube nicht, dass das etwas bringt, weil …« Meine Antwort war kaum mehr als ein kleinlautes Piepsen. »Weil … ich ihm möglicherweise an den Kopf geworfen hab, dass seine Arroganz mich anwidert und ich deshalb geneigt bin, seine Behauptungen auf die Probe zu stellen.«

Jetzt bekam Lucian große Augen. »Oha.«

Ja, ich wusste selbst, dass das keine Glanzleistung meinerseits gewesen war. Ein Kloß drückte mir die Kehle zu. »Daraufhin ist Bel richtig wütend geworden und hat gesagt, ich solle ruhig meine Erfahrungen sammeln. Er wird sich in der Zwischenzeit nach einer Frau umsehen, die … besser an seine Seite passt. Nicht so ein … naives unentschlossenes Ding wie ich, das ... bei jeder Gelegenheit losheult.« Meine Stimme war nur noch ein Flüstern. »Er hat gesagt, ich soll in eines der Gästezimmer ziehen, weil er ... sein Bett brauchen würde. Und dann ... ist er verschwunden und ich ... kann und will nicht mehr hierbleiben.«

Am Schluss brannten meine Augen. Ich hätte bestimmt geweint, wenn ich noch Tränen übrig gehabt hätte.

Lucian dagegen starrte mich einfach nur an. Seine Kiefer arbeiteten und er wirkte irgendwie verärgert. Vielleicht war er sauer, weil ich ihn wegen einer so lächerlichen Sache von wichtigeren Dingen abhielt?

»Na los. Wir hauen ab.« Plötzlich stand er auf und gab mir mit einem Wink zu verstehen, dass ich dasselbe tun sollte.

»Du hilfst mir?«, stammelte ich genauso überrumpelt wie erleichtert.

»Natürlich.« Lucian schnappte sich meine Hand und zog mich aus dem Sessel. »Bel hat Glück, dass er gerade nicht da ist, sonst würde ich ihm die Meinung geigen. Hast du dein Zeug schon gepackt?«

»Ich besitze nichts.« Verlegen zupfte ich an meinem Shirt. »Alles außer diesen Sachen gehört Bel.«

Lucians Miene verfinsterte sich. »Verstehe. Das werden wir ändern. Und jetzt komm. Wir müssen hier verschwinden, bevor Bel zurückkehrt. Die anderen kann ich täuschen, ihn nicht.«

Keine Sekunde später war ich in eine dichte Illusion gehüllt, die uns vor den Außenstehenden verbergen sollte. Ein normaler Mensch hätte nichts davon bemerkt, aber ich spürte ein eisiges Kribbeln in den Knochen und verlor jede Orientierung, weil die Luft um mich herum so stark vibrierte, dass meine Sinne verrücktspielten. Eine höchst unangenehme Erfahrung, die meine Instinkte revoltieren ließ. Ich zwang sie zur Ruhe und ertrug es. Alles war besser, als Bel noch einmal ins Gesicht sehen zu müssen. Die Erinnerung an den kalten Spott in seinen Augen und die Skrupellosigkeit seiner Worte hatten sich tief und schmerzhaft in mein Bewusstsein gebrannt.

Tu nicht so, als hättest du es nicht vorher gewusst, raunte mir die kleine fiese Stimme meiner Vernunft zu – in einer penetranten Dauerschleife. Und sie hatte recht. Mehr gab es nicht zu sagen. Ich hatte gewusst, wer Bel war. Ich hatte gewusst, dass er mir wehtun würde. Ich hatte gewusst, dass ich ihm mein Herz nicht hätte öffnen dürfen. Dieser Fehler war mir nun schon zum zweiten Mal passiert. Ein drittes Mal würde es nicht geben.

Also biss ich die Zähne zusammen und überließ mich ganz Lucians Führung. Er schob mich durch die verzerrte Realität, stoppte mich, zog mich, drängte mich vorwärts. Dann auf einmal wurde ich in einen sehr engen Raum gesetzt. Ein tiefes Dröhnen rüttelte mich durch und drückte mich abwechselnd in alle Richtungen. Jedes Zeitempfinden schwand. Es konnten Minuten gewesen sein oder Stunden. Und schließlich, als Lucian die Illusion irgendwann von mir nahm, sah ich zum ersten Mal seit zweitausend Jahren die Welt ... ohne das Ewige Rot, das alles überlagert hatte ... ohne die einengenden Mauern von Bels Heim ... ohne das Gefühl, eine Gefangene zu sein.

Eine einsame Straße führte durch endlose karge und felsige Felder. Die zerklüftete Landschaft warf lange Schatten in der tief stehenden Abendsonne und die intensiven Farben schienen umso heller zu strahlen in dem Wissen, dass die Dämmerung sie schon bald verschlucken würde. Rotbraun, gelbgrau, silbrig-grün und strahlend blau mit einem Hauch von Freiheit.

Zwischen mir und dieser Weite lag nur noch eine dreckige Scheibe. Jetzt erst fiel mir auf, dass ich in einem Auto saß. Einem Auto! Es gehörte nicht Lucian. Oder zumindest hätte es mich sehr überrascht, wenn der Dämon ein so heruntergekommenes und vermülltes Gefährt sein Eigen nennen würde. Vermutlich hatte er es gestohlen. Neugierig legte ich meine Hände auf das Armaturenbrett. Der Dolch hatte sich schon oft in diversen Wagen befunden, sodass ich die typischen Geräusche in- und auswendig kannte. Aber ich hatte noch nie einen Motor gespürt, nie die Kraft hinter der Maschine, nie die Geschwindigkeit erlebt, mit der man durch die Welt getragen wurde.

»Wo sind wir?«, erkundigte ich mich fasziniert.

Lucian verzog das Gesicht, als ahnte er bereits, dass mir die Antwort nicht gefallen würde.

»Noch immer auf Malta.«

Sofort schrumpfte das Gefühl von Freiheit und verwandelte sich in einen kalten schweren Klumpen in meinem Magen.

»Es ist nicht so einfach, Bel zu entkommen«, rechtfertigte er sich, während er von der Landstraße auf einen holprigen Feldweg abbog. »Er kontrolliert jedes Portal und die halbe Bevölkerung der Insel. Und selbst die Küstengewässer hat er inzwischen mit seiner Macht verwoben, weil mir letztes Jahr gelungen ist, Ari per Segelboot von hier zu entführen. Es gibt keinen Weg von Malta runter, bei dem wir Bel nicht binnen Sekunden an den Fersen kleben hätten. Wenn du dich also nicht mit ihm auseinandersetzen willst, müssen wir unter dem Radar bleiben.«

Großartig. Wir saßen also in der Falle.

»Und jetzt?«

»Es gibt keinen Weg runter von der Insel«, wiederholte Lucian mit einem verschlagenen Lächeln, »aber es gibt einen Ort *auf* Malta, an dem ich dafür sorgen kann, dass Bel dich in Ruhe lässt.«

Just in diesem Moment fiel der Feldweg vor uns steil ab. Über Serpentinen führte er in eine ruhige kleine Bucht, in der nur ein einziges Haus dem endlosen Ozean gegenüberstand. Eine Villa. Weder so groß noch so alt wie die von Bel, aber deswegen nicht weniger beeindruckend.

»Willkommen in deinem vorübergehenden Zuhause.«

Eine latente Panik befiel mich. Alles in mir schrie danach, ans andere Ende der Welt zu flüchten, so weit weg von Bel wie nur irgend möglich. Und das hier fühlte sich definitiv nicht weit genug an. Andererseits war es erheblich mehr, als ich mir noch vor ein paar Stunden zu erhoffen gewagt hatte. Und wenn Bel keinen Einfluss auf diesen Ort hatte, war das ein Anfang.

»Wer wohnt hier?«

Lucian grinste. »Das Haus gehört Ari. Bel hat es ihr geschenkt, weil er fand, dass – wie hat er es ausgedrückt? – eine *Nussschale mit Anker* kein angemessener Wohnort für ein Brachionpaar ist.«

Bel hatte es Ari geschenkt? Einfach so? An derartige Größenordnungen würde ich mich wohl nie gewöhnen können. Allein das Grundstück inmitten dieser malerischen Bucht musste schon ein Vermögen wert sein. Von der Villa ganz zu schweigen.

»Aber ihr seid nicht eingezogen?«

Eine Spur Hochmut glitzerte in Lucians grünen Augen.

»Ich besitze Immobilien auf allen Kontinenten«, informierte er mich belustigt. »Wir wohnen in dieser *Nussschale* nicht, weil wir es müssen.«

Oh. Aber dann begriff ich Bels Geschenk noch weniger. Er musste doch wissen, dass –

Frustriert schob ich meinen Gedanken einen Riegel vor. Ich wollte mich nicht mit Bel und seinen Beweggründen auseinandersetzen. Er hatte meinen Verstand schon viel zu lange beherrscht. Jetzt lag ein selbstbestimmtes Leben vor mir. Meine Seele gehörte mir. Und zum ersten Mal seit einer gefühlten Ewigkeit war das Wort Neuanfang nicht mehr bloß eine hohle Vokabel.

Lucian fuhr durch ein schmiedeeisernes Tor auf den geschotterten Vorplatz und bremste. »Ich denke, Bel hatte das Bedürfnis, Ari einen sicheren Rückzugsort zu verschaffen. Für den Notfall. Es ist seine Art, ihr zu sagen, dass sie jederzeit bei ihm willkommen ist.«

Verwundert sah ich Lucian an und vergaß dabei, dass ich eigentlich nicht mehr über Bel hatte nachdenken wollen.

»Und das stört dich nicht?«

Ein gelassenes Lächeln erschien auf Lucians Zügen. »Bel hat eine ganze Liste von Eigenschaften, die mich stören. Seine Freundschaft zu Ari und die Tatsache, dass er ihr im Zweifel Schutz anbieten würde, gehören nicht dazu.«

Na toll. Und jetzt kam ich und zog diese Freundschaft in meine armselige Auseinandersetzung mit Bel rein. Wenn ich auch nur die kleinste Möglichkeit gesehen hätte, allein zurechtzukommen, wäre ich sofort aus dem Auto gesprungen und abgehauen. Etwas, das ich definitiv nachholen würde, sobald ich wusste wie.

Plötzlich flog die helle Holztür der Villa auf und Ari kam

herausgestapft. Offenbar hatte Lucian sie bereits über die Gegebenheiten in Kenntnis gesetzt, denn ab hier ging alles rasend schnell. Sie zog mich aus dem Auto und in eine Umarmung.

»Bel ist ein Idiot. Du hast nichts falsch gemacht. Fühl dich willkommen«, sagte sie mit einer Mischung aus Mitleid und Mit-Wut, bevor sie sich an ihren Gefährten wandte. »Ich soll dir von Lizzy ausrichten, dass sie dich hasst, weil sie die Anprobe schon wieder verschieben muss, und dich gleichzeitig liebt, weil du – ich zitiere – *echt sweet und sooo heldenhaft* sein kannst.«

Lucian nahm diese Information mit einem Augenrollen zur Kenntnis. »Sie soll lieber die Truppe zusammentrommeln. Wir können jede Hilfe gebrauchen.«

»Ist schon geschehen«, erwiderte Ari. »Allerdings könnte uns dein Bruder von größerem Nutzen sein.«

»Elias weiß Bescheid. Er ist –«

Weiter kam er nicht, denn in diesem Moment explodierte schwarzes Licht neben dem Eingang und der ernst dreinblickende Dämonen-Kommandant erschien – der offenbar und zu meiner großen Überraschung mit Lucian verwandt war. Er fragte weder nach einem Anlass noch nach Gründen, sondern verkündete lediglich: »Ich kümmere mich um die Siegel. Sollen sie nur Ianus fernhalten oder auch Bel?«

Ianus?!

Ein kalter Schauer kroch mir das Rückgrat hoch. Großer Gott, natürlich. Bels Schutz war für mich so selbstverständlich geworden, dass ich kaum einen Gedanken mehr an den zurückgekehrten Schrecken von Rom verschwendet hatte. Vielleicht war ich auch davon ausgegangen, dass Timeons Entscheidung, mir meine Seele zurückzugeben, mich irgendwie unantastbar für ihn machen würde. Was für ein Trugschluss. Ianus würde auf keinen Fall aufgeben. Er nahm eine Niederlage nicht einfach demütig hin. Vermutlich hatte er längst die Jagd auf mich eröffnet …

Ari seufzte. »Am besten, wir sperren jeden Primus aus, abgesehen von uns. Ianus ist offiziell rehabilitiert und zurzeit wissen wir noch nicht, wer sich alles auf seine Seite schlagen wird. Aber um Bel mache ich mir größere Sorgen. Wenn ich richtigliege – und ich bin mir sicher, dass ich das tue –, wird er Cassia um jeden Preis zurückholen wollen. Für ihn brauchen wir also ein paar besondere Schutzmaßnahmen. Integriere unbedingt sein Primus-Zeichen. Andernfalls wird er einen Weg finden, deine Bannsiegel zu umgehen.«

Wie gelähmt hörte ich Aris Worten zu. Ihre Einschätzung von Bel schockierte mich genauso sehr wie Ianus' Erwähnung. Sie glaubte, Bel würde kommen, um mich zurückzuholen? Um jeden Preis? Ich hatte angenommen, dass er mit zwei bis zehn Frauen in die Kiste steigen und mir das Ganze genüsslich unter die Nase reiben würde. Deshalb war ich ja geflohen. Aber mich zurückholen? Was sollte er denn tun? Mich gegen meinen Willen hier rauszerren und bei sich einsperren?

Oh verdammt! Genau das würde er. Er war Bel. Niemand nahm ihm sein Spielzeug weg, solange er damit nicht fertig war.

Elias schien Aris Meinung zu teilen, denn er nickte und machte sich wortlos an die Arbeit.

Unruhig trat ich von einem Fuß auf den anderen. Ich hatte meinen Rettern weit mehr Verantwortung aufgelastet, als mir bewusst gewesen war – und sie obendrein einer nicht unerheblichen Gefahr ausgesetzt.

»Vielleicht sollte ich –«

»Kommt nicht infrage«, erstickte Ari meinen Protest und verfrachtete mich in ein heimeliges Wohnzimmer mit Kamin. Dort parkte sie mich auf der riesengroßen ledernen Sofalandschaft, wo ich augenscheinlich niemandem im Weg war, und machte sich daran, die Ziegelwände mit Bannsprüchen zu versehen.

Tja, da saß ich nun und erlebte wie in Trance die geschäftige Hektik, die um mich herum ausbrach. Verschiedenste Leute kamen und gingen. Manche redeten kurz mit Ari, andere starrten mich unverhohlen an, und wieder andere würdigten mich keines Blickes. Dämonische Energie lag in der Luft und ich konnte die Kraft der entstehenden Schutzzauber bis ins Mark spüren. Der Trubel um mich herum sorgte dafür, dass ein lähmendes Unbehagen mich befiel. Ich begann mich zu fragen, ob ich all diesen Aufwand wert war, ob ich jemals aufwiegen konnte, was man für mich tat, ob ich überhaupt das Recht gehabt hatte, Ari und Lucian um Hilfe zu bitten. Ich fühlte mich wie ein Störfaktor, wie das Problem in anderer Leute Leben und ich verabscheute es, so abhängig und hilflos zu sein. Wieder einmal. Dieser Umstand schien wie ein Fluch an mir zu haften. Es war ein nie enden wollender Teufelskreis. Ein bitteres Lachen entwich mir. Teufelskreis. Das Wort hatte man sicherlich eigens für Bel erfunden.

»Ooooh, hat unser liebestoller Beelzebub also mal wieder seinen Charme spielen lassen?« Mit ausgebreiteten Armen schwebte der verschrobene kleine Mann herein, den Bel mir als Victorius vorgestellt hatte. Voll väterlicher Sorge kam er auf mich zu. »Armes kleines Angorakätzchen. Ich hoffe sehr, du hast ihm deine Krallen tief in seine knackige Brust gerammt, bevor du mit stolz erhobenem Haupt von dannen gezogen bist.«

Perplex blinzelte ich Victorius an. Ich wusste nicht, was ich antworten sollte. Glücklicherweise rettete mich Ari.

»Lass Cassia in Ruhe und mach dich an die Arbeit, Vic«, wies sie ihn schroff an. »Grab jeden Trick aus, den du kennst. Bevor Bel davon Wind bekommt, dass Cassia hier ist, will ich, dass sich das Haus in eine Festung verwandelt hat.«

Victorius zog eine Schnute. »Aber natürlich, oh holde Gefährtin meines strammen Meisterchens. Ich eile, ich eile. Wenn es um eine Dame in Not geht, stelle ich doch gerne meine nicht unerheblichen Talente zur Verfügung.«

Ohne die angekündigte Eile spazierte er wieder aus dem Wohnzimmer und wäre dabei fast in Ryan und seinen ebenso kräftig gebauten Jäger-Kollegen gerannt, den ich von Bels Empfang kannte. Ich wusste noch, dass er Lizzys Bruder war und ich ihn gemocht hatte, aber sein Name wollte mir nicht mehr einfallen.

»Vorsicht, meine schnuckeligen Muskellandschaften«, raunte Victorius den Jägern im Vorbeigehen zu. »Die Stimmung da drinnen ist so reizend wie ein Säurebad.«

Diese Warnung schien die beiden Jäger nicht zu kümmern. Sie schleppten unbeeindruckt vier große Koffer zu der Treppe, die vom Wohnzimmer aus in die oberen Stockwerke führte.

Unterwegs begrüßten sie Ari, die antwortete, ohne ihr Werk zu unterbrechen. »Hi, Ryan. Hi Gideon. Wisst ihr Bescheid?«

Richtig, Gideon hieß er.

»Jap«, erwiderte besagter Gideon. »Bel war ein Arsch und Cassia steht ab jetzt unter unserem Schutz.«

Als wäre damit alles gesagt, machten sich die Jäger samt Koffern auf den Weg nach oben.

Hatte ich diese Kommunikation schon für auf das Wesentliche reduziert gehalten, wurde ich beim nächsten Neuankömmling eines Besseren belehrt. Es ging noch knapper. Ein sympathischer junger Mann mit strahlenden Augen und braunem Haar kam herein.

»Hey, Toby. Bel hat –«

»Spar's dir«, unterbrach er sie. »Ich kann's mir denken.«

Dann sprang er am anderen Ende des Sofas über die Rückenlehne, landete im Schneidersitz auf den Polstern und ließ die Hexenringe um seine Augen aufflammen. Sofort floss seine Magie in das Gemäuer der Villa. Ich war ehrlich beeindruckt. Also nicht nur von seinem Auftritt, der zugegebenermaßen echt cool gewesen war. Nein, sein Können beeindruckte mich. Nach meiner Zeit in Lucustas Tempel in Rom und den fast dreihundert Jahren, in denen der Dolch einem großen Hexenzirkel gehört hatte, besaß ich genug Erfahrung, um zu erkennen, dass dieser Toby für sein Alter sehr mächtig war. Mächtig und erschreckend diszipliniert. Er unterbrach seine Arbeit nur ein einziges Mal – für einen Kuss mit der gerade angekommenen Lizzy.

Aris rothaarige Freundin trug diesmal Schwarz. Praktische, verstärkte Kleidung, wie ich sie auch an Ryan und ihrem Bruder gesehen hatte. Offenbar eine Art Uniform. An Lizzy wirkte der dunkle Stoff jedoch weniger martialisch. Vielmehr betonte er – wieder einmal – ihre langen Beine. Dieselben Beine, die sie in diesem Moment zu mir trugen.

»Lust, dein Zimmer zu sehen?«, erkundigte sie sich fröhlich.

Da ich mich ohnehin nur unnütz fühlte, zögerte ich nicht

lange und folgte Lizzy in den ersten Stock. Dort brachte sie mich in einen hellen Raum mit einem eigenen Balkon. Das Zimmer war klein, aber verfügte über Bett, Bad und ein behagliches Ambiente. Alles, was man sich wünschen konnte. Lediglich die vier großen Koffer, die vor dem Bett standen, irritierten mich.

»Klamotten«, verkündete Lizzy unbekümmert. »Was nicht passt oder dir nicht gefällt, packst du einfach wieder ein und gibst es meinem Bruder mit. Du weißt schon, der große Blonde. Er hat sich zwei Zimmer weiter einquartiert. Den Rest der Sachen kannst du behalten. Ohne Wenn und Aber.«

»Danke.«

Mehr brachte ich nicht heraus, weil ich plötzlich überwältigt war von der Freundlichkeit, die mir hier von allen Seiten entgegengebracht wurde.

»Ach, Süße. Nur kein schlechtes Gewissen. Genau genommen muss ich mich bei dir bedanken. Es ist nämlich superschwer, die Hochzeit meiner besten Freundin zu planen, wenn sie ständig unterwegs ist, irgendwelche böse Gestalten jagt oder versucht, ihrem idiotischen Teufelsfreund den Arsch zu retten, dem es offenbar egal zu sein scheint, ob die Liga ihn bald gelähmt vor Schmerzen auf einen Haufen Mitgefangener zum lustigen hundertjährigen Kollektiv-Verwesen wirft. Aber jetzt bist du hier! Das heißt, Bel hat die Muße, sich selbst zu retten, und Ari muss dich beschützen und ist damit ans Haus gebunden. Somit gibt es kein Entkommen für sie«, meinte sie und wirkte höchst zufrieden. »Immerhin bleibt nicht mal mehr eine Woche und sie hat die Torten-Verköstigung verpasst, das Bandvorspiel und drei Anprobetermine. Von der Gästeliste will ich gar nicht erst anfangen. Du siehst also, du hast einen Dienst an der Menschheit getan.«

Damit rauschte sie ab und ließ mich mit meinem neuen Leben allein. Es fühlte sich gut an. Selbstständig. Aufregend neu. Richtig – zumindest fast.

Denn die kleine fiese Stimme meiner Vernunft hatte inzwischen den Inhalt ihrer Dauerschleife geändert. Jetzt flüsterte sie mir etwas anderes zu. Eine nagende Warnung.

Du hast dich mit dem Teufel angelegt …

Gleiches Spiel, neue Runde

Fest entschlossen, alles Nötige zu tun, um den angerichteten Schaden wiedergutzumachen, verließ ich meinen Kerker. Genau genommen hatte ich mich in Cassias Kammer eingesperrt, dem einzigen Raum in meinem Haus, der so abgeschottet und gesichert war, dass ich meiner Wut freien Lauf lassen konnte. Andernfalls hätte ich wohl die halbe Insel in Schutt und Asche gelegt. Fatalerweise bedeutete das aber auch, dass niemand in der Lage war, mich von dort aus zu beschwören oder mich mental zu erreichen. Ein Umstand, der erklärte, warum mir gerade eine völlig kopflose Grim entgegenkam.

»Vermaledeite Fäkalie, wo warst du? Ianus ist hier!«

Ich erstarrte.

»WAS?!«

»Er hat sich nicht abwimmeln lassen. Er meinte, als Ratsmitglied hätte er die Legitimation, jederzeit mit seinen Kollegen zu sprechen.«

Die Legitimation mochte er haben, aber das rechtfertigte noch lange nicht, dass meine Gefolgsleute ihn so fahrlässig in Cassias Nähe ließen.

»Wo ist sie?«, platzte die einzige Frage aus mir heraus, die wichtig war.

Ein unglücklicher Ausdruck legte sich über Grims Miene.

»Weg.«

Kälte ergriff von mir Besitz.

»Was heißt ›weg‹?«

»Wir haben das ganze Haus abgesucht«, gestand Grim kleinlaut. »Ihre Sachen sind noch da, aber sie ist weg. Verschwunden.«

Angst, schmerzhafter als alles, was ich bislang erlebt hatte, floss in meine Gedanken, lähmte meinen Verstand, meinen Herzschlag, meine Essenz. Ich durfte sie nicht noch einmal verlieren.

»Findet sie!«, befahl ich. Mein Tonfall duldete kein Versagen. Dann stürmte ich zornentbrannt die Treppe hinauf. Nun, da ich Ianus näher kam, spürte ich seine Macht. Kalter Rauch und getrocknetes Blut. Ein Geruch, der mich auf allen Schlachtfeldern der letzten zwei Jahrtausende stets an meinen Feind erinnert hatte. Ihn nun in meinem Heim zu riechen, fühlte sich falsch an. Mehr als falsch. Es war inakzeptabel.

Ianus saß in meiner Bibliothek. In meinem Sessel. Er trank meinen Scotch und blätterte in einem meiner Bücher. Oscar stand neben ihm. Als ich hereinkam, drängte sich sofort die Stimme meines Butlers in meinen Kopf.

Ich hab ihn keine Sekunde aus den Augen gelassen.

Schön für ihn. Das hätte er auch mit Cassia tun sollen.

Ich hielt mich nicht lange damit auf, Oscar zu antworten. Stattdessen packte ich Ianus am Kragen seines billigen kackbraunen Anzugs. Das Scotch-Glas zerschellte auf dem Boden, während ich ihn gegen das nächstbeste Bücherregal schmetterte und wütend anfunkelte.

»Wo ist sie?«

Ianus wirkte kurz überrumpelt, doch dann machte sich die für ihn typische Süffisanz auf seinem Gesicht breit. Er ignorierte meinen Angriff und begrüßte mich, als wären wir uns gerade bei einem Sonntagsspaziergang im Park begegnet.

»Ich wünsche dir auch einen Guten Morgen, Bel. Von wem sprichst du?«

»Das weißt du ganz genau«, zischte ich ihn an.

Sein schwarzer Blick musterte mich, meine aggressive Körperhaltung, meine erbitterte Stimmung – und plötzlich schien er zu begreifen. Ein Lachen stieg aus den tiefsten Abgründen seiner Existenz hervor.

»Ist dir die hübsche Aurora etwa weggelaufen?«, rief er belustigt. »Wundert mich, dass es so lange gedauert hat, bis sie dich durchschaut.«

»Wenn du ihr etwas antust …!«

Ein »dann« ersparte ich mir. Jede Silbe war Drohung genug.

Ianus kicherte. Seine abstoßend überhebliche Fratze verzog sich zu einem Grinsen und ich wollte nichts mehr, als sie ihm von den Schädelknochen zu prügeln. Nur ein letzter Rest Verstand hielt mich davon ab. Dank seiner billigen Tricks war Ianus inzwischen wieder ein Ratsmitglied und damit offiziell tabu, falls ich mir nicht noch mehr Ärger einhandeln wollte. Und das konnte ich mir nicht leisten. Nicht, solange Cassia in Gefahr schwebte. Widerwillig gab ich ihn frei und zwang mich, auf Abstand zu gehen.

»Sag mir wenigstens, ob sie noch lebt!«

Ianus genoss mein Dilemma sichtlich. Ohne jede Eile strich er sich die Krawatte glatt, nahm sich ein unbenutztes Glas vom Tisch und füllte es mit Scotch.

»Ehrlich, Bel. Ich hab sie nicht. Darauf gebe ich dir sogar mein Wort«, meinte er und prostete mir vergnügt zu. »Aber dank dir weiß ich nun, dass sie irgendwo da draußen herumläuft. Was bedeutet, unser kleines Fang-das-Mädchen-Spiel geht wohl in die zweite Runde.«

Erleichterung überrollte mich, genau wie die bittere Erkenntnis, dass mir gerade ein lebensgefährlicher Irrtum unterlaufen war. Ich wollte fluchen, schreien und irgendetwas in Brand stecken. Meine Gedanken überschlugen sich. Wo war Cassia, wenn Ianus sie nicht entführt hatte? Und wie konnte ich verhindern, dass er sie jetzt meinetwegen in die Finger bekam? Grim hatte sicherlich schon Himmel und Hölle in Bewegung gesetzt, aber das reichte nicht. Ich musste hier weg und selbst nach ihr suchen. Nur würde ich Ianus damit direkt auf ihre Spur locken.

»Was ist mit dir passiert, Bel?«, fragte Ianus spöttisch und trank seinen Scotch in einem Zug leer. »Du warst mal so herrlich skrupellos und nun bebst du vor Verzweiflung wegen einer Sterblichen. Das ist langweilig. Du machst mir meine Rache viel zu einfach.«

Ich durchbohrte ihn mit Blicken.

»Mal sehen, was Timeon dazu sagen wird, wenn er erfährt, dass du Jagd auf jene Sterbliche machst, die er von dir befreit hat.«

Ianus lachte.

»*Ich* werde gar nichts tun«, beteuerte er und stellte das Glas ab. »Aber ich habe überraschend viele – wie nennt man das heutzutage? – Fans. Nur um mir zu gefallen, lesen sie mir jeden Wunsch von den Augen ab.«

Ich ballte die Hände zu Fäusten. Wie schon vor zweitausend Jahren gelang es Ianus mühelos, mich zur Weißglut zu treiben. Ich musste dringend einen kühlen Kopf bewahren und meine nächsten Schritte sorgsam abwägen. Alles in mir verlangte, ihn rauszuwerfen, um nach Cassia suchen zu können. Andererseits wuchs mit jeder Minute, die ich Ianus hier festhielt, die Chance, dass Grim sie vor ihm fand.

Dann also Beschäftigungstherapie …

»Weswegen bist du hier?«, fragte ich ihn gereizt.

Ianus war entweder zu unzurechnungsfähig, um meinen Plan zu durchschauen, oder zu eingebildet, um etwas dagegen unternehmen zu wollen. Gemütlich schlenderte er durch meine Bibliothek.

»Ich wollte mir ansehen, wo ich demnächst wohnen werde.«

Seine Unverfrorenheit nervte, aber sie beeindruckte mich wenig. »Ich kann dir gern die Zelle in meinem Kerker zeigen, die ich für dich reserviert habe«, bot ich ihm liebenswürdig an.

»Zu gerne«, konterte er ebenso liebenswürdig. »Allerdings muss die Besichtigungstour wohl warten. Mir ist spontan etwas Wichtiges dazwischengekommen. Aber bevor ich gehe …« Er griff in die Innentasche seines Sakkos und zog ein doppelt gefaltetes Blatt Papier heraus. »Hier noch eine kleine Liste. Ich habe dir zusammengeschrieben, welche deiner Gezeichneten und welche Besitztümer meinem erlittenen Schaden entsprechen würden – ganz wie Gryas Urteil es vorgesehen hat. Der Hohe Rat hat seinen Teil der Entschädigung bereits geleistet.« Höchst zufrieden mit sich hielt er mir die Liste unter die Nase. »Oscar steht auch drauf. Ebenso wie Grim und natürlich Malta. Und falls es dich nicht zu sehr stresst, hätte ich die Übergabe schon recht bald abgewickelt. Du weißt ja, in vier Tagen wirst du nicht mehr in der Lage sein, dich um derartige Banalitäten zu kümmern.«

Ich starrte Ianus in Grund und Boden, ohne das Stück Papier entgegenzunehmen oder ihm auch nur die kleinste Beachtung zu schenken. Er würde nichts von mir erhalten. Niemals. Genau wie ich es Cassia gegenüber angedeutet hatte, schwebte mir schon eine Lösung für dieses lästige Problem vor. Eine Lösung, die mir sowohl das Urteil der Ältesten als auch Ianus vom Hals schaffen würde. Nun musste ich mir nur noch auf die Zunge beißen, um mein Vorhaben nicht gleich in die Tat umzusetzen. Denn wie hieß es so schön: Rache wird am besten kalt serviert. Also riss ich mich zusammen und übte mich in Geduld.

»Keine Sorge, jeder wird das bekommen, was er verdient«, erwiderte ich kühl.

»Ganz genau, Belial.« Mit einem widerwärtigen Grinsen legte Ianus die Liste neben dem Scotch ab. »Ganz genau!«

Dann machte er sich auf den Weg zur Tür.

»Genieße den flüchtigen Erfolg«, rief ich ihm nach. »Lange wird er nicht andauern.«

»Mal sehen«, erwiderte er, ohne sich umzudrehen. »Es fühlt sich an, als hätte ich gerade eine Glückssträhne.«

Möglich ... aber Glück war eine launische Geliebte.

Ich wartete, bis Ianus außer Sicht war, und hastete los. Vielleicht hatte Grim etwas in meinen Räumen übersehen. Es war schlicht unmöglich, dass Cassia ohne jede Spur verschwinden konnte. Nachdem ich alles dreimal abgesucht und schließlich noch das ganze Haus mit meiner Macht durchkämmt hatte, musste ich meine Meinung jedoch revidieren. Cassia war tatsächlich spurlos verschwunden. Zumindest fast. Das T-Shirt und die Jeans, die sie von Grim bekommen hatte, waren weg.

Also gut ... Cassia war immun. Sie wäre theoretisch in der Lage, meine Schutzmaßnahmen zu umgehen. Aber sie konnte sich nicht in Luft auflösen. Spätestens auf der Straße hätten meine Leute sie entdecken müssen. Es sei denn natürlich, sie hatte Hilfe gehabt.

Ein Grollen bahnte sich den Weg aus meiner Kehle. Abgesehen von den Ältesten gab es nur einen Primus, dem ich zutraute, ungesehen und ohne die kleinsten Rückstände seiner Macht in mein Haus und wieder hinaus zu gelangen. Einen Vollstrecker, der die Jagd ebenso beherrschte wie Observierungen, Hinterhalte und noch ein paar andere Tricks. Den Gefährten einer Freundin, dem ich offenbar voreilig unbeschränkten Zugang zu meinem Heim gewährt hatte.

Erleichterung durchströmte mich, gefolgt von einer Stinkwut. Niemand, nicht einmal Lucian, hatte das Recht, mir Cassia wegzunehmen.

Armer Teufel

Toby, der sympathische junge Hexer, den ich gestern Abend kennengelernt hatte, betrachtete skeptisch meine grün brennenden Hände. Er schien nicht sonderlich beeindruckt zu sein.

»Das ist alles?«

Verlegen ließ ich das Hexenfeuer ersterben. »Na ja, ich hab eine Weile gebraucht, um mich nicht mehr ständig in eine Ganzkörperfackel zu verwandeln. Da ist das hier schon ein Fortschritt.«

Er rieb sich die Stirn und seufzte schwer, als hätte Ari ihm eine unlösbare Aufgabe übertragen.

»Okay, dann fangen wir am Anfang an. Was weißt du über Hexenmagie?«

Es war wirklich eine sonderbare Situation, in diesem großen leeren Kellerraum zu stehen und von einem völlig Fremden Unterricht zu bekommen – egal, wie sympathisch er wirkte.

»Ähm ... ich habe schon sehr vielen Hexen dabei zugesehen, wie sie ihre Magie nutzen«, begann ich zögerlich. »Aber sonst weiß ich nicht viel. Außer, dass Hexenmagie irgendwie mit meinen Emotionen verbunden ist.« Das hatte Grim mir erklärt. »Wenn ich die kontrolliere, kontrolliere ich auch die Magie und –«

»Vergiss das!«, unterbrach Toby mich mit Nachdruck. »Ja, Hexenmagie ist dämonischen Ursprungs und nutzt die eigenen Emotionen als Kraftquelle. Und ja, es stimmt, dass du sie zu einem gewissen Grad über eine emotionale Ausgeglichenheit kontrollieren kannst. Aber das ist letztlich utopisch – ganz besonders für jemanden, der versucht, in wenigen Tagen das zu lernen, wofür andere Jahrzehnte brauchen.« Er grinste mich schief an. »Glaub mir, ich wäre nicht der jüngste Hexenmeister aller Zeiten, wenn ich nicht wüsste, wovon ich spreche.«

Ein Hexen*meister*?

Jetzt war ich erst recht beeindruckt. Ich hatte schon viele Hexen in Meisterprüfungen sterben sehen. Vor allem jene, die sich in ihrem jugendlichen Leichtsinn überschätzt hatten.

»Magie zu benutzen ist wie ein Kopfsprung in einen reißenden Fluss. Die alte Schule lehrt dich, einen Staudamm zu bauen, um die Kraft des Flusses zu kontrollieren«, erklärte er mir. »Ich dagegen bevorzuge einen etwas moderneren Ansatz: Bau dir ein Floß und lerne das Navigieren. Soweit verstanden?«

Ja und nein. Es klang logisch, aber die Umsetzung war mir noch ein Rätsel. Ich nickte trotzdem.

»Gut«, sagte Toby und schaffte einige Meter Abstand zwischen uns, »dann versuch, eine Feuerkugel zu erschaffen, und wirf sie auf mich.«

Mit weit aufgerissenen Augen blinzelte ich ihn an. Hatte er den Verstand verloren? Er war kein Dämon und ich konnte Grims Magie nicht einmal im Ansatz beherrschen.

»Ich will dir nicht wehtun.«

Ein verschmitztes Lächeln erschien auf Tobys Gesicht.

»Das wirst du nicht. Vertrau mir.«

Überzeugt war ich nicht. Andererseits wirkte er wie jemand, der wusste, was er tat.

Also gut … ein Kopfsprung in den Fluss.

Ein paar jämmerliche Funken sprühten aus meinen Fingern und verglühten, noch bevor sie auf dem Boden aufkamen.

Toby hob die Brauen.

»Ah, verstehe, du hast schon einen Staudamm.«

Ich hatte was?

»Okay. Dann probieren wir … etwas anderes.«

Ein grüner Schimmer umwirbelte den Hexenmeister. Er wuchs vor meinen Augen um einen halben Kopf. Seine braunen Haare wurden heller und plötzlich starrten mich die türkisen Augen des Teufels an. Mein Herz geriet ins Stolpern. Für einen Moment glaubte ich wirklich, Bel würde vor mir stehen. Die Illusion stimmte bis ins letzte Detail, und da sie aus Hexenmagie bestand, tat sogar ich mich schwer, sie zu durchschauen.

»Na, komm schon, kleine Cassia«, verhöhnte mich jetzt auch noch Bels täuschend echte Stimme, kombiniert mit einem Grinsen samt Grübchen. »Lass deinen Frust raus.«

Ohne es zu wollen, loderten grüne Flammen aus meinen Händen. Panik befiel mich, doch Toby ließ nicht locker.

»Oder traust du dich etwa nicht? Machst du dir Sorgen um mich? Ich wusste ja, dass eine Sterbliche mir niemals gewachsen sein kann.«

Der logisch denkende Teil von mir durchschaute, was Toby da trieb, aber ich konnte mich dennoch nicht gegen die Wut wehren, die von mir Besitz ergriff.

Der falsche Bel wurde immer aufgebrachter.

»Tu's endlich!«, brüllte er mich an. »Ich bin es leid, dich ständig beschützen zu müssen, nur weil du so ein bedauernswertes, klägliches –«

Eine wahre Feuersbrunst schoss auf Bel zu. Ich hatte nur

noch ein Ziel vor Augen: Ihn am eigenen Leib spüren zu lassen, wie sehr er mich verletzt hatte. Ich warf keine Feuerkugel. Ich eröffnete ein buchstäbliches Dauerfeuer. Meine Magie fühlte sich tatsächlich wie ein wilder Fluss an, der mich mitriss.

Aber noch während ich Bel bombardierte, wurden mir ganz unvermittelt drei Dinge klar.

Erstens: Es fühlte sich gut an, über so viel Macht zu verfügen.

Zweitens: Ich verstand jetzt, was Toby mit seiner Floß-Metapher gemeint hatte.

Und drittens ...

Drittens verspürte ich keinerlei Genugtuung dabei, Bel wehzutun.

Diese Erkenntnis schockierte mich fast ein bisschen. Ich war die ganze letzte Nacht aus Angst vor meinen Albträumen wach gelegen und hatte versucht, nicht daran zu denken, was Bel wohl gerade mit wem trieb. Da waren mir Rachefantasien wie ein Rettungsanker vorgekommen. Aber jetzt erschien mir all das sinnlos. Schlimmer noch, ich erkannte mich überhaupt nicht wieder. Eigentlich war ich doch ein friedliebender Mensch, der Gewalt verabscheute?

Plötzlich kam etwas in mir zur Ruhe. Es fühlte sich an, als hätte ich einen Teil von mir wiedergefunden, den ich verloren geglaubt hatte: das Bewusstsein dafür, wer ich war, was ich für richtig und falsch hielt, was ich wollte, was ich brauchte und was nicht. Ich spürte *mich*.

Ich hatte Cassia wiedergefunden.

Mit einem energischen Gedanken stoppte ich den Angriff.

Das Hexenfeuer gehorchte. Sofort und ohne Widerstand. Wobei die Magie noch immer unter meiner Haut prickelte, als wäre sie bereit, jederzeit meinen Befehlen zu folgen. Diesmal machte sie mir keine Angst. Diesmal bereitete es mir auch keine Mühe, Bel ins Gesicht zu schauen. Bel, der einen grünen Kokon um sich gesponnen hatte, um sich vor mir zu schützen. Bel, um dessen Iriden Hexenringe glühten.

»Das war großartig!«, rief er mir übermütig zu. »Beim echten Bel wird's noch viel mehr Spaß machen! Glaub mir, ich spreche aus Erfahrung!«

Da war ich mir nicht so sicher.

Ja, für mich war Bel untendurch und ich legte keinen Wert darauf, ihn je wiederzusehen. Aber ich hasste ihn auch nicht. Und ganz bestimmt strebte ich nicht nach einer krankhaften Feindschaft, die uns nur noch enger aneinanderbinden würde. Sie wäre nur ein neues Gefängnis und ich hatte nicht vor, mich jemals wieder einsperren zu lassen.

Erfüllt von einer seltsamen Wehmut sah ich dabei zu, wie der grüne Kokon und die Gestalt des blonden Teufels vor meinen Augen zerflossen und Toby zum Vorschein kam. Es stimmte mich traurig, Bel gehen zu lassen. Nicht diesen falschen Bel, sondern den echten. Aber es war das, was ich tun musste.

Der junge Hexenmeister kam grinsend auf mich zu. Seine gute Laune störte mich. Zweifelsohne würde er gleich weiter über Bel herziehen, um sich solidarisch zu zeigen und mich aufzubauen. Etwas, worauf ich jetzt wirklich keine Lust hatte. Deshalb intervenierte ich.

»Was hat Bel dir getan?«, erkundigte ich mich müde.

»Bel?« Toby lachte. »Um ihn ein bisschen anzukokeln, braucht es keinen konkreten Anlass, oder?«

Ich seufzte. »Wahrscheinlich nicht.«

Der Hexenmeister musterte mich eindringlich und schien

zu meiner großen Überraschung sofort zu begreifen, was in mir vorging. Auf einmal wurde er sehr ernst.

»Bel hat mir einen Deal vorgeschlagen, als ich noch zu jung war, um zu kapieren, dass Ruhm nicht alles ist.«

Mir klappte der Mund auf.

»Du hast ihm deine Seele versprochen?!«

Toby winkte mit einem trägen Lächeln ab. »Nein, das nicht. So klug war ich dann doch noch.« Er ging zu seiner Tasche und holte zwei Wasserflaschen hervor. Eine davon warf er mir zu. »Ich musste ihm ein paar sehr gut gehütete Geheimnisse meines Hexenzirkels verraten. Dafür hat Bel mir geholfen, meine Meisterprüfung zu überleben.«

»Oh.«

»Danach hat mich mein Zirkel verstoßen. Meine Mutter ist vor Gram gestorben und ich bin ein bisschen auf die schiefe Bahn geraten, von der erst Lucian mich wieder runtergeholt hat.«

»Oh.«

Toby zog eine resignierte Grimasse.

»Keine sehr glorreiche Geschichte. Aber eine lehrreiche.«

Der lange Blick, den er mir zuwarf, ließ mich verstehen, dass er das nicht jedem erzählte. Er hatte sich von Bel blenden lassen und musste nun mit den Konsequenzen leben. Ein Schicksal, das uns verband.

»Na los!« Aufmunternd zwinkerte er mir zu. »Lass uns sehen, ob du deine Magie diesmal rufen kannst, ohne dass ich dich provoziere.«

Ich kannte die Antwort darauf bereits. Noch immer spürte ich dieses Prickeln von Macht in meinen Adern. Gerade wollte ich es ihm beweisen, da fing der Boden unter unseren Füßen an zu beben. Ein tiefes Grollen lief durch das Gemäuer.

Erschrocken starrte ich Toby an.

»Das war ich nicht.«

»Ich weiß«, meinte Toby mit finsterer Miene. »Ich schätze, dein Verehrer hat uns gefunden.«

Oh, Scheiße.

Wieder ertönte dieses besorgniserregende Grollen. Die Wände erzitterten. Die Lampen schwankten bedenklich hin und her.

»Entspann dich. Die anderen werden schon mit ihm fertig.«

Toby wirkte nicht im Mindesten besorgt. Ganz anders als ich. Bel würde nicht aufhören. Eher würde er sich mit all seinen Freunden überwerfen und das komplette Haus zum Einsturz bringen. Ich ließ die Wasserflasche fallen und rannte die Treppe hinauf. Es war meine Schuld. Ich hatte Lucian und Ari um Hilfe gebeten und durfte nicht zulassen, dass Bel seinen Zorn an ihnen ausließ.

Als ich das Erdgeschoss erreichte, verschlug es mir beinahe den Atem angesichts der schieren Menge an dämonischer Energie, die in der Luft sirrte. Die Siegel an den Wänden glühten und vor der offenen Eingangstür hatte eine Reihe schwarz uniformierter Jäger Position bezogen.

»Lasst mich zu ihr!«, hörte ich Bels schneidende Stimme. Darin schwang eine unverhohlene Drohung mit.

Ich zwängte mich zwischen Ryan und Gideon durch. Die beiden waren so verblüfft, dass ich längst zur Tür raus war, ehe sie versuchten, mich aufzuhalten.

Es regnete. Schwere Wolken wälzten sich über den Himmel, während darunter diverse Dämonenmächte knisternd und Funken schlagend aufeinandertrafen. Ari, Lucian und Elias hatten sich auf dem geschotterten Vorplatz aufgebaut. Ihre Essenzen waren zu einem Schutzschild verbunden, der exakt an der Grundstücksmauer endete. Dort verflochten sie sich mit Tobys Zaubern und etlichen gleißend hellen Siegeln.

Auf der anderen Seite dieser undurchdringlichen Barriere, jenseits des schmiedeeisernen Tors, lag das Zentrum des geradezu apokalyptischen Sturms, der außerhalb des Anwesens tobte. Das Zentrum einer so gewaltigen Macht, dass meine Schritte stockten und mir unweigerlich ein ehrfürchtiger Schauer über den Rücken lief.

Bel stand an der Spitze einer Armee seiner Gefolgsleute. Dennoch war er allein es, der das Grundstück, das Haus und all meine Beschützer in seinen dunklen Granatapfelwürgegriff genommen hatte. Seine Haare tanzten im Wind. Schwärze und brennender Zorn funkelten in seinen Augen.

»Ich werde mich nicht wiederholen!«, warnte er gefährlich leise. »Lasst mich –«

Da sah er mich.

Die ganze Welt hielt von einem Moment auf den anderen den Atem an. Wind und Regen legten sich. Die glühenden Siegel erloschen. Das Grollen verstummte. Zurück blieb eine zum Zerreißen gespannte Stille, erfüllt von Bels sinnlichem Geruch. Es schien nur noch ihn und mich zu geben – und diese fatale Anziehungskraft, die seit jenem Abend zwischen uns schwelte, an dem Ianus mich in seine Dienste überstellt hatte. Ich war froh, dass es die Schutzbarriere gab. Andernfalls wäre Bel ohne jeden Zweifel sofort zu mir gestürmt. So musste er sich damit begnügen, mich aus der Ferne zu mustern. Ein sehnsüchtiger Ausdruck flackerte in seinem Blick. Ihm entging weder meine neue Kleidung noch die Tatsache, dass ich wohlauf, unverletzt und ganz offensichtlich aus freien Stücken hier war. Seine grimmige Miene glättete sich. Er wirkte erleichtert. Zumindest, bis ihm klar wurde, dass ich keine

Anstalten unternahm, ihm in irgendeiner Form entgegenzukommen.

Ich konnte es nicht. Ich wollte es nicht.

Und Bel … nahm es zur Kenntnis.

Gezwungenermaßen. Was sollte er auch sonst tun? Wenn er sich nicht gerade mit roher Gewalt einen Weg zu mir erkämpfen wollte, waren ihm die Hände gebunden.

Dennoch wartete er neun lange Atemzüge, bevor er sich von mir losriss. Mit einem tiefen Seufzen senkte er den Kopf und schloss die Augen. Als er sie kurz darauf wieder öffnete, waren sie so türkis wie kristallklare Aquamarine. Kalte Aquamarine. Verärgerte Aquamarine. Jede Sanftheit war daraus verschwunden. Er richtete den Blick auf Lucian und Ari.

»Ich will nur mit ihr reden.«

Eine ruhige Forderung – und doch lag darin noch so viel mehr. Es war eine ehrliche Bitte an seine Freunde. Es war das Versprechen eines friedlichen Rückzugs, falls sie ihm diesen Wunsch gewährten, und eine unverhohlene Drohung für den Fall, dass er nicht bekam, was er wollte.

Ärger stieg in mir auf.

Das war vor allem Erpressung und Bel besaß noch nicht einmal den Anstand, mich als seine Verhandlungspartnerin zu wählen. Als wäre ich unmündig. Als könnte ich in meiner Naivität, meiner Aufgewühltheit oder meiner Sterblichkeit die Konsequenzen meines Handelns nicht begreifen.

Glücklicherweise schien Ari diesbezüglich eine andere Meinung zu haben, denn sie drehte sich zu mir um und sah mich fragend an.

Tja … was nun?

Ich verspürte wirklich keine Lust, mit Bel zu sprechen. Ganz besonders nicht in der Stimmung, in der er sich gerade befand. Aber seit Tobys Übung hatte ich begriffen, dass eine Eskalation der falsche Weg war. Wenn ich wollte, dass Bel mich in Ruhe ließ, musste ich ihm das friedlich und vernünftig verständlich machen. Andernfalls würde er nie aufgeben.

Deshalb signalisierte ich Ari mit einem Nicken, dass ich zu einem Gespräch bereit war.

Was für ein wahnwitziges Vorhaben.

Bevor ich es mir anders überlegen konnte, marschierte ich auf das schmiedeeiserne Tor zu. Je näher ich Bel kam, desto dichter wurden die flirrenden Schutzzauber um mich herum. Dank meiner Immunität hatten sie keinen Einfluss auf mich. Deshalb achtete ich besonders darauf, den sicheren Bereich nicht zu verlassen. Genau an der Grenze des Grundstücks hielt ich an – nur eine Armlänge von Bel entfernt und doch getrennt durch jene magische Linie, die er nicht zu übertreten vermochte.

Sein unzufriedenes Gesicht verriet, dass er sich mehr erhofft hatte. Wenigstens einen letzten Schritt mehr. Aber damit konnte ich nicht dienen.

Gefasst sah ich ihn an. »Sag, was du zu sagen hast!«

Bel konterte mit einem finsteren Blick.

»Unter vier Augen!«

Ich schnaubte. »Vergiss es.«

Damit waren die Fronten geklärt. Bel presste die Lippen zu einem schmalen Strich zusammen. Er schien ganz und gar nicht erfreut darüber, das gewünschte Gespräch vor Zeugen führen zu müssen. Zeugen, die ihn kannten und ihm seine manipulativen Tricks nicht durchgehen lassen würden. Sein Pech.

»Jetzt und hier oder gar nicht«, stellte ich ihn vor die Wahl. Wenn er den kleinen Erfolg, den er soeben errungen hatte, nicht riskieren wollte, musste er sich wohl oder übel mit meinen Bedingungen abfinden.

»Fein ...«, murmelte er.

Und dann geschah etwas, das mir die Sprache verschlug. Bels ganze Haltung veränderte sich. Seine Aggressivität verschwand unter Resignation, und die Härte seiner Züge verwandelte sich in zärtliche Demut.

»Ich bin zu weit gegangen, Cassia«, begann er. Seine Stimme war gerade so laut, dass sie den Eindruck eines intimen Gesprächs vermittelte – obwohl wir beide wussten, dass jeder uns hören konnte. Eine Tatsache, die mir plötzlich sehr unangenehm wurde.

»Als du mich zurückgewiesen hast, war ich verletzt und habe die Beherrschung verloren. Es tut mir unendlich leid. Dafür gibt es keine Rechtfertigung. Das hätte nie passieren dürfen.«

Erschüttert starrte ich ihn an. So aufbrausend und angriffslustig, wie er hier herumgepöbelt hatte, wäre ich wirklich niemals auf den Gedanken gekommen, dass er sich entschuldigen würde. Schon gar nicht, wenn das bedeutete, sich selbst vor versammelter Mannschaft bloßzustellen. Dass er diese Größe besaß, nötigte mir einigen Respekt ab. Gleichzeitig fühlte ich Gewissensbisse in mir aufsteigen, weil ich diesen zerbrechlichen Moment in die Öffentlichkeit gezerrt hatte. Nur änderten die Gewissensbisse nichts an meiner Meinung.

Ich atmete tief durch und bemühte mich um einen bedächtigen und möglichst wertfreien Tonfall.

»Es ist aber passiert. Und es wird wieder passieren, weil in deiner Vorstellung die Option gar nicht existiert, dass du nicht bekommst, was du willst.«

Bel schaute mich an wie ein geprügelter Hund, doch er akzeptierte meinen Vorwurf und nickte.

»Du hast recht. Ich werde daran arbeiten, aber bitte komm mit mir zurück, wo du in Sicherheit bist.«

Er klang so bekümmert und kleinlaut, dass ich um ein Haar weich wurde. Ich ertappte mich dabei, wie ich über eine mögliche Rückkehr nachdachte, als ich plötzlich begriff, was hier eigentlich los war – was Bel da gerade tat. Er manipulierte mich schon wieder! Er verführte mich dazu, Dinge tun zu wollen, die ich kategorisch ausgeschlossen hatte. Oh nein! Diesmal nicht. Keine zehn Pferde würden mich in seine Villa zurückbringen.

»So, wie ich das sehe, bin ich hier durchaus in Sicherheit«, stellte ich ungerührt fest. »Andernfalls würden du und deine Leute wohl kaum da draußen herumstehen.«

Theoretisch hatte ich ihn nur an die Fakten erinnern wollen, doch selbst ich hörte, dass meine Antwort für Bel wie staubtrockener Spott klingen musste.

Warnend kniff er die Augen zusammen. Er beugte sich zu mir vor – exakt so weit, wie es die unsichtbare Barriere zuließ. »Diese lächerlichen Siegel halten mich nur fern, weil ich im Moment noch einen gewissen Wert darauf lege, niemanden zu verletzen«, informierte er mich mit gefährlicher Sanftheit. »Jemand wie Ianus wird nicht so zuvorkommend sein.«

Ein kalter Schauer jagte mir über den Rücken. Bel bluffte nicht. Auch wenn es zu seiner Großspurigkeit gepasst hätte, war ich mir dessen absolut sicher. Das machte die geringe Distanz zu ihm viel riskanter, als ich angenommen hatte. Unwillkürlich wollte ich zurückweichen, aber mein Stolz hielt mich davon ab. Mein Stolz und die knirschenden Schritte im Kies hinter mir. Elias kam mir zu Hilfe.

»Jemand wie Ianus verfügt nicht über deine Macht«, merkte der Kommandant an. »Mit ihm werden wir fertig.«

Bels Blick flog über meine Schulter und kühlte merklich ab. »Täusche dich nicht, Kommandant. Ianus ist so alt wie ich und wäre ohne seine Gefangenschaft auch genauso mächtig. Dank Gryas Urteil sind die Liga und ich nun gezwungen, dieses Defizit auszugleichen. Ich zögere meinen Anteil an dieser Entschädigung so lange wie möglich heraus, aber die anderen überschlagen sich bereits jetzt, dem neuen Ratsmitglied in den Arsch zu kriechen und ihm zu geben, was er verlangt. Zweifellos wüsstet ihr davon, wenn ihr nicht so beschäftigt gewesen wärt, Cassia vor mir zu verstecken.«

»Jetzt mach mal halblang«, mischte sich Ari ein. Auch sie kam näher. »Cassia ist kein Osterei, das man verstecken muss. Es war ihre Entscheidung, bei dir auszuziehen – was ich nebenbei bemerkt sehr gut verstehen kann. Sie war außerdem klug genug, uns um Hilfe zu bitten. Dementsprechend steht sie jetzt unter unserem Schutz. Du kannst dich also entspannen, denn ich glaube kaum, dass Ianus sich mit zwei Brachion und dem Kommandanten der Liga anlegen wird.«

Bel rollte mit den Augen, als wäre er die einzig klar denkende Person hier.

»Ihr unterschätzt Ianus.« Die Missbilligung in seinem Tonfall war kaum zu überhören. »Er war schon unzurechnungsfähig, bevor er zweitausend Jahre in den Stillen Wassern abgesessen hat. Und jetzt wächst seine Macht genauso schnell wie die Zahl seiner fanatischen Anhänger. Jeder, dem ich jemals auf den Schlips getreten bin, wird sich mit ihm verbünden. Dazu kommt, dass er bereits weiß, dass Cassia weggelaufen ist, während ihr so töricht seid, sie außerhalb meines Hoheitsgebiets zu verstecken. Alles in allem ist das die denkbar schlechteste Ausgangslage, um kindische Trotzreaktionen zu unterstützen – ganz gleich, wie gerechtfertigt sie sein mögen.«

Ich schnappte entgeistert nach Luft. »Kindische Trotzreaktionen?«

Da war er also wieder, der alte hochmütige selbstgefällige Bel, der nichts begriffen hatte.

Er stöhnte auf und griff sich an den Nasenrücken.

»Cassia, du musst bitte verstehen –«

»Ich muss gar nichts verstehen!«, fauchte ich. Mit gerechtem Zorn im Bauch starrte ich ihn an. Die Magie in meinen Adern brodelte, aber diesmal hatte ich sie im Griff – anders als all meine so vernünftig gefassten Vorsätze. Die gingen gerade mit wehenden Fahnen unter.

»Du bist *nicht* verantwortlich für meine Sicherheit. Das warst du noch nie. Du hast dich ungefragt in mein Leben gedrängt, also verschwinde jetzt auch wieder daraus! Geh und kümmere dich um all diese *befriedigenderen* und *weniger naiven* Angelegenheiten, von denen du so geschwärmt hast. Es ist mir egal! Es ist mir auch egal, ob Ianus mich erwischt, ob er mich umbringt oder ob du im Kalten Schlaf verrottest! Hauptsache, ich muss dich nie wiedersehen!«

Auf meinen Wutausbruch folgte lähmende Stille.

Bel starrte mich an, als hätte ich ihm ein Messer in den Leib gerammt. Er rang sichtlich um Fassung und hatte zum ersten Mal, seit ich ihn kennengelernt hatte, keinen schlagfertigen Kommentar parat. Schließlich wandte er sogar den

Blick von mir ab, als könnte er nicht ertragen, mir in die Augen zu sehen. Als würde er fürchten, was er dort fand.

»Du bist alles, was ich brauche«, murmelte er irgendwann. »Komm bitte zurück. Du hast mein Wort, dass ich dich in Ruhe lassen werde, bis du herausgefunden hast, was du willst.«

»Oh, ich weiß längst, was ich will«, schleuderte ich ihm entgegen. »Ich will jemanden, der mich nicht bevormundet. Ich will jemanden, der mich nicht beleidigt. Ich will jemanden, der keinen schwarzen Klumpen in seiner Brust hat, sondern ein echtes Herz. Eines, das schlägt.«

Kaum war meine Stimme verklungen, erkannte ich an Bels Gesicht, dass ich gerade genau das getan hatte, was ich eigentlich vermeiden wollte. Ich hatte Bel verletzt. Nicht nur ein kleines bisschen. Ich hatte ihm eine klaffende Wunde zugefügt. Der schmerzvolle Ausdruck in seinen türkisen Augen brannte sich tief in meine Erinnerung und ließ all meine Empörung wie ein Kartenhaus in sich zusammenstürzen.

Plötzlich schnellte sein Arm vor. Bel durchstieß die magischen Schutzzauber. Es gab einen gewaltigen Knall. Alle Siegel flammten auf. Ich roch verbranntes Fleisch. Doch bevor ich oder Elias oder die anderen reagieren konnten, hatte sich Bel meine Hand geschnappt und sie jenseits der Barriere auf seine Brust gelegt. Die warmen Muskeln unter seinem Hemd zu spüren und gleichzeitig Bels verkohlte Finger zu sehen, die mein Handgelenk umklammerten, überforderte mich so sehr, dass ich gar nicht auf die Idee kam, mich zu wehren.

»Du willst ein schlagendes Herz?«, fragte Bel, während seine Hand verheilte. »Bitte schön.«

Die Bedeutung seiner Worte sickerte nur langsam in meinen Verstand. Ein schlagendes Herz? Bels Herz schlug nicht, das hatte er mir in Rom selbst gesagt. Und trotzdem ... war da etwas. Wenn ich das Flirren der Schutzzauber ausblendete, wenn ich Bels dämonische Energie, die alles um ihn herum in Schwingung versetzte, ignorierte, wenn ich meinem eigenen rasenden Puls keine Beachtung schenkte, dann spürte ich unter meiner Handfläche tatsächlich ... ein regelmäßiges, kräftiges Pochen.

Mir war sofort klar, dass Bel seine sterbliche Hülle mit seiner Macht beeinflusste. Trotzdem berührte mich dieser Moment auf eine Weise, die ich nie für möglich gehalten hätte. Mein eigenes Herz zog sich vor Sehnsucht zusammen, es stolperte, setzte einen Schlag aus und pulsierte dann wie wild, als versuchte es, sich Bels Rhythmus anzupassen. Ich war so verstört von dieser heftigen Reaktion, dass ich Sorge hatte, man könnte sie mir ansehen. Nur mit Mühe gelang mir ein halbwegs souveräner Tonfall – aber erst nachdem ich mich zweimal geräuspert hatte.

»Glaubst du wirklich, ein so billiger Trick würde irgendetwas ändern?«

Ich wollte meine Hand zurückziehen, doch Bel gab mich nicht frei. Sein Griff war unendlich sanft, aber unerbittlich.

»Es ist kein Trick. Mein Herz schlägt. Für dich«, sagte er leise. »Seit dem Tag, an dem ich dich verloren hatte. Ich habe es mir mühsam antrainiert, damit du, wenn du wieder zurückkommst, spüren kannst, was du mir bedeutest. Falls du es mir nicht glaubst, frag deine neuen Freunde. Sie werden dir bestätigen, dass ich die Wahrheit sage, immerhin haben sie sich zweitausend Jahre lang über diese Eigenart von mir lustig gemacht.«

Fassungslos sah ich Bel an. Ein Fehler, denn nun war ich

der Aufrichtigkeit und dem Kummer in seinem Blick schutzlos ausgeliefert. Das schiere Ausmaß dieses Geständnisses sprengte meine Vorstellungskraft und machte leider einmal mehr klar, dass seine Zuneigung nicht meiner Person galt, sondern der Erinnerung an jemanden, den er vor zweitausend Jahren getroffen hatte. Ich versuchte, den Kloß in meiner Kehle herunterzuschlucken und meine Gefühle beiseitezuschieben, doch mein Verstand war völlig überreizt. Nur am Rande bekam ich mit, dass niemand Bels Behauptung widersprach. Gleichzeitig begann sein Daumen, kleine zärtliche Kreise über mein Handgelenk zu ziehen. Meine Haut prickelte und ich kriegte kaum noch Luft. Ob das Erregung, Rührung oder eine Panikattacke war, konnte ich nicht so genau sagen.

Gib uns eine Chance.

Bels samtige Stimme zwischen all meinen sich überschlagenden Gedanken gab mir den Rest. Es war zu viel. Zu viele Liebesbeweise. Zu viele Erwartungen. Zu viele Ungereimtheiten. Zu viel Bel. Ich musste hier weg.

»Lass mich bitte los«, flehte ich heiser.

Bel erfüllte mir diesen Wunsch nicht. Er hielt mich weiterhin fest, liebkoste mein Handgelenk, überschüttete mich mit seiner Aufrichtigkeit.

»Bitte ...« Mehr als ein Hauchen brachte ich nicht heraus.

Ich spürte, wie sich hinter mir eine drohende Energie aufbaute. Tiefe, mächtige Stromschnellen, auf denen das Sonnenlicht tanzte. Elias' Signatur.

Bel lockerte seinen Griff ein wenig. Das reichte. Ich zog meine Hand heraus und rannte. Ich floh. Vor Bel. Vor meinen Gefühlen. Vor den ergriffenen Gesichtern voller Mitleid. Mitleid, das diesmal nicht mir galt.

»Cassia!«

Bels Ruf ließ mich zusammenzucken. Trotzdem hielt ich nicht an. Fast hatte ich es geschafft. Die Tür war nur noch ein paar Schritte entfernt ...

»Auf diese Weise wollte ich es eigentlich nicht tun, aber du lässt mir keine andere Wahl«, verfolgte mich seine Stimme. »Ich fordere hiermit deine Schuld ein.«

Der alte und der neue Bel

Cassia drehte sich langsam um. Mit zitternden Händen klammerte sie sich am Türrahmen fest und fixierte einen unbestimmten Punkt auf dem Boden. Ihr rasender Puls war ganz offensichtlich das Resultat einer Mischung aus Wut, Verzweiflung und Panik. Diesmal tangierte es mich kein bisschen. Sie hatte heute mehrfach meine Grenzen überschritten, meine Nachsicht strapaziert und meine Opferbereitschaft mit Füßen getreten. Die Situation, in die sie sich nun hineinmanövriert hatte, ging ganz allein auf ihre Kappe.

Ari stapfte ein Stück auf mich zu.

»Was für eine Schuld?«, wollte sie wissen. Ihre misstrauische Neugier wirkte wie ein Fremdkörper in der angespannten Stille. Ich antwortete nicht. Das war eine Sache zwischen Cassia und mir. Die anderen hatten für meinen Geschmack ohnehin schon viel zu viel mitbekommen.

Offenbar interpretierte Ari meine grimmige Miene richtig, denn sie wandte sich als Nächstes an Cassia. Und die schien sich ihrer Retterin unglücklicherweise verpflichtet zu fühlen.

»Ein Kuss«, flüsterte sie, ohne irgendjemandem in die Augen zu sehen. »Ich schulde Bel einen Kuss.«

Aris Brauen verschwanden beinahe unter ihrem Haaransatz. Sie fuhr zu mir herum und packte all ihre Empörung in eine angewiderte Grimasse.

»Boah echt, Bel, du kannst manchmal so ein Arsch sein.«

Ich zuckte ungerührt mit den Schultern. »Cassia ist damals auf den Deal eingegangen und hat dafür ihre Gegenleistung bekommen. Eine Gegenleistung, mit der sie mich übrigens austricksen wollte. Ganz so unschuldig, wie sie tut, ist sie also nicht.«

»Trotzdem!«, beharrte Ari und versprühte weiterhin ihre nervigen Moralvorstellungen. »Ein Kuss sollte ein Geschenk sein und keine Währung.« Sie sah Cassia an. »Das musst du auf gar keinen Fall tun! Ich sorge dafür, dass –«

»Schon in Ordnung«, murmelte Cassia. Sie richtete sich auf, straffte ihre Schultern und strahlte plötzlich die Entschlossenheit einer Königin aus. »Bel hat recht. Ich schulde ihm den Kuss und es ist an der Zeit, diese offene Rechnung ein für alle Mal zu begleichen.«

Ihr Blick glitt in meine Richtung und traf mich mit einer unglaublichen Kälte. Ich fand darin keine Angst mehr, keine Unsicherheit. Überhaupt hatte Cassia jede Emotion von ihrem Gesicht verbannt. »Ich will nicht, dass uns in Zukunft noch irgendetwas aneinanderbindet.«

Mit dieser Aussage, so scharf, präzise und schmerzhaft wie ein Skalpell, marschierte sie auf mich zu. Sie schien es bitterernst zu meinen. Hätte sie eine Waffe in der Hand gehabt, hätte niemand an ihrer Bereitschaft gezweifelt, mir den finalen Todesstoß zu versetzen.

Dennoch erwartete ich sie in aller Gelassenheit. Meine Betroffenheit hielt sich in Grenzen, seit ich Cassias Taktik durchschaut hatte. Sie suchte nach wie vor nach einem Ausweg aus ihrem Gefühlschaos und da Betäubung durch Sex gerade nicht zur Verfügung stand, glaubte sie wohl, ein sauberer, klarer Schnitt wäre die beste Option. Nur hatte sie ihre Rechnung ohne mich gemacht. Ich war nicht gewillt aufzugeben und würde bis zum letzten Atemzug um sie kämpfen. Bedachte man, dass ich nicht aufs Atmen angewiesen war, stand ihr also noch einiges bevor.

Cassias Schritte wurden kein einziges Mal langsamer. Nicht, als Elias vorsichtig versuchte, ihren Aktionismus zu bremsen. Nicht, als sie den Rand der Schutzzauber erreicht hatte. Und auch nicht, als sie die Barriere, ohne mit der Wimper zu zucken, überquerte und sich provokant vor mir aufbaute. Vollkommen schutzlos.

Nicht ganz unbeeindruckt hob ich eine Augenbraue. Sich meinem Ermessen auszuliefern, war nicht nur gewagt, sondern auch noch ziemlich durchtrieben von ihr. Cassia stellte mir doch tatsächlich gerade eine Falle! Natürlich wusste sie, dass es mich in den Fingern jucken würde, sie einfach zu schnappen und mit nach Hause zu nehmen. Sie hoffte sogar darauf, denn damit würde ich ihre Vorbehalte bestätigen und ihr einen Grund liefern, mich wirklich hassen zu können. Dumm nur, dass ich ihr diesen Grund nicht lieferte.

Amüsiert verschränkte ich die Arme vor der Brust und tat nichts. Ich beobachtete lediglich, wie sich auf ihrem Gesicht nach und nach die Erkenntnis breitmachte, dass ich vielleicht doch nicht der böse Unhold war, der sie entführen und ihr die Freiheit rauben würde. Damit brachte ich Cassia tatsächlich aus dem Konzept. Ihre frostige Fassade bekam Risse. Sie begann, auf der Innenseite ihrer Lippe herumzuknabbern, während ihr Trotz ihr einen hinreißenden rosa Schimmer auf die Wangen zauberte.

»Na los!«, versuchte sie ihre Unsicherheit zu überspielen. »Nimm dir, was ich dir schulde. Wenn du wirklich so überzeugt davon bist, dass ein Kuss meine Meinung ändern wird, dann versuch ruhig dein Glück.«

Oh, und wie ich davon überzeugt war. Ich musste nur die richtigen Voraussetzungen dafür schaffen und mich bis dahin in Geduld üben. Letzteres war die eigentliche Herausforderung. Nichts hätte ich lieber getan, als Cassia hier und jetzt in meine Arme zu ziehen und ihre Zweifel unter meinen Lippen schmelzen zu lassen. Aber ihr Stolz war nun einmal eine nicht zu unterschätzende Größe.

»Ort und Zeit bestimme ich, schon vergessen?«

Mit aller Disziplin, die ich aufbringen konnte, zwang ich mich dazu, von ihr zurückzutreten. »Ich lasse dich in neun Stunden abholen.« Und weil ich den Protest von jenseits der Barriere schon anrücken sah, fügte ich noch hinzu: »Selbstverständlich bringe ich sie unbeschadet wieder. Ihr habt mein Wort. Die gleichen Bedingungen wie bei meinen Dates mit Ari. Abgesehen von dem Kuss werde ich Cassia nicht anfassen. Weder Körper, Geist noch Seele. Es sei denn natürlich, dass sie es *ausdrücklich* verlangt oder es ihrem Schutz dient.«

»Einverstanden«, sagte Cassia, bevor irgendjemand Einspruch erheben konnte. In ihrer Stimme schwang finstere Entschlossenheit mit. Anscheinend wollte sie um jeden Preis beweisen, dass sie keine Angst vor mir oder meinem Kuss hatte. »Ich werde da sein.«

Damit drehte sie sich um und stapfte erhobenen Hauptes zurück ins Haus. Ihre dunklen Haare wippten im Rhythmus ihrer Schritte und das Sommerkleid, das sie über schwarzen Leggins trug, folgte ihrem energischen Hüftschwung. Der Anblick brachte mich zum Lächeln. Obwohl sie ganz bestimmt nicht beabsichtigte, erotisch zu wirken, tat sie es trotzdem. Alles an dieser Frau betörte mich. Und ja, sie hatte recht.

Ich war viel zu lange auf die Vergangenheit fokussiert gewesen. Ich hatte versucht, die Cassia von damals wiederzufinden, und dabei fast übersehen, dass eine neue Cassia aus der Asche der alten erblüht war. Genauso stolz, genauso widerspenstig, genauso wunderschön und sinnlich, aber viel komplexer und filigraner. Wie eine von diesen japanischen Rätselboxen, die man nur mit viel Geduld und einer ganz bestimmten Kombination öffnen konnte. Allerdings mit ein paar zusätzlichen Verteidigungsmechanismen, die einem jedes Mal einen lebensgefährlichen Elektroschock verpassten, wenn man einen Fehler machte.

So nervenaufreibend das war, es reizte mich auf eine Art, die sie sich nicht einmal annähernd vorstellen konnte. Es schien fast, als hätte das Schicksal dafür gesorgt, dass sie mir auch noch nach zweitausend Jahren gewachsen war, dass sie mich auch heute ergänzte und perfekt zu mir passte. Noch nie war ich mir einer Sache so sicher gewesen: Cassia war entweder meine Zukunft oder mein Tod.

Als sie im Haus verschwunden war, richtete sich die komplette Aufmerksamkeit wieder auf mich. Das betretene Mitgefühl, mit dem Ari und die anderen mich bedachten, ging mir am Arsch vorbei, aber meine Wut auf sie war inzwischen verraucht. Sie beschützten Cassia. Wie konnte ich ihnen das vorwerfen?

»Ich werde einen Teil meiner Leute dalassen und später Verstärkung schicken. Sie werden euch beim Sichern des Grundstücks unterstützen. Von außen selbstverständlich«, informierte ich sie. Das war keine Bitte, sondern eine Ankündigung, schließlich gehörten alle angrenzenden Gebiete mir.

Ari nickte. Sie wusste, dass ich ihre Erlaubnis nicht brauchte, und schien deshalb dankbar, dass ich eine Art Zusammenarbeit vorschlug, anstatt weiter die Konfrontation zu suchen.

»Bel, es sieht vielleicht nicht so aus, aber ich stehe auf deiner Seite«, sagte sie leise.

Es sah wirklich nicht so aus ... Andererseits hätten sie Cassia auch nach Bora Bora oder Timbuktu bringen können. Zwar hätte ich ihre Flucht dann viel früher bemerkt, aber letztlich wären sie weg gewesen, bevor ich es hätte verhindern können.

Ari kam auf mich zu.

»Hör mal, ich hab mit Ramadon gesprochen, Lucian hat die Forschungsergebnisse von Omega durchforstet und Lizzy ist die Chroniken durchgegangen. Ich schick dir, was wir zu Blutflüchen gefunden haben. Es ist weder viel noch vielversprechend, aber möglicherweise wirst du schlau daraus. Und ehe du jetzt wieder einen auf Märtyrer machst«, kam sie meinem Einspruch zuvor, »solltest du wissen, dass wir die Spuren vom Massaker in der römischen Fabrikhalle verfolgt haben. Es wird dir nicht gefallen, aber alle Indizien weisen auf dich hin. Würde ich dich nicht besser kennen, wären Lucian und ich jetzt hinter dir her.«

Grimmig nahm ich diese Entwicklung zur Kenntnis. Langsam ging mir mein alter Freund wirklich auf den Sack.

»Bel, du musst etwas gegen Ianus unternehmen«, appellierte Ari inständig. »So wie es aussieht, ist er dabei, dich fertigzumachen. Ich habe Lizzy schon gebeten, die Hochzeit zu verschieben, um Zeit zu –«

»Das ist nicht nötig!«, erwiderte ich kühl. »Ich werde mich darum kümmern – rechtzeitig, um mein Versprechen einzulösen, dich zum Altar zu führen. Falls du das noch willst.«

»Das hat damit nichts zu tun, Bel. Du bist mein Freund und ich … mach mir Sorgen.«

»Musst du nicht.«

Damit gab es nichts weiter zu sagen. Ich schickte eine Nachricht an Oscar, um mich von ihm beschwören zu lassen, und sah Ari, Lucian und Elias ein letztes Mal eindringlich an, während sich schwarzes Licht um mich herum sammelte.

Passt auf sie auf!

Die Warnung hätte es nicht gebraucht, aber ich konnte nicht anders. Cassia durfte nichts passieren!

Dunkelheit hüllte mich ein und trug mich, entgegen jedem meiner Instinkte, fort von der Frau, die ich liebte. Als ich in meinem Wohnzimmer wieder Gestalt annahm, fühlte ich mich unvollständig, aufgewühlt und äußerst schlecht gelaunt.

Grims aufgeregtes Gesicht schob sich in mein Blickfeld.

»Und?«

Ich seufzte. »Sie ist in Sicherheit.«

»Und weiter?«

»Was weiter?«

»Wo ist sie? Was ist passiert? Warum hast du sie nicht mitgebracht?«

Lauter Fragen, mit denen ich mich im Moment nicht noch einmal auseinandersetzen wollte.

»Sie ist in Sicherheit«, wiederholte ich finster. »In ein paar Stunden werde ich sie treffen und sie davon überzeugen, dass sie an meine Seite gehört.«

»Aha … das ist alles?«

»Das ist alles.«

Ein höfliches Räuspern ließ mich zu Oscar blicken, der mit einem Tablett auf mich zukam. Darauf stand ein Glas

Milch und ein Teller mit einem einzelnen Schokocookie. Offenbar machte sich mein Butler Sorgen um meinen Gemütszustand.

»Wenn ich dazu ein Wort sagen dürfte?«, bat er respektvoll.

Ich verkniff mir eine ehrliche Antwort darauf. Heute hatte sich schon die halbe Welt in mein Privatleben eingemischt, da machte Oscar den Kohl auch nicht mehr fett. Besonders, da seine Meinung zu den wenigen zählte, die ich zu schätzen wusste.

»Nur zu«, brummte ich, schnappte mir Milch und Schokocookie und ließ mich damit aufs Sofa fallen.

Ergeben wartete Oscar, bis ich es mir bequem gemacht hatte, bevor er eine höchst bedeutungsvolle Miene aufsetzte.

»Blumen wachsen nicht, wenn man sie dazu auffordert.«

Ich blinzelte.

Mehr kam nicht.

Ein sprechender Glückskeks im Frack.

Grim stellte sich mit verschränkten Armen an die Seite ihres Nachkommen und nickte demonstrativ.

»Ich hätte es nicht ganz so vornehm ausgedrückt, aber er hat recht. Außerdem sind Blumen für'n Popo, wenn du in den Kalten Schlaf musst.«

Mit einem Augenrollen tunkte ich meinen Cookie in die Milch. Natürlich hatte Oscar recht, aber die Situation war dann doch etwas verzwickter.

»Cassia verleugnet ihre Gefühle für mich, weil sie Angst davor hat, mir zu vertrauen«, erklärte ich den beiden, da sie sonst ja doch keine Ruhe geben würden. »Außerdem wehrt sie sich mit Händen und Füßen gegen meine Liebe, weil sie ihr wie ein Gefängnis vorkommt. Sie will ihre Freiheit, sie will Abstand, sie will ihr eigenes Leben und ihre eigenen

Erfahrungen. Vergleichsmöglichkeiten, wie sie es so schön genannt hat.«

»DAS ist das Problem?!« Grim bekam ihren Mund nicht mehr zu. »Bei allen verkorksten Göttern dieser Welt, was ist nur aus dir geworden, als ich weg war? Der Bel, den ich kannte, hätte sie ziehen lassen und mit größter Vorfreude darauf gewartet, dass sie ihren Fehler irgendwann erkennt.«

»Der Bel von heute ist es inzwischen leid zu warten«, brummte ich und biss in meinen aufgeweichten Cookie.

Ganz eventuell hatte der Bel von heute auch selbst Angst. Angst, dass Cassias reines, unverdorbenes Herz doch mehr verdient hatte als einen schwarzen Klumpen, der nur einen Puls erzeugte, weil ich ihn dazu zwang. Aber das war etwas, was ich mit mir persönlich ausmachen musste.

»Der Bel von heute ist ein hasenfüßiger Hosenkacker«, warf Grim mir an den Kopf. »Wo ist dein Charme hin, dein Humor, deine Lässigkeit, dein Biss?«

»Ich zeig dir gleich meinen Biss!«, pflaumte ich sie mit vollem Mund an.

»Siehst du!« Grim warf ihre Hände in die Luft. »Was war das bitte für eine Antwort?! Früher hättest du mir für meine Respektlosigkeit mit Mord und Totschlag gedroht. Oder du hättest etwas gesagt wie: ›Meine Bisse sind heiß begehrt, Schätzchen. Ich verteile sie nicht an jedermann.‹«

Beim letzten Satz verstellte sie ihre Stimme in dem armseligen Versuch, mich nachzuahmen.

Ich bedachte sie mit einem griesgrämigen Blick. »So etwas Geschmackloses würde ich niemals sagen.«

Oscar stieß ein kaum hörbares Schnauben aus, was einem Veto gleichkam. Grim dagegen quittierte meine Antwort mit einem abfälligen Kopfschütteln. In einer erneuten Imitation meiner selbst bot sie mir die Alternative dar, die ihrer Meinung nach besser zu mir gepasst hätte: »›Mich nachzuahmen ist zwecklos, kleine Hexe. Es ist noch nie jemandem gelungen. Dazu bin ich zu einzigartig.‹«

Ich runzelte die Stirn.

»Ernsthaft? So klinge ich in deinen Ohren?«

Aber sie war kaum zu bremsen. Jetzt schritt sie in einer Art Cowboy-Gang vor mir auf und ab und parodierte mich weiter: »›Natürlich nicht. Alles, was ich sage, ist an Intellekt nicht zu übertreffen. Schließlich bin ich der Teufel mit mehr Macht, als du Wurm es dir vorstellen kannst.‹«

»Okay, ich hab's verstanden!« Gereizt schob ich mir den restlichen Cookie in den Mund und exte die Milch.

Meine Stimmung war inzwischen im Keller angekommen und meine düstere Miene machte mehr als deutlich, dass das Gespräch beendet war.

Oscar trat schon den Rückzug an, doch Grim hatte sich von meiner Laune noch nie abschrecken lassen. Sie plumpste auf den Platz neben mir und tätschelte meine Schulter.

»Ich weiß, dass du sie liebst, aber du kannst nicht mit einer zweitausend Jahre lang gewachsenen Erwartung an sie herantreten. Kein Wunder, dass das arme Ding Angst hat. Also lass sie los und vertrau darauf, dass sie zu dir zurückkommen wird. Freiwillig. Sie braucht nur ein bisschen Zeit.«

»Ich *habe* aber keine Zeit«, knurrte ich.

Es war das erste Mal, dass ich mir das eingestand. Es gefiel mir zwar nicht, doch mein Plan bezüglich Ianus barg durchaus ein gewisses Risiko.

Grim seufzte. »Du wirst Cassia also nicht um ihre Seele bitten, oder?«

»Nein. Und wenn du es an meiner statt tust, wirst du

deinen letzten Atemzug an eine völlig sinnlose Tat verschwendet haben.«

»Ah, da ist er ja, der alte Bel.« Meine Gezeichnete grinste mich an, auch wenn das die Sorge nicht aus ihren Augen vertreiben konnte. »Also gut. Und wie gedenkst du dann, deiner Strafe zu entkommen?«

»Auf die gleiche Art, wie Ianus seiner Strafe entkommen ist. Ohne Ankläger gibt es kein Urteil.«

Schnee von gestern

Acht Stunden nachdem Bel gegangen war, lag ich in meinem Bett, starrte die Zimmerdecke an und wartete darauf, dass mein Wecker klingelte. Noch dreißig Minuten. Das war verdammt noch mal mitten in der Nacht. Wer forderte mitten in der Nacht einen Kuss ein? Normale Leute schliefen zu dieser Uhrzeit! Gut, ich gehörte offensichtlich nicht zu den normalen Leuten. Und ganz nebenbei hasste ich Bel dafür, dass er recht behalten hatte: Ohne ihn fand ich weder Schlaf noch Erholung. Stattdessen war Espresso inzwischen mein neuer bester Freund geworden. Fünf Tassen des bitteren, völlig zurecht gehypten Getränks und meine Albträume stellten keine Gefahr mehr dar. Mein Herz klopfte zwar wie wild und ich kannte die Struktur meiner Zimmerdecke mittlerweile auswendig, aber zumindest dieses kleine Stück Unabhängigkeit hatte ich mir errungen. Außerdem war mir so genug Zeit geblieben, um meine Gedanken zu sortieren und das Gefühlswirrwarr, das Bel in mir auslöste, in drei überschaubare Kategorien einzuteilen: Triebe, Vernunft und Gefühle.

Meine Triebe wollten Bel. Punkt. Auf einer ganz primitiven hormonellen Instinkt-Ebene.

Meine Vernunft warnte mich eindringlich davor, erneut ein Kollateralschaden von Bels Egoismus zu werden. Wer wusste schon, ob ich nicht irgendwann wieder in einem Dolch landete, nur weil er seine Interessen über meine stellte?

Und meine Gefühle …

Hier wurde die Sache erst richtig kompliziert. Ich hatte in den letzten zweitausend Jahren jede nur erdenkliche Emotion für Bel empfunden und aus Selbstschutz alles irgendwann in eine dunkle Ecke meiner Seele gesperrt. All diese Empfindungen rauszulassen und zu entwirren, brauchte mehr als Mut und einen Liter Espresso. Es brauchte Zeit. Zeit, die Bel mir nicht ließ, weil er mich stattdessen mit seinen unerfüllbaren, beängstigenden Erwartungen an mich und eine gemeinsame Zukunft erdrückte.

An dieser äußerst frustrierenden Stelle meiner Überlegungen angekommen, klingelte der Wecker. Was für eine grausame Erfindung.

Ich kämpfte mich frustriert aus dem Bett. Egal, wie ich es drehte und wendete, ich kam nicht weiter. Ich wusste nur, dass ich in keinem Fall auf meine Freiheit verzichten wollte. Das hatte oberste Priorität. Ohne Wenn und Aber.

Unglücklicherweise fiel mir unter der Dusche auf, dass es ein Aber gab. Ein sehr großes Aber.

Mein Wunsch nach Freiheit machte aus meiner vertrackten Situation nämlich ein lebensgefährliches Dilemma. Im Moment konnten Ari, Lucian und Elias für meine Sicherheit sorgen. Doch wie würde das in drei Tagen aussehen, wenn Bel seine Strafe antreten musste. Oder in drei Monaten oder drei Jahren? Eine Welt ohne Bel bedeutete gleichzeitig eine Welt, in der Ianus das Sagen hatte. In einer solchen Welt gab es keine Freiheit für mich.

Möglicherweise war Bel doch das kleinere Übel?

So zu denken, drehte mir den Magen um. Ich hatte meine Prinzipien noch nie verkauft und würde jetzt ganz bestimmt nicht damit anfangen. Andererseits würde Ianus gewinnen, wenn wir alle stur auf unseren Standpunkten beharrten. Vielleicht ... musste einfach eine Art Kompromiss her, mit dem ich leben konnte?

Nachdem ich mich abgetrocknet hatte, zog ich an, was ich mir am Vortag zurechtgelegt hatte. Leggins, weil ich Hosen mit Reißverschluss und Knöpfen schlicht unbequem fand. Einen übergroßen Pulli, weil der kuschelige, dicke, unförmige Stoff mich vom Kinn bis zu den Knien einhüllte und wie ein Sack alles verbarg, was Bel nur im Mindesten reizvoll finden konnte. Und flache Stiefel, weil sie mir sowohl zum Rennen als auch zum Zutreten geeignet erschienen.

So gewappnet ging ich die Treppe hinunter ins Wohnzimmer. Vier Personen erwarteten mich dort bereits. Ari und Lucian nickten mir aufmunternd zu, während Lizzy meine Kleiderwahl mit einem Kopfschütteln kommentierte. Noch am Abend hatte sie mir zu einem knappen Fummel und hohen Absätzen geraten, damit es Bel so richtig schwerfallen würde, seinen Schwur einzuhalten und die Hände von mir zu lassen. Ich hatte dazu eine andere Meinung. Noch mehr sexuelle Spannung war das Letzte, was ich brauchen konnte.

»Du erinnerst dich sicher an Bels Leibwächter Hiro?«, erkundigte sich Lucian und deutete auf die vierte Person im Raum: eine bis an die Zähne bewaffnete Dämonin mit der Würde einer nubischen Herrscherin und der Bedrohlichkeit einer Assassine. »Jeanne Hadir ist gewissermaßen seine Nachfolgerin. Du kannst ihr vertrauen.«

Natürlich erinnerte ich mich an Hiro. Sein Tod hatte die magische Welt derart in Aufruhr versetzt, dass die Nachricht davon sogar bis in den Dolch vorgedrungen war. Tatsächlich hatte ich damals etwas wie Trauer empfunden. Weniger für Hiro, den ich kaum gekannt hatte, als für Bel, dem der Verlust seines guten Freundes sicherlich nahegegangen war.

Jeanne schien ihrem Vorgänger in Sachen Schweigsamkeit jedenfalls in nichts nachzustehen. Mit einer schlichten Geste forderte sie mich auf, ihr in das hauseigene Portal zu folgen, das sich offenbar direkt neben der Eingangstür befand. Es überraschte mich ein wenig, dass es hier so etwas gab, aber letztlich konnte es nur von Vorteil sein. Das würde das Treffen mit Bel sehr erleichtern. Hin, küssen, über einen neuen Deal sprechen, zurück und ein für alle Mal einen Haken dran machen.

Zielstrebig betrat ich also hinter der bewaffneten Prima die winzige Portalkammer.

»Heiz Bel die Hölle ein!«, rief Lizzy mir zum Abschied zu, während Lucian und Ari schwiegen, als wüssten sie nicht so recht, ob sie ihrer Jägerfreundin zustimmen sollten. Dann verschloss Jeanne die Tür und ich sah ihr dabei zu, wie sie die Magie aktivierte, die nötig war, um uns an einen anderen Ort zu bringen. Etwas Ähnliches hatte ich während meiner Gefangenschaft im Dolch schon hundertfach erlebt. Natürlich konnte man das nicht mit der echten Erfahrung vergleichen, aber ich war viel zu müde und nervös, um die neuen Sinneseindrücke bewusst wahrzunehmen.

Als die Tür zu Aris Haus verschwand und stattdessen ein uraltes schweres Eichentor mit erschreckend spitzen Eisenbeschlägen auftauchte, schob ich irritiert die Brauen zusammen. Das gehörte ganz bestimmt nicht zu Bels Anwesen auf Malta.

Jeanne öffnete es und ein Schwall eisiger, klammer Luft kam mir entgegen – wie aus einem Weinkeller. Oder einem Verlies. Vor uns entfaltete sich ein finsterer enger Gang, an dessen weit entferntem Ende eine einzelne verlorene Fackel loderte. Nicht gerade sehr einladend und eigentlich so gar nicht Bels Stil. Obwohl …

Ohne zu zögern marschierte die Prima los und überließ es mir, ihr in die Dunkelheit zu folgen. Jetzt gratulierte ich mir zu meinem Pulli und den festen Stiefeln. Es war nämlich bitterkalt und der Boden bestand aus unebenen feuchten Steinklötzen, auf denen sich hier und da kleine Pfützen sammelten. Nachdem wir die Fackel und eine zweite Tür passiert hatten, wurde der Gang noch schmaler und führte schließlich über eine enge Wendeltreppe nach oben. Auch hier hingen in regelmäßigen Abständen Fackeln an der Wand. Jetzt war ich mir sicher, dass wir uns in den Tiefen einer mittelalterlichen Burg befinden mussten.

»Wo genau sind wir hier?«, fragte ich Jeanne leise.

Die Prima schwieg so lange, dass ich schon dachte, sie würde mich bewusst ignorieren. Aber als wir das Ende der Wendeltreppe erreicht hatten, stieß sie eine Metalltür auf und sagte mit tiefer weicher Stimme: »Ehrlich? Ich hab keine Ahnung. Bel weiht mich selten in seine Pläne ein. Wenn ich raten müsste, irgendwo in den Karpaten.«

Oh … ähm … »Danke.«

Das half mir so gar nicht weiter. Ich hatte zwar schon einmal was von den Karpaten gehört, wusste jedoch nicht, wo sie lagen. Jeanne nickte, machte aber keine Anstalten weiterzugehen. Sie deutete in den dunklen Raum, der sich hinter der Tür erstreckte.

»Er erwartet dich.«

Ich schluckte schwer. Keine Ahnung, was Bel mit diesem unheimlichen Ambiente bezweckte, aber falls er versuchte, mich einzuschüchtern, würde ich ihm diesen Gefallen nicht tun. Entschlossen krallte ich meine schweißnassen Finger in die viel zu langen Ärmel meines Pullovers und stapfte los.

Ein riesiger Saal hieß mich willkommen. In dem spärlichen Licht, das von der Wendeltreppe hereinfiel, entdeckte ich gruselige Gemälde längst verstorbener Menschen. Rüstungen. Lanzen, Wandteppiche. Zumindest, bis Jeanne die kleine Metalltür schloss und mich in völliger Finsternis zurückließ.

Ernsthaft?! Was sollte das? Wollte Bel, dass ich –

Plötzlich umwehte mich ein Hauch von Granatapfel und dunkler Sinnlichkeit. Sofort waren alle meine Sinne bis aufs Äußerste gespannt. Ich rechnete jeden Augenblick damit, dass er mit einem lockeren Spruch vor mir auftauchte, aber es geschah nichts. Nein, nicht nichts. Eine einzelne Kerze flammte auf. Mitten im Saal. Es folgte eine zweite, eine dritte und vierte. Immer mehr Lichter entzündeten sich. Sie bildeten eine Linie, eine Spur, die zu einem Rundbogen führte. Offensichtlich eine zweifelhaft romantische Einladung.

Ich unterdrückte ein Stöhnen. Für so was fehlte mir jetzt wirklich die Geduld. Es war mitten in der Nacht. Meine Nerven lagen dank Schlafdefizit ohnehin blank. Dazu kam die Anspannung wegen des bevorstehenden Kusses und eine ganze Menge Koffein, das mir durch die Adern pumpte. Am liebsten wäre ich sofort wieder umgekehrt, aber ich hatte so eine Ahnung, dass Jeanne nicht mehr da sein würde, um mir den Weg zu zeigen.

Mangels Alternative setzte ich mich also in Bewegung und folgte der Kerzenspur durch drei weitere Säle. Gerade als mein Frust den Höchststand erreicht hatte, spürte ich, wie sich seine dämonische Macht verdichtete. Und tatsächlich ... eine Abzweigung später sah ich ihn.

Bels Silhouette zeichnete sich vor einem lebhaften Feuer

ab, das in einem monumentalen Kamin am Ende einer langen imposanten Halle brannte. Eindeutig hatte dieser Raum den früheren Burgherren einmal zu repräsentativen Zwecken gedient. Den früheren Burgherren? Womöglich gab es die gar nicht. Immerhin war Bel alt genug, um beim Bau dieser Burg dabei gewesen zu sein. Wie auch immer, diese Halle bot ausreichend Platz für Bels Ego und war dem Finale seines kleinen Schauspiels definitiv würdig. Mir lag schon ein sarkastischer Kommentar auf der Zunge, aber ich schluckte ihn runter. Ich war nicht zum Streiten hier, sondern um eine Schuld zu begleichen. Meine Müdigkeit verwandelte meinen Frust in Pragmatismus und prompt war ich dabei, die Halle zu durchqueren.

Als ich dem Feuer näher kam, erkannte ich, dass Bel ganz förmlich einen Anzug und darüber einen eleganten schwarzen Wintermantel trug. Alles Teil der Inszenierung. Dämonen froren nicht. Aber hey, mir sollte es recht sein. Je mehr Schichten uns bei unserem Kuss trennten, desto besser.

Bel löste seinen Blick von den Flammen und sah mich an. Der Schein des Feuers tanzte auf seinem Gesicht und verlieh seiner Erscheinung eine dramatische Note.

Mein Mund wurde trocken. Während ich auf dem Weg hierher noch gefroren hatte, wurde mir jetzt plötzlich sehr heiß. Und das nicht wegen des Kamins. Mein Puls raste. Nervös strich ich mir die Haare aus dem Gesicht. Dabei bemerkte ich, dass meine Hände zitterten, also versteckte ich sie in meinen Ärmeln und schlang die Arme sicherheitshalber noch einmal um meinen Oberkörper.

»Wollen wir es dann hinter uns bringen?«, fragte ich und trat unruhig von einem Fuß auf den anderen.

Natürlich war Bel nicht die kleinste meiner Regungen entgangen. Eine unsterbliche Braue schraubte sich in die Höhe, bevor seine Augen plötzlich schmal wurden und er mich eindringlich musterte.

»Wie viel Kaffee hast du getrunken?«

Ertappt blinzelte ich.

Ungefähr fünfmal zu oft, um nicht verdächtig zu erscheinen. Das konnte er doch nicht wissen! Oder doch? Roch er den Espresso? Oder riet er? Ahnte er auch, warum ich mich im Koffein ertränkt hatte? Dass ich ohne ihn nicht schlafen konnte? Oje, das war kein guter Einstieg, um die Sache souverän hinter mich zu bringen.

»Ich ... ähm ... schulde dir einen Kuss und keine Antworten«, startete ich den kläglichen Versuch, meinen Stolz zu retten, »Also ... können wir dann?«

Bel bedachte mich mit einer Mischung aus Kopfschütteln und Augenrollen. Allerdings entschied er sich überraschenderweise dafür, meinen Koffeinkonsum nicht weiter zu thematisieren.

»Ich bin noch nicht wirklich in Stimmung«, murmelte er stattdessen und wandte sich ab.

Häh?! Was sollte das denn bitte heißen?! Ich war nicht einer dämlichen Fährte aus Kerzen hierher gefolgt, damit er mich jetzt hinhielt. Und doch tat er genau das. In aller Seelenruhe spazierte Bel zu einer Fensterfront, die ganz bestimmt nicht Teil des Originalgebäudes war.

Fast schon beiläufig fragte er in den Raum: »Weißt du, was heute für ein Tag ist?«

»Nein, keine Ahnung«, pampte ich ihn an. »Ekelpaket-Montag? Großkotz-Dienstag? Mistkerl-Mittwoch?«

Da die Nacht jenseits der Fenster stockdunkel war, konnte ich in den Scheiben sehen, wie Bel grinste.

»Es ist Freitag. Aber darum geht es nicht. Ich meinte eher das Datum.«

Verärgert stapfte ich ihm hinterher. »Niemanden interessiert das verdammte Datum. Heute ist der Tag, an dem ich meine Schulden bei dir begleiche und meine Freiheit zurückbekomme! Also küss mich endlich!«

Mit einem belustigten Funkeln in den Augen drehte er sich zu mir um. »Heute ist der fünfzehnte März.«

Der ... was?!

Oh Scheiße.

»Alles Gute zum Geburtstag, Cassia«, raunte er mir zu. »Und weil ich *niemals* zu einer Geburtstagsparty mit leeren Händen komme, hab ich eine Überraschung für dich.«

Seine Macht wirbelte auf und löschte das Feuer im Kamin. Stattdessen entzündeten sich nun draußen eine ganze Reihe von Lichtern. Goldgelb flackernde Laternen, die eine Art burgeigenen Vorhof oder Exerzierplatz in warmes Licht hüllten. Der Anblick war atemberaubend. Aber nicht wegen der gut erhaltenen Architektur, den wehrhaft aussehenden Schießscharten oder den uralten knorrigen Bäumen. Das alles diente nur als Kulisse für die eigentliche Attraktion: dicke Flocken, die vom Nachthimmel herabschwebten und die Burg unter einer glitzernden weißen Decke begruben.

Sofort stiegen Bilder in mir auf. Eindrücke von meinem ersten Schnee im letzten Winter mit meiner Mutter. Ich hatte so lange nicht mehr daran gedacht, dass diese Erinnerung schon fast verblasst war. Doch nun lebte alles wieder auf. Das bescheidene Lagerfeuer, vor dem meine Mammam mich in ihren Armen hielt. Unser Atem, der kleine Wolken vor unseren Mündern bildete. Der friedliche Tanz der Schneeflocken. Tiefe Stille.

Meine Augen füllten sich mit Tränen. Ich hatte nie jemandem davon erzählt. Nur Bel. Als ich dem Tod näher gewesen war als dem Leben. Wer hätte gedacht, dass er sich daran erinnerte ...

»Willst du rausgehen?«

Eine sanfte Frage ohne den Hauch von Großspurigkeit. Und selbst wenn ... Für dieses Angebot hätte ich sogar meinen Stolz verkauft. Ich musste dort raus, musste den Schnee fühlen, ihn riechen. Unwillkürlich nickte ich, was Bel mit einem Lächeln quittierte. Er ging zu einem schweren Tor und stieß einen der Flügel auf. Sofort wirbelten mir die ersten Flocken entgegen. Die Luft war eiskalt, aber das kümmerte mich nicht. Über ein paar Stufen gelangte ich in den Vorhof. Unten angekommen versanken meine Stiefel vollständig im kniehohen Schnee. Das Knistern und Knacken, das dabei entstand, durchbrach die überwältigende, fast schon majestätische Lautlosigkeit der weißen Pracht. Ehrfürchtig wagte ich mich weiter vorwärts. Frostige Feuchtigkeit drang durch meine Leggins. Auch das war mir egal. Mit einem Lächeln atmete ich den Winter ein und streckte mein Gesicht den Schneeflocken entgegen. Das Gefühl, wie sie auf meiner Haut schmolzen, war umwerfend. Ich brauchte mehr davon und versuchte, eine einzufangen. Zwei. Drei. Zehn. Übermütig jagte ich den dicken Flocken nach und kümmerte mich kein bisschen darum, wie albern ich wirken musste. Schließlich geriet ich sogar ins Straucheln und plumpste der Länge nach in den Schnee. Er war gnädig und dämpfte meinen Sturz wie eine weiche Matratze. Durch meinen Pulli hindurch stach die Kälte in meine Haut. Nicht unangenehm. Eher das Gegenteil. Der subtile Schmerz verdrängte die Müdigkeit aus meinem Körper. Lachend wälzte ich mich auf den Rücken und staunte nicht schlecht über die neue Perspektive, die sich mir nun bot: ein schwarzer Nachthimmel, vor dem immer mehr Flocken nahezu schwerelos auf mich herabsegelten. Ob sie mich wohl zudecken würden, wenn ich nur lange genug hier lag? Ich fand es nicht heraus, denn knirschende Schritte näherten sich. Ehe ich mich's versah, ließ sich eine dunkle Gestalt neben mir in den Schnee fallen.

»Hmm«, stieß Bel anerkennend aus. Es klang fast so, als hätte er die Welt noch nie aus diesem Blickwinkel betrachtet und soeben die interessante Entdeckung gemacht, dass es ihm gefiel. Mehr sagte er nicht. Er lag einfach nur da und teilte den Moment mit mir. Ich war ihm unendlich dankbar, dass er sich zurückhielt und mir mein Erlebnis nicht mit irgendwelchen sarkastischen Kommentaren verdarb.

Zumindest für zwei Minuten.

Dann holte er Luft und es ging los.

»Da dein Bewusstsein wohl noch immer nicht vollständig in deinem Körper angekommen zu sein scheint, hier ein kleiner Reminder in Sachen Sterblichkeit«, plauderte er leichtfertig vor sich hin. »Der Schmerz, den du gerade empfindest, ist eine Art eingebaute Alarmanlage. Er warnt dich davor, den Schnee weiterhin als Bett zu benutzen. Denn das hat für Menschen üblicherweise unschöne Folgen wie Lungenentzündungen, schwarz verschrumpelten Gliedmaßen oder Tod. Besonders für jene Menschen, die sich dank ihrer Immunität nicht von mir heilen lassen können.«

Ich konzentrierte mich auf die tanzenden Schneeflocken und versuchte, Bels Anwesenheit auszublenden. Natürlich wusste ich, dass er recht hatte, aber ich war trotzdem noch nicht bereit, diesen wunderschönen kleinen, kostbaren Moment enden zu lassen.

Doch Bel ließ nicht locker. Als er diesmal weitersprach, klang er sanfter, aber auch deutlich ernster.

»Was ich damit sagen möchte, ist, dass du ein bisschen besser auf dich achtgeben solltest. Eine Koffeinüberdosis und Schlafmangel sind das eine, deine Überlebensinstinkte zu ignorieren, ist etwas ganz anderes.«

Ein Teil von mir wollte ihn anschreien, dass er nicht für meine Sicherheit verantwortlich war und sich aus meinem Leben raushalten sollte. Aber mir fehlten die Kraft und der Wille, die Situation zwischen uns schon wieder eskalieren zu lassen.

»Es ist nur Schnee«, flüsterte ich stattdessen und hoffte, dass ihn das endlich zum Schweigen bringen würde. Aber Bel rollte sich herum. Jetzt tauchte sein Gesicht samt einem äußerst tadelnden Ausdruck in meinem Blickfeld auf.

»In diesen Breiten ist Schnee nicht bloß eine nette Deko, sondern eine Naturgewalt. In kontrollierten Maßen mag das eine spektakuläre Erfahrung sein, aber schlägst du deine Achtsamkeit in den Wind, spielst du mit dem Feuer.«

»Also wie bei dir«, konterte ich und sah ihm dabei unerschrocken in die Augen.

Bels Miene verfinsterte sich. Die Muskeln an seinem Kiefer arbeiteten. »Mit einem Unterschied«, meinte er gefährlich leise. »Der Schnee liebt dich nicht.«

Und dann, von einem Moment auf den anderen, verschwand seine Anspannung. Er sprang geschmeidig auf und klatschte in die Hände.

»So! Raus aus der Kälte! Ich habe Ari geschworen, dich abseits unseres Kusses weder physisch noch magisch zu berühren, also werden wir dich wohl auf herkömmliche Art aufwärmen müssen. Na komm schon! Hopp, hopp!«

Damit spazierte er davon.

Hopp, hopp?! Er konnte mich mal! Lieber würde ich erfrieren, als mich von ihm herumkommandieren zu lassen.

»Ich warne dich, Cassia!«, hörte ich Bels belustigte Stimme über den Vorhof hallen. »Wenn du nicht bald aufstehst, betrachte ich dich als offiziell gefährdet, was meinen Schwur außer Kraft setzt. Dann werde ich dich zu deinem eigenen Schutz holen kommen.«

Mist.

Zartbitterer Abschied

Mit einem Schmunzeln beobachtete ich Cassia, wie sie sich schmollend aus den Schneemassen kämpfte. Das war der niedlichste Anblick, den diese Festung je erlebt hatte. Und ich wusste, wovon ich sprach. Genau hier auf der östlichen Bastion war ich nach brutalen Angriffen schon knöcheltief im Blut meiner Feinde gestanden. Hier hatte ich Freunde sterben sehen. Hier wurden Verräter hingerichtet und Mörder geköpft. Tatsächlich war das Unschuldigste, was ich mit diesem Ort in Verbindung brachte, eine exzessive Dracula-Revival-Party zur letzten Jahrhundertwende gewesen. Und selbst damals war das Blut in Strömen geflossen. Vielleicht lag Cassia also gar nicht so falsch damit, dass man gewisse selbstzerstörerische Tendenzen mitbringen musste, um sich von mir angezogen zu fühlen.

Ich entzündete die riesige Feuerschale in meiner überdachten VIP-Lounge. Obwohl ich den rauen Charme meiner Festung durchaus schätzte, musste man in meinen Besitztümern nie auf ein gewisses Mindestmaß an Annehmlichkeiten verzichten. Und dazu zählte eben auch, in gepolsterten Liegestühlen bei Champagner und Lagerfeuer die Sonne über den schneebedeckten Karpaten aufgehen sehen zu können.

Als Cassia den Loungebereich unter dem Schindeldach betrat, zitterte sie am ganzen Leib. Sie gab sich zwar redlich Mühe, es zu verbergen, aber ihr Zähneklappern konnte man sicher noch unten im Tal hören. Kein Wunder, sie war völlig durchnässt. Zu allem Überfluss klebten an ihrem Pulli und in ihren Haaren dicke Schneeklumpen.

Seufzend zog ich meinen Mantel aus. Hätte ich geahnt, dass sie sich mit dem frostigen Zeug panieren würde wie ein Schnitzel, hätte ich ihr Kleidung zum Wechseln mitgebracht. Oder auf die Weder-magisch-noch-physisch-berühren-Klausel in meinem Schwur verzichtet. Beides nicht zu ändern, also musste wohl oder übel mein Kaschmirmantel dran glauben. Mit einem flüchtigen Gedanken veränderte ich dessen Größe, Beschaffenheit und Farbe und warf ihr den neu entstandenen, flauschig warmen Morgenmantel zu.

»Nur bis deine Klamotten getrocknet sind«, kam ich ihrem Protest zuvor und drehte mich um. »Ich schau auch nicht zu, versprochen.«

Überraschenderweise blieb der befürchtete Protest aus. Stattdessen hörte ich, wie sie klaglos begann, sich umzuziehen. Entweder ihr ging es wirklich so schlecht, dass sie zur Vernunft gekommen war – oder irgendetwas anderes beschäftigte Cassia. Womöglich beides.

»Diesen Schwur hast du nicht zum ersten Mal geleistet, nicht wahr?«, wollte sie unvermittelt wissen. »War Ari dir auch einen Kuss schuldig?«

Aha. Da hatten wir den Übeltäter.

»Nein und nein«, antwortete ich mit Bedacht auf beide Fragen.

»Aber du hast sie geküsst?«

»Ja.«

»Warum?«

Unwillig rieb ich mir den Nacken. Es gab wirklich tausend Gesprächsthemen, die mir im Moment lieber gewesen wären, aber so sehr, wie Cassia die Sache umzutreiben schien, war es wohl sinnvoll, dieses äußerst lästige Vorkommnis endgültig aus der Welt zu schaffen. Also starrte ich auf die nächtlichen Berggipfel jenseits der Bastion und suchte nach den richtigen Worten für etwas, das sich kaum in Worte fassen ließ.

»Weil Ari mich in ihrer Kraft, ihrer Sturheit und ihrem Stolz an ein namenloses Mädchen aus dem Alten Rom erinnert hat«, sagte ich leise. »Es war, als würde man in einer langen kalten Nacht den Mond anschauen und sich nach der Wärme der Sonne sehnen. Deshalb habe ich sie geküsst. Ich wollte mich an das Sonnenlicht erinnern. An dich.«

Stille breitete sich hinter mir aus. Ich hätte mich gern umgedreht, um Cassias Reaktion zu sehen, aber sie hatte mein Wort. Zu schade, dass man im Moment aus ihrem koffeingepushten Puls nicht schlau wurde. Wobei auch der sich langsam zu beruhigen schien.

Plötzlich hörte ich das Tappen blanker Füße. Dann das Schaben von Holz auf Stein. Verrückte Cassia etwa gerade meine Möbel?

»Fertig«, murmelte sie irgendwann.

Ich wandte mich um und musste unwillkürlich grinsen. Cassia hatte sich tatsächlich einen der schweren Holzliegestühle ganz nah an die große Feuerschale geschoben, und es sich darauf bequem gemacht. In ihrem Fall hieß das, sie hatte sich zusammengerollt und sich so fest und vollständig in ihren neuen Morgenmantel gewickelt, dass eigentlich nur noch eine königsblaue Kuschelfleece-Kugel mit Kopf übrig blieb. Letzterer lehnte auf ihren Knien, von wo aus sie gedankenverloren das Lagerfeuer betrachtete.

Ein Bild für Götter.

Ich verzichtete auf einen entsprechenden Kommentar, und zog mir einen zweiten Stuhl ans Feuer. Während auch ich es mir gemütlich machte, gab ich meinen Bediensteten den mentalen Befehl, dass sie anrichten durften. Sie brachten diverse kalte und heiße Getränke sowie einen Servierwagen, auf dem sich allerlei frische Früchte und meine zweite Geburtstagsüberraschung befanden.

»Was ist das?«

Cassia hatte ihren Blick vom Feuer losgerissen und musterte misstrauisch das pyramidenartige Gebilde, aus dessen Spitze eine zähe, dunkle Flüssigkeit sprudelte und drei Etagen tiefer in einer Schale aufgefangen wurde.

Belustigt hob ich meine Braue. »Zwei Jahrtausende Weltgeschichte sind an dir vorbeigezogen und du kennst keinen Schokoladenbrunnen?!«

Um zu zeigen, wie es funktionierte, schnappte ich mir eine Erdbeere und tauchte sie ausgiebig in die dunkle Schokolade. Dann biss ich hinein, kaute genüsslich und leckte mir zu guter Letzt die Schokoreste von den Fingern.

Während der ganzen Prozedur beäugte Cassia mich skeptisch, als wäre sie sich nicht sicher, was sie davon halten sollte.

»Na, komm schon!«, forderte ich sie mit einem verschmitzten Grinsen auf. »Wenn es dir nicht schmeckt, erlasse ich dir den Kuss, den du mir schuldest.«

Jetzt hatte ich sie. Zögerlich löste sich eine Hand aus ihrer Morgenmantel-Schutzkugel. Sie verzichtete auf Obst und tippte stattdessen mit ihrer Fingerspitze gegen die flüssige Schokoladenwand. Ihre Stirn kräuselte sich. Sie roch an der dunklen Masse und wirkte auf einmal irritiert. Dann endlich wagte sie es und schloss ihre weichen Lippen um ihren Finger.

Mit ansehen zu dürfen, welche Wirkung der unbekannte Geschmack auf sie hatte, war unbezahlbar. Pure Sinnesfreude stand ihr ins Gesicht geschrieben. Ich war mir sicher, dass sie sogar verzückt aufgestöhnt hätte, wenn ihr nicht plötzlich die Erkenntnis der Erkenntnisse gekommen wäre. Sie erstarrte, hielt den Atem an. Ihr Herzschlag stolperte. Ihre Gedanken schienen sich zu überschlagen, als wäre ihr gerade die Antwort auf eine Frage zugeflogen, die sie erst finden musste. Auf einmal weiteten sich ihre Augen. Reflexartig sah sie zu mir, nur um ihren Blick mit geröteten Wangen wieder zu senken.

Amüsiert ließ ich meine Brauen auf und ab hüpfen.

»Mit Granatapfelkernen zusammen schmeckt es noch besser.«

Aus dem zarten Rosa ihrer Wangen wurde ein hinreißendes Rot. Entsetzt wurde ihr bewusst, dass sie nach wie vor an ihrem Finger lutschte. Sie zog ihn heraus und bemühte sich um eine gefasste Miene. Es gelang ihr nicht und meine Aufmerksamkeit machte das Ganze nicht besser. Um sie nicht in eine unüberlegte Panikreaktion zu treiben, entschied ich, ihr eine kleine Atempause zu gewähren.

»Bedien dich ruhig. Es ist genug da«, bot ich an, bevor ich mich der nächtlichen Aussicht zuwandte und so tat, als hätte ich das Interesse an ihren ersten Schokoladenerfahrungen verloren.

Das half. Cassia entkrampfte sich ein wenig, und nach einer Weile, in der ich stoisch geradeaus starrte, traute sie sich, heimlich ein zweites Mal zu kosten. Und ein drittes Mal. Sogar mit Obst. Den Geräuschen nach war es wohl eine Weintraube. Zwei weitere folgten und schließlich warf sie alle Hemmungen über Bord. Aus den Augenwinkeln sah ich, wie sie ihre ineinander verschlungenen Gliedmaßen entknotete und sich im Schneidersitz dem Tisch zuwandte. Danach erklang eine wahre Sinfonie an leisen Knabber-, Schmatz- und Naschlauten, gekrönt von vereinzelten beglückten Seufzern.

Großer Gott, ich hatte ja schon von Anfang an gewusst, dass Cassia einen ausgeprägten Sinn für die Genüsse und schönen Dinge des Lebens besaß, aber die Hingabe, mit der sie sich gerade meinen Geschmack auf der Zunge zergehen ließ, erfüllte und erregte mich auf so vielen Ebenen, dass es mich fast um den Verstand brachte. Einerseits musste ich meine Finger in die Stuhllehnen krallen, um mein Wort zu halten und nicht dem Drang nachzugeben, mich mit ihr durch die flüssige Schokolade zu wälzen. Andererseits überrollte mich eine Welle der Zufriedenheit. Hier zu sitzen, mit Cassia an meiner Seite, ihr eine Freude bereiten zu können, ihr Ruhe zu schenken und zu erleben, dass ich ihr guttat, machte diesen Augenblick vollkommen.

Dementsprechend wusste ich nicht, ob ich enttäuscht oder erleichtert war, als sie ihren Hunger endlich gestillt hatte. Cassia atmete tief durch. Satt und zufrieden kuschelte sie sich in den Liegestuhl. Ihr gefüllter Magen und die Hitze des Lagerfeuers sorgten dafür, dass das Koffein seinen Einfluss auf sie endgültig verlor. Ihr Herz schlug ruhig und sie versuchte, ein Gähnen zu unterdrücken. Das hypnotisierende Knistern der brennenden Holzscheite tat sein Übriges, um sie ganz sacht dem Schlaf näher zu bringen. Doch sie schlief nicht. Sie grübelte. Ich konnte ihre nachdenklichen Blicke förmlich spüren.

»Du versuchst schon wieder, mich zu verführen«, murmelte sie – ohne jeden Groll. »Aber das wird nicht funktionieren. Nicht mehr.«

»Nein, Cassia«, sagte ich und verzichtete bewusst darauf,

sie anzuschauen, um sie nicht zu bedrängen. »Ich schenke der Frau, die ich liebe, nur eine schöne Erinnerung.«

Cassia nahm meine Antwort stumm zur Kenntnis. Tatsächlich schwieg sie so lange, dass ich mir nicht mehr sicher war, ob sie nicht vielleicht doch schon eingeschlafen sein könnte. Vorsichtig drehte ich mich zu ihr und sah direkt in große dunkelblaue Augen, die mich traurig musterten.

»Ich glaube, du liebst nicht mich«, begann sie leise, »sondern nur die Erinnerung an das namenlose Mädchen aus dem Alten Rom, das du nicht retten konntest.«

Mein erster Impuls war, ihr vehement zu widersprechen, aber ich wusste, dass weitere Liebesbeteuerungen nicht zu ihr durchdringen würden. Also nickte ich bedächtig.

»Es gab eine Zeit, da habe ich dasselbe geglaubt«, gestand ich ihr. »Doch ich wurde eines Besseren belehrt.«

Cassia richtete sich ein wenig auf. Ich spürte sofort, dass ich ihre Aufmerksamkeit hatte. Sie würde mir zuhören – aber wohl nur so lange, wie ich bei der ungeschönten Wahrheit blieb.

Na dann ...

Dieses Gespräch war ohnehin längst überfällig.

»Das erste Mal, dass ich seit deinem Verschwinden mit einer anderen Frau geschlafen habe, war etwa dreißig Jahre nach Neros Tod gewesen. Damals stand ich kurz davor, den Dolch zu finden, aber Ianus' Anhänger hatten es trotzdem geschafft, mir zu entkommen. Meine Verzweiflung war ... welterschütternd. Um nicht den Verstand zu verlieren, habe ich versucht, meine Gefühle zu betäuben – mit allem, was mir in die Finger gekommen ist: Alkohol, Drogen, Magie, Sex, Lügen. Vor allem Lügen. Ich habe mir eingeredet, dass mein schlechtes Gewissen der Grund war, warum ich nicht aufhören konnte, an dieses Mädchen von damals zu denken. Und ich war wütend auf mich, dass ich überhaupt Gewissensbisse hatte. Schließlich ging es nur um eine Sterbliche, die ich kaum kannte. Die logische Konsequenz war der Versuch, dich zu ersetzen.«

Darauf war ich nicht stolz, aber es war das, was Cassia hören musste, um mich verstehen zu können.

»Ich habe so ziemlich jede Frau verführt, die mir in die Quere kam. Ich wollte eine finden, die mich ebenso fasziniert, herausfordert, berührt, erregt, erstaunt und überwältigt, wie du es getan hast. Und ja, es waren wirklich wundervolle, einzigartige Frauen dabei. Aber bei keiner habe ich auch nur annähernd das empfunden, was du in mir ausgelöst hattest.«

Cassia zeigte nicht die kleinste Regung. Das schien mir ein gutes Zeichen zu sein, also machte ich weiter und bemühte mich, dabei möglichst wenig rührselig zu klingen. Keine Pathetik. Nur Fakten.

»Erst als Grim entschied, ihr Leben für dich zu opfern, begriff ich, was meine Vertrauten schon längst wussten. Ich konnte keine Liebe finden, weil ich mein Herz bereits verschenkt hatte. An dich. Die nächsten dreihundert Jahre bin ich dem Dolch um die halbe Welt nachgejagt. Ich habe mir Freunde gemacht und Feinde. Ich habe meine Macht ausgebaut, ein Netzwerk erschaffen und ein Imperium errichtet – um die Mittel zu besitzen, dich zu finden. Aber es half nichts. Die Spur des Dolchs ging auf einmal verloren und blieb es – fast achthundert Jahre lang.«

Das war der Tiefpunkt gewesen. Ein achthundert Jahre langer Tiefpunkt. Die trostloseste Zeit meines Lebens, in der ich mehr als einmal darüber nachgedacht hatte, meinen Qualen ein Ende zu setzen. Dieses Detail ersparte ich Cassia, obwohl ich mir sicher war, dass meine finstere Miene Bände sprach.

»Irgendwann habe ich mich so einsam gefühlt, dass ich dachte, ich könnte vielleicht in einer Familie etwas finden, das mir den Lebensmut zurückgibt. Ich habe nicht lange überlegt, sondern die erstbeste Gelegenheit ergriffen: eine Frau, die für Geld Kinder austrägt. Es kam mir wie die perfekte Lösung vor. Doch als meine Feinde ihr offenbarten, dass sie die *Brut des Teufels* im Leib trug, hat sie – gelinde gesagt – den Verstand verloren. Nach einer wahren Odyssee ließ sie mich mithilfe eines Hexenzirkels glauben, mein Sohn wäre tot. Ich erfuhr erst zwei weitere Jahrhunderte später, dass ich Ur-ur-ur-Enkel hatte.«

Entsetzen und Mitgefühl schimmerten in Cassias Augen. Sie so verständnisvoll zu erleben, fühlte sich tröstlich an. Nicht, dass ich Trost gebraucht hätte. Dazu lag diese Geschichte schon viel zu lange zurück. Eher, weil Cassia zu begreifen schien, dass sie möglicherweise vorschnell über mich geurteilt hatte. Das machte mir Hoffnung.

»Und dann?«, erkundigte sie sich leise.

Lächelnd zuckte ich mit den Schultern, als gäbe es nur eine Antwort auf diese Frage. »Ich habe natürlich weiter nach dir gesucht. Dich aufzugeben war nie eine Option. Niemals. Egal, wie gering die Aussicht auf Erfolg zu diesem Zeitpunkt bereits schien.«

Cassias Mitgefühl wurde von Wachsamkeit verdrängt und ich wusste sofort, dass ich die Grenze zur Sentimentalität erreicht hatte. Also holte ich tief Luft und konzentrierte mich wieder auf die nüchternen Fakten.

»Vor einigen Jahren gab es eine Spur zu einem Hexenzirkel in Europa, der den Dolch angeblich in seinem Besitz gehabt haben sollte. Dummerweise sind Hexenzirkel äußerst verschlossene Gemeinschaften. Bis ich einen von ihnen zum Reden gebracht habe, vergingen zwei weitere Jahre.«

»Toby ...«, hauchte Cassia abwesend, als würden all ihre Puzzlestücke langsam ein Bild ergeben.

Verwundert runzelte ich die Stirn. »Er hat es dir erzählt?«

Statt einer Antwort nickte sie kleinlaut und sah dabei so schuldbewusst drein, dass ich mir schon denken konnte, was der frühreife Hexenmeister ihr alles über den ach so bösen Teufel gesteckt haben musste.

»Wie auch immer«, brummte ich und nahm mir vor, dem Burschen demnächst mal einen kleinen Vortrag über die eigenen Wünsche und deren Konsequenzen zu halten. »Von Toby erfuhr ich, dass seine Familie den Dolch an den Uroboros-Zirkel verkauft hatte. Und die hassten mich leider wie die Pest. Ich konnte also nicht aktiv werden, ohne das Risiko einzugehen, dass die Uroboros-Hexen den Dolch als Druckmittel gegen mich einsetzten. Erst durch Ari bot sich mir der passende Vorwand, um ihnen auf den Zahn zu fühlen. Unglücklicherweise hatte in der Zwischenzeit Omega Inc. den Dolch in seinen Besitz gebracht. Das ist eine Firma, die Thanatos dazu verwenden wollte, um die Liga auszulöschen.«

»Ich weiß«, erinnerte mich Cassia mit einem bekümmerten Lächeln. »Ich war dort.«

Natürlich ...

Mein Herz zog sich schmerzhaft zusammen. All die Zeit ...

Wir waren uns all die Zeit so nah gewesen – und doch unerreichbar. Hatten dieselbe Geschichte aus zwei Perspektiven erlebt. Und da wollte noch irgendwer glauben, dass das Schicksal uns nicht füreinander bestimmt hatte?

»Dann weißt du wahrscheinlich auch, dass die Hexenkönigin ebenfalls nach dem Dolch gesucht hat?«

Wieder ein Nicken.

»Letztlich hat Timeon uns den entscheidenden Tipp gegeben. Durch ihn konnten wir Mara zuvorkommen.«

»Timeon hat euch geholfen?!«

»Er hat eher Ari geholfen. Und sich selbst«, relativierte ich. »Trotzdem muss man ihm zugestehen, dass er auf seine verschrobene Art durchaus einen Sinn für Gerechtigkeit hat.«

Cassia schnaubte. »Bei dir und Ianus nicht!«

»Doch, auch dort«, musste ich ihr leider widersprechen. »Es gefällt mir zwar nicht, aber Timeon hat weise geurteilt. Die Liga ist im Moment zu instabil, um die Gesetze umkrempeln zu können. Mit deiner Freilassung hat er ohnehin schon mehr getan, als er hätte tun müssen.«

Diese Meinung teilte Cassia offenbar nicht, aber sie zeigte kein Interesse, das Thema auszudiskutieren. Etwas anderes schien ihr ganz plötzlich wichtiger zu sein. Sie rutschte auf dem Stuhl herum, bis sie eine Position gefunden hatte, in der sie mich direkt ansehen konnte. Fast. Der Schokobrunnen war ihr im Weg. Kurzerhand schob sie ihn ein Stück beiseite. Was auch immer sie vorhatte, sie war von ihrer eigenen Entschlossenheit so abgelenkt, dass sie nicht einmal den gelösten Gürtel ihres Morgenmantels bemerkte. Die höchst laszive Aussicht auf ihre nackten Beine und eine entblößte Schulter ließ meine Gedanken für einen Moment abdriften. Erst, als sie mit einem ungewohnt formellen Ton zu sprechen anhob, riss ich mich von meinen Fantasien los.

»Ich hab nachgedacht, Bel«, eröffnete sie ihr Anliegen. »Uns verbindet mehr als dieser Kuss, den ich dir schulde.

Wir haben eine gemeinsame Geschichte, und ob ich es will oder nicht, sind unsere Schicksale eng miteinander verknüpft. Es war ein Irrtum von mir zu glauben, dass nach dem heutigen Tag alle Brücken abgebrochen sein würden – zumal du in drei Tagen bestraft werden sollst, was ich sowieso nicht gutheißen kann.«

Ich war so verblüfft von diesen Eingeständnissen, dass ich kaum zu atmen wagte.

»Deshalb möchte ich dir einen Deal vorschlagen. Wenn du einen Weg findest, den Blutbann zu brechen, dann werde ich dir meine Seele versprechen. Im Gegenzug dafür schwörst du, dass ich niemals deinen Befehlen unterstellt sein werde, dass du dich komplett aus meinem Leben raushältst und du mir irgendwann, wenn ein bisschen Gras über die Sache gewachsen ist, meine Seele zurückgibst.«

Und schon hatte sie jeden noch so zarten Hoffnungsschimmer mit einem Vorschlaghammer zerstört. Sprachlos starrte ich sie an. Ich wollte ja wirklich nicht undankbar sein. Natürlich ehrte es mich, dass Cassia bereit war, mir ihre Seele zu schenken. Aber ihre Gründe und ihre Bedingungen waren leider vollkommen inakzeptabel.

»Es wäre ein sauberes, ehrliches Geschäft«, schob sie hinterher und zwang sich zu einem aufmunternden Lächeln – obwohl selbst ein Blinder gesehen hätte, wie unwohl sie sich dabei fühlte.

Resigniert schüttelte ich den Kopf.

»Ich will deine Seele nicht.«

»Aber –«

Mit einer energischen Geste schnitt ich ihr das Wort ab. »Da gibt es nichts zu diskutieren, Cassia!«

Mein Tonfall duldete keinen Widerspruch. Allerdings wäre

Cassia nicht Cassia gewesen, wenn sie das auch nur im Mindesten gestört hätte.

»Ach, sobald *ich* nicht reden will, ist das kindisch. Aber wenn *du* einem Gespräch ausweichst, nicht?« Sie schnaubte. »Nein, Bel. Wir *müssen* darüber sprechen.«

Leider Gottes war ihr Argument nicht ganz von der Hand zu weisen.

»Dann sprich!«, brummte ich. Es würde an meiner Meinung nichts ändern. Ich würde ihr ihre Seele nicht wegnehmen und erst recht würde ich nicht auf einen Deal eingehen, der mich aus ihrem Leben verbannte. Doch wenn sie sich danach besser und geschätzter fühlte, würde ich zuhören.

»Meine Freiheit ist mir wichtig. Wichtiger als ich in Worte fassen kann. Aber ich möchte auch nicht, dass du meinetwegen mit diesem Kalten Schlaf belegt wirst. Ein Kompromiss könnte uns beiden nutzen. Außerdem bin ich durchaus in der Lage, die Zusammenhänge zu erkennen: Wenn du fort bist und Ianus an Einfluss in der Liga gewinnt, ist es nur eine Frage der Zeit, bis auch Ari und Lucian mich nicht mehr schützen können. Dann wäre ich nur noch auf der Flucht – oder Schlimmeres.«

Ich spürte, wie herbe Ernüchterung durch meine Essenz kroch. Wieder einmal hatte ich Cassia unterschätzt. Ich war davon ausgegangen, dass ihr Handeln von ihrem momentanen Gefühlschaos beherrscht wurde. Aber ihr Angebot zeugte von erstaunlich abgebrühtem Pragmatismus. Eine Eigenschaft, die ich normalerweise zu schätzen wusste – nur nicht in diesem Fall.

Irritiert von meinem Schweigen blinzelte Cassia mich an. »Liege ich damit etwa falsch?«

»Absolut nicht«, erwiderte ich kühl. »Jetzt verstehe ich

auch deine plötzliche Sorge um mich, wo du doch stets beteuerst, meine Liebe nicht zu erwidern.«

Mit einem Mal fielen ihr Eifer und ihre Entschlossenheit in sich zusammen wie ein Kartenhaus. Sie wirkte bekümmert und begann, am Saum ihres Ärmels herumzuzupfen.

»Nur weil ich deine Liebe nicht erwidern kann, heißt das nicht, dass ich mir keine Sorgen um dich mache.«

Wow.

Das saß.

Ich brauchte ein paar Augenblicke, um diesen in Fürsorge verpackten Tiefschlag zu verkraften, während Cassia noch nicht einmal ahnte, wie sehr sie mich gerade verletzt hatte. Sie konnte von Glück sagen, dass ich im Moment genug Geduld und Besonnenheit besaß, um darüber hinwegzusehen. Aber das war auch schon alles an Verständnis, was ich aufzubringen vermochte. Ich fixierte sie. Streng und unerbittlich.

»Wie lange willst du deine Gefühle für mich noch leugnen, hm?«

Sofort flackerte Panik in ihrem Blick auf. Ihr Fluchtinstinkt stand ihr förmlich ins Gesicht geschrieben.

»Das tue ich nicht«, stellte sie leise, aber sehr bestimmt klar.

Ich verengte die Augen. Wir wussten beide, dass das nicht stimmte.

»Gut, ich ... empfinde Zuneigung für dich«, räumte sie zögerlich ein. »Aber wir teilen eine zweitausendjährige Geschichte, da ist das wohl normal, oder?«

Nichts an uns war normal und ihre bodenlose Untertreibung spottete jeder Beschreibung. Trotzdem war es ein Anfang. Cassia wagte sich aus ihrem emotionalen Schneckenhaus heraus und ich würde mich hüten, sie vorschnell zu verschrecken. Also schwieg ich.

»Außerdem empfinde ich große Dankbarkeit. Noch nie war jemand so aufmerksam und nett zu mir wie du. Allein dieser Abend bedeutet mir viel.«

Schon besser ...

Plötzlich füllten sich Cassias wunderschöne Augen mit Tränen. »Aber dann ist da auch diese Wut, weil ich dir einfach nicht vertrauen kann«, stammelte sie. »Und Schmerz, weil ich nicht vergessen kann, was du mir angetan hast. Und Verzweiflung, weil ich nicht verstehe, warum du mich so sehr zu lieben glaubst. Und Enttäuschung, weil jedes Mal wenn ich mir wünschte, dich genauso lieben zu können, du alles mit deinem Egoismus zerstörst.«

Inzwischen flossen ihr die Tränen ungehindert übers Gesicht. Sie wischte sie mit ihrem Ärmel weg und schniefte.

»Sind das die Gefühle, von denen du gesprochen hast?«, fragte sie voller Verbitterung. »Oder meinst du vielleicht die Angst, die mich immer in deiner Nähe befällt, weil mir deine ungeheuren Erwartungen jedes Mal wie ein neues Gefängnis vorkommen, aus dem es kein Entrinnen gibt, wenn ich nicht sofort weglaufe?«

Ihre Ehrlichkeit erschütterte mich. Nichts, was sie sagte, war als Angriff gedacht. So wie ich vorhin, beschrieb sie nur die Fakten. Fakten, die ich hinlänglich kannte. Und doch drängte mich jedes ihrer Worte näher an den Rand eines tiefen Abgrunds. Ich wusste, was als Nächstes geschehen würde. Ich wusste es und war dennoch nicht in der Lage, es zu verhindern.

»Du siehst, Bel, ich leugne meine Gefühle nicht«, sagte Cassia leise. »Ich kann nur das, was du für mich empfindest, nicht erwidern, weil ...« Ihre Stimme brach. Sie zog ihre Knie an die Brust und klammerte sich daran fest, als würde sie Halt suchen. »Weil ich … dich nicht liebe.«

Und da war er. Der letzte Stoß, der mich in den unvermeidlichen Abgrund stürzen ließ. Cassia zog einen Schlussstrich. Zumindest versuchte sie es – denn genau genommen tat sie gerade, was sie mir sonst immer vorwarf. Sie manipulierte mich. Ob mit Absicht oder aus unbewusster Verzweiflung, konnte ich nicht sagen, aber ihre Taktik wäre beinahe aufgegangen. Ihre Worte klangen fortwährend und mit einer solchen Vehemenz in meinem Inneren nach, dass es mir fast körperliche Schmerzen bereitete. Nur hatte sie sich mit dem Falschen angelegt. Abgründe und Schmerzen waren mein täglich Brot.

Unbeeindruckt fing ich ihren Blick ein und hielt ihn fest. So fest, dass Cassia es vorkommen musste, als könnte ich bis in ihre Seele schauen.

»Beweis es!«, forderte ich sie auf. »Öffne deine Mauern und beweise mir, dass du mich nicht liebst!«

Sie verlor bedenklich an Farbe. Anscheinend hatte sie mit Wut, mit Kaltblütigkeit oder Spott gerechnet, aber nicht damit, dass ich ihre Aussage infrage stellte. Ihre Lippen bebten. Um es vor mir zu verbergen, presste sie sie fest zusammen. Gleichzeitig verstärkte sie ihre Mauern auf ein Maximum, obwohl sie ohnehin schon undurchdringbar gewesen waren. Noch offensichtlicher hätte es kaum sein können.

»Das wirst du mir wohl glauben müssen«, flüsterte sie.

»Tue ich aber nicht! Oder vergisst du, dass ich deine Gefühle gesehen habe?«

Ein gefährliches Glitzern kroch in ihren Blick. Sie hatte es nicht vergessen. Natürlich nicht. Ihr Dickschädel vergaß nie etwas.

»Dann weih mich ein, Bel«, verlangte sie frostig. »Was hast du gesehen, als wir miteinander geschlafen haben? Dass ich mich von dir angezogen fühle? Dass ich dich heiß finde? Dass ich nicht gezögert habe, dir meinen Körper anzuvertrauen? Dass mir gefallen hat, was du mit mir anstellst? Dass du mich auf eine Art befriedigst, die süchtig macht? Dass ich mir gewünscht habe, es möge nie enden?« Ihr Tonfall quoll über vor giftigem Hohn. »Das alles habe ich nie geleugnet. Im Bett funktionieren wir großartig miteinander, aber das ist *keine Liebe.* Es ist einfach nur eine körperliche Sache. Sexuelle Spannung. Triebe. Hormone. Nenn es, wie du willst. Mit ein bisschen Selbstbeherrschung lässt sich das in den Griff kriegen.«

Ich starrte sie an. Erst fassungslos, dann verärgert und schließlich stinkwütend. Meine Macht brodelte in mir. Das Feuer und alle Laternen auf der Bastion loderten heller. Trotzdem fiel die Temperatur um mich herum radikal. Meine Geduld war aufgebraucht. Gleichgültig, wie viel Verständnis ich aufbringen konnte, ich würde nicht mehr zulassen, dass sie auf meinem Herzen herumtrampelte.

»Diese Anziehung zwischen uns ist etwas Außergewöhnliches und geht weit über jede Körperlichkeit hinaus«, warnte ich sie ein letztes Mal. Meine Stimme klang ruhig, aber den bedrohlichen Unterton konnte nicht einmal Cassia ignorieren. »Das lässt sich nicht einfach so *in den Griff kriegen.* Wie bereits erwähnt, habe ich es lang genug versucht.«

Mit einem hilflosen, frustrierten Stöhnen sprang Cassia aus ihrem Stuhl. Sie verstand die Warnung, wollte ihren Standpunkt aber trotzdem nicht aufgeben. Auch Flucht stand ihr nicht zur Verfügung. Also ging sie so weit auf Abstand, wie es die Überdachung der Lounge zuließ.

»Aber gemeinsam haben wir es noch nicht versucht. Ich

bin mir sicher, diese Anziehung lässt sich kontrollieren, wenn du dich nicht immer querstellen würdest«, sagte sie verzweifelt. »Und falls nicht, dann treffen wir uns eben ab und zu, schlafen miteinander, bauen Spannung ab und gehen anschließend wieder getrennter Wege.«

Noch nie, wirklich noch nie, hatte mich jemand so sprachlos gemacht. Alles an diesem Vorschlag war falsch. Nein, er war sogar derart absurd, dass ich fast gelacht hätte. In diesem Moment wurde mir schmerzlich bewusst, dass Cassia sich niemals überzeugen lassen würde. Nicht mit Worten.

Grim hatte recht gehabt. Ich war ein Feigling gewesen, der sich nicht getraut hatte zu tun, was nötig war. Ich musste Cassia gehen lassen und hoffen, dass sie es von alleine begriff.

Das würde nicht angenehm werden. Weder für sie noch für mich.

Ich brachte mein protestierendes Herz zum Schweigen, verbannte all meine Gefühle und erhob mich mit ausdrucksloser Miene.

»Tut mir leid, Cassia«, sagte ich zynisch, während ich auf sie zuspazierte, »aber ich werde nicht deinen Callboy spielen. Mich gibt es nur als Komplettpaket – oder gar nicht.«

Cassia hatte mir den Rücken zugedreht und starrte auf die verschneite Bastion. Ich konnte ihr Gesicht nicht sehen, aber ihre Arme schlangen sich fester um ihre Brust.

»Dann …«, flüsterte sie mit zitternder Stimme, »… eben gar nicht.«

Ich nickte unbarmherzig.

»Gut, dann bringen wir jetzt am besten hinter uns, weswegen wir hier sind. Schließlich will ich dir deine so heiß ersehnte Freiheit nicht noch länger vorenthalten.«

Nur ein Kuss

Der Schnee fiel und fiel, unaufhaltsam und so lautlos, wie mein Herz brach. Irgendwie hatte ich gehofft, dass Bel meine Seele vorübergehend annehmen würde und wir als Freunde auseinandergehen könnten. Aber er war eben kein Typ für Kompromisse. Bei ihm gab es nur alles oder nichts. Das tat weh, doch es musste sein. Lieber tat es einmal weh, als ständig und immer wieder, weil Bel nicht anders konnte, als mich zu verletzen. Er wollte es nicht, aber er tat es trotzdem. Nicht einmal meine Schneeflocken-Erinnerung mit Mammam hatte er mir lassen können. Stattdessen würde ich nun in jedem weißen Winter an diesen Moment hier denken müssen. An den Abschied von ihm. An unseren letzten Kuss.

Mit aller Gewalt hielt ich meine Tränen zurück. Es war fast geschafft. Fast.

Ich drehte mich zu ihm um. Eine gleichgültige Fassade mit spöttisch blitzenden türkisen Augen starrte mir entgegen. Bel konnte mich nicht täuschen. Unzufriedenheit und Schmerz hingen über ihm wie dunkle Gewitterwolken.

Langsam hob er die Hände. Ich beeilte mich, meine Nervosität herunterzuschlucken, weil ich glaubte, er würde mich nun küssen. Doch das tat er nicht. Er zeigte mir etwas. Ein zarter blauer Seidenschal floss durch seine Finger.

Ich runzelte die Stirn. Was hatte er vor?

»Mein Kuss, meine Bedingungen«, erinnerte er mich. Sein

Tonfall machte klar, dass er auch in diesem Punkt zu keinem Kompromiss bereit war. Trotzdem – oder vielleicht gerade deswegen – zögerte er. In seinem Blick lag eine unausgesprochene Frage. Er ließ mir die Wahl. Falls ich jetzt gehen wollte, würde er mich nicht aufhalten. Allerdings wäre meine Schuld dann nicht beglichen und …

Letzteres war keine Option.

Ich konnte mir keinen Rückzieher erlauben. Es musste hier enden, denn noch einmal würde ich so ein Treffen nicht durchstehen. Mit einem Nicken gab ich ihm mein Einverständnis zu … was auch immer, und war finster entschlossen, die Sache durchzuziehen. Schließlich war es nur ein Kuss. Nicht mehr.

Ein wissendes Lächeln spielte in Bels Mundwinkeln. Er schien die Herausforderung anzunehmen. Und dann plötzlich war jede Kälte, Gleichgültigkeit und Süffisanz wie weggefegt. Dunkles Verlangen nahm ihren Platz ein.

Ich konnte nicht verhindern, dass mein Körper sofort darauf reagierte. Es war so unvermeidbar wie ein Stein, der Wellen im Wasser schlug. Nur glichen diese Wellen eher einer Sintflut aus wilden Sehnsüchten.

»Schließ die Augen«, forderte er mit rauer Stimme.

Ich gehorchte in der Hoffnung, dass es nur hilfreich sein konnte, den Hunger in Bels Blicken nicht mehr sehen zu müssen. Doch als ich spürte, wie er hinter mich trat und das Seidentuch über meine Augen legte, erkannte ich meinen Fehler. Meine Wahrnehmung veränderte sich. Mein Fokus verschob sich. Mein ganzes Sein reduzierte sich mit einem Mal auf das, was in mir drinnen geschah. Der Sehkraft beraubt, verschärften sich meine anderen Sinne. Ich roch den Schnee, ich roch den Rauch des Feuers und vor allem roch ich Bel. Granatapfel und der süßbittere, sinnlich verführende Duft von dunkler Schokolade. Er durchdrang jede Faser meines Körpers. Ich glaubte sogar, ihn noch immer zu schmecken, während die Hitze des Lagerfeuers und die eisige Kälte der Winternacht von zwei Seiten an mir zerrten.

Bel umrundete mich. Ich konnte es hören. Ich fühlte es. Ich wusste es. Ohne Vorwarnung nahm er meine Hand. Die Berührung, so unschuldig sie war, löste ein wahres Feuerwerk in meinem Verstand aus. Es bedeutete, dass sein Schwur für diesen Moment außer Kraft gesetzt war. Es bedeutete, dass er mich gleich küssen würde. Es bedeutete, dass ich mich ein letztes Mal gegen den Ansturm meiner Gefühle wappnen musste. Ich glaubte, bereit zu sein, doch allein schon als er meine Hand auf seine Brust legte und ganz nah an mich herantrat, wusste ich, dass ich mich heillos überschätzt hatte.

Ich spürte sein weiches Hemd. Und darunter die Wärme seiner Haut. Und darunter die Kraft seiner Muskeln. Und darunter ... sein schlagendes Herz. Es schien das Zentrum seiner Existenz zu sein. Der Puls seines unsterblichen Lebens. Sein Antrieb. Es schlug in dem bescheidenen Wunsch, geliebt zu werden. Und das, obwohl er eine Macht ausstrahlte, die mich selbst so gebändigt wie hier und jetzt noch überwältigte. Bel war ein Gott. Bel war der Teufel. Er war das Auge des Sturms, die Urangst der Menschheit, der König der Sünden, der unbestrittene Herrscher seiner Welt. Eine Welt, die er einem sterblichen Mädchen hatte zu Füßen legen wollen. Wie verrückt das klang. Und gefährlich.

Seine Finger legten sich unter mein Kinn, hoben es an, bis sich unser Atem mischte. Ich erschauerte. Mein Mund öffnete sich unwillkürlich und als seiner sacht darüberstrich, musste ich die Luft anhalten, um nicht aufzustöhnen. Die Berührung war weich wie Samt, aber sie entzündete ein Feuer in mir, das mich zu verbrennen drohte.

Behutsam erhöhte Bel den Druck. Seine Zunge leckte über meine Lippen. Sie bat um Einlass, spielte mit mir und ich folgte der sinnlichen Einladung. Bels Kuss war nicht fordernd, nicht drängend, sondern ein Meisterwerk der geduldigen Verführung. Er nahm sich Zeit, bis die Hitze jeden Gedanken unmöglich machte und auch der letzte Zentimeter meines Körpers kribbelte.

Dann erst fuhren seine Finger in meinen Nacken und er vertiefte seinen Kuss. Meine Knie wurden weich, während ich in seinem Geschmack ertrank. Erinnerungen unserer gemeinsamen Nächte fluteten meinen Verstand. Verschlungene Leiber und unvorstellbare Lust. Alles in mir schrie danach, mich ihm hinzugeben, um diesen Rausch noch einmal zu erleben. Nur ein einziges Mal noch. Ich stöhnte an seinen Lippen auf und Bel reagierte sofort. Er schlang seinen Arm um meine Taille, presste mich an sich und ließ mich die Kraft und Stärke seines Körpers spüren. Ich wollte ihn an mich ziehen, wollte ihn willkommen heißen und mich an seinen heißen Muskeln festkrallen, aber ich rief mich zur Ordnung. Es war nur ein Kuss und sollte es bleiben. Schließlich hatte ich großspurig behauptet, dieses Verlangen könnte man mit ein bisschen Selbstbeherrschung in den Griff bekommen. Jetzt musste ich meiner großen Klappe Taten folgen lassen.

Ich suchte nach etwas Beständigem in dem taumelnden Wahnsinn aus Leidenschaft und Sinnlichkeit, aber meine verbundenen Augen erschwerten dieses Unterfangen enorm. Ich war meinen Sinneseindrücken und meinen Empfindungen hilflos ausgeliefert. Der einzige Halt, den ich fand, war

Bels ruhiger Herzschlag, der unter meinen Fingern pulsierte. Darauf konnte ich mich konzentrieren. Ich zählte die gleichmäßigen Schläge und bemühte mich, meine wilden Wünsche unter Kontrolle zu kriegen.

Es war nur ein Kuss, nichts weiter.

Ein Kuss und ein Herz, das für mich schlug.

Meine Gegenwehr forderte ihren Tribut. Mein Verstand kapitulierte. Ich sah Sterne und war nicht mehr in der Lage, selbstständig zu stehen. Doch es war egal, weil Bel mich festhielt. Er würde mich immer festhalten, das wusste ich. Selbst wenn es seinen Untergang bedeutete.

Ich begann zu zittern. Vor Angst. Vor Verzweiflung. Vor Verwirrung.

Es war nur ein Kuss.

Ein Kuss und das vollkommene Gefühl von Geborgenheit, das mein Herz vor Glück weinen ließ. Unfähig, dagegen anzukämpfen, erlebte ich, wie sich dieses Gefühl zum ersten Mal in seiner vollen Pracht entfaltete. Es war überwältigend, erschütternd, erschreckend und wunderschön. Und plötzlich wusste ich, dass ich dieses Gefühl brauchte wie die Luft zum Atmen.

Es war nur ein Kuss, rief ich mir ins Gedächtnis und spürte die Lüge darin.

Vielleicht ... nur vielleicht war da doch etwas jenseits der körperlichen Anziehung. Und vielleicht war es stark genug, die Wunden zu heilen, die Bel mir zugefügt hatte? Aber das würde ich nicht herausfinden, wenn ich mich weiter gegen ihn wehrte ...

Zaghaft legte ich meine Arme um Bels Hals und spürte, wie ich plötzlich wieder Luft bekam. Eine so ungeheure Last fiel von meinen Schultern ab, dass mir jetzt erst klar wurde, wie sehr ich mich mit meinem Widerstand selbst zur Gefangenen gemacht hatte. Ich wusste wirklich nicht, wohin das alles führen sollte, aber ich würde es herausfinden.

Voller Sehnsucht ließ ich mich auf Bels Stärke, seinen Geschmack, seine Leidenschaft ein. Ein leises Stöhnen entwich mir und ich verstand nicht mehr, warum ich überhaupt jemals gezögert hatte.

Genau in diesem Moment brach Bel den Kuss ab. Er griff nach meinen Handgelenken, löste sich aus meinen Armen und überließ mich der kalten Nacht und meinem brennenden Herzen. Blind und verwirrt wie ich war, brauchte ich ein paar Sekunden, um mein Gleichgewicht wiederzufinden, um zu verstehen, dass er fort war und nicht zurückkehren würde. Und dann schlug eine gnadenlose Einsamkeit über mir zusammen.

Ich hörte Schritte. Geschirrklappern. Leise Stimmen.

Plötzlich verschwand das Tuch von meinen Augen. Das schummrige Licht des Lagerfeuers blendete mich. Ich zog schützend die Hand vors Gesicht und blinzelte gegen die Helligkeit an. Eifrige Bedienstete liefen mit diskret gesenkten Köpfen herum, räumten ab, putzten. Jemand drückte mir meine zusammengelegte Kleidung in die Hand und nickte mir respektvoll zu. Nein, nicht mir. Der Person neben mir. Jeanne. Bels Leibwächterin faltete den Seidenschal zusammen, den sie mir offenbar gerade abgenommen hatte, und ignorierte meinen erhitzten Zustand mit einer Mischung aus Desinteresse und Taktgefühl. Überhaupt schien die Situation für niemanden hier befremdlich zu sein, als wären sie von ihrem Herrn und Meister noch weit Schlimmeres gewohnt.

Besagter Herr und Meister lehnte ein Stück entfernt an einer der Holzstreben des Vordachs. Er starrte auf die Berggipfel, die sich im beginnenden Morgengrauen am Horizont abzeichneten. Ein unergründlicher Ausdruck glänzte in seinem Blick. Er wirkte aufgewühlt und unzufrieden. Ob mit sich oder mit mir, konnte ich nicht sagen, aber die Kluft zwischen uns kam mir unerträglich vor. Also schluckte ich meinen Stolz herunter und tapste auf ihn zu.

»Bel, ich …« Meine Stimme klang rau. Ich räusperte mich und versuchte auszublenden, dass wir inzwischen Zuschauer hatten. »Du … hättest nicht aufhören müssen, ich …«

»Wirklich, Cassia?«, fragte Bel kühl. Er drehte sich zu mir um und fixierte mich mit einer Gnadenlosigkeit, die mich erschauern ließ. »Aber es ist doch nur eine körperliche Sache. Sexuelle Spannung. Triebe. Hormone. Mit ein bisschen Selbstbeherrschung lässt sich das in den Griff kriegen.« Sein Spott traf mich hart. Allerdings war nichts schlimmer als die Endgültigkeit, die ihm aus jeder Pore triefte. »Und falls sich das doch nicht so einfach gestaltet, wie du es dir vorgestellt hast, Cassia … musst du dir für deine Befriedigung wohl jemand anderen suchen. Ich stehe dir nicht länger zur Verfügung. Deine Schuld ist beglichen. Du bist frei.«

Es fühlte sich an, als würde er mir erneut einen Dolch ins Herz rammen. Wie betäubt rang ich nach Luft. Tränen stiegen mir in die Augen, aber Bel wandte sich von mir ab.

»Bring sie zurück«, war das Letzte, was ich ihn sagen hörte, bevor alle Dämme brachen.

Die Hölle ist auch nur eine Sauna

Die Härte meiner Worte schmerzte mich genauso sehr wie Cassia, aber ich sah keine andere Möglichkeit mehr. Sie musste den Wert dessen begreifen, was ich ihr bot. Meine Liebe war keine Selbstverständlichkeit.

Als die Tür hinter ihr ins Schloss fiel, brüllten meine Instinkte, sie nicht gehen zu lassen.

Ich rührte mich nicht. Andernfalls wäre ich ihr nachgeeilt und hätte sie um Verzeihung gebeten.

Erst eine halbe Stunde später griff ich zu meinem Handy. Cassias Bereitschaft, mir ihre Seele zu schenken, war ein Fortschritt. Ich wollte dieses Geschenk nicht, aber es war dennoch ein Fortschritt. Einer, der meinen weiteren Plänen in die Hände spielte.

Energisch tippte ich eine Nachricht in das Display. Ich musste noch ein paar Dinge erledigen, bevor ich die Angelegenheit mit Ianus zu einem wie auch immer gearteten Ende bringen konnte. Vorkehrungen für den Fall, dass ich scheiterte. Vor Grim und Oscar hatte ich mich zuversichtlich gegeben, aber letztlich konnte ich mir leider nicht sicher sein, wie alles ausgehen würde. Nur eines wusste ich mit absoluter Gewissheit: Ich würde weder meine Gezeichneten verraten noch Cassia ohne Schutz zurücklassen. Und dabei war ihr Blutbann leider ein nicht zu unterschätzendes Hindernis. Aris Recherchen hatten wenig geholfen, so rührend es auch war, dass sie sich um mich Sorgen machte. Dafür würde meine Freundin mir einen anderen Gefallen tun müssen. Aber alles der Reihe nach.

Keine Minute, nachdem ich die Nachricht abgeschickt hatte, spürte ich, wie mich jemand beschwor. Das überraschte mich. Ich hatte mich schon darauf eingestellt, mindestens eine Stunde warten zu müssen, was etwa dem üblichen Zeitrahmen entsprach, den meine nervösen Kontaktleute brauchten, um sich für einen Besuch des Teufels zu wappnen.

Verdrießlich gab ich der Beschwörung nach. Mir war eigentlich nicht nach Gesellschaft, aber meine verbleibende Frist verrann schneller, als mir lieb war.

Schwarzes Licht trug mich davon und spuckte mich in einer trockenen Hitze vor einem blauen Holztor mit eisernen Beschlägen aus. Ein Blick genügte mir, um zu erkennen, wo ich war. Die engen Gassen, die alten Mauern und die Duftmischung aus Sandelholz, Safran, Jasmin, Minze, Leder, Ammoniak und dem Aftershave viel zu vieler ergrauter Halbblüter mit übersteigertem Selbstbewusstsein war unverkennbar. Ich war in der Hexenhochburg Marrakesch.

Mit einem Augenrollen klopfte ich an das blaue Holztor, das mehr abwehrende Magie ausströmte als die meisten meiner satanistischen Fanclubs zusammen. War ja klar, dass der Bursche sich hier versteckte. In einer Stadt, die von Primus weitgehend gemieden wurde. Das erklärte dann auch die schnelle Beschwörung. In Marrakesch brauchte man keine zusätzlichen Schutzmaßnahmen. Hier gehörten antidämonische Siegel zur Grundausstattung.

Ein bärtiger Mann in traditionellem marokkanischen Gewand öffnete das Tor einen Spalt und lugte heraus. Ich grinste ihm charmant ins Gesicht.

»Ich fürchte, einer deiner Gäste hat den Teufel beschworen«, erklärte ich ihm auf Arabisch, »also sei so freundlich, mich einzulassen. Ich würde mir nur ungern selbst Zutritt verschaffen müssen.«

Der Mann bekam große Augen. Er machte das Zeichen gegen das Böse und warf mir das Tor vor der Nase zu. Ein gedämpfter Ruf erklang. Schritte eilten herbei und die übliche hektische Diskussion brach aus, die jedes Mal in etwa so ablief: Vor unserer Tür steht der Teufel – Was? – Der leibhaftige Teufel – Bist du dir sicher? – Natürlich! – Was sollen wir jetzt machen? – Keine Ahnung! – Können wir ihn austreiben? – Versuch es! – Ich? Wieso ich? Mach du es! – und so weiter und so weiter ...

Ich seufzte tief. Für gewöhnlich schätzte ich diese Art der seichten Unterhaltung, aber im Moment fehlte mir die Geduld, also klopfte ich erneut.

»Lasst mich meine Angelegenheiten regeln und ihr habt mein Wort, dass ich wieder abziehe, ohne jemandem die Unschuld oder die Seele geraubt zu haben. Weigert euch und ich werde nicht eher ruhen, bis auch noch eure Kindeskinder in den Tiefen der Hölle schmoren.«

Der gängige Text in solchen Fällen. Meistens folgte darauf panische Stille und anschließend die richtige Entscheidung. In Marrakesch konnte man sich da zwar nicht so sicher sein, aber ich hatte Glück. Der bärtige Mann öffnete das Tor, während sein noch bärtigerer Freund ein paar mit Kreide gemalte Siegel wegwischte.

»Folge mir«, sagte der erste und bat mich mit einer ängstlichen Verbeugung hinein.

Na also ...

Das Etablissement, das die behaarten Aushilfshexer so hingebungsvoll bewachten, war zu meiner Überraschung ein privater Hammam. Das brachte die beiden wohl erneut in Bedrängnis, denn sie schienen nicht so recht zu wissen, ob sie das Aufsehen riskieren sollten, mich angezogen hineinzulassen, oder ob sie den Teufel bitten konnten, sich seiner Kleidung zu entledigen.

Kopfschüttelnd griff ich mir eines der Handtücher und zog blank.

»Den Weg finde ich selbst«, murrte ich und ließ sie stehen. In der Tat war es drinnen nicht allzu schwierig, sich zurechtzufinden. Der Hammam bestand zwar entgegen aller Traditionen aus einem gut frequentierten, unübersichtlichen Labyrinth schummriger Räume und beleuchteter Becken in allen Temperaturabstufungen, aber ich suchte nach einem ganz bestimmten Mann mit einem ganz bestimmten Geruch. Zielstrebig marschierte ich also an dem Potpourri schwitzender Männerbäuche vorbei und dankte dem Dampf, dass er mir schlimmere Anblicke ersparte. Meine Spürnase führte mich in den hinteren Teil des Hammams, der ganz offensichtlich der einflussreicheren Klientel ein wenig mehr Exklusivität gewährte. Dort fand ich den Hexer, nach dem ich gesucht hatte. Auch er trug nur ein Handtuch und saß auf einer der oberen Steinstufen, die ein mit Blattgold verziertes Dampfbecken umrahmten. Alles an ihm, an seiner Haltung und seinem Körperbau, strahlte eine gewisse Tödlichkeit aus. Sowohl die Eiskalter-attraktiver-Auftragskiller-Art von Tödlichkeit, als auch die Ich-verfluche-dich-bis-du-Rasierklingen-auswürgst-und-sehe-dabei-zu-während-ich-deine-Katze-streichle-Variante. Demzufolge war es wenig verwunderlich, dass sich niemand in seiner unmittelbaren Nähe aufhielt. Möglicherweise hatte er aber auch mit seinen ganz speziellen Talenten für ein bisschen Privatsphäre gesorgt. Einerlei. Ich würde unser Gespräch ohnehin vor Lauschern abschotten.

»Ein nettes Fleckchen hast du dir ausgesucht«, meinte ich und ließ mich neben ihn auf die heiße Stufe nieder.

Der Hexer überging meinen Sarkasmus.

»Du kommst spät«, murmelte er. »Nach allem, was man so hört, hätte ich deine Nachricht schon vorgestern erwartet.«

»Ich war beschäftigt.« Mehr musste er nicht wissen. Es war mir ohnehin ein Rätsel, wie er gleichzeitig von der Bildfläche verschwinden und dennoch stets so gut informiert sein konnte. Das ersparte mir zwar eine Menge Erklärungen, machte ihn aber auch zu einem unberechenbaren Verhandlungspartner.

»Ich bin hier, um deine Schuld einzufordern«, kam ich ohne Umschweife auf den Punkt.

Der Hexer nickte wenig überrascht. Für seine noch recht jungen Jahre war er erschreckend abgebrüht. »Was soll ich tun? Ianus verschwinden lassen? Ihn in Misskredit bringen?«

Wow. Selbst mir war unheimlich, mit welcher Selbstverständlichkeit er vorschlug, was einem Sterblichen theoretisch nicht möglich sein sollte – Magie hin oder her. Andererseits hatte er diverse Male bewiesen, dass die herkömmlichen Maßstäbe auf ihn nicht zutrafen.

»Klingt verlockend«, seufzte ich, »doch leider würde das mehr Probleme schaffen als lösen. Timeon beobachtet sehr genau, was ich tue. Er würde mir einen erneuten Gesetzesbruch nicht durchgehen lassen.«

Wieder ein Nicken. »Was willst du dann?«

Ich lehnte mich an die Steinstufe hinter mir und sah dem ungewöhnlichen jungen Mann fest in die Augen.

»Jemand wurde mit alter Blutmagie verflucht. Ich möchte, dass du einen Weg findest, diesen Fluch zu lösen.«

Jetzt hatte ich seine Aufmerksamkeit. In seinen mausgrauen Augen funkelte Neugier, während sich seine Mundwinkel zu einem selbstgefälligen Lächeln verzogen.

»Es geht um dein Mädchen, nicht wahr?«

»Sie legt im Moment großen Wert darauf, nicht als *mein Mädchen* bezeichnet zu werden«, informierte ich ihn frostig. »Also? Ist es möglich? Meine Hexenmeister haben sich daran die Zähne ausgebissen.«

Er bedachte mich mit einem seiner unheilvollen Blicke, die offenließen, ob er wahnsinniger Irrer oder ein depressives Genie war. »Alles ist möglich, solange man nur bereit ist, weit genug zu gehen.«

Da ich keinen Nerv für seine Dramatik hatte, fragte ich lediglich: »Was brauchst du dafür?«

»Einen mächtigen Primus, der gewillt ist, einen Teil seiner Macht aufzugeben.«

»Daran soll es nicht scheitern.«

Nicht ganz unbeeindruckt musterte mich der Hexer und zog sicherlich die richtigen Schlüsse. Unter anderen Umständen hätte ich ihm niemals derart offensichtlich unter die Nase gerieben, wie weit ich wirklich zu gehen bereit war. Immerhin sprach ich hier mit einem veritablen Psychopathen, der mit den Schwächen anderer spielte wie ein Virtuose auf seinem Instrument. Allerdings baute ich darauf, dass dieser Psychopath diesmal auf meiner Seite spielen würde, auch wenn er es vielleicht noch nicht wusste. Denn ich kannte ebenfalls jede einzelne Schwäche meines grauäugigen Gegenübers. Und ich hatte noch ein Ass im Ärmel.

»Na dann.« Der Hexer zuckte mit den Schultern, als wäre

die Sache damit gegessen. »Erklär mir nur eines«, meinte er gelangweilt. »Warum verschwendest du den Gefallen, den ich dir schulde, für eine solche Belanglosigkeit? Da du die Seele des Mädchens nicht in Besitz nehmen willst, hat der Blutbann für dich keine Relevanz. Selbst für Cassia ist er nur ein Makel, der sie aber nicht daran hindert, ein gutes Leben zu führen.«

Schon wieder wusste der Bursche mehr, als ich ihm zugetraut hatte. Irgendwann, schwor ich mir, irgendwann würde ich hinter sein Geheimnis kommen. Bis dahin hielt ich es jedoch für klüger, ihn einzuweihen. Besser, er bekam seine Informationen von mir persönlich als aus irgendeiner anderen Quelle.

»Solange Ianus an Einfluss gewinnt, wird Cassia allen Schutz brauchen, den sie kriegen kann. Wäre der Blutfluch aufgehoben, könnte sie ihre Seele im Notfall an Ari oder Lucian binden.«

Ehrlich erstaunt starrte er mich aus seinen grauen Augen an. »Das würdest du zulassen?«

»Falls dieser Schritt nötig wird, werde ich nicht mehr da sein, um es zu verhindern«, erwiderte ich ungerührt.

Er verstand. Wahrscheinlich sogar besser, als jeder andere es gekonnt hätte. Plötzlich legte sich eine tiefe Traurigkeit über seine Züge, zu der niemand in seinem Alter fähig sein sollte. Aber sie passte zu ihm. So hatte ich ihn kennengelernt. So ... und mit einer blutigen Klinge in der Hand.

»*Ich* wäre nicht an die Gesetze der Liga gebunden und damit in der Lage, Cassia weitaus effektiver zu beschützen, falls du ... nicht mehr da sein solltest.«

»Ist das ein Angebot?« Ich konnte mir ein Lächeln nicht verkneifen. Der Bursche war eindeutig zu sentimental.

»Nein, nur eine Alternative«, konterte er nüchtern. »Der Blutbann oder Cassias Schutz. Such es dir aus.«

Aus meinem Lächeln wurde ein Grinsen. Oh, er hatte keine Ahnung, wie tief er bereits in meiner Falle saß.

»Brich den Blutbann und deine Schuld ist beglichen.«

»Wie du willst.« Fast ein bisschen beleidigt stand er auf und machte sich daran zu gehen.

»Einen Haken gibt es dabei allerdings«, sagte ich noch.

Der Hexer hielt inne. »Der wäre?«

»Ich will, dass du den Blutbann persönlich brichst. Kein Paket mit einer Anleitung und lieben Grüßen.«

Widerwillig nickte er. »Schuld ist Schuld.«

»Hervorragend, dass du das so siehst«, verkündete ich fröhlich, »denn Cassia wohnt zurzeit bei Ari und Lucian.«

Tja, das hatte er nicht kommen sehen. Sein entgeistertes Gesicht sprach Bände. Wenn er eine Wahl gehabt hätte, wäre er mit Sicherheit aus unserer Abmachung ausgestiegen. Aber die hatte er nicht.

»Was soll's. Ich war das Versteckspiel sowieso leid«, murrte er.

Ich erhob mich ebenfalls und klopfte ihm auf die Schulter. »Sag nicht, ich hätte dich nicht gewarnt.«

Damit ließ ich ihn stehen und trat den Rückweg an. Ich hatte einen Schwur gegenüber zwei bärtigen Typen einzuhalten.

»Bel?«

Der Hexer sprach so leise, dass selbst ich ihn nur durch Zufall noch hörte. Fragend wandte ich mich zu ihm um und sah direkt in große graue Augen. Zum ersten Mal wirkte der Bursche so unsicher, wie er es in seinem Alter eigentlich öfters hätte sein sollen.

»Warum hast du mir damals geholfen? Nach allem, was ich getan habe …«

Eine berechtigte Frage, für die es viele Antworten gab – und ebenso viele Gründe, weshalb ich ihm seine Bitte damals hätte abschlagen sollen. Ich seufzte.

»Mir war klar, dass du mir noch einmal nützlich sein würdest«, sagte ich knapp, bevor meine Stimme weicher wurde. »Außerdem … weiß ich, wie es ist, wenn man aus Liebe die falschen Entscheidungen trifft.«

Er starrte mich reglos an. Nichts an ihm wies darauf hin, aber ich spürte, dass meine Worte irgendetwas zwischen uns verändert hatten. Schließlich endete der kurze Moment seiner Verunsicherung und vor mir stand wieder der psychopathische Killer, den sogar die Unsterblichen fürchteten.

»Dann, Bel, solltest du wissen, dass in der Hexenwelt etwas vor sich geht«, warnte er mich. »Irgendetwas Großes, das mit dir zu tun hat. Ich konnte noch nicht herausfinden, was es ist, aber der Uroboros-Zirkel hängt mit drin. Sei also vorsichtig.«

Verdammte Scheiße. Ich konnte mir schon denken, was los war. Es fing mit ›I‹ an und hörte passenderweise mit ›Anus‹ auf. Er hatte den Uroboros-Hexen sicherlich gesteckt, dass auf Malta etwas verborgen war, das großen Wert für sie hatte. Etwas oder besser jemanden, der seit zweitausend Jahren in meinem Verlies saß, weil er Cassias Gefängnis erschaffen hatte. Unglücklicherweise war dieser jemand auch der Begründer des Uroboros-Zirkels und sie suchten nun schon seit Ewigkeiten nach ihm. Wenn Ianus sie zu seinen Verbündeten gemacht hatte, würde es wohl bald sehr ungemütlich werden.

»Gut zu wissen.« Zum Dank deutete ich eine Verbeugung

an. »Aber Vorsicht ist mein vierter Vorname. Gleich nach Stil, Skrupellosigkeit und Schärfe in jeder Hinsicht.«

Der Hexer schüttelte abfällig den Kopf.

»Wüsste ich es nicht besser, würde ich dich für einen idiotischen Schaumschläger halten.«

Ich grinste breit. »Wüsste ich es nicht besser, wärst du längst tot, Tristan.«

Kein Vergleich

Grüne Funken sprühten aus meinen Fingern und die Kerze auf dem Tisch entzündete sich. Einen magischen Wink später erlosch sie. Dann entzündete ich sie noch einmal. Und löschte sie wieder. Und noch mal ...

Lizzy kam ins Wohnzimmer, erfasste die Situation und zog eine Grimasse.

»Schätze, es lief nicht besonders gut mit Bel?«

Wieder entzündete ich die Kerze. Diesmal mit so viel Magie, dass das Wachs zur Hälfte abbrannte.

»Uh, so schlecht gleich?«, murmelte sie mitleidig.

Statt abgeschreckt zu sein, ließ sie sich jedoch neben mich aufs Sofa plumpsen. »Sei trotzdem froh, dass du weg warst. In der Zwischenzeit hat uns Ianus nämlich einen Besuch abgestattet. Er wollte Ari und Lucian bestechen, damit sie dich ihm ausliefern. Aber keine Sorge, die beiden haben ihm unmissverständlich klargemacht, dass du tabu bist.«

Ich registrierte diese neue Information und fühlte irgendwo tief in mir drinnen Panik und Dankbarkeit. Dort, wo ich all meine Gefühle weggesperrt hatte.

»Aber hey, wenn du Lust hast, kannst du uns nachher Gesellschaft leisten. Der Schneider kommt für die Anprobe und wir machen uns einen netten Mädelsnachmittag mit Sekt und Schokokuchen und –«

»Nein, danke«, murmelte ich, stand auf und verließ das

Haus durch die Terrassentür. Nichts gegen Lizzy, aber ich war nur aus meinem Zimmer geflohen, weil dort die Albträume lauerten. Und ein Berg benutzter Taschentücher. Und weil ich mehr Espresso gebraucht hatte. Ich hatte kein Interesse an Hochzeitsplanung. Und schon gar nicht an Schokokuchen.

Auf der sonnigen Veranda wimmelte es vor Jägern. Offenbar hatten sie den Bereich um den Pool zu ihrem Pausenort erklärt. Der halb nackte und wirklich rundum tätowierte Ryan war auch da und winkte mich fröhlich zu sich rüber.

Nein, hier konnte ich ebenfalls nicht bleiben.

Ohne groß zu überlegen, wanderte ich den schmalen Pfad zur Küste hinunter. Soweit ich wusste, gehörte alles hier noch zu Aris Grundstück und war damit sicheres Terrain. Zumindest sicher vor Feinden. Das hieß aber nicht, dass mich die schroffen Felsen nicht an Bels Anlegestelle erinnerten. Das hieß auch nicht, dass die salzige Seeluft nicht auf meiner Zunge schmeckte wie seine Küsse jener Nacht. Und es hieß nicht, dass das klare türkise Wasser in der ruhigen Bucht nicht genau denselben Farbton besaß wie seine Augen.

Entnervt bohrte ich mir die Fingernägel in die Handflächen. Bel. Bel. Bel. Alles drehte sich um Bel, selbst meine Gedanken. Ich war es leid. Ja, möglicherweise hatte ich zu lange gezögert und –

NEIN!, unterbrach ich mich selbst. Hatte ich nicht! Es war gerade erst ein paar Tage her, seit meine Seele in meinen Körper zurückgekehrt war. Ein paar Tage! Nach allem, was ich durchgemacht hatte, konnte man meine bisherige Entwicklung wirklich nicht zögerlich nennen. Immerhin sprach ich inzwischen wieder, ich aß und trank normal, ich hatte aufgehört, mich unfreiwillig selbst zu entzünden, ich hatte ein Handy benutzt, ich trug BHs, hatte eine Dämonenparty bewältigt, eine Begegnung mit Ianus durchgestanden und eine Sezierung durch zwei Älteste überlebt. Und ja, selbst bei meinen – wie auch immer gearteten – Gefühlen für Bel war ich schon mehrfach über meinen Schatten gesprungen. Ich hatte ein offenes Gespräch mit ihm gesucht, ihm zugehört, ihm einen guten Deal vorgeschlagen, ihm meine Seele angeboten und ich war auf ihn zugegangen, selbst nachdem meine Schuld beglichen war. Ich hatte ihm sogar mein Herz geöffnet, um herauszufinden, ob er vielleicht recht haben könnte.

Und was hatte er getan?

Es mir aus der Brust gerissen und darauf herumgetrampelt. Erneut.

Weil du ihm gesagt hast, dass du ihn nicht liebst, sagte eine leise Stimme in meinem Kopf.

Ja, verdammt. Das war mir klar. Aber er hatte mich in die Ecke gedrängt und dreist behauptet zu wissen, was ich für ihn empfand. Dabei wusste ich es doch selbst nicht! Ich wusste einfach nicht, ob ich ihn liebte. Warum musste bei Bel auch immer alles so schnell gehen? Der Kerl hatte doch haufenweise Zeit, schließlich war er unsterblich! Und unerträglich. Und offensichtlich unantastbar, wenn er sich wegen seiner Strafe so gar keine Gedanken machte und sogar meine Seele ablehnte. War ihm überhaupt klar, wie viel Überwindung es mich gekostet hatte –

Stopp.

Ich atmete tief durch und zwang meine sich schon wieder nur um Bel drehenden Gedanken zum Schweigen. Das war genau das, was ich nicht wollte. Ich wollte nicht länger von Bel abhängig sein. Ich hatte mir sogar Abstand erkämpft und mir einen Teil meiner Freiheit zurückerobert. Und trotzdem klebte mein Verstand an dem Kerl wie ein sehnsüchtiges Kind an der Scheibe eines Süßwarenladens.

Weil du ein schlechtes Gewissen hast, meldete sich die leise Stimme erneut zu Wort.

Ich hasste diese Stimme.

Frustriert schnappte ich mir einen kleinen Stein und warf ihn so weit ich konnte hinaus in die Bucht. Er krachte exakt auf Höhe des Klippenrands gegen die magische Schutzbarriere, prallte ab und landete irgendwo in der Landschaft hinter mir. Großartig. Zumindest wusste ich jetzt, wie groß mein Sicher-vor-bösen-Dämonen-Gehege war.

Missmutig kletterte ich auf den Rand der Klippe und riskierte einen Blick in die Tiefe, wo weit unten das Meer um die schroffen Felsen schwappte. Imposant, aber letztlich auch nicht höher als ein römisches Dach. Ich setzte mich und starrte auf den Horizont. Ja, ich hatte ein schlechtes Gewissen. Wenn man mal seine dämonische Allmacht wegignorierte, war Bel auch nur ein Mensch. Und nachdem ich so unnachgiebig behauptet hatte, zwischen uns gäbe es nichts anderes als sexuelle Spannung, war es durchaus möglich, dass er mein Verhalten am Ende missverstanden und geglaubt hatte, ich würde einfach nur ein letztes Mal mit ihm schlafen wollen.

Aber war es denn so? Hatte ich denn vielleicht blind vor Erregung wirklich nur noch ein letztes Mal mit ihm schlafen wollen? Oder brauchte ich die Geborgenheit, die ich in seinen Armen fand? Oder fühlte ich mich ihm und seinen Gefühlen einfach nur irgendwie verpflichtet?

Ich stöhnte auf. Mein Kopf drohte zu platzen. Wenn ich nicht sofort etwas dagegen unternahm, würde ich wahnsinnig werden.

Okay ... ganz in Ruhe. Ja, da war mehr als körperliche Anziehung zwischen uns. Was es war und wohin es führen würde, konnte ich jetzt nicht sagen, aber ich fand, dass Bel verdient hatte, es zu erfahren.

Ich schloss also die Augen und konzentrierte mich auf den blonden Dämon, der mich erst vor ein paar Stunden aus seiner Winterfestung geworfen hatte.

Bel?

Noch während ich mich fragte, ob diese Art der Kommunikation zwischen uns nach wie vor funktionierte, wehte ein Hauch von Granatapfel und Schokolade durch meinen Geist.

Bist du in Gefahr?

Bels Stimme war noch nicht verhallt, da nahm ich schon mehrere Bewegungen an der Grundstücksgrenze wahr. Es waren seine Leute, die alarmiert Ausschau hielten. Ich glaubte sogar, Grims roten Haarschopf zu erkennen.

Nein, nein, das ist es nicht, beeilte ich mich zu sagen. Es war nicht meine Absicht gewesen, irgendwen zu beunruhigen. *Eigentlich wollte ich nur ...*

Tut mir leid, Cassia, ich bin beschäftigt.

Damit verschwand seine Präsenz aus meinem Kopf. Tatsächlich fühlte es sich so an, als hätte er mir sehr vehement eine Tür vor der Nase zugeschlagen.

Wow ...

Okay. Mir war ja klar, dass er ein paar größere Probleme hatte als die Sache mit mir, aber das konnte man definitiv auch höflicher ausdrücken.

Störrisch presste ich die Lippen aufeinander. Ich würde sagen, damit konnte mich mein schlechtes Gewissen mal kreuzweise. Und Bel gleich mit dazu. Und Ianus sowieso. Und auch die Gefahr und alles, was mich hier einsperrte.

Nur für einen kurzen Moment wollte ich all das vergessen und mich wieder frei fühlen. Also beschloss ich, etwas vollkommen Irres zu tun.

Ich zog mich bis auf die Unterwäsche aus, nahm Anlauf und sprang. Der Fall war berauschend. Ich flog durch die Seeluft, durch den Sonnenschein und die Schutzbarriere. Und als das kalte Wasser über mir zusammenschlug und Adrenalin durch meine Adern pumpte, überkam mich eine Euphorie, die ich schon lange nicht mehr erlebt hatte. Es war wie damals, beim Rennen über die Dächer von Rom. Das Gefühl von Freiheit kribbelte in jeder Faser meines Körpers. Freiheit …

Ich hatte sie gewollt. Ich hatte sie bekommen. Nun musste ich sie nur noch ausleben.

Mit ein paar kräftigen Zügen gelangte ich wieder an die Oberfläche, sog Luft in meine Lungen und lachte übermütig. Mehr! Ich brauchte mehr!

Voller Begeisterung schwamm ich an der Klippe entlang und suchte eine Möglichkeit, an Land zu gehen. Das war jedoch nicht so einfach, wie ich gedacht hatte. Genau genommen hatte ich gar nicht darüber nachgedacht. Einen Strand gab es nicht. Nur weniger hohe Felsen als den, von dem ich gesprungen war. Überhaupt sah die ganze Bucht aus wie ein wirres Durcheinander von mannshohen oder noch größeren braungrauen Steinbrocken. Manche bildeten Formationen, andere lagen einfach herum und wieder andere ragten einsam aus dem Meer. Ich erspähte eine Stelle, die mir geeignet schien, und paddelte hin. So ruhig die Bucht von oben auch gewirkt haben mochte, je näher ich dem Ufer kam, desto heftiger spürte ich die Kraft der Wellen an mir zerren. Ich versuchte, dagegen anzuschwimmen, aber die Brandung drückte mich gnadenlos gegen die scharfkantigen Felsen. Vor meinem inneren Auge sah ich schon blutige Gliedmaßen und gebrochene Knochen, doch plötzlich drängte mich etwas anderes zurück. Eine Macht, die ich beinahe nicht wahrgenommen hätte, weil sie wie alles um mich herum nach Sonnenlicht und Wasser roch. Nur eben Süßwasser. Elias' Gesicht tauchte über mir auf. Der Kommandant streckte mir eine Hand entgegen, die ich nur zu gern ergriff. Eine kurze Kletter- und Schwebepartie später war ich aus dem Wasser raus und stützte mich keuchend auf den Knien ab.

»Danke«, krächzte ich leise.

Elias stand vor mir und hatte die Arme verschränkt. Trotz strahlenden Sonnenscheins trug er eine pechschwarze Uniform und musterte mich mit einem Ausdruck, der irgendwo zwischen Missbilligung und Unverständnis lag. Kein Wunder, wenn man bedachte, dass ich gerade auf diverse Arten mein Leben riskiert hatte. Ehrlich gesagt wusste ich selbst nicht, wie ich ihm das erklären sollte. Aber er fragte nicht. Wortlos reichte er mir mein helles Sommerkleid, das er wohl oben auf den Klippen gefunden hatte. Ich nahm es, streifte es kleinlaut übcr und machte mich auf die Standpauke gefasst, die unweigerlich folgen musste.

»Wenn du es Ari nicht verrätst, tue ich es auch nicht«, sagte er irgendwann mit einer Seriosität, die so gar nicht zum Inhalt seiner Worte passen wollte.

Perplex starrte ich ihn an, während sich ein Lächeln auf seinen Lippen ausbreitete.

»Was denn? Hat es dir die Sprache verschlagen, weil ich nicht so spießig bin, wie du dachtest?«

»Ein bisschen ...«, gab ich zu.

»Das ewige Leid der Vernünftigen«, seufzte er theatralisch und zog eine Grimasse, die mich an einen schelmischen

Schuljungen erinnerte. Dabei sah er so witzig und zwanglos aus, dass mein Bild von ihm als strenge Respektsperson wohl für immer einen Knacks davontragen würde.

»Na komm«, meinte er und nickte in Richtung des Anwesens. »Ich bring dich zurück an Land, bevor die anderen merken, dass du weg warst.«

Zurück an Land?! Ich dachte, wir –

Da erst wurde mir bewusst, wo Elias mich aus dem Wasser gefischt hatte. Zwischen uns und dem eigentlichen Festland eröffnete sich ein zerklüftetes Riff voller ausgehöhlter Senken, algenbewachsener Rinnen, Brackwasser-Lachen und schroffer Felskanten, an denen sich Muscheln, Seeigel und Krebse tummelten. Mit Schuhen eine Herausforderung, aber barfuß ein Tanz auf Glassplittern.

Elias bot mir seine Hilfe an, die ich tollkühn ablehnte. Ein bisschen verfrüht, wie sich kurz darauf herausstellte. Obwohl ich mich eigentlich für fit und leichtfüßig gehalten hatte, musste er mich mehrfach davor bewahren, nicht mit der Halsschlagader voran in die rasiermesserscharfen Gesteinskanten zu stürzen. Nach der Hälfte des Weges fiel mir plötzlich auf, dass sich mein Herz leichter anfühlte. Meine Gedanken hatten aufgehört, sich im Kreis zu drehen, weil sie mit banaleren Aufgaben beschäftigt waren – wie zum Beispiel nicht mit der Halsschlagader voran in die rasiermesserscharfen Gesteinskanten zu stürzen.

»Danke«, flüsterte ich, da meine Erleichterung irgendein Ventil brauchte.

»Wofür diesmal?«, erkundigte sich Elias prompt. Er sprang über eine Senke, in der sich haufenweise Seeigel tummelten, und streckte mir seine Hand hin.

»Dass du mich nicht auf das Offensichtliche ansprichst«,

erwiderte ich und hüpfte ihm hinterher, ohne die angebotene Hand zu ergreifen.

Er sah mich mit einem schiefen Lächeln an. »Ich denke, Ratschläge bekommst du schon genug.«

Wohl wahr, aber das hatte die anderen auch nicht abgehalten.

»Was wäre denn dein Ratschlag an mich?«, fragte ich aus dem Bauch heraus.

Sofort verschwand die Unbeschwertheit aus seinem Gesicht. In seinen goldgesprenkelten grünen Augen glänzte etwas, das ich beim besten Willen nicht deuten konnte. Vorsicht? Bedenken?

»Bel erweckt gern den Eindruck, dass es ohne ihn nicht geht«, begann er äußerst bedächtig. »Dieser Eindruck ist –«

Mit lautem Platsch landete ein dicker weißer Klecks auf Elias' Uniform. Über uns zog eine kreischende Möwe von dannen und der sonst so souveräne und ernsthafte Dämon sah derart verdutzt drein, dass ich laut lachen musste. Die Bemühungen, sich seine Würde zu bewahren, während er die Möwen-Hinterlassenschaft in Luft auflöste, machte das Ganze nicht besser, und schließlich musste sogar er schmunzeln.

»Störe ich?«, hallte eine Stimme durch die Bucht, die mir heiße und kalte Schauer über den Rücken jagte.

Ehe ich wusste, wie mir geschah, hatte Elias sich vor mich geschoben. Unter Panik begriff ich, dass wir uns noch immer außerhalb der Schutzbarrieren befanden. Ich klammerte mich an die Schulter des Kommandanten und sah nicht unweit von uns einen Dämon an einen Felsen gelehnt. Gebräunte Haut lugte aus einem halb geöffneten weißen Hemd hervor. Die Hände steckten ungezwungen in den Taschen einer Leinenhose. Blonde Haare tanzten im Wind und in seiner Sonnenbrille spiegelte sich die Weite des Meeres. Auf Bels Lippen lag ein gefährlich wohlwollendes Lächeln. Er wirkte entspannt, doch der Schein trog. Als er nach seiner Sonnenbrille griff, um sie sich lässig an den Kragen zu stecken, kam darunter ein eiskalter Blick zum Vorschein.

Ich ließ Elias' Schulter so hastig los, als hätte ich mich verbrannt. Das führte jedoch nur dazu, dass Bel nun freie Sicht auf mein Kleid hatte, das durch meine nasse Unterwäsche an allen relevanten Stellen quasi durchsichtig geworden war. Ein Hauch von Schwärze wirbelte durch seine Augen und ich ahnte, dass sein sinnlicher Geruch gleich auf mich zurollen würde wie ein wütender Güterzug. Ich irrte mich. Bel hatte sich so vollständig unter Kontrolle, dass nicht einmal eine Ahnung von Granatapfel und Schokolade in der Luft hing.

»Ich dachte, du wärst beschäftigt«, stammelte ich nervöser als beabsichtigt. Dass meine Worte in Bels Ohren verdächtig schuldbewusst klingen mussten, fiel mir erst auf, als es schon zu spät war.

Abfällig hob er eine Braue.

»Bin ich auch. So wie du offensichtlich.«

Elias stieß ein Seufzen aus. »Was willst du hier?«

Bel machte sich nicht die Mühe, ihn anzusehen. Seine sengenden Augen ruhten weiterhin auf mir, als er sagte: »Entspann dich, Kommandant. Ich bin nur hier, um mit Ari zu sprechen.«

Aha. Dafür, dass er nur hier war, um mit Ari zu sprechen, unternahm er verdächtig wenig Anstalten, um mit Ari zu sprechen. Er rührte sich nicht vom Fleck und schnürte mir mit seinen Blicken die Luft ab.

»Wäre ich Ianus, hätte dich euer Stelldichein hier draußen wohl das Leben gekostet«, stellte er ungerührt fest.

»Das ist kein Stelldichein«, korrigierte ich ihn. »Und außerdem …« Ich schluckte und versuchte, meiner Stimme einen weicheren Ton zu verleihen. »Außerdem würde ich gerne allein mit dir sprechen.«

Bel nahm meine Bitte gleichgültig zur Kenntnis. »Das wird warten müssen«, teilte er mir mit. »Im Moment habe ich ein paar wichtigere Dinge zu klären. Abgesehen davon musst du dich nicht rechtfertigen, Cassia. Schließlich wissen wir beide, woran wir sind. Ich finde nur, dass dein Begleiter ein bisschen mehr auf deine Sicherheit bedacht sein sollte, anstatt dein emotionales Durcheinander auszunutzen, um bei dir zu landen.« Er setzte ein charmantes Lächeln auf. »Safety first, sozusagen.«

Fassungslos starrte ich ihn an.

»Es war nicht meine Absicht, mich zu rechtfertigen«, stellte ich klar. »Und nur zu deiner Information: Elias würde niemals auf die Idee kommen, mein *emotionales Durcheinander* auszunutzen, um sich an mich ranzumachen. Anders als du es getan hast.«

Der Seitenhieb saß. Bels Lächeln zerfloss und seine Kiefer arbeiteten, während er mich finster anfunkelte. Wir wussten beide, dass mein Argument zwar richtig, aber unfairerweise auch aus dem Kontext gerissen war.

»Na dann«, meinte er unterkühlt, »gratuliere ich dir zu deiner Wahl. Ich hätte an deiner Stelle zwar nicht gleich den Erstbesten genommen, aber du scheinst es ja nötig zu haben.«

Zähneknirschend zwang ich mich dazu, das zu überhören.

»Was ich nötig hätte, wäre ein kurzes Gespräch mit dir«, erwiderte ich so ruhig ich konnte. »Aber du schikanierst mich offenbar lieber, als mir zwei Minuten deiner Zeit zu schenken.«

»Ziehst du zurück zu mir?«, fragte er knapp.

Was?! »Nein.«

»Dann haben wir nichts zu besprechen.«

Die Entschiedenheit, mit der er das sagte, fühlte sich wie ein Schlag ins Gesicht an. Dabei hatte ich mir wirklich vorgenommen, einen Schritt auf ihn zuzugehen ...

»Ich bin nicht dein Schoßhund, der angehechelt kommt, wenn dir gerade danach ist, Cassia«, sagte er frostig leise, bevor er mit einer geringschätzigen Geste in Elias' Richtung deutete. »Da bist du bei ihm schon eher an der richtigen Adresse.«

Warnend kniff ich die Augen zusammen. Ich verstand, dass er verletzt war, aber das gab ihm nicht das Recht, andere völlig grundlos niederzumachen.

»Gut, dann werde ich eben Elias um ein paar Minuten seiner Zeit bitten.« Mit zwei impulsiven Schritten überwand ich die Distanz zu Lucians Bruder und schlang demonstrativ meinen Arm um seine Taille. »Oder ein paar Stunden. Ich bin mir sicher, er ist ein guter Zuhörer. Und wer weiß, vielleicht entdecke ich ja noch ein paar andere Qualitäten, die mir die Augen öffnen.«

Ich spürte an Elias' Anspannung, wie sehr ich ihn mit meiner Aktion überrumpelte. Allerdings musste man ihm zugutehalten, dass er ohne mit der Wimper zu zucken mitspielte und seinerseits den Arm sacht um meine Schultern legte.

Das fegte Bel die Großkotzigkeit aus dem Gesicht. Zurück blieb eine erbarmungslose Kälte, die mir mehr Angst machte als jeder Tobsuchtsanfall. Die feinen Härchen in meinem Nacken stellten sich auf und jeder meiner Instinkte lief Sturm angesichts der Warnung in seinem Blick.

»Vorsicht, Cassia«, sagte er sanft. »Es wurden schon Kriege begonnen wegen weit weniger unbedachter Äußerungen.«

Ich kam nicht mehr dazu, darauf zu reagieren, denn in diesem Moment explodierte schwarzes Licht zwischen uns. Ari erschien in einem halb fertigen Brautkleid, gespickt mit bunten Stecknadeln.

»Wehe, es ist nicht wichtig, Bel. Ich hab Lizzy diese Dreiviertelstunde versprochen und –«

Sie geriet ins Stocken, als sie realisierte, dass Bel nicht allein war. Nachdem sie dann auch noch meine durchnässte Aufmachung in den Armen ihres Schwagers entdeckte, schraubten sich ihre Brauen in ungeahnte Höhen.

»Wow. Will mir das hier jemand erklären?« Sie hob energisch die Hand. »Obwohl ... vergesst es. Ich will's gar nicht wissen.«

Mit einem Kopfschütteln, als müsste sie aufsässige Kinder im Sandkasten hüten, wandte sie sich an Bel.

»Du wolltest mich sprechen?«

»In einer privaten Angelegenheit«, sagte er grimmig und machte mit cincm abfälligen Nicken in unsere Richtung klar, dass sein Anliegen nicht für unsere Ohren bestimmt war.

»Dann komm, aber fass dich kurz, sonst flippt Lizzy aus.«

Damit verschwand Ari so schnell, dass ich es mit bloßem Auge kaum mitbekam. Bel folgte ihr auf gleiche Weise und ohne mich eines letzten Blickes zu würdigen.

»Eine kleine Vorwarnung wäre nett gewesen«, raunte Elias mir zu. »Dann kann ich die Rolle des Alibi-Verehrers das nächste Mal besser spielen.«

Seine belustigte Stimme ließ den Brustkorb vibrieren, an den ich mich noch immer klammerte. Oh großer Gott. Mir schoss das Blut in die Wangen. Beschämt gab ich ihn frei und trat einen respektvollen Schritt zurück, wobei ich mich erinnerte, was ich gerade alles von mir gegeben hatte, und daraufhin einfach nur noch tiefer im Boden versinken wollte.

»Entschuldige …«, fiepste ich.

Elias schenkte mir ein gutmütiges Schmunzeln, bevor er ganz unvermittelt wieder ernst wurde. Sehr ernst. Ernster, als ich es sogar von ihm gewohnt war. »Willst du noch einen Rat?«

Mit großen Augen blinzelte ich ihn an und war mir nicht sicher, ob ich hören wollte, was er zu sagen hatte. Trotzdem nickte ich.

»Wahrscheinlich hat Bel es verdient, aber du hast ihm gerade einen ordentlichen Tiefschlag verpasst. Überleg dir gut, ob du diesen Weg weiter beschreiten willst. Möglicherweise gibt es irgendwann kein Zurück mehr.«

Mir wurde übel.

»Du glaubst, er wird es mir heimzahlen?«, fragte ich leise.

»Dir? Ich denke nicht. Er liebt dich, Cassia. Das ist so unübersehbar wie das Tageslicht. Aber diese Liebe macht ihn verletzlich. Und Bel gehört nicht zu den Personen, die sich im Stillen ihre Wunden lecken.«

Ich verstand, was er mir sagen wollte.

»Er beginnt eher einen Krieg …«, und zwar nicht gegen mich. Zerknirscht und voller Sorge sah ich Elias an. »Es tut mir leid. Ich wollte dich da wirklich nicht mit reinziehen.«

Mit einem müden Lächeln winkte er ab. »Ich scheue mich nicht vor einem Krieg mit Bel.« Die Selbstsicherheit, mit der er das sagte, klang erschreckend nüchtern und nicht weniger erbarmungslos als Bels Zorn. »Ich stehe auf deiner Seite, das habe ich dir von Anfang an gesagt. Aber du solltest dir sicher sein, dass es das ist, was du willst. Falls du ihn nämlich irgendwo unter all deinem gerechtfertigten Groll auch liebst, wird es am Ende nur Verlierer geben.«

Und da war sie wieder, die eine große Frage, die ich nicht so richtig beantworten konnte. Ich ließ den Kopf hängen und starrte meine Zehen an. Ein winziger Einsiedlerkrebs steuerte gerade waghalsig darauf zu. Irgendwie fühlte ich mich ihm verbunden und stupste ihn an, damit er die Richtung änderte.

»Ich weiß nicht, ob ich Bel liebe, und er lässt mir keine Zeit, um es herauszufinden.«

Mein leises Geständnis entlockte Elias ein nachdenkliches Seufzen. Er setzte sich in Bewegung und machte damit klar, dass wir zurückmussten.

»Übermorgen wird er für das, was er dir angetan hat, bestraft«, erinnerte er mich sanft, während wir über das Riff wanderten.

»Er wird sich schon irgendwie aus der Affäre ziehen. Das hat er zumindest gesagt.«

»Was soll er dir auch anderes sagen?« Elias sah mich voller Mitleid an. »Ich wäre nicht verwundert, wenn er gerade jetzt dabei ist, Vorkehrungen für deine Sicherheit zu treffen für den Fall, dass er ...« Aus Anstand mir gegenüber verzichtete er darauf, Bels mögliche Zukunft näher zu beschreiben. »Das ist übrigens auch der einzige Grund, warum er mir gerade nicht an die Gurgel gegangen ist. Er kann es sich nicht leisten, mich zu vergraulen, weil er mich braucht, um auf dich aufzupassen.«

Mir schnürte sich die Kehle zu.

»Er wird seine Strafe also einfach so akzeptieren?«

»Himmel, nein!«, beteuerte der Kommandant. »Aber er bedenkt alle Eventualitäten. Das würde ich auch.«

Alle Eventualitäten?! Oh Gott, wie blind ich doch gewesen war. Ich hatte mir zwar Sorgen um Bel gemacht, aber irgendwie war es nie eine Option gewesen, dass er keine Lösung finden würde. So überlegen, wie er immer tat, kam man ja auch gar nicht erst auf die Idee.

Wir hatten die Barriere erreicht. Elias stoppte allerdings, bevor wir hindurchgehen konnten.

»Würdest du ihn denn retten, wenn es den Blutbann nicht gäbe?«, erkundigte er sich in so bedeutendem Ton, als wäre das die alles entscheidende Frage.

»Natürlich«, seufzte ich. »Aber das hat vor allem was mit meinem Gerechtigkeitsempfinden zu tun und nicht unbedingt mit Liebe oder meiner Libido.«

Elias schüttelte belustigt den Kopf.

»Was ist daran so komisch?«, wollte ich wissen.

»Du sprichst nicht wie jemand, der zwei Jahrtausende gefangen war.«

»Der Dolch war einige Jahre in einer psychologischen Praxis ausgestellt«, brummte ich mit einem Schulterzucken. »Aber ich hing auch eine Zeit lang an der Wand einer sizilianischen Trattoria, also warte ab, bis ich dir mein Pasta-Fachwissen präsentiere.«

Ein breites Grinsen teilte seine Lippen.

»Ich verstehe, was Bel an dir findet. Er –«

Ohne jede Vorwarnung verdüsterte sich sein Gesicht. Er wirkte plötzlich abwesend und angespannt.

Unruhig trat ich von einem Fuß auf den anderen.

»Was ist los?« War irgendetwas passiert? Drohte Gefahr?

»Die Würdenträger der Liga werden gerade zu einem sofortigen Treffen einberufen«, informierte er mich knapp. »Es tut mir wirklich leid, aber –«

Ich nickte und versuchte, dabei nicht allzu niedergeschlagen zu wirken. Seine Gesellschaft war heute ein Lichtblick gewesen und ich hätte mich gerne noch ein bisschen länger mit ihm unterhalten.

»Geh schon«, murmelte ich. »Den einen Schritt hinter die Schutzbarriere werde ich schon allein schaffen.« Und alles andere ... war ohnehin mein Problem.

Elias nickte dankbar und sammelte bereits seine Macht, um sich beschwören zu lassen, doch dann hielt er abrupt inne und schien seine Pläne noch einmal zu überdenken.

»Okay, Cassia. Ich kann dich so nicht zurücklassen.« Ein seltsamer Aktionismus umwehte ihn, während seine Augen mich verschmitzt anfunkelten. »Bel wird mich dafür umbringen, aber euch beiden läuft die Zeit davon. Also würde ich – mit deiner Erlaubnis – gern etwas versuchen, was dir vielleicht hilft, dein *emotionales Durcheinander* zu sortieren.«

Verdutzt nickte ich, woraufhin er an mich herantrat und ganz langsam, fast fragend mein Gesicht in seine Hände nahm. Ich wusste plötzlich, was er vorhatte. Er würde mich küssen. Mein Herz begann vor Nervosität schneller zu schlagen, doch die Verwandlung, die der seriöse Kommandant gerade durchmachte, war so faszinierend, dass ich gar nicht auf die Idee kam, ihn zu unterbrechen. Er schien sein offizielles Amt und seine einschüchternde Ausstrahlung abgelegt zu haben, sodass nur noch Elias, der Mann, vor mir stand. Na ja, eher Elias, der Dämon, aber darum ging es nicht. Ich hatte das Gefühl, gerade einen Teil seiner Persönlichkeit zu erleben, den er nur sehr wenigen zeigte. Als sich seine Lippen auf meine legten, war ich von seiner Zärtlichkeit überwältigt.

Mein Körper reagierte instinktiv und schon wurde ich von einem Kuss mitgerissen, der so ganz anders war als alles, was ich mit Bel erlebt hatte. Beherrschter, aber nicht weniger fordernd oder leidenschaftlich. Er schmeckte nach Sonnenlicht und Freiheit und Selbstbewusstsein. Er eroberte nicht, er lud ein. Er verlockte nicht mit sinnlichen Versprechen, Elias *war* ein sinnliches Versprechen. Bei Gott, der Mann wusste, was er tat. Unerschütterlich, aufmerksam, sanft hatte er sich und mich und das, was zwischen uns geschah, vollkommen unter Kontrolle. Und trotzdem fühlte ich nicht dieses Prickeln, das Bel in mir auslöste. Ja, Elias besaß alle Eigenschaften, die ich an Bel zu schätzen glaubte. Souveränität, Stärke, Fürsorge, Hingabe. Mehr noch, Elias schien jemand zu sein, dem man vertrauen konnte. Herzensgut, witzig, aufrichtig. Er war ein Beschützer, der sein Wohl nicht über das anderer stellte. Er würde mich nie verletzen. Aber dennoch fing ich in seinen Armen kein Feuer. Ich empfand nicht die unendliche Geborgenheit, nicht den Frieden, nicht das Glück, das ich bei Bel gefunden hatte.

Elias war nicht derjenige, den mein Herz wollte.

Behutsam stemmte ich mich gegen die Brust des Kommandanten. Er verstand sofort und beendete den Kuss.

Erwartungsvoll sah er mich an. Nein, nicht erwartungsvoll, eher wissend.

»Und?«

Ich nickte, schluckte, räusperte mich und fühlte mich erschlagen von der Wucht meiner Erkenntnisse. Schließlich fand ich unter meiner Verlegenheit endlich meine Stimme wieder.

»Danke.« Mehr brachte ich nicht raus.

Er funkelte mich vergnügt an.

»Gern geschehen.«

Masterpläne

Der große Ballsaal des *Château d'Ankou* diente der Liga als provisorisches Kriterion. Trotz seiner opulenten Dimension bot er nicht annähernd genug Platz für all die enormen Egos, die hier aufeinandertreffen sollten – meines eingeschlossen. Als ich mit Ari dort ankam, tummelten sich unter den Eisenlüstern bereits zahllose Maulhelden, Wichtigtuer und Intriganten. Sie alle trugen dem Dresscode entsprechend Schwarz und präsentierten stolz die Primus-Symbole auf ihrem Rücken. Normalerweise hatte ich nichts gegen Freizügigkeit, doch bei solchen Anlässen war mir für die viele nackte Haut einfach zu wenig Erotik im Spiel.

Weder Ari noch ich hatten eine Ahnung, warum wir hierher beordert worden waren, aber es versprach nichts Gutes, dass sich um Ianus' Sitzplatz bereits eine Traube von glühenden Verehrern gebildet hatte. Es wirkte fast so, als wäre er der Gastgeber und würde Hof halten. Seine überschwängliche Laune und sein widerlicher Charme weckten mühsam verdrängte Erinnerungen an seine Zeiten als Herrscher von Rom. Nur eines hatte sich verändert: seine Macht. Seit gestern war sie erneut um ein Vielfaches gewachsen und umwaberte ihn wie ein dunkler Wespenschwarm. Zu allem Überfluss verpestete sein Geruch von geronnenem Blut und kaltem Rauch die ohnehin schon stickige Luft.

Mit finsterer Miene trennte ich mich von Ari und marschierte auf die Empore des Hohen Rats – direkt auf Ianus zu. Unpraktischerweise lag mein Platz nämlich genau neben seinem. Entweder irgendein selten dämlicher Klappspaten hatte nicht mitgedacht oder jemand wollte mir bewusst eins auswischen. Ich tippte auf Letzteres. Denn so groß die Begeisterung war, mit der man sich Ianus an den Hals warf, so wachsam ging man mir und meiner zweifelhaften Stimmung aus dem Weg.

Gott sei Dank erschienen Melisande und Ramadon genau in dem Moment, als Ianus mich bemerkte. Das bewahrte mich davor, die Schaulustigen gleich zu Beginn schon mit einem Skandal versorgen zu müssen.

Während alle sich ihrem Rang nach sortierten und positionierten, und der Chronist begann, streng nach Protokoll die Anwesenheit zu kontrollieren, fragte ich mich, was Ianus wohl vorhatte. So wie er sich hier aufspielte, verwettete ich nämlich meinen rechten Nebenhoden darauf, dass diese Versammlung auf seinem Mist gewachsen war. Und dabei ging es sicherlich nicht nur darum, seine Rückkehr zu zelebrieren. Plante er vielleicht, Ari und Lucian zu den Morden in der römischen Fabrikhalle zu befragen? Immerhin hatte er wohl keine Mühe gescheut, sie mir in die Schuhe zu schieben. Ich wusste von den beiden Brachion, dass sie sämtliche Indizien und Information mir zuliebe zurückhielten, aber bei einer offiziellen Anhörung würden sie nicht lügen.

Bel?

Kaum vernahm ich Cassias Stimme in meinen Gedanken, flog auch schon Ianus süffisanter Blick zu mir. Oha, er konnte inzwischen also mentale Gespräche belauschen. Ein gehässiges Grinsen machte sich auf seiner Fratze breit, weil er wusste, dass ich begriff, wie mächtig er geworden war. Derzeit mochte er mir zwar nicht gewachsen sein, aber das würde nicht mehr lange dauern – auch ohne die Entschädigung, die ich ihm noch schuldete.

Bitte, Bel, ich muss –

Jetzt nicht!, fuhr ich Cassia gereizt an und blockierte die Verbindung zwischen uns. Das Letzte, was ich gerade gebrauchen konnte, war eine Diskussion mit ihr, während Ianus zuhörte.

Ramadon räusperte sich. »Wo ist der Kommandant?«

Wie aufs Stichwort platzte Elias in den Ballsaal seiner Familie. Zu spät zu kommen, entsprach eigentlich gar nicht seinem Charakter. Er wirkte steif wie immer, aber auch ein wenig abgehetzt und irgendwie ... zufrieden. Ich kniff die Augen zusammen und durchbohrte ihn mit meinen Blicken. Mit ihm hatte ich nachher noch ein Wörtchen zu reden.

»Also gut«, ergriff nun Melisande das Wort. Die sanftmütige Prima hatte sich wider meinen Erwartungen tatsächlich zu einem ganz passablen Oberhaupt gemausert. Routiniert betrat sie die freie Fläche zwischen den Ratsmitgliedern, den Würdenträgern und dem Rest der Dämonen-Elite und sah sich um.

»Da wir nun vollzählig sind, würde ich gerne erfahren, wer diese Sitzung einberufen hat!«

Oh, welch Wunder, ich durfte meinen rechten Nebenhoden behalten – Ianus stand auf.

»Das war ich.«

»Mit was für einer Begründung?«, erkundigte Mel sich förmlich.

Und es ging los.

Ianus breitete die Arme aus und schritt die lächerlichen

drei Stufen zu Melisande hinunter, als wären sie eine königliche Prunktreppe.

»Als zurückgekehrtes Mitglied des Hohen Rats ist es mir ein großes Anliegen, euch von meiner Redlichkeit zu überzeugen. Deshalb habe ich einige Vorschläge ausgearbeitet, die euch beweisen sollen, dass ich nur an das Wohl der Liga denke.«

Oh Mann, ich konnte nicht einmal ansatzweise beschreiben, wie sehr ich mich gerade übergeben wollte. Zu allem Überfluss begann Ianus auch noch, die Reihen der Zuschauer abzuspazieren, um in alter Rhetorik-Manier jeden persönlich von seinen Absichten zu überzeugen.

»In den letzten Jahrhunderten haben wir als Gemeinschaft erschreckend an Einfluss verloren. Wir verfügen nur noch über zwei nicht befehlsgebundene Brachion, auf deren Wohlwollen wir angewiesen sind.« Fast schon vorwurfsvoll deutete er auf Ari und Lucian, die sich seitlich der Ratsempore postiert hatten. »Letztlich beherrschen sie uns. Das ist kein Zustand. Deswegen hier mein erster Antrag: Wir erschaffen wieder eine Einheit neuer Brachion und entlassen Lucian und Ariana aus ihren Diensten.«

Grundgütiger. Endlich fiel bei mir der Groschen. Ianus plante nicht nur, seinen Einfluss zu vergrößern. Das hier war der Beginn einer feindlichen Übernahme mit dem nächsten Ziel, jene loszuwerden, die er nicht auf seine Seite ziehen konnte.

Melisande trat Ianus beeindruckend würdevoll entgegen. »Einen solchen Antrag kannst du nicht einreichen, ohne nicht mindestens die Unterstützung von drei hochrangigen Primus vorweisen zu können.«

In diesem Moment trat Nemides aus den Reihen der Anwesenden hervor. »Meine Unterstützung hat er.«

Lucians Vater mochte zwar nicht mehr über seine alte Macht verfügen, aber als ehemaliges Ratsoberhaupt besaß er noch immer genug Relevanz in derartigen Entscheidungen.

Der Nächste, der Ianus seine Unterstützung zusagte, war Mirabelles Vater Pluto, der sich inzwischen Pablo nannte, oder Omar oder Dillan. Ehrlich gesagt hatte ich diesbezüglich längst den Überblick verloren.

Wirklich überrascht war ich jedoch, als sich Yantis von ihrem Ratssitz erhob und verkündete: »Auch ich finde, dieser Antrag ist es wert, überdacht zu werden.«

In all der Unruhe, die nun ausbrach, sah ich wie Ari und Lucian vor Zorn brodelten. Offenbar hatten sie nicht mit einem solchen Frontalangriff gerechnet. Und noch dazu einem, bei dem ihnen ihre Aziam nicht weiterhalfen.

»Antrag Nummer zwei«, fuhr Ianus selbstzufrieden fort. »Die Kooperation mit der Phalanx sollte auf ein Minimum reduziert werden. Wieso gestatten wir einfachen Menschen, sich in unsere Angelegenheiten zu mischen?«

Das sorgte erst recht für Wirbel. Der Kampf gegen Mara hatte die Liga und die Phalanx eng aneinandergeschweißt. Nicht zuletzt durch Ari und ihre zahlreichen Verbindungen in ihr altes Leben. Andererseits war es vielen ein Dorn im Auge, dass Melisande sich trotz ihrer Verpflichtungen als Ratsoberhaupt mit einem sterblichen Jäger eingelassen hatte. Ich wusste, dass einige befürchteten, sie könnte sich zu stark von Gideon beeinflussen lassen.

»Darüber hinaus verfügen diese Menschen über alle Mittel von Omega, einer Organisation, die uns vernichten wollte. Und wir … wir haben sie ihnen freiwillig überlassen. Wie konnte so etwas passieren?«, fragte er die Menge. »Deshalb beantrage ich als Drittes und Letztes, das Wissen und das

Eigentum von Omega zu beschlagnahmen. Wir könnten damit an Macht gewinnen. Die Liga könnte wieder erstarken.«

Seine Faust in die Luft reckend beendete er seine dramatische Ansprache und erntete dafür erschreckend viel gehirngewaschenen Jubel. Andere buhten ihn aus und plötzlich wollte jeder mitreden. Diskussionen wurden eröffnet, Zank brach aus, Beleidigungen flogen durch den Raum und mittendrin stand ein blasiert lächelnder Ianus, dessen schwarze Augen auf mir ruhten. Früher hatte ich nie verstanden, warum er sich ausgerechnet eine so abstoßende, kantige und von Hass gezeichnete Hülle ausgesucht hatte. Heute wusste ich, dass die Abscheu, die er erweckte, eine äußerst wirkungsvolle Waffe sein konnte.

Ich hatte seinen Fanatismus unterschätzt. Seit er aus den Stillen Wassern entkommen war, hatte er sicherlich keine Sekunde geruht, um seine Rachefantasien umzusetzen, die er sich fraglos zweitausend Jahre lang jeden einzelnen Tag ausgemalt hatte. Er spann geduldig ein dichtes Netz um mich herum, das sich langsam, aber kontinuierlich zuzog. Seine Anklage vor Grya und diese Versammlung hier waren erst der Anfang.

Ich musste ihm Einhalt gebieten. Und zwar so schnell wie möglich. Meine Vorbereitungen mochten noch nicht abgeschlossen sein, aber das war im Moment zweitrangig, denn jeder weitere Zug, den ich Ianus erlaubte, unterwanderte meinen Einfluss und meine Mittel. Es war an der Zeit für ein bisschen Gegenwind.

Gemächlich erhob ich mich. Der Tumult im Ballsaal verstummte und alle Augen richteten sich auf mich.

»Ich rufe Timeon als meinen Zeugen an«, verkündete ich mit fester Stimme.

Eine Explosion aus schwarzem Licht folgte und der Älteste materialisierte sich. Er trug noch immer die Hülle, die ihn aussehen ließ wie die korpulente Version meines Steuerberaters. Und er warf mir in diesem Moment einen genauso sauertöpfischen Blick zu wie er. Eine ungehaltene Geste später erschütterte eine zweite Explosion den Saal und meine herzallerliebste Mutter erschien auf der Bildfläche. Sie war weniger diskret. Mit einem lauten und sehr genervten Stöhnen nahm sie mich ins Visier.

»Deine Frist ist noch nicht abgelaufen!«

Ich hielt ihrem Vorwurf ungerührt stand.

»Das ist einerlei, denn ich fordere Ianus zu einem Duell auf den Stillen Wassern.« Man hätte eine Nadel fallen hören können, so stumm wurde die sensationsgierige Menge. Selbst meiner Mutter verschlug es die Sprache. Primus hingen derart exzessiv an ihrer Macht und ihrer Unsterblichkeit, dass beides freiwillig aufzugeben, unvorstellbar schien. Und genau das war es, was bei einem Duell auf den Stillen Wassern geschah. Man ließ sich in der Arena seiner Macht berauben und kämpfte mit Aziam auf Leben und Tod.

Ianus rang um Fassung. Diesen Gegenzug hatte er in seinen so ausgefeilten Plänen wohl nicht kommen sehen.

»Er ... er versucht nur, sich Zeit zu erkaufen«, stammelte er. »Grya mag uns versprochen haben, neue Stille Wasser zu erschaffen, aber bis das ganze Kriterion und eine Arena stehen und für ein Duell bereit sind, werden Jahrzehnte vergangen sein.«

Kaltblütig lächelte ich ihn an. »Meine Mutter wird dafür zweifelsohne eine kurzfristige Lösung finden.«

»Du kennst mich zu gut«, erwiderte Grya mit einem begeisterten Funkeln in den Augen.

»Traurigerweise«, murmelte ich.

Nun erhob Timeon seine Stimme und seine Macht.

»Belial, aus den Reihen der Ältesten hast du mich berufen, über dieses Duell zu wachen. Nenne mir die Gründe für deine Forderung und ich werde entscheiden, ob sie rechtens sind.«

Das war das übliche Prozedere, aber ich hatte wirklich keine Lust, alles noch einmal von vorne durchzukauen. Schließlich warf ich gerade mein Leben in die Waagschale. Das sollte Grund genug sein.

»Die Tatsachen sind hinlänglich bekannt, also sparen wir uns doch die Zeit«, schlug ich ungerührt vor. »Du hast meine Forderung gehört. Nun frage ich dich, Timeon: Wurde sie akzeptiert?«

Der Älteste betrachtete mich mit der Intensität von unzähligen Jahrtausenden. Schließlich nickte er feierlich.

»Deine Forderung wurde gehört und akzeptiert.«

Getrieben von blanker Panik schüttelte Ianus den Kopf. »Ich nehme sie nicht an! Das ist eine Farce. Ihr habt Euer Urteil bereits gesprochen.«

»Ein Duell steht über jedem Urteil«, teilte Timeon ihm mit. »Das ist unser Gesetz.«

Grya schloss sich seiner Entscheidung entzückt an. Offensichtlich inspirierte sie das bevorstehende Ereignis derart, dass sie ihr Kunstwerk schon vor ihrem inneren Auge entstehen sah. »Ich möchte, dass das Duell zur Hochzeit der beiden Brachion stattfindet. Ein blutiger Höhepunkt für die Vereinigung eines blutdürstigen Paares. Bis dahin werde ich euch eine Arena erschaffen, von der man noch in Jahrtausenden sprechen wird.«

Ihre wahnwitzige Fantasie wurde von einer kleinen, sehr wütenden zukünftigen Braut unterbrochen. Ari stapfte energischer auf Grya zu, als gut für sie war. Meine Mutter bei der Planung eines Meisterwerks zu unterbrechen, zählte zu den selbstmörderischsten Dingen, die man auf dieser Welt tun konnte.

»Sorry, uralte Mom von Bel, der es offensichtlich egal ist, ob ihr Sohn stirbt oder nicht«, zischte sie, »aber ich werde am Tag meiner Hochzeit nicht dabei zuschauen, wie ein Freund sein Leben riskiert, und währenddessen noch Häppchen servieren lassen.«

Gryas Essenz verdichtete sich, der Boden grollte. Panik brach aus. Lucian sprang an Aris Seite, doch es war Timeon, der die Situation rettete. Er stellte sich vor Grya und dämmte ihren Wutanfall mit seiner Macht ein.

»Der Morgen des darauffolgenden Tages sollte genügen«, entschied er und verschwand gemeinsam mit meiner Mutter von der Bildfläche, als wären sie nie da gewesen.

Damit war die Versammlung wohl aufgelöst. Anträge und Abstimmungen hatten ihren Sinn verloren, wenn der Initiator oder sein größter Widersacher möglicherweise bald tot sein könnten. Die geordneten Reihen der Primus brachen auf, aber keiner wollte jetzt schon den Saal verlassen. Sie mischten sich bunt durcheinander, unterhielten sich aufgeregt und versprühten eine morbide Art von Vorfreude. Nur die beiden Duellanten mied man, als wäre ihre baldige Sterblichkeit ansteckend.

Ianus starrte mich durch die Menge hindurch hasserfüllt an. Seine schmalen Lippen zuckten, als wollte er mir mit bloßen Zähnen die Kehle aufreißen.

Ich lächelte nur.

Der blonde Jüngling Apoll erschien neben seinem alten Freund und Mentor. Die beiden wechselten einen kurzen Blick. Als wär damit alles gesagt, nickte Apoll und verschwand in der Menge. Ianus dagegen wandte sich mir noch einmal zu, verbeugte sich bösartig und suchte anschließend den Zuspruch seiner Anhänger.

»Bist du verrückt geworden?« Ari tauchte neben mir auf und hinter ihr Lucian. Beide strahlten eine Sorge aus, die sich unerwartet tröstlich anfühlte. Trotzdem gab es an meiner Entscheidung nichts zu rütteln.

»Ianus wird sterben«, sagte ich leise. »Oder ... er ist ein viel zu großer Feigling und wird einen Fehler begehen, um sein Leben zu retten. So oder so, es wird ein Ende haben.«

»Und was, wenn es dein Ende ist?«, fragte Ari so bekümmert, dass ich unweigerlich lächeln musste.

»Vertrau mir. Wann hab ich schon mal etwas Undurchdachtes gemacht?«, raunte ich ihr zu. »Und jetzt entschuldigt mich, ich muss mir Yantis vorknöpfen.«

Meine alte Freundin, die mir heute skrupellos in den Rücken gefallen war, versuchte nämlich gerade, unbemerkt das Weite zu suchen. Außer mir war sie die Einzige im Hohen Rat, die Ianus die Stirn bieten konnte. Und falls ich nicht mehr da sein sollte, musste ich sicherstellen, dass sie das auch tat. Ich beeilte mich, sie einzuholen, und rannte unvermittelt in unseren allseits geschätzten Kommandanten.

»Geh mir aus dem Weg!«, knurrte ich.

»Ich muss mit dir reden.«

Natürlich musste er mit mir reden. Ich konnte Cassias süßen unschuldigen Duft an jeder Faser seiner verfluchten Hülle riechen.

Nur wurde das mit einem Mal unwichtig, denn Ari, Lucian, Elias und mich erreichte in diesem Moment derselbe Hilferuf.

Satan höchstpersönlich

Bel?

Ich wusste nicht, warum ich es immer wieder probierte, obwohl er doch nicht antwortete. Wie versteinert starrte ich in meine leere Espressotasse und hörte der Stille in meinem Kopf zu. Der Stille in meinem Kopf und dem Prasseln des Regens an meiner Fensterscheibe. Passenderweise war ein Sturm aufgezogen, nachdem Bel erneut unsere mentale Verbindung gekappt hatte.

Bel?

Es war mein erster Regen, seit ich zurück war, und trotzdem verspürte ich nicht die Lust, hinauszurennen und ihn auf der Haut zu spüren. Die Freude darüber hätte es ohnehin nicht durch die eisigen Schichten hindurchgeschafft, die von Minute zu Minute undurchdringlicher wurden und mein Herz davor bewahrten, zu verbluten.

Bel?

Mein Mut war längst in Verzweiflung übergegangen und schließlich zu Resignation verklungen. Ich wusste nicht weiter. Warum gab es kein Handbuch? *»Bel für Dummies«* oder *»10 Tipps, um sich dem Mann anzuvertrauen, der einen erstochen hatte«* oder *»How to survive das Ego des Teufels, ohne vor Panik die Flucht zu ergreifen«*.

Meine Augen brannten. Ich war todmüde. Das hieß, ich brauchte Espresso-Nachschub.

Aber unten an der Espressomaschine würde mich auch Ryan erwarten, der sich mit Lizzy über Platzkarten mit floralen Mustern stritt, während Toby Pasta kochte. Hm ...

Bel?

Ich entschied mich, das Risiko einzugehen. Mit ein bisschen Glück würden die anderen mich gar nicht bemerken. Leise tapste ich aus meinem Zimmer, nur um vor Verwunderung gleich wieder stehen zu bleiben. Im Gang neben einem offenen Lüftungsgitter stand ein kleines Mädchen. Sie konnte nicht älter als zwölf sein.

»Hi«, sagte ich leise. »Wer bist du denn?«

Sie sah mich erschrocken an und setzte anschließend umso eiliger fort, womit sie beschäftigt gewesen war. Irritiert ging ich näher ran. Das Mädchen malte etwas an die Wand. Etwas, dessen Formen und Symbole mir sehr bekannt vorkamen. Ein Siegel. Sie malte ein Siegel – und zwar mit Blut.

»Was –«

Weiter kam ich nicht, denn das Mädchen legte ihre Hand auf die Symbole und plötzlich fegte mir eine gewaltige Druckwelle die Luft aus den Lungen. Ich krachte gegen einen Schrank. Für einen kurzen Moment war alles schwarz. Dann sah ich die Welt auf der Seite liegen. Rauch. Staub. Trümmer. Feuer. Und das Mädchen, das mit verrenkten Gliedmaßen vor mir lag und mich aus toten Augen anstarrte. Blanke Angst flutete mich.

Bel!

Jemand packte mich am Arm. Es war Gideon.

»Wir müssen hier raus!« Ich verstand ihn kaum, weil der Pfeifton in meinen Ohren viel lauter war. Ohne abzuwarten, zog er mich auf die Beine. Alles drehte sich. Er drängte mich Richtung Treppe. Ich musste husten, doch Gideon hielt mir den Mund zu. Mit der anderen Hand signalisierte er mir, still zu sein. Er lugte um die Ecke, dort wo man von einer Galerie aus ins Wohnzimmer schauen konnte. Im einen Moment war noch alles ruhig und im nächsten ertönten Schüsse und Schreie. »Bleib hier und rühr dich nicht vom Fleck.«

Dann war ich allein. Ich sah, wie die Staubwolken in grünem Licht flackerten. Ich sah Ryan, wie er sich mit lautem Gebrüll auf die Angreifer warf. Ich sah Lizzy, die einen Mann erschoss. Er fiel nicht um. Ein Dämon! Das war nicht möglich. Die Schutzbarrieren verhinderten, dass ...

Die Schutzbarrieren! Das Mädchen hatte sie von innen heraus gesprengt. Grüne Blitze zuckten durch die Tür und erwischten einen Jäger, den ich nicht kannte. Die zweite Salve prallte an einer grünen Kuppel ab. Toby stand mit glühenden Hexenaugen hinter dem Sofa. Lizzy warf ihre leere Waffe weg und zog eine Klinge. Gideon schleuderte irgendetwas ins Freie, das draußen explodierte. Glassplitter flogen durchs Zimmer, gefolgt von Schmerzensschreien und einem kleinen Objekt, aus dem weißer Rauch austrat. Jemand fluchte. »Gas!«

Jemand anderes brüllte: »Es sind zu viele. Bring sie in den Panikraum.«

Eine neue Explosion erschütterte das Haus. Diesmal war es dämonische Energie, die nach Moos und Limonen roch. Und eine zweite und dritte und vierte. So viele Gerüche schwirrten durch die Luft, dass mir schlecht wurde. Durch die Eingangstür stürmten etliche Gestalten. Dämonen und Hexen. Jemand rannte die Treppe herauf, gejagt von diversen Einschlägen. Ryan schnappte sich meine Hand und zog mich mit sich. Die magischen Geschosse verfolgten uns weiter, während ich hinter Ryan die Galerie entlangstolperte.

Er riss eine Tür auf und gerade als er sich zu mir drehte, erschrak er. Ehe ich wusste, was los war, wirbelte er mich herum und fing mit seinem breiten Rücken ein tödliches Feuer ab, das für mich bestimmt war. Ryan sackte auf die Knie. Ich wollte ihm helfen, doch er stieß mich rückwärts in ein Zimmer und schloss von außen die Tür. Nein! Technik und Magie verriegelten alles. Neonlicht sprang an und eine ganze Wand voller Monitore leuchtete auf. Lucian hatte mir diesen Raum gezeigt. Für Notfälle. Aber er hatte nicht gesagt, dass ich hier drinnen gefangen sein würde, während dort draußen Freunde starben. Hilflosigkeit brach mit einer Gewalt über mir zusammen, dass ich zu zittern anfing. Ich bekam das Gefühl zu ersticken. Blutrote Schreie hallten durch meinen Verstand. Nein! Nicht jetzt! Bitte nicht jetzt! Ich versuchte, mich daran zu erinnern, dass ich nicht mehr im Dolch war. Ich konnte hier zwar gerade nicht raus, aber ich war nicht gefangen. Ich war nicht hilflos.

Plötzlich hielt ich inne. Die Schreie waren verstummt. Nicht nur die in meinem Kopf, sondern alle. Mein Puls dröhnte mir in den Ohren, aber sonst hörte ich nichts. Im Haus war es still geworden. Keine Kämpfe, keine Erschütterungen. Das war gar nicht gut. Das war sogar so richtig schlecht.

Ich torkelte zu den Monitoren. Einer zeigte, was direkt vor der Tür des Panikraums geschah. Zwei Männer hoben Ryan hoch. Als ich sah, dass der tätowierte Jäger noch lebte, stiegen mir Tränen der Erleichterung in die Augen. Er wurde die Treppe hinuntergeschleppt. Was dort vor sich ging, zeigten drei andere Monitore aus verschiedenen Perspektiven. Lizzy und Toby waren bewusstlos und wurden gerade gefesselt. Von draußen brachte man weitere Jäger herein. Manche konnten noch gehen. Andere wurden getragen. Ich erkannte auch ein paar von Bels Leuten wieder. Nur die Gezeichneten. Keine Dämonen. Grim war unter ihnen. Man hatte sie geknebelt. Einer der Angreifer sprach mit ihr, bevor er sich an seine Mitstreiter wandte. Ich hörte nichts. Verdammt! Bei all dem Hightech musste es hier doch auch einen Ton geben. Fieberhaft tippte ich mich durch das Display. Da!

»... dass ihr euch benehmt! Wir sollen niemanden töten, solange es sich vermeiden lässt«, zischte eine heisere Stimme durch die Lautsprecher.

Oh Gott sei Dank.

»Und holt mir die Hexenmeister her! Ich will, dass sie diese verdammte Tür da oben aufbrechen.«

Und schon war alle Erleichterung wieder dahin. Angst kroch in meine Glieder. Das waren ganz bestimmt Ianus' Leute und wenn sie hier hereinkamen, dann ...

Okay, Cassia. Denk nach. Was waren Lucians Anweisungen gewesen für den Fall, dass ich hier Schutz suchen musste? Drinbleiben, egal was passierte. Und Hilfe holen. Beschwören! Ich sollte jemanden beschwören.

Neben den Monitoren stand ein kleines Regal. Ich durchwühlte alles. Medizin. Kleidung. Lebensmittel. Dann fand ich, was ich gesucht hatte. Ein Kästchen mit Beschwörungssiegeln. Aris und Lucians, Elias' und einen Haufen anderer, die ich nicht kannte. Egal! Ich griff sie alle und murmelte wild irgendwelche Namen durcheinander. Nichts geschah. Gar nichts. Wie ...?

Natürlich, schalt ich mich selbst. Das war ein gut geplanter Angriff, in dem offensichtlich ein halber Hexenzirkel involviert war. Ich kannte deren Vorgehen bestens. Sie hatten bestimmt das Gebiet vor Dämonen abgeschottet. Keine Beschwörungen, keine Kommunikation, keine Hilfe.

Aber für einen Bannkreis von dem Ausmaß musste es einen Anker geben. Ein Objekt, das die Magie zusammenhielt und bündelte. Wie damals bei Tigellinus' Ring …

Finster entschlossen baute ich mich vor den Monitoren auf und suchte jeden einzelnen Angreifer ab. Plötzlich klingelte ein Handy. Es gehörte dem Anführer.

»Was gibt's?« … »Bist du dir sicher?« … »Alles klar.«

Er legte auf. »Planänderung, Leute. Zieht die Samthandschuhe aus. Wir brauchen das Mädchen – um jeden Preis.«

Mir schnürte sich die Kehle zu, als ich sah, wie der Kerl mit grimmiger Miene auf die gerade zu sich gekommene Lizzy zumarschierte und sie an den Haaren hochzerrte. Tapfer trat sie um sich und fluchte, was das Zeug hielt. Ihr Bruder warf sich brüllend gegen seine Bewacher, doch es waren zwei Dämonen. Da hatte er keine Chance. Jetzt reichte es dem Anführer. Er schlug Lizzy mit der Rückhand ins Gesicht, bevor er eine Pistole zog und sie ihr unter die blutige Nase hielt.

»Noch ein Mucks und ich bringe deinen Bruder um.«

Lizzy verstummte.

Mehr oder weniger freiwillig wurde sie aus dem Wohnzimmer geschubst. Sie tauchte auf einem anderen Monitor wieder auf. Auf der Treppe. Und dann standen sie vor dem Panikraum. Der Anführer schleuderte Lizzy auf den Boden und betrachtete die gut gesicherte Tür. Sein düsterer Blick hob sich. Er fand die Kamera und legte mit einem boshaften Grinsen den Kopf schief, als könnte er mich direkt ansehen.

Ach du Scheiße. Ich kannte ihn. Ihn und seine schmierige Visage mit dem gefärbten Kinnbart und der Brandnarbe auf der Wange. Das war Nathanael, die Nummer zwei im Uroboros-Zirkel und einer der brutalsten Hexer, die ich je gesehen hatte.

Ohne die Augen von der Kamera zu nehmen, richtete er die Pistole auf Lizzys Kopf.

»Öffne oder sie stirbt.«

Bestürzt schlug ich mir die Hand vor den Mund. Was sollte ich denn jetzt tun? Mir war klar, dass ich mein Todesurteil unterzeichnete, wenn ich den Raum verließ. Aber ich konnte doch auch nicht dabei zusehen, wie er Lizzy erschoss.

»Ich zähle bis drei«, warnte Nathanael mich mitleidlos.

Da entdeckte ich an seinem Handgelenk ein breites Lederband mit einem flachen Stein, der grünlich glühte. Der Anker!

»Eins!«

Die panische kleine Stimme in mir kam zur Ruhe und wurde von einer unumstößlichen Überzeugung ersetzt. Egal, was Nathanael und Ianus für mich vorgesehen hatten, ich würde es eher ertragen, als zu wissen, dass ein unschuldiges Mädchen wegen mir sterben musste. Nie wieder! Nie wieder würde ich mich zur Hilflosigkeit verdammen lassen – nie wieder dazu, ohnmächtig zuzusehen. Nach zweitausend Jahren hatte ich davon endgültig die Nase voll. Ich mochte vielleicht nicht viel ausrichten können, aber zumindest hatte ich einen Körper, der mir gehorchte. Ich hatte meinen Verstand. Und ich hatte die Kräfte einer Hexenmeisterin. Damit sollte sich doch etwas anfangen lassen.

Ich griff mir einen dicken Filzstift und begann ein Siegel auf die Innenseite der Tür zu zeichnen. Selbst nach all der Zeit kannte ich es noch in- und auswendig. Ich hatte Ianus damit aus seiner Hülle verbannt. Damals hatte ich es mit Blut gezeichnet. Das war – wie ich heute wusste – weitaus effektiver, aber auch strunzdumm, wenn man vorhatte am Leben oder zumindest bei Bewusstsein zu bleiben.

»Zwei!«

Fast. Fast war ich fertig. Nur noch ein paar letzte Striche. Mehr brauchte ich nicht. Na ja, nicht viel mehr. So abgeschottet, wie dieser Raum war, musste die Tür offen sein, damit es funktionierte.

»Drei!«

Nathanael drehte sich zu Lizzy um und –

»Stopp!«, rief ich so laut ich konnte. »Ich komme raus.«

Der Hexer hielt inne und lächelte in die Kamera, aber er senkte seine Waffe nicht.

»Keine Tricks!«, forderte er.

Als ich die magischen und mechanischen Schlösser entriegelte, raste mein Herz so schnell, dass ich kaum mit dem Atmen hinterherkam. Magie pulsierte durch meine Adern. Mit ein bisschen Glück bemerkten sie es nicht.

Ich öffnete die Tür.

»Braves Mädchen!«, höhnte Nathanael und richtete seine Waffe auf mich. Das war Schritt eins. Damit war Lizzy erst mal sicher.

»Komm raus! Langsam! Und ich will deine Hände sehen!«

Darauf hatte ich gehofft, denn das führte mich zu Schritt zwei. Ich hob die Hände und ging auf Nathanael zu. Der Hexer sah sehr zufrieden aus. Noch. Auf Türhöhe presste ich meine flache Hand gegen das Filzstift-Siegel. Die Druckwelle schleuderte mich rückwärts gegen die Monitore. Glas zersprang. Funken sprühten. Aber ich blieb wach, was man von sämtlichen Dämonen hier im Haus nicht behaupten konnte. Im Erdgeschoss brach aufgeregtes Durcheinander aus. Kampfgeräusche erklangen. Die Jäger nutzten ihre Chance.

Das war meine Ablenkung.

Jetzt musste ich schnell sein und –

Nathanael war schneller. Er packte mich und stieß mich

aus dem Raum. Ich stolperte in Lizzy hinein. Ein dumpfer Schmerz lähmte meine Gedanken für einen winzigen Moment und sorgte dafür, dass ich zu langsam war. Lizzy kam mir zuvor. Sie rannte mit bloßen Händen und einem martialischen Schrei auf Nathanael zu. Er schoss.

Meine Magie erwachte. Nein, sie war einfach da. Ein glühender Kokon spann sich um Aris beste Freundin und fing die Kugel ab. Nathanael war so verdutzt, dass er zu spät bemerkte, wie ich mich auf ihn warf. Ich packte die Hand mit der Waffe – nicht, weil ich verhindern wollte, dass er ein zweites Mal schoss. Nein, sondern weil ich es auf das Armband mit dem Anker abgesehen hatte. Schüsse lösten sich. Sie trafen die Wand. Ich ließ nicht locker. Meine Fingernägel bohrten sich in seine Haut in dem Versuch, ihm das Armband abzureißen. Nathanaels Magie legte sich um meine Kehle und schnürte mir die Luft ab. Es war mir egal. Seine Faust traf mich an der Schläfe. Auch das war mir egal. Ich hatte nur ein Ziel vor Augen. Er drückte noch einmal ab. Brennende Schmerzen explodierten unter meinem Schlüsselbein. Ich keuchte auf. Nathanael schleuderte mich von sich. Mit meiner verletzten Schulter voran krachte ich gegen die Wand. Ein Schrei zerriss meine Kehle. Er mischte sich mit Nathanaels dreckigem Lachen. Und plötzlich zerbarst alles, was ich hatte, alles, was ich war, in einem Feuersturm aus grüner Magie. Grims Magie. Meine Magie. Flammen wuchsen aus meiner Haut und versengten Nathanael so rasend vor Zorn, dass ihm nicht einmal das Lachen vergehen konnte. Getragen von meinen Gefühlen stob mein Feuer durch den Flur, die Galerie, das Wohnzimmer. Wer mir schaden wollte, brannte. Wer mich schützte, den schützte auch ich. Gnadenlos verwandelte ich die gesamte Villa in ein grünes Inferno, bis die Gefahr zu Asche zerfallen war und ich keinen Funken Energie mehr übrig hatte.

Die Totenstille, die folgte, fühlte sich an, als wäre ich der letzte Mensch auf Erden. Ausgelaugt sank ich an der Wand zu Boden. Ich sah meine zitternden Hände an. Sie waren voller Blut. Das war wohl meines. Zumindest, wenn es nach dem Schmerz ging, der in meiner Schulter tobte. Und an meiner Schläfe. Und an meinem Hinterkopf. Es wurde noch schlimmer, als sich plötzlich Stimmen in meinen Verstand drängten, auf mich einredeten, sich überlagerten – so viele, und so laut, dass ich meinen Geist abriegeln musste, um mich nicht vor Anstrengung zu übergeben. Offenbar war der Anker zerstört worden. Geschmolzen. Zerplatzt. Was auch immer. Es hieß, Hilfe sei unterwegs. Und das hieß, ich konnte mir erlauben, die Augen zu schließen. Nur ganz kurz. Nur, bis –

»Hier! Ich hab sie!« Ein Sommersturm zerrte mich ins Bewusstsein zurück. Lucians verschwommene Gestalt tauchte über mir auf. »Sie ist auch verletzt!«

Ich wurde hochgehoben. Schmerz flutete meine Sinne.

»Alles wird gut«, raunte Lucian mir zu, während er mich die Treppe runtertrug. Oder das, was von der Treppe übrig war. Schutt und Glassplitter knirschten unter seinen Schuhen. Überall starrten mir schwarze Wände und verkohlte Möbel entgegen.

»Tut mir leid, dass ich ... das Haus ruiniert hab«, hörte ich mich flüstern. Keine Ahnung, warum mir gerade das über die Lippen kam. Ich musste mich so darauf konzentrieren, nicht vor Schmerzen ohnmächtig zu werden, dass mein Verstand wohl nicht mehr so richtig arbeitete.

Lucian lachte leise. »Ari hat die Farbe der Tapeten sowieso nie gefallen.«

Ich versuchte gerade, mich an die Farbe zu erinnern, als ich auf etwas Weiches gesetzt wurde. Dann machte Lucian Platz für jemand anderen. Seinen Bruder.

»Schätze, du kannst deine Kriege in Zukunft selbst führen«, neckte mich Elias und kniete sich vor das Sofa. Sein unbeschwerter Ton passte jedoch so gar nicht zu der Sorge in seinem Blick. Behutsam strich er mir die Haare aus der Stirn, tastete meinen Schädel ab und besah sich meine Schulter. Er wirkte dabei so fachmännisch, dass mir klar war, dass er so was nicht zum ersten Mal machte.

»Du ... kannst mich ... nicht heilen«, hauchte ich kaum hörbar. Es ging nicht lauter, sonst wäre mein Kopf zerplatzt. »Bin immun.«

»Ich weiß«, erwiderte Elias amüsiert. »Trotzdem muss jemand die Kugel rausholen, die Wunden reinigen und die Blutung stoppen. Und solange ich nicht invasiv vorgehe, funktioniert meine Macht ganz hervorragend auch bei dir.«

Wie zum Beweis floss seine Energie über meine Schläfe und kühlte die Haut dort so weit ab, dass das dumpfe Stechen sofort nachließ. Anders als der Druck hinter meinen Augen. Der schien mit jedem Atemzug schlimmer und schlimmer zu werden. Als würde sich eine Schraubzwinge langsam zuziehen und mein Hirn zerquetschen. Als Elias dann auch noch begann, den Stoff meines Shirts aus meiner Schusswunde zu zupfen, musste ich die Fäuste ballen, um nicht laut zu brüllen. Ich versuchte, mir einen Punkt im Raum zu suchen, auf den ich mich fokussieren konnte, doch überall, wo ich hinschaute, starrten mir ungläubige Gesichter entgegen. Toby, der wieder bei Bewusstsein war. Gideon, der gerade verarztet wurde. Lizzy, während Lucian auf sie einredete. Selbst Lucian, der auf Lizzy einredete. Und etliche andere, die ich überhaupt nicht kannte.

»Was haben … die alle?«, presste ich mühsam zwischen den Zähnen hervor.

Elias lächelte, ohne von seiner Arbeit aufzusehen. »Du hast gerade vierzehn Uroboros-Hexen, zwölf Gezeichnete und etwa sieben Kàtos im Alleingang erledigt und einer Menge Leute das Leben gerettet. Da sind ein paar ehrfürchtige Blicke mehr als angebracht, wie ich finde.«

»Das war … nur Grims Magie.«

»Nix da!« Die grinsende Miene von Bels rothaariger Hexenmeisterin schob sich von hinten in mein Sichtfeld. Aus einem Auge funkelte sie mich wild begeistert an. Das andere war so zugeschwollen, dass man nicht einmal mehr ihre Wimpern erkennen konnte. »Du allein hast diesen hirnbefreiten Onanisten ordentlich das Gesäß geöffnet.«

Elias nutzte meine kurze Ablenkung, um seine Macht in meine Schusswunde strömen zu lassen. Ich zischte auf. Ganz so schmerzhaft wie erwartet, war es zwar nicht, aber angenehm konnte man die Prozedur auch nicht nennen. Trotzdem half es. Die Blutung ließ nach.

»Ich frag mal den halbwüchsigen Hexenmeister, ob er was zur Betäubung dahat«, murmelte Grim und verschwand. Stattdessen kam Ari angestapft. Eine genervte Aura hing über ihr wie dunkle Gewitterwolken.

»Die Siegel, die Bel aussperren, sind wohl noch intakt. Das heißt, er steht draußen und randaliert«, informierte sie mich finster. Anscheinend hatte sie sich schon eine Weile mit ihm herumgeschlagen. »Er will wissen, ob es dir gut geht, und droht damit, das Haus einzureißen, falls wir ihn nicht sofort reinlassen.«

Oh, bitte nicht. Ich konnte mich jetzt nicht auch noch mit einem wütenden Bel herumschlagen. Zumindest erklärte das, warum sich mein Hirn anfühlte wie ein ausgewrungener Schwamm.

»Kann er ... aufhören ... in meinen Kopf ... zu wollen?«

»Er tut was?!« Ari sah aus, als würde sie ihn gleich höchstpersönlich erwürgen. Ein paar Sekunden später ließ der penetrante Druck auf meine Gedanken nach. Stattdessen spürte ich nur noch ein vorsichtiges Stupsen. Wie von einem traurigen Welpen, der auf Einlass hoffte. Offenbar hatte Ari meine Botschaft weitergeleitet – und eine Antwort erhalten. Sie zog eine gefrustete Grimasse und richtete mir aus: »Er will mit dir reden.«

In genau diesem Moment griff Elias' Macht nach der Kugel, die in mir steckte. Das Metall glitt ein zweites Mal durch mein Fleisch und flutete mich mit einem so aggressiven Schmerz, dass ich keine Luft mehr bekam. Sengende Hitze wütete in meiner Schulter und dann fiel die Kugel plötzlich scheppernd zu Boden.

»Ich kann ... jetzt nicht reden«, keuchte ich.

Ari sah mich unglücklich an.

»Darf ich ihn dann wenigstens reinlassen? Bel kann echt ein Arsch sein, aber ich hab ihn wirklich noch nie so besorgt erlebt.«

»Ich ...« musste erst mal atmen.

Elias versiegelte die Wunde mit seiner Macht. Aus dem scharfen Schmerz wurde ein dumpfes Pochen. Dafür überfiel mich nun eine unendliche Müdigkeit.

»Sag ihm, ich ... brauch ein paar Minuten.«

»Eher ein paar Stunden«, korrigierte Elias trocken, bevor er sich neben mich setzte und sanft meinen Kopf herumdrehte, sodass er die Glassplitter der Monitorwand aus meinen Haaren und meiner Kopfhaut zupfen konnte. Neue, unangenehme, fiese, stechende, kleine Schmerzen zerrten an meinen Nerven.

Plötzlich schallte ein lauter Klingelton aus Aris Hosentasche. Nach einem kurzen Blick auf das Display ging sie mit einem Knurren ran und schimpfte ohne jede Begrüßung: »Sie will nicht. Und ich werde sie ganz bestimmt nicht zwingen.«

Eine gedämpfte, aber hörbar aufgebrachte Stimme sagte etwas, woraufhin Ari der Zimmerdecke einen flehenden Blick zuwarf und mir das Handy hinhielt.

»Für dich.«

Auf dem Display stand in leuchtenden Buchstaben: »Satan höchstpersönlich«.

Wirklich? Er konnte nicht einmal ein paar Minuten warten?! Ich hatte gerade andere Dinge im Kopf, als mich mit ihm und seiner gereizten Stimmung auseinanderzusetzen. Einen Haufen Monitorscherben zum Beispiel.

Resigniert nahm ich das Handy.

»Ist das zu viel verlangt, dass du nur ein einziges Mal nicht deinen Willen durchboxt?«

»Jetzt gerade? Ja!«, entgegnete Bel hitzig. Dann hörte ich, wie er durchatmete und sich zu einem ruhigeren Ton zwang. »Wie geht es dir?«

»Ich werd's überleben.«

»Das ist keine Antwort auf meine Frage!«

»Bitte, Bel«, flehte ich ihn an und versuchte gleichzeitig, nicht vor Schmerz zu stöhnen. »Ich *kann* jetzt nicht streiten! Gib mir ein paar Minuten ... Mehr will ich doch gar nicht.«

Für einen kurzen Augenblick herrschte Schweigen am anderen Ende der Leitung. Ich hoffte schon, er würde nachgeben. Aber er … war Bel. Er klang zwar ein wenig gemäßigter, aber nicht weniger beharrlich.

»Wir würden nicht streiten, wenn du mir erlauben würdest, für dich da zu sein.«

»Wir streiten, wann immer wir uns sehen!«

»Diesmal nicht, also lass mich rein!«

»FÜNF MINUTEN!« Tränen traten mir in die Augen – aus Verzweiflung, aus Erschöpfung und vor Schmerz, weil Elias begann, die Schnitte an meinem Kopf zu säubern. Es brannte höllisch und ich konnte diesmal nicht verhindern, dass mir ein gequälter Laut entwischte.

Bel verlor die Nerven.

»Cassia! Ich höre, wie du leidest, und mir fehlt wirklich die Geduld, mich mit deinem Dickschädel herumzuschlagen. Wenn du Ari nicht sofort die Erlaubnis gibst, mich reinzulassen, werde ich mir selbst Zutritt verschaffen.«

Panik erfüllte mich. Nicht aus Angst vor Bel, sondern weil die Situation plötzlich eine Bedeutung bekam, die alles ändern würde.

»Zwing mir nicht deinen Willen auf«, warnte ich ihn mit bebender Stimme. »Wenn du das –«

Ein Piepsen drang mir ins Ohr. Bel hatte aufgelegt. Keinen Atemzug später erzitterten die Reste des Anwesens. Tiefe Risse zogen sich über die schwarzen Wände. Verkohlter Putz fiel von der Decke. Lucian fluchte. Elias sprang auf. Die Macht der beiden stob empor und strömte in das Mauerwerk, um das Haus am Einstürzen zu hindern. Ich fasste nicht, dass Bel das gerade tat.

Und dann stand er vor mir.

Der Letzte im Raum

Zorn brannte in mir in einer Intensität, wie ich es schon lange nicht mehr gespürt hatte. Das ganze Anwesen war ein einziges Schlachtfeld. Überall lagen niedergemetzelte Leichen meiner Gezeichneten, meiner Wegbegleiter, meiner Freunde. Allein für dieses Massaker würde irgendjemand büßen müssen. Aber dafür, dass sie es gewagt hatten, Cassia zu verletzen ...

Meine Sorge um sie trieb mich in den Wahnsinn. Grim hatte mir zwar versichert, dass sie überleben würde, doch zu wissen, dass sie litt und ich nicht für sie da sein konnte, rüttelte an meiner Selbstbeherrschung. Und als ich sie dann sah, ihre blutgetränkte Kleidung, die Schusswunde, die Prellungen in ihrem Gesicht und den Schmerz in ihren Augen, zerrissen mich meine Instinkte innerlich. Mit aller Vehemenz forderten sie einerseits, jemanden umzubringen, und andererseits, Cassia in die Arme zu nehmen und nie wieder loszulassen. Nichts davon konnte ich tun, also verharrte ich einfach an Ort und Stelle und versuchte, meiner Gefühle Herr zu werden, während Cassia mich so entgeistert anstarrte, als wäre ich eine Wahnvorstellung. Sie stand eindeutig unter Schock. Kein Wunder, nach allem, was sie durchmachen musste. Meine tapfere, sanftmütige, zerbrechliche, kleine Cassia. Sie hatte alle gerettet und ein wahres Höllenfeuer auf ihre Feinde regnen lassen. Ich wollte mir gar nicht ausmalen, wie sehr sie ihr zugesetzt haben mussten, um sie in so eine Tat zu treiben.

»Egal, was du sagst, ich werde dich jetzt mit zu mir nehmen«, teilte ich ihr behutsam, aber bestimmt mit. »Da gibt es keine Diskussion! Dort bist du in Sicherheit und meine Ärzte können sich in Ruhe um dich kümmern.«

Cassia rührte sich nicht. Sie starrte mich einfach nur weiterhin an. Voller Enttäuschung. Voller Resignation. Ganz langsam füllten sich ihre Augen mit Tränen.

»Fünf Minuten, Bel«, sagte sie leise. »Hättest du mir fünf Minuten gegeben und mich darum gebeten, anstatt es mir zu befehlen, wäre ich mit dir gekommen.«

Meine Brauen schoben sich zusammen. Ich verstand, was sie mir sagen wollte, doch sie verstand nicht, dass es darum gerade nicht ging. Sie wäre fast gestorben und ich hätte nichts, absolut nichts, dagegen tun können.

»Unseren kleinen Sturkopf-Wettkampf in allen Ehren«, erwiderte ich mühsam beherrscht, »aber das hier ist längst kein Spiel mehr.« Plötzlich zog sie sich auf die Beine und wankte unter Schmerzen auf mich zu. Ich hätte sie gerne daran gehindert oder ihr geholfen, aber ich wusste nicht wie, ohne eine Grenze zu überschreiten, die sie mir nicht verzeihen würde.

Mit den letzten Resten ihrer Kraft baute sie sich vor mir auf und sah mich mit einer Endgültigkeit an, die mir kalt unter die Haut fuhr.

»Fünf. Minuten.«

Meine Geduld war am Ende.

»Ist dir klar, dass wegen deines Dickschädels heute eine Menge guter Leute gestorben sind? Nichts davon wäre passiert, wenn du von Anfang an so vernünftig gewesen wärst, bei mir zu bleiben.«

Noch während mein Vorwurf verklang, spürte ich, wie etwas in ihr endgültig zerbrach. Ihr geschundener Körper begann zu zittern, aber ihr Gesicht wurde so ausdruckslos und leer wie in jener Nacht, als ich ihr ihre Seele entrissen hatte. Nur ihre Augen straften diese Leere Lügen. Ungeweinte Tränen und unendliche Traurigkeit glänzten darin.

»Nichts davon wäre passiert, wenn du mich damals hättest sterben lassen«, flüsterte sie. »Wo war da die Vernunft?«

Ihre Worte trafen mich mit der Wucht einer Lawine und ich erkannte auf einmal, dass die Grenze, die sie mir nicht verzeihen würde, bereits überschritten war. Sie hatte mich um etwas gebeten. Um ein paar lächerliche Minuten ... und ich war wie ein verdammter Berserker hereingestürmt und hatte das letzte bisschen Vertrauen, das sie mir vielleicht noch entgegengebracht hatte, zerstört. Wenn es so etwas überhaupt noch gegeben hatte seit jener gottverfluchten Nacht, in der ich den größten Fehler meines Lebens begangen hatte. Und jetzt ... jetzt fiel es mir wie Schuppen von den Augen. Nicht Cassias Wunsch nach Freiheit oder ihre Verschlossenheit oder ihre verworrenen Gefühle standen uns im Weg. Nein, das alles wäre nie zum Problem geworden, wenn ich in meinem Hochmut nicht ein Detail kontinuierlich übersehen hätte: Für Cassia war ich nach wie vor derjenige, der den Dolch in der Hand hielt und ihn ihr, ungeachtet all ihrer inständigen Bitten, zwischen die Rippen stieß. Nur deswegen hatte sie mich immer und immer wieder auf Abstand gehalten.

Ich wollte uns eine Chance geben, wehte ihre traurige Stimme durch meinen Kopf, während die Tränen mittlerweile ungehindert über ihr wunderschönes Gesicht strömten. Sie versuchte nicht, sie zurückzuhalten. Sie bemerkte sie nicht einmal. *Aber wie kann ich das, wenn du nur dich siehst?*

Zwischen uns tat sich eine Kluft auf, die Cassia plötzlich unerreichbar weit weg scheinen ließ. Ich wusste nicht, was ich sagen sollte, denn die Hoffnungslosigkeit ihrer Frage führte mir nur noch einmal vor Augen, wie willkürlich und unermüdlich ich mich über ihre Wünsche und Bitten hinweggesetzt hatte. Ich war regelrecht erschüttert von meiner Blindheit. Von meiner Dummheit. Von meinem Egoismus. Nun auch noch zu erfahren, dass sie trotz allem bereit gewesen wäre, auf mich zuzugehen, zerriss mir das Herz endgültig. Ich senkte den Blick, weil ich nicht wollte, dass die aufgewühlte verzweifelte Schwärze darin sie erschreckte. Ich wagte es noch nicht einmal, ihr in Gedanken zu antworten, weil ich nicht wusste, ob ich sie damit wieder bedrängen würde. Ich wusste gar nichts mehr.

»Sag mir, was ich tun soll«, bat ich sie mit rauer Stimme. Das hier fühlte sich viel zu sehr nach einem Ende an und ich war nicht gewillt, das zu akzeptieren, solange ich vielleicht noch etwas ändern konnte.

Ich ... weiß es nicht ...

»Alles, was du willst ...« Diesmal meinte ich es auch so. In aller Konsequenz. Ich hätte alles getan, um den Schaden, den ich angerichtet hatte, wiedergutzumachen, um ihre Tränen zu trocknen, um ihr Herz zu heilen, um das Vertrauen wiederherzustellen. Ich wäre sogar hier vor allen auf die Knie gefallen, wenn sie das von meiner Aufrichtigkeit überzeugt hätte.

Kannst du ... mir beweisen ... dass ich mich irre?

Sie klang so verloren und hilflos, dass ich die Hände zu Fäusten ballen musste, um nicht dem Drang nachzugeben, sie in meine Arme zu ziehen. Nein, ich konnte es nicht beweisen. Denn sie irrte sich nicht. Zumindest was die Vergangenheit betraf. Und eine Zukunft, in der ich an mir arbeiten und alles besser machen würde, die gab es noch nicht. Eine solche Zukunft müsste sie mir erst schenken und ich war mir nicht sicher, ob sie dazu bereit wäre.

Ich wollte sie gerade darum bitten, als ein dunkler Schatten näher trat. Elias. Er hatte sich hinter Cassia gestellt. In seinem Blick lag eine unübersehbare Warnung.

Es reicht, Bel!

Oh, den warnenden Blick konterte ich nur zu gerne. Wie konnte er – ausgerechnet er – die Dreistigkeit besitzen, uns zu unterbrechen.

Elias zeigte sich völlig unbeeindruckt.

Sieh sie dir an, Bel, forderte er ruhig. Unweigerlich tat ich, was er verlangte. *Cassia hat seit Tagen kaum geschlafen. Auf sie wurde geschossen. Ihr Körper kollabiert gleich. Sie braucht Ruhe.*

Verdammt, er hatte recht. Ich tat es schon wieder. Ich stellte mein Wohl über das von Cassia. Was zum Henker stimmte nicht mit mir, dass ich der Letzte im Raum war, dem das auffiel? Cassia hielt sich nur noch mit eisernem Willen aufrecht und ich bedrängte sie aufs Neue.

Ich wollte doch nur das Beste für sie ...

Mein Fehler war nur gewesen, zu glauben, das Beste für sie wäre ich. Aber das war ich nicht.

Ich zwang mich, einen Schritt zurückzutreten. Cassia weinte noch immer dicke Tränen, ohne auch nur den kleinsten Laut von sich zu geben. Ihre Atmung war flach und ihr Herz stolperte unregelmäßig vor sich hin. Und ich konnte nichts dagegen tun.

Fast nichts.

»Ich bin immer für dich da, wenn du mich brauchst«, murmelte ich. Nach all den unschönen Dingen, die wir uns an den Kopf geworfen hatten, war es mir ein Bedürfnis, das ein letztes Mal klarzustellen.

Dann wandte ich mich ab und ging.

In all meinen Jahrtausenden war mir noch nie etwas so schwergefallen.

Ich verließ das Anwesen, zog meine Leute ab und verschwand aus dem Leben der Frau, die ich liebte, während sie schluchzend in den Armen eines anderen Mannes zusammenbrach.

Niemand, nicht einmal Grim, wagte es, mich anzusprechen. Ich ließ sie stehen und machte mich allein auf den Heimweg. In mein Zuhause, das sich nicht mehr nach einem Zuhause anfühlte. Nicht ohne Cassia. Es war kalt, es war leer, es war trostlos und ...

... eine Falle. Siegel flammten auf.

Grüne und goldene. Die Insel erzitterte. Sie wollte mich verteidigen, doch es war zu spät. Meine Essenz wurde aus meinem Körper gerissen und jede Verbindung gekappt.

Böses Blut

Was auch immer in dem Zeug drin gewesen war, das Grim mir zum Abschied wortlos in die Hand gedrückt hatte, es wirkte. Aber es hatte mich nicht nur betäubt, sondern komplett ausgeknockt. Für Stunden. Albtraumlos. Das Erwachen war dafür umso schlimmer. Mit der nachlassenden Wirkung des Tranks kehrte der Schmerz langsam zurück. Der Schmerz und die Welt. Eine Welt ohne Bel. Ich wusste nicht so recht, was passiert war. Erst hatte er mich bedrängt. Und dann hatte er plötzlich verstanden. Und dann war alles zerbrochen. Und jetzt war er fort. Endgültig. Keine Taktik. Keine Hintertür. Er war fort und hatte einen Teil von mir mitgenommen. Einen Teil, ohne den ich nicht mehr zu funktionieren schien.

Reglos starrte ich die verkohlte Decke an. So war es eben, sagte mir mein benebelter Verstand. Wer sich mit Dämonen einließ, musste immer einen hohen Preis zahlen. Bel hatte mich mein Herz gekostet.

»Wir könnten sie in einer von Timeons Zufluchten unterbringen«, hörte ich Aris gedämpfte Stimme vorschlagen.

»Hab ich schon gecheckt«, brummte Lucian. »Sie sind im Moment alle belegt.«

»Von wem?!«

»Von wem wohl, mein bestäubtes Apfeltäschchen«, tadelte Victorius, der vorhin erst gekommen war, um bei den Aufräumarbeiten zu helfen. »Von Ianus' Leuten natürlich.

So stellt er sicher, dass unser angeschossenes Rehlein nirgends Unterschlupf findet.«

Ari seufzte. »Dann bringen wir sie ins Lyceum.«

»Im Lyceum rennen zu viele Leute herum«, widersprach diesmal Elias. »Die Hälfte davon sind unschuldige Ziele und die andere Hälfte steht vermutlich schon auf Ianus' Seite.«

»Ich sag es nur ungern, ihr verdrießlichen Maikäferchen, aber ich fürchte, im Moment kann wirklich nur Bel für ihre Sicherheit garantieren – wohlgemerkt habe ich bereits vergeblich versucht, mein Ramadönnchen davon zu überzeugen, die Krypta zur Verfügung zu stellen. Aber er besteht auf seinen Schweiz-Status.«

Sie diskutierten noch eine Weile weiter über meine Zukunft, während ich dalag und nichts dabei empfand. Es war nicht nötig, hier wegzugehen. Meinetwegen konnte ich für immer hierbleiben. Wer brauchte schon mehr als ein kleines Stück unverkohltes Sofa und ein paar magische Schmerzblocker?

Plötzlich erklangen Schritte an der Eingangstür. Klingen wurden gezogen. Macht knisterte. Wer auch immer gerade hereinkam, ein Freund war es nicht.

»Scheint, als hätte ich die Party verpasst«, sagte eine männliche Stimme.

Niemand antwortete. Niemand griff an. Niemand entspannte sich. Es schien fast, als würde ein kollektiver Schock über dem Wohnzimmer hängen. Das war dann doch Grund genug, mich aus den Polstern hochzustemmen.

In der Tür stand ein junger Mann mit unauffällig schlichter Kleidung und auffällig markantem Gesicht.

»Nur mit der Ruhe«, spottete er mit Blick auf die gezogenen Klingen und zeigte demonstrativ seine Handflächen. »Ich komme in Frieden.«

Er wirkte definitiv arrogant genug, um ein Dämon zu sein. Aber irgendwie kam er auch sehr menschlich rüber. Vor allem seine großen grauen Augen erschienen mir zu sanft für einen Unsterblichen. Sie strahlten einen Weltschmerz aus, mit dem sich kein Dämon aufhalten würde.

Ari war die Erste, die ihren Schock überwand. Sie stürmte auf den Neuankömmling zu und … umarmte ihn. Das verblüffte nicht nur mich, sondern auch den jungen Mann, der die Umarmung erst spät und sehr zögerlich erwiderte.

»Ich bin so froh, dass du noch lebst«, murmelte Ari.

Aha, also kein Dämon. Hätte mich auch gewundert, so unbeholfen, wie er mit Aris Zuneigung umging. Er schien sie zu brauchen und gleichzeitig nicht damit umgehen zu können. Und dann war da noch diese unterschwellige Wachsamkeit, als würde er jederzeit damit rechnen, weggestoßen zu werden. Irgendwie erinnerte mich das alles an … mich.

»Für einen Toten siehst du blendend aus«, befand Ari, nachdem sie die Umarmung gelöst und ihn ausführlich gemustert hatte.

»Was denn? Kein Vorwurf?«, fragte er. »Ich bin schockiert.«

Ari schenkte ihm ein Lächeln. »Nein, kein Vorwurf.« In ihrer schlichten Antwort schwang so vieles mit, dass mir klar wurde: Die beiden kannten sich nicht nur, sie teilten eine sicherlich sehr ereignisreiche Vorgeschichte. »Ich bin einfach nur froh, dass es dir gut geht, Tristan.«

Tristan erwiderte ihr Lächeln. Es wirkte ehrlich, aber es erreichte seine Augen nicht. Ihm ging es *nicht* gut. Ganz offensichtlich nicht. Ich fragte mich gerade, warum Ari das nicht auffiel, als Lucian zu seiner Gefährtin schlenderte. In seiner Hand ruhte noch immer sein Aziam.

»Wieso wundert es mich nicht, dass du ausgerechnet ein paar Tage vor unserer Hochzeit wieder aus der Versenkung auftauchst?«

Okay, das war keine Frage, sondern eine deutliche Warnung. Lucian und Tristan schienen wohl auch ihre Vorgeschichte zu haben.

Tristan funkelte den Brachion unbeeindruckt an. »Das kann ich mir doch auf keinen Fall entgehen lassen.«

»Du bist nicht eingeladen.«

»Das hat mich noch nie gestört.«

Ari verdrehte die Augen. »Natürlich bist du eingeladen.«

Lucian knurrte. »Solange du nicht versuchst, uns zu sabotieren.«

»Würde es was nützen?«

»Nein«, antworteten beide Brachion einstimmig.

Tristan lachte leise und spazierte an ihnen vorbei.

»Na, dann ist es ja gut, dass ich nichts dergleichen geplant habe.«

Er besah sich die verkohlten Mauern, die verbrannten Möbel und die Flecken, die das Feuer ausgespart hatte, um meine Verbündeten zu schützen. Der Anblick brachte ihn kein bisschen aus der Ruhe. Möglich, dass er ein Hexer war und Derartiges schon gesehen hatte.

Victorius trat ihm mit einem pikierten Räuspern in den Weg. Sein knallgrüner Pullunder leuchtete in der schwarzen Umgebung wie Hexenmagie.

»Und was lässt dich ausgerechnet jetzt von den Toten zurückkehren, mein schnuckeliges Hybridchen? – Halt! Sag nichts! Ich will raten.« Sein ausgestreckter Zeigefinger schoss in die Höhe, bevor er eine dramatische Pause machte und schließlich mutmaßte: »Du warst verzweifelt genug, um Bels

Hilfe anzunehmen, und jetzt hat er den Gefallen, den du ihm schuldest, eingefordert.«

Keine Frage. Keine Antwort.

Allerdings war Tristans Schweigen Zustimmung genug. Ari klappte der Mund auf. »Bel wusste, dass du noch lebst?!«

»Er weiß alles, was für ihn von Belang sein könnte«, konterte Tristan gleichgültig.

»Also bitte!« Victorius schien geradezu empört. »Das ist mein Slogan!«

Jetzt schloss sich Lucian dem Ratespiel an.

»Er hat dich zu Cassias Schutz hergeschickt?«

»Nein«, widersprach Tristan sofort. »Und bevor du fragst, er wollte auch nicht, dass ich die Angelegenheit mit Ianus für ihn bereinige.« Sein grauer Blick richtete sich auf mich. »Ich bin nur hier, um den Blutbann zu brechen, der auf ihrer Seele liegt.«

Tristans Aufmerksamkeit und das, was er gerade kundgetan hatte, trieb mir die Reste des Betäubungsmittels aus den Adern. Mein Verstand war dennoch von dem Berg neuer Informationen überlastet, die alle nicht zusammenpassten. Es gab eine Möglichkeit, meinen Blutbann zu brechen? Und Bel hatte das in Auftrag gegeben?

»Er will meine Seele jetzt doch?«

»Kann man es ihm verdenken, trauriges Tautröpfchen?«, säuselte Victorius voller Bedauern. »Wenn er Timeons Urteil entgehen will, bleibt ihm keine andere Wahl. Es hat mich ohnehin gewundert, warum unser sonst so skrupelloser Bellissimo derart lange zögert.«

»Die Sache ist vom Tisch«, ging Lucian grimmig dazwischen. »Timeons Urteil ist hinfällig. Bel hat Ianus auf den Stillen Wassern gefordert.«

Was?!

»WAS?!«, echote Victorius entgeistert. »Wieso weiß ich davon nichts?«

»Es ist vor ein paar Stunden erst passiert.« Aris Gesichtsausdruck wurde so finster, dass es mir kalt den Rücken runterlief. »Glaub mir, er hat uns alle damit überrascht.«

Victorius verlor bedenklich an Farbe.

»Scheiße«, murmelte er ohne jede Affektiertheit.

Ich wusste nicht, was das alles zu bedeuten hatte, aber die Sorge der anderen beunruhigte mich zutiefst. Was war hier los? Was hatte ich nicht mitbekommen?

Tristans Aufmerksamkeit ruhte noch immer auf mir. Er schien meinem Schicksal zwar kein wirkliches Interesse entgegenzubringen, aber meine Verwirrung weckte zumindest ein gewisses Maß an Mitleid in seinen grauen Augen.

»Bel möchte, dass du – für den Fall, dass er das Duell nicht überlebt – die Möglichkeit hast, dich einem Primus deiner Wahl anzuschließen. Damit wärst du für Ianus tabu, zumindest offiziell. Und wenn deine neue Meisterin ...« Mit einer vagen Geste deutete er in Aris Richtung. »... tödlich genug wäre, um ihn abzuschrecken, könntest du vermutlich ein halbwegs ruhiges Leben führen.«

»Oh verfluchter Mist!« Ari schlug sich wütend die Handfläche gegen die Stirn. »Deshalb hat er mir den Schwur abgenommen, Cassias Freiheiten nie einzuschränken, falls sie sich dazu entscheiden würde, meine Gezeichnete zu werden.«

Alles in mir verkrampfte sich, als hätte mein Körper längst verstanden, was mein Kopf noch zu verarbeiten versuchte.

»Wieso ... sollte Bel dieses *Duell* nicht überleben?«, fragte ich mit zitternder Stimme. »Er ist unsterblich.«

»Nicht in diesem Fall, mein armes Buttersahnetrüffelchen.

Während eines Duells auf den Stillen Wassern werden die Primus ihrer Macht und ihrer Unsterblichkeit beraubt.«

Mir wurde schlecht.

Das war sein Plan?! Er setzte sein Leben aufs Spiel, anstatt sich mit meiner Seele die Freiheit zu erkaufen?

»Du musst dir keine Sorgen machen«, versuchte Lucian, mich zu trösten. »Bel ist ein hervorragender Kämpfer und Ianus hat die letzten zweitausend Jahre als verschrumpelte Leiche in den Stillen Wasser gelegen.«

Darum ging es nicht! Er setzte sein Leben aufs Spiel! Und warum? Weil er mir beweisen wollte, dass er mir meine Seele nicht noch einmal wegnehmen würde? Dieses dumme, verfluchte, verkümmerte Ding. Er sollte es haben! Ich hatte es ihm doch angeboten.

Mit einem Seufzen kam Tristan auf mich zu, aber plötzlich lag ihm Lucians Aziam auf der Brust. Ari stöhnte auf. Ein stummes Gespräch fand statt, an dessen Ende Tristan lächelte und die tödliche Klinge mit zwei Fingern beiseiteschob. Dann schnappte er sich einen Klavierhocker, der nur halb verkohlt war, und setzte sich direkt vor mich hin.

»Entschuldige, Cassia, ich habe euch noch gar nicht vorgestellt«, sagte Ari. »Das ist Tristan. Ein ... etwas speziellerer Hexer und ... ein Freund.«

»So weit würde ich nicht gehen«, brummte Lucian.

Ari schlug ihm den Handrücken gegen die Rippen, woraufhin Lucian sich missmutig verteidigte: »Ich bring ihn nicht um. Das muss reichen!«

Unbeeindruckt davon zog Tristan ein kleines Holzkästchen aus seiner Umhängetasche hervor. Er öffnete es jedoch nicht, sondern strich fast ehrfürchtig darüber.

»Bel hatte alles von mir fordern können«, sagte er mit großem Ernst – als wäre ihm wichtig, dass ich seine Worte auch wirklich begriff. »Aber er wollte, dass du frei und in Sicherheit bist. Das kostet ihn einen sehr hohen Preis, deshalb hoffe ich, dass du dieses Geschenk zu schätzen weißt.«

Ich nickte verstört, was Tristan zufriedenzustellen schien. Sein Blick zuckte zu meiner Schusswunde.

»Warum lässt du das nicht heilen?«, erkundigte er sich mäßig interessiert.

»Sie ist immun«, klärte Ari ihn auf.

Tristan runzelte die Stirn. »Wirklich? Gut, dass sich das noch nicht rumgesprochen hat. Immune sind heiß begehrt auf dem Schwarzmarkt.«

Er legte das Holzkästchen beiseite und besah sich meinen magischen Verband näher.

»Nimm das weg!«, forderte er Elias auf, ohne sich umzudrehen. Der Kommandant zögerte. Wieder fand ein stummes Gespräch mit Ari statt und schließlich tat Lucians Bruder widerwillig, was Tristan von ihm verlangte.

Schmerz durchzuckte mich. Frisches Blut quoll aus der Wunde. Aber keine Sekunde später wurde das nebensächlich, denn ich erlebte Unglaubliches. Glühende Hexenringe entflammten um Tristans graue Augen. Nur waren sie leuchtend blau – ebenso, wie die Magie, die von seinen Händen auf mich übersprang und in meine Wunde floss. Ich hatte noch nie erlebt, wie es sich anfühlte, geheilt zu werden. Wie auch? Hexen beherrschten das nur selten und dämonische Energie war wirkungslos. Allerdings schien Tristan tatsächlich ... speziell zu sein. Er war irgendwie Dämon und Hexer gleichzeitig. Zumindest setzte er seine Hexenmagie ein, wie Dämonen es mit ihrer Macht taten. Und das hieß, es funktionierte. Ich spürte, wie meine Schulter erst taub wurde und sich anschließend Sehnen, Gefäße und Muskeln zusammenfügten. Es dauerte nicht mal eine Minute, bevor Tristans blaue Flammen erloschen und er mich selbstgefällig anlächelte. »Das ging aufs Haus.«

Vorsichtig ließ ich meine Schulter kreisen. Sie kribbelte und tat noch ein bisschen weh, aber die Wunde war verheilt. Ich wollte mich gerade bedanken, als Tristan plötzlich stutzte. Unvermittelt beugte er sich vor und roch an mir. Nein, nicht an mir, sondern an dem frischen Blut auf meinem Shirt.

»Dieser Scheißkerl!«, murmelte er und schob gleich noch einen viel derberen Fluch hinterher, gefolgt von einem ungläubigen Kopfschütteln und einem bitteren Lachen. »Er wusste es!«

»Was ist denn?«, fragte Ari und sprach mir damit aus der Seele.

»Riecht ihr das nicht?« Tristan deutete auf mein blutiges Shirt.

»Oh, verfluchter Dreck«, platzte es aus Lucian heraus, der offenbar zu verstehen schien, was Tristan meinte.

Victorius schnaubte entnervt. »Könntet ihr übernatürlichen Spürnäschen uns mal aufklären? Das arme Mädchen ist schon ganz verunsichert.«

Das war ich tatsächlich.

Tristan sah mich an. Etwas an seiner Haltung hatte sich geändert. Er wirkte ... freundlicher.

»Weißt du, wie Immunität entsteht?«

Ich nickte. »Mein Vater war bei meiner Zeugung von einer Prima besessen.«

Jetzt nickte er. »Und weißt du, welche Prima das war?«

»Nein, und ich will es auch nicht wissen.« Es hatte mich noch nie interessiert und tat es auch jetzt nicht.

»Ist nicht wahr!«, rief Ari perplex, und starrte zwischen Lucian und Tristan hin und her. Einer von beiden hatte sie anscheinend gerade eingeweiht.

Tristan zuckte mit den Schultern. »Es gab nur eine Prima, die damals versessen darauf gewesen war, Halbblüter zu zeugen.«

Jetzt klappte Victorius der Mund sperrangelweit auf. »Sie ist Maras Tochter?!«

»Mara?«, japste ich entsetzt. »Die verrückte Hexenkönigin, die euch alle töten wollte?«

Großer Gott! Ich wusste schon, warum ich das nicht hatte wissen wollen. Was half es mir? Nichts! Dafür würde ich mich jetzt bis an mein Lebensende damit herumschlagen müssen, dass ich das Erzeugnis einer irren Massenmörderin war.

Tristan fing meine Hand ein und drückte sie sacht. Die Berührung kam so überraschend, dass ich gar nicht anders konnte, als ihm in die Augen zu schauen.

»Hey, das macht dich zu einer echten Rarität«, versuchte er, mich aufzumuntern. »Und gewissermaßen ... zu meiner Schwester. Oder eher Cousine, wenn man bedenkt, dass ich nur eine Art Invitro-Produkt bin, was sich verwaschend auf unseren Verwandtschaftsgrad auswirkt.«

Zu seiner ... was?!

Victorius fing schallend an zu lachen. »Oh, was für ein schlaues Füchslein unser Mephistophelchen doch ist!«

Zu seiner ... WAS?!

Ich wusste nicht, was ich sagen sollte. Außer meiner Mutter hatte ich noch nie Familie gehabt.

»Schätze, du wirst mich von jetzt an nicht mehr so schnell los«, neckte Tristan. »Und das heißt, deine Feinde sollten sich warm anziehen.«

»Du … du musst das nicht tun«, stammelte ich überfordert. Mir gefiel die Vorstellung, einen Cousin zu haben, aber deshalb musste er sich noch lange nicht verpflichtet fühlen. »Das ist zweitausend Jahre her und wirklich nicht der Rede wert.«

Doch Tristan überging meine Bedenken. Er schnappte sich das Holzkästchen und holte einen schwarzen Injektionsstift daraus hervor. Ein sanfter Geruch von Granatapfel und Schokolade ging davon aus. Entweder Bel hatte irgendwie magisch an dem Ding mitgewirkt oder ich hatte schon Entzugserscheinungen. Tristan zog die Kappe von der Nadel.

»Zwei oder zweitausend Jahre, das macht keinen Unterschied. Familie bleibt Familie«, stellte er fest. »Bel wusste, dass ich so denken würde. Deshalb musste er mich nicht um Schutz für dich bitten. Ihm war klar, dass ich freiwillig bleiben würde, solange du in Gefahr bist.«

Die Bedingungslosigkeit, mit der er das sagte, fühlte sich wie eine Umarmung an. Ich hatte Familie. Bel hatte mir Familie geschenkt. Er hatte dafür gesorgt, dass ich endlich frei von Ianus' Blutschwur sein würde. Und er hatte nichts davon getan, um sich zu profilieren. Nein, er sorgte nur vor für den Fall, dass er …

Ich schluckte schwer und spürte Verzweiflung in mir aufsteigen. Bel durfte nicht sterben.

»Bereit?«, fragte Tristan.

Ich nickte.

»Das könnte ein bisschen wehtun.«

Und wieder war das die Untertreibung des Jahrhunderts.

Feindliche Übernahme

Weißer Nebel. Kälte. Stille. Enge.

Meine Macht fühlte sich taub an. Sie war da, ich spürte sie, aber konnte sie nicht nutzen. Es gab nur meine Gedanken. Mein Bewusstsein in diesem kalten Nebel.

Durch einen milchigen Schleier sah ich, wie die Eindringlinge den Körper meines Lieblingskochs durch mein Verlies schleiften und ihn auf einen immer höher werdenden Haufen warfen. Er war schwer verletzt. Ohnmächtig. Vielleicht tot. Dasselbe galt für den Rest des Haufens, bestehend aus den knapp zwanzig Angestellten meines Anwesens, wobei manche davon in so vielen Teilen angeschleppt wurden, dass ihr Zustand keine Frage der Interpretation mehr war. Mein Zorn kannte keine Grenzen. Doch angesichts der Tatsache, dass meine Macht nicht auf mich reagierte, verkam dieser Zorn zu einer lächerlichen mitleiderregenden Emotion ohne jede Konsequenz.

Ich war Ianus wie ein blutiger Anfänger in die Falle gegangen. Nicht einmal im Traum wäre ich auf die abstruse Idee gekommen, dass jemand so dreist und lebensmüde sein könnte, mich anzugreifen. Mich. In meinem eigenen Heim!

Und genau deshalb war es Ianus gelungen. Er hatte meine Überlegenheit gegen mich ausgespielt und mich manipuliert wie eine Labormaus. Die Einberufung der Liga mochte nur eine Ablenkung für den Angriff auf Cassia gewesen sein, doch der Angriff auf Cassia war ein Täuschungsmanöver für mich gewesen. Ich hatte zu viele Leute aus meiner Villa abgezogen und mich selbst damit verwundbar gemacht. Die Frage war nur, wie sie meine Schutzzauber und Bannsiegel umgehen konnten, ohne Alarm auszulösen.

Jetzt war ich froh um Cassias Sturkopf. Ich wollte mir gar nicht vorstellen, was Ianus mit ihr angestellt hätte, wenn sie mit mir mitgekommen wäre.

Ein kantiges Gesicht schob sich in mein Blickfeld. In Ianus' schwarzen Augen glomm tiefe Befriedigung und bodenloser Hass.

»Hattest du wirklich geglaubt, ich verlasse mich auf ein Urteil der Liga, um meine Rache zu kriegen?«, erkundigte er sich zischelnd. »Als wäre ich zufrieden mit deinen Brotkrumen? Nein, ich werde mir *alles* nehmen.«

Die Worte eines Wahnsinnigen und dennoch glaubte ich ihm. Er hatte jetzt schon das Undenkbare geschafft und mich irgendwie eingesperrt. In einem Gefäß. Oder einer Phiole. Oder einem magischen Kristall. Ich wusste es nicht, denn eigentlich war so etwas unmöglich. Man konnte einen Primus aus seiner Hülle verbannen oder ihn in seinem Körper festsetzen, man konnte seine Macht blockieren oder ihn dessen berauben, ihn unter Umständen sogar töten, doch man konnte die Essenz eines Primus' nicht fangen und einschließen. Kein Gefäß dieser Welt war stark genug, um eine derartige Energie halten zu können. Ganz besonders nicht meine. Und trotzdem hatte Ianus es irgendwie geschafft.

Tja, hier kamen wohl die Uroboros-Hexen ins Spiel. Ich hätte es wissen müssen – selbst ohne Tristans Warnung. Diese irren Fanatiker hatten zu lange mit Thanatos und Omega kooperiert, um nicht ein paar neue Tricks auf Lager zu haben.

»Du hast dir viele Feinde gemacht, Bel«, fuhr Ianus mit seinem psychotischen Rachemonolog fort. »Und allesamt haben sie mich angefleht, mir bei deinem Untergang helfen zu dürfen.«

Hinter ihm erklang ein Lachen. Es stammte von Apoll, dessen jugendliche Züge von Blut besprenkelt waren. In Händen hielt er noch immer eine Feuerwehraxt. Wahrscheinlich die letzte seiner wahllosen Mordwaffen, mit denen er sich in meinem Zuhause ausgetobt hatte. Doch um ihn ging es nicht. Apoll trat zur Seite und gab die Sicht frei auf den *einen* Mann, der mich vermutlich noch mehr hasste als Ianus.

Sotírios. Ein geldgeiler Opportunist ohne Rückgrat, der mich verraten und deshalb die langjährige Gastfreundschaft meines Partykellers genossen hatte. Bis heute. Unglücklicherweise war er darüber hinaus Begründer und Urvater des Uroboros-Zirkels. In den Augen seiner Anhänger eine Legende. Ein Märtyrer, der dem Teufel getrotzt hatte und dafür von ihm in der Hölle gefangen gehalten wurde. Ein Held, dessen Rückkehr geweissagt wurde und seinem Zirkel zu neuer Macht verhelfen sollte. Das übliche Geschwafel blindgläubiger Sterblicher eben, deren Horizont gerade mal bis zum nächsten Guru reichte, der ihnen eifrig das Hirn wusch.

Mit weit aufgerissenen Augen starrte der uralte Hexenmeister das Gefäß an, in dem ich festsaß. Seine tiefschwarze Haut ließ ihn im schummrigen Licht der Zelle fast wie einen Schatten wirken. Einen Schatten der Vergangenheit.

»Hallo, Belial.« Weiße Zähne blitzten auf. Er schlug sie mehrfach gegeneinander in der schlechten Imitation eines durchgeknallten Hais und begann zu kichern. »Jetzt bin ich dran!«

Was sollte ich sagen? Nicht jeder sterbliche Verstand war

dazu gemacht, zweitausend Jahre am Leben gehalten zu werden. Kurz, Sotírios hatte schon lang nicht mehr alle Nadeln an der Tanne. Kombiniert mit seinem enormen Wissen, seiner mächtigen Magie und der nicht ganz ungerechtfertigten Rachsucht gegen mich, machte das den Hexenmeister zu einer tickenden Zeitbombe. Eine tickende Zeitbombe, die nun von Ianus kontrolliert wurde.

»Oh ja, Sotírios und alle anderen hier drinnen haben wirklich, wirklich eine Scheißwut auf dich«, meinte Ianus wild vergnügt und scheuchte den verrückten Hexenmeister zur Seite. »Nachdem ich bei meinem Besuch ein, zwei kleine Helfer eingeschleust habe, um sie zu befreien, war es für deine Gefangenen ein Leichtes, das Schutzsystem des Anwesens von innen heraus zu unterwandern. Nur Oscar hätte uns fast Probleme gemacht. Dafür bekommen er und Grim nun eine ganz besondere Rolle in meinem großen Finale. Es wird fantastisch. Und du hast absolut nichts davon gemerkt, weil dich die kleine widerspenstige Aurora dankenswerterweise so in Atem gehalten hat.«

Dass er Cassias Sklavennamen benutzte, dass er überhaupt von ihr redete, brachte mich zur Weißglut.

»Ich muss schon sagen, mit deiner Forderung zum Duell hättest du meinen Plan beinahe platzen lassen«, plauderte er unbeirrt weiter. »Es wäre so viel stimmiger gewesen, wenn der große Belial vor Timeons Urteil geflohen wäre.«

Das hatte er vorgehabt?! Mich gefangen zu nehmen und zu behaupten, ich wäre geflohen? Das hätte ihm niemand abgekauft.

»Aber nun sind es eben deine Gewissensbisse und die Angst vor dem Duell, die dich haben abtauchen lassen.« Er schnalzte tadelnd mit der Zunge. »So viele Menschen, die du in dieser Fabrik in Rom abgeschlachtet hast, nur um es deinem Erzfeind anzuhängen. Wie gut, dass die beiden Brachion deine Machenschaften aufdecken und stichhaltige Beweise gegen dich sammeln konnten.« Mit einem Grinsen begann er, um mich herumzuspazieren. »Ja, es wird bestimmt Zweifler geben, aber die zahlreichen Phiolen mit armen Seelen, die man hier auf Malta finden wird, überzeugen sicherlich auch noch den letzten deiner Anhänger. Wer würde schon glauben, dass irgendjemand hier in dein Heiligtum hätte eindringen können.«

Er, Apoll und Sotírios brachen in selbstgefälliges Gelächter aus, während mir eine ganze Litanei an Flüchen durch den Kopf ging. Ich hätte die Sache mit den Morden in Rom doch nicht einfach so abtun dürfen. So lächerlich diese Vorwürfe und all die fingierten Beweise waren, sie würden Gehör finden, wenn ich nicht mehr da war, um sie zu entkräften.

»Und dann sind da natürlich noch die Zeugen deiner Schandtaten, die du aus dem Weg räumen musstest«, ergänzte Ianus mit einer theatralischen Geste in Richtung des Leichenhaufens. Zwei Hexer behandelten ihn gerade mit einer Art magischem Pulver. Die Substanz verglühte sofort und schien jede Energie zu absorbieren, auf die sie traf. Ich hatte schon davon gehört. Dieses Pulver sorgte angeblich dafür, dass die Signatur eines Primus' nicht mehr wahrnehmbar war. So würde nicht einmal Lucian erkennen, dass Ianus und Apoll hier ihre Finger im Spiel gehabt hatten.

Plötzlich wurde Ianus' Gesicht riesengroß. Er presste seine Fratze förmlich an mein Gefängnis.

»Jeder wird in dir nur noch einen Verbrecher sehen – genau wie es bei mir der Fall gewesen ist«, zischte er. »Du wirst alles verlieren und so leiden wie ich. Zwar nicht in den Stillen Wassern, aber dafür darfst du das Schicksal deiner Liebsten teilen und jeden einzelnen Tag erfahren, wie sie sich gefühlt haben muss.«

Er richtete sich auf und schlenderte zu Sotírios.

»Und wo wir gerade bei der kleinen Aurora sind. Ich habe sehr, sehr lange überlegt, was die passende Bestrafung für ihren Ungehorsam sein könnte.«

Ohne seinen Blick von mir zu nehmen, streckte er die Hand aus. Und Sotírios ...

Kaltes Grauen flutete meine Gedanken. Nein! Nein, das durfte nicht sein. Das konnten sie ihr nicht antun. Nicht noch einmal.

Der Hexenmeister holte eine kurze kupferne Klinge hervor. Ein Dolch mit einem einzelnen Rubin im Knauf.

Als ich endlich begriff, was Ianus als großes Finale seiner Rache geplant hatte, begann ich in meinem Gefängnis zu toben, zu schreien und zu wüten. Nichts davon half. Nichts davon drang nach außen. Nichts davon hielt ihn von seinem erbarmungslosen Vorhaben ab.

»Sotírios war so frei, die Erschaffung seines Meisterwerks für mich zu wiederholen.«

Ianus nahm den Dolch entgegen und fuhr liebevoll über das glatte Metall. Er ließ sich dabei alle Zeit der Welt, als wollte er, dass sich der Anblick in mein Gedächtnis brannte. Als sollte ich mich daran erinnern, wie eine ebensolche Klinge sich schon einmal durch Cassias Fleisch geschnitten hatte, wie ihre Seele und ihr Geist aus ihrem Körper gerissen worden waren und wie sie bebend ihren letzten Atemzug getan hatte. Und genau das tat ich. Mehr noch. Ich musste an das Elend denken, das sie erlitten hatte. Die Schreie, die nie endenden Qualen. Cassia wäre lieber tot, als das noch einmal ertragen zu müssen.

»Aber das Beste weißt du noch gar nicht«, sagte Ianus mit einer Ruhe, die mich erschauern ließ. »Das Beste, mein lieber Bel, wird die Enttäuschung auf ihrem Gesicht sein, wenn sie erkennt, dass du nicht der strahlende Held bist, der zu ihrer Rettung herbeieilt.«

Dem Teufel von der Schippe gesprungen

Ich konnte nicht aufhören, in den Spiegel zu starren. Nicht wegen des goldfarbenen Kleides oder meinen kunstvoll hochgesteckten Haaren. Nein, ich starrte meinen Nacken an. Dort war nichts. Kein Zeichen eines bösen Dämons und kein Mal eines Blutfluchs. Einfach nur Haut. Nur ich.

»Er wird kommen«, beschwichtigte mich Ari. Obwohl drei verschiedene Personen an ihr herumzupften, kämmten und schminkten, schien sie die Ruhe selbst zu sein.

»Und wenn nicht?«

Bel hatte sich jetzt schon eineinhalb Tage nicht gemeldet – weder von sich aus noch auf meine Versuche, ihn zu erreichen. Und ich … ich musste ihm dringend noch etwas sagen, bevor er … bevor er vielleicht sterben würde.

Seit ich von diesem Duell erfahren hatte, ging mir die grauenvolle Vorstellung nicht mehr aus dem Kopf, ihn tot in meinen Armen zu halten. Das hatte alles verändert. Es hatte mich an etwas erinnert, das ich mir früher einmal geschworen hatte. Die einzige Art zu leben, die Sinn ergab. Nämlich, dass das Wie wichtiger war als das Wie lang.

Also hatte ich Bilanz gezogen. Mit einer augenöffnenden Erkenntnis. Ich hatte so große Angst vor einer wie auch immer gearteten Zukunft mit Bel gehabt, dass ich vergessen hatte, in der Gegenwart zu leben. Ich hatte vergessen, schöne Erinnerungen zu sammeln und mich stattdessen an meinen

Zweifeln festgeklammert. Ich hatte vergessen, dass Freiheit nicht bedeutete, jedes Risiko zu scheuen und sich zu verkriechen. Freiheit bedeutete, über Dächer zu laufen. Und dabei hatte es schon immer eine Regel gegeben: Wenn man Angst davor hatte zu springen, fiel man.

Letztlich war es ganz einfach. Jeden schönen Moment, den ich erlebt hatte, seit ich zurück war, hatte ich Bel zu verdanken. Ja, er konnte manchmal ein unverbesserlicher, selbstverliebter Idiot sein. Meistens sogar. Aber er war *mein* unverbesserlicher, selbstverliebter Idiot, der durchaus bereit war, an sich zu arbeiten. Sein Rückzug hatte mich das erkennen lassen. Es war keine hohle Phrase, dass er wirklich *alles* dafür tun würde, um mich glücklich zu machen. Manchmal war er zwar ein bisschen schwer von Begriff, wenn es darum ging, zu verstehen, was genau ich brauchte. Aber wann immer ich ihm den Kopf zurechtgerückt hatte, war er stets bemüht gewesen, seine Fehler zu korrigieren. Wenn es nur das war, was ich tun musste, warum hatte ich so lange gezögert?

»Glaub mir, er wird kommen«, versicherte mir Ari und nahm sich ein Sandwich von einem der vielen Tabletts, die herumstanden. »Schließlich hat er versprochen, mich zum Altar zu führen. Und Bel hält immer sein Wort.«

Bel hält immer sein Wort ...

Er hatte ebenfalls gesagt, dass er immer für mich da sein würde, wenn ich ihn brauchte. Trotzdem hatte er sich nicht gemeldet. Natürlich verstand ich, dass auch er Zeit benötigte, um alles zu verarbeiten. Abgesehen davon musste er sich gerade auf andere Dinge konzentrieren, schließlich stand ihm ein Kampf auf Leben und Tod bevor, aber ...

Ich vermisste ihn fürchterlich.

»Nicht essen!«, schimpfte Lizzy. »Sonst bekleckerst du dich.«

Wie eine aufgebrachte Gouvernante kam Lizzy herbeigestürmt und nahm Ari ihr Sandwich weg. Die Prima sah ihre Freundin missmutig an und maulte mit vollem Mund: »Ich hab heute aber noch nichts gegessen.«

»Du bist unsterblich. Du musst nichts essen.«

»Daran hab ich mich aber noch nicht gewöhnt.«

»Hier, trink lieber was.« Lizzy drückte ihr ein Glas Champagner in die Hand und trank ihr eigenes in einem Zug leer. Auch sie trug wie alle Brautjungfern ein goldfarbenes Kleid. In diesem engsten Kreis hatte ich eigentlich nichts verloren. Das war mir klar. Aber aus Sicherheitsgründen sollte ich während der Zeremonie wohl möglichst nah bei Ari, Lucian und dessen Trauzeugen Elias stehen. Nicht zuletzt, weil die halbe Primus-Welt mit Anhang und Entourage eingeladen war. Schon jetzt spürte ich, wie sich das ruhige Château von Lucians Familie – meine Zuflucht der letzten Tage – in einen sirrenden Hort dämonischer Energie verwandelt hatte.

»Sieh mal aus dem Fenster«, meinte Ari plötzlich.

Sofort machte mein Herz einen Sprung. Ich rannte zum Fenster und ließ meinen Blick über den majestätischen Innenhof des Schlosses schweifen. Alles war bereit für die baldige Sonnenuntergangshochzeit. Zwischen Blumengestecken, Stehtischen und Stuhlreihen tummelten sich zahllose Leute in festlicher Kleidung. Doch nur einer davon interessierte mich. Ein blonder Dämon, der soeben aus dem Portal getreten kam. Bel trug einen grauen Anzug und wirkte ... angespannt. Das bevorstehende Duell macht ihm wohl so sehr zu schaffen, dass er sogar auf einen großen Auftritt verzichtete. Stattdessen ging er jedem aus dem Weg und hielt sich am Rand, als wollte er lieber allein sein. Gewissensbisse fluteten mich. Bel hatte sein Strahlen verloren und daran war ich nicht ganz unschuldig.

Bel?

Er antwortete nicht. Er zeigte nicht die kleinste Regung.

Bel?, versuchte ich es noch einmal. Wieder nichts. Vermutlich hatte er sich komplett abgeschottet. Trotzdem bemerkte ich, dass sein Blick suchend über die Festgesellschaft glitt. Er hielt Ausschau. Nach mir. Dessen war ich mir sicher.

»Kann ich kurz runter und mit ihm reden?«, erkundigte ich mich kleinlaut. Ich wusste, dass das den strengen Regeln widersprach, die Ari und Lucian zu meiner Sicherheit aufgestellt hatten, und ich wollte ganz bestimmt nicht undankbar sein und ihnen am Tag ihrer Hochzeit zur Last fallen, aber ich *musste* Bel sprechen.

»Nur wenn ihr das Château nicht abfackelt, weil ihr euch wieder streitet«, brummte Lizzy.

»Wir werden uns nicht streiten, versprochen!«

»Geh schon!«, meinte Ari mit einem kleinen Lächeln.

Das musste sie mir nicht zweimal sagen. Ich war bereits durch die Tür.

»Und richte Bel aus, ich trete ihm in den Arsch, wenn er die Hochzeit ruiniert«, brüllte Lizzy mir hinterher.

Das würde ich vielleicht, aber erst mal hatte ich ihm andere, wichtigere Dinge zu sagen.

Ich stürmte die breiten Treppen hinunter ins Erdgeschoss. Das Echo meiner Schritte hallte durch das uralte Gemäuer und mischte sich mit meinem aufgeregten Herzklopfen. Am Eingangstor wich ich geschickt einer Kellnerin mit einem übervollen Champagnertablett aus und rannte in den Innenhof. Gefolgt von meinem wehenden Kleid flog ich regelrecht durch die Menge. Ich flog durch die Abendsonne, die frische Luft, die sanfte Klaviermusik. Vorbei am Altar, an der Band und der Bar. Vorbei am Bräutigam, der mir mit einem Nicken zu verstehen gab, dass er Bescheid wusste. Vorbei an Victorius, der an einer Blumendeko zupfte, und an dem wieder vollständig genesenen Ryan, dessen Backen bis zum Anschlag mit Canapés gefüllt waren. Einmal wäre ich fast über einen Teppich gestolpert und zweimal beinahe mit wichtig aussehenden Dämonen zusammengestoßen, aber letztlich erreichte ich unbeschadet das Portal, wo ich Bel vorhin hatte stehen sehen. Er war nicht mehr da. Fieberhaft schaute ich mich um und erspähte ihn ein Stück entfernt. Er lehnte in einem Seiteneingang. Auch er hatte mich bereits bemerkt. Sein glühender Blick ruhte auf mir. Fast hätte ich vor Glück geweint, weil mir in diesem Moment klar wurde, dass er mich immer finden würde. Ich lächelte ihn an. Er lächelte nicht zurück. Oh.

Unsicher ging ich auf ihn zu, während sich die leise Sorge in meine Gedanken schlich, dass vielleicht schon zu viel zwischen uns kaputtgegangen sein könnte, um es wieder zu kitten.

Kurz bevor ich bei ihm ankam, stemmte er sich von der Wand ab, und verschwand durch die Tür. Er schloss sie nicht hinter sich, was wohl bedeutete, dass ich ihm folgen sollte. Anscheinend wollte er mit mir allein sein. Das fand ich ja generell gut, aber trotzdem warnten mich meine Instinkte plötzlich davor, dass irgendetwas mit ihm nicht in Ordnung war. Hatte er es sich vielleicht anders überlegt und wollte die Sache mit mir beenden? War er deshalb nicht erreichbar gewesen?

Beklommen folgte ich Bel durch einen langen Gang, der uns mit jedem Schritt weiter vom Tageslicht wegführte. Er nahm diverse Abzweigungen, sorgte aber stets dafür, dass ich ihn noch sah, bevor er abbog. Wir kamen an einer Waschküche und mehreren Vorratskammern vorbei, bis Bel offenbar sein Ziel erreicht hatte. Ein größerer Raum, der weit genug vom Geschehen weg war, damit wir auch für dämonische Verhältnisse ungestört sein konnten. Scheu durchschritt ich die Tür, auf der »Stuhllager« stand. Das erklärte dann wohl auch das zerkratzte Parkett und die gähnende Leere, die sich vor mir ausbreitete. In der Mitte erwartete mich Bel. Von seiner Macht war nichts zu spüren. Wie an den Klippen hatte er sich völlig unter Kontrolle. Er sagte nichts, sah mich einfach nur mit diesem brennenden Ausdruck in den Augen an.

So hatte ich mir das zwar nicht ganz vorgestellt, aber was blieb mir für eine Wahl? Ich würde es jetzt durchziehen, denn möglicherweise war das die letzte Gelegenheit, mit ihm zu reden. Also schluckte ich mein Unbehagen runter und ging auf ihn zu.

»Es tut mir leid, Bel«, begann ich ohne lange Umschweife. »Ich hatte so große Angst, mich zu verlieren, dass ich nicht sehen konnte, was du alles für mich getan hast.«

Er schien über meine Worte nachzudenken, nickte bedächtig und sagte in einem erschreckend reservierten Tonfall: »Ja, das habe ich wohl.«

Okay ... das würde schwieriger werden als angenommen. Er wirkte so abweisend. Hatte ich ihn so sehr verletzt? Oder belastete ihn einfach nur das Duell mit Ianus?

»Ich will dich nicht verlieren«, startete ich einen zweiten Versuch. Kurz entschlossen überwand ich die letzte Distanz zwischen uns und griff nach seiner Hand. Neue Hoffnung flammte in mir auf, denn er zog sie nicht zurück. Tatsächlich beobachtete er sogar aufmerksam, wie ich meine Finger mit den seinen verflocht.

»Ich bin manchmal so überfordert von meinen Gefühlen für dich, dass ich nicht klar denken kann«, gestand ich ihm. »Aber ich will uns eine Chance geben, weil ich inzwischen herausgefunden habe, dass ich ... dich auch liebe.«

Da. Kaum merklich hob Bel seine Brauen. Er war überrascht. Vielleicht auch überwältigt. Das reichte mir. Ich schmiegte mich an ihn und schenkte ihm ein Lächeln.

»Das heißt nicht, dass ich dir gehöre, dass ich dich gleich heirate oder mich von dir bevormunden lasse, aber wenn du ein bisschen Geduld für mich aufbringen kannst, dann würde ich es gerne mit dir versuchen.«

Ganz langsam machte sich ein Lächeln auf seinen weichen Lippen breit. Lippen, die ich so unbedingt küssen wollte, dass ich mich einfach auf die Zehenspitzen stellte und meinen Mund auf seinen drückte. Bel erwiderte meinen Kuss. Erst zurückhaltend, dann härter und schließlich packte er meine Haare und stieß seine Zunge so brutal in mich, dass ich dachte, er würde mich auffressen wollen.

Voller Abscheu wand ich mich aus seinen Armen. Was sollte das? Wollte er mich absichtlich vergraulen? Sich irgendwie an mir rächen? Ich schaffte ein paar Schritte Abstand zwischen uns und starrte ihn verstört an.

Verlangen loderte in seinen türkisen Augen. Dieser Anblick, der mich sonst so erregte, ließ mich diesmal völlig kalt. Ich wusste nicht warum, aber ich hatte plötzlich das Gefühl, ihm würde meine Reaktion gefallen.

»Ich sollte dir auch etwas gestehen«, sagte er leise. Sein Tonfall ließ mir einen kalten Schauer über den Rücken laufen. Unwillkürlich schlang ich die Arme um meinen Oberkörper und wartete ab, was kommen würde.

»Ich habe auch Angst. Als Ianus freikam, ist mein

schlimmster Albtraum wahr geworden«, gestand er. »Ich habe ihm wirklich übel mitgespielt und wusste, dass seine Rache unvorstellbar grausam werden würde. Und das ... nicht ganz zu Unrecht.«

Verwirrt blinzelte ich. Dieses Eingeständnis passte so gar nicht zu dem Bel, den ich kannte. Aber er war nun einmal ein Meister darin, seine Gefühle hinter einer Maske zu verbergen, also würde ich ihn nun, da er zum ersten Mal offen über dieses Thema sprach, ganz bestimmt nicht unterbrechen.

»Das Urteil gegen ihn war nicht haltbar. Das war mir von Anfang an klar. Also ... habe ich Maßnahmen ergriffen, um ihn loszuwerden. Maßnahmen, die mir nun auf die Füße fallen.«

Ich runzelte die Stirn. »Wovon sprichst du?«

Bel sah mich an. Eindringlich. Gefasst. Ungerührt.

»Ich habe Menschen getötet.«

Ich blinzelte ihn an.

»Was?«

»Ich habe ihnen ihre Seelen entrissen, sie umgebracht und es so aussehen lassen, als wäre Ianus es gewesen.«

Die Bedeutung seiner Worte tröpfelte erst nach und nach in meinen Verstand und kroch von dort aus wie Frost in meine Glieder.

»Ich weiß, wie sehr dich das schockieren muss«, fuhr er in weicherem Ton fort. »Aber so bin ich nun mal. Und ich finde, dass du die ganze Wahrheit verdient hast, jetzt da du bereit bist, dein Leben mit mir zu teilen.«

Ich fing an zu zittern. Das konnte doch nicht wahr sein! Wie hatte ich mich so in ihm täuschen können?

Er schlenderte auf mich zu. Er schlenderte! War ihm die Ungeheuerlichkeit seines Geständnisses nicht bewusst?!

Demonstrativ wich ich zurück. Allein die Vorstellung, wie viel unschuldiges Blut an diesen Händen klebte, diese Hände, mit denen er mich berührt, getröstet und erregt hatte, drehte mir den Magen um.

Mein Ekel entging Bel natürlich nicht, aber es schien ihn nicht zu kümmern. Er streckte mir seine Hand entgegen.

»Leider sind mir die Brachion auf der Spur. Alles wird bald auffliegen, also tauche ich unter«, eröffnete er mir. »Und ich möchte, dass du mitkommst.«

Ich rang nach Luft, nach Worten und um meine Fassung. Glaubte Bel, ich würde einfach so mit ihm gehen. Mit einem skrupellosen Mörder?

»Das werde ich ganz bestimmt nicht tun.«

Bels Züge verhärteten sich. Er ließ langsam seine Hand sinken, während ein Hauch von Wahnsinn in seinem Blick aufglomm.

»Ich hatte schon geahnt, dass du so etwas sagen würdest«, murmelte er mit einem unheilvollen Unterton. »Ich werde dich aber trotzdem mitnehmen.«

»Niemals!«, zischte ich ihn an. »Nicht einmal, wenn –«

Das Geräusch einer gezogenen Klinge ließ mich erstarren.

In Bels Hand lag ein Dolch.

Ein Kupferdolch mit einem roten Stein im Knauf.

Alles, nur das nicht!

Er lächelte.

Unendlich lange Sekunden verstrichen, während ich in den Abgrund der Wahrheit blickte und mir eine so gewaltige Enttäuschung die Kehle zerdrückte, dass ich nicht mehr atmen konnte. Ich fühlte, wie mein Herz aufhörte zu schlagen. Es hörte einfach auf und zerbrach in winzige Splitter. Meine Seele schrie. Und dann war da nur noch Angst.

Ich drehte mich um und rannte um mein Leben. Doch bevor ich die Tür erreicht hatte, packte Bel mich am Arm. Mit dem Rücken voran krachte ich gegen eine Wand. Seine Finger lagen um meinen Hals, sein Körper presste mich an die Wand. Ich spürte seinen heißen Atem an meinem Ohr.

»Du gehörst mir, Cassia. Vergiss das niemals.« Ohne Zögern stieß er zu. »Ich liebe dich.«

Und während das kalte Kupfer meine Rippen entlangschabte und tief in mein Fleisch drang, erstickte er meine Schreie in einem rohen Kuss und trank das Entsetzen von meinen Lippen.

Diesmal war es anders. Diesmal erlebte ich bei vollem Bewusstsein, wie die Magie des Dolchs nach meiner Seele tastete. Aber diesmal war ich nicht wehrlos. Plötzlich stand jeder meiner Überlebensinstinkte in hellen Flammen. Mein Hexenfeuer brach hervor, schleuderte Bel rückwärts und verbrannte seine linke Körperhälfte bis auf die Knochen. Ich riss den Dolch aus mir heraus und rannte. Ich rannte in der Hoffnung, dass es noch nicht zu spät war, dass der Dolch noch keine Verbindung zu mir hatte herstellen können, und dass Bels Heilung mir genug Zeit verschaffen würde, um zu entkommen. Ich rannte um mein Leben, um meine Seele, um meine Freiheit. Meine Beine wollten nachgeben, doch ich zwang sie vorwärts. Mir war schleierhaft, wie ich es schaffte, aber auf einmal stolperte ich ins Freie. Ich fiel auf die Knie und wollte um Hilfe schreien, allerdings sprudelte aus meinem Mund nur Blut heraus. Alles war voller Blut. Der Boden, mein Kleid, meine Hände. Ich hörte Leute schreien, nah und fern. Alle redeten durcheinander. Ich sah konturlose Gesichter, fühlte Hände auf mir. Jemand mit dunklen Locken rief meinen Namen. Mehrfach.

»Stopp die Blutung!«, wurde gefordert.

»Wer war das?«, fragte jemand anderes.

Ich roch Sonnenlicht auf einem mächtigen Fluss. Aus einem verschwommenen Etwas wurden Elias' ernste Züge.

Und ganz plötzlich herrschte nur noch Schweigen. Fassungslosigkeit. Bestürzung. Ein Teil von mir fragte sich, ob ich gerade gestorben war. Aber die Bestürzung galt nicht mir. Eine dunkle Gestalt erschien hinter Elias. Eine Gestalt umgeben von blau loderndem Feuer.

»Geh zur Seite, Kommandant.«

Tristans Magie fegte durch meinen Körper und zwang mich mit einer Gewalt von der Pforte des Todes fort, die keinen Widerspruch duldete. Quälend langsam klärten sich meine Sinne. Luft strömte in meine Lungen und ich weinte vor Erleichterung, über mir den blauen Himmel zu sehen. Kein Ewiges Rot. Ich war noch frei. Ich lebte noch. Ich …

Tristan zwang mich sanft, ihn anzuschauen.

»Wer war das?«, wollte er wissen. In seinen Augen flackerte Zorn, aber in seiner Stimme schwang etwas viel Gefährlicheres mit.

Ich schluckte den metallischen Geschmack meines Blutes runter und krächzte einen Namen, der jedes Gefühl von Hoffnung in mir erlöschen ließ.

»Bel.«

Alte Leiber rosten nicht

Voller Genugtuung sah ich dabei zu, wie Ianus mit seiner angekohlten Faust auf den Boden schlug und vor Schmerzen fluchte. Cassia hatte ihm ganz schön zugesetzt. Normalerweise wäre das kein großes Problem für einen Primus gewesen, aber Ianus konnte sich nicht heilen, ohne an meiner Hülle zu viele Spuren seiner Macht zu hinterlassen. Spuren, die nachweisbar gewesen wären.

»Wo bleibt ihr?«, zischte Ianus scharf.

Sofort öffnete sich ein Geheimgang, und seine Leute trugen Ianus' ursprünglichen Körper herein. Während er die Hüllen wechselte, begannen die Uroboros-Hexen den Raum von sämtlichen Spuren zu befreien, die auf jemand anderen als mich hindeuten konnten. Was für ein perfider Plan, in dem hundertprozentig auch Nemides mit drinhing. Wer sonst hätte Ianus so detaillierte Kenntnis über das Château d'Ankou verschaffen können?

Kurz darauf stand Ianus in seiner ganzen altbekannten, hasserfüllten Grässlichkeit vor mir, während meine Hülle leblos und halb verbrannt am Boden lag.

»Ich würde sagen, ab jetzt giltst du als flüchtiger Verbrecher«, raunte er mir triumphierend zu und griff nach dem Gefäß, in dem ich festsaß, um es sich wieder um den Hals zu hängen. Offenbar war ich in einer Art Amulett gefangen – sicherlich auf Ianus' Wunsch hin extra so konzipiert.

Er schien geradezu davon besessen zu sein, mich jedes noch so kleine Detail seiner Rache miterleben zu lassen, und hatte vorhin sogar fast eine Stunde lang nach dem perfekten Platz gesucht, um mir die beste Sicht auf all das zu ermöglichen, was er Cassia in meinem Namen antun würde.

Und leider musste ich zugeben, dass seine Folter funktionierte. Schon Cassias Liebesgeständnis, der Kuss und ihre Reaktion auf seine Lügen hatten mich fast in den Wahnsinn getrieben. Aber ihre Erschütterung und ihre grenzenlose Angst zu sehen, als sie glaubte, ich würde sie erneut in den Dolch sperren wollen …

Hätte ich in diesem Moment Zugang zu meiner Macht gehabt, meine Verzweiflung hätte die Welt erschüttert.

Doch egal, wie meisterlich sein Plan durchdacht gewesen war, er hatte einen Fehler gemacht. Er hatte Cassia unterschätzt. Und was für eine Abreibung sie ihm verpasst hatte!

»Denk ja nicht, du hättest irgendwas gewonnen«, murmelte Ianus, als könnte er meine Gedanken erraten. »Dafür wird sie jetzt eben einsam in irgendeiner elendigen Ecke verbluten.«

Damit hatte er leider nicht ganz unrecht. Cassia mochte ihm und dem Dolch entkommen sein, aber ihre Verletzung und all das Blut, das sie verloren hatte, ließ nicht viel Hoffnung zu. Weit war sie auf ihrer Flucht bestimmt nicht gekommen.

»So!« Ianus marschierte auf den Geheimgang zu. »Jetzt müssen wir nur noch dem Brautpaar unsere Aufwartung machen.«

Der uralte, teilweise eingestürzte Tunnel führte ganz in die Nähe der Portalkammer. Draußen entstaubte er seinen Anzug und sorgte dafür, dass sein Hemd weit genug offen stand, damit ich – an seinem Hals hängend – alles sehen konnte. Zufrieden mit seinem Werk spazierte er in den Schlosshof.

Doch statt einer betulichen Hochzeitsgesellschaft erwartete ihn hektisches Durcheinander. Die Gäste waren in Aufruhr. Alles hatte sich um den Altar versammelt. Die Braut versuchte zu beschwichtigen. Das Hemd des Bräutigams war blutverschmiert und der nicht weniger blutbesudelte Trauzeuge schob gerade einen Blumentrog vom Podest, um für jemanden Platz zu machen. Für jemanden, der soeben durch die Menge getragen wurde von einem totgeglaubten, kontrovers beäugten Hexen-Dämon-Hybriden. Cassia! In Tristans Armen lag Cassia. Lebendig! Mehr noch, ihre Stichwunde schien verheilt zu sein. Wie konnte das ...?

Ich unterbrach mich selbst, denn die Antwort war offenkundig. Tristan. Ihn aus meiner Trickkiste zu ziehen, schien ein Geniestreich gewesen zu sein, zu dem ich mich nur beglückwünschen konnte. Tristan war nicht nur unabhängig, mächtig, gefährlich und quasi verwandt mit Cassia, sondern wahrscheinlich auch noch der Einzige, der heute ihr Leben hatte retten können. Was für eine Ironie des Schicksals, bedachte man, dass ich vor gar nicht allzu langer Zeit nicht gezögert hätte, ihm die Haut vom Leib zu ziehen.

Behutsam setzte er Cassia ab. Ja, sie lebte, aber das war auch schon alles. Sie starrte so paralysiert vor sich hin, dass ich für einen Moment befürchtete, der Dolch hätte ihr doch die Seele gestohlen.

In diesem Moment entschied Ianus, sich in das Geschehen einzumischen.

»Was sollen die langen Gesichter?«, rief er laut. »Ich dachte, hier wird eine Hochzeit gefeiert?«

»Was will der denn hier?«, brummte Ryan.

»Du bist hier nicht willkommen«, legte Lizzy nach.

Doch Ianus ließ sich nicht aus der Ruhe bringen.

»Ich bin Ratsmitglied und als solches bei dämonischen Feierlichkeiten immer willkommen«, informierte er alle, die es hören wollten. Lizzy wollte es definitiv nicht hören.

»Das hier ist eine private Veranstaltung. Sogar mit menschlicher Kleiderordnung und deshalb –«

Sie stockte, als Elias' Gardisten herangestürmt kamen. Der Kommandant hatte ihnen offenbar aufgetragen, Cassias Spur zurückzuverfolgen. Und sie hatten gefunden, was Ianus wollte, dass sie finden: meinen halb verbrannten Körper.

»Wir haben Bels Hülle im Stuhllager entdeckt. Wahrscheinlich wusste er, dass wir das Portal abriegeln würden, also musste er sie zurücklassen, um von hier zu entkommen«, erstattete einer der Gardisten seinem Kommandanten Bericht.

»Bel hat seine heiß geliebte Hülle verlassen?«, spielte Ianus den Überraschten. »Wieso sollte er so etwas tun?«

Niemand antwortete ihm. Ein paar Resthemmungen besaßen die Anwesenden also noch.

Ungeduldig schnalzte Ianus mit der Zunge. Sein Tonfall wurde schneidend. »Du bist mir Rechenschaft schuldig, Kommandant! Also antworte mir!«

Elias presste unwillig die Kiefer aufeinander, aber letztlich siegte sein Pflichtbewusstsein.

»Bel hat Cassia angegriffen. Mit einem Seelendolch.«

Diese Worte waren so falsch, dass sich alles in mir verkrampfte. Schlimmer war nur das betretene Schweigen, das darauf folgte. Wieso protestierte niemand? Wieso hinterfragte niemand diese haarsträubende Lüge? Den Todesstoß versetzte mir jedoch Cassias lebloser Blick. Es schien sie weder zu kümmern, dass Ianus da war, noch reagierte sie darauf, dass Tristan vor ihr kniete und die zweifellos schmerzhafte Heilung fortsetzte. Sie starrte einfach nur meine leere Hülle an. Ich kannte diese Art von Blick und wusste nur zu gut, was ihn hervorrief: Das Gefühl, verraten worden zu sein. Dass Cassia so über mich dachte, schmerzte mich mehr als alles andere.

»Na und?«, schnaubte Ianus gleichgültig. »Der Versuch, ihr ein weiteres Mal die Seele zu rauben, zeugt nicht von seiner Intelligenz. Aber sie lebt, also hat Bel sich nichts zuschulden kommen lassen. So lauten unsere Gesetze.«

Zustimmendes Gemurmel erklang. Kein Wunder, Ianus spielte die Rolle des besonnenen Anführers hervorragend.

»Oder ist da noch mehr, das ich wissen sollte, Kommandant?«, erkundigte er sich gönnerhaft.

Elias zögerte. Aus Anstand. Nicht um mich in Schutz zu nehmen. »Bel hat Cassia vor seinem Angriff einige Morde gestanden«, räumte er schließlich ein.

»Wirklich?«, schnaubte Ianus abfällig. »Etwa die Morde, derer ich ihn schon mehrfach beschuldigt habe, obwohl niemand mir glauben wollte?«

»Das weiß ich nicht«, presste Elias hervor.

»Wurden Beweise gefunden?«

»Meine Gardisten und einige Jäger sind gerade dabei, Bels Anwesen auf Malta zu durchsuchen. Wenn es Beweise gibt, finden wir sie dort.«

»Und warum bist du dann nicht persönlich dabei und überwachst die Suche? Auch wenn Belial ganz gewiss nicht mein Freund ist, so ist er doch ein geschätztes Mitglied der Liga. Wenn du schon eigenmächtig entschieden hast, seinen Privatbesitz zu durchsuchen, solltest du das wenigstens nicht irgendwelchen Untergebenen oder gar Sterblichen überlassen.«

Elias sah aus, als wäre er Ianus am liebsten an die Kehle gegangen, was bei seinem umsichtigen Charakter schon was heißen mochte. Doch der Kommandant schluckte seine Verärgerung herunter, deutete eine Verbeugung an und ging wortlos.

Mir war schon klar, was Ianus vorhatte. Er wollte, dass die Beweise, die er platziert hatte, von einem hochrangigen Primus gefunden wurden und damit in einem Prozess die größtmögliche Glaubwürdigkeit besäßen. Gleichzeitig profilierte er sich auch noch als fairer Widersacher mit Respekt vor den Regeln. Dafür erntete er von den anderen Primus so viel Anerkennung und Zuspruch, dass ich selbst ohne Körper einen ausgeprägten Brechreiz verspürte.

Weil ich diesem Schwachsinn nicht länger zuhören konnte, blendete ich das Gespräch aus und konzentrierte mich auf Cassia.

Meine Macht war unbrauchbar und abgeschnitten von der Außenwelt, aber vielleicht, nur vielleicht, konnte ich mit Cassia Kontakt aufnehmen – weil die Blockade wegen ihrer Immunität bei ihr möglicherweise nicht wirkte. Oder vielleicht auch, weil uns unsere Gefühle miteinander verbanden. Oder einfach nur, weil ich mich an jede noch so absurde Hoffnung klammern musste, um nicht endgültig zu verzweifeln.

Cassia …

Ihre Augen weiteten sich kaum merklich. Hörte sie mich?

Cassia …

Sie schaute sich ängstlich um.

Cassia! Ich bin gefangen! Sieh an Ianus' Hals!

Keine weitere Reaktion.

Quod erat demonstrandum

Nichts stimmte mehr.

Bel war ein Mörder auf der Flucht, Ianus der gefeierte Wortführer und ich das Opfer, das ich nie wieder hatte sein wollen. Die Tatsachen widersprachen jeder Logik. Die Logik passte nicht zur Wahrheit. Und die Wahrheit schien unvereinbar mit meinen Gefühlen.

Ich spürte Bel. Ich spürte ihn und hätte panische Angst haben, die anderen warnen oder einfach wegrennen sollen. Stattdessen saß ich aber nur da und fühlte, wie seine Gegenwart mein Herz vor Glück weinen ließ. Wie konnte das sein? Wurde ich verrückt? Wieso empfand ich so etwas für den Mann, der mich gerade auf die schlimmstmögliche Art verraten hatte?

Wahrscheinlich konnte mein Verstand die Wirklichkeit einfach nicht verkraften und drehte durch, während mein Herz hinterherhinkte und schlichtweg leugnete, was Bel gesagt und getan hatte.

Ich heftete meinen Blick auf Bels verbranntes Gesicht und zwang mich, die Fakten zu sehen: Dieser Mann hatte einen zweiten Dolch erschaffen und mich mit einem Liebesgeständnis auf den Lippen erstochen.

Erneut machte mein Verstand dicht. Er schaltete einfach ab, um mich zu schützen – weil der Schmerz, der unweigerlich folgen würde, nicht zu überleben war.

Zurück blieb nur dieses sanfte Streichen über meinen Geist, das diese unendliche Sehnsucht hervorrief.

Das musste ich mir einbilden!

Bel konnte nicht hier sein, weil er geflohen war. Aber ...

Bel floh nicht. Niemals. Er hätte eher die Liga in Schutt und Asche gelegt, als sich wie ein geprügelter Hund davonzuschleichen. Er kapitulierte nicht, machte keinen Rückzieher und schon gar nicht würde er seine Hülle einfach so aufgeben. Genauso wenig wie mich.

Das machte es nicht besser. Jetzt hoffte ich fast, dass ich unter Wahnvorstellungen litt, denn wenn ich mir Bels Gegenwart nicht bloß einredete, hatte ich ein viel, viel größeres Problem.

Tristan riss mich aus meinen Gedanken. Er zog seine Magie aus meinem Körper zurück. Ich hatte es kaum mitbekommen, aber die Heilung war wohl abgeschlossen.

»Nicht ...«, hauchte ich verzweifelt, als er aufstehen wollte. Ich brauchte ihn als Schutzschild zwischen mir und dem Rest der Welt. Zwischen mir und dem Wahnsinn, in den ich abzurutschen drohte. Zwischen mir und den Fragen, deren Antworten mich zerstören würden.

Tristan reagierte mit einer Abgebrühtheit, die mich unter anderen Umständen schockiert hätte. Ohne mit der Wimper zu zucken oder sich sonst irgendetwas anmerken zu lassen, nahm er meine Hände, rief die blauen Flammen zurück und tat geflissentlich so, als hätte er bei der Heilung noch ein Detail übersehen. Selbst ich hätte mich fast von ihm täuschen lassen, wenn ich nicht gespürt hätte, dass seine Magie uns kaum merklich vor Lauschern abschottete.

»Es ist ganz normal, wie du dich fühlst«, raunte er mir zu. »Unter diesen Umständen ...«

»Bel ist noch da«, platzte es aus mir heraus. Ich brauchte jetzt keine tröstenden Worte. Ich brauchte jemanden, der mir dabei half, nicht den Verstand zu verlieren.

Eine skeptische Braue hob sich. »Lucian hätte es gespürt, wenn –«

Weiter kam er nicht, denn plötzlich flog die Portaltür auf. Heraus kamen Elias und eine ganze Reihe seiner Gardisten, die mit Kisten beladen waren. Der Kommandant bedeutete seinen Leuten, sie vor dem Altar zu stapeln. Er sagte nichts, aber das musste er auch nicht. Seine finstere Miene sprach Bände. Als Ari eine der Kisten öffnete, erkannte ich mit kaltem Grausen, was die Gardisten auf Malta gefunden hatten: gläserne Phiolen, wie Ianus sie früher in Rom benutzt hatte. Sechs davon steckten fein säuberlich in einem Bett aus grauem Schaumstoff und glühten hilfeschreiend vor sich hin. Großer Gott, das waren Seelen! Dann war es also wahr? Wie hatte Bel so etwas nur tun können?! Sechs Seelen pro Kiste und der Berg reichte Ari inzwischen schon bis zur Brust. So viele unschuldige Seelen. So viele Leben, die Bel genommen hatte ...

Das Schweigen, das sich über dem Château ausbreitete, wurde mit jeder Kiste erdrückender. Und schließlich, als die letzten vier Personen aus Malta eintrafen, verwandelte sich die Stimmung in subtile Feindseligkeit. Es waren Ryan und Gideon, die Oscar und Grim in Gewahrsam hatten. Bels engste Vertraute sahen mitgenommen aus, aber auch irgendwie abweisend und aufsässig. Hatten sie es gewusst? Waren sie vielleicht sogar beteiligt gewesen?

Gerade als Ianus wie ein Großinquisitor auf sie zuschritt, fiel mir auf, dass etwas an Grim und Oscar komisch war. Die beiden ... sie ... sie schienen irgendwie verschwommen.

Nicht wie bei einer Illusion, aber trotzdem ... irgendwie unecht.

»Da haben wir ja die rechte und die linke Hand des Teufels«, meinte Ianus spöttisch. Ohne Eile umrundete er die beiden und schien die Situation sichtlich zu genießen. »Beantwortet mir nur eine Frage, und zwar so, dass es endlich alle hören können.« Er streckte seinen Arm aus und zeigte auf die Seelenphiolen. »War das euer Meister? Hat Bel all diese Seelen geraubt?«

Weder Oscar noch Grim reagierten.

»Wenn ihr euch und Bels andere Gezeichnete retten wollt, dann antwortet lieber!«, drohte Ianus.

Wieder keine Reaktion.

»IHR SOLLT ANTWORTEN!«

Ianus' Macht fegte durch das Château und ließ den alten Butler ängstlich zusammenzucken. Er nickte. Und dann keifte auch Grim ein einziges störrisches Wort: »Ja.«

»Quod erat demonstrandum«, schloss Ianus die Beweisführung ab.

Das Geständnis von Bels Vertrauten brachte das Fass zum Überlaufen. Die gesamte Anspannung der letzten halben Stunde entlud sich in einer regelrechten Welle der Empörung. Alle echauffierten sich und versuchten sich in ihren Vorschlägen zu übertreffen, wie man jetzt am besten vorzugehen hatte. Je nachdem, wo man hinhörte, sollte Bel verfolgt, enteignet, verbannt oder hingerichtet werden – wahlweise mit oder ohne Prozess.

Ja, dieses Geständnis brachte das Fass tatsächlich zum Überlaufen. Auch bei mir. Denn es wirkte nicht nur falsch, es *war* falsch. Oscar mochte ich nicht gut kennen, aber Grim wäre ihrem Meister *niemals* in den Rücken gefallen. Schon gar nicht gegenüber Ianus. Eher hätte sie sich die Zunge abgebissen.

»Ich glaube, sie wurden manipuliert«, flüsterte ich Tristan zu. Er tat nach wie vor so, als würde er mich noch immer heilen müssen – obwohl ich seine Hände inzwischen dermaßen fest drückte, dass es für ihn bestimmt unangenehm war.

»Macht das einen Unterschied?«, erkundigte er sich leise. »Die Beweise sprechen für sich.«

»Wenn *sie* manipuliert wurden, wurden es die Beweise vielleicht auch.« Ich hörte selbst, wie verzweifelt das klang, doch es war alles, was mir blieb.

Tristan seufzte. »Du brauchst keine Beweise. Bel hat dir die Morde gestanden«, erinnerte er mich.

Richtig ... aber er hatte es getan, *bevor* die Phiolen auf Malta gefunden wurden. Wieso also hatte er sie nicht beseitigt? Das alles passte einfach nicht zusammen.

Mein Blick glitt wieder zu Bels Hülle. Sie so leblos und übel zugerichtet dort liegen zu sehen, war auf so viele Arten grausam. Ich konnte –

Moment.

Warum hatte er sich eigentlich nicht geheilt? Das hätte ihn kaum mehr als ein paar Sekunden kosten dürfen. Danach wäre ihm immer noch genug Zeit geblieben, um mich einzuholen und zu beenden, was er begonnen hatte. Wollte er vielleicht vermeiden, seine Macht zu benutzen, um sich nicht zu verraten? Aber wieso? Alle wussten doch, dass ich mich mit ihm traf.

Ich stutzte.

... um sich nicht zu verraten?

Da ging mir plötzlich ein Licht auf.

»Was, wenn es nicht Bel war?«

Tristan betrachtete mich voller Mitleid.

»Cassia, ich weiß, es tut weh, aber –«

Ich zog ihn ein Stück zu mir, sah ihm direkt in die Augen und fragte ihn noch einmal, aus tiefster Seele: »Was, wenn es nicht Bel war?«

Je länger ich darüber nachdachte, desto einleuchtender kam es mir vor, desto erleichternder, desto besorgniserregender.

Tristan warf mir einen warnenden Blick zu. Er mochte uns vor Lauschern abgeschottet haben, aber wenn ich mich weiterhin so verdächtig verhielt, würden wir Aufmerksamkeit auf uns ziehen. Und bei der gereizten Stimmung, die Ianus immer weiter schürte, war das eher keine gute Idee.

»Bitte«, murmelte ich etwas vorsichtiger, »sag mir, ob das möglich ist oder ob ich durchdrehe.« Bel besaß so viel Macht. Niemand käme in den Sinn, dass ihm etwas zugestoßen sein könnte.

»Ja, theoretisch ist es möglich«, lenkte Tristan nach einer Weile ein. »Jeder beliebige Dämon kann Bels Hülle in Besitz nehmen. Schwieriger ist es eher, Bel *aus* seiner Hülle heraus zu kriegen. Und dabei am Leben zu bleiben. Glaub mir, ich spreche aus Erfahrung. Würde ich das heute noch einmal versuchen, dann nur mit einem wirklich wasserdichten Plan, um ihn in Schach zu halten.«

»Und wie könnte so ein Plan aussehen?«

»Bel ist nicht irgendein Dämon. Um sich ihn vom Hals zu schaffen, würden weder Siegel noch ein Katakombengrab ausreichen. Man müsste ihn schon einsperren. Die Stillen Wasser würden funktionieren. Oder ein mehrfach verstärktes Gefäß mit gemischter Dämonen- und Hexenmagie. Am besten der von einem vollständigen Hexenzirkel und – oh Scheiße!« Er wurde bleich und sah aus, als wäre ihm gerade etwas sehr Ungutes klar geworden. »Ich hab den Idioten gewarnt.«

»Was ist?«, flüsterte ich beunruhigt.

Tristan wirkte wie ausgewechselt. Hinter seinen grauen Augen arbeitete es.

»Möglicherweise hast du recht«, gestand er. »Was auch erklären würde, warum du ihn spürst. Ich gehe jede Wette ein, dass Ianus dahintersteckt und ihn alles mit ansehen lässt.«

Entsetzt riss ich die Augen auf. Es stand außer Frage, dass Ianus für all das verantwortlich war, aber was das in aller Konsequenz bedeutete, wurde mir in diesem Moment erst bewusst. Es bedeutete, dass Ianus es war, der mich erstochen hatte. Dass er es war, dem ich meine Liebe gestanden hatte. Dass er es war, den ich geküsst hatte. Nie zuvor in meinem Leben hatte ich einen größeren Ekel verspürt wie in diesem Moment. Und dann kam die Wut. Und mit ihr meine Magie und der unbedingte Wunsch, Ianus noch einmal das Fleisch von den Knochen zu brennen.

Ein Ruck ging durch meinen Körper. Tristan hatte mich zurück auf die Stufe gezogen, auf der ich gesessen hatte. Da erst begriff ich, dass ich drauf und dran gewesen war, mich blindlings auf Ianus zu stürzen.

»Wenn du ihn jetzt angreifst, hat er jedes Recht, dich zu töten, und wir könnten nichts dagegen tun«, warnte Tristan mich mit aller Deutlichkeit. »Vermutlich würde die Hälfte der Anwesenden noch nicht einmal ihre Häppchen weglegen.«

Seine Worte drangen nur teilweise zu mir durch. Ianus hielt Bel gefangen und ließ ihn dabei zusehen, wie alles, was ihm lieb und teuer war, den Bach runterging. Irgendetwas musste ich tun! Ich richtete meinen Blick wieder auf Ianus und … entdeckte etwas. Etwas, das ihm um den Hals hing. Etwas, auf dem eine so mächtige Illusion lag, dass selbst ich nicht genau sagen konnte, was darunter verborgen war.

»Wie könnte so ein Gefäß aussehen, das in der Lage ist, Bel gefangen zu halten?«, wollte ich wissen.

»Nicht zwangsläufig groß, aber es würde eine Menge Energie ausstrahlen, die man irgendwie verbergen müsste.«

»Wie eine Kette mit einem Anhänger?«

Unauffällig folgte Tristan meinem Blick, der fest auf Ianus' Hals gerichtet war.

»Ich sehe keine Kette«, murmelte er mit einem winzigen Lächeln. Wir beide wussten, was das bedeutete. Bel war dort. An Ianus' Hals. Sichtbar für jedermann, und doch unerreichbar. Wie Tristan gesagt hatte, ich wäre tot, ehe ich auch nur den kleinen Finger nach Ianus ausgestreckt hätte. Zumindest, solange er mich für eine Gefahr hielt.

»Ich brauch deine Hilfe«, teilte ich Tristan leise mit, denn ich hatte einen Plan. Einen guten Plan, der allerdings eine eklatante Schwachstelle besaß. Er benötigte nämlich eine Fertigkeit, über die ich nur bedingt verfügte.

Tristan schnaubte humorlos. »Du brauchst ganz sicher meine Hilfe. Die Frage ist nur, wobei.«

Wild entschlossen funkelte ich ihn an. In meinem Blick lag eine offene Herausforderung.

»Wie gut kannst du lügen?«

Ein gefährliches Lächeln teilte seine Lippen.

Der Teufel ist los

Cassia starrte Ianus an. Ich hoffte inständig, dass sie klug genug war, sich rauszuhalten, während die anderen sich wie die Geier darum stritten, wer größere Ansprüche auf welchen Teil meines Imperiums hatte. Politik eben. Man folgte der Macht und stürzte sich auf Schwäche, um sie zum eigenen Vorteil zu nutzen.

Ianus hatte gewonnen.

Cassias Herz war gebrochen. Sie fürchtete mich. Sie hasste mich.. Außerdem würde man meine Anhänger zu Freiwild erklären und die Jagd auf mich eröffnen. Danach wären Ari und Lucian die Nächsten auf der Abschussliste, weil man den Brachion mangels Erfolg eine Kollaboration mit mir unterstellen würde. Anschließend wäre der Erschaffung neuer Brachion die Bahn geebnet und Ianus bekäme endlich seine tödliche Armee, mit der ihn nichts mehr aufhalten konnte.

Dann würde er sich Cassia holen.

Und ich musste all dem, zur Ohnmacht verdammt, zusehen.

Zumindest, bis Ianus meiner irgendwann überdrüssig wäre und mich einbetoniert in einen Pisspott im Mariannengraben versenkt hätte. Aber es wäre ohnehin egal, denn bis dahin, wäre Belial Bathys nur noch eine blasse Erinnerung, ein Name, über den man sich hinter vorgehaltener Hand das Maul zerriss. Ein Verbrecher. Ein liebeskranker Wahnsinniger. Ein Feigling ohne weitere Bedeutung.

Ja, Ianus hatte gewonnen. Vorerst. Aber kein Gefängnis dieser Welt überdauerte die Ewigkeit. Anders als ich.

»Noch ist überhaupt nichts bewiesen!«, versuchte Ari, sich Gehör zu verschaffen. »Ich kenne Bel, er würde so etwas nicht tun.«

Ihre Loyalität rührte mich, doch es hatte keinen Zweck. Niemand beachtete sie. Ich verstand sogar Lucian, der seine Gefährtin beiseitezog und versuchte, sie zum Schweigen zu bringen. Kluger Junge. Er wusste, dass sie denkbar schlechte Karten hatten. An seiner Stelle hätte ich nicht anders gehandelt.

Mein Blick glitt zurück zu Cassia. Tristan war gerade aufgestanden und klopfte sich die Hände ab. Offenbar war die Heilung abgeschlossen.

»Fertig. Ich habe meine Schuldigkeit getan«, ließ er Cassia wissen. »Wir sehen uns. Irgendwann mal.«

Ohne viel Aufsehens marschierte er in Richtung Portal, was ihn auch an Ianus und mir vorbeiführte. So konnte ich gut sein Gesicht sehen und all die Gleichgültigkeit darin. Er verpisste sich einfach?!

Cassia sprang voller Verzweiflung auf und lief ihm hinterher. »Tristan! Ich –«

Er fuhr herum und schüttelte ihre Hand ab. Jetzt wurden auch einige der Gäste auf die beiden aufmerksam.

»Du was? Du brauchst mich?«, zischte er verächtlich. »Natürlich brauchst du mich. Es wird sich ja sonst keiner mehr mit dir abgeben wollen. Selbst ohne deinen Blutfluch. Du bist Gift und jeder in deiner Nähe wird das schon bald zu spüren kriegen.«

Verdammt, was tat er da? Er rückte Cassia nicht nur ins Zentrum des Geschehens, sondern verriet auch noch, dass nicht einmal mehr der Blutfluch sie schützte.

»Ich gebe dir einen Rat, Cassia. Lauf und versteck dich. Denn Bel wird dich holen kommen und auf seinem Weg ein blutiges Schlachtfeld hinterlassen.«

Jedes seiner Worte traf Cassia wie ein Peitschenhieb. Sie schlang ihre Arme um ihren blutigen Oberkörper und sah so verloren und hoffnungslos aus, dass es mir das Herz zerriss.

»Hör auf, Tristan«, forderte Ari entsetzt. Ihre Einmischung sorgte dafür, dass nun auch noch der letzte Anwesende Notiz von dieser äußerst unerfreulichen Entwicklung nahm.

Tristan schüttelte den Kopf. Er ließ Cassia stehen und ging zu den Kisten und meiner leeren Hülle.

»Ist euch klar, was das bedeutet?«, fragte er die Hochzeitsgesellschaft, als müsste er sein Verhalten rechtfertigen. »Das bedeutet, dass Bel den Verstand verloren hat.«

Gott, ich hatte ihn für klüger gehalten. Und für loyaler. Zumindest, was seine Familie betraf. Er lieferte Cassia regelrecht aus. Sie stand kaum ein paar Schritt von Ianus entfernt. Völlig schutzlos.

»Ich bin raus aus der Nummer. Wenn Bel da draußen rumläuft, mit dem einzigen Ziel, Cassia zu besitzen, haben wir ein echtes Problem. Er ist förmlich besessen von ihr und hat offenbar jeden Bezug zur Realität verloren. *Ich* werde mich ihm ganz bestimmt nicht in den Weg stellen.«

Dieser feige Bastard! Wenn ich ihn in die Finger bekam …

Lucian zog seinen Aziam und blitzte ihn zornig an. »Wir sind bestens ohne dich klargekommen, als alle dich für tot gehalten haben. Verschwinde, bevor ich diesen Irrtum korrigiere.«

Tristan schnaubte, schien aber kein Interesse daran zu haben, sich mit seinem alten Rivalen anzulegen. Er wollte nur eines. Weg. Mit einem herablassenden Augenrollen trat er den Rückzug zum Portal an.

»Niemand von euch hat es je wirklich mit Bel zu tun gehabt«, schimpfte er im Gehen. »Niemand von euch weiß, wie mächtig er tatsächlich ist. Ihr hattet Angst vor Mara? Wenn Bel seinen letzten Funken Verstand verloren hat, werdet ihr wahre Angst erst jetzt kennenlernen. Tut euch einen Gefallen und liefert ihm Cassia aus. Vielleicht, nur vielleicht, entgeht ihr so einer größeren Katastrophe.«

Mit diesem Ratschlag tippte er sich an die Stirn und öffnete die Portaltür.

»Ich muss dir widersprechen, Hexer, den ich nicht kenne«, schaltete sich Ianus ein.

Frustriert stöhnte ich auf. War ja klar, dass er sich diese Bilderbuchvorlage nicht entgehen ließ.

»Ich hatte es sehr wohl schon mit Bel zu tun, und ich bin durchaus in der Lage, ihm Paroli zu bieten«, verkündete er selbstgefällig. »Ja, der Hexer hat recht. Bel ist eine Gefahr für uns alle. Aber mit mir an eurer Spitze wird er sich nicht trauen, anzugreifen. Ich bin nicht schwach wie Melisande. Oder unsere Brachion. Oder der Kommandant unserer Garde. Ich würde nicht aus falscher Loyalität heraus zögern, nur weil auch mir lieber wäre, Bel hätte die Grenze zum Wahnsinn nicht überschritten. Nein, als euer Ratsoberhaupt würde ich alles tun, was nötig ist, um die Liga zu schützen. Ich werde dafür sorgen, dass Bel nie wieder zurückkehrt!«

Die Brillanz, mit der Ianus die Situation zu seinen Gunsten wendete, rang mir eine gewisse Anerkennung ab. Viel besorgniserregender fand ich jedoch, dass ihn ein beiläufiger Schritt ganz unbemerkt näher an Cassia herangebracht hatte.

Tristan drehte sich um. In seinen grauen Augen funkelte Spott. Ihm schien sehr bewusst zu sein, was Ianus da gerade tat. Nur warum lieferte er ihm dann auch noch Zündstoff?!

»Bevor ihr Ianus zu eurem neuen Oberhaupt kürt, solltet ihr vielleicht den morgigen Tag abwarten«, riet er den versammelten Dämonen. »Ich kann mir nicht vorstellen, dass Bel sein Duell mit diesem Wichtigtuer verpassen will. Und wenn er ihn erst in der Arena zu Staub zermahlen hat, wird er sich jeden von euch vorknöpfen, der ihm in den Rücken gefallen ist.«

Sehr gut! Hätte ich Hände gehabt, hätte ich Tristan für all die geschockten Gesichter applaudiert, die ihn nun panisch anstarrten.

»Guter Einwand«, lobte Ianus ihn mit einer unerträglich hoheitsvollen Gefasstheit. Er konnte sie sich leisten. Schließlich wusste er, dass ich zum Duell nicht erscheinen würde. »Ich schätze Besonnenheit. Warten wir also mit allen Entscheidungen darauf, was der morgige Tag bringt.«

Respekt und Bewunderung schlugen ihm dafür entgegen und er schien sich förmlich darin zu sonnen – bis er sich plötzlich Cassia zuwandte.

»Aber du, schöne Sterbliche, hast vielleicht nicht mehr so viel Zeit. Deshalb höre mein Angebot«, schnurrte er samtweich und tat einen weiteren Schritt in ihre Richtung. »Ich kann dich vor Bel schützen. Ja, wir hatten unsere Differenzen, aber ist eine Zukunft als meine Gezeichnete wirklich so viel schlimmer als eine Ewigkeit in einem Seelendolch?«

Cassia spannte sich an. Ihr Blick flackerte. Sie hasste Ianus, doch nichts machte ihr mehr Angst, als wieder in dem Dolch gefangen zu sein. Ihre Zerrissenheit war offensichtlich.

»Tu das nicht!«, rief Ari ihr zu, aber Cassia reagierte nicht. Zu meinem Entsetzen blieb sie einfach stehen. Sie erwog doch nicht ernsthaft ...?

»Ich bin der Einzige, der dich wirklich vor Bel beschützen kann«, redete Ianus weiter auf sie ein. Er hatte eine Chance gewittert, spürte ihre Hilflosigkeit und verbiss sich darin wie ein Bullterrier. Ein Bullterrier mit sanfter Stimme, einlullenden Worten und dem süßen Angebot eines Auswegs. Er kam noch einen Schritt auf sie zu. Jetzt stand Cassia so nah vor mir, dass ich glaubte, sie berühren zu können.

»Lass uns unsere Vergangenheit vergessen«, säuselte Ianus. »Ich werde dir schwören, keine Rache zu üben für deine vergangenen Dreistigkeiten.«

Tristans trockenes Lachen unterbrach ihn.

»Wenn ihr das zulasst, seid ihr sogar noch dümmer, als ihr ausseht!«, warf er den Gästen vor. »Bel wird ausrasten. Ich rate euch dringend, liefert Cassia an ihn aus, bevor ihr ihn *so richtig* wütend macht.«

Obwohl ich nur an Ianus' Hals hing, spürte ich dennoch, wie seine Geduld mit Tristan sich dem Ende zuneigte.

»An Bel ausliefern?«, knurrte er höhnisch. »Mit *ihr* hätten wir Bel in der Hand. Mit *ihr* können wir Bel kontrollieren.«

Das klang schon eher nach dem Ianus, den ich kannte. Er begann, sein wahres Gesicht zu zeigen. Einerseits war das großartig, andererseits wurde er dadurch brandgefährlich.

Genau diesen Moment wählte Cassia, um ihre Wahl zu treffen. Sie straffte die Schultern und sah Ianus mit aller Verachtung an, die sie aufbringen konnte.

»Ich würde lieber für alle Zeiten in einem Seelendolch feststecken, als einem charakterlosen, geisteskranken Massenmörder wie dir dienen zu müssen.«

Überragende Antwort – mieses Timing.

Ianus' Hand schnellte vor und packte Cassias Kehle.

»Vorsicht, kleine Aurora«, zischte er ihr ins Ohr. »Glaubst du etwa, ich würde dich nicht töten, nur weil ein paar deiner vermeintlichen Freunde herumstehen?«

»Vorsicht, Ianus«, krächzte sie unerschrocken. »Glaubst du etwa, ich würde dich so nah an mich ranlassen ohne einen guten Grund?«

Die Hexenringe um ihre dunkelblauen Iriden entbrannten in gerechtem Zorn. Plötzlich versperrte mir ihre Hand die Sicht. Ich sah nur das Flackern grüner Flammen, hörte Ianus' Brüllen. Die Welt überschlug sich, der Boden raste auf mich zu und dann zersprang mein Gefängnis in tausend Splitter.

Der Tod steht über allem

Schwarze Schatten stoben auf und verdunkelten den rot glühenden Sonnenuntergang. Die Luft vibrierte unter dem schweren, süßen, zornigen Geruch von Granatapfel und Schokolade. Feuer loderten auf. Überall. Kerzen, Lampen, Laternen, selbst die Deko und die Champagnergläser standen in Flammen.

»Du kleines Miststück«!«

Ianus schlug zornig gegen den blau schimmernden Schutzschild, der sich um mich herum gebildet hatte. In seinen Augen blitzte das brutale Versprechen von Schmerz und Vergeltung.

Auf meinen Lippen lag ein Lächeln.

Ohne jede Eile trat ich ein paar Schritte zurück, um Platz zu machen für den zweifellos großen Auftritt, der gleich folgen würde.

Wirbelnde Macht verdichtete sich vor dem Altar. Dort, wo die verkohlte Hülle lag, die man achtlos auf den Boden geworfen hatte. Knisternd strömte die dunkle Energie in den Körper hinein. Er erhob sich. Muskeln heilten, Gewebe regenerierte, Haut wuchs und Stoff webte sich neu.

Und dann stand Bel inmitten des brennenden Schlosshofs. Der echte Bel.

Der Bel, der sich richtig anfühlte.

Der Bel, dem mein Herz gehörte.

Er sah an sich herunter und schnitt eine tadelnde Grimasse. »Als ob ich jemals so etwas tragen würde.«

Mit einem beiläufigen Kopfschütteln zupfte er am Revers seines grauen Anzugs, der sich prompt in einen makellosen schwarzen Smoking verwandelte. Völlig unbeeindruckt von den schockierten Mienen der anderen oder der apokalyptischen Stimmung richtete er seine Manschetten. Dann traf mich sein türkiser Blick.

Tristans Schutzschild verglühte. Ich brauchte ihn nicht mehr. Jetzt war Bel da und würde nicht zulassen, dass mir ein Leid zustieß.

Er blickte mich an, als gäbe es nur ihn und mich.

Er kam auf mich zu, als wäre nichts anderes von Belang.

Er lächelte, als würde nun alles gut werden.

Was für ein süßer Trugschluss.

»Nehmt ihn fest!«, forderte Ianus mit barscher Stimme.

Bels Lächeln gefror. Er wandte sich zu Ianus um und die versammelte Gesellschaft schien den Atem anzuhalten.

»Deine Lügen mögen funktioniert haben, als ich gefangen war«, sagte er gefährlich leise. »Aber jetzt habe ich ein Wörtchen mitzureden.«

»Nach allem, was du getan hast, wird dir keiner zuhören«, zischte Ianus.

Bels Augen wurden schwarz wie die Nacht. »Ich hatte noch nie Probleme damit, mir Gehör zu verschaffen.«

Er entfesselte seine Macht. Seine ganze Macht.

Mir stockte der Atem. Jetzt erst wurde mir bewusst, wie gewaltig die Kraft war, über die er gebot.

Ianus konterte. Getrocknetes Blut und kalter Rauch prallten auf Granatapfel und dunkle Schokolade. Ein Sturm brach los. Alle Flammen züngelten höher. Tische und Stühle kippten um. Gläser flogen durch die Luft. Unter den Sterblichen machte sich Panik breit. Wer sich nicht selbst schützen konnte, brachte sich in Sicherheit. Nur ich stand auf einem winzig kleinen friedlichen Fleckchen Erde, durch das nicht mal ein Windhauch wehte. Bels Macht hatte es für mich erschaffen.

»Es reicht!«, rief plötzlich eine herrische Stimme. Sie gehörte Nemides. Lucians Vater stellte sich demonstrativ hinter Ianus. »Wir alle haben die Beweise für deine Verbrechen gesehen. Mach es nicht noch schlimmer, Bel!«

Auch Yantis, Apoll und einige andere Dämonen eilten Ianus zu Hilfe. Sie vereinten ihre Kräfte und versuchten, Bel mit roher Gewalt in seine Schranken zu weisen.

Er hielt stand. Noch. Aber der Ansturm von derart vielen Widersachern drängte ihn Stück für Stück rückwärts.

Endlich erwachte ich aus meiner Schockstarre.

»Bel hat nichts getan«, brüllte ich, so laut ich konnte. Hatten sie denn noch immer nicht begriffen, dass das alles ein abgekartetes Spiel war?! »Ianus hatte seine Hülle in Besitz genommen. Bel ist unschuldig.«

Trotz der tosenden Energien verstanden mich die Dämonen sehr gut.

»Zuerst sagst du, er war es«, keifte Apoll, »und jetzt wieder nicht. Langsam zweifle ich an deinem Geisteszustand, Menschenmädchen.«

Bel knurrte. »Sie sagt die Wahrheit.«

»Elias! Die Garde soll Belial festnehmen!«, befahl Nemides seinem Sohn. »Du selbst hast die Beweise gefunden.«

»Platzierte Beweise«, hielt Ari dagegen. Sie trat an Bels Seite und verwob ihre Macht mit seiner. Eine tödliche Prima in einem weißen Brautkleid. Ihr Bräutigam folgte.

Ebenso Melisande und Elias, dessen Garde sich nicht vom Fleck rührte.

»Du hast nichts mehr zu entscheiden«, teilte der Kommandant seinem Vater frostig mit.

»Seht ihr?«, rief Ianus. »Seht ihr, wie Bel versucht, die Liga zu spalten? Er hat immer nur sein eigenes Wohl im Sinn. Je schwächer unser Zusammenhalt ist, desto stärker wird er.«

Doch Elias' Einschreiten schien Zweifel unter Ianus' Verbündeten zu säen. Anscheinend hatte es Gewicht, dass der pflichtbewusste Kommandant Partei ergriff.

»Dieser Krieg ist nicht unserer«, schrie Yantis. »Bels Aussage steht gegen die von Ianus.«

Andere schlossen sich ihr an und dann rief jemand die Worte, die mein Herz vor Angst aussetzen ließen.

»Das Duell soll entscheiden. Ruft die Ältesten!«

Ehe ich wusste, was geschah oder wer die Initiative ergriffen hatte, gab es inmitten der verfeindeten Fronten zwei Explosionen aus schwarzem Licht, in denen Timeon und Grya erschienen.

Sein Blick war kalt wie Eis, ihrer brannte vor mühsam beherrschter Empörung.

»Ich bin *nicht* euer Zimmermädchen, nach dem ihr klingeln könnt, wenn es euch passt!«, fauchte sie.

Ihre unermessliche Rosengarten-Macht kannte keine Kompromisse. Sie fegte durch den Schlosshof. Alle Feuer erloschen, jede andere dämonische Energie erstickte und unter dem finsteren Wolkenhimmel breitete sich schließlich Totenstille aus.

Grya schnalzte zufrieden mit der Zunge. Dann erst ließ sie sich dazu herab, die Situation näher in Augenschein zu nehmen.

»Was für eine armselige Hochzeit«, befand sie schließlich und rümpfte die Nase. »Kein Wunder, dass ihr uns gerufen habt, um das Duell nun doch vorzuziehen.«

Lucian packte Ari am Arm, um sie davon abzuhalten, Grya an die Gurgel zu gehen. Ansonsten rührte sich niemand. Auch nicht Bel und Ianus, deren Blicke ineinander verschlungen waren, als könnten sie sich damit gegenseitig erwürgen.

»Was sagst du dazu, Timeon?«, erkundigte sich Grya mit einem kaltblütigen Lächeln. »Vielleicht wird der Abend doch noch inspirierender als erwartet. Schließlich schadet ein bisschen Blutvergießen nie, um die Stimmung zu heben.« In ihrer Hand erschien eine pechschwarze, glänzende Kugel, die sie voller Stolz betrachtete. »Und wie es das Schicksal so will, habe ich mein Meisterwerk bereits vollendet.«

»Halt!« Ich marschierte auf die Ältesten zu. Jeder meiner Überlebensinstinkte versuchte, mich davon abzuhalten. Die Angst, Bel zu verlieren, war jedoch größer.

Nicht, Cassia! Geh bitte zurück zu Tristan, ertönte seine Stimme in meinen Gedanken.

Vergiss es, konterte ich grimmig. *Ich werde das nicht zulassen.*

Entschlossen baute ich mich vor Timeon auf und ignorierte, dass mein Körper mit panischem Zittern auf seine uralte Existenz reagierte.

»Du hast mir dein Wort gegeben, dass ich Bel retten kann. Ich tu's. Ich schenke ihm meine Seele, nur beende das hier.«

In Timeons Augen glitzerte unbarmherziger Gleichmut.

»Du bist zu spät, Menschen-Mädchen. Mein Angebot wurde hinfällig, als Belial Ianus gefordert hat. Wer nach einem Duell auf den Stillen Wassern verlangt, beruft den Tod zum Richter. Und der Tod steht über allem – selbst über mir.«

Grya warf die schwarze Kugel in die Mitte des Schlosshofs. Sie platzte auf und eine zähe, schwarz glänzende Flüssigkeit quoll heraus. Wie Teer. Es brodelte und blubberte und wollte gar nicht mehr aufhören. Schnell bildete sich eine immer größer werdende Lache. Sie hatte schon fast meine Zehen erreicht, da zog mich Bel zur Seite, an seine Brust, in seine Arme. Gleichzeitig drängte er mich zurück. Weg von der dunklen Flüssigkeit. Ich spürte, dass ihm die Zeit davonlief.

»Lass mich das tun«, raunte er mir ins Ohr. »Ianus muss aufgehalten werden.«

Verzweifelt hielt ich ihn fest, sog seine Wärme in mich auf, seine Stärke, seinen Herzschlag. Ich liebte diesen Mann. Das musste er unbedingt erfahren, bevor ...

»Bel, ich –«

Mein Gesicht lag plötzlich in seinen zärtlichen Händen und ich ertrank in türkisen Augen. »Ich weiß, Cassia. Ich war da. Ich habe jedes Wort gehört. Damit hast du mir mehr als genug Gründe geliefert, überleben zu wollen.«

Sein Lächeln überwältigte mich. Ein Lächeln mit diesen verdammten Grübchen und einer Selbstsicherheit, die keine Zweifel erlaubte. Doch als er meine bebenden Lippen mit seinen verschloss, fühlte ich nichts mehr von dieser Selbstsicherheit. Bel küsste mich so verzweifelt, dass es mir den Atem raubte. Er küsste mich, als wäre es das erste Mal. Und das letzte Mal.

Fremde Hände zerrten energisch an mir, trennten mich von Bel – genau in dem Moment, als die schwarze Flüssigkeit gegen eine unsichtbare Barriere zwischen uns schwappte.

Entsetzt starrte ich die riesige magische Kuppel an, die sich nun über einem knietiefen See aus spiegelnder Schwärze erhob.

»Eine Forderung wurde ausgesprochen und akzeptiert«, rief Grya erhaben. »Das Schicksal wird entscheiden, wer meine Arena lebend verlassen darf.«

In diesem Moment änderte jedes Kleidungsstück im Schlosshof die Farbe. Selbst meines.

Dann war ich umgeben von blutigem Rot.

Die Arena macht die Regeln

Ich hätte nie gedacht, dass ich einmal der Grund sein würde, aus dem die Liga Rot trug. Und doch stand ich nun bis zu den Knien in den provisorischen Stillen Wassern meiner Mutter, die sich mit brennender Kälte durch meine Macht fraßen. Mir blieb genug Energie übrig, um meine Hülle funktionsfähig zu halten. Vielleicht würde ich sogar ein paar Mal meine Verletzungen heilen können. Aber ich musste vorsichtig sein, denn seit Neuestem trug ich etwas in mir, das mir hier und heute noch gefährlicher werden könnte als Ianus. Falls ich darüber die Kontrolle verlor, hatte ich wirklich ein Problem. Ich durfte mir also jetzt keine Ablenkung erlauben.

So schwer es mir auch fiel, blendete ich Cassia deshalb aus und konzentrierte mich auf meinen Gegner.

Ianus stand am anderen Ende der Arena und wirkte gelassen. Zu gelassen für jemanden, der sehr genau wusste, dass ich ihm in allen erdenklichen Kampftechniken haushoch überlegen war – zumindest, wenn man rohe Brutalität nicht dazu zählte. Irgendwas war hier im Busch.

Mit einem überheblichen Grinsen zog er sein Jackett aus. Ich tat es ihm gleich und warf meine Smokingjacke achtlos beiseite. Es war ein Zeichen von Respekt, sich mit freiem Rücken zu begegnen, sodass jeder das Primus-Symbol des anderen sehen konnte. Ianus verdiente meinen Respekt nicht, aber ich hatte nicht vor, mich durch eine Missachtung der

Traditionen noch unbeliebter zu machen. Also öffnete ich meine Fliege und knöpfte mein Hemd auf. Mühselig, wenn man nicht über genug Macht verfügte, das mit einem Gedanken zu erledigen.

Als Ianus seinen Oberkörper entblößte, ging ein schockiertes Raunen durch die Menge.

Ich erstarrte. Seine sehnige Hülle war über und über mit dunklen Runen bedeckt. Es waren dieselben, die Grim trug. Magische Symbole, um den Körper zu schützen und die Lebenskraft zu regenerieren. Eigentlich ein lächerlicher, unbedeutender kleiner Zauber, den ein Dämon normalerweise mit einem Fingerschnippen aushebeln konnte. Aber hier in der Arena war selbst mein Fingerschnippen nur ein Fingerschnippen, während die Stillen Wasser auf Hexenmagie keinerlei Auswirkungen hatten. Das machte diese Runen zu einer fast unüberwindbaren Rüstung.

»Dachtest du wirklich, ich hätte nur *einen* Plan?«, erkundigte sich Ianus hämisch, während außerhalb der Arena Unruhe ausbrach.

»Das ist gegen die Regeln«, hörte ich Lucian brüllen. »Die Stillen Wasser sollen für einen fairen Zweikampf sorgen. Und das da ist ganz bestimmt nicht fair!«

Ianus straffte die Schultern und verkündete laut: »Belial hätte dieselben Maßnahmen ergreifen können. Es ist nicht meine Schuld, dass er es nicht getan hat.«

Hätte ich gewusst, dass so etwas möglich ist, hätte ich das wohl auch getan. Normalerweise konnte eine derartige Magie nämlich nicht auf die Hülle eines Dämons angewendet werden. Normalerweise. Aber ich schätzte, dieses kleine Upgrade hatte Ianus ebenfalls seinen neuen Freunden aus dem Uroboros-Zirkel zu verdanken.

»Nachdem eine Forderung gehört und akzeptiert wurde, entscheidet nur noch das Schicksal«, stellte Grya mitleidlos fest. Sie kam über das schwarz glänzende Wasser geschwebt, als wäre es ein Tanzparkett. Ihre rote Robe folgte ihr leise flatternd und in ihren Händen erschienen Aziam. »Was die Arena zulässt, ist legitim. So will es das Gesetz.«

Ungerührt hielt sie uns die Klingen hin und mir blieb keine andere Wahl, als mich dieser neuen Herausforderung zu fügen. Wäre sonst ja auch langweilig geworden.

Als sich meine Finger um das Heft der tödlichen Klinge schlossen, kroch ein Flüstern von Sterblichkeit über meinen Nacken. Es war nicht das erste Mal, dass ich einen Aziam in der Hand hielt, aber heute fühlte es sich anders an. Heute hielt ich den Tod in Händen. Den von Ianus oder meinen eigenen. Das würde sich gleich herausstellen.

Ich hob meinen Blick und starrte in Augen so schwarz wie die Stillen Wasser, in denen wir standen.

»Bereit für dein Ende?«, erkundigte sich Ianus leise.

Das war mir keine Antwort wert. Ich griff an. Schnell, geschmeidig, gnadenlos. Meine Klinge beschrieb einen Bogen und schnitt durch seine Kehle, ehe Ianus wusste, wie ihm geschah. Er fasste sich erschrocken an den Hals. Aber da war nichts. Nicht mal ein Tropfen Blut. Die Runen waren kurz aufgeglüht und hatten das rasiermesserscharfe Metall einfach an seiner Haut abgleiten lassen.

Okay, das würde tatsächlich so kompliziert werden wie angenommen.

Ianus' Gesicht verzog sich zu einer triumphierenden Fratze und dann gab es kein Halten mehr. Er stieß ein wütendes Brüllen aus und hieb mit seinem Aziam auf mich ein, als wäre es ein Hackmesser. Ich parierte, duckte mich, wich aus, aber die zähe Brühe, durch die ich waten musste, machte mich langsam. Eher aus Zufall als aus Können erwischte Ianus mich an der Schulter. Die Klinge schnitt mir tief ins Fleisch und in meine Essenz. Ich zischte auf und brachte mich auf Abstand. Schmerz war ich ja gewöhnt, nicht aber das lähmende Gefühl, die Wunde nicht heilen zu können.

»Das war dafür, dass du meinen Kaiserpalast zerstört hast«, keifte Ianus und stürzte sich erneut auf mich.

Ich verdrehte die Augen und stoppte ihn mit einem Tritt gegen die Brust. So fest, dass er rückwärts ins Wasser flog. »Warum so bescheiden? Schließlich hab ich deine ganze gottverfluchte Stadt abgefackelt.«

Ianus knurrte, kämpfte sich aus der schwarzen Brühe und schon fand ich mich in einem neuen Ansturm ziemlich uninspirierender Hiebe wieder. Als würde man mit einer Amok laufenden Bahnschranke fechten.

»Bescheidenheit kann ein scharfes Schwert sein«, knurrte er mich an, während unsere Aziam Funken sprühend aufeinanderprallten.

»Schwachsinn«, konterte ich abfällig. »Bescheidenheit ist die Mutter der Niederlage.«

Wie zum Beweis landete ich eine Reihe von Treffern. An seinem Bein, seiner Brust, dem Schulterblatt. Immer wieder glühten die grünen Runen auf. Immer wieder trug er keinerlei Verletzungen von sich. Wenig überraschend, aber darum ging es mir gar nicht. Ich testete, wie viel seine kleine Magie-Rüstung aushielt.

»Apropos Niederlage ...«, witzelte ich. »Wann gestehst du dir die deine endlich ein?«

Reine Provokation, immerhin war Ianus meilenweit von einer Niederlage entfernt. Die Antwort bestand aus einem mörderischen Schlag, der meinen Kopf spalten sollte. Ich fing ihn mit meinem Aziam ab. Die Wucht des Aufpralls ließ meinen Arm zittern. Mist. Ich spuckte hier große Töne, während mir die Zeit davonlief. Mit jeder Minute, die ich länger in dieser ekelhaften Suppe stand, schwanden meine Kräfte. Gleichzeitig schien Ianus den kniehohen Stillen Wassern gegenüber völlig unempfindlich zu sein. Nach einem zweitausendjährigen Vollbad wohl nicht verwunderlich. Ich musste dem Ganzen zügig ein Ende bereiten, bevor ich an meine Grenzen kam.

Bei seiner nächsten Attacke packte ich ihn bei den Schultern und rammte mein Knie in seinen Magen. Das holte ihn zwar nicht noch einmal von den Beinen, sorgte aber dafür, dass er torkelte und Blut spuckte. Ich grinste, weil das meinen Verdacht bestätigte: Die Runen schützten ihn nur vor meinem Aziam. Gut, dann würde ich ihn eben totprügeln.

Ich deutete rechts einen Haken an, schlug aber links zu und brach ihm mit dem Knauf meines Aziams die Nase. Dafür grub sich Ianus' Klinge tief in meinen Oberschenkel.

»Das war für Rom«, zischte er. »Meine wunderschöne Stadt, an deren Vernichtung selbst du gescheitert bist. Glaub mir, ich werde jeden Stein finden und sie wieder aufbauen.«

Unter Schmerzen lachte ich. »Dann trag lieber Handschuhe. Ich hab nämlich so ziemlich auf jeden deiner heiß geliebten Steine draufgepisst.«

Ianus' überhebliches Gesicht gefror zu einer Fratze.

»Du dreckiger Sohn einer räudigen Hündin!«, presste er aus den Tiefen seiner Kehle hervor.

Jetzt brach ich vollends in Gelächter aus. Vergnügt rief ich über die Schulter. »Der galt wohl dir, Mutter.«

»Tu es!«, brüllte Ianus.

In diesem Moment ging ein Ruck durch meinen Körper.

Ein hohes Sirren erfüllte meine Sinne. Sengend heiße Schmerzen strömten von innen heraus durch meine Glieder. Meine Muskeln wurden schwer wie Blei und jede Bewegung kostete mich dreifach so viel Mühe wie zuvor. Scheiße! Das fühlte sich nach Hexenmagie an. Natürlich. Ianus und Sotírios hatten ausreichend Zeit gehabt, um sich an meiner Hülle zu schaffen zu machen. Runen. Siegel. Irgendwas hatten sie in meinem Körper verwoben. Und ich war dumm genug gewesen, das nicht vorher zu kontrollieren.

»Betrug!«, rief jemand. Aber weder meine Mutter noch Timeon griffen ein. Was die Arena zuließ, war legitim. Und die Arena dachte gar nicht daran, die fremde Hexenmagie zu blockieren.

Ianus' Faust krachte mir ins Gesicht. Ich hatte seinen Schlag nicht einmal kommen sehen, verlor das Gleichgewicht und fiel. Schwarzes Wasser schwappte über mir zusammen. Ich wollte aufspringen, doch Ianus trat so fest zu, dass meine Rippen brachen und mir die Luft aus den Lungen wich. Dann zerrte er mich auf die Knie. Ich konnte meinen Aziam nicht mehr halten. Vielleicht hatte Ianus mich entwaffnet, vielleicht hatte ich ihn fallen gelassen. Ich wusste es nicht. Seine verzerrte Fratze tauchte vor mir auf.

»Wie ist es, seinem Tod ins Auge zu sehen?«, fragte er boshaft und voll rachsüchtigem Wahnsinn.

Es war beängstigend.

Alle Vorsätze, mit Stil zu sterben, wenn es denn so weit kommen sollte, waren wie weggefegt. Jetzt fühlte ich nur Angst. Einsame lähmende blanke Angst, die ich nicht einmal vor meinem Erzfeind verstecken konnte.

Ianus lächelte. »Genieß es«, raunte er mir fast liebevoll zu. »Es wird *nicht* schnell vorbei sein.«

Blutrote Stimmung

Blutrot. Ich presste Luft in meine Lungen. Meine Hände waren eiskalt. Meine Knie zitterten. Blutrote Schreie hallten durch meinen Kopf. Mit aller Gewalt drängte ich sie zurück und taumelte rückwärts. Weg vom Rand der Arena. Bel sollte mich so nicht sehen. Er durfte sich keine Sorgen um mich machen. Er musste kämpfen. Um sein Leben kämpfen. Und ich … ich brauchte nur einen kurzen Moment. Um die Realität zu finden in diesem Meer von blutroten Gewändern. Überall. Blutrot wie die Schreie, die an meinen Sinnen zerrten. Ich drängte sie zurück und starrte auf den Boden. Konzentrierte mich auf meine Atmung und die Kampfgeräusche. Klingen, die scheppernd aufeinanderprallten. Schwappendes Wasser. Ianus' Stimme. Bels Stimme. Es klang ermutigend. Bel machte Witze. Ianus wurde wütend. Das war gut, oder?

Doch dann ging ein Aufschrei durch die Menge. Angst ergriff von mir Besitz – schlimmer als alles, was mich in meinen Gedanken in Schach hielt. Angst, die sich direkt in mein Herz bohrte und es zum Stehen brachte. In diesem Augenblick verstummten meine Erinnerungen. Das Rot verlor jede Bedeutung. Ein viel größerer Schrecken hatte seinen Platz eingenommen.

Ich schaute auf und … sah Bel fallen. Ich spürte, wie die Welt den Atem anhielt. Ich spürte seine Angst so deutlich wie meine eigene. Ich spürte den Schatten seines Todes.

Der Mann, den ich liebte, kniete vor dem Mann, den ich hasste. Aber Ianus stieß nicht zu. Er genoss die Unterlegenheit seines Gegners, umrundete ihn, verhöhnte ihn, ließ beide Aziam immer wieder durch Bels Haut gleiten. Er spielte mit ihm.

»Betrug!«, hörte ich jemanden brüllen.

»Die Arena macht die Regeln«, erwiderte jemand anderes.

»Aber nicht hier draußen!« Das war Ari.

»Findet ihn!«, verlangte Elias. Die Unruhe brach aus. Die roten Reihen der Primus gerieten in Bewegung. Doch Gryas schneidende Stimme ließ den Schlosshof erzittern.

»Niemand wendet die Augen ab!«, fauchte sie. »Wer meinem Sohn im Angesicht des Todes den gebührenden Respekt verwehrt, den fordere ich persönlich heraus.«

Das war nicht nur ein Befehl. Ihre Macht zwang die Zuschauenden, auf ihren Plätzen zu verharren. Was für eine kranke Art von Mutterliebe!

Meine Gedanken rasten. Wovon hatten die anderen gesprochen? Ianus betrog? Aber wie? Durch diese Runen? Ich kannte die schützenden Symbole, die auf seinem Körper prangten. Von Grim und aus meinen Erinnerungen. Doch das erklärte nicht, wieso Bel sich nicht verteidigte? Ja, er war verletzt, aber nichts davon hätte ihm derart zusetzen dürfen. Er litt Schmerzen. Schmerzen, die nichts mit Blut und Klingen oder den Stillen Wassern zu tun hatten. Da fiel es mir wie Schuppen von den Augen.

Auch von Bel ging Hexenmagie aus. Aus seinem Inneren …

Dieser Erkenntnis folgte unbändige Wut, die sich mit meiner blanken Angst verwob. Ianus hatte Bels Hülle sabotiert. Er bekam Hilfe von außen. Nicht-dämonische Hilfe.

Hastig sah ich mich um. Abseits der blutroten Zuschauermenge durchstreiften vereinzelte Gestalten das Schloss. Phalanx-Jäger. Sie suchten etwas. Natürlich! Was auch immer Bel so zusetzte, es brauchte einen Anker. Wahrscheinlich sogar eine lebende Quelle. Einen Hexenmeister. Wenn sie ihn nicht fanden, bevor Ianus seiner Spielchen überdrüssig wurde ...

»Das ist für Ägypten!«, schallte dessen triumphierendes Gebrüll durch die Arena. Gleichzeitig trieb er Bel seinen Aziam durch die Schulter. Dunkles Blut quoll aus der Wunde und Bels Essenz glühte auf.

Ich ballte die Hände zu Fäusten. Grya konnte mich mal. Ihre Macht mochte ja in der Lage sein, alle anderen dazu zu zwingen, Bel beim Sterben zuzusehen – aber nicht mich. Und wenn ich Ianus selbst umbringen musste!

Ein wirrer Plan schälte sich aus meinen Gedanken. Ich drängte mich durch die Menge und fand Ari zwischen ihrem Gefährten und Elias stehen. Noch nie waren die Mienen der drei finsterer gewesen, noch nie besorgter. Jeder von ihnen schien handeln zu wollen und war doch durch Gryas Befehl zur Untätigkeit verdammt.

Ari?

Die blonde Prima fokussierte sich derart auf das Geschehen in der Arena, dass sie mich erst entdeckte, als ich zwischen sie und Lucian schlüpfte.

Ich brauche –

Sie unterbrach mich mit einem alarmierten Blick und schüttelte den Kopf. Dann zückte sie zu meiner Überraschung ihr Handy, tippte etwas ein und hielt es mir vor die Nase.

SIE KÖNNEN UNS HÖREN!

Ich musste nicht erst fragen, um zu wissen, wen sie meinte. Es ging um die Ältesten, die diesen Wahnsinn hier überhaupt erst zuließen. Ungeduldig nahm ich Ari das Handy ab und tippte mein Anliegen ein. Bis ich die Buchstaben zusammenhatte, dauerte es eine gefühlte Ewigkeit.

Leih mir mal deinen Aziam

Verdutzt schob Ari die Brauen zusammen und schrieb:

Was hast du vor?

In der Arena schrie Bel auf. Ianus hatte mit beiden Klingen zwei tiefe hässliche Schnitte auf dem Rücken seines Erzfeinds hinterlassen – quer durch dessen Primus-Symbol.

»Das war für meine Prismaportale vor Hokkaido!«

Ianus' hasserfülltes Lachen drang mir bis ins Mark. Bel lief die Zeit davon! Also schnappte ich mir erneut Aris Handy und hackte energisch auf das Display ein.

Kein Burgfräulein sein

Lucian, der unsere Nachrichten mitgelesen hatte, wechselte einen grimmigen Blick mit seiner Gefährtin. Beide wirkten ganz und gar nicht glücklich. Bel hatte ihnen meine Sicherheit anvertraut. Andrerseits starb ihr Freund gerade sehr langsam und qualvoll – und ich war die Einzige, die sich noch frei bewegen konnte.

Ari fluchte leise. Kurz darauf fühlte ich, wie sie mir etwas in die Hand drückte. Kaltes, tödliches Metall.

Das war ein Anfang. Ich nickte ihr zu und wollte mich gerade davonmachen, da packte Elias mich am Arm. In seinen ernsten Augen lag eine Warnung. Was auch immer ich vorhatte, niemand würde mir zu Hilfe eilen können.

Das war mir bewusst und es hielt mich nicht auf.

»Sorg dafür, dass keiner entkommt, wenn es vorbei ist«, flüsterte ich kaum hörbar. Dann riss ich mich los und rannte – weg von dem grausigen Schauspiel, weg von den Zuschauern, weg von dem schimmernden Licht der Barriere, das meine Sinne störte. Ich brauchte Abstand, eine klare Sicht, um zu finden, wonach ich suchte: vibrierende Luft, unscharfe Konturen, das sanfte Pulsieren von Energie. Ich suchte eine Illusion. Falls Ianus alles so gut geplant hatte, wie es den Anschein erweckte, war sein Hexenmeister sicherlich gut verborgen. Äußerst gut sogar, wenn man bedachte, dass keiner der ach so mächtigen Dämonen im Vorfeld etwas bemerkt hatte.

Ich wurde schneller fündig als erhofft. Dort oben, auf –

»Zu viel Blut für deine zarte Seele?« Ein Zischen in der Dunkelheit. »Und ich dachte, deine Zeit bei mir hätte dich abgehärtet.«

Die Gestalt, die sich aus dem Schatten eines Mauervorsprungs schälte, jagte mir einen eisigen Schauer über den Rücken. Ein blonder Jüngling mit einem bösartigen Grinsen. Apoll. Er trug noch immer seinen schwarzen Anzug, was bedeutete, dass er die Gesellschaft vor dem Duell verlassen hatte. Damit war er auch nicht von Gryas Macht beeinflusst. Das und der Seelendolch in seiner Hand waren eine ziemlich beunruhigende Kombination.

Panisch wich ich einen Schritt zurück. Apoll lachte leise. »Da muss ich wohl noch etwas nachhelfen.«

Er packte den Dolch fester. Doch wie aus dem Nichts warf sich eine zweite, dunkle Gestalt auf ihn. Ein kurzer, harter Kampf entbrannte, dessen geräuschlose Brutalität mich zutiefst schockierte. Kein Mensch hätte auch nur einen dieser Schläge überlebt. Es dauerte nicht länger als ein paar Sekunden, dann glomm blaues Licht auf und Apoll kippte mir vor die Füße.

Sein Gesicht war erstarrt, die Augen leer.

»Soll ich dich von einer Dummheit abhalten oder darf

ich mitmachen?«, fragte Tristan, während er den Seelendolch beiläufig in seinen Gürtel steckte und anschließend die Finger seiner Hand ausstreckte, um zu kontrollieren, ob etwas gebrochen war. Dabei wirkte er so gelassen, als würde er jeden Tag einen Dämon ausschalten. Etwas, das überhaupt nicht möglich sein dürfte.

»Wie hast du ...?«

Tristan zuckte mit den Schultern. »Er ist nicht tot. Ich hab ihn nur gebannt. Also? Verrätst du mir jetzt, was du vorhast?«

Was ich vorhatte? Das wusste ich selbst nicht so genau. Ich wusste nur, dass Apoll mich schon genug Zeit gekostet hatte. Wild entschlossen stiefelte ich an Tristan vorbei und brummte: »Bel retten.«

»Warte!« Eine resolute Hand hielt mich auf. Auf Tristans Zügen lag ein besorgter Ausdruck. »Falls du es auf den Hexer abgesehen hast, der Bels Hülle schwächt, wird das nicht so einfach. Der halbe Uroboros-Zirkel schleicht hier herum. Und dank der Jäger sind sie so reizbar wie ausgeräucherte Hornissen. Zwei habe ich schon kaltgestellt, aber es könnte jeder von ihnen sein.«

»Nur versteckt sich der halbe Uroboros-Zirkel nicht hinter einer von Ianus' Illusionen«, konterte ich unbeeindruckt.

Tristan begriff sofort. Die Sorge in seinen grauen Augen gefror und machte einem kaltblütigen Glitzern Platz.

»Wo?«, fragte er in einem Tonfall, bei dem sich mir die Nackenhaare aufstellten. Unter anderen Umständen hätte ich mit einer Antwort gezögert, denn Tristan ließ keinen Zweifel daran, dass ich gleich jemanden in einen grausamen Tod schicken würde. Aber es ging um Bels Leben. Und jeder, der es wagte, ihm ein Leid zuzufügen, hatte kein anderes Schicksal verdient.

»Auf der Südseite des Hofs. Die dritte Schießscharte links vom Turm.«

Normalsterbliche hätten wohl dem Drang nachgegeben hinzuschauen, doch Tristan schenkte mir nur ein kaltes Lächeln. »Ich übernehm das – wenn du mir ein bisschen Zeit verschaffst.«

Grimmig nickte ich. Oh, ich würde weit mehr tun als das. Dank Tristans Hilfe hatte mein Plan nun endlich Form angenommen.

»Warte auf mein Zeichen!«, wies ich ihn an und verstaute meinen Aziam kurzerhand in dem Strumpfband, das Lizzy allen Brautjungfern aufgeschwatzt hatte. Vor ein paar Stunden war mir noch schleierhaft gewesen, wozu das Teil gut sein sollte. Jetzt wusste ich es. Er hielt die Klinge hervorragend und war seit Neuestem genauso blutrot wie mein Kleid. Wie meine Stimmung.

Mit unergründlicher Miene verfolgte Tristan meine Vorkehrungen. Er fragte nicht noch einmal, was ich vorhatte, er belehrte mich nicht und mahnte auch nicht zur Vorsicht – als schien er genau zu wissen, dass nichts davon etwas geändert hätte. Trotzdem zögerte er.

»Es gibt da noch etwas, das du erfahren solltest«, gestand er leise. »Dein Blutfluch … Bel hat ihn in sich aufgenommen.«

Ich erstarrte. Mein Magen drehte sich um und wurde gleichzeitig zu einem zentnerschweren Eisklumpen.

»W-was?«

»Das war der einzige Weg. Er hat einen Teil seiner Essenz abgespalten, sodass der Blutfluch ihn nicht weiter beeinträchtigt. Aber in der Arena ist er sterblich. Wenn ihm dort die Kraft ausgeht, um diese Trennung aufrechtzuerhalten …«

... würde der Blutfluch von ihm Besitz ergreifen und dann ...

»... stirbt er auch ohne Ianus' Zutun«, murmelte ich entsetzt.

»Er wollte nicht, dass du je davon erfährst, aber unter diesen Umständen ...«

Entschlossener denn je funkelte ich Tristan an.

»Schaff mir diesen Hexer vom Hals!«

»Nichts lieber als das.«

Er verschwand in den Schatten der Burgmauer, während ich meinen Blick auf die Arena richtete.

Zeit, mich unterschätzen zu lassen.

Optionale Hinweiskataloge

»Was denn, Bel? Machst du schon schlapp?«

Ich hatte aufgehört, Ianus zuzuhören. Nicht, um ihm seine ekelhafte Genugtuung nicht zu gönnen – was ich nicht tat. Und auch nicht, um seinem großkotzigen Monolog zu entgehen – was von Anfang an eine gute Idee gewesen wäre. Nein, ich hörte ihm nicht länger zu, weil mir schlicht die Kraft dafür fehlte. Ianus' Demütigungen besaßen keine Bedeutung mehr und selbst meine Angst war zu einer vagen Ahnung verebbt. Ansonsten gab es nur noch Schmerz. Meine Essenz fühlte sich zerstückelt an. Geschunden. Gequält. Instabil. Nicht mehr lang und die Barriere, die ich um den Blutfluch in meinem Inneren errichtet hatte, würde ebenfalls fallen. Das war inzwischen das Einzige, woran ich noch denken konnte. Das Einzige, worauf ich noch hoffen konnte. Mir einen Rest Würde zu bewahren. Ich wollte als Belial sterben und nicht als eine von Blutmagie zersetzte, sich windende Kreatur.

Erneut fraß sich glühendes Metall in meine Essenz. Erneut zerrissen brennende Schmerzen meinen Verstand. Zu schreien hätte geholfen, aber ich hatte schon seit einer Weile das Atmen eingestellt, um Kraft zu sparen. Nur mein Herz ließ ich weiterschlagen. Es würde immer schlagen. Für das namenlose Mädchen mit Augen so tief und blau und wild wie das Meer.

»Das war dafür, dass du mit meiner Frau geschlafen hast!«

»Es war gar nicht seine Frau!«, brüllte jemand aus der Ferne, der verdächtig nach meiner Schwester klang.

Ein wütendes Knurren. Mein Kopf wurde an den Haaren zurückgezerrt. Eiskaltes Metall legte sich an meine Kehle.

»So endet es also«, flüsterte mir die gehässige Stimme des Todes ins Ohr – viel zu nah, um sie zu ignorieren. »Mit dir auf den Knien.«

Ja, so endete es. Und ich war bereit.

Ich schloss die Augen in dem Wissen, sie nie wieder zu öffnen. Eine einzelne Erinnerung stieg in meinen Gedanken auf. An einen kleinen kostbaren Moment, den Cassia mir in den Straßen von Rom geschenkt hatte. Ihr erstes Lächeln.

Was lässt dich annehmen, du wüsstest alles, nur weil du alt bist?, hatte sie mich damals gefragt.

Und sie hatte recht gehabt. Ich wusste nichts. Nicht, bis ich ihr begegnet war. Nicht, bis ich sie hatte lächeln sehen. Nicht, bis ich zu lieben begonnen hatte.

Ruhe senkte sich über meine schmerzerfüllte Essenz und eine unendliche Dankbarkeit erfüllte mich, weil Cassias Lächeln mir die Angst vor dem Ende nahm.

Und dann hörte ich ihre Stimme. Voller Zorn.

»Wage es nicht!«

Das boshafte Lachen des Todes zerrte mich zurück in die Welt der Schmerzen. »Na wer kommt denn da, um deinen Tod mit anzusehen? Die kleine Aurora ...«

Ein Donnern erfüllte die Arena. Grünes Licht drang durch meine geschlossenen Lider. Was tat sie da? Sie zögerte es nur heraus ... und mit jeder Minute, die verstrich ... wurde ich schwächer.

Die Klinge verschwand von meinem Hals und das ersehnte

Ende rückte in unerreichbare Ferne. Unweigerlich öffnete ich die Augen.

Cassia trug Blutrot. Wie eine Rachegöttin hatte sie sich am Rand der Arena aufgebaut. In ihren Händen brannten grüne Flammen, in ihrem Blick Kompromisslosigkeit. Wieder schleuderte sie ihr Hexenfeuer gegen die Kuppel über der Arena, die mühelos standhielt. Ein Duell auf den Stillen Wassern ließ keine fremde Einmischung zu. Eigentlich ...

»Nur Geduld«, spottete Ianus. »Du kommst auch noch dran, meine Schöne.«

Cassia lächelte.

»Worauf du dich verlassen kannst.«

Plötzlich setzte sie sich in Bewegung. Grundgütiger, was tat sie da?! Ohne zu zögern, marschierte sie auf die Schutzkuppel zu und durchschritt sie, als wäre sie nicht vorhanden. Cassia hatte die Arena betreten!

Das ... war nicht möglich, schoss es mir durch den Kopf. Ich glaubte sogar kurz, zu halluzinieren, bis plötzlich sehr reales, sehr heißes grünes Hexenfeuer über Ianus hereinbrach und Stück für Stück von mir wegdrängte. Da erst fiel es mir wieder ein: Cassia war dafür geboren, die Regeln zu brechen. Sie lebte noch, obwohl sie ein Mensch war. Sie gebot über Magie, obwohl sie ihr nicht gehörte. Sie watete durch die Stillen Wasser wie durch einen dreckigen Tümpel und setzte sich über die in Stein gemeißelten Traditionen der Liga hinweg, als wären sie bloß ein optionaler Hinweiskatalog.

Der Aufruhr, für den sie damit sorgte, war nicht weniger ohrenbetäubend als das Tosen von Cassias Hexenfeuer. Begleitet von den entrüsteten Rufen seiner Anhänger bombardierte sie Ianus regelrecht. Er torkelte, fiel in die schwarze

Brühe und zog sich doch jedes Mal wieder auf die Beine. Unversehrt. Lachend. Cassias Rage schien ihn köstlich zu amüsieren.

Sie musste hier raus! Es war unglaublich tapfer von ihr, mich retten zu wollen, aber Ianus würde sie umbringen. Trotz der Stillen Wasser war er nach wie vor ein Primus. Cassia hatte weder seiner Schnelligkeit noch seiner Stärke noch seiner Brutalität etwas entgegenzusetzen. Und ihre Magie allein würde nicht reichen, um ihn aufzuhalten. Nicht, solange er von seinen Runen geschützt wurde. Sie hatte sich ihm geradezu selbst auf dem Silbertablett präsentiert.

»Was die Arena zulässt, ist legitim! Das gilt für beide Seiten«, hörte ich Timeons unerbittliche Stimme durch die Arena schmettern. Damit zerstörte er auch meine letzte Hoffnung. Er würde nicht eingreifen. Er würde Cassia nicht retten.

Ich mobilisierte alles an Kraft, was ich übrig hatte, und versuchte, aufzustehen. Zwecklos. Es reichte nicht. Ich konnte gerade so den Blutfluch in Schach halten. Die Stillen Wasser blockierten meine Macht und Sotírios' Abschiedsgeschenk lähmte meine Hülle von innen. Hätte ich diesen verfluchten Hexenmeister doch nur an seinem Gold ersticken lassen!

Plötzlich tat es einen gewaltigen Knall. Eine schwarze Welle überspülte mich von hinten. Zwei Augenblicke danach zog Cassia mich in ihre Arme und mein Herz zerriss vor Freude und Angst. Ich spürte ihre Weichheit, ihre Wärme, ihre Sorge. Sanfte Hände umfassten mein Gesicht. Mit großen blauen Augen schien sie etwas darin zu suchen, das sie nicht fand.

Ich holte Luft. Für ein Wort.

»Geh … «

Sie starrte mich finster an. Dann flog ihr Blick über meine

Schulter und sie fluchte leise. Es war zu spät. Ianus kam. Sie musste aus der Arena raus. Sofort!

Aber Cassia blieb. Ein grüner Kokon wob sich um uns herum, während sie panisch auf ihrer Unterlippe herumkaute.

»Was ... tust ... du?« Nur mühsam brachte ich die Frage über die Lippen.

»Ich improvisiere«, murmelte sie fieberhaft. Offenbar hatte sie einen Plan gehabt, der nicht aufzugehen schien.

Ein Schlag ließ ihren Kokon aufglühen. Ianus war ganz und gar nicht erfreut, dass Cassia ihn ausgesperrt hatte.

»Ich will diesen herzallerliebsten Abschied zweier Liebenden ja nicht stören, aber ihr!« Er schlug abermals zu. Cassia zuckte zusammen. »Müsst!« Noch ein Schlag. »Jetzt!« Noch ein Schlag. »Leider!« Noch ein Schlag. »Sterben!«

Ianus rastete völlig aus. Lange würde Cassias Kokon nicht standhalten.

Ich stieß schwach meine Hand gegen ihr Knie. Mehr brachte ich nicht zustande. Aber Cassia hatte es gespürt. Ich versank in einem blauen Meer umrandet von Sonnenstrahlen aus langen dunklen Wimpern.

»Du musst ... gehen. Tu ... was ich ... nicht ... konnte«, bat ich sie verzweifelt. »Lass ... mich ... sterben ...«

Das blaue Meer füllte sich mit Tränen und Trotz. Ein Sturm brach darin aus. Cassia wollte nicht aufgeben. Sie hielt noch immer an etwas fest, das verloren war. Ich konnte ihre Verzweiflung bis in die Knochen spüren. Und ihre Verbissenheit.

»Ich verstehe es jetzt. Ich verstehe dich«, hauchte sie am Boden zerstört. »Ich ... kann es nicht. Nicht, solange es noch Hoffnung gibt.«

Und dann schoben sich plötzlich ihre Brauen zusammen und ich wusste, sie würde gleich etwas Unvernünftiges tun.

Ohne ihren Blick von mir zu nehmen, lehnte sie ihre Stirn an meine und flüsterte: »Meine Seele sei dein, Belial.«

Licht, wärmer als die Sonne, flutete mich.

Meine Essenz knüpfte ein leuchtendes Band, umschlang ihre Seele, eroberte sie und hielt sie fest, als wäre sie der größte Schatz auf dieser Welt. Mein Primus-Zeichen entstand in ihrem Nacken und besiegelte die Verbindung. Ich spürte Cassias Gefühle, Cassias Geist, Cassias Körper. All ihre Emotionen strömten in mich hinein. Sie verliehen mir neue Kraft, heilten meine Hülle, meine Essenz, mein Herz. Es war ein Hoffnungsschimmer in einer dunklen Nacht.

Es war das Schönste und zugleich Schrecklichste, was Cassia mir hätte antun können. Denn dieser Hoffnungsschimmer stand mir nicht zu. Und er änderte nichts. Noch immer lähmten mich Sotírios' Hexenmagie und die Stillen Wasser. Cassia hatte mir mit ihrem Geschenk nur ein wenig Zeit erkauft. Eine Gnadenfrist. Aber zu was für einem Preis? Ich hatte kein Recht auf Cassias Seele.

Diese paar Augenblicke waren es nicht wert.

Dachte ich …

Dann lächelte Cassia. Und ihr Lächeln ließ die Welt stillstehen. Sie beugte sich zu mir, legte ihre warmen Lippen auf meine und erschütterte mit einem Kuss meine eigentlich unerschütterliche Überzeugung. Ich wusste, was sie fühlte, und fühlte, was sie wusste: Dieser letzte Moment, den wir uns stahlen, war ihr jeden Preis wert. Das Wie lange war nicht wichtig. Nur das Wie.

»Ja, küss sie! Gleich werden diese Lippen mir gehören!«, höhnte Ianus umrahmt von grünem Flackern. Hier und jetzt hatte er keine Bedeutung.

Ich nutzte die wenige Kraft, die ich Cassia zu verdanken

hatte, um sie an mich zu ziehen. Ihre Hände suchten nach den meinen, legten sich darüber, drängten sie tiefer, von ihrer Taille zu ihren Hüften. Und dann noch tiefer zu ihren Oberschenkeln, die von den schwarzen Wassern der Arena bedeckt waren.

Plötzlich trafen meine Finger auf kaltes Metall.

Ich stutzte, doch Cassia setzte den Kuss unbeirrt fort, der noch weit mehr war als ein letzter Moment mit mir.

Er war ein Ablenkungsmanöver.

Sie schloss meine Hand um den Griff einer Klinge.

Oh, meine tapfere Cassia. Wusste sie nicht, dass mir die Kraft fehlte, um ...

Da zerbarst der Kokon, der uns schützte.

Asche und Glut

»Schluss jetzt!«, keifte Ianus.

Er verkrallte sich in meinen Haaren und zerrte so brutal daran, dass ich das Gefühl hatte, er würde sie mir mitsamt der Haut vom Kopf reißen.

»Auch deine Seele wird ihm nichts nützen.«

Er zog mich von Bel fort, der es hilflos zulassen musste.

Es brach mir das Herz, diesen stolzen Dämon so zu sehen. Auf den Knien. Zu schwach, um aufzustehen. Zu schwach, um einzugreifen. Mit all dieser Verzweiflung in seinen Augen.

Ianus packte mich am Hals, wirbelte mich herum, sodass ich direkt in seine vom Hass verzerrte Fratze schauen musste.

»Siehst du ihn aufspringen? Siehst du ihn dich retten? Er kann nicht. Er ist schwach. Er –«

»JETZT!«, brüllte ich so laut ich konnte.

Meine Stimme verhallte, während die längsten Sekunden meines Lebens begannen. Sekunden, in denen Wagnis und Vertrauen keine hohlen Worte mehr waren, sondern ein Zustand. Sekunden, in denen sich Ianus' schwarze Augen misstrauisch verengten und seine Hand meine Kehle zudrückte. Alles hing jetzt von Tristan ab. Davon, ob er sein Wort hielt, und wenn ja, ob er den Hexer auf der Mauer gefunden hatte, ob er ihm gewachsen war, ob er schnell genug sein würde, ob er überhaupt noch lebte. So viele Unwägbarkeiten.

Ianus' Geduld fand ein Ende. Er hob seinen Aziam.

»Niemand wird dir helfen«, zischte er. Etwas an seinem Tonfall hatte sich verändert. Ich wusste mit todbringender Sicherheit, dass die Zeit für seine Rachespielchen vorbei war.

In diesem Augenblick flackerte der dicht bewölkte Nachthimmel in blauem und grünem Licht auf. Ianus erstarrte. Er begriff. Wut sammelte sich auf seinem Gesicht. Jetzt musste ich alles auf eine Karte setzen. Ich hatte mich an sein Handgelenk geklammert, doch nun ließ ich los, packte den Schrecken von Rom an den Schultern und trat ihm mit ganzer Kraft in die Weichteile. Ianus jaulte auf. Er krümmte sich vor Schmerzen. Sein Aziam fiel ins Wasser. Tja, abgebrühter Dämon oder nicht, die Sterblichkeit in den Stillen Wassern hatte viele Gesichter.

Dafür konnte er mich nun mit beiden Händen würgen.

»Du Miststück!«, keuchte er. Mir wurde schwarz vor Augen. Also trat ich nach. Zweimal. Dreimal. Bis ich wieder etwas Luft bekam. Dennoch hielt Ianus mich unerbittlich fest. Über unseren Köpfen war ein wahrer Gewittersturm aus blaugrünem Feuer ausgebrochen. Plötzlich gab es eine gewaltige Explosion, gefolgt von Dunkelheit. Die Runen auf Ianus' Oberkörper begannen zu glühen, um schließlich zu verglühen. Zu seinem Entsetzen zerfielen sie direkt auf seiner Haut. Gleichzeitig hörte ich, wie sich hinter mir das Wasser kräuselte. Noch nie hatte ich ein schöneres Geräusch vernommen. Ich musste nicht sehen, was sich dort abspielte. Ich erkannte es an der Angst in Ianus' Blick. Ein grimmiges Lächeln machte sich auf meinen Lippen breit. Ich schuldete Tristan einen dicken Kuss.

Jetzt war ich dran. Ich rief meine Magie und steckte Ianus in Brand. Er schlug mir ins Gesicht, doch das war egal, weil ich mich so endlich aus seinem Würgegriff befreien konnte. Hastig tauchte ich unter seinem Arm durch und hängte mich mit meinem ganzen Gewicht an seine Gurgel. Ich musste ihn nicht besiegen. Ich musste ihn nur aufhalten, bis …

Bel durchpflügte das schwarze Wasser mit zornigen Schritten. Die Kälte in seinem Blick, die ich sonst so gefürchtet hatte, fühlte sich jetzt wie eine warme Umarmung an. Aris Aziam glänzte in seiner Hand. Er zögerte nicht, hielt sich nicht mit Spott auf, machte kein Spektakel daraus, sondern stieß Ianus die Klinge direkt ins Herz.

Der Schrecken von Rom zerbarst in einer glühenden Aschewolke. Ich verlor den Halt, fiel und landete unsanft im Wasser, das nicht tief genug war, um meinen Sturz vollends abzufedern. Die dunkle Brühe schwappte über mich hinweg. Ich wurde davon mitgerissen, suchte panisch nach Halt, wurde mehrfach herumgerollt und dann, keine drei keuchenden Atemzüge später, saß ich unvermittelt auf trockenem Steinboden.

Alles war totenstill.

Noch immer segelte Asche durch die Luft.

Noch immer pulsierte Magie in meinen Adern.

Noch immer schlug mein Herz wie wild.

Mein Herz schlug.

Das hieß, ich war noch am Leben.

Das hieß, es war vorbei.

Oder?

Ich traute meinen Sinnen nicht.

Ich wagte es noch nicht einmal, den Blick zu heben, weil ich Angst davor hatte, ich könnte etwas übersehen oder einen Fehler gemacht haben. Ich hatte Angst, Ianus' Lachen würde gleich wieder ertönen oder er könnte Bel in den Tod mitgerissen haben oder die Anstrengung könnte den Blutfluch in ihm befreit haben oder …

Sacht strich ein Prickeln über meinen Nacken.

Der sinnliche Geruch von süßen Granatäpfeln und bitterer Schokolade erfüllte meinen Verstand.

Ich atmete ihn ein, atmete ihn aus und fing an zu zittern, weil alle Anspannung der letzten Stunden, der letzten Tage, der letzten zweitausend Jahre von mir abfiel.

Im Hof des Châteaus gingen die Laternen an. Gryas Macht zog sich zurück. Bewegung kam in die Zuschauermenge. Eine nervöse Unruhe brach aus. Ich hörte Elias' Stimme Befehle bellen. Er würde niemanden von Ianus' Anhängern entkommen lassen. Es war vorbei. Es war wirklich vorbei.

Eine Hand schob sich in mein Sichtfeld. Kraftvoll. Elegant. Mit einem goldenen Ring am Zeigefinger.

Dieser Anblick überschwemmte mich mit Glück und Erleichterung und ...

... einem anderen ungewohnten Gefühl. Es schien alles zu überlagern und traf mich mit einer Intensität, die die Zeit aus den Angeln hob. Es kam mir vor, als würde diese Hand alles von mir fordern, als würde sie mich bereits berühren, mich erobern, mich besitzen, als würde der Dämon, dem sie gehörte, meine Gedanken und Empfindungen beherrschen und unverhohlen seine Ansprüche demonstrieren. Und gleichzeitig bot mir diese Hand alles an. Grenzenlose Liebe, Hingabe, Aufmerksamkeit, Selbstlosigkeit, Wertschätzung und die Bereitschaft, mir zu folgen, wo immer mich mein Weg hinführte. Ich fühlte mich angezogen. Verbunden. So vollständig, so allumfassend, so existenziell, als wäre ich die andere Hälfte eines Ganzen und könnte ohne mein Gegenstück nicht überleben. Dieses Gefühl war derart übermächtig, dass es mich nicht gewundert hätte, wenn die Luft zwischen uns in einem Funkenregen aufgegangen wäre.

Instinktiv legte ich meine Hand in Bels, und als er mich auf die Beine und an seine Brust zog, musste ich nach Luft schnappen, weil jede Faser meines Körpers zu vibrieren schien.

Plötzlich wusste ich, was ich da gerade erlebte. Es war die Verbindung meiner Seele zu Bels Macht, zu seiner Essenz, zu allem, was ihn ausmachte und was vorher durch die Stillen Wasser unterdrückt gewesen war.

»Du hast mir nicht erzählt, dass es sich auch *so* anfühlen kann«, stammelte ich überfordert.

Bels Finger schoben sich unter mein Kinn und baten mich, ihn anzusehen. Ich wusste nicht, ob ich dem gewachsen war, wenn schon der Rest mich derart aufwühlte. Aber ich konnte genauso wenig widerstehen.

Langsam hob ich den Kopf. Bel wirkte abgekämpft, und doch strahlte er eine unerschütterliche Ruhe aus. Ich ertrank in klarem und leuchtendem Türkis. Und sein Lächeln ... sein Lächeln machte mich ebenso wehrlos, wie es mir Flügel verlieh. Bel war mein Untergang und meine Rettung. Mein Ende und mein Anfang.

»Das tut es sonst auch nicht«, sagte er sanft. In seinen Augen glänzte dieselbe Faszination, die ich empfand. Offenbar erging es ihm ähnlich wie mir.

Das verschlug mir vollends die Sprache. Wenn ... das nicht normal war ... dann ...

Bel strich mir behutsam eine Haarsträhne aus dem Gesicht. Sein Blick flackerte, als er meinen Wangenknochen musterte. Dort pochte ein dumpfer Schmerz, den ich Ianus' Faust zu verdanken hatte.

»Du hast mich nicht sterben lassen«, murmelte er.

Ich fühlte Scham in mir aufsteigen. Keine Reue, aber

Scham. Ich hatte Bels letzten Wunsch ignoriert, so wie er es bei mir gemacht hatte.

Kein Erfolg dieser Welt rechtfertigte diese Entscheidung.

»Nein, das hab ich nicht«, bestätigte ich ernst.

Bels Lächeln vertiefte sich. Seine Grübchen erschienen und ein verschmitzter Ausdruck schlich sich in seinen Blick.

»Heißt das, wir sind jetzt quitt?«

Meine Mundwinkel zuckten.

»Weiß nicht«, erwiderte ich mit einem Schulterzucken. »Nur wenn ich dich wieder in dieses Amulett stecke und für zweitausend Jahre verliere.«

Jetzt wurde aus seinem Lächeln ein breites Grinsen. Er setzte zu einer Antwort an, wurde aber von einem gellenden Schrei unterbrochen.

»Du dreckige Sklaven-Missgeburt!«

Apoll stürmte durch die verdutzte Zuschauermenge auf mich zu. Anscheinend hatte er den Weg in seine Hülle zurückgefunden und war nun wild entschlossen, mir einen Schürhaken durchs Herz zu bohren. »Du hast meinen Freund getö-«

Weiter kam er nicht. Ein Aziam zischte durch die Luft und blieb genau in Apolls Kehlkopf stecken. Keinen Wimpernschlag später zerfiel er zu einer Wolke aus Asche und Glut.

Fassungslos klappte mir der Mund auf. Und ich war nicht die Einzige. Alle drehten sich um – nach Ari.

»Was?!«, fauchte sie und erwiderte die schockierten und missbilligenden Blicke mit grimmiger Zufriedenheit. »Der Kerl hat dabei geholfen, meine Hochzeit zu ruinieren. Wenn jemand was daran auszusetzen hat, kann er mich gerne herausfordern. Ich bin zufällig grade in genau der richtigen Stimmung.«

Wer nicht fühlen will, muss hören

Natürlich wagte es niemand, sich mit Ari anzulegen. Auch ich nicht, obwohl Apolls viel zu schneller Tod durchaus meinen Unmut weckte und mich unter anderen Umständen nicht mal eine wütende Brachion-Braut von einem kleinen Vortrag bezüglich gebührender Strafmaßnahmen abgehalten hätte.

Aber hier und heute hätte nichts, wirklich nichts, mich dazu bringen können, Cassia aus meinen Armen zu entlassen. Ich schuf sogar eine kleine Verpisst-euch-Zone um uns herum, als die panischen Stiefellecker und Gratulanten anrückten, um mir aus Angst vor meiner Vergeltung in den Arsch zu kriechen. Das Signal war deutlich und niemand wagte es, meine Stimmung auf die Probe zu stellen.

Niemand außer meiner Mutter. Mit einer gleichgültigen Geste wischte sie meine Macht beiseite und spazierte direkt in meine Privatsphäre. Unter Gryas Arm klemmte die schwarze Kugel, die ihre Arena beinhaltete. Ihrem Gesichtsausdruck entnahm ich, dass sie unzufrieden mit ihrem Werk war. Hieß, das Ding würde wohl schon bald in der nächstbesten Mülltonne landen. Dafür schien etwas anderes ihr künstlerisches Interesse geweckt zu haben. Sie baute sich vor Cassia auf und starrte. Weder freundlich noch mitfühlend, eher so wie ein Kritiker eine Skulptur in einem Museum begutachtete.

»Mutig …«, urteilte sie schließlich in einem Tonfall, der steriler war als ein OP-Besteck. »Das überrascht mich nicht bei einer Frau, die es schafft, meinen Sohn zu faszinieren. Ich bin geneigt, ihm zuzustimmen.«

Ach was?!

War das etwa ein Lob? Ein Hauch von Stolz? Wer war diese Frau und was hatte sie mit meiner Mutter gemacht?

»Ich denke, ich werde dir ein Bild widmen«, verkündete sie und machte eine gnädige Pause für die üblichen Dankesbekundungen, die normalerweise folgten.

Cassia antwortete nur mit »Aha«.

Allein dafür hätte ich sie vom Fleck weg heiraten können. Aber das konsternierte Gesicht meiner Mutter setzte diesem unbezahlbaren Moment die Krone auf. Leider erfuhr ich nicht, was Grya darauf erwidert hätte, denn meine Schwester sprengte unser Gespräch.

»Rettung naht, Bruderherz. Nach allem, was du durchgemacht hast, bringe ich es einfach nicht übers Herz, dich ohne Rückendeckung der Königscobra zu überlassen«, begrüßte sie mich grinsend, bevor sie besagter Königscobra unterkühlt zunickte. »Hallo, Erzeugerin. Was geht?«

Ich unterdrückte ein Stöhnen. Wie ich Familientreffen liebte …

»Unsere *Erzeugerin* hat Cassia soeben offenbart, dass sie sich von ihr zu einem Bild inspiriert fühlt«, klärte ich meine Schwester auf.

»Uhh.« Vessa schnitt eine Grimasse, als hätte sich gerade jemand den Zeh in einer Tür eingeklemmt.

Ich nickte zustimmend.

Grya ignorierte uns.

Sie interessierte sich nur für die Frau in meinen Armen.

»Ich werde das Bild den ›Kuss der Sterblichkeit‹ nennen.«

Cassia schnaubte. »Wie wäre es mit ›Statt dieses Bild zu

malen, hätte ich meinen Kindern eine anständige Mutter sein sollen‹?«

Vessa und ich rissen die Augen auf. Oh, verdammt. Cassias scharfe Zunge in allen Ehren, aber Grya war nicht irgendwer, sondern eine leicht reizbare Älteste mit tödlichen Gemütsschwankungen. Zum Glück schien meine Mutter heute jedoch gnädig gestimmt zu sein. Ohne mit der Wimper zu zucken, sagte sie: »Dieses Bild gibt es schon. Es gefällt mir nicht.«

Dann warf sie mir einen eisigen Blick zu. »Belial.«

Ebenso meiner Schwester. »Vessa.«

Und schließlich verschwand sie ohne jedes Geräusch. Zurück blieb eine penetrant nach Rosengärten duftende Wolke.

Vessa seufzte. »Ich hasse es, wenn sie das macht.«

»Du willst dich ihr nicht zufällig anschließen?«, brummte ich unleidig.

»Nö. Ich finde es in deiner Nähe äußerst unterhaltsam.« Sie deutete auf die rothaarige Germanin, die plötzlich auf allen vieren angekrabbelt kam und immer wieder mit bloßen Händen über den Boden wischte. Verwirrt schob ich meine Brauen zusammen. Was machte Grim da? Eigentlich hatte ich gedacht, Ianus' Gedanken-Manipulation schon bei meiner Freilassung neutralisiert zu haben. Aber vielleicht war ich ja nicht gründlich genug vorgegangen?

»Was machst du da?«, fragte nun auch Cassia.

Grim hob den Kopf. »Ich hol mir Ianus' Asche.«

Meine Stirn legte sich in Falten.

»Planst du irgendeinen Zauber damit?«

»Näh!«, kicherte sie und war bereits wieder dabei, Ianus' Überreste zusammenzufegen. »Dafür, dass dieses Popogesicht in meinem Kopf war, werd ich ihn ins Wasserklosett kippen und darauf urinieren.«

Vessa brach in Gelächter aus. »Echt jetzt, Bel?! Du hast ihr 'ne Jugendschutz-Sperre verpasst?! Was hat die Arme verbrochen, um das zu verdienen?«

Pfft. Und das aus dem Mund einer Prima, die sich wie ein Schulmädchen anzog.

Cassia schob mich ein Stück von sich und blinzelte mich erst erstaunt und dann vorwurfsvoll an. »Hast du wirklich …?«

»Möglich«, gab ich grummelig zu.

»Das ist gemein. Kannst du das bitte rückgängig machen?«

Ich seufzte. Es war ausgesprochen schade um meinen höchst gelungenen Streich, aber wie sollte ich diesen wunderschönen großen, dunkelblauen Augen und der Frau, denen sie gehörten, die mein Herz besaß und mein Leben gerettet hatte, je wieder einen Wunsch abschlagen? Also drang ich in Grims Kopf ein und korrigierte, was zu korrigieren war.

»Hey Grim?«, rief ich anschließend. »Was fällt dir zu Ianus ein?«

»Oh, der kleine Δ🐉ЖΘ💣Δ☠ soll froh sein, dass er draufgegangen ist, sonst hätte ich ihm seinen ¥💣☸♑⌖ in seinen 🐉∞☠φ✞⌖Δƒ☠ɣ♒💣 und damit ∞⌖☸†Δƒ†ƒ∞☠✞ bis er geheult hätte.«

Allen in Hörweite schlackerten die Ohren. Selbst Vessa. Nur Cassia lächelte mich so glücklich an, als wären all die Schimpfworte eine innige Liebesbekundung.

Das waren sie auch.

Doch auf einmal verblasste ihr Lächeln. Sie zog ihre Unterlippe zwischen die Zähne und knabberte darauf herum. Besorgt runzelte ich die Stirn. Das tat Cassia nur dann, wenn sie nicht weiterwusste.

»Ich muss mit dir reden, Bel …«

»Oh-oh, das kling gar nicht gut«, meinte Vessa und kam näher, um sich keine Wendung der ›Mein-Bruder-und-die-Sterbliche‹-Telenovela entgehen zu lassen.

Zeit für eine neuerliche Verpisst-euch-Zone. Diesmal war es mehr als ein rudimentärer Bannkreis. Diesmal errichtete ich einen handfesten blick- und lauschdichten Schutzschirm, der alle zurückdrängte, die zu nah standen.

Cassia bemerkte das überhaupt nicht. Sie starrte meine Brust an und schien völlig darauf konzentriert zu sein, nach den richtigen Worten zu suchen.

»Ich ... bin nicht sehr gut darin, über meine Gefühle zu reden ...«, begann sie zögerlich, »und ich weiß, dass du gehört hast, was ich Ianus gesagt habe ... aber es hat sich nicht richtig angefühlt ... weil es Ianus war und nicht du ... und jetzt ist da diese Seelenbindung und alles ist so viel intensiver ... und mein Herz ist meinem Verstand himmelweit voraus ... und ich will nicht, dass ich wieder Angst kriege ... und weglaufe ... weil alles mich überwältigt ... also muss ich es jetzt einfach aussprechen, damit du es hörst und ich es höre und ich weiß, ob es sich diesmal richtig anfühlt.«

Ihr verunsicherter Blick huschte über mein Gesicht, als würde sie eine Antwort von mir erwarten.

»Okay ...«, meinte ich vorsichtig.

Es war zwar nicht nötig, ihre Liebe noch einmal in Worte zu fassen, denn ich spürte sie so deutlich wie meine eigene. Aber ich erkannte, wie wichtig es Cassia war, und wusste, dass sie wieder auf Abstand gehen würde, wenn ich jetzt einen Fehler machte – trotz oder wegen ihrer Gefühle für mich.

»Ich ...«

Die Worte schienen ihr auf der Zunge zu liegen.

»Ich ...«

Sie hatte es fast geschafft, da stieß sie plötzlich den Atem aus und bog in eine völlig andere Richtung ab.

»Ich hab Elias geküsst ... also eigentlich hat er mich geküsst ... aber ich hab ihn zurückgeküsst, und da ... ist ... mir ...«

Erschrocken verstummte sie, weil sie mit einem Mal registrierte, was ihr da gerade herausgerutscht war. Unvermittelt wurde ihr Blick ängstlich. Sie fürchtete sich eindeutig vor meiner Reaktion und ihre Arme klammerten sich an mir fest, als hätte sie Sorge, ich könnte sie auf einmal von mir stoßen.

Nichts lag mir ferner.

»Ich weiß«, erwiderte ich ruhig.

Das war zwar gelogen, allerdings hatte ich etwas in der Art vermutet. Und ja, natürlich versetzte mir die Vorstellung einen Stich. Doch nichts daran konnte an meiner Liebe zu Cassia rütteln.

»Oh ... okay ...«, hauchte sie und fing wieder an auf ihrer Unterlippe herumzuknabbern. »Kannst du dann bitte vielleicht keinen Krieg mit ihm anfangen? Er hatte wirklich keine bösen Absichten ... im Gegenteil ... Jedenfalls wollte ich eigentlich sagen, dass ich bei dem Kuss nichts gespürt hab. Mein Herz hat nicht vor Sehnsucht gepocht und meine Zehen haben nicht gekribbelt und mein Bauch stand nicht in Flammen. Und da hab ich verstanden, dass du recht gehabt hast ... und es tut mir leid, was ich dir alles an den Kopf geworfen habe. Das war nicht fair, weil ... weil ...«

Sie sah mich mit ihren großen Augen an und ich konnte mir ein Schmunzeln nicht länger verkneifen.

»Deine Zehen kribbeln, wenn ich dich küsse?«

Damit brachte ich sie völlig aus dem Konzept.

»Ja, meine Zehen kribbeln, aber könnten wir beim Thema bleiben? Ich versuche gerade, dir etwas sehr Wichtiges mitzuteilen.«

Ihr Protest war so niedlich, dass ich es nicht länger übers Herz brachte, sie in der Luft hängen zu lassen.

»Cassia.« Zärtlich fuhr ich die sanfte Linie von ihrem Kinn nach. »Du bist gerade in ein Duell auf Leben und Tod spaziert, hast mir deine Seele geschenkt und mein Leben gerettet – auf alle nur denkbaren Arten. Das sagt mehr, als Worte es könnten.«

»Jetzt lass es mich aussprechen!«, schalt sie mich frustriert. »Ich muss wissen, ob es sich richtig anfühlt.«

Amüsiert nahm ich ihre Zurechtweisung hin und schloss den Mund.

Cassia seufzte.

»Ich liebe dich, Bel.«

Die Worte verließen ihre Lippen und verhallten in meiner Essenz. Ich hatte mich getäuscht. Nichts daran war überflüssig. Mit eigenen Ohren zu hören, dass Cassia diese Liebe nicht mehr leugnete, und mit eigenen Augen zu sehen, wie sie dabei lächelte und jede Angst verlor, beendete einen Kampf in meinem Inneren, der schon so lange Teil von mir war, dass ich vergessen hatte, wie sich Frieden anfühlte. Unvermittelt hatte ich nur noch einen Wunsch.

»Würdest du –?«

»Wehe, du fragst mich jetzt, ob ich dich heiraten will«, unterbrach Cassia mich energisch. »Eins nach dem anderen. Ich muss mich erst mal an das hier gewöhnen.« Mit einer kleinen Geste umschrieb sie die romantisch knisternde Luft zwischen uns.

Ein Grinsen breitete sich auf meinem Gesicht aus.

»Hatte ich nicht vorgehabt.« Aber gut, zu wissen, dass sie nicht generell abgeneigt war.

»Ich wollte eigentlich fragen, ob du mit nach Hause kommen würdest?«

»Hmm …« Cassia kuschelte sich an meine Brust. »Ich glaube, ich bin zu Hause. Aber wenn mich mein Zuhause von hier wegbringen will, damit es mich in Ruhe küssen kann, würde ich nicht Nein sagen.«

Leise lachend hob ich sie hoch.

»Alles, was du willst.«

»Halt!«, murmelte sie plötzlich und wand sich aus meinen Armen. »Ich hab vorher noch was zu erledigen.«

Meine Instinkte sträubten sich dagegen, sie gehen zu lassen. Doch Cassias Hand griff nach meiner und unsere Finger verflochten sich miteinander, als wäre es das Selbstverständlichste der Welt. Damit konnte ich leben. Sie zog mich mit sich. Durch meinen Schutzschild, den ich für sie aufhob, vorbei an Grim, Vessa und der verwirrten Zuschauermenge, bis zu den Kisten, die sich vor dem Altar türmten und ein sanftes goldenes Licht ausstrahlten.

Cassia hob ihre Hand und winkte jemandem zu. Einer kleinen Gestalt, die oben auf der fernen Burgmauer stand. Tristan. Dann beschwor sie ihre Magie. Keine Flammen, kein zerstörerischer Feuersturm, sondern grüne Ranken, die sich aus dem Boden erhoben und sich behutsam einen Weg in die Kisten bahnten. Sie fanden die Seelenphiolen, schlangen sich um jede einzelne davon und … zerbrachen sie.

Ehrfürchtige Stille legte sich über den Schlosshof, als die erlösten Seelen emporschwebten. Lichter in der Dunkelheit. Sterne, die in den Nachthimmel aufstiegen. Cassia hatte ihnen die Freiheit geschenkt.

Obwohl ich gedacht hatte, abgestumpft zu sein, ergriff mich diese beeindruckende Szene. Vielleicht, weil jede dieser Seelen für irgendjemanden eine Cassia war. Vielleicht auch, weil meine Cassia sich an mich schmiegte und in diesem Moment ihren eigenen Frieden fand.

Weises Urteil, junge Richterin …

Timeons uralte Stimme hallte durch Cassias Geist. Dass ich ihn hören konnte, verdankte ich vermutlich dem Umstand, dass er es so wollte. Aber Cassia antwortete nicht. Sie rümpfte nur missbilligend die Nase, bevor sie den Kopf hob und mich anlächelte.

»Jetzt kannst du mich heimbringen.«

Hochzeit mit Fahrerflucht

»Kraft des mir von Belial verliehenen Amtes als maltesischer Staatsdiener erkläre ich euch nun – auch im sterblichen Sinne – zum Paar, zu Brachion und Brachion, zu Gefährten, deren Liebe selbst dem Tod trotzt«, verkündete Victorius beglückt. »Und jetzt, meine Schnuckelchen, dürft ihr euch küssen!«

Das ließ Lucian sich nicht zweimal sagen. Im strahlenden Sonnenschein zog er Ari in einen spektakulären Kuss, dessen Ende Ari schlicht nicht akzeptierte und unter Jubel nachlegte.

»Yeah, so stell ich mir das vor, Morrison!«, johlte Ryan.

Aus der Reihe meiner Mit-Brautjungfern ertönte ein Schniefen. Lizzys Augen glänzten verdächtig und auch Victorius verdrückte ein Tränchen. Es lag so viel Liebe, Freundschaft und Ergriffenheit in der Luft, dass ich plötzlich die Anwesenheit des Schicksals fühlte. Das hier sollte so sein. Es *musste* so sein.

Unwillkürlich glitt mein Blick durch die Menge auf der Suche nach Bel.

Lust bekommen?, wehte eine amüsierte Stimme durch meine Gedanken.

Ich lächelte.

War ja klar, dass er mich beobachtete. Nur wo steckte er? Nachdem er Ari zum Altar geführt hatte, war er nicht zu seinem Platz in der ersten Reihe gegangen, sondern war einfach verschwunden. Zwischendurch hatte ich ihn auf einer der Sonnenliegen entdeckt, dann an der Bar, dann am Pool, dann wieder an der Bar. Und jetzt war er ganz weg.

Aufmerksam spürte ich seiner Macht nach. Schwierig, wo doch das komplette Anwesen davon durchdrungen war. Trotzdem fand ich ihn – vielleicht wegen unserer Seelenbindung. Vielleicht auch, weil Bel mich ein paarmal in die richtige Richtung stupste. Jedenfalls führte mich die Spur zum Ostende seiner Terrasse. Dort lehnte er an der Brüstung und verfolgte das Ende der Zeremonie, während seine Finger beiläufig mit einem Apfel spielten. Mein Herz machte einen Satz – wie immer, wenn ich ihn sah.

Aufs Heiraten oder aufs Küssen?, fragte ich frech.

Bel musste schmunzeln. Ohne mich aus den Augen zu lassen, hob er den Apfel und biss hinein. So sinnlich, dass ich mich unweigerlich daran erinnerte, was er sonst so mit seinem Mund anstellen konnte. Hitze durchströmte meinen Körper – und das, obwohl ich noch immer neben dem Altar stand – vor allen Augen.

Vorzugsweise beides, erwiderte er. *Nacheinander oder gleichzeitig, das überlass ich dir.*

Ich grinste in mich hinein. Es fühlte sich unglaublich befreiend an, in seinen Anspielungen keinen Erwartungsdruck mehr zu spüren. Bel äußerte nur seine Wünsche und akzeptierte ohne Groll, wenn ich sie ablehnte. Das hatte die letzte Woche zur schönsten Zeit meines Lebens gemacht.

Nur Küssen, entschied ich. *In zwanzig Minuten. Am Dessert-Büffet.* Bis dahin hatte ich hoffentlich meine offiziellen Verpflichtungen hinter mich gebracht und konnte zum vergnüglichen Teil übergehen. *Aber ich warne dich, ich will einen Kuss wie den da*, fügte ich mit einem kurzen Blick auf Ari und

Lucian hinzu, die sich noch immer nicht voneinander trennen konnten. *Einen, bei dem man schon vom Zusehen weiche Knie bekommt, weil alles vor Liebe und Leidenschaft knistert. Einen, bei dem ich alles um mich herum vergesse und anschließend rot werde, weil ich nicht mehr weiß, wo ich bin und wie ich heiße.*

Als ob Bels Küsse jemals eine andere Wirkung auf mich gehabt hätten ...

Sein leises Lachen strich durch meinen Geist.

Herausforderung angenommen, sagte er mit diesem rauen Unterton in der Stimme, der all meine Sinne in Schwingung versetzte. *Und ich verspreche dir, dass nicht nur deine Wangen glühen werden.*

Gott, ich war ihm wirklich mit Haut und Haaren verfallen. Und trotzdem machte mir das keine Angst mehr. Im Gegenteil. Ich konnte es gar nicht erwarten. Als endlich Musik einsetzte, Tonnen von Reis durch die Luft flogen und Lizzy überglücklich das Zeichen gab, einen Schwarm weißer Tauben freizulassen, trugen mich meine Füße so schnell sie konnten zum eben eröffneten Büffet.

Ich hatte mich nicht ganz ohne Hintergedanken entschieden, Bel ausgerechnet dort zu treffen. Zwar strömten nun auch die übrigen Gäste wie eine Herde hungriger Schafe zur Futterstelle, aber ich war nun einmal eines dieser Schafe und ... es gab Mousse au Chocolat mit Granatapfelkernen.

Eine kleine Aufmerksamkeit von Bel, die mich schon den ganzen Tag angelacht hatte. Nachdem er Ari und Lucian seine Villa, seine Partyplanungskenntnisse und natürlich auch Oscar zur Verfügung gestellt hatte, um ihre Hochzeit nachzuholen, war das eine seiner Bedingungen gewesen: Mousse au Chocolat für Cassia. Ich liebte das Zeug – obwohl ich inzwischen gelernt hatte, Bemerkungen wie »Da könnte ich mich reinlegen« zu vermeiden. Bel nahm so was durchaus wörtlich. Die Erinnerung daran zauberte mir ein Lächeln aufs Gesicht.

»... ist einfach nicht korrekt! Der *böse Wolf* war ein Teutone, der *Wolf* hieß, *Rotkäppchen* war in Wirklichkeit ein hübscher Bursche, und der *Jäger* war ich!«

Grim hatte sich direkt vor den Desserts aufgebaut. Sie hielt einen dicken Folianten in Händen und redete entrüstet auf Elias ein, der sie mehr als verwirrt anstarrte. Er schien es eigentlich nur auf ein Stück Kuchen abgesehen zu haben, und war wohl zu höflich, um die Hexenmeisterin einfach stehen zu lassen.

»Künstlerische Freiheit?«, murmelte er ratlos.

»Künstlerischer Bockmist«, schimpfte Grim und tippte auf das in Leder gebundene Buch. »Also? Wie kann ich das hier korrigieren lassen?«

»Ich bin mir nicht sicher, ob ...« Elias wirkte so überfordert, dass ich mich für eine Rettungsmission entschied. Ich schnappte mir eines der heiß umkämpften Gläschen meiner Lieblingsnachspeise und klinkte mich in das Gespräch ein.

»Hey, Grim. Was machen die Nachforschungen zu deiner Magie? Weiß Tristan, wie du sie zurückkriegen kannst?«

Elias sah mich so dankbar an, als hätte ich ihm das Leben gerettet. Ich zwinkerte ihm zu und schob mir einen Löffel Schokomousse in den Mund. Es zerschmolz sofort auf meiner Zunge und schmeckte einfach köstlich. Wie Bel – nur fluffiger.

»Nein«, sagte Grim überraschend rigoros. »Und das werde ich auch nicht. Mein Instinkt rät mir davon ab.«

Ich runzelte die Stirn. »Warum? Er ist wirklich nett und hilft uns bestimmt.«

»Keine Ahnung, ob er nett ist, aber er beschreitet Wege, die niemand beschreiten sollte. Deshalb folgt ihm der Tod wie ein Schatten. Wenn nur er eine Lösung für unser Problem hat, ist es den Preis nicht wert, glaub mir.«

Ich hatte mir gerade einen zweiten Löffel gönnen wollen, aber jetzt ließ ich meine Hand verblüfft wieder sinken.

»Das heißt, du willst deine Magie nicht mehr zurück?«

Sie zuckte mit den Schultern. »Nach zweitausend Jahren hab ich mir meinen Ruhestand redlich verdient. Und ein Mensch zu sein ist nicht so schlecht. Weniger Verantwortung. Mehr Zeit für meine Geschichten. Außerdem steht Bel einem nicht ständig auf der Matte und nervt mit irgendwelchen Bannsprüchen oder –«

»Freu dich nicht zu früh«, sagte eine Stimme hinter mir, die der unanständigen Variante meines Desserts entsprach und verführerisch über meine Sinne floss. »Ich finde schon noch eine geeignete Aufgabe für dich.«

Jeder andre wäre an Grims Stelle wohl erschrocken, aber sie schnaubte ihren Meister wie ein Brauereigaul an. »Wer's glaubt. Du findest in letzter Zeit ja nicht mal den Weg aus deinem Bett.«

»Ist das eine Beschwerde?«, erkundigte sich Bel gefährlich liebenswürdig. Ich spürte seine Hand über meinen Rücken streichen, bevor er sie an meiner Taille ablegte. Eine so schlichte Geste, und doch fühlte es sich an wie Ankommen, wie Aufblühen, wie Ausatmen. Das und der Schokoladengeschmack in meinem Mund waren eine unübertreffliche Kombination.

»Nein, ganz und gar nicht«, beteuerte Grim aus tiefstem Herzen. »Solange ihr eurer Brunft frönt, kann ich mich um meine Angelegenheiten kümmern. Aber sag mal, wo du mir ausnahmsweise angezogen und ansprechbar über den Weg läufst ...« Sie hielt Bel die gebundene Märchensammlung unter die Nase. »Ich könnte hierbei wirklich ein bisschen Hilfe gebrauchen. Hast du eine Ahnung, an wen ich mich wenden muss, um ein paar Änderungen vorzunehmen?«

Zu meiner großen Überraschung reagierte Bel weder genervt noch abweisend. Ein erstaunlich hilfsbereiter Ausdruck legte sich über seine Züge. Zu hilfsbereit, um nicht etwas im Schilde zu führen.

»Leider nicht«, seufzte er. »Allerdings bin ich mir hundertprozentig sicher, die richtige Ansprechpartnerin für dein Problem zu kennen.« Er nickte in Richtung Bar, wo Vessa gerade unter grölenden Anfeuerungsrufen einiger Fans zu strippen begann. »Meine Schwester schuldet mir für die Einladung zur Hochzeit ohnehin einen Gefallen. Und den darfst du gerne in meinem Namen einfordern. Mit besten Grüßen von mir.«

Grim war Feuer und Flamme. Begeistert bedankte sie sich und rauschte ab, während Bel ihr schelmisch hinterhergrinste. Dieser kleine Strolch. Unter anderen Umständen hätte ich nicht gezögert, ihm die Schlitzohren lang zu ziehen, aber mein Mitleid für Vessa hielt sich in Grenzen. Inzwischen wusste ich nämlich, wie oft und übel sie ihrem Bruder schon mitgespielt hatte. Da hatte sie ein unlösbares Problemchen mit einer zum Äußersten entschlossenen Grim absolut verdient.

Meine Schadenfreude war allerdings nur von kurzer Dauer, denn in diesem Moment wurde mir bewusst, dass ich gerade ein eigenes Problemchen mit Eskalationspotenzial an der Backe hatte. Grims Abgang führte nun nämlich dazu, dass ich mit zwei Dämonen und einer offenen Rechnung dastand.

Oje, und genau jetzt war mein Mousse-Gläschen leer.

Elias quittierte Bels neusten Streich mit einem missbilligenden Kopfschütteln, was dem natürlich nicht entging.

»Wenn du etwas an mir auszusetzen hast, dann nur raus damit«, forderte er den Kommandanten in einem Tonfall auf, der Ärger versprach.

Elias verdrehte die Augen. »Ich würde dir ja eine Liste schreiben, aber ich verbringe meine Zeit lieber mit etwas Sinnvollem.«

»Ja, *davon* hab ich schon gehört.«

Bels Spott war beißend und beinhaltete einen kaum verhohlenen Vorwurf. Die Blicke der beiden Dämonen verkeilten sich.

»Scheint, als hättest du eher etwas an *mir* auszusetzen«, stellte Elias unbeeindruckt fest.

Bel holte Luft.

Ich liebe dich, nicht ihn!, erinnerte ich ihn hastig. *Also keinen Krieg!*

Daraufhin schloss er den Mund wieder und schnitt eine unleidige Grimasse. Ein paar sehr angespannte Sekunden verstrichen, bevor ein resigniertes Grollen aus seiner Kehle stieg.

»Dein Glück, dass ich gerade nicht in der Stimmung bin, mich mit dir auseinanderzusetzen«, brummte er. »Ein Umstand, den du ausschließlich Cassia zu verdanken hast.«

Elias hob die Brauen. Er sah völlig perplex von Bel zu mir und dann wieder zurück.

»Es geschehen offenbar noch Zeichen und Wunder.«

»Offenbar«, knurrte Bel griesgrämig.

»Gut zu wissen …« Grinsend deutete der Kommandant eine Verbeugung an und ließ uns stehen. Allerdings hallte zum Abschied seine Stimme noch einmal durch meinen Kopf: *Mein Angebot steht, wann immer du mich brauchst.*

Ich unterdrückte ein Stöhnen. Nicht hilfreich! Elias wusste genau, dass Bel das hören konnte. Es war bestimmt nur eine Frage von Sekunden, bis …

Bel tat nichts. Er schleuderte Elias nicht zu den schwimmenden Laternen in den Pool, er fluchte nicht und fragte auch nicht nach. Stattdessen griff er an mir vorbei und angelte sich die letzte Mousse au Chocolat.

»Entspann dich, Cassia«, sagte er gelassen. »Ich will gar nicht wissen, worum es geht. Ich vertraue dir.«

Wow. Jetzt war ich sprachlos. Gleichzeitig versuchte ich, nicht allzu wehmütig auf seine schokoladige Beute zu starren.

»Ich kann mir ohnehin denken, dass sein Angebot beinhaltet, dich hier rauszuholen, falls du irgendwann mal genug von mir hast. Und deshalb …« Beiläufig nahm er mir mein leeres Gläschen ab, um es durch sein volles zu ersetzen. »… sollte ich mich wohl lieber anstrengen, um dich bei Laune zu halten.«

Mit großen Augen blinzelte ich zwischen Bel und der Schokomousse hin und her. Oh Mann, ich liebte diesen Kerl. Und tatsächlich stürzte mich das in ein riesiges Dilemma, weil ich nicht wusste, ob ich ihn lieber küssen und dann essen oder erst essen und dann küssen wollte.

Bel nahm mir die Entscheidung ab, denn er drückte mir einen kurzen Kuss auf und mopste sich dann einen Löffel Mousse, der sofort in seinem Mund verschwand.

»Hey!«, maulte ich und klaute mir den Löffel zurück. »Was war das denn für ein Kuss?! Noch weiß ich, wie ich heiße, hab keine weichen Knie und nichts an mir glüht, also lass mir wenigstens mein Essen.«

Gerade wollte Bel etwas erwidern, da quetschte sich ein prall gefüllter Teller zwischen uns. Darüber prangte Ryans in väterliche Fürsorge gehülltes Gesicht.

»Wenn ihr Probleme habt, ich bin euer Mann.«

Mit einem bedeutungsschweren Nicken zog er sich zurück, wobei er mit dem Daumen auf sich deutete und mit dem Mund noch einmal die Worte formte: »Euer Mann ...«

Bel schaute ihm so entgeistert nach, wie ich mich fühlte.

»Lieber nicht fragen?«, erkundigte ich mich.

»Lieber nicht fragen«, bestätigte Bel.

Plötzlich und ohne jeden Übergang packte er mich, drehte mich an den Schultern herum und drängte mich vorwärts.

»Was machst du da?«, fragte ich belustigt, weil er auf einmal so wild entschlossen schien.

»Dich wegbringen von Tellern, Gläsern, Essbarem, zartbesaiteten Seelen und allem, was sonst noch Schaden nehmen könnte, wenn ich dich gleich bis zur Besinnungslosigkeit küsse«, informierte er mich trocken. »Also iss schneller!«

Lachend versuchte ich, seine Aufforderung in die Tat umzusetzen, was nicht so einfach war, während Bel mich wie einen Einkaufswagen durch die Menge schob – vorbei an verdutzten Gesichtern, die vermutlich nicht schlau daraus wurden, warum ich mir dieses Verhalten nicht nur gefallen ließ, sondern mir gleichzeitig auch noch freudig und in Windeseile ein Dessert in den Mund schaufelte.

Voller Elan steuerte Bel auf ein Sonnenbett an der Südseite seiner Terrasse zu. Dort war es ruhiger. Nur zwei Jägerinnen unterhielten sich angeregt an einem der Stehtische, aber das war Bel egal. Er ahnte wohl, dass sie gleich Reißaus nehmen würden, wenn sie uns kommen sahen. Und genau so war es. Keinen Augenblick später wurde ich meines restlichen Schokomousses beraubt, herumgewirbelt und an Bels Brust gezogen. Die Welt kippte und wir flogen gemeinsam auf das Sonnenbett. Bel landete auf mir. Sein Gewicht presste mich in die Polster und sein glühender Blick machte jedes Entkommen unmöglich, aber das hatte ich auch gar nicht vor. Ich genoss es, seiner Kraft und Leidenschaft ausgeliefert zu sein.

»Nehmt euch ein Zimmer! In diesem Protzbau gibt es weiß Gott genug davon.«

Ehe ich wusste, was überhaupt los war, verdrehte Bel die Augen und ließ seinen Kopf mit einem frustrierten Stöhnen in meine Halsbeuge fallen.

»Hau ab, Tristan«, grummelte er unleidig, wobei man ihn kaum verstand, weil die vielen Kissen seine Stimme dämpften.

Die Silhouette meines Cousins zeichnete sich vor dem strahlenden Blau des Himmels ab. Ich hob meine Hand zu einem kleinen Winken und tat so, als wäre es das Normalste der Welt, dass ein ausgewachsener Dämon wie ein Kartoffelsack auf mir drauflag.

»Abhauen ist das richtige Stichwort«, sagte Tristan. »Ich bin hier, um mich zu verabschieden. Ich habe ein paar wichtige Dinge zu erledigen.«

Und wieder stöhnte Bel frustriert, aber diesmal, weil er sich von mir runterrollte und aufsetzte. Er strich sich durch die Haare und musterte Tristan misstrauisch.

»Und haben diese wichtigen Dinge zufällig etwas damit zu tun, dass Sotírios während seines gewaltsamen Ablebens zufällig seine Seele abhandengekommen ist?«

Was?! Auch ich setzte mich auf. Das konnte nur eines bedeuten …

»Du hast den Hexer in den Dolch gesperrt?!«, fragte ich Tristan bestürzt.

Allein bei der Vorstellung wurde mir heiß und kalt. Ich

war davon ausgegangen, dass Tristan ihn einfach von der Burgmauer gestoßen oder ihn gegrillt oder ihm das Genick gebrochen hatte. All das war schrecklich genug. Aber keine Seele auf dieser Welt verdiente es, im Ewigen Rot gefangen zu sein – ganz gleich, was dieser Sotírios für ein Scheusal war.

Ohne mit der Wimper zu zucken, erwiderte Tristan meinen entsetzten Blick.

»Sotírios hat den Seelendolch erschaffen. Beide Male.«

Ich erstarrte. Das änderte die Situation ein kleines bisschen. Aber auch nur ein kleines bisschen. Nein, eigentlich änderte das gar nichts. Es war und blieb ein unentschuldbares Unrecht.

Aufmerksam beobachtete Bel meine Reaktion – und meine wachsende Beklemmung. Er selbst schien keine Probleme mit Sotírios' Strafe zu haben, aber er machte offenbar mich zum Maßstab. Und meine Einstellung dazu stand mir wohl ins Gesicht geschrieben.

In einer geschmeidigen Bewegung sprang Bel vom Bett. »Ich bin dir etwas schuldig«, ließ er Tristan wissen, während er auf ihn zuging. »Und du bist alles, was Cassia an Familie hat, deshalb bekommst du nun eine Warnung von mir.« Er baute sich vor dem Hexer auf und verlieh seiner Stimme einen dringlichen Unterton. »Zerstör den Dolch! Der Uroboros-Zirkel mag geschwächt sein, aber wenn sie herausfinden, dass die Seele ihres Begründers noch existiert, werden sie dich jagen. Und wer wüsste besser als du, wie weit zu gehen sie bereit sind.«

»Sie müssen es nicht erst herausfinden«, erwiderte Tristan ungerührt. »Ich hab es ihnen erzählt.«

Trotz des warmen Sonnenscheins fiel die Temperatur

plötzlich bedenklich. Bel schüttelte den Kopf. Missbilligung brannte in seinen Augen. Er machte keinen Hehl daraus, dass er Tristans Entscheidung für die gefährliche Tat eines närrischen Jungen hielt. Und ich war geneigt, ihm zuzustimmen.

»Was besitzt der Uroboros-Zirkel, das du so unbedingt haben willst?«, erkundigte er sich leise.

Doch Tristan ließ sich weder einschüchtern noch zu einer Antwort provozieren. Er lächelte nur und wechselte das Thema.

»Was macht der Blutbann, Bel? Bleibt er in der Ecke deiner Essenz, in der wir ihn eingesperrt haben?«

Er lenkte ab. Oh Gott, dann stimmte es also? Tristan benutzte den Dolch mit Sotírios' Seele als Druckmittel?!

Mir wurde die Kehle eng und eine unheilvolle Ahnung kroch aus den Tiefen meiner Instinkte empor: Das würde für Tristan nicht gut enden.

»Dem Blutbann geht es prächtig«, konterte Bel trocken. »*Ich* hab alles unter Kontrolle. Anders als du.«

Tristan verdrehte die Augen und erklärte das Gespräch für beendet, indem er sich zum Gehen wandte. Aber Bel packte ihn am Arm.

»Das ist es nicht wert«, warnte er eindringlich. »Worauf auch immer du es abgesehen hast, ich werde dir helfen, es zu beschaffen. Das bin ich dir schuldig. Aber zerstöre den Dolch!«

In Tristans Blick glänzte Überraschung, doch nur für einen kurzen Moment. Dann verschwand jede Regung hinter einer eiskalten Maske. Er riss sich von Bel los.

»Du bist mir weder etwas schuldig noch musst du eine Sorge um mich zum Ausdruck bringen, von der wir beide wissen, dass sie falsch ist«, zischte er leise und trat an Bel heran, bis sich ihre Nasenspitzen fast berührten. »Ich habe Cassia nicht geholfen, um *dich* zu retten. Ich habe es getan, um *sie* zu retten. Ich mag zwar nicht nachvollziehen können, was sie an dir findet, doch dein Tod hätte sie zerstört. Also widme *ihr* deinen Dank. Trage sie auf Händen, Bel, bringe sie zum Lachen und mach sie glücklich. Denn ... sollte ich jemals deinetwegen eine Träne auf ihrem Gesicht sehen, wirst du dir wünschen, in der Arena gestorben zu sein.«

Fassungslos starrte ich ihn an. Warum sagte er so was? Bel liebte mich, das wusste auch Tristan. Außerdem hatte Bel ihm seine Hilfe angeboten. Uneingeschränkt. Das war großzügiger, als er hätte sein müssen. Er war mit offenen Armen auf Tristan zugegangen und trotzdem stieß der ihn zurück. Mehr noch, er provozierte und drohte ihm? Beunruhigt sah ich zu Bel. Ich hätte es verstanden, wenn er wütend geworden wäre, ihn am Kragen gepackt und aus dem Haus geschmissen hätte. Aber das tat er nicht.

Bel atmete tief durch und seine Anspannung verlor sich ganz langsam in einem resignierten Lächeln.

»Du bist Cassia ähnlicher, als du denkst«, murmelte er. »Obwohl deine Methoden, dein Herz zu schützen, weitaus rabiater sind.«

Was ...?! Oh.

Jetzt erkannte ich es auch – mit erschreckender Klarheit. Seine Verschlossenheit. Die Gefühle, die er in sich vergrub. Die Angst, enttäuscht und verletzt zu werden. Großer Gott, so hatte Bel mich die ganze Zeit über wahrgenommen? Und trotzdem hatte er mich nicht aufgegeben? Genau wie er es auch jetzt bei Tristan nicht tat. Mir zuliebe ...

Bel machte einen Schritt zurück und ließ Tristans Provokation damit ins Leere laufen. »Wenn du etwas brauchst, melde dich. Und wenn du dir irgendwann selbst eingestehen kannst, dass du mich zu mögen beginnst, komm auf einen Kaffee vorbei.«

Tristan war sprachlos. So sprachlos, dass seine kaltblütige Fassade Risse bekam und seine Verletzlichkeit darunter hervorschimmerte. Eine Sekunde später hatte er sich wieder unter Kontrolle. Dennoch vermied er es, Bel oder mir in die Augen zu sehen. Er wirkte zerstreut.

»Pass auf dich auf«, murmelte er in meine Richtung, drehte sich um und verschwand – schneller, als ich hätte antworten können.

Wie vom Donner gerührt saß ich da und fühlte mich erschlagen von allem, was ich gerade erfahren hatte.

»Bist du in Ordnung?«, erkundigte sich Bel sanft.

Ich löste mich aus meiner Schockstarre und sah ihn an. Düstere Gewitterwolken hingen über seiner Miene, doch in seinem Blick glänzte nur Sorge. Ihm zuliebe brachte ich ein kleines Nicken zustande, woraufhin er sich seufzend an den Rand des Sonnenbetts setzte.

Ich krabbelte über die Polster, um mich an ihn zu kuscheln. »Danke«, hauchte ich. Was er gerade für Tristan getan hatte, bedeutete mir mehr, als er ahnte. Er mochte es zwar meisterlich vor der Welt verbergen, aber in seiner Brust schlug ein riesengroßes Herz. Und weil Worte allein nicht reichten, um meine Liebe auszudrücken, öffnete ich meine Mauern und ließ ihn alles spüren.

Bel drehte den Kopf zu mir. Seine Augen glühten silbrig unter meinen Emotionen. Was für ein atemberaubender Anblick, der mich immer wieder von Neuem fesseln konnte.

»Du weißt, dass du nur ein Wort zu sagen brauchst, und ich würde dir deine Seele zurückgeben?«

Mein Herz setzte einen Schlag aus, bevor ich begriff, warum er das ausgerechnet jetzt anbot. Bel fühlte wirklich *alles*, was in mir vorging. Auch das, was der Dolch und Sotírios' Schicksal in mir ausgelöst hatten. Das Grauen davor, gefangen zu sein.

Behutsam legte ich ihm eine Hand auf die Wange.

»Das zu wissen reicht mir«, sagte ich aufrichtig. »Die Verbindung zu dir hat mir meine Freiheit nicht genommen. Sie hat mich erkennen lassen, was Freiheit wirklich bedeutet. Angst kann auch ein Gefängnis sein und Liebe ist der Schlüssel, um es zu öffnen.«

Bel atmete meine Antwort ein, als würde sie ihm die Welt bedeuten. Dennoch verschwand der Kummer nicht gänzlich aus seinem Blick. »Es bleibt trotzdem ein Risiko«, flüsterte er. »Falls ... dir etwas passieren sollte, würde deine Seele nicht erlöst werden. Ihre Energie würde in mich übergehen.«

»Und das soll mich abschrecken?«, fragte ich ihn zärtlich. »Ich kann mir Schlimmeres vorstellen, als für immer ein Teil von dir zu sein.«

Bel schwieg.

Er schwieg und starrte mich an, als wäre ich nur eine Erscheinung, die nicht real sein konnte. Als würde er nicht glauben, dass ich nicht aufsprang und davonlief.

Und dann, ganz plötzlich, teilte ein wunderschönes Lächeln seine weichen Lippen und zauberte ihm seine so unwiderstehlichen Grübchen auf die Wangen. Gleichzeitig schüttelte er ratlos den Kopf.

»Du sagst *solche* Sachen, aber jedes Mal wenn ich um deine Hand anhalte, kneifst du?!«

Das vorwurfsvolle wie amüsierte Glitzern in seinen Augen brachte mich zum Lachen.

»Gibst du etwa schon auf?«

Bels Brauen verschwanden beinahe unter seinem Haaransatz. Und wer wäre er, eine solche Herausforderung auf sich sitzen zu lassen? Regelrecht empört rutschte er von den Polstern, sodass er vor mir kniete. Dann fing er meine Hand ein und sah mich feierlich an.

Tja, das hatte ich nun davon.

»Cassia, du bist die Liebe meines Lebens. Würdest du mir die Ehre erweisen, mich –«

Plötzlich plumpste ein anderer Kerl auf den Platz, der soeben neben mir frei geworden war. Ein Dämon mit wirren Haaren, umgeben von einer unangenehmen Alkoholwolke.

»Sorry, ich will ganich lang störn«, lallte Lex in Bels Richtung. Dann wandte er sich mir zu und pustete mir seine penetrante Fahne direkt ins Gesicht. »Liebe Saskia! Ich wollte dir nua sagn, dassu in der Arena unglaublich warst! Ich kannes ganich fassn, dass wir mal was miteinander hattn un' ich dich vergessn konnte. Tummir leid. Wirklich 'ne Schande.« Dann klopfte er dem konsternierten Bel kameradschaftlich auf die Schulter. »Nichs für ungut, Kumpel. Swar lang vor deiner Zeit.«

Und schon machte sich Lex aus dem Staub – wie ein Fahrerflüchtiger, der nicht bemerkt hatte, dass er einmal durch den Vorgarten der Nachbarn gebrettert war.

Bel rieb sich die Stirn, als würde ihm diese Party langsam Kopfschmerzen bereiten.

»Lieber nicht fragen?«, erkundigte er sich.

»Lieber nicht fragen«, bestätigte ich.

Aber ich nutzte die Gunst der Stunde, bevor Bel auf die

Idee kommen konnte, Heiratsantrag Nummer sieben zu vollenden, robbte auf dem Sonnenbett zurück und machte es mir in den Kissen gemütlich.

»Also was ist jetzt mit diesem Kuss, der mehr als nur meine Wangen zum Glühen bringen soll? Erst große Töne spucken und dann –«

Weiter kam ich nicht – denn mit Bel und Herausforderungen war das so eine Sache.

Monate vergehen und die Ewigkeit wartet

Ein halbes Jahr später …

Der Vollmond verwandelte den nächtlichen Tiber in einen anmutigen Strom funkelnder Wellen, doch diesmal konnte ich seiner unsäglichen Romantik tatsächlich etwas abgewinnen.

Rom hatte seinen Schrecken verloren – in vielerlei Hinsicht. Das lag vor allem daran, dass ich an Cassias Seite erleben durfte, wie sie ihre Heimatstadt neu kennenlernte. Einerseits sog sie all die unbekannten Eindrücke mit großen Augen in sich auf. Andererseits sprudelten sie förmlich über vor Geschichten und Erinnerungen aus einer längst vergangenen Zeit. Cassia wusste noch genau, welche Straße früher wie hieß, welche Gebäude zu welchem Zweck wo standen und wer die Menschen waren, die dort gewohnt hatten. Es war ein bisschen wie bei unserer ersten Stadtführung durch Rom. Und doch hatte sich seit damals so vieles geändert …

Erst als wir an den Ruinen des Circus Maximus ankamen, wurde Cassia ganz still. Hier, wo sie vor zweitausend Jahren hätte sterben sollen. Viel war von dem imposanten Bauwerk von damals nicht mehr erhalten. Ein paar Mauerreste, Teile der Arkaden, aber das meiste war inzwischen unter einer Grünfläche verschwunden.

Ehrfürchtig, fast ein bisschen wehmütig, blieb Cassia vor einem der Rundbögen stehen. Früher hatte sie hier immer ihr Rosinenbrot gekauft. Sie hob ihre Hand und wollte über die uralten Steine streichen. Kurz vor knapp überlegte sie es sich jedoch anders und sah mich mit zusammengekniffenen Augen an.

»Hast du wirklich auf jeden Stein draufgepinkelt?«

Ich zuckte mit den Schultern. »Damit war ich weder der Erste noch der Letzte.«

»Hmm.« Cassia ließ ihre Hand fallen und wurde plötzlich von einer tiefen Traurigkeit umhüllt. Kein Wunder, sie stand vor den kläglichen Überresten ihres alten Lebens. Die Schatten der Vergangenheit. Im Guten wie im Schlechten.

Sie so zu sehen, brach mir das Herz. Jetzt ärgerte ich mich, dass ich diesem spontanen Besuch überhaupt zugestimmt hatte.

Um sie nicht noch weiter in ihre Melancholie abrutschen zu lassen, legte ich ihr meinen Arm um die Schultern und führte sie weg von den Ruinen, hinein in den Park, der früher einmal die Renn-Arena gewesen war. Es half ein bisschen, auch wenn Cassia nicht mehr zu ihrer anfänglichen Begeisterung zurückfand.

»Ich hab gestern mit Grim gesprochen«, sagte sie nach einer Weile. »Ich hab ihr erzählt, dass Tristan einen Weg gefunden hat, wie sie ihre Magie zurückbekommen könnte.«

»Und was hat sie gesagt?«

»Dasselbe wie jedes Mal«, murrte Cassia frustriert. »Und ich versteh einfach nicht, warum sie keine Hexe mehr sein will.«

Ich tat es sehr wohl. Allerdings hatte ich es bislang vermieden, dieses Gespräch mit Cassia zu führen. Ich fürchtete mich vor ihrer Reaktion und davor, was die Konsequenz für mich bedeuten würde. Andererseits konnte ich Cassia auch nicht ewig im Ungewissen lassen. Das Thema beschäftigte sie sehr – wie ihr Herumknabbern auf ihrer Unterlippe nur allzu deutlich bewies. Also entschloss ich mich, den Tatsachen ins Gesicht zu blicken, in was für eine Zukunft sie mich auch immer führen würden.

»Grim tut es mir zuliebe.«

»Was?!« Cassia blieb stehen und sah mich verständnislos an. »Warum?«

Ich seufzte und versuchte, Worte zu finden, die sie nicht gleich verschrecken würden.

»Sehr mächtige Hexen – wie Grim eine war – haben unter Umständen Fähigkeiten, über die sonst nur Dämonen verfügen. Sie können beispielsweise ihren eigenen Körper regenerieren und damit ... der Unsterblichkeit sehr nahekommen.«

»Davon habe ich noch nie gehört«, schnaubte Cassia ungläubig. »Und ich habe viele mächtige Hexen kommen und gehen sehen.« Ihr Verstand schien offenbar noch nicht zuzulassen, was ich ihr sagen wollte.

»Wundert mich nicht. Die Liga hat es verboten und Elias' Gardisten sorgen ziemlich rigoros für die Einhaltung dieses Dekrets«, erwiderte ich. »Hat was mit der menschlichen Psyche zu tun, die – wie man an Sotírios gesehen hat – meist nicht für die Ewigkeit geschaffen ist.«

Mit wachsender Sorge erfasste ich jede Regung ihres Gesichts. Sie begriff nach wie vor nicht, worauf ich hinauswollte.

»Ich bin mir aber sicher«, fuhr ich behutsam fort, »dass man für dich eine Ausnahme machen würde. Immerhin hat dein Bewusstsein ein zweitausendjähriges Training hinter sich. Wenn du jetzt noch nicht verrückt geworden bist, wirst du es wohl auch nicht mehr werden.«

Und da endlich ging ihr ein Licht auf. Grims Magie ermöglichte ihr, den Verfall ihres sterblichen Körpers aufzuhalten. Etwas, das ich bei jedem anderen Menschen mit einem bloßen Wink meiner Macht hätte regeln können. Nur nicht bei Cassia. Dadurch gab Grim uns die Chance auf eine gemeinsame Zukunft, die nicht damit enden musste, dass die Liebe meines Lebens in meinen Armen sterben würde.

Tränen sammelten sich in Cassias Augen. Es zerrte an meinen Nerven, sie so zu sehen und nicht zu wissen, was in ihr vorging. Waren das Freudentränen, Tränen der Trauer, der Enttäuschung? Ich wollte auf gar keinen Fall, dass sie dachte, ich würde sie zu irgendetwas zwingen.

»Grim opfert sich ... wieder ...«, stammelte sie aufgewühlt. »Das ... will ich nicht.«

So etwas hatte ich mir schon gedacht. Aber Grim besaß nun einmal ihren eigenen Sturkopf. Wenn sie sich etwas in den Kopf gesetzt hatte, zog sie es auch durch.

»Du musst wissen, dass ich Grim nicht darum gebeten habe. Es war ihre eigene Entscheidung. Sie hat mich ebenso vor vollendete Tatsachen gestellt wie dich«, sagte ich sanft. »Rede gern noch einmal mit ihr, aber ich glaube nicht, dass sie sich umstimmen lässt. Damit bist und bleibst du eine Hexe. Was du allerdings mit deiner Magie anfängst, entscheidest nur du. Du kannst dein Leben verlängern ... heute ... morgen ... in zehn Jahren ... oder du entscheidest dich dagegen. Alles, was du willst. Ich werde es akzeptieren. Letztlich ...« Ich schenkte ihr mein aufrichtigstes Lächeln. »... ist das Wie lang nicht wichtig, nur das Wie.«

Cassia wirkte geradezu erschüttert, dass ich mich an diesen Satz erinnerte. Sie lächelte zögerlich und ihre großen blauen Augen fanden die meinen. Doch ihr Lächeln schmolz sofort wieder, als sie in meinem Blick entdeckte, was ich eigentlich vor ihr zu verbergen versucht hatte: meine Angst. Mist. Damit wollte ich sie nicht auch noch belasten. Sie sollte ihre Wahl für oder gegen die Unsterblichkeit ohne jeden Zwang treffen können und nicht, um mir ihren Tod zu ersparen – oder das lange einsame Leben ohne sie, das mir bevorstehen würde.

»Es ist in Ordnung, Cassia. Ich werde zurechtkommen«, log ich, wie ich noch nie zuvor gelogen hatte. Ich tat es für sie. Nur so konnte –

Ihre Hände legten sich um mein Gesicht und ich erkannte sofort, dass sie mich durchschaut hatte. Natürlich. Sie war Cassia. Sie hielt mein Herz in Händen. Sie wusste, wer ich war und wer ich sein wollte. Sie kannte meine Schwächen und meine Fehler. Wir teilten unsere dunkelsten Stunden und unser größtes Glück. Wie sollte sie da eine so himmelschreiende Lüge blenden können?

»Das würdest du sicherlich«, sagte sie leise und schenkte mir ein Lächeln. »Aber vielleicht musst du das ja nicht. Denn ... wenn das Wie extrem toll ist, schadet ein bisschen länger auch nicht.«

Mir fehlten die Worte. Mein Herz war so voller Liebe, dass ich das Gefühl hatte, es würde gleich zerspringen.

Und als Cassia sich auf die Zehenspitzen stellte und mir einen kleinen Kuss aufdrückte, verstand ich zum ersten Mal wirklich und wahrhaftig, dass ich nicht mehr allein war. Dass Cassias Stärke mich auffangen würde, wenn die meine am Ende war. Sie stand hinter mir, genau wie ich hinter ihr stand. Ich fühlte mich ... geborgen. Zum ersten Mal in meinem Leben. Und das warf alles –

»Komm, wir sind schon spät dran«, riss Cassia mich aus meinem weltbewegenden Erkenntnismoment. Sie hakte sich bei mir unter und zog mich einfach mit sich.

»Spät wofür?«, fragte ich irritiert.

»Eine Besichtigung.« Sie hielt kurz an, um eine Mappe mit Unterlagen aus ihrer Umhängetasche zu fischen und sie mir stolz unter die Nase zu halten. »Der Verwalter meinte, das geht nur außerhalb der Geschäftszeiten.«

Das war es also?! Das ominöse Projekt, an dem sie seit Wochen heimlich tüftelte und bei dem ich ihr nicht helfen durfte, weil sie es unbedingt alleine schaffen wollte?!

Verwundert nahm ich die Unterlagen zur Hand und überflog sie. Es war der ziemlich umfangreiche Entwurf eines Kaufvertrags für ein Gebäude hier in Rom.

»Du willst dir ein Haus kaufen?«

»Ja«, bestätigte sie beschwingt. Allerdings brachte meine ausbleibende Begeisterung sie ins Stocken. Kleinlaut blinzelte sie mich an. »Es sei denn, es spricht irgendwas dagegen?«

»Nein, nein«, beeilte ich mich zu sagen. »Du kannst mit deinem Geld machen, was du willst.«

Ich hatte ihr ja selbst vorgeschlagen, sich ein eigenes Haus zuzulegen. Nur war ich nicht davon ausgegangen, dass sie das so schnell tun würde. Und ohne mich einzuweihen.

»Ich werde nicht ausziehen«, beruhigte sie mich, als stünden mir meine Sorgen erneut ins Gesicht geschrieben. Himmeldonnerwetter, wenn das so weiterging, würde sich Cassia in meinen Gefühlen bald besser auskennen als ich mich in ihren. Und dabei war ich doch der Primus von uns beiden.

»Es geht nur um das Grundstück, auf dem ich aufgewachsen bin«, fuhr sie fort. »Nach dem Tod meiner Mutter hatte es sich ihr Arzt unter den Nagel gerissen und ...«

Plötzlich zögerte sie. Sie schob die Hände in ihre Jackentaschen und starrte ihre Füße an. »Ich weiß, es ist lächerlich, weil doch alle schon so lange tot sind, aber irgendwie wollte ich, dass es mir gehört und nicht irgendeinem raffgierigen Investor.«

»Das ist überhaupt nicht lächerlich«, sagte ich mit Bestimmtheit und reichte ihr die Unterlagen zurück. Dass ich dieser raffgierige Investor war, dem das Grundstück inzwischen gehörte, verschwieg ich ihr lieber. Schließlich bedeutete ihr die Sache wirklich viel und ich wollte ihr das Erfolgserlebnis nicht nehmen. »Ich halte das sogar für eine hervorragende Idee. Nur den Preis solltest du noch ein bisschen drücken. Der erscheint mir doch recht hoch.«

Freudestrahlend sah sie mich an. Und dann gab es kein Halten mehr. Während wir weiter Arm in Arm durch den Park schlenderten, berichtete sie bis ins kleinste Detail von den Grundrissen, dem Verwalter, den Verhandlungen und ihren Plänen, das Gebäude in ein Waisenhaus umzubauen.

»Nur ist es echt kompliziert, ohne Nachnamen einen Eintrag im Grundbuchamt zu bekommen«, schloss sie ihre Erzählung.

»Soll ich jemanden für dich manipulieren?«

»Nein«, meinte sie sofort. »Ich such mir einfach einen aus. Dann ist das Thema erledigt.«

Es freute mich, dass sie all das inzwischen so locker nahm und sich endlich in der heutigen Welt zurechtzufinden schien.

»Was sind deine Favoriten?«, erkundigte ich mich aus echtem Interesse.

Sie zuckte mit den Schultern.

»Weiß nicht. Ich glaube, Bathys könnte mir gefallen.«

Wie angewurzelt blieb ich stehen und brachte Cassia damit ins Straucheln. Sie hatte das so beiläufig gesagt, dass ich mir für einen Moment nicht sicher war, ob ich mich nicht vielleicht verhört hatte. Das verschmitzte Lächeln in ihren Mundwinkeln belehrte mich jedoch eines Besseren. Hatte sie …? Würde sie …? Oder zog sie mich nur auf?

»Oh, ich mag das«, schnurrte Cassia und lehnte sich an meine Brust, ohne ihren faszinierten Blick von meinen Augen zu nehmen. Ich wusste, dass darin schwarze Schlieren tanzten.

»Was?«

»Dass ich diese Wirkung auf dich habe.«

»Immer«, murmelte ich rau und schlang meine Arme um sie. Cassia hatte meine Welt auf den Kopf gestellt. Allein dass ich hier stand, mitten in Rom, ohne auch nur die kleinste Abneigung gegen diese Stadt zu verspüren, bewies, wie sehr.

»Cassia Bathys klingt großartig«, sagte ich und suchte auf ihren Zügen nach jedem noch so unbedeutenden Hinweis, aus dem ich vielleicht erkennen konnte, wie ernst sie es gerade meinte.

Sie nickte. Ehrlich, offen, arglos, aber auch so leichtfertig, als wüsste sie nicht um die Tragweite ihrer Worte. »Finde ich auch.«

»Heißt das …?«

Cassia grinste. »Ich weiß nicht. Es gibt viele Leute, die Bathys heißen, und die sind ganz bestimmt nicht alle miteinander verheiratet.«

Es schien ihr eindeutig zu gefallen, mich zappeln zu lassen. Überraschenderweise störte mich das kein bisschen. Das hier war nur ein Spiel, das an unserer Liebe nichts änderte. Und wenn Cassia spielen wollte, war ich der Letzte, der ihr das versagen würde. Im Gegenteil, sie musste sich auf einiges gefasst machen, schließlich hatte sie sich mit einem Gegner angelegt, der mit allen Wassern gewaschen war.

»Zu schade«, seufzte ich und setzte eine übertrieben bedauernde Miene auf. »Dann muss ich wohl die Marschkapelle wieder heimschicken. Und die Tänzer. Und die Blumenkinder. Und natürlich muss ich das Feuerwerk absagen. Und dem Schneeräumdienst sollte ich Bescheid geben, dass es doch nicht zu unerwarteten Wettervorkommnissen kommen wird. Und –«

Leise lachend schüttelte Cassia den Kopf. »Hör schon auf. Du wusstest vor zwei Stunden noch nicht mal, dass wir herkommen würden.«

»Zwei Stunden sind eine lange Zeit«, behauptete ich großspurig.

Sie glaubte mir kein Wort. Mit einem belustigten Seufzen schmiegte sie sich an meine Brust und meinte: »Du bist süß, wenn du bluffst.«

»Ich bin süß, wenn ich bluffe?!« Ich schob sie von mir und funkelte sie aus schmalen Augen an. »Dir ist schon klar, mit wem du sprichst?«

Meine Entrüstung brachte Cassia zum Grinsen.

»Beweis es!«, forderte sie mich heraus.

Ich hob eine Braue. »Sagst du dann Ja?«

Cassia hob ebenfalls eine Braue. »Finde es heraus.«

Keinen Atemzug später erhellte ein Feuerwerk den Himmel, wie es Rom noch nicht gesehen hatte. Musik ertönte, Tänzer stürmten den Park und Blumenkinder warfen voller Eifer mit Rosenblättern um sich. Gleichzeitig fing es an zu schneien. Dicke, aus dem Nichts kommende Flocken, die im Schein des glitzernden Feuerwerkfunkenregens in allen Farben erstrahlten.

Noch nie hatte ich Cassia so verdutzt gesehen. Noch nie so unbekümmert, noch nie so ausgelassen. Sie streckte die

Arme von sich, reckte ihr Gesicht in den Nachthimmel und lachte aus vollstem Herzen.

»Heirate mich!«, rief ich ihr über die Musik zu.

»Nö«, rief sie übermütig zurück. Dennoch fiel sie mir um den Hals und küsste mich, als würde es kein Gestern und kein Morgen geben. Ich schmeckte ihr Glück, ihre Sehnsucht, ihre Liebe.

Aber es ist gut zu wissen, dass du nicht aufgibst, hallte ihre Stimme durch meinen Geist.

Ich grinste an ihren Lippen. Sie hatte ja keine Ahnung. Ich wärmte mich gerade erst auf.

Personenverzeichnis

Apoll – Primus, engster Freund von Ianus
Ari – Brachion, Lucians Gefährtin, ehemals Izara

Belial – Primus, bekannt als Teufel

Cassia – Sterbliche mit einer vergifteten Seele, immun gegen den Einfluss dämonischer Kräfte, wird von Ianus »Aurora« genannt

Elias – Primus, Sohn des Nemides, Kommandant der Garde

Gideon – Anführer der Phalanx-Jäger, Lizzys Bruder
Grimhild/Grim – germanische Hexenmeisterin, Bels Gezeichnete
Grya – Prima, Älteste, Bels Mutter

Hiro † – Primus, ehemals Leibwächter von Bel

Ianus – Primus, ehemals »Schrecken von Rom«, verurteilt wegen des gewaltsamen Raubs von Seelen
Jeanne Hadir – Prima, Leibwächterin von Bel

Lexian »Lex« – Primus, nennt sich heute Alexian
Lizzy – Anführerin der Phalanx, Aris Freundin
Lucian – Primus, Brachion, Aris Gefährte
Lucusta † – Hohepriesterin im Venus-Tempel, Hexenmeisterin

Mara † – Prima, bösartige Hexenkönigin
Melisande – Prima, Ratsoberhaupt der Liga
Mirabelle – Prima, Lucians ehemalige Geliebte

Nathanael – hochrangiger Hexer des Uroboros-Zirkels
Nemides – Primus, ehemaliges Ratsoberhaupt, Vater von Lucian, Elias und Lex

Oscar – Bels Butler, Hexenmeister

Pluto – Primus, Vater von Mirabelle, ändert ständig seinen Rufnamen

Ramadon – Primus, Chronist der Liga
Ryan – Phalanx-Jäger, Aris Freund

Sotírios – Hexenmeister, Gefangener in Bels Verlies, Urvater des Uroboros-Zirkels

Thanatos † – Brachion, Gott des Todes
Tigellinus † – Prätorianerpräfekt, Ianus' Gezeichneter, getötet von Cassia am Circus Maximus
Timeon – Primus, Ältester
Tristan – tot geglaubter Hexen-Dämonen-Hybrid, Maras »Sohn«

Vessa – Prima, Bels Halbschwester
Victorius – Mensch, Lucians Gezeichneter

Glossar

Aziam – Klinge der Brachion
Brachion – Vollstrecker der Liga, können Primus töten
Château d'Ankou – Familiensitz der Ankous in der Bretagne
Circus Maximus – ehemalige Arena für Wagenrennen und Veranstaltungen des Alten Rom
Hammam – traditionelles orientalisches Badehaus
Hoher Rat – Riege von Primus, die über die Liga herrschen
Kanon – Gesetzbuch der Liga
Kàtos – niedere Primus, die sich von Todesangst ernähren
Kriterion – ehemalige Versammlungsstätte der Primus in Patria, errichtet über den Stillen Wassern
Liga – Gemeinschaft der Primus
Lyceum – Schule und Hauptquartier der Phalanx
Patria – Katakombe des Hohen Rats, zerstört im Kampf gegen Mara
Portal – übernatürliche Verbindung diverser Orte
Primus – unsterbliche Dämonen, nähren sich von Emotionen
Stille Wasser – Gefängnis der Liga
Tiber – Fluss durch Rom
Uroboros-Zirkel – ein bedeutender und feindseliger Hexenzirkel

DANK

Voller Wehmut tippe ich nun diese Worte, weil es mir unglaublich schwerfällt, Bel und Cassia gehen zu lassen. Ich werde wohl nie wieder einen Apfel oder Schokolade sehen können, ohne an die beiden zu denken. Was für eine intensive Zeit – auch, weil der Corona-Lockdown es mir zwar ermöglicht hat, GÖTTERKRIEG verfrüht einzuschieben, der verrückte Alles-geht-wieder-Sommer mir aber anfangs kaum Ruhe gegönnt hat, um mich in SEELENFRIEDEN verlieren zu können. Umso dankbarer bin ich einer Menge Leuten, dass sie mich gepusht, gezwungen, motiviert und unterstützt haben.

Ihr, liebe Lesende, seid die Ersten, denen mein Dank gebührt, denn ohne euch, eure Treue und eure Begeisterung hätte ich diese Reise mit Bel und Cassia weder begonnen noch abgeschlossen. Ihr ermöglicht mir, meine Geschichten zu schreiben, und lasst euch voller Vertrauen darauf ein. Ihr supportet mich als Autorin, aber auch als Mensch, wie eure zahlreichen lieben Nachrichten beweisen, die ihr mir habt zukommen lassen. Als kleines Dankeschön werde ich nun direkt den Zeichenstift für ein paar Illustrationen schwingen. Und wer mag: Wir sehen/hören/lesen uns auf Instagram! Ich freu mich auf euch :)

Außerdem muss ich mich unbedingt bei meinem Wunschbruder Flo Stierstorfer und meiner besten Freundin Melanie Renz bedanken, die mich bei der Entstehung von SEELENFRIEDEN von Anfang an begleitet und mir immer dezent in den Hintern getreten haben, wenn der Nachschub ausblieb.

Ich kann es gar nicht oft genug sagen: Ohne euch wäre mein Leben nur halb so schön! (Wenn überhaupt)

Sehr intensiv hat mich auch diesmal wieder Verena Schulze von Lieblingsleseplatz.de unterstützt, die nicht nur tolles Feedback und aufbauende Worte für mich hatte, sondern sich auch jederzeit ewig lange Sprachnachrichten mit unsortierten Gedankenergüssen zu Gemüte führen musste. Danke von Herzen! Ich hoffe wirklich, dass wir uns bald mal wieder sehen können.

Nachdem ich viel kapitelweises Feedback bekomme, zücke ich kurz vor knapp (und ich meine kurz vor knapp) sehr gerne den Joker namens Nane von Theujulala.de. Es ist wirklich jedes Mal ein Fest, deinen Emoji-Liveticker und deine ungefilterten Kommentare miterleben zu dürfen. Vielen Dank!

Und dann gibt es da natürlich noch die Frau, ohne die gar nichts geht: meine Lektorin Larissa Rupp. Liebe Larissa, deine Engelsgeduld hat mich mehr als einmal wieder auf Spur gebracht. Trotz des ungeheuren Zeitdrucks hast du mich selbigen nie spüren lassen und in aller Seelenruhe und stundenlangen Telefonaten mit mir an Details gefeilt, um die beste Version meiner Geschichte hervorzukitzeln. Mir ist auch sehr bewusst, dass ich einige Komplikationen verursacht habe, doch du besitzt die wundervolle Gabe, die Last von meinen Schultern zu nehmen und so zu tun, als würde ich dir nicht manchmal Kopfschmerzen bereiten. Ich kann dir gar nicht genug dafür danken!

Und natürlich sei an dieser Stelle auch der Thienemann-Esslinger Verlag erwähnt, der so viele unermüdliche Mitarbeiter*innern in einem bunten, eifrigen, begeisterten, versierten Haufen vereint, dass es einfach nur Freude macht, ein Teil der Verlagsfamilie zu sein.

Und wie immer ... last but noch least ... danke ich meinem Lebensgefährten Rob Perkins, der nicht (oder nur ganz bisschen) geflucht hat, als er bei unserem Umzug Tonnen von Büchern und Belegexemplaren schleppen musste ... der mich mit Wasser, Nahrung und Wärmflaschen versorgt hat, während ich in der Schlussphase tage- und nächtelang vor dem Laptop festhing ... der mich immer auf den Arm nimmt, wenn ich das Lachen vergesse, und in den Arm, wenn ich Geborgenheit brauche. Ich liebe dich.

Dippel, Julia
Belial – Seelenfrieden
Aus den Izara-Chroniken
ISBN 978 3 522 50730 1

Umschlaggestaltung: Marie Graßhoff nach einer Idee von Julia Dippel unter Verwendung von Bildern von Adobe Stock (weedezign, Utkamandarinka, arnonphoto) und Shutterstock.com (CURAphotography, Yuliya Yafimik, BERNATSKAIA OKSANA)
Kapitelvignetten: Julia Dippel
Vor- und Nachsatz: Julia Dippel
Innentypografie und Satz: Kadja Gericke
Reproduktion: DIGIZWO Kessler + Kienzle GbR
Druck und Bindung: GGP Media GmbH, Pößneck

FSC www.fsc.org MIX Papier | Fördert gute Waldnutzung FSC® C014496

Die Originalausgabe dieses Buches erschien 2022 erstmals als E-Book und Taschenbuch bei Loomlight.

2. Auflage 2022